Von Ken Follett erschienen bei BASTEI LÜBBE:

Ken Follett

DIE PFEILER DER MACHT

Roman

*Aus dem Englischen von
Till R. Lohmeyer und Christel Rost
Mit Buchkunstarbeiten von
Achim Kiel*

BASTEI LÜBBE

BASTEI-LÜBBE-TASCHENBUCH
Band 12 501

1.-7. Auflage 1996
8.-12. Auflage 1997
13.-15. Auflage 1998
16.-17. Auflage 1999
18. Auflage 2000

Vollständige Taschenbuchausgabe
der im Gustav Lübbe Verlag erschienenen Hardcoverausgabe

Bastei Lübbe Taschenbücher ist ein Imprint der Verlagsgruppe Lübbe

Titel der englischen Originalausgabe: A DANGEROUS FORTUNE
© 1993 by Ken Follett
© für die deutschsprachige Ausgabe 1994 by
Verlagsgruppe Lübbe GmbH & Co.KG, Bergisch Gladbach
Umschlaggestaltung, Vignetten und Illustrationen: Achim Kiel AGD/BDG
Pencil Corporate Art, Braunschweig - Fotografie des Umschlags: Lutz Pape
Satz: Kremerdruck GmbH, Lindlar
Druck und Bindung: Cox & Wyman Ltd.
Printed in Great Britain
ISBN 3-404-12501-0

Sie finden uns im Internet unter
http://www.luebbe.de

Der Preis dieses Bandes versteht sich einschließlich
der gesetzlichen Mehrwertsteuer.

DANKSAGUNG

Den folgenden Freunden,
Verwandten und Kollegen danke ich
für die großzügige Hilfe,
die sie mir während der Entstehung
dieses Buches gewährt haben:

CAROLE BARON

JOANNA BOURKE

BEN BRABER

GEORGE BRENNAN

JACKIE FARBER

BARBARA FOLLETT

EMANUELE FOLLETT

KATYA FOLLETT

MICHAEL HASKOLL

PAM MENDEZ

M.J. ORBELL

RICHARD OVERY

DAN STARER

KIM TURNER

ANN WARD

JANE WOOD

AL ZUCKERMAN

An jenem Tag, an dem die Tragödie ihren Lauf nahm, standen alle Schüler der Windfield School unter Hausarrest und durften ihre Zimmer nicht verlassen.

Es war ein heißer Samstag im Mai. Normalerweise hätten sie den Nachmittag auf dem Rasen im Süden des Internats verbracht, wo die einen Cricket gespielt und die anderen ihnen vom schattigen Saum des Bischofswäldchens aus zugesehen hätten. Aber es war ein Verbrechen geschehen. Vom Schreibtisch Mr. Offertons, des Lateinlehrers, waren sechs Goldmünzen gestohlen worden, und alle Schüler standen unter Verdacht. Bis zur Entlarvung des Diebes mußten die Jungen in ihren Zimmern bleiben.

Micky Miranda saß an einem Tisch, in den schon Generationen gelangweilter Schulbuben ihre Initialen geritzt hatten, und blätterte in einer Regierungsbroschüre mit dem Titel *Ausrüstung der Infanterie*. Gewöhnlich faszinierten ihn die Abbildungen von Schwertern, Musketen und Gewehren, doch heute war es so heiß, daß er sich nicht konzentrieren konnte. Ihm gegenüber, auf der anderen Seite des Tisches, sah sein Zimmergenosse Edward Pilaster von seinem Lateinheft auf. Er war gerade dabei, Mickys Tacitus-Übersetzung abzuschreiben. Mit einem tintenbeklecksten Finger deutete er auf die Vorlage und sagte: »Das Wort da kann ich nicht lesen.«

Micky sah sich das Wort an. »*Decapitated*, enthauptet«, sagte er. »Im Englischen das gleiche Wort wie im Lateinischen: *decapitare*.« Latein fiel ihm leicht, was daran liegen mochte, daß viele Wörter im Spanischen ganz ähnlich klangen. Spanisch war Mickys Muttersprache.

Edwards Feder kratzte wieder übers Papier. Von Unruhe getrie-

ben, stand Micky auf und trat ans offene Fenster. Kein Wind-
hauch war zu spüren. Sehnsüchtig sah er über den Stallhof zu den
Bäumen hinüber. Am Nordrand des Bischofswäldchens lag ein
verlassener Steinbruch mit einem schattigen Teich. Das Wasser
dort war kalt und tief ...

»Komm, geh'n wir schwimmen«, sagte er unvermittelt.

»Geht nicht«, gab Edward zurück.

»Geht doch, wenn wir durch die Synagoge rausgehen.« Die »Synagoge« war das Zimmer nebenan, das sich drei jüdische Schüler
teilten. In Windfield wurde Religion undogmatisch unterrichtet,
man tolerierte jeden Glauben, weshalb das Internat für jüdische
Eltern ebenso akzeptabel war wie für Mickys katholischen Vater
und Edwards Eltern, die sich zum Methodismus bekannten. Allerdings hatten jüdische Schüler – tolerante Schulpolitik hin oder
her – immer unter einem gewissen Maß an Hänseleien zu leiden.

»Wir steigen in der Synagoge durchs Fenster, springen aufs
Waschhausdach, klettern auf der Giebelseite vom Stall runter und
schleichen uns in den Wald.«

Edwards Blick verriet, daß er Angst hatte. »Wenn du erwischt
wirst, setzt's den Rohrstock!«

Der »Rohrstock« war ein harter Eschenknüppel, den Dr. Poleson,
der Direktor, schwang. Zwölf schmerzhafte Hiebe waren die
Strafe für Entweichen aus dem Arrest. Micky hatte die Prügel-
strafe schon hinter sich – wegen verbotenen Glücksspiels –, und
ihn schauderte allein bei dem Gedanken daran. Aber die Gefahr,
heute erwischt zu werden, war nicht groß – wohingegen die Vorstellung, die Kleider abzustreifen und nackt ins Wasser zu springen, äußerst verführerisch war. Micky glaubte schon fast, das
kühle Naß auf seiner verschwitzten Haut zu spüren.

Er betrachtete seinen Zimmergenossen. Der war nicht besonders
beliebt hier: zu faul, um ein guter Schüler, zu plump, um sportlich
zu sein, und viel zu eigensüchtig, um sich Freunde zu machen.
Edwards einziger Freund war er, Micky, und Edward mochte es
überhaupt nicht, wenn Micky mit anderen Jungen loszog. »Ich
frag' mal Pilkington, ob er mitmacht«, sagte Micky und ging zur
Tür.

»Nein, laß das«, widersprach Edward nervös.

»Warum denn nicht?« fragte Micky. »Du bist einfach viel zu feige.«

»Ich bin nicht zu feige«, behauptete Edward nicht sonderlich überzeugend. »Ich muß noch Latein machen.«

»Dann mach's. Ich gehe solange mit Pilkington schwimmen.«

Einen Augenblick lang schien Edward auf seinem Standpunkt beharren zu wollen, doch dann gab er klein bei. »Na schön, ich komme mit«, sagte er widerwillig.

Micky spähte zur Tür hinaus. Gedämpfte Geräusche erfüllten das Haus, doch im Gang ließ sich weit und breit kein Lehrer blicken. Micky schoß hinaus und verschwand im angrenzenden Zimmer. Edward folgte ihm auf den Fersen.

»Tag, ihr Hebräer«, grüßte Micky.

Zwei Jungen, die am Tisch Karten spielten, streiften ihn nur mit einem kurzen Blick und vertieften sich wieder in ihr Blatt, ohne ein Wort zu verlieren. Der dritte, Fatty Greenbourne, aß gerade Kuchen. Seine Mutter schickte ihm ständig Freßpakete. »Tag, ihr beiden«, sagte er liebenswürdig. »Stückchen Kuchen gefällig?«

»Himmel, Greenbourne! Du mästest dich wie ein Schwein«, tadelte Micky.

Fatty zuckte nur mit den Schultern und mampfte ungerührt weiter. Da er nicht nur Jude, sondern auch dick war, wurde er noch mehr gehänselt als die anderen, aber es schien ihm nichts auszumachen. Sein Vater, so hieß es, war der reichste Mann der Welt. Vielleicht ist Fatty deshalb so unangreifbar, dachte Micky.

Er ging zum Fenster, riß es auf und sah sich draußen um. Der Stallhof lag verlassen da.

»Was habt ihr vor, ihr zwei?« fragte Fatty.

»Schwimmen gehen«, sagte Micky.

»Das gibt 'ne Tracht Prügel.«

»Ich weiß«, sagte Edward, und es klang ziemlich kläglich.

Micky schwang sich aufs Fensterbrett, robbte rückwärts und ließ sich dann auf das nur ein paar Zentimeter tiefer liegende Schrägdach des Waschhauses fallen. Er meinte, eine Schieferpfanne knacken zu hören, doch das Dach hielt. Als er aufblickte, sah er

Edwards ängstliche Miene im Fenster. »Komm schon!« raunte er ihm zu, kletterte das Dach hinunter, fand ein Abzugsrohr und ließ sich daran zu Boden gleiten. Eine Minute später landete Edward neben ihm.

Micky spähte um die Ecke. Kein Mensch war zu sehen. Er fakkelte nicht lange und flitzte über den Hof in den Wald. Erst als ihn die Bäume so weit verbargen, daß er sicher war, von den Schulgebäuden aus nicht mehr gesehen zu werden, machte er halt und holte Luft. Gleich darauf tauchte Edward neben ihm auf.

»Geschafft!« sagte Micky. »Kein Mensch hat uns gesehen.«

»Sie schnappen uns bestimmt, wenn wir zurückkommen«, maulte Edward.

Micky lächelte. Mit seinem glatten Blondhaar, den blauen Augen und der großen Nase, die wie eine breite Messerklinge wirkte, war Edward ein Engländer wie aus dem Bilderbuch. Er war ein großer Junge mit breiten Schultern, stark, aber unbeholfen. Er besaß keinerlei Stilgefühl, und entsprechend schlecht saßen seine Kleider.

Beide Jungen waren gleichaltrig, nämlich sechzehn, doch damit erschöpften sich ihre Gemeinsamkeiten auch schon: Micky mit seinem dunklen Lockenschopf und seinen dunklen Augen war peinlichst genau auf seine Erscheinung bedacht. Unordentlichkeit oder gar Schmutz waren ihm verhaßt.

»Kein Vertrauen, Pilaster?« stichelte Micky. »Hab' ich nicht immer gut auf dich aufgepaßt?«

Edward grinste besänftigt. »Schon gut. Los jetzt!«

Sie schlugen einen kaum sichtbaren Pfad durch den Wald ein. Unter dem Laubdach der Buchen und Ulmen war es angenehm kühl, und Micky fühlte sich allmählich besser. »Was machst du in den Sommerferien?« fragte er Edward.

»Im August sind wir immer in Schottland.«

»Habt ihr eine Jagdhütte dort?« fragte Micky. Er hatte die Ausdrucksweise der englischen Oberschicht aufgeschnappt und wußte, daß »Jagdhütte« selbst dann die korrekte Bezeichnung war, wenn es sich dabei um ein Schloß mit fünfzig Zimmern handelte.

»Wir mieten eine«, erwiderte Edward. »Aber wir gehen nicht jagen. Mein Vater hat für Sport nicht viel übrig, weißt du.«
Micky erkannte den abwehrenden Ton in Edwards Stimme und
fragte sich, was er bedeuten mochte. Er wußte, daß sich die englische Aristokratie im August auf der Vogeljagd und den Winter
über auf der Fuchsjagd vergnügte. Er wußte außerdem, daß kein
Aristokrat seine Söhne nach Windfield schickte. Die Väter der
Windfield-Eleven waren keine Grafen und Bischöfe, sondern Geschäftsleute und Ingenieure, Männer also, die keine Zeit zu ver-
schwenden hatten, weder aufs Jagen noch aufs Schießen. Die Pilasters waren Bankiers, und wenn Edward sagte, sein Vater hätte
nicht viel übrig für Sport, so gab er damit indirekt zu, daß seine
Familie nicht gerade zu den oberen Zehntausend zählte.
Daß die Engländer Müßiggängern mehr Respekt entgegenbrach-
ten als arbeitenden Menschen, war ein Umstand, der Micky immer wieder aufs neue amüsierte. In seinem eigenen Land hatte
man weder vor ziellos dahintreibenden Adligen noch vor hart arbeitenden Geschäftsleuten Respekt. Dort achtete man nur die
Macht. Was mehr konnte ein Mann begehren, als Macht über
andere zu besitzen – die Macht, zu ernähren oder verhungern zu
lassen, die Macht, einzukerkern oder zu befreien, zu töten oder
am Leben zu lassen?
»Wie steht's mit dir?« fragte Edward. »Wo verbringst du denn den
Sommer?«
Auf diese Frage hatte Micky nur gewartet. »In der Schule«, lautete seine Antwort.
»Hier? Soll das heißen, daß du die ganzen Ferien über in der
Schule bleibst?«
»Was denn sonst? Heimfahren kann ich nicht. Allein für den Hin-
weg brauche ich sechs Wochen – ich müßte schon umkehren, be-
vor ich überhaupt zu Hause wäre.«
»Das ist ja gräßlich.«
Das mochte schon sein – nur: Micky hegte gar nicht den Wunsch,
nach Hause zu fahren. Seit dem Tod seiner Mutter war ihm sein
Vaterhaus verhaßt. Dort gab es inzwischen nur noch Männer:
seinen Vater, seinen älteren Bruder Paulo, mehrere Onkel und

Vettern und dazu vierhundert Gauchos. Der große Held für all
diese Männer war Papa, doch für Micky war er ein Fremder: kalt,
unnahbar, ungeduldig.

Ein noch größeres Problem für Micky war Paulo. Der war ebenso
stark wie dämlich, haßte den geschickteren und klügeren Micky,
und nichts bereitete ihm größeren Spaß, als seinen kleinen Bruder
zu demütigen. Wo immer sich eine Chance bot, aller Welt vorzuführen, daß Micky unfähig war, einen Stier mit dem Lasso einzu-
fangen, ein Pferd zuzureiten oder eine Schlange mit einem Kopf-
schuß zu töten, wurde sie von Paulo weidlich genutzt. Besonderes
Vergnügen bereitete es ihm, Mickys Pferd zu erschrecken, so daß
es scheute und Micky nichts anderes übrigblieb, als sich in Todes-
ängsten mit fest geschlossenen Augen an den Hals des Tieres zu
klammern, bis es, nach wilder Jagd über die Pampa, erschöpft
stehenblieb.

O nein, Micky wollte in den Ferien nicht nach Hause. Aber er
wollte auch nicht in der Schule bleiben. Er spekulierte auf eine
Einladung der Pilasters, den Sommer mit ihnen zu verbringen.

Da Edward nicht sofort von selbst auf den Gedanken kam, ließ
Micky das Thema fallen. Er war überzeugt, daß es wieder zur
Sprache kommen würde.

Sie kletterten über einen verfallenden Weidezaun und stiegen eine
kleine Anhöhe hinauf. Von oben war bereits der Teich zu sehen.
Zwar waren die behauenen Wände des Steinbruchs ziemlich steil,
doch jeder halbwegs gelenkige Junge fand ohne Schwierigkeiten
hinunter. Das tiefe Wasserloch am Grunde schimmerte in trübem
Grün und beherbergte Kröten, Frösche und ein paar Wasser-
schlangen.

Micky stellte verblüfft fest, daß sich schon drei andere Jungen im
Wasser befanden.

Das Sonnenlicht brach sich an der Wasseroberfläche. Micky kniff
die Augen zusammen und versuchte, die nackten Gestalten zu
erkennen. Es waren drei Windfield-Schüler aus der Untertertia.

Der karottenrote Schopf gehörte zu Antonio Silva, der trotz seiner
Haarfarbe ein Landsmann Mickys war. Tonios Vater mochte nicht
so viel Land besitzen wie der von Micky, doch die Silvas lebten

in der Hauptstadt und hatten einflußreiche Verbindungen. Auch Tonio konnte in den Ferien nicht nach Hause fahren. Da er jedoch Freunde an der Botschaft von Cordoba in London hatte, mußte er nicht den ganzen Sommer über in der Schule bleiben.

Bei dem zweiten Jungen handelte es sich um Hugh Pilaster, einen Vetter Edwards, wiewohl die beiden nicht die geringste Ähnlichkeit aufwiesen: Der schwarzhaarige Hugh hatte ein schmales, ebenmäßiges Gesicht, und sein lausbübisches Grinsen war unverwechselbar. Edward konnte ihn nicht leiden, denn Hugh war ein guter Schüler, neben dem er selbst wie der Trottel der Familie wirkte.

Der dritte Schwimmer war Peter Middleton, ein eher schüchterner Knabe, der gewöhnlich die Nähe des selbstbewußteren Hugh suchte. Drei Dreizehnjährige also, allesamt mit weißen, unbehaarten Körpern, dünnen Armen und schlaksigen Beinen.

Dann bemerkte Micky noch einen vierten Jungen. Er schwamm für sich allein am anderen Ende des Teiches. Er wirkte älter als die anderen drei und schien nicht zu ihnen zu gehören. Aber er war zu weit entfernt, als daß Micky sein Gesicht hätte erkennen können.

Edward setzte ein boshaftes Grinsen auf: Er sah eine Gelegenheit, den anderen einen Streich zu spielen. Verschwörerisch legte er den Finger auf die Lippen, bevor er an der Steilwand hinunterturnte. Micky folgte ihm schweigend.

Als sie den Vorsprung erreichten, wo die Jüngeren ihre Kleider abgelegt hatten, waren Tonio und Hugh untergetaucht, um irgend etwas zu erforschen, während Peter in aller Ruhe seine Bahnen zog. Er war der erste, der die beiden Neuankömmlinge entdeckte.

»O nein!« stöhnte er.

»Sieh da, sieh da«, sagte Edward. »Ihr wißt doch, daß das, was ihr hier treibt, verboten ist, oder?«

Jetzt hatte auch Hugh Pilaster seinen Vetter entdeckt und rief ihm zu: »Für dich ist es genauso verboten!«

»Ihr haut besser ab, bevor man euch erwischt«, erwiderte Edward ungerührt und hob eine Hose vom Boden auf. »Aber seht zu, daß eure Kleider nicht naß werden, sonst weiß jeder sofort, wo ihr wart.« Dann warf er die Hose mitten in den Teich und brach in wieherndes Gelächter aus.

»Du gemeiner Kerl!« schrie Peter und stürzte sich auf die im Wasser treibende Hose.

Micky lächelte amüsiert.

Edward griff sich einen Schnürstiefel und ließ ihn der Hose folgen.

Die Jüngeren gerieten allmählich in Panik. Edward nahm eine weitere Hose auf und warf sie in den Teich. Es war ein Heidenspaß zuzusehen, wie die drei Jüngeren schreiend nach ihren Kleidern tauchten, und Micky mußte lachen.

Unverdrossen warf Edward ein Kleidungsstück nach dem anderen in den Teich, während Hugh Pilaster aus dem Wasser kletterte. Micky glaubte, er würde sofort die Flucht ergreifen, doch ganz unerwartet rannte Hugh direkt auf Edward zu und versetzte ihm einen kraftvollen Stoß, so daß der Größere, der sich nicht rechtzeitig umgedreht hatte, die Balance verlor. Er taumelte und stürzte kopfüber in den Teich. Es gab einen gewaltigen Platscher.

Das alles hatte nur Sekunden gedauert. Hugh schnappte sich einen Armvoll Kleider und turnte wie ein Affe die Wand des Steinbruchs hinauf. Peter und Tonio stimmten ein brüllendes Hohngelächter an.

Micky setzte Hugh nach, gab jedoch bald wieder auf, da er einsah, daß er den kleineren und behenderen Knaben nicht würde einholen können. Als er zurückkehrte, sah er als erstes nach Edward. Zur Sorge bestand kein Anlaß: Edward war wieder aufgetaucht und hatte sich Peter Middleton gegriffen. Immer wieder drückte er den Kopf des Jüngeren unter Wasser, um ihm sein Hohngelächter heimzuzahlen.

Tonio rettete sich derweilen ans Ufer, ein Bündel triefender Klamotten umklammernd. Er drehte sich um und sah, wie Edward Peter mißhandelte. »Laß ihn in Ruhe, du blöder Affe!« schrie er ihm zu.

Tonio war schon immer ein tollkühnes Bürschchen gewesen, und Micky fragte sich unwillkürlich, was er wohl im Schilde führte. Tonio lief ein Stück am Ufer entlang. Dann drehte er sich erneut um, diesmal mit einem Stein in der Hand. Micky rief Edward eine Warnung zu, doch es war schon zu spät: Mit erstaunlicher Zielsicherheit traf der Stein Edward am Kopf. Sofort breitete sich auf seiner Stirn ein heller Blutfleck aus.

Edward brüllte vor Schmerzen auf, ließ von Peter ab und schwamm wutentbrannt aufs Ufer zu, um Tonio nachzusetzen.

Die Hände immer noch um die Restbestände seiner Kleidung gekrampft und die Schmerzen mißachtend, die der rauhe Boden seinen nackten Sohlen bereitete, hastete Hugh Pilaster durch den Wald. Dort, wo sich der schmale Pfad mit einem zweiten kreuzte, schlug er einen Haken nach links und rannte noch ein Stück weiter, bevor er sich in die Büsche schlug und im Unterholz verschwand.

Er wartete ab, bis sich sein rasselnder Atem wieder beruhigt hatte. Dann lauschte er angestrengt. Sein Vetter Edward und dessen Busenfreund Micky Miranda waren die miesesten Schweine der ganzen Schule: Drückeberger, Spielverderber und Kinderschinder, denen man tunlichst aus dem Weg ging. Doch jetzt war ihm Edward bestimmt auf den Fersen, denn schließlich haßte er ihn, Hugh, seit eh und je.

Schon ihre Väter hatten sich zerstritten. Toby, Hughs eigener Vater, hatte sein Kapital aus der Familienbank genommen und ein eigenes Unternehmen aufgezogen, einen Farbenhandel für die Textilindustrie. Das schlimmste Verbrechen, das ein Pilaster begehen konnte, war, der familieneigenen Bank sein Kapital zu entziehen – das wußte Hugh bereits mit dreizehn Jahren. Und er wußte, daß Onkel Joseph – Edwards Vater – seinem Bruder Toby diesen Fauxpas nie verziehen hatte.

Hugh fragte sich, was aus seinen Freunden geworden war. Bevor Micky und Edward aufkreuzten, waren sie zu viert im Wasser gewesen: Tonio, Peter sowie er selbst am einen und Albert Cammel, ein älterer Schüler, am anderen Ende des Teichs.

Tonio war normalerweise mutig bis zur Tollkühnheit, aber vor

Micky Miranda hatte er eine Höllenangst. Beide kamen sie aus einem südamerikanischen Land namens Cordoba, und Tonio hatte erzählt, die Mirandas seien eine mächtige und grausame Familie.

Hugh kapierte nicht ganz, was das heißen sollte, doch er sah nur allzu deutlich, was es bewirkte: Während kein anderer älterer Schüler vor Tonios Hänseleien sicher war, verhielt er sich Micky gegenüber auffallend höflich, ja geradezu unterwürfig.

Was Peter betraf, der starb sicherlich vor Schreck – er fürchtete sich ja sogar vor seinem eigenen Schatten. Blieb nur die Hoffnung, daß er den miesen Kerlen entwischt war.

Albert Cammel schließlich, der auf den Spitznamen Hump – Hökker – hörte, war nicht mit ihnen gekommen und hatte seine Kleider woanders abgelegt. Wahrscheinlich war er unbehelligt geblieben.

Auch er selbst war ihnen entkommen, doch das hieß noch lange nicht, daß er nun aus dem Schneider war. Seine Unterwäsche, seine Socken und seine Schuhe waren weg. Er würde sich triefnaß in Hemd und Hosen in die Schule schleichen müssen – hoffentlich erwischte ihn keiner der Lehrer oder älteren Schüler dabei! Bei diesem Gedanken stöhnte Hugh laut auf. Warum muß ausgerechnet mir immer so was passieren? fragte er sich. Ihm war hundeelend zumute.

Immer wieder hatte er Ärger, seit er vor achtzehn Monaten nach Windfield gekommen war. Das Lernen machte ihm nichts aus – er lernte gut und schnell, und für seine Klassenarbeiten erhielt er stets Bestnoten. Es waren die kleinkarierten Internatsregeln, die ihm so fürchterlich auf die Nerven gingen. Statt jeden Abend Viertel vor zehn im Bett zu liegen, wie es Vorschrift war, fand er immer wieder einen zwingenden Grund, bis Viertel nach zehn aufzubleiben. Orte, die zu betreten streng verboten war, zogen ihn geradezu magisch an. Sein Forscherdrang trieb ihn immer wieder in den Pfarrgarten, in den Obstgarten des Direktors, in den Kohlen- oder den Bierkeller. Er lief, wenn er gehen sollte, las, wenn er schlafen sollte, und schwätzte während des Gebets. Und immer wieder endete es so wie heute: Er fühlte sich schuldig, hatte Angst und haderte mit seinem Schicksal. Warum tust du dir das bloß an? fragte er sich, wenn wieder einmal alles schiefgegangen war. Minutenlang herrschte Totenstille im Wald, während Hugh düster über seine Zukunft nachgrübelte. Würde er wohl eines Tages als Ausgestoßener enden? Als Verbrecher womöglich, den man ins Gefängnis warf oder als Sträfling nach Australien verbannte? Als Galgenvogel, der am Strick endete?

Im Augenblick schien wenigstens Edward nicht hinter ihm her zu sein. Hugh stand auf und zog sich Hemd und Hose an, beides noch naß. Dann hörte er ein Weinen.

Vorsichtig spähte er aus seinem Versteck – und erkannte Tonios karottenfarbenen Haarschopf. Langsam kam sein Freund den Pfad entlang, die Kleider in den Händen, triefnaß, nackt und schluchzend.

»Was ist los?« fragte Hugh. »Wo bleibt Peter?«

Urplötzlich wurde Tonio wild. »Das sag’ ich nicht! Nie!« rief er. »Sie würden mich umbringen!«

»Na schön, dann laß es eben bleiben«, meinte Hugh. Es war das Übliche: Tonio hatte eine Höllenangst vor Micky, und was immer auch passiert sein mochte, Tonio würde kein Wort verraten. »Am besten ziehst du dich erst mal an«, schlug Hugh vor. Das war das Naheliegendste.

Tonio starrte wie blind auf das Bündel triefender Kleider in seinen Händen. Er stand offenbar unter Schock. Hugh nahm ihm das Bündel ab: Die Schuhe und die Hosen waren da, dazu eine Socke, aber kein Hemd. Er half Tonio beim Anziehen. Dann machten sie sich gemeinsam auf den Rückweg.

Tonio weinte nicht mehr, wirkte aber immer noch zutiefst erschüttert. Hugh konnte nur hoffen, daß die beiden Quälgeister Peter nicht allzusehr zugesetzt hatten. Außerdem kam es jetzt vor allem darauf an, die eigene Haut zu retten. »Wenn wir bloß irgendwie in den Schlafsaal kommen«, sagte er, »dann können wir uns frisches Zeug und andere Schuhe anziehen. Und wenn der Arrest erst mal aufgehoben ist, kaufen wir uns in der Stadt neue Kleider auf Kredit.«

»Einverstanden«, sagte Tonio dumpf und nickte.

Schweigend setzten sie ihren Weg durch den Wald fort. Erneut
fragte sich Hugh, was Tonio so verstört haben mochte. Schikanen
durch die Älteren waren schließlich nichts Neues in Windfield.
Was mochte am Teich noch geschehen sein, nachdem ihm selbst
die Flucht gelungen war? Von Tonio konnte er sich kaum Aufklärung erhoffen. Der sagte den ganzen Rückweg über kein Wort
mehr.

Das Internat bestand aus sechs Gebäuden, die einst den Mittelpunkt eines großen Gutshofs gebildet hatten. Ihr Schlafsaal befand sich in der ehemaligen Meierei unweit der Kapelle. Um dorthin zu gelangen, mußten sie eine Mauer übersteigen und den
Spielhof überqueren. Sie erkletterten die Mauer und spähten hinüber.

Das Spielfeld lag verlassen vor ihnen, wie Hugh erwartet hatte.
Dennoch zögerte er. Allein der Gedanke daran, wie der Rohrstock
auf sein Hinterteil klatschte, ließ ihn zusammenzucken. Aber ihm
blieb keine andere Wahl. Er mußte in die Schule und sich trockene
Sachen anziehen.

»Die Luft ist rein«, zischte er. »Los jetzt!«

Gemeinsam sprangen sie über die Mauer und hetzten über das
Spielfeld in den kühlen Schatten der steinernen Kapelle. Immerhin – bis jetzt war alles gutgegangen. Sie schlichen sich um die
Ostseite, indem sie sich dicht an der Wand hielten. Als nächstes
kam ein kurzer Sprint über die Auffahrt und in ihr Gebäude.
Hugh verharrte reglos. Kein Mensch war zu sehen. »Jetzt!«
flüsterte er.

Die beiden Jungen rannten über den Weg. Doch dann, als sie die
Tür bereits erreicht hatten, schlug das Verhängnis zu.

Eine vertraute, autoritätsgewohnte Stimme erklang: »Pilaster,
meine Junge, sind Sie das?« Da wußte Hugh, daß das Spiel verloren war.

Das Herz rutschte ihm in den Hosenboden. Er blieb stehen und
drehte sich um. Ausgerechnet in diesem Moment mußte Mr.
Offerton aus der Kapelle kommen! Jetzt stand er im Schatten des
Portals, eine hochgewachsene, mißgelaunte Gestalt in College-
Talar und Barett. Hugh unterdrückte ein Stöhnen: Mr. Offerton,

genau der Lehrer, dem das Geld gestohlen worden war! Der war
der letzte, der Gnade vor Recht ergehen ließ! Und das bedeutete
unwiderruflich den Rohrstock. Unwillkürlich verkrampften sich
Hughs Gesäßmuskeln.

»Kommen Sie her, Pilaster!« befahl Dr. Offerton.

Hugh schlurfte hinüber, Tonio im Schlepptau. Er war der Verzweiflung nahe. Warum lasse ich mich bloß immer wieder auf
solch riskante Unternehmen ein? dachte er.

»Ins Büro des Schulleiters, sofort«, sagte Dr. Offerton.

»Jawohl, Sir«, sagte Hugh kleinlaut. Es wurde immer schlimmer!
Wenn der Direktor sieht, in welchem Aufzug ich umherlaufe, fliege
ich womöglich von der Schule. Was soll ich nur Mutter sagen?

»Also ab!« befahl der Lehrer ungeduldig.

Beide Jungen machten kehrt, doch Dr. Offerton sagte: »Sie nicht,
Silva.«

Hugh und Tonio sahen sich fragend an: Weshalb sollte Hugh bestraft werden, Tonio aber nicht? Doch Befehl war Befehl, und
Fragen waren nicht gestattet. Also entkam Tonio in den Schlafsaal, während Hugh sich auf den Weg zum Haus des Direktors
machte.

Schon jetzt konnte er den Rohrstock spüren. Er wußte, daß er
weinen würde, und das war noch viel schlimmer als der Schmerz.
Denn mit seinen dreizehn Jahren fand Hugh sich eigentlich schon
zu alt für Tränen.

Das Haus des Direktors lag am anderen Ende des Schulgeländes,
doch so langsam Hugh auch vorwärts schlich – er kam viel zu
früh an. Und das Hausmädchen öffnete die Tür schon eine Sekunde nach dem Klingeln.

Dr. Poleson erwartete ihn in der Diele. Der Schulleiter war ein
kahlköpfiger Mann mit dem Gesicht einer Bulldogge, doch aus
irgendeinem Grunde sah er nicht so aus wie erwartet. Das Don-
nerwetter, mit dem Hugh gerechnet hatte, blieb aus. Anstatt sofort
Aufklärung darüber zu verlangen, weshalb Hugh nicht nur aus
dem Arrest entwichen, sondern darüber hinaus auch noch tropf-
naß war, öffnete der Direktor schlicht die Tür zu seinem Büro und
sagte ruhig: »Hier herein, meine Junge.« Er spart sich seine Wut

für die Prügel auf, dachte Hugh und betrat klopfenden Herzens das Büro.

Zu seiner heillosen Verblüffung sah er dort seine Mutter sitzen. Noch schlimmer – sie weinte!

»Ich war doch bloß schwimmen!« platzte Hugh heraus.

Hinter ihm schloß sich die Tür, und er merkte, daß der Schulleiter gar nicht mit hereingekommen war.

Erst jetzt begann es ihm zu dämmern: Das alles hatte nichts mit dem Arrest zu tun und nichts mit dem Schwimmen. Es ging auch nicht um die verlorenen Klamotten und nicht darum, daß er Mr. Offerton halb nackt in die Arme gelaufen war.

Er hatte das entsetzliche Gefühl, daß alles noch viel, viel schlimmer war.

»Was ist los, Mutter?« fragte er. »Warum bist du gekommen?«

»Ach, Hugh«, schluchzte sie, »dein Vater ist tot.«

Samstag war der schönste Tag der Woche, fand Maisie Robinson. Am Samstag bekam Papa seinen Lohn. Dann gab es Fleisch zum Abendessen und frisches Brot.

Sie saß mit ihrem Bruder Danny auf der Eingangsstufe und wartete darauf, daß Papa von der Arbeit kam. Danny war dreizehn, zwei Jahre älter als Maisie, und sie himmelte ihn an, obwohl er manchmal gar nicht nett zu ihr war.

Das Haus war Bestandteil einer Reihe feuchter, stickiger Wohnquartiere im Hafenviertel einer Kleinstadt an der Nordostküste Englands und gehörte der Witwe MacNeil. Sie bewohnte das vordere Zimmer im Parterre, die Robinsons lebten im Hinterzimmer, und im ersten Stock hauste eine weitere Familie. Wenn Papa von der Arbeit kam, würde Mrs. MacNeil ihn auf der Türschwelle abpassen und sofort die Miete kassieren.

Maisie hatte Hunger. Gestern hatte sie ein paar zerhackte Knochen beim Fleischer erbettelt, und Papa hatte eine Rübe gekauft und Eintopf daraus gekocht. Das war ihre letzte Mahlzeit gewesen. Aber heute war Samstag!

Sie versuchte, nicht an das Abendessen zu denken, denn dann
tat ihr der Bauch nur noch mehr weh. Um sich abzulenken, sagte
sie zu Danny: »Heute morgen hat Papa ein Schimpfwort gebraucht.«

»Was hat er gesagt?«

»Er hat Mrs. MacNeil eine *paskudniak* genannt.«

Danny kicherte. Das Wort bedeutete Schurkin. Nach einem Jahr
im neuen Land sprachen die Kinder fließend Englisch, doch ihr
Jiddisch hatten sie nicht vergessen.

Ihr richtiger Name war nicht Robinson, sondern Rabinowicz.
Mrs. MacNeil haßte sie, seit sie wußte, daß sie Juden waren. Sie
hatte nie zuvor einen Juden gesehen, und als sie ihnen das Zimmer überließ, war es in dem Glauben geschehen, die neuen Mieter
seien Franzosen. In dieser Stadt gab es wohl keine Juden. Die
Robinsons hatten auch nie hierher gewollt: Ihre Überfahrt hatten
sie für eine Stadt namens Manchester gebucht, wo es viele Juden
gab, und der Kapitän hatte ihnen vorgeflunkert, dies hier wäre
Manchester. Als sie den Betrug bemerkten, hatte Papa gesagt, sie
würden sparen, bis sie nach Manchester ziehen könnten – doch
dann war Mama krank geworden.

Mama war noch immer krank, und sie waren noch immer hier.

Papa arbeitete am Hafen in einem hohen Speicherhaus, über dessen Tor in großen Lettern *Tobias Pilaster & Co.* stand, und Maisie
fragte sich oft, wer der »*Co.*« sein mochte. Papa arbeitete als
Buchhalter bei Pilaster und erfaßte die Farbenfässer, die hereinka-
men und hinausgingen. Er war ein sorgfältiger Mann, ein gewis-
senhafter Protokollant und Listenschreiber.

Mama war das genaue Gegenteil von ihm, unternehmungslustig
und wagemutig. Sie war die treibende Kraft gewesen, als es um
die Übersiedlung nach England ging. Mama liebte Feste, Reisen,
schöne Kleider und Gesellschaftsspiele und lernte gerne neue
Menschen kennen. Darum liebt Papa sie auch so sehr, dachte
Maisie: Weil Mama genau das ist, was er nie sein kann.

Doch inzwischen war Mama nur noch ein Schatten ihrer selbst.
Den ganzen Tag lang lag sie auf der alten Matratze, döste und
schlief; das blasse Gesicht glänzte vor Schweiß, und ihr Atem war

heiß und übelriechend. Der Doktor hatte gesagt, man müsse sie
täglich mit vielen frischen Eiern und Sahne und Rindfleisch wieder aufpäppeln – und dann hatte Papa ihn mit dem Geld bezahlt,
das eigentlich fürs Abendessen vorgesehen war. Inzwischen fühlte
sich Maisie jedesmal, wenn sie etwas aß, schuldig, weil sie wußte,
daß sie Nahrung zu sich nahm, die ihrer Mutter vielleicht das
Leben retten konnte.

Maisie und Danny hatten sich das Stehlen beigebracht. An
Markttagen gingen sie auf den Marktplatz und mausten Kartoffeln und Äpfel von den Ständen. Zwar wachten die Händler mit
Adleraugen über ihre Ware, doch hin und wieder wurden sie abgelenkt – durch einen Streit übers Wechselgeld, durch raufende
Hunde oder einen Trunkenbold –, und dann grabschten die Kinder nach allem, was sie erwischen konnten. Wenn sie Glück hatten, lief ihnen ein reiches Kind über den Weg, das nicht älter war
als sie, und dann taten sie sich zusammen und raubten es aus.
Solche Kinder trugen immer etwas bei sich – eine Orange oder
eine Tüte voller Süßigkeiten, und sehr oft sogar ein paar Pennys.
Maisie hatte ständig Angst, sie könnten ertappt werden – Mama
würde sich in Grund und Boden schämen. Aber meistens war der
Hunger größer als die Angst.

Als sie aufblickte, sah sie eine Traube von Männern die Straße
entlangkommen. Wer sie wohl waren? Für Dockarbeiter waren sie
noch ein wenig zu früh dran. Sie hielten zornige Reden, fuchtelten
mit den Armen und stießen ihre Fäuste in die Luft.

Erst als sie näher kamen, erkannte Maisie Mr. Ross, der im
ersten Stock wohnte und wie Papa bei Pilaster arbeitete. Wieso
kam er schon nach Hause? Waren die Männer alle gefeuert worden? Nach Mr. Ross' Zustand zu urteilen, war das gut möglich.
Sein Gesicht war puterrot angelaufen; er fluchte und schimpfte
über »dumme Trottel, lausige Blutsauger und verlogene Schwei-
nehunde«. Als die Gruppe das Haus erreicht hatte, wandte er
sich brüsk ab und stampfte durch die Tür, so daß Maisie und
Danny sich wegducken mußten, um nicht unter seine genagelten
Stiefel zu geraten.

Als Maisie wieder aufblickte, sah sie Papa. Er war ein schmaler

Mann mit schwarzem Bart und sanften braunen Augen, der den
anderen in einiger Entfernung und mit gesenktem Kopf folgte. Er
wirkte so niedergeschlagen und hoffnungslos, daß Maisie hätte
weinen können.
»Was ist passiert, Papa?« fragte sie. »Warum kommst du so
früh?«
»Kommt mit rein«, sagte er so leise, daß Maisie ihn gerade eben
noch verstand.
Beide Kinder folgten ihm ins Hinterzimmer. Dort kniete er sich
neben die Matratze und küßte Mama auf die Lippen.
Sie erwachte und lächelte ihn an, doch er erwiderte ihr Lächeln
nicht.
»Die Firma ist kaputt«, sagte er auf Jiddisch. »Toby Pilaster hat
Bankrott gemacht.«
Maisie verstand nicht, was er damit meinte, doch nach Papas
Tonfall klang es wie eine Katastrophe. Unwillkürlich sah sie
Danny an: Er zuckte die Achseln. Auch er begriff es nicht.
»Aber warum?« fragte Mama.
»Es hat einen finanziellen Zusammenbruch gegeben«, sagte Papa.
»Gestern hat eine große Bank in London Pleite gemacht.«
Mama runzelte die Stirn und versuchte sich zu konzentrieren.
»Aber wir sind hier nicht in London«, sagte sie. »Was soll das
heißen?«
»Genaueres weiß ich auch nicht.«
»Also hast du keine Arbeit mehr?«
»Keine Arbeit und auch kein Geld.«
»Aber heute haben sie dich doch bezahlt.«
Papa senkte den Kopf. »Nein, sie haben uns nicht bezahlt.«
Wieder sah Maisie Danny an. Das verstanden sie. Kein Geld be-
deutete kein Essen, für keinen von ihnen. Danny war sichtlich
erschrocken, und Maisie hätte am liebsten geweint.
»Aber sie müssen dich bezahlen«, flüsterte Mama. »Du hast die
ganze Woche über gearbeitet, sie müssen dich bezahlen.«
»Sie haben kein Geld«, sagte Papa. »Sie sind bankrott. Bankrott
heißt, anderen Leuten Geld zu schulden und sie nicht bezahlen
zu können.«

»Aber du hast doch immer gesagt, Mr. Pilaster ist ein anständiger Mann.«

»Toby Pilaster ist tot. Er hat sich erhängt, gestern abend, in seinem Londoner Büro. Sein Sohn ist so alt wie Danny.«

»Aber wie sollen wir nun unsere Kinder ernähren?«

»Ich weiß es nicht«, gestand Papa, und dann fing er zu Maisies Schrecken an zu weinen. »Es tut mir so leid, Sarah«, sagte er, während die Tränen in seinen Bart rollten. »Ich habe dich an diesen grauenvollen Ort gebracht, wo es keine Juden gibt und niemanden, der uns hilft. Ich kann den Arzt nicht bezahlen, ich kann keine Medizin kaufen, ich kann unsere Kinder nicht ernähren. Ich habe völlig versagt. Es tut mir so leid, so schrecklich leid.« Er beugte sich vor und vergrub sein tränennasses Gesicht an Mamas Busen. Mit zitternder Hand strich sie ihm übers Haar.

Maisie war entsetzt. Papa hatte noch nie geweint! Das schien das Ende aller Hoffnungen zu sein. Womöglich mußten sie nun alle sterben.

Danny stand auf, sah Maisie an und deutete mit dem Kopf zur Tür. Sie erhob sich, und auf Zehenspitzen verließen die beiden Kinder das Zimmer. Maisie setzte sich auf die Eingangsstufe und fing an zu weinen. »Was sollen wir bloß tun?« schluchzte sie.

»Wir müssen weglaufen«, sagte Danny.

Bei seinen Worten bildete sich ein kalter Knoten in Maisies Brust.

»Das können wir nicht«, sagte sie.

»Wir müssen. Wir haben nichts zu essen. Wenn wir bleiben, verhungern wir.«

Maisie war das egal, doch plötzlich ging ihr ein anderer Gedanke durch den Sinn: Mama würde von sich aus zu Tode fasten, um ihren Kindern Nahrung zu verschaffen. Mama würde sterben, wenn sie blieben. Also mußten sie gehen, um Mamas Leben zu retten.

»Du hast recht«, sagte Maisie zu Danny. »Wenn wir weggehen, wird Papa vielleicht genug zu essen für Mama auftreiben können. Wir müssen wirklich gehen, um ihretwillen.«

Mit einemmal wurde ihr das ganze Ausmaß des Unglücks bewußt, das ihre Familie getroffen hatte. Es war sogar noch schlimmer als an dem Tag, als sie aus Viskis hatten fliehen und das brennende Dorf hinter sich zurücklassen müssen. Ein eiskalter Zug hatte sie fortgebracht, mit ihrer gesamten Habe, die nicht mehr als zwei Segeltuchtaschen füllte. Damals war Maisie klargeworden, daß Papa sich allezeit um sie kümmern würde, was immer auch geschehen mochte. Jetzt aber mußte sie sich um sich selber kümmern.

»Wohin gehen wir?« fragte sie flüsternd.

»Ich gehe nach Amerika.«

»Nach Amerika! Wie?«

»Im Hafen liegt ein Schiff, das mit der Morgenflut Richtung Boston ausläuft – wenn es dunkel ist, klettere ich an einem Seil an Bord und verstecke mich in einem der Boote.«

»Du fährst als blinder Passagier«, sagte Maisie, und in ihrer Stimme schwang ebenso viel Angst wie Bewunderung mit.

»Genau.«

Als Maisie ihren Bruder betrachtete, sah sie zum erstenmal, daß über seinen Lippen ein Bartflaum zu sprießen begann. Er wurde allmählich ein Mann, und eines Tages würde er den gleichen schwarzen Vollbart tragen wie Papa. »Wie lange dauert die Fahrt nach Amerika?« fragte sie.

Er zögerte und wirkte ein wenig stur, als er antwortete: »Ich weiß nicht.«

Ihr ging auf, daß er sie nicht in seine Pläne einschloß, und ihr wurde elend und ängstlich zumute. »Wir bleiben also nicht zusammen«, sagte sie traurig.

Sein Blick war schuldbewußt, aber er widersprach ihr nicht. »Ich geb' dir einen guten Tip«, sagte er. »Geh nach Newcastle. Zu Fuß bist du in vier Tagen dort. Es ist eine große Stadt, größer noch als Danzig – dort fällst du keinem auf. Schneid dir die Haare kurz, klau dir ein Paar Hosen, und tu so, als wärst du ein Junge. Such dir einen Mietstall, und hilf, die Pferde zu versorgen – mit Pferden konntest du schon immer gut umgehen. Wenn du deine Sache gut machst, kriegst du Trinkgelder, und vielleicht stellen sie dich nach einer Weile sogar richtig ein.«

Maisie konnte sich nicht vorstellen, ganz auf sich allein gestellt zu sein.

»Ich würde lieber bei dir bleiben«, sagte sie.

»Das geht nicht. Es wird schon schwierig genug für mich alleine. Ich muß mich verstecken, mir was zu essen klauen und so. Da kann ich mich nicht auch noch um dich kümmern.«

»Du bräuchtest dich nicht um mich zu kümmern. Und ich wäre mucksmäuschenstill.«

»Ich würde mir aber Sorgen um dich machen.«

»Aber mich ganz allein zu lassen macht dir keine Sorgen?«

»Von heute an müssen wir selber für uns sorgen!« gab Danny schroff zurück.

Maisie erkannte, daß sie ihren Bruder nicht würde umstimmen können – das war ihr noch nie gelungen, wenn Danny sich erst einmal etwas in den Kopf gesetzt hatte.

Voller Furcht im Herzen fragte sie: »Wann sollen wir gehen? Morgen früh?«

Danny schüttelte den Kopf. »Jetzt gleich. Sobald es dunkel ist, muß ich mich an Bord schleichen.«

»Ist das wirklich nötig?«

»Ja.« Wie zum Beweis dafür stand er auf.

Maisie tat es ihm gleich. »Sollen wir irgendwas mitnehmen?«

»Was denn?«

Sie zuckte mit den Schultern. Sie besaß kein Kleid zum Wechseln, keine Erinnerungsstücke, nichts. Es gab auch kein Geld und keine Lebensmittel, die sie hätten mitnehmen können. »Ich möchte Mama einen Abschiedskuß geben«, sagte Maisie.

»Laß es sein«, sagte Danny mit rauher Stimme. »Sonst kommst du nicht von hier weg.«

Er hatte recht. Wenn ich jetzt zu Mama gehe, klappe ich zusammen und erzähle ihr alles, dachte Maisie und schluckte heftig.

»Also gut«, sagte sie, während sie mit den Tränen kämpfte. »Gehen wir.«

Seite an Seite schritten sie davon.

Am Ende der Straße hätte Maisie sich gerne noch einmal umgedreht und einen letzten Blick auf das Haus geworfen. Doch sie

hatte Angst, sie könnte schwach werden und umkehren. Also ging
sie weiter und drehte sich nicht mehr um.

Ausschnitt aus der Londoner *Times*:
DER CHARAKTER DES ENGLISCHEN SCHULJUNGEN

Der Stellvertretende Untersuchungsrichter von Ashton, Mr. H. S. Was-
brough, leitete gestern im Bahnhofshotel von Windfield die gerichtliche Un-
tersuchungskommission zur Aufklärung der Todesursache im Falle des 13jäh-
rigen Schülers Peter James St. John Middleton. Der Knabe war in einem
stillgelegten Steinbruch, unweit der Windfield School, in einem Teich
schwimmen. Zwei ältere Schüler hatten, wie dem Gericht mitgeteilt wurde,
gemerkt, daß er in Schwierigkeiten geriet.

Einer der beiden, Miguel Miranda, gebürtig aus Cordoba, sagte als Zeuge
aus, sein Begleiter, der 16jährige Edward Pilaster, habe sich seiner Oberbe-
kleidung entledigt und sei ins Wasser gesprungen, um den Jüngeren zu retten,
jedoch ohne Erfolg.

Der Schulleiter von Windfield, Dr. Herbert Poleson, sagte aus, der Aufent-
halt im Steinbruch sei den Schülern untersagt, doch es sei ihm bekannt, daß
diese Anordnung gelegentlich übertreten werde. Die Jury kam zu dem Schluß,
daß ein Unfalltod durch Ertrinken vorliege.

Abschließend verwies der Stellvertretende Untersuchungsrichter auf die Tap-
ferkeit des Schülers Edward Pilaster, der versucht habe, seinem Freund das
Leben zu retten, und sagte, der Charakter des englischen Schuljungen, ge-
formt von Institutionen wie Windfield, sei ein Faktum, auf das wir mit Fug
und Recht stolz sein dürften.

Micky Miranda war hingerissen von Edwards Mutter.

Augusta Pilaster war eine große, stattliche Frau in den Dreißi-
gern. Sie hatte schwarzes Haar und schwarze Augenbrauen und
ein hochmütiges Gesicht mit hohen Wangenknochen, einer gera-
den, scharf geschnittenen Nase und einer starken Kinnpartie.

Strenggenommen war sie nicht schön und schon gar nicht hübsch, aber ihr stolzes Gesicht besaß eine unglaubliche Ausstrahlung. Zu der gerichtlichen Untersuchung trug sie einen schwarzen Mantel und einen schwarzen Hut, was die Dramatik ihres Auftritts noch verstärkte. Doch das eigentlich Faszinierende an ihr war der untrügliche Eindruck, daß sich unter ihren sittsamen Kleidern ein wollüstiger Körper verbarg und daß ihre arrogante, gebieterische Haltung eine leidenschaftliche Natur kaschierte. Micky vermochte sich ihrer Persönlichkeit nicht zu entziehen, ja, er konnte kaum den Blick von ihr wenden.

Neben ihr saß ihr Gatte Joseph, Edwards Vater, ein häßlicher Mann um die Vierzig, der unentwegt eine Leichenbittermiene zur Schau trug. Er besaß die gleiche Hakennase wie Edward und hatte den gleichen hellen Teint, doch seine blonden Haare wichen allmählich einer Glatze, für die der buschige Backenbart wohl einen Ausgleich schaffen sollte. Micky fragte sich, was eine so eindrucksvolle Frau dazu bewegt haben mochte, diesen unansehnlichen Mann zu heiraten. Nun ja, er hatte Geld, sehr viel Geld – das war wohl der Grund.

Sie saßen in einer Mietkutsche, die sie vom Bahnhofshotel in die Schule brachte: Mr. und Mrs. Pilaster, Edward und Micky sowie Dr. Poleson, der Schulleiter. Micky fand es erheiternd, daß auch der Direktor offensichtlich Augusta Pilasters Charme verfallen war. Er erkundigte sich, ob die Untersuchung sie ermüdet habe und ob sie sich in der Kutsche wohl fühle; er befahl dem Kutscher, langsamer zu fahren, und am Ende der Fahrt sprang er als erster aus dem Wagen, um Mrs. Pilaster beim Aussteigen die Hand reichen zu können. Sein Bulldoggengesicht verriet eine Erregung, wie Micky sie noch nie an ihm beobachtet hatte.

Alles war gutgegangen bei der gerichtlichen Untersuchung. Obwohl Micky innerlich furchtbare Ängste ausgestanden hatte, hatte er eine Engelsmiene aufgesetzt, um die Geschichte zu erzählen, die Edward und er sich ausgedacht hatten. Die scheinheiligen Briten nahmen es unglaublich genau mit der Wahrheit, und wäre man ihm auf die Schliche gekommen, wäre er geliefert gewesen, soviel stand fest. Aber die Geschichte vom heldenhaften Internats-

schüler hatte das Gericht dermaßen entzückt, daß niemand sie in
Frage gestellt hatte. Edward war nervös gewesen und hatte bei
seiner Aussage gestottert, doch der Untersuchungsrichter hatte
auch dafür verständnisvolle Worte gefunden. Edward, so meinte
er, sei wohl noch nicht darüber hinweggekommen, daß seinen
Rettungsversuchen kein Erfolg beschieden war. Edward solle sich
doch keine Vorwürfe machen ...

Von den anderen Schülern war keiner vorgeladen worden. Hugh
war noch am Tag des Unglücks aus der Schule genommen worden, weil sein Vater gestorben war. Von Tonio verlangte man keine
Aussage, weil niemand wußte, daß er gesehen hatte, wie Peter
starb. Micky hatte ihn unter fürchterlichen Drohungen zum
Schweigen verdonnert. Zwar gab es noch einen unbekannten Zeugen, den Jungen, der am anderen Ende des Teichs gebadet hatte,
doch der hatte sich nicht gemeldet.

Peters Eltern hatte der Schicksalsschlag so hart getroffen, daß sie
nicht erschienen waren. Sie hatten ihren Anwalt geschickt, einen
alten Mann mit verschlafenen Augen, dessen einziges Ziel es war,
die Sache mit möglichst geringem Aufwand hinter sich zu bringen. Anwesend war lediglich Peters älterer Bruder David; er hatte
sich ziemlich aufgeregt, als der Anwalt darauf verzichtete, Micky
und Edward kritisch zu befragen. Mit einer abwehrenden Handbewegung wies der alte Mann Davids geflüsterten Protest zurück.
Ein Glück, dachte Micky, und war dem Anwalt überaus dankbar
für seine Trägheit. Er war sich ziemlich sicher, daß Edward schon
bei der ersten skeptischen Frage in die Knie gegangen wäre.

Im staubigen Wohnzimmer des Direktors nahm Mrs. Pilaster Edward in die Arme und küßte ihn auf die Stirn, wo Tonios Stein
eine Wunde hinterlassen hatte. »Mein armer geliebter Junge«,
sagte sie.

Von dem Steinwurf hatten Micky und Edward niemandem erzählt, denn dann hätten sie erklären müssen, was Tonio dazu
veranlaßt hatte. Nach ihrer Version hatte Edward sich den Kopf
angeschlagen, als er nach Peter tauchte.

Beim Tee lernte Micky eine ganz neue Seite an seinem Freund
kennen. Edward saß auf dem Sofa neben seiner Mutter. Unabläs-

sig tätschelte und streichelte Augusta ihren »Teddy«, doch statt peinlich davon berührt zu sein wie andere Jungen seines Alters, schien Edward das zu mögen und schenkte seiner Mutter sogar ein gewinnendes Lächeln, das Micky noch nie an ihm gesehen hatte. Sie ist richtig vernarrt in ihn, dachte Micky – und Edward gefällt das.

Nachdem man minutenlang nichts als belanglose Höflichkeiten ausgetauscht hatte, stand Mrs. Pilaster plötzlich auf und brachte damit die Männer ganz durcheinander. Hastig rappelten sie sich auf. »Sie wollen gewiß rauchen, Dr. Poleson«, sagte sie und, ohne seine Antwort abzuwarten, fuhr sie fort: »Mr. Pilaster wird Sie auf eine Zigarre in den Garten begleiten. Teddy, mein Lieber, du begleitest deinen Vater. Ich werde mir ein paar Minuten stiller Einkehr in der Kapelle gönnen. Vielleicht kann Micky mir den Weg dorthin zeigen.«

»Aber gewiß doch, aber gewiß doch«, stammelte der Direktor und überschlug sich geradezu in seinem Eifer, Augustas Befehlen unverzüglich nachzukommen. »Los, los, Miranda!«

Micky war beeindruckt. Wie mühelos diese Frau die Männer zum Spuren brachte! Er hielt ihr die Tür auf und folgte ihr hinaus.

In der Diele fragte er höflich: »Hätten Sie gerne einen Sonnenschirm, Mrs. Pilaster? Es ist recht heiß heute.«

»Nein, danke.«

Vor dem Haus des Direktors drückten sich eine Menge Jungen herum. Offenbar hatte sich die Neuigkeit, was für eine tolle Frau Pilasters Mutter war, wie ein Lauffeuer in der ganzen Schule verbreitet. Alle brannten darauf, sie zu sehen. Micky genoß es, daß er die Dame begleiten und durch die verschiedenen Höfe zur Kapelle führen durfte. »Soll ich hier draußen auf Sie warten?« bot er an.

»Nein, komm mit herein. Ich will mit dir reden.«

Das Vergnügen, die faszinierende Frau herumzuführen, wich Unsicherheit und Nervosität. Was will sie von mir? fragte sich Micky.

Die Kapelle war menschenleer. Mrs. Pilaster setzte sich in eine der hinteren Bänke und deutete auf den Platz neben ihr. Dann

sah sie ihm geradewegs in die Augen und sagte: »Jetzt erzähl mir,
wie es wirklich war.«

Augusta sah Überraschung und Furcht in den Augen des Jungen
aufblitzen und wußte sofort, daß ihr Verdacht gerechtfertigt
war.

Doch Micky hatte sich schon wieder gefangen. »Ich habe doch
erzählt, wie es war«, lautete seine Antwort.

Sie schüttelte den Kopf. »Nein, das hast du nicht.«

Micky lächelte nur, und nun war es an Augusta, überrascht zu
sein. Sie wußte, daß sie ihn ertappt und in die Defensive gedrängt
hatte. Und doch war er imstande, sie anzulächeln! Nur wenige
Männer hatten ihrer Willensstärke etwas entgegenzusetzen, und
wie es schien, gehörte dieser Knabe trotz seiner Jugend bereits
dazu. »Wie alt bist du?« fragte sie.

»Sechzehn.«

Sie musterte ihn aufmerksam. Mit seinen dunkelbraunen Locken
und der glatten Haut sah er geradezu aufregend gut aus, wenngleich die schweren Lider und die vollen Lippen einen Anflug von
Dekadenz ahnen ließen. Seine Selbstsicherheit und seine glänzende Erscheinung erinnerten sie an den Grafen Strang ...

Der Gedanke versetzte ihr einen Stich, und sie verdrängte ihn
voller Schuldgefühle. »Peter Middleton war nicht in Gefahr, als
ihr zu dem Teich kamt«, sagte sie. »Er schwamm putzmunter im
Wasser herum.«

»Wie kommen Sie darauf?« fragte Micky kühl zurück.

Sie spürte seine Angst – und doch blieb er vollkommen beherrscht. Der Junge war schon erstaunlich reif. Er zwang sie,
gegen ihre Absicht mehr von ihrem Wissen preiszugeben, als sie
vorgehabt hatte.

»Du vergißt, daß Hugh Pilaster dabei war«, sagte sie. »Er ist mein
Neffe. Du hast wahrscheinlich gehört, daß sein Vater sich vergan-
gene Woche das Leben genommen hat, deshalb ist Hugh heute
nicht hier. Aber er hat seiner Mutter, also meiner Schwägerin, von
dem Vorfall im Steinbruch erzählt.«

»Was hat er gesagt?«

Augusta runzelte die Stirn. »Er sagte, Edward hätte Peters Klei-

der ins Wasser geworfen«, gestand sie widerwillig. Es wollte ihr
einfach nicht in den Kopf, wie Teddy so etwas tun konnte.

»Und dann?«

Augusta mußte lächeln – der Junge drehte einfach den Spieß um.
Statt sich von mir befragen zu lassen, horcht er mich aus! dachte
sie. »Erzähl du mir einfach, was passiert ist«, sagte sie.

Micky nickte. »Wie Sie wünschen.«

Seine Worte erleichterten und beunruhigten Augusta gleichermaßen. Sie wollte die Wahrheit wissen, fürchtete sich aber auch ein
wenig davor. Armer Teddy, dachte sie bei sich, er wäre als Baby
fast gestorben, weil mit meiner Milch etwas nicht stimmte. Er
siechte dahin, bis der Arzt das Problem endlich erkannte und
vorschlug, eine Amme einzustellen. Der arme Teddy ist heute
noch genauso anfällig und empfindlich wie damals. Er braucht
den Schutz seiner Mutter. Hätte ich meinen Willen durchgesetzt,
hätte er niemals dieses Internat besuchen müssen, aber in diesem
Punkt blieb sein Vater einfach unnachgiebig. Augusta wandte ihre
Aufmerksamkeit wieder Micky zu.

»Edward hatte nichts Böses im Sinn«, begann er. »Es war reiner
Unfug. Ich meine, daß er die Kleider der Jungen ins Wasser geworfen hat, war ein Scherz.«

Augusta nickte. Soweit klang alles ganz verständlich. Jungs in
diesem Alter kabbelten sich ja ständig. Sicher haben sie auch den
armen Teddy immer geärgert, dachte sie.

»Dann stieß Hugh Edward ins Wasser.«

»Der kleine Hugh war schon immer ein Unruhestifter«, sagte Au-
gusta. »Er ist keinen Deut besser als sein erbärmlicher Vater.«
Dabei dachte sie: Mit ihm wird es wahrscheinlich das gleiche böse
Ende nehmen.

»Die anderen lachten, und da hat Edward Peters Kopf unter Wasser getunkt, um ihm eine Lektion zu erteilen. Hugh ist davonge-
rannt, und Tonio warf mit einem Stein nach Edward.«

Augusta war entsetzt. »Er hätte das Bewußtsein verlieren und
ertrinken können!«

»Hat er aber nicht. Statt dessen setzte er Tonio nach. Ich hab'
ihnen zugesehen. Auf Peter Middleton hat kein Mensch mehr

geachtet. Tonio ist Edward schließlich ausgebüxt, und erst da merkten wir, daß Peter keinen Mucks mehr von sich gab. Wir wissen wirklich nicht, was ihm zugestoßen ist. Vielleicht verlor er die Kraft, als Edward ihn unter Wasser drückte, und bekam nicht mehr genug Luft, um noch ans Ufer zu schwimmen. Jedenfalls trieb er mit dem Gesicht nach unten im Wasser. Wir holten ihn sofort heraus, aber er war schon tot.«

Dafür konnte Edward eigentlich nichts, dachte Augusta. Unter den Jungen sind solche rohen Spiele doch üblich! Dennoch empfand sie große Dankbarkeit, daß diese Geschichte bei der Untersuchung nicht zur Sprache gekommen war. Micky hatte Edward gedeckt, dem Himmel sei Dank! »Was ist mit den anderen, die dabei waren?« fragte sie. »Sie müssen doch wissen, was los gewesen ist.«

»Wir hatten Glück, daß Hugh noch am gleichen Tag die Schule verließ.«

»Und der andere Junge – Tony, nicht wahr?«

»Antonio Silva, kurz Tonio. Keine Sorge. Der ist ein Landsmann von mir und tut, was ich ihm sage.«

»Wie kannst du dir da so sicher sein?«

»Wenn er mir hier Schwierigkeiten macht, wird seine Familie zu Hause dafür büßen müssen. Das weiß er.«

Mickys Stimme klang auf einmal eiskalt. Augusta schauderte.

»Soll ich Ihnen einen Umhang holen?« fragte Micky aufmerksam.

Augusta schüttelte den Kopf. »Und sonst hat niemand gesehen, was passiert ist?«

Micky runzelte die Stirn. »Als wir ankamen, schwamm noch ein vierter Junge im Teich.«

»Wer war das?«

Er schüttelte den Kopf. »Ich konnte sein Gesicht nicht erkennen«, sagte er. Ich hatte ja keine Ahnung, daß es später wichtig sein würde.«

»Hat er gesehen, was passiert ist?«

»Das weiß ich nicht. Ich kann nicht genau sagen, wann er weggegangen ist.«

»Er war schon fort, als ihr die Leiche aus dem Wasser holtet?«

»Ja.«

»Wenn wir nur wüßten, wer das war«, sagte Augusta sorgenvoll.

»Vielleicht war er gar nicht von der Schule«, erwog Micky. »Er kann ebensogut aus der Stadt sein. Aber wie auch immer – er hat sich nicht als Zeuge gemeldet, also kann er uns wohl kaum gefährlich werden.«

Er kann uns wohl kaum gefährlich werden.

Mit einem Schlag wurde Augusta klar, daß sie sich mit diesem Jungen auf etwas Unehrenhaftes, ja womöglich sogar Gesetzwidriges eingelassen hatte. Was für eine unangenehme Situation! Blind war sie in die Falle getappt, die Miguel Miranda ihr gestellt hatte.

Mit strengem Blick sagte sie: »Was willst du?«

Zum erstenmal hatte sie ihn überrumpelt. Er wirkte verwirrt, als er fragte: »Wie meinen Sie das?«

»Du hast meinen Sohn gedeckt. Du hast heute einen Meineid geschworen.« Ihre Direktheit brachte ihn aus dem Gleichgewicht. Augusta nahm es befriedigt zur Kenntnis: Jetzt hatte sie das Heft wieder in der Hand. »Ich glaube nicht, daß du das aus reiner Herzensgüte getan hast. Ich glaube, du erwartest eine Gegenleistung. Warum sagst du mir nicht einfach, was du willst?«

Sie sah, wie sein Blick sekundenlang auf ihrem Busen verweilte. Einen irrwitzigen Augenblick lang glaubte sie, er wolle ihr einen unanständigen Antrag machen.

»Ich möchte gerne die Sommerferien bei Ihnen verbringen«, sagte Micky.

Das hatte sie nicht erwartet. »Warum?«

»Ich brauche sechs Wochen für den Heimweg. Deshalb muß ich in den Ferien in der Schule bleiben, ganz allein. Das ist entsetzlich langweilig. Für mich gäbe es nichts Schöneres, als den Sommer mit Edward zu verbringen. Laden Sie mich ein?«

Urplötzlich war er wieder ein ganz normaler Schuljunge. Augusta hatte schon damit gerechnet, er würde Geld fordern oder eine Anstellung beim Bankhaus Pilaster. Und dann dieser harmlose, beinahe kindische Wunsch!

Nun ja, ihm liegt wohl wirklich sehr daran, dachte sie. Schließlich ist er ja auch erst sechzehn.

»Es freut uns, wenn du deine Ferien bei uns verbringst«, sagte sie. Der Vorschlag war ihr gar nicht unangenehm. Micky Miranda war ein Filou, gewiß, und in seiner Art nicht zu unterschätzen. Aber er verfügte über perfekte Manieren und sah gut aus: ein angenehmer Gast. Vielleicht, dachte Augusta, übt er ein wenig Einfluß auf Edward aus. Wenn Teddy einen Fehler hatte, dann war es seine Ziellosigkeit. Micky war das genaue Gegenteil von ihm, und vielleicht übertrug sich ja ein wenig von seiner Willensstärke auf Teddy.

Micky lächelte strahlend. »Vielen Dank«, sagte er. Seine Freude wirkte aufrichtig.

»Du kannst jetzt gehen«, sagte Augusta. Sie wollte noch eine Weile allein bleiben und über das Gehörte nachdenken. »Ich finde selbst wieder zurück.«

Er erhob sich von der Bank, in der sie saßen. »Ich danke Ihnen sehr«, sagte er und streckte ihr die Hand entgegen.

Augusta schüttelte sie. »Ich bedanke mich bei dir. Du hast Teddy beschützt.«

Er verneigte sich, als wolle er ihr die Hand küssen, doch zu Augustas großer Verblüffung küßte er sie auf den Mund. Es ging so schnell, daß ihr keine Zeit blieb, sich abzuwenden. Sie wollte protestieren, doch bevor ihr die richtigen Worte einfielen, hatte er sich schon wieder aufgerichtet und war gegangen.

Empörend! dachte sie. Nein, küssen hätte er mich nicht dürfen, schon gar nicht auf den Mund! Für wen hielt sich der Bengel eigentlich?

Im ersten Moment hätte sie ihre Ferieneinladung am liebsten wieder rückgängig gemacht, aber das ging natürlich nicht.

Warum eigentlich nicht? fragte sie sich. Warum kann ich nicht von dieser Einladung zurücktreten? Ein Schuljunge hat sich unverschämt benommen, also lädt man ihn wieder aus.

Aber Augusta Pilaster war sich ihrer Sache keineswegs sicher, und das nicht nur deshalb, weil Micky ihrem Teddy eine üble Schmach erspart hatte. Es war viel schlimmer: Sie hatte sich mit ihm auf eine kriminelle Verschwörung eingelassen und war ihm nun ausgeliefert.

Micky Miranda hatte sie in der Hand.

Noch lange saß Augusta in dem kühlen Gotteshaus, starrte die kahlen Wände an und fragte sich beklommen, wie dieser hübsche, frühreife Knabe seine Macht nutzen würde.

1. KAPITEL   Micky Miranda war dreiundzwanzig, als sein Vater nach London kam, um Waffen zu kaufen.

Señor Carlos Raul Xavier Miranda – für Micky seit jeher nur »Papa« – war ein kleiner, gedrungener Mann mit ausladenden Schultern. Aggressivität und Brutalität hatten tiefe Furchen in sein gebräuntes Gesicht gegraben. Im Sattel auf seinem kastanienbraunen Hengst, in ledernen *chaparajos* und Sombrero, mochte er eine eindrucksvolle, ehrfurchtgebietende Figur abgeben – hier jedoch, im Hyde Park, angetan mit Gehrock und Zylinder, kam er sich vor wie ein Idiot. Entsprechend übel war seine Laune. In diesem Zustand war er unberechenbar.

Sie sahen einander nicht ähnlich. Micky war groß und schlank und besaß regelmäßige Gesichtszüge. Wenn er etwas wollte, erreichte er es gewöhnlich mit einem Lächeln, nicht mit einem Stirnrunzeln. Er liebte die Annehmlichkeiten des Lebens in London über alles: schöne Kleidung, gute Manieren, linnene Bettwäsche und sanitäre Anlagen. Seine größte Sorge war, Papa konnte es sich in den Kopf gesetzt haben, ihn wieder mit nach Cordoba zu nehmen. Allein der Gedanke, seine Tage wieder im Sattel verbringen und des Nachts auf hartem Boden schlafen zu müssen, war Micky unerträglich – von der Aussicht, wieder unter die Fuchtel seines älteren Bruders Paulo zu geraten, der eine jüngere Ausgabe von Papa war, gar nicht erst zu reden. Sollte Micky eines Tages nach Cordoba zurückkehren, dann aus eigenem Entschluß und als bedeutender Mann, nicht als der jüngere Sohn von Papa Miranda. Er mußte also seinen Vater davon überzeugen, daß er ihm hier in London mehr nutzen konnte als zu Hause.

Es war ein sonniger Samstagnachmittag, und sie flanierten über den South Carriage Drive. Der Park war bevölkert mit vielen gutgekleideten Londonern, die zu Fuß, zu Pferd und in offenen Kutschen das schöne Wetter genossen. Nur Papa war nicht in Genießerlaune. »Ich muß diese Gewehre bekommen!« brummte er auf Spanisch gleich zweimal vor sich hin.

Micky antwortete in der gleichen Sprache. »Du könntest sie zu Hause kaufen«, bemerkte er versuchshalber.

»Zweitausend Stück?« schnaubte Papa. »Ja, könnte ich wohl, aber dann pfeifen es die Spatzen von allen Dächern.«

Er wollte es also geheimhalten. Micky hatte keine Ahnung, was Papa im Schilde führte. Der Preis für zweitausend Gewehre, zuzüglich der erforderlichen Munition, würde wahrscheinlich das gesamte Barvermögen der Familie verschlingen. Wozu brauchte Papa auf einmal so viele Waffen? Seit dem inzwischen legendären »Marsch der Gauchos«, als Papa seine Männer über die Anden geführt hatte, um die Provinz Santamaria von der spanischen Herrschaft zu befreien, hatte es in Cordoba keinen Krieg mehr gegeben. Und für wen waren die Waffen bestimmt? Alles in allem zählten Papas Gauchos, Verwandte, Pöstchenhalter und sonstige Anhänger keine tausend Köpfe. Papa hatte also vor, noch mehr Männer zu rekrutieren. Aber gegen wen wollten sie kämpfen? Darüber hatte er sich nicht geäußert, und Micky wollte ihn auch nicht danach fragen. Er fürchtete sich vor der Antwort.

Statt dessen sagte er jetzt: »Wie dem auch sei, Waffen von solcher Qualität bekommst du zu Hause ohnehin nicht.«

»Das stimmt«, sagte Papa. »Die Westley-Richards ist die beste Flinte, die ich je gesehen habe.«

Micky hatte Papa bei der Auswahl der Gewehre helfen können. Waffen aller Art hatten ihn schon immer fasziniert, und er hielt sich stets auf dem laufenden, was die neuesten technischen Entwicklungen betraf. Was Papa brauchte, waren kurzläufige Gewehre, die auch für einen Reiter nicht zu unhandlich waren. Gemeinsam hatten sie die Fabrik in Birmingham besucht, in der die Westley-Richards-Karabiner hergestellt wurden, Hinterlader mit einem geschwungenen Abzugshebel, der ihnen den Spitznamen »Affenschwanz« eingetragen hatte.

»Außerdem arbeitet die Firma sehr schnell«, sagte Micky.

»Ich hatte mit einem halben Jahr Lieferfrist gerechnet. Aber sie brauchen nur ein paar Tage!«

»Das liegt an den amerikanischen Maschinen, die sie benutzen.« In früheren Zeiten, als die Feuerwaffen noch von Waffenschmieden mehr oder minder passend zusammengesetzt wurden, hätte es in der Tat ein halbes Jahr gedauert, zweitausend Gewehre zu bauen. Doch die modernen Werkzeugmaschinen arbeiteten so präzise, daß jedes Einzelteil eines bestimmten Modells genau zu allen anderen Einzelteilen paßte. Eine gut ausgerüstete Fabrik konnte täglich Hunderte vollkommen identischer Gewehre herstellen, als handle es sich um Nähnadeln.

»Und die Maschine erst, die zweihunderttausend Patronen pro Tag herstellt!« sagte Papa und schüttelte verwundert den Kopf. Doch dann schlug seine Laune wieder um, und er brummte grimmig: »Aber wie können die Geld verlangen, bevor sie liefern?«

Papa begriff nicht, wie der internationale Handel funktionierte. Er hatte sich eingebildet, der Fabrikant würde die Waffen nach Cordoba liefern und dort die Bezahlung entgegennehmen. In Wirklichkeit lief es genau andersherum: Die Zahlung war fällig, bevor die Waffen die Fabrik in Birmingham verließen.

Papa weigerte sich, Fässer voller Silbermünzen per Schiff über den Atlantik zu schicken. Mehr noch, er sah sich einfach nicht imstande, das gesamte Familienvermögen aus der Hand zu geben, bevor die Waffenlieferung sicher in Cordoba angekommen war.

»Es wird sich schon eine Lösung finden«, sagte Micky beschwichtigend. »Dafür sind Handelsbanken schließlich da.«

»Erklär mir das noch mal«, sagte Papa. »Ich will genau wissen, wie das gehandhabt wird.«

Es freute Micky, daß er seinem Vater etwas beibringen konnte.

»Die Bank begleicht die Rechnung der Fabrik in Birmingham und kümmert sich darum, daß die Waffen nach Cordoba verschifft werden und auf der Fahrt ordnungsgemäß versichert sind. Wenn sie angekommen sind, wird die Bank in ihrer Niederlassung in Cordoba deine Bezahlung entgegennehmen.«

»Aber dann muß die Bank das Silber nach England verschiffen.«

»Nicht unbedingt. Vielleicht bezahlt sie damit eine Fracht Pökelfleisch von Cordoba nach London.«

»Aber wie wollen diese Bankleute davon leben?«

»Sie schneiden sich überall ein Scheibchen Profit ab. Sie handeln
mit dem Waffenfabrikanten einen herabgesetzten Preis aus, be-
rechnen eine Vermittlungsgebühr für Fracht und Versicherung
und lassen sich von dir den vollen Preis für die Gewehre bezahlen.«

Papa nickte. Obwohl er versuchte, sich nichts anmerken zu lassen,
war er beeindruckt. Micky spürte es und war glücklich.

Sie verließen den Park, überquerten die Kensington Gore und
erreichten das Haus, das Joseph und Augusta Pilaster gehörte.

In den sieben Jahren, die seit Peter Middletons Tod vergangen
waren, hatte Micky all seine Ferien bei den Pilasters verbracht.
Nach Schulabschluß hatte er sich mit Edward für ein Jahr auf
eine Reise durch Europa begeben und war danach drei Jahre lang
Edwards Zimmergenosse an der Universität von Oxford gewesen,
wo sie sich nur im äußersten Notfall ihren Studien, hauptsächlich
aber ihren Zechgelagen und dem Glücksspiel widmeten und keine
Gelegenheit ausließen, Unruhe zu stiften.

Micky hatte Augusta nie wieder geküßt, obwohl er es gerne getan
hätte. Er hätte sogar gerne mehr getan, als sie nur zu küssen. Und
er spürte, daß sie ihm das vielleicht sogar erlaubt hätte. Denn er
war davon überzeugt, daß unter dem Firnis ihrer eisigen Arroganz
das heiße Herz einer leidenschaftlichen, sinnlichen Frau schlug.
Aus reiner Berechnung hatte Micky sich zurückgehalten. Daß es
ihm gelungen war, von einer der reichsten Familien Englands
beinahe wie ein Sohn aufgenommen zu werden, war ein unschätz-
barer Vorteil. Es wäre heller Wahnsinn gewesen, Joseph Pilasters
Ehefrau zu verführen und damit diese Vorzugsstellung zu gefährden. Trotzdem träumte er immer wieder davon.

Edwards Eltern waren erst kürzlich in ihr neues Haus gezogen.
Auf der Südseite der Kensington Gore, vor nicht allzu langer Zeit
noch eine Landstraße, die von Mayfair durch die Felder in das
Dorf Kensington geführt hatte, reihte sich inzwischen Villa an
Villa, eine großartiger und prächtiger als die andere. Auf der

Nordseite lagen der Hyde Park und die Gärten von Kensington Palace. Für eine reiche Bankiersfamilie war diese Umgebung geradezu ideal.

Der Baustil des Pilasterschen Hauses sagte Micky dagegen weniger zu.

Erstaunlich war das Haus aus roten Ziegeln und weißen Natursteinen auf jeden Fall. Große bleiverglaste Fenster zierten das Erdgeschoß und den ersten Stock, über dem ein hoher Dreiecksgiebel mit drei Reihen Fenstern aufragte: sechs in der untersten Reihe, vier in der mittleren und zwei weitere in der Giebelspitze. Vermutlich verbargen sich dahinter Schlafzimmer für unzählige Verwandte, Gäste und Dienstboten. Auf jeder Treppe des Giebels ruhte ein in Stein gehauenes Tier: Löwen, Drachen und Affen. Die Spitze des Giebels trug ein gemeißeltes Schiff, das unter vollen Segeln stand. Vermutlich stellte es das Sklavenschiff dar, auf das sich, der Familienlegende zufolge, der Pilastersche Wohlstand gründete.

»Ein zweites Haus wie dieses findest du in ganz London nicht«, sagte Micky. Sie waren stehengeblieben und betrachteten das Gebäude.

Papa antwortete auf Spanisch: »Das ist zweifellos der Eindruck, den die Dame erwecken wollte.«

Micky nickte. Papa kannte Augusta noch nicht, schätzte sie aber offensichtlich richtig ein.

Das Haus verfügte über ein großes Untergeschoß. Über dem umlaufenden Fensterschacht führte eine Brücke zur Eingangstür. Sie stand offen. Vater und Sohn Miranda traten ein.

Augusta hatte zum Nachmittagstee geladen, um ihr neues Haus vorzuführen. Gäste und Dienstpersonal drängten sich in der eichengetäfelten Eingangshalle. Micky und sein Vater gaben ihre Hüte einem Diener und bahnten sich dann ihren Weg durch die Menge in das weitläufige Wohnzimmer im rückwärtigen Teil des Hauses. Die Flügeltüren standen offen, und die Gäste verteilten sich auf der Terrasse und in dem langgestreckten Garten.

Zur Einführung seines Vaters im Hause Pilaster hatte Micky ganz bewußt eine Gelegenheit wie diese abgepaßt. In der großen Gesellschaft fiel Papa nicht so auf. Seine Manieren entsprachen nicht unbedingt dem, was man in gehobenen Londoner Kreisen gewohnt war. Die Pilasters sollten Papa deshalb erst allmählich kennenlernen. Selbst in Cordoba, wo geringere Ansprüche gestellt wurden, gab Papa wenig auf feine Umgangsformen. In London seinen Begleiter spielen zu müssen war mitunter, als führe man einen wilden Löwen an der Leine. Papa weigerte sich, seine Pistole abzulegen, er trug sie ständig unter dem Jackett.

Augusta mußte Micky ihm nicht erst zeigen.

Die Dame des Hauses stand in der Mitte des Salons. Sie trug ein königsblaues Seidengewand mit weitem eckigem Ausschnitt, der den Ansatz des Busens frei ließ. Als Papa ihre Hand ergriff, bedachte sie ihn mit einem hypnotischen Blick aus ihren dunklen Augen und sagte mit leiser, samtener Stimme: »Señor Miranda – was für eine Freude, Sie endlich kennenzulernen.«

Papa war sofort hingerissen von ihr. Er beugte sich tief über ihre Hand. »Sie waren so freundlich zu Miguel. Das kann ich nie wiedergutmachen«, sagte er in stockendem Englisch.

Micky spürte genau, wie Augusta seinen Vater in ihren Bann zog. Sie hatte sich kaum verändert seit jenem Tag, da er sie in der Kapelle von Windfield geküßt hatte. Die wenigen neuen Fältchen um ihre Augen machten sie nur noch faszinierender, der Silberhauch in ihrem Haar betonte nur dessen nachtdunkle Schwärze. Gewiß, sie mochte ein wenig gewichtiger sein als früher, doch ihr Körper wirkte dadurch noch üppiger, noch verführerischer.

»Micky hat mir oft von Ihrer großartigen Hazienda erzählt«, sagte sie zu Papa.

Der senkte die Stimme. »Sie müssen uns eines Tages besuchen.«

Da sei Gott vor, dachte Micky. Augusta in Cordoba – sie wäre dort ungefähr so fehl am Platz wie ein Flamingo in einem Kohlenbergwerk.

»Vielleicht werde ich das tun«, sagte Augusta. »Wie weit ist es denn bis dorthin?«

»Mit den schnellen neuen Schiffen dauert die Überfahrt nur noch vier Wochen.«

Noch immer hielt Papa ihre Hand, und seine Stimme schnurrte

wie eine Katze. Er war ihr längst ins Netz gegangen. Micky spürte die Eifersucht wie einen Stich. Wenn hier jemand mit Augusta flirten darf, dann allenfalls ich, dachte er, nicht Papa.

»Wie ich hörte, soll Cordoba ein schönes Land sein«, sagte sie. Micky hoffte inständig, daß Papa nicht in irgendein Fettnäpfchen treten würde. Wenn es ihm in den Kram paßte, konnte er durchaus charmant sein, und tatsächlich schien er sich, Augusta zuliebe, in der Rolle des romantischen südamerikanischen Grande zu gefallen. »Ich verspreche Ihnen, wir werden Sie dort wie eine Königin empfangen«, sagte er mit tiefer Stimme, und jetzt war es offenkundig, daß er ihr schöne Augen machte, »ganz wie es Ihnen gebührt.«

Augusta war ihm durchaus gewachsen. »Sie führen mich direkt in Versuchung«, sagte sie mit schamloser Unaufrichtigkeit über Papas Kopf hinweg. Im gleichen Moment entzog sie ihm ihre Hand und rief über seine Schulter: »Ah, Captain Tillotson, wie reizend, daß Sie kommen konnten!« Und schon wandte sie sich ab, um ihren neuesten Gast zu begrüßen.

Papa stand hilflos da und brauchte einen Moment, um sich wieder zu fassen. Dann befahl er brüsk: »Bring mich zum Direktor der Bank.«

»Sofort«, sagte Micky nervös und sah sich nach dem alten Seth um. Der ganze Pilaster-Clan war anwesend, einschließlich sämtlicher altjüngferlicher Tanten, Neffen und Nichten, Schwägerinnen und Schwäger sowie der Cousins und Cousinen ersten und zweiten Grades. Micky erkannte zwei Parlamentsabgeordnete und ein paar Angehörige des niederen Adels. Die meisten anderen Gäste waren sogenannte »Geschäftsverbindungen«, schätzte Micky – oder Konkurrenten, dachte er, als er die hagere, aufrechte Gestalt Ben Greenbournes sah, des Leiters der gleichnamigen Bank, von dem es hieß, er sei der reichste Mann der Welt. Er war der Vater Solomons, des Jungen, den Micky als »Fatty« Greenbourne gekannt hatte. Seit ihrer Schulzeit waren sie einander nicht mehr begegnet: Fatty hatte weder an der Universität studiert noch eine Europareise unternommen, sondern war sofort in die väterliche Bank eingetreten.

Während es in der Aristokratie als vulgär galt, über Geld zu sprechen, kannten diese Männer keine derartigen Vorbehalte. Immer
wieder hörte Micky das Wort *Crash*, »Zusammenbruch«. Die Zeitungen sprachen mitunter auch vom *Krach*, hatte das Ganze doch
in Österreich begonnen. Nach Auskunft Edwards, der erst kürzlich in der Familienbank angefangen hatte, waren die Aktienkurse
gesunken, und der Diskontsatz stand hoch. Manche Leute waren
durch die Entwicklung sehr beunruhigt, doch die Pilasters glaubten zuversichtlich, daß Wien London nicht mit in den Abgrund
reißen würde.

Micky führte Papa durch die Flügeltüren auf die Terrasse, wo man
im Schatten gestreifter Markisen Holzbänke aufgestellt hatte.
Dort saß auch der alte Seth. Trotz des warmen Frühlingswetters
lag eine Decke über seinen Knien. Er war noch geschwächt von
einer nicht näher benannten Krankheit und wirkte zerbrechlich
wie ein rohes Ei, doch dank der charakteristischen Hakennase der
Pilasters war er allemal eine Respekt einflößende Erscheinung.

Eine Besucherin bemerkte gerade überschwenglich: »Wie schade,
Mr. Pilaster, daß Sie sich nicht wohl genug fühlen, um am königlichen Empfang teilzunehmen!«

Micky hätte der Dame sagen können, daß diese wohlgemeinte
Bemerkung an einen Pilaster verschwendet war.

Und prompt grummelte der alte Seth: »Ganz im Gegenteil, ich
bin froh über diese Ausrede. Ich sehe nicht ein, daß ich meine
Knie vor Leuten beugen soll, die in ihrem ganzen Leben noch
keinen Penny verdient haben.«

»Aber der Prinz von Wales – diese Ehre!«

Doch Seth war nicht empfänglich für Argumente – das war er
ohnehin nur selten – und erwiderte: »Meine liebe junge Dame,
der Name Pilaster gilt selbst in Gegenden, wo noch niemand etwas vom Prinzen von Wales gehört hat, als allgemein anerkannte
Garantie für ehrenhaften Handel.«

»Aber Mr. Pilaster, das klingt ja beinahe, als lehnten Sie die königliche Familie ab!« ereiferte sich die Frau und versuchte angestrengt, ihren heiteren Ton beizubehalten.

Seth hingegen hatte seit siebzig Jahren keinen Sinn für Heiterkeit.

»Ich mißbillige Müßiggang«, sagte er. »In der Bibel heißt es: ›Wer nicht arbeiten will, soll auch nicht essen.‹ Das hat der heilige Paulus geschrieben, in seinem zweiten Brief an die Thessaloniker, Kapitel drei, Vers zehn. Er hat demonstrativ darauf verzichtet, königliche Hoheiten von dieser Regel auszunehmen.«

Verwirrt zog sich die Dame zurück. Micky unterdrückte ein Grinsen und sagte: »Mr. Pilaster, darf ich Ihnen meinen Vater vorstellen, Señor Carlos Miranda, der aus Cordoba zu Besuch gekommen ist.«

Seth schüttelte Papa die Hand. »Aus Cordoba, wie? Meine Bank unterhält eine Niederlassung in Ihrer Hauptstadt Palma.«

»Ich komme nur selten in die Hauptstadt«, sagte Papa. »Ich besitze eine Hazienda in der Provinz Santamaria.«

»Demnach handeln Sie mit Rindfleisch.«

»Richtig.«

»Investieren Sie in Kühlung.«

Micky erkannte Papas Verblüffung und erklärte rasch: »Irgend jemand hat eine Maschine erfunden, mit der sich Fleisch kühl halten läßt. Wenn sich diese Maschine in Schiffe einbauen läßt, können wir unser Fleisch ungepökelt in die ganze Welt verschikken.«

Papa runzelte die Stirn. »Das könnte sich als schlecht für uns erweisen. Ich habe eine große Pökelanlage.«

»Reißen Sie sie ab«, sagte Seth. »Investieren Sie in Kühlanlagen.«

Papa mochte es ganz und gar nicht, wenn ihm andere sagten, was er zu tun und zu lassen hatte. Mickys Nervosität kehrte zurück. Nach einem raschen Seitenblick entdeckte er Edward und sagte: »Papa, ich möchte dir meinen besten Freund vorstellen.« Es gelang ihm, seinen Vater von Seth abzulenken und wegzuführen. »Erlaube mir, dir Edward Pilaster vorzustellen.«

Papa musterte Edward mit kühlem, klarsichtigem Blick. Der junge Mann sah nicht sonderlich gut aus – er geriet nach dem Vater, nicht nach der Mutter –, wirkte aber wie ein gesunder Junge vom Land, ein kräftiger Bursche mit hellem Teint. Die langen Nächte und der unmäßige Weingenuß hatten noch keinen

Tribut gefordert – bisher jedenfalls nicht. Papa gab Edward die
Hand und bemerkte:»Ihr beide seid also schon seit vielen Jahren
Freunde.«

»Seelenverwandte«, erwiderte Edward.

Papa verstand ihn nicht und runzelte die Stirn, so daß Micky
rasch dazwischenfuhr:»Können wir einen Augenblick fürs Geschäft erübrigen?«

Sie traten von der Terrasse auf den neu angelegten Rasen. Die
Randbeete waren erst jüngst bepflanzt worden, so daß zwischen
den winzigen Sträuchern noch viel nackte Erde zu sehen war.
»Papa hat hier einige Großeinkäufe getätigt«, erklärte Micky.
»Wir müssen nun die Fracht und die Finanzierung arrangieren.
Das könnte der erste Geschäftsvorgang sein, den du in eure Fami-
lienbank einbringst.«

Edward horchte auf.»Es wird mir eine Freude sein, das für Sie
zu erledigen«, sagte er zu Papa.»Könnten Sie morgen vormittag
in die Bank kommen? Wir werden dann alles Notwendige in die
Wege leiten.«

»Ich werde kommen.«

»Verrat mir eins, Edward«, bat Micky.»Was passiert, wenn das
Schiff sinkt? Wer trägt den Verlust – wir oder die Bank?«

»Weder – noch«, sagte Edward glatt.»Die Fracht wird bei Lloyds
versichert. Wir lassen uns dann die Versicherungssumme auszahlen und senden eine neue Fracht an euch. Ihr zahlt erst, wenn ihr
die Ware habt. Worum handelt es sich übrigens?«

»Um Gewehre.«

Edward zog ein langes Gesicht.»Oh … in diesem Fall können wir
euch leider nicht helfen.«

Das war Micky ein Rätsel.»Warum?«

»Wegen des alten Seth. Du weißt, er ist Methodist. Na ja, das sind
wir alle, die ganze Familie, aber er ist in dieser Hinsicht strenger
als die anderen. Waffenkäufe finanziert er nicht, auf keinen Fall.
Und da er der Senior unter den Teilhabern ist, ist das auch die
offizielle Politik der Bank.«

»Teufel auch!« fluchte Micky und streifte seinen Vater mit einem
furchtsamen Blick, doch der hatte Gott sei Dank nicht zugehört.

Micky verspürte ein flaues Gefühl im Magen. Sein Plan durfte doch nicht an Seths dämlicher Religion scheitern! »Der verdammte alte Heuchler steht doch schon mit einem Fuß im Grabe. Was mischt er sich da noch ein?«

»Er wird sich bald von den Geschäften zurückziehen«, erklärte Edward. »Aber ich nehme an, daß Onkel Samuel sein Nachfolger wird, und der hat die gleiche Einstellung.«

Das war ja noch schöner! Samuel war Seths Sohn, ein Junggeselle von dreiundfünfzig Jahren, der sich allerbester Gesundheit erfreute.

»Dann werden wir uns wohl eine andere Handelsbank suchen müssen«, meinte Micky.

»Das sollte euch keine Schwierigkeiten machen«, erwiderte Edward, »vorausgesetzt, ihr könnt zwei solide Referenzen vorlegen.«

»Referenzen? Wozu?«

»Nun ja, jede Bank trägt das Risiko, daß ein Kunde sich nicht an die Vereinbarungen hält. Dann sitzt die Bank am anderen Ende der Welt auf einer Fracht, mit der sie nichts anfangen kann. Sie braucht also eine gewisse Rückversicherung, daß sie es mit einem soliden Geschäftsmann zu tun hat.«

Edward war sich nicht im klaren darüber, daß es in Südamerika so etwas wie einen »soliden Geschäftsmann« nicht gab.

Papa Miranda war ein Caudillo, ein Landbesitzer aus der Provinz, der über hunderttausend Morgen Pampa und eine Heerschar von Gauchos gebot, die ihm gleichzeitig als Privatarmee diente. Seine Herrschaft übte er auf eine Art und Weise aus, wie sie die Briten seit dem frühen Mittelalter nicht mehr erlebt hatten. Da konnten sie ihre Referenzen ja gleich von Wilhelm dem Eroberer erbitten!

Edward gegenüber gab Micky sich ungerührt. »Wir werden schon das Richtige vorlegen«, sagte er. In Wirklichkeit war er vollkommen ratlos. Doch wenn er in London bleiben wollte, mußte er sich etwas einfallen lassen und dafür sorgen, daß das geplante Geschäft doch noch zustande kam.

Sie machten kehrt und schlenderten wieder auf die überfüllte Terrasse zu. Papa hatte bis jetzt noch nicht mitbekommen, daß das Geschäft gefährdet war, doch Micky wußte, daß er ihm bald reinen Wein einschenken mußte – und dann war bestimmt die Hölle los. Für Mißerfolge brachte Papa keine Geduld auf, und er war schrecklich in seinem Zorn.

Augusta erschien auf der Terrasse und wandte sich an Edward. »Teddy, sei so lieb und such mir Hastead«, bat sie ihn. Hastead war ihr willfähriger walisischer Butler. »Es ist kein Fruchtsaft mehr da, und der elende Kerl ist wie vom Erdboden verschluckt.« Edward kam ihrer Bitte umgehend nach, und Augusta beehrte Papa mit einem herzlichen, vertraulichen Lächeln. »Gefällt es Ihnen auf unserer kleinen Gesellschaft, Señor Miranda?«

»Danke, ganz ausgezeichnet«, sagte Papa.

»Sie müssen unbedingt noch eine Tasse Tee oder ein Glas Fruchtsaft trinken.«

Tequila wäre Papa lieber, dachte Micky. Aber da war nichts zu machen. Methodisten pflegten bei ihren Teegesellschaften keine alkoholischen Getränke anzubieten.

Augustas Blick fiel auf Micky. Ihr feines Gespür für die Stimmungen anderer ließ sie sofort erkennen, daß mit Micky etwas nicht stimmte. »Ich sehe, daß du dich nicht amüsierst«, sagte sie. »Was ist los?«

Ohne das geringste Zögern vertraute er sich ihr an. »Ich hatte gehofft, Edward mit Papas Hilfe einen neuen Geschäftsabschluß für die Bank zu verschaffen. Aber es geht um Waffen und Munition. Edward erklärte mir soeben, daß Onkel Seth dergleichen nicht finanziert.«

»Seth wird nicht mehr lange Seniorpartner sein«, meinte Augusta.

»So wie's aussieht, denkt Samuel in dieser Angelegenheit genauso wie sein Vater.«

»So?« Augustas Ton war schelmisch. »Wer behauptet denn, daß Samuel der neue Seniorpartner wird?«

Hugh Pilaster trug eine neue himmelblaue Krawatte im Ascot-
Stil mit breitem Knoten, der von einer Nadel festgehalten wurde.
Eigentlich hätte er längst ein neues Jackett gebraucht, aber er
verdiente nur achtundsechzig Pfund im Jahr, so daß er sich damit
begnügen mußte, seine alte Jacke mit einer neuen Krawatte auf-
zumöbeln. Der Ascot-Stil entsprach der neuesten Mode, und
Himmelblau war eine gewagte Farbe, doch als er einen Blick in
den riesigen Spiegel über dem Kaminsims in Tante Augustas
Wohnzimmer warf, sah er, daß die blaue Krawatte und der
schwarze Anzug sehr gut zu seinen blauen Augen und seinem
schwarzen Haar paßten. Seine Hoffnung, die Ascot-Krawatte
könnte ihm einen eleganten, draufgängerhaften Anstrich verleihen, stieg. Zumindest Florence Stalworthy sollte sie beeindruk-
ken. Mode interessierte Hugh erst, seit er Florence kennengelernt
hatte.
Es war immer ein wenig peinlich, einerseits so wenig Geld zu
haben und andererseits bei Tante Augusta leben zu müssen. Aber
die Tradition des Bankhauses Pilaster besagte, daß jedermann den
Lohn bekam, den er wert war, gleichgültig, ob es sich dabei um
ein Familienmitglied handelte oder nicht. Eine weitere Regel lautete, daß jedermann von der Pike auf zu dienen hatte. In Windfield war Hugh ein hervorragender Schüler gewesen, und er wäre
Schülersprecher geworden, hätte er sich nicht immer wieder selbst
in Schwierigkeiten gebracht. In der Bank galt seine Bildung freilich so gut wie nichts. Er machte eine Banklehre und wurde entsprechend dafür bezahlt. Weder Onkel noch Tante hatten jemals
angeboten, ihm finanziell unter die Arme zu greifen – also mußten
sie sich auch damit abfinden, wenn seine Kleidung ein wenig
schäbig war.
Hugh interessierte es nicht sonderlich, wie die Pilasters über seine
Erscheinung dachten. Florence Stalworthy war es, auf die es ihm
ankam. Sie war ein hübsches blasses Mädchen und die Tochter
des Grafen von Stalworthy. Doch das Wichtigste an ihr war, daß
sie sich für Hugh Pilaster interessierte. Im Grunde war Hugh von
jedem Mädchen, das auch nur ein Wort an ihn richtete, sofort
hingerissen. Das bekümmerte ihn, bedeutete es doch gewiß, daß

seine Gefühle sehr oberflächlich waren. Aber was sollte er dagegen tun? Ein Mädchen brauchte ihn nur zufällig zu berühren, und schon wurde ihm der Mund trocken. Die Neugier, wie ihre Beine unter all diesen Schichten von Röcken und Unterröcken wohl aussehen mochten, bereitete ihm wahre Qualen, ja, es gab Zeiten, da schmerzte ihn sein Verlangen wie eine offene Wunde. Das ging nun schon so, seit er fünfzehn war. Jetzt war er zwanzig, und die einzige Frau, die er in diesen fünf Jahren geküßt hatte, war seine Mutter.

Eine Veranstaltung wie Augustas Teegesellschaft entsprach einer exquisiten Folter. Da es eine festliche Angelegenheit war, gingen die Leute aus sich heraus, zeigten sich freundlich und entgegenkommend, plauderten angeregt und ließen sogar persönliches Interesse erkennen. Die jungen Mädchen hatten sich hübsch zurechtgemacht, lächelten unentwegt, und manchmal flirteten sie sogar diskret. Bei dieser Menschenmenge ließ es sich gar nicht vermeiden, daß das eine oder andere junge Mädchen Hugh im Vorbeigehen streifte, beim Umdrehen gegen ihn stieß, seinen Arm berührte oder sogar die Brüste gegen seinen Rücken drängte, wenn es sich an ihm vorbeidrückte. Das kostet mich eine ganze Woche Schlaf, dachte er betrübt.

Viele der Anwesenden waren natürlich mit ihm verwandt. Sein Vater Tobias und Edwards Vater Joseph waren Brüder gewesen. Doch Hughs Vater hatte sein Kapital aus der Bank genommen und sein eigenes Unternehmen aufgezogen – mit den bekannten Folgen: erst die Pleite, dann der Selbstmord. Hugh hatte deshalb das teure Windfield-Internat verlassen müssen und war Tagesschüler der Folkestone Akademie für die Söhne von Gentlemen geworden. Deshalb hatte er sich nicht die übliche Europareise und ein paar verbummelte Jahre an der Universität leisten können, sondern mit neunzehn Jahren zu arbeiten beginnen müssen; deshalb lebte er heute bei seiner Tante, und deshalb besaß er keinen neuen Anzug, den er auf dieser Gesellschaft hätte tragen können. Er war ein Verwandter, gewiß, aber er war ein *armer* Verwandter: ein Stein des Anstoßes für eine Familie, deren Stolz, Selbstvertrauen und Stand auf ihrem Reichtum beruhte.

Keinem Pilaster wäre es jemals eingefallen, das Problem dadurch
zu lösen, daß er Hugh Geld gab. Armut war die Strafe für den
schlechten Geschäftsmann, und fing man erst einmal damit an,
Versagern ihr Los zu erleichtern – nun, dann hatten diese doch
keinen Anlaß mehr, sich anzustrengen. »Im Gefängnis schläft
man auch nicht auf Daunen«, hieß es, wenn irgendwer auf die
Idee kam, den vom Schicksal weniger Begünstigten ein wenig
unter die Arme zu greifen.

Hughs Vater war das Opfer einer Wirtschaftskrise geworden, doch
in den Augen der Pilasters spielte das keine Rolle. Sein Unternehmen hatte am 11. Mai 1866 Bankrott gemacht – ein Tag, der in
Bankierskreisen nur als »Schwarzer Freitag« bekannt war. An jenem Tag war eine Maklerfirma namens Overend & Gurney Ltd.
mit fünf Millionen Pfund Schulden zusammengebrochen und
hatte viele Firmen mit sich in den Abgrund gerissen, darunter
nicht nur die London Joint Stock Bank und die Baugesellschaft
Sir Samuel Petos, sondern auch Tobias Pilaster & Co. Aber nach
der Pilasterschen Philosophie gab es im Geschäftsleben keine Entschuldigung. Auch gegenwärtig herrschte wieder eine Wirtschaftskrise, die die eine oder andere Firma sicher nicht überleben
würde. Doch die Pilasters kämpften rigoros darum, ihre Bank aus
der Gefahrenzone herauszuhalten: Zahlungsschwache Kunden
wurden rücksichtslos abgestoßen, die Kredite wurden verknappt
und neue Geschäftsverbindungen nur dann eingegangen, wenn
deren Erfolg außer Frage stand. Das Credo der Pilasters lautete:
Oberste Pflicht eines Bankiers ist die Selbsterhaltung.

Nun ja, dachte Hugh, auch ich bin ein Pilaster. Ich mag zwar
nicht die typische Nase haben, aber von Selbsterhaltung verstehe
ich eine ganze Menge. Manchmal, wenn er über das Schicksal
seines Vaters nachsann, kochte die Wut in ihm hoch und verstärkte seine Entschlossenheit, es zum reichsten und angesehen-
sten Mann der ganzen verdammten Sippe zu bringen. An seiner
billigen Tagesschule hatte man ihm so nützliche Fächer wie Mathematik und Naturwissenschaften beigebracht, während sich
sein verwöhnter Vetter Edward mit Latein und Griechisch herum-
plagte. Der Verzicht auf die Universität hatte ihm einen frühen

Start ins Berufsleben ermöglicht. Niemals hatte sich Hugh Pilaster versucht gefühlt, einen anderen Lebensweg einzuschlagen, etwa Künstler, Parlamentsabgeordneter oder Geistlicher zu werden. Das Finanzwesen lag ihm. Der aktuelle Diskontsatz war ihm stets vertrauter als das aktuelle Wetter. Zwar war er entschlossen, nicht so aalglatt und heuchlerisch wie seine älteren Verwandten zu werden, aber an dem Berufsziel des Bankiers hielt er fest. Allerdings dachte er nicht allzuoft darüber nach. Meistens hatte er ohnehin nur Mädchen im Kopf.

Als er aus dem Wohnzimmer auf die Terrasse hinaustrat, sah er Tante Augusta auf sich zusegeln, ein junges Mädchen im Schlepptau.

»Mein lieber Hugh«, sagte sie, »hier haben wir die liebe Miss Bodwin.«

Hugh stöhnte in sich hinein. Rachel Bodwin war ein großes intellektuelles Mädchen mit radikalen Ansichten. Hübsch war sie nicht mit ihrem stumpfbraunen Haar und den hellen, etwas zu eng beieinanderstehenden Augen, aber sie war lebhaft und interessant und steckte voller subversiver Ideen. Anfangs, als er noch neu in London war, hatte Hugh sie recht gern gehabt. Doch dann hatte Augusta sich in den Kopf gesetzt, ihn mit Rachel zu verheiraten, und das hatte die Freundschaft ruiniert. Vorher hatten sie sich ebenso heftig wie unbeschwert über alle möglichen Themen streiten können – Scheidung, Religion, Armut und Frauenstimmrecht. Doch Augustas Verkupplungsstrategie hatte ihnen die Unbefangenheit genommen. Wann immer sie sich seither begegneten, wechselten sie nur noch belanglose Worte und fanden alles furchtbar peinlich.

»Sie sehen ganz reizend aus, Miss Bodwin«, sagte er nun automatisch.

»Wie freundlich von Ihnen«, erwiderte Rachel in gelangweiltem Ton.

Augusta war bereits am Gehen, als ihr Blick auf Hughs Krawatte fiel. »Grundgütiger!« stieß sie aus. »Was ist denn das? Du siehst aus wie ein Kneipenwirt!« Hugh lief knallrot an. Wäre ihm eine ebenso bösartige Retourkutsche eingefallen, er hätte es riskiert und Augusta Paroli geboten. Aber ihm fiel nichts ein, und so konnte er nur murmeln: »Es ist nur eine neue Krawatte. Man nennt das Ascot-Stil.«

»Die gibst du morgen dem Stiefelknecht«, befahl sie, ehe sie sich endgültig von ihm abwandte.

Eine tiefe Abneigung gegen das Schicksal, das ihn zwang, mit dieser hochfahrenden Tante unter einem Dach zu leben, wallte in ihm auf. »Frauen sollten sich mit Kommentaren über die Kleidung eines Mannes zurückhalten«, sagte er mißgestimmt. »Das ist nicht damenhaft.«

Rachel erwiderte: »Ich bin der Meinung, Frauen sollten zu allem, was sie interessiert, ihren Kommentar abgeben, deshalb sage ich Ihnen, daß mir Ihre Krawatte gefällt. Sie paßt zu Ihren Augen.«

Hugh lächelte. Ihre Worte versöhnten ihn. Ja, Rachel war wirklich ein nettes Mädchen. Tante Augustas Ehepläne hatten freilich andere Hintergründe. Rachel war die Tochter eines Anwalts, der sich auf Handelsrecht spezialisiert hatte. Ihre Familie besaß kein anderes Einkommen als den beruflichen Verdienst ihres Vaters und rangierte auf der sozialen Leiter einige Stufen unter den Pilasters. Hätte Mr. Bodwin der Bank nicht nützliche Dienste erwiesen, wäre Rachel niemals zu dieser Gesellschaft eingeladen worden. Eine Verehelichung mit ihr hätte Hughs Status als Pilaster niederen Ranges endgültig festgeschrieben. Und nichts anderes hatte Tante Augusta im Sinn.

Hugh war dem Gedanken, Rachel einen Heiratsantrag zu machen, dennoch nicht gänzlich abgeneigt. Augusta hatte angedeutet, sie würde ihm ein großzügiges Hochzeitsgeschenk machen, wenn er sich ihrer Wahl beugte. Doch es war nicht das Hochzeitsgeschenk, das ihn in Versuchung führte – es war die Vorstellung, daß er dann Abend für Abend mit einer Frau ins Bett gehen, ihr das Nachthemd über die Fesseln, die Knie, die Schenkel schieben durfte. »Schauen Sie mich nicht so an«, sagte Rachel wissend. »Ich habe nur gesagt, daß mir Ihre Krawatte gefällt.«

Wiederum errötete Hugh. Sie konnte doch wohl nicht wissen, was ihm durch den Kopf ging? Seine heimlichen Gedanken über Mädchen gingen immer sehr in die Einzelheiten – die körperlichen, wohlgemerkt –, und meistens schämte er sich deswegen. »Entschuldigung«, murmelte er.

»Was für eine Unmenge Pilasters es doch gibt«, sagte sie strahlend und ließ ihren Blick durch die Runde schweifen. »Wie kommen Sie nur mit dieser Bande zurecht?«

Hugh folgte ihrem Blick und sah prompt Florence Stalworthy eintreten. Wie hübsch sie war mit ihren blonden Locken, die auf zarte Schultern herabfielen! Sie trug ein rosafarbenes Kleid mit Spitzenvolants und Seidenbändern, und ihr Hut war mit Straußenfedern geschmückt. Ihre Blicke trafen sich, und Florence lächelte Hugh quer durch den Raum zu.

»Ich sehe, Ihre Aufmerksamkeit gilt nicht mehr mir«, stellte Rachel mit der ihr eigenen Offenheit fest.

»Ich bitte vielmals um Entschuldigung«, sagte Hugh.

Rachel berührte sachte seinen Arm. »Hugh, mein Lieber, hören Sie mir einen Moment lang zu. Ich mag Sie. Sie gehören zu den wenigen Leuten in der Londoner Gesellschaft, die nicht unerträglich langweilig sind. Aber ich liebe Sie nicht, und ich werde Sie niemals heiraten, ganz egal, wie oft Ihre Tante versucht, uns zusammenzubringen.«

Hugh war erschüttert. »Ich muß schon sagen«, begann er.

Aber Rachel war noch nicht fertig. »Und ich weiß, daß Sie genauso empfinden, also brauchen Sie gar nicht erst so zu tun, als hätte ich Ihnen das Herz gebrochen.«

Nach einem Augenblick totaler Verblüffung mußte Hugh grinsen. Genau diese Direktheit war es, die er an Rachel so mochte. Und er nahm an, daß sie recht hatte: mögen war nicht lieben. Er wußte nicht genau, was Liebe war, doch sie schien es zu wissen. »Heißt das, wir können unsere alten Streitgespräche über die Frauenemanzipation wiederaufnehmen?« fragte er fröhlich.

»Ja, allerdings nicht heute. Ich gehe jetzt und unterhalte mich mit Ihrem alten Schulfreund, Señor Miranda.«

Hugh runzelte die Stirn. »Micky könnte ›Emanzipation‹ nicht einmal buchstabieren, geschweige denn erklären, worum es dabei geht.«

»Trotzdem umschwärmt ihn die Hälfte aller Debütantinnen in London.«

»Ich kann mir nicht vorstellen, warum.«

»Er ist eine männliche Florence Stalworthy«, sagte Rachel, und damit ließ sie ihn stehen.

Stirnrunzelnd dachte Hugh darüber nach. Er wußte, daß er von Micky zur armen Verwandtschaft gezählt und entsprechend behandelt wurde; deshalb fand er es schwierig, ihn objektiv zu betrachten. Micky war eine angenehme Erscheinung und stets hochelegant gekleidet. Hugh erinnerte er an einen Kater – geschmeidig und sinnlich, mit glänzendem Fell. Irgend etwas stimmte nicht mit einem Mann, der immer wie geleckt auftrat. Manche hielten es schlicht für unmännlich, doch die Frauen schien es nicht zu stören.

Hugh folgte Rachel mit seinen Blicken. Sie gesellte sich zu Micky, der neben seinem Vater stand und sich mit Edwards Schwester Clementine, mit Tante Madeleine und der jüngeren Tante Beatrice unterhielt. Jetzt wandte sich Micky Rachel zu, schenkte ihr seine volle Aufmerksamkeit, gab ihr die Hand und sagte etwas, das sie zum Lachen brachte. Hugh ging auf, daß Micky sich immer mit drei oder vier Frauen gleichzeitig unterhielt.

Irgendwie empörte Hugh Rachels Vergleich. Florence war kein weiblicher Micky Miranda. Sie mochte ebenso anziehend und beliebt sein, ja – aber Micky war nach seiner Überzeugung charakterlich nicht ganz sauber.

Er durchquerte den Saal, bis er – aufgeregt und etwas nervös – an Florences Seite stand. »Wie geht es Ihnen, Lady Florence?«

Sie lächelte betörend. »Was für ein außergewöhnliches Haus!«

»Gefällt es Ihnen?«

»Ich weiß nicht so recht ...«

»Das sagen die meisten.«

Sie lachte, als hätte er eine witzige Bemerkung gemacht, was Hugh außerordentlich freute.

»Es ist hochmodern, müssen Sie wissen«, fuhr er fort. »Allein die fünf Badezimmer! Und im Keller gibt es einen riesigen Wasserboiler, der durch Heißwasserrohre das ganze Haus heizt.«

»Vielleicht ist das steinerne Schiff auf der Giebelspitze ein bißchen übertrieben.«

Hugh senkte die Stimme. »Das denke ich auch. Es erinnert mich an den Rindskopf, den die Fleischer vor ihre Läden hängen.« Wieder kicherte sie. Hugh freute sich, daß er sie zum Lachen bringen konnte. Noch netter wäre es, sie für sich allein zu haben, entschied er. »Kommen Sie, lassen Sie sich den Garten zeigen«, sagte er.

»Wie hübsch.«

Der Garten war gar nicht hübsch, dazu war er zu frisch angelegt, doch das spielte keine Rolle. Hugh geleitete Florence aus dem Wohnzimmer auf die Terrasse hinaus, doch dort lauerte auch schon Augusta. Sie warf ihm einen vorwurfsvollen Blick zu und sagte: »Lady Florence, wie schön, daß Sie gekommen sind. Edward wird Ihnen den Garten zeigen.« Sie grabschte sich Edward, der ganz in der Nähe stand, und bevor Hugh auch nur einen Ton hervorbrachte, hatte sie die beiden auch schon fortgeschickt. Hugh biß frustriert die Zähne zusammen und schwor sich, sie damit nicht so einfach davonkommen zu lassen. »Mein lieber Hugh, ich weiß doch, daß du dich mit Rachel unterhalten möchtest«, sagte sie, nahm seinen Arm und schleppte ihn wieder ins Haus. Er war machtlos, es sei denn, er hätte ihr ärgerlich seinen Arm entrissen und es auf einen Skandal ankommen lassen. Rachel stand noch immer mit Micky Miranda und dessen Vater zusammen. »Micky«, sagte Augusta, »ich möchte Ihrem Vater meinen Schwager vorstellen, Mr. Samuel Pilaster.« Sie nahm die beiden mit, und wieder fand sich Hugh mit Rachel allein gelassen.

Rachel lachte. »Diese Frau ist nicht zu bremsen.«

»Das käme dem Versuch gleich, einen fahrenden Zug aufzuhalten«, schäumte Hugh. Durchs Fenster sah er, wie Florences Röcke neben Edward durch den Garten wogten.

Rachels Blick war dem seinen gefolgt, und sie sagte: »Gehen Sie ihr nach.«

Hugh grinste. »Danke.«

Er eilte in den Garten. Unterwegs kam ihm ein raffinierter Gedanke in den Sinn: Wie wär's, wenn ich dasselbe Spielchen triebe

wie Tante Augusta und Edward einfach wegschickte? Augusta
wird zwar toben, wenn sie mir auf die Schliche kommt – aber das
wird durch ein paar Minuten mit Florence unter vier Augen leicht
wettgemacht … Zur Hölle mit Augusta! Er hatte die beiden einge-
holt.
»Ach, Edward, deine Mutter bat mich, dich zu ihr zu schicken.
Sie ist in der Eingangshalle.«
Edward hatte keinen Einwand – er war an plötzliche Meinungs-
änderungen seiner Mutter gewöhnt. »Bitte entschuldigen Sie mich,
Lady Florence«, sagte er nur und ging ins Haus.
»Hat sie wirklich nach ihm geschickt?« fragte Florence.
»Nein.«
»Sie sind ja ein ganz Schlimmer«, sagte sie und lächelte dabei.
Hugh sah ihr in die Augen und sonnte sich im Glanze ihres Ein-
verständnisses. Später würde er für seinen Streich bitter büßen
müssen – aber ein Lächeln wie dieses würde ihn das Schlimmste
leicht ertragen lassen. »Kommen Sie«, sagte er, »ich zeige Ihnen
den Obstgarten.«

Papa Miranda erheiterte Augusta. Was für ein ungehobelter Bauer!
Ganz anders als sein wendiger, eleganter Sohn, den sie geradezu ins
Herz geschlossen hatte. In seiner Gegenwart spürte sie immer viel
deutlicher als sonst, daß sie eine Frau war, und das, obwohl er so
viel jünger war. Wie er sie immer ansah – ganz, als hielte er sie für
das begehrenswerteste Geschöpf, das ihm je unter die Augen gekommen war. Es gab Momente in ihrem Leben, da wünschte sie
innig, er möge mehr tun, als sie nur ansehen – ein törichter Wunsch,
gewiß, aber er stellte sich immer wieder ein.
Das Gespräch über die Nachfolge in der Bank hatte Augusta beunruhigt. Micky ging davon aus, daß Seths Sohn Samuel Seniorpartner werden würde, sobald der alte Seth sich aufs Altenteil
begab oder starb. Diese Idee hatte Micky bestimmt nicht aus der
Luft gegriffen – irgendein Familienmitglied mußte ihn darauf gebracht haben. Doch Augusta wollte nicht, daß Samuel das Sagen

bekam. Sie wollte den Posten für Joseph, ihren Gatten, der Seths
Neffe war.

Sie warf einen Blick durchs Wohnzimmerfenster und sah die vier
Teilhaber des Bankhauses Pilaster auf der Terrasse beisammen.
Drei von ihnen waren echte Pilasters: Seth, Samuel und Joseph –
die Methodisten des frühen neunzehnten Jahrhunderts hatten ihren Kindern mit Vorliebe biblische Namen gegeben. Der alte Seth
saß mit einer Decke über den Knien da und wirkte nicht ein Jota
jünger und gesünder als der alte Invalide, der er tatsächlich war –
ein Mann, der seine eigene Nützlichkeit überlebte. Neben ihm
befand sich sein Sohn Samuel. Er sah nicht ganz so distinguiert
aus wie sein Vater. Zwar besaß er die gleiche Hakennase, doch
sein Mund wirkte eher weich und steckte voller schlechter Zähne.
Die Familientradition räumte ihm den ersten Anspruch auf die
Nachfolge ein, da er nach Seth der älteste der Teilhaber war. Im
Augenblick redete Augustas Gatte Joseph auf seinen Onkel und
seinen Vetter ein, wobei er seine Worte mit kurzen, abgehackten
Handbewegungen unterstrich, die die für ihn typische Ungeduld
verrieten. Auch Joseph hatte die Pilaster-Nase geerbt, doch seine
Gesichtszüge waren unregelmäßig und sein Haar wurde allmählich schütter. Der vierte Teilhaber stand daneben und hörte mit
verschränkten Armen zu: Major George Hartshorn, der Ehemann
von Josephs Schwester Madeleine. Der ehemalige Armeeoffizier
trug eine unübersehbare Narbe auf der Stirn, die er sich vor beinahe zwanzig Jahren im Krimkrieg zugezogen hatte. Ein Kriegs-
held war er deswegen allerdings nicht: Von einer dampfgetriebe-
nen Zugmaschine erschreckt, hatte sein Pferd ihn abgeworfen,
worauf er mit dem Kopf auf das Rad eines Kantinen-Waggons
geschlagen war. Nach der Heirat mit Madeleine hatte er seine
Offizierslaufbahn aufgegeben und war in die Bank eingetreten. Er
war ein freundlicher Mann, der sich gerne der Führung anderer
unterordnete. Die zur Leitung einer Bank erforderliche Klugheit
und Schläue fehlte ihm. Ohnehin hatte es noch nie einen Seniorpartner gegeben, der nicht den Namen Pilaster getragen hätte.
Die einzigen Kandidaten, die für die Nachfolge ernsthaft in Betracht kamen, waren Samuel und Joseph.

In der Praxis wurde die Nachfolgefrage durch Abstimmung unter den Teilhabern geregelt, und es war üblich, daß die Familie zu einem Konsens kam, dem jeder zustimmen konnte. In diesem Fall jedoch war Augusta fest entschlossen, ihren eigenen Willen durchzusetzen. Leicht würde es nicht werden.

Der Seniorpartner des Bankhauses Pilaster war eine der wichtigsten Persönlichkeiten der Welt. Von seiner Entscheidung hingen Königreiche ab: Sein Ja zu einem Kredit konnte einen König retten, sein Nein eine Revolution in Gang setzen. In seinen Händen – und denen einiger weniger Kollegen wie J. P. Morgan, den Rothschilds und Ben Greenbourne – ruhte das Wohl und Wehe ganzer Nationen. Der Seniorpartner des Bankhauses Pilaster wurde von Staatsoberhäuptern umworben, von Premierministern um Rat gebeten und von Diplomaten hofiert – und sie alle umschmeichelten seine Gattin.

Joseph wollte den Posten gerne haben, doch ihm fehlte jede Raffinesse. Schon allein die Vorstellung, er könne sich die Chance durch die Lappen gehen lassen, versetzte Augusta in Angst und Schrecken. Überließ sie ihm die Sache ganz allein, so würde er vermutlich deutlich aussprechen, daß er für den Posten kandidiere, die Entscheidung aber schlichtweg der Familie anheimstellen. Wahrscheinlich kam es ihm gar nicht in den Sinn, daß es auch noch andere Methoden gab, sich die angestrebte Position zu sichern. Es war zum Beispiel unvorstellbar, daß Joseph absichtlich seinen Rivalen in Mißkredit brachte.

Augusta würde Mittel und Wege finden müssen, ihm diese Dinge abzunehmen.

Samuels wunden Punkt herauszufinden bereitete ihr nicht die geringste Mühe. Der dreiundfünfzigjährige Junggeselle lebte mit einem jungen Mann zusammen, der entgegenkommenderweise als sein »Sekretär« bezeichnet wurde. Bisher hatte sich noch kein Familienangehöriger um Samuels Privatleben gekümmert. Augusta fragte sich jetzt, ob sich das nicht grundlegend ändern ließe.

Allerdings war Vorsicht geboten. Samuel war ein penibler Mensch, der zur Pedanterie neigte – ein Mann, der sich von Kopf bis Fuß umzog, nur weil ihm in Kniehöhe ein Tröpfchen Wein auf

die Hose gespritzt war. Ein Schwächling, der sich leicht einschüchtern ließ, war er nicht. Ihn frontal anzugehen war die falsche Methode.

Bedenken, ihn zu verletzen, hatte Augusta nicht. Sie hatte Samuel
noch nie gemocht. Manchmal tat er ihr gegenüber so, als fände
er sie amüsant, doch oft hatte sie das Gefühl, er wolle sie partout
nicht ernst nehmen, und das erboste sie jedesmal von neuem.

Während August sich um ihre Gäste kümmerte, verdrängte sie alle
Gedanken an ihren Neffen Hugh und dessen empörenden Unwil-
len, einer jungen Dame den Hof zu machen, die genau die Richtige für ihn wäre. Dieser Zweig der Familie war schon immer
etwas schwierig gewesen und durfte sie jetzt nicht von dem viel
dringenderen Problem ablenken, das Micky ihr zu Bewußtsein
gebracht hatte: Samuel war eine Bedrohung.

In der Eingangshalle entdeckte sie ihre Schwägerin Madeleine
Hartshorn. Arme Madeleine! Man sah ihr an, daß sie Josephs
Schwester war, denn auch sie hatte die Pilaster-Nase. Dem ein
oder anderen Mann in der Verwandtschaft mochte die Nase ja
eine gewisse Würde verleihen – eine Frau mit einem solchen
Zinken war dagegen schlichtweg unattraktiv.

Madeleine und Augusta waren einst Rivalinnen gewesen. Vor vielen Jahren, als Augusta und Joseph jung verheiratet waren, hatte
es Madeleine gar nicht gefallen, daß Augusta mehr und mehr zum
Mittelpunkt der Familie wurde. Madeleine selbst besaß indessen
weder die magische Ausstrahlung noch die Energie Augustas, die
sich in eine Vielzahl von Aktivitäten stürzte: Augusta organisierte
Hochzeiten und Beerdigungen, stiftete Ehen, schlichtete Streitig-
keiten, kümmerte sich um die Unterstützung der Siechen,
Schwangeren und Verwaisten. Durch Madeleines Haltung wäre
es einmal fast sogar zu einer Spaltung der Familie in zwei feind-
liche Lager gekommen – doch dann war sie selbst es gewesen, die
Augusta eine entscheidende Waffe in die Hand gegeben hatte.

Eines Nachmittags hatte Augusta ein exklusives Geschäft für Ta-
felsilber in der Bond Street betreten – und eben noch mitbekommen, wie Madeleine im hinteren Teil des Ladens verschwand.
Augusta gab sich unentschlossen beim Kauf eines Toastständers

und verlängerte auf diese Weise ihren Aufenthalt im Laden, bis sie nach einer Weile einen gutaussehenden jungen Mann auf dem gleichen Weg wie Madeleine entschwinden sah. Sie hatte schon gehört, daß die über solchen Läden liegenden Räume gelegentlich zu romantischen Stelldicheins zweckentfremdet wurden. Sie war sich fast sicher, daß Madeleine eine Affäre hatte. Eine Fünf-Pfund-Note entlockte der Ladeninhaberin, einer Mrs. Baxter, den Namen des jungen Mannes: Vicomte Tremain.

Augusta war aufrichtig schockiert gewesen – wiewohl sie im ersten Moment daran dachte, genau das, was Madeleine mit dem Vicomte Tremain trieb, mit Micky Miranda zu tun. Aber das kam natürlich nicht in Frage – zumal man sie ebenso leicht ertappen konnte, wie sie Madeleine ertappt hatte.

Es hätte Madeleines gesellschaftlicher Ruin sein können. Ein Mann, der sich einen Seitensprung leistete, galt zwar als Sünder, aber auch als Romantiker; eine Frau, die das gleiche tat, war eine Hure. Drang ihr Geheimnis an die Öffentlichkeit, so wurde sie von der guten Gesellschaft geschnitten, und die Familie schämte sich ihrer. Augustas zweiter Gedanke bestand darin, Madeleine zu erpressen, indem sie ihr mit der Offenbarung ihres Geheimnisses drohte. Doch das hätte ihr Madeleines ewige Feindschaft eingetragen, und es war töricht, sich unnötig immer neue Feinde zu schaffen. Gab es nicht eine Möglichkeit, Madeleine zu entwaffnen und sie gleichzeitig zur Verbündeten zu machen? Augusta dachte gründlich darüber nach und fand schließlich die richtige Strategie: Statt Madeleine mit ihrem Wissen einzuschüchtern, tat sie, als stünde sie auf ihrer Seite. »Ein gutgemeinter Rat, liebe Madeleine«, hatte sie ihr zugeflüstert. »Mrs. Baxter ist nicht vertrauenswürdig. Sag doch deinem Vicomte, daß er sich um einen diskreteren Treffpunkt bemühen muß.« Madeleine hatte sie prompt um die Wahrung des Geheimnisses angefleht. Augusta schwor bereitwillig ewiges Schweigen, was Madeleine mit geradezu rührender Dankbarkeit quittierte. Von jenem Tag an gab es keine Rivalität mehr zwischen den beiden Frauen.

Jetzt nahm Augusta Madeleine beiseite und sagte: »Komm, ich zeig’ dir mein Zimmer. Es wird dir bestimmt gefallen.«

Im ersten Stock befanden sich sowohl ihr als auch Josephs Schlaf-
und Ankleidezimmer und ein Arbeitszimmer. Augusta führte ihre
Schwägerin direkt in ihr eigenes Schlafzimmer, schloß die Tür
hinter sich und wartete auf Madeleines Reaktion.

Der Raum war nach der neuesten Mode im japanischen Stil eingerichtet, mit geflochtenen Stühlen, Pfauenaugentapete und Porzel-
lantellern auf dem Kaminsims. Den riesigen Kleiderschrank zierten aufgemalte Motive aus Japan, und der Fenstersitz im Erker
wurde teilweise von Libellenflügel-Stores verdeckt.

»Wie gewagt, Augusta!« rief Madeleine aus.

»Danke.« Madeleines Reaktion machte Augusta beinahe glücklich. »Eigentlich wollte ich einen besseren Vorhangstoff haben,
doch bei Liberty's war er schon ausverkauft. Komm, schau dir
auch noch Josephs Zimmer an.«

Sie ging durch die Verbindungstür voran. Josephs Schlafzimmer
war im gleichen Stil, wenn auch in gedämpfteren Tönen möbliert,
mit lederfarbenen Tapeten und Brokatvorhängen. Augustas ganzer Stolz galt jedoch einer lackierten Vitrine, in der Josephs
Sammlung juwelenbesetzter Schnupftabaksdosen auslag.

»Wie exzentrisch Joseph doch ist«, meinte Madeleine mit einem
Blick auf die Sammlung.

Augusta lächelte nur. Joseph war genaugenommen nicht im min-
desten exzentrisch, doch wenn ein hartgesottener Methodist und
Bankier sich eine derart erlesene und frivole Sammlung zulegte,
war das schon irgendwie komisch. Die ganze Familie amüsierte
sich darüber. »Er meint, sie seien eine gute Geldanlage«, sagte
Augusta. Ein Diamanthalsband für seine Frau wäre eine ebenso
gute Geldanlage gewesen, doch solche Dinge würde er ihr nie
kaufen: Methodisten hielten Geschmeide für überflüssigen
Luxus.

»Jeder Mann sollte ein Steckenpferd haben«, sagte Madeleine.
»Dann kommt er nicht auf dumme Gedanken.«

Was sie eigentlich meinte, war: Das hält ihn von den Freudenhäu-
sern fern. Die unausgesprochene Anspielung auf die läßlichen
Sünden der Männer rief Augusta wieder ihre eigentlichen Absichten in Erinnerung. Sachte, sachte, ermahnte sie sich selbst.

»Madeleine, meine Liebe, so sag mir doch, was wir wegen Samuel und seinem ›Sekretär‹ unternehmen können?«

Madeleine war verwirrt. »Müssen wir denn da etwas unternehmen?«

»Wenn Samuel Seniorpartner werden soll, bleibt uns gar nichts anderes übrig.«

»Warum?«

»Meine Liebe, der Seniorpartner des Bankhauses Pilaster hat es mit Botschaftern, Staatsoberhäuptern und sogar königlichen Hoheiten zu tun. Sein Privatleben muß also untadelig, wirklich vollkommen untadelig sein.«

Madeleine dämmerte es allmählich, und sie errötete. »Du willst doch wohl nicht andeuten, daß Samuel irgendwie ... abartig veranlagt ist?«

Genau darauf wollte Augusta hinaus. Sie hütete sich allerdings, es selbst auszusprechen, denn in diesem Fall hätte Madeleine sich bloß bemüßigt gefühlt, ihren Cousin zu verteidigen. »So genau möchte ich das niemals wissen«, sagte sie ausweichend. »Aber es kommt natürlich darauf an, was die Leute denken.«

Madeleine war noch nicht überzeugt. »Glaubst du wirklich, daß die Leute ... so etwas denken?«

Augusta mußte sich zur Geduld mit Madeleines Zartgefühl zwingen. »Meine Liebe, wir sind schließlich beide verheiratet und wissen, daß die Männer viehische Gelüste haben. Alle Welt geht davon aus, daß ein unverheirateter Mann von dreiundfünfzig Jahren, der mit einem hübschen jungen Kerl zusammenlebt, ein verderbtes Leben führt – und, weiß der Himmel, in den meisten Fällen hat die Welt wahrscheinlich recht.«

Madeleine runzelte bekümmert die Stirn, doch bevor sie eine Antwort geben konnte, klopfte es an der Tür. Edward trat ein. »Was gibt's denn, Mutter?« fragte er.

Die Störung verärgerte Augusta, zumal sie keine Ahnung hatte, worauf der Junge hinauswollte. »Was willst du hier?«

»Du hast nach mir geschickt.«

»Das habe ich gewiß nicht. Ich bat dich, Lady Florence den Garten zu zeigen.«

Edward setzte eine beleidigte Miene auf. »Hugh sagte, du wolltest mich sprechen.«

Augusta verstand sofort. »So, sagte er das? Und nun zeigt er wohl selber Lady Florence den Garten, wie?«

Edward begriff ihre Anspielung. »Ja, ich glaube schon«, sagte er mit waidwundem Blick. »Sei mir bitte nicht böse, Mutter.«

Augusta schmolz sofort dahin. »Keine Sorge, Teddy«, sagte sie. »Ich weiß, was für ein verschlagener Bengel Hugh ist.« Doch wenn er glaubt, er kann seine Tante Augusta an der Nase herumführen, dann ist er obendrein auch noch dumm, dachte sie bei sich.

Sie hatte die Unterbrechung anfangs als sehr störend empfunden. Inzwischen war ihr klar, daß das, was sie Madeleine über Vetter Samuel erzählt hatte, fürs erste genügte. Im Augenblick galt es nur, Zweifel zu säen – alles Weitere wäre übereilt. »Ich muß mich wieder um meine Gäste kümmern«, meinte sie und führte Sohn und Schwägerin aus dem Zimmer.

Sie gingen die Treppe hinunter. Der Lärm aus Geschwätz, Gelächter und dem hellen Klingen von hundert silbernen Teelöffeln, die auf Porzellanuntertassen gelegt wurden, ließ den Schluß zu, daß dem Fest ein erfolgreicher Verlauf beschieden war. Augusta überprüfte kurz das Eßzimmer, wo die Dienerschaft Hummersalat, Obsttörtchen und geeiste Getränke bereitstellte. In der Eingangshalle wechselte sie hie und da ein paar Worte mit Gästen, deren Blick den ihren traf, hielt dabei aber nach einer ganz bestimmten Person Ausschau – nach Lady Stalworthy, Florences Mutter.

Die Vorstellung, Hugh könne das Mädchen heiraten, erfüllte Augusta mit Sorge. Hugh machte sich ohnehin schon viel zu gut in der Bank. Er verfügte über das außerordentliche Zahlengedächtnis eines Straßenhändlers und die gewinnenden Manieren eines Falschspielers. Selbst Joseph äußerte sich lobend über ihn – und vergaß dabei ganz die bedrohliche Lage, in die ihr gemeinsamer Sohn dadurch geriet. Sollte Hugh tatsächlich eine Grafentochter ehelichen, so gewänne er zusätzlich zu seinen angeborenen Talenten auch noch gesellschaftlichen Status und würde zu einem gefährlichen Rivalen für Edward. Der liebe Teddy verfügte weder

über Hughs oberflächlichen Charme noch über dessen kaufmän-
nische Denkweise und benötigte daher jede Hilfe, die Augusta ihm
verschaffen konnte.

Schließlich sah sie Lady Stalworthy am Erkerfenster des Wohn-
zimmers stehen, eine hübsche Frau mittleren Alters, die ein rosafarbenes Kleid trug, dazu einen kleinen, üppig mit Seidenblüten
besetzten Strohhut. Augusta fragte sich besorgt, was Lady Stalworthy über eine mögliche Verbindung zwischen Hugh und Florence dachte. Hugh war zwar keine besonders gute Partie, aber
aus Lady Stalworthys Sicht auch keine Katastrophe. Florence war
ihre jüngste Tochter. Die beiden älteren hatten sich so gut verheiratet, daß Lady Stalworthy vielleicht ein Auge zudrückte. Dies
galt es nun zu verhindern – die Frage war bloß, wie?

Sie stellte sich neben Lady Stalworthy und merkte, daß diese
Hugh und Florence im Garten beobachtete. Hugh erklärte irgend
etwas, während Florence ihm mit leuchtenden Augen lauschte.

»Das sorglose Glück der Jugend«, kommentierte Augusta.

»Hugh macht einen sehr netten Eindruck auf mich«, sagte Lady
Stalworthy.

Augusta faßte sie scharf ins Auge. Lady Stalworthy lächelte ver-
träumt. Sie muß einmal ebenso hübsch gewesen sein wie ihre
Tochter, vermutete Augusta, und erinnerte sich jetzt ihrer eigenen
Jugendzeit. Höchste Zeit, daß sie wieder auf den Boden der Tatsachen zurückgebracht wird ... »Wie rasch sie vergeht, diese sorglose Zeit.«

»Doch wie idyllisch sie ist, solange sie währt.«

Der Zeitpunkt, das Gift zu verabreichen, war gekommen. »Hughs
Vater ist tot, wie Sie wissen«, sagte Augusta. »Seine Mutter lebt
sehr zurückgezogen in Folkestone, daher fühlen Joseph und ich
uns verpflichtet, so etwas wie Elternstelle an Hugh zu vertreten.«
Sie machte eine Pause. »Ich muß Ihnen wohl kaum sagen, daß
eine Verbindung mit Ihrer Familie für Hugh ein außerordent-
licher Erfolg wäre.«

»Wie freundlich von Ihnen«, erwiderte Lady Stalworthy, als habe
man ihr soeben ein hübsches Kompliment gemacht. »Die Pilasters
sind selbst eine sehr angesehene Familie.«

»Danke. Wenn Hugh sich anstrengt, wird er eines Tages über ein solides Auskommen verfügen.«

Lady Stalworthy wirkte leicht betroffen. »Sein Vater hat also gar nichts hinterlassen?«

»Nein.« Augusta mußte ihr zu verstehen geben, daß Hugh bei seiner Heirat kein Geld von seinem Onkel zu erwarten hatte. »Er wird sich in der Bank hocharbeiten und von seinem Gehalt leben müssen.«

»Aha«, sagte Lady Stalworthy, und ihre Miene verriet gelinde Enttäuschung. »Glücklicherweise verfügt Florence über eine gewisse Unabhängigkeit.«

Florence besaß also eigenes Geld! Das war ein harter Schlag für Augusta. Sie fragte sich, wie hoch die Summe sein mochte. Die Stalworthys waren nicht so reich wie die Pilasters – das waren nur ganz wenige –, aber sie standen sich recht gut, wie Augusta glaubte. Doch wie dem auch sein mochte: Die Tatsache, daß Hugh ein armer Schlucker war, reichte nicht aus, um Lady Stalworthy gegen ihn einzunehmen. Augusta mußte ein stärkeres Kaliber auffahren.

»Die liebe Florence wäre Hugh sicherlich eine große Hilfe – ein festigendes Element, da bin ich ganz sicher.«

»Ja«, sagte Lady Stalworthy geistesabwesend, doch dann runzelte sie die Stirn. »Festigend?«

Augusta zögerte. Solche Dinge waren nicht ungefährlich, aber sie mußte das Risiko eingehen. »Ich gebe natürlich nichts auf das Gerede und Sie gewiß auch nicht«, sagte sie. »Tobias war tatsächlich vom Pech verfolgt, darüber kann kein Zweifel bestehen. Überdies gibt es bei Hugh *kaum* Anzeichen dafür, daß er seines Vaters Schwäche geerbt hat.«

»Schön«, sagte Lady Stalworthy, doch nun spiegelte ihr Gesicht tiefe Besorgnis wider.

»Dennoch wären Joseph und ich sehr froh, Hugh mit einem so vernünftigen Mädchen wie Florence verheiratet zu sehen. Man hat unwillkürlich das Gefühl, sie würde ihn an die Kandare nehmen, wenn ...« Augustas Stimme erstarb.

»Ich ...« Lady Stalworthy schluckte. »Ich kann mich nicht mehr genau erinnern, um welche Schwäche es sich bei seinem Vater handelte.«

»Reines Gerede, sonst nichts, ich versichere es Ihnen.«

»Es bleibt selbstverständlich unter uns.«

»Ich hätte es vielleicht gar nicht zur Sprache bringen sollen.«

»Aber ich muß es wissen, ich muß alles wissen. Um meiner Tochter willen. Das verstehen Sie doch?«

»Glücksspiel«, flüsterte Augusta. Sie wollte keine Mithörer: Es gab genug Leute, die gewußt hätten, daß sie log. »Das hat ihn letzten Endes zum Selbstmord getrieben. Sie wissen schon – die Schande.«

Der Himmel möge verhüten, daß die Stalworthys das nachprüfen, flehte sie in Gedanken.

»Ich dachte, seine Firma wäre bankrott gegangen.«

»Das kam noch hinzu.«

»Wie tragisch.«

»Zugegeben, Joseph mußte ein- oder zweimal Hughs Schulden bezahlen, doch er hat den Jungen streng ins Gebet genommen. Wir sind sicher, daß es nie wieder vorkommt.«

»Das ist sehr ermutigend«, meinte Lady Stalworthy, doch ihre Miene sprach Bände.

Das dürfte wahrscheinlich genügen, dachte Augusta. Ihre angebliche Freude über die Verbindung hing an einem gefährlich dünnen Faden. Erneut sah sie aus dem Fenster. Hugh hatte Florence zum Lachen gebracht – sie warf den Kopf zurück und lachte mit offenem Mund, so daß es schon beinahe … unziemlich wirkte, während Hugh das Mädchen praktisch mit den Augen verschlang. Keinem der Umstehenden konnte entgehen, daß die beiden sich zueinander hingezogen fühlten. »Ich denke, es wird nicht mehr lange dauern, bis uns die jungen Leute vor vollendete Tatsachen stellen«, sagte Augusta.

»Für heute haben die zwei wohl genug miteinander geplaudert«, meinte Lady Stalworthy mit sorgenvollem Blick. »Ich denke, ich muß da einschreiten. Entschuldigen Sie mich bitte.«

»Aber selbstverständlich.«

Lady Stalworthy machte sich hastig auf den Weg in den Garten.

Augusta empfand Erleichterung. Auch dieses nicht unkritische
Gespräch hatte sie erfolgreich bewältigt. In Lady Stalworthys
Herzen keimte nun ein Verdacht gegen Hugh. Eine Mutter aber,
die einem Bewerber um die Gunst ihrer Tochter mißtraute, ließ
sich nur in den seltensten Fällen eines anderen belehren.
Augusta sah sich um und entdeckte Beatrice Pilaster, eine weitere
Schwägerin. Joseph hatte zwei Brüder gehabt: Tobias, Hughs verstorbenen Vater, und William, der, da er erst dreiundzwanzig
Jahre nach Joseph auf die Welt gekommen war, stets »der junge
William« genannt wurde. William war inzwischen fünfundzwanzig und gehörte noch nicht zum Kreis der Teilhaber. Beatrice war
seine Frau. Sie erinnerte an einen zu groß geratenen jungen Hund,
war fröhlich und ungeschickt und eifrig darauf bedacht, mit allen
gut Freund zu sein. Augusta beschloß, mit ihr über Samuel und
seinen »Sekretär« zu sprechen. Sie ging auf ihre Schwägerin zu
und fragte: »Beatrice, meine Liebe, möchtest du dir auch mein
Schlafzimmer anschauen?«

Nachdem Micky und sein Vater den Empfang verlassen hatten,
gingen sie zu Fuß nach Hause. Ihr Weg führte sie ausnahmslos
durch Parkanlagen – erst durch den Hyde Park, dann durch den
Green Park und schließlich durch St. James's –, bis sie den Fluß
erreichten. In der Mitte der Westminster-Brücke legten sie eine
kurze Rast ein und genossen die Aussicht.
Am Nordufer der Themse lag die größte Stadt der Welt. Strom-
aufwärts standen die Parlamentsgebäude, deren Architektur der
benachbarten Westminster Abbey aus dem dreizehnten Jahrhundert nachempfunden war. Stromabwärts sahen sie die Gärten
von Whitehall, den Palast des Herzogs von Buccleuch und den
weitläufigen Backsteinbau der neuen Eisenbahnstation Charing
Cross.
Die Dockanlagen lagen außerhalb ihres Blickfelds, und große
Schiffe kamen nie so weit den Strom herauf. Dennoch herrschte
auf dem Fluß ein reger Verkehr. Kähne, Leichter und Vergnü-

gungsschiffe fuhren hin und her und boten im Licht der Abendsonne einen malerischen Anblick.

Auf dem Südufer sah es dagegen aus wie in einem anderen Land. Dort lag Lambeth, Standort der keramischen Industrie. Auf dem morastigen, mit windschiefen Töpferwerkstätten übersäten Gelände waren noch immer Heerscharen von graugesichtigen Männern und in Lumpen gekleideten Frauen an der Arbeit. Sie kochten Knochen aus, sortierten Müll, befeuerten die Brennöfen und schütteten den Keramikbrei in Gußformen für Abflußrohre und Kaminaufsätze, für die in der rasch wachsenden Stadt großer Bedarf bestand. Der Gestank war selbst auf der Brücke, eine Viertelmeile entfernt, noch deutlich bemerkbar. Die geduckten Hütten, in denen die Arbeiter wohnten, drängten sich wie Unrat, den die Flut aufs schlammige Ufer gespült hat, an die Mauern des Lambeth Palace, dem Londoner Sitz des Erzbischofs von Canterbury. Die Gegend trug, trotz ihrer Nähe zum erzbischöflichen Palast, im Volksmund den Namen »Teufelsacker«, angeblich deshalb, weil Feuer und Rauch, die hin und her schlurfenden Arbeiter und der entsetzliche Gestank einen an die Hölle denken ließ.

Mickys Wohnung lag in Camberwell, einem respektablen Vorort jenseits der Keramik-Werkstätten. Aber er verweilte noch immer mit seinem Vater auf der Brücke. Der Teufelsacker widerte ihn an; er haßte es, ihn durchqueren zu müssen. Insgeheim verfluchte Micky noch immer das penible Methodistengewissen des alten Seth Pilaster, das ihm einen Strich durch die Rechnung gemacht hatte. »Wir werden schon noch eine Lösung für die Verschiffung der Gewehre finden«, sagte er. »Mach dir deswegen keine Sorgen, Papa.«

Der zuckte die Achseln. »Wer legt uns Steine in den Weg?« wollte er wissen.

Es war eine einfache Frage, die im Sprachgebrauch des Miranda-Clans jedoch eine tiefere Bedeutung besaß. Stand ein Miranda vor einem schwierigen Problem, so fragte er: *Wer legt uns Steine in den Weg?* In Wirklichkeit hieß das nichts anderes als: *Wen müssen wir umlegen?* Die Frage erweckte bei Micky die Erinnerung an das barbarische Leben in der Provinz Santamaria und die vielen grauenvollen Gerüchte und Erzählungen, die er am liebsten vergessen hätte. Etwa die Geschichte, wie Papa seine Geliebte für ihre Untreue strafte, indem er ihr einen Gewehrlauf in den Leib schob und abdrückte. Oder das Schicksal jener jüdischen Familie, die in der Provinzhauptstadt neben dem Laden Papas ein Geschäft eröffnet hatte: Papa ließ den neuen Laden anzünden, worauf der Mann mit Frau und Kindern bei lebendigem Leib verbrannte. Micky mußte auch an den Zwerg denken, der sich im Karneval als Papa Miranda verkleidet und dessen stolzierenden Gang zur allgemeinen Belustigung perfekt nachgeahmt hatte. Das ging so lange gut, bis Papa ruhig auf den Zwerg zuging, seine Pistole zückte und ihm fast den Kopf abschoß.

Wenn solche Vorfälle selbst in Cordoba nicht gerade an der Tagesordnung waren, so hatte Papas rücksichtslose Brutalität doch dazu geführt, daß man ihn weithin fürchtete. Hier in England wäre er längst hinter Schloß und Riegel gelandet. »Ich sehe keinen Anlaß für drastische Maßnahmen«, sagte Micky mit gespielter Sorglosigkeit, die seine innere Unruhe verbergen sollte.

»Bis jetzt besteht noch kein Grund zur Eile«, erklärte Papa. »Zu Hause fängt jetzt der Winter an. Vor dem nächsten Sommer wird es keine Kämpfe geben.« Er sah Micky streng ins Gesicht. »Aber bis Ende Oktober *muß* ich die Waffen haben.«

Sein Blick ließ Micky die Knie zittern, und er mußte sich an das steinerne Brückengeländer lehnen, um nicht ins Schwanken zu geraten. »Keine Sorge, Papa«, sagte er ängstlich, »ich kümmere mich darum.«

Papa nickte, als könne es gar keinen Zweifel daran geben. Eine Minute lang sprach keiner von beiden ein Wort. Dann verkündete Papa wie aus heiterem Himmel: »Ich will, daß du in London bleibst.«

Mickys Schultern entspannten sich vor Erleichterung. Genau das hatte er sich erhofft! Er mußte also bis jetzt alles richtig gemacht haben. »Das wäre vielleicht gar nicht so schlecht, Papa«, erwiderte er, seine Begeisterung sorgfältig verbergend.

Dann ließ Papa die Bombe platzen: »Aber auf deine Monatswechsel mußt du verzichten.«

»Was?«

»Die Familie kann nicht für deinen Unterhalt aufkommen. Das mußt du selber tun.«

Micky war entsetzt. Zwar war Papas Geiz ebenso legendär wie seine Brutalität – doch das kam nun doch unerwartet! Die Mirandas waren keineswegs arm. Papa besaß Tausende von Rindern und das Monopol über den gesamten Pferdehandel in einem riesigen Gebiet. Er verpachtete Land an Kleinbauern, und außerdem gehörten ihm fast alle Läden in der Provinz Santamaria.

In England, das stimmte natürlich, war ihr Geld nicht allzuviel wert. Zu Hause in Cordoba bekam man für einen Silberdollar ein erstklassiges Menü, eine Flasche Rum und eine Hure für die Nacht – hier reichte er allenfalls für einen Imbiß und ein Glas dünnes Bier. Diese Erkenntnis hatte Micky, als er als Schüler nach Windfield kam, wie ein Schlag getroffen. Obwohl es ihm im Laufe der Zeit gelungen war, sein Taschengeld mit Gewinnen beim Kartenspiel aufzubessern, war er immer nur sehr knapp über die Runden gekommen. Erst durch die Freundschaft mit Edward besserte sich seine finanzielle Lage. Selbst heute noch kam Edward für alle Kosten auf, die bei ihren gemeinsamen Unternehmungen anfielen. Edward zahlte die Eintrittskarten für Opern und Pferderennen, finanzierte ihre Jagdausflüge und entlohnte ihre Huren. Dennoch kam Micky ohne ein gewisses Grundeinkommen nicht aus – er mußte seine Miete zahlen und die Schneiderrechnungen, mußte für die Mitgliedsgebühren in den Herrenclubs, die ein unverzichtbarer Bestandteil des gesellschaftlichen Lebens in London waren, ebenso aufkommen wie für Trinkgelder. Wo sollte das Geld denn herkommen? Erwartete Papa von ihm, daß er eine Stelle annahm? Allein der Gedanke daran war entsetzlich. Kein einziger Miranda verdingte sich für Lohn.

Er wollte gerade fragen, wie er ohne Geld sein Leben fristen sollte, als Papa abrupt das Thema wechselte und sagte: »Ich will dir jetzt sagen, wofür die Gewehre bestimmt sind. Wir werden uns die Wüste aneignen.«

Micky war perplex. Die Ländereien der Mirandas erstreckten sich über ein riesiges Areal der Provinz Santamaria, an die der kleinere

Besitz der Familie Delabarca angrenzte. Das Land im Norden der beiden Territorien war dermaßen unfruchtbar, daß bisher weder Papa noch sein Nachbar Anspruch darauf erhoben hatte. »Wozu brauchen wir denn die Wüste?« fragte Micky.

»Unter dem Sand liegt ein Mineral namens Salpeter. Es wird als Dünger benutzt und ist viel besser als Mist. Er läßt sich per Schiff in die ganze Welt transportieren und zu hohen Preisen verkaufen. Das ist der Grund, weshalb ich dich in London lasse: Du sollst den Verkauf in die Hand nehmen.«

»Woher wissen wir, daß das Zeug wirklich dort liegt?«

»Delabarca hat schon angefangen, es abzubauen. Der Salpeter hat seine Sippe reich gemacht.«

Das war in der Tat eine aufregende Nachricht. Micky spürte, daß sich hier die Möglichkeit auftat, dem Schicksal der Familie eine neue Zukunftsperspektive zu geben. Natürlich würde es Zeit brauchen und das kurzfristige Problem, woher er das Geld für sein tägliches Leben nehmen sollte, nicht lösen können. Aber auf lange Sicht ...

»Wir müssen uns ranhalten«, sagte Papa. »Reichtum ist Macht, und es wird nicht mehr lange dauern, bis die Delabarcas mächtiger sind als wir. Bevor es soweit kommt, müssen wir sie vernichten.«

WHITEHAVEN HOUSE
Kensington Gore
London, S. W.
den 2. Juni 1873

Meine liebe Florence,

*wo sind Sie nur? Erst hoffte ich, Sie auf Mrs. Bridewells Ball
zu treffen, dann in Richmond, dann am Samstag bei den
Muncasters ... Aber Sie waren nicht da, nirgendwo! Bitte geben
Sie mir ein Lebenszeichen, ein paar Zeilen genügen.
Ihr sehr ergebener*

Hugh Pilaster

23 PARK LANE
London, W.
den 3. Juni 1873

Herrn Hugh Pilaster, Esq.

Sir,

*ich wäre Ihnen sehr dankbar, wenn Sie fortan auf jeglichen Kontakt
mit meiner Tochter verzichten würden.*

Stalworthy

WHITEHAVEN HOUSE
Kensington Gore
London, S.W.
den 6. Juni 1873

Liebste Florence,

endlich habe ich eine Vertrauensperson gefunden,
die sich bereit erklärt hat, Ihnen diese Nachricht zukommen zu lassen.
Warum verstecken Sie sich vor mir? Habe ich Ihre Eltern
beleidigt? Oder sogar – Gott bewahre! – Sie selbst? Ihre Cousine Jane
wird mir Ihre Antwort übermitteln. Ich brenne darauf!
Mit lieben Grüßen

Hugh

STALWORTHY MANOR
Stalworthy
Buckinghamshire
den 7. Juni 1873

Lieber Hugh,

ich darf Sie nicht mehr sehen,
weil Sie ein Spieler sind wie einst Ihr Herr Vater.
Es tut mir aufrichtig leid, aber ich muß wohl glauben,
daß meine Eltern am besten wissen,
was gut für mich ist.
Ihre betrübte

Florence

WHITEHAVEN HOUSE
Kensington Gore
London, S.W.
den 8. Juni 1873

Liebe Mutter,

eine junge Dame hat mich kürzlich zurückgewiesen,
weil mein Vater ein Spieler gewesen sein soll. Stimmt das?
Bitte antworte mir sofort. Ich muß es wissen!
Dein Dich liebender Sohn

Hugh

2 WELLINGTON VILLAS
Folkestone
Kent
den 9. Juni 1873

Mein lieber Sohn,

nach allem, was ich weiß, hat Dein Vater niemals gespielt.
Ich kann mir gar nicht vorstellen, wer sein Andenken in dieser bös-
artigen Weise verunglimpfen möchte. Es war so, wie man es Dir immer
erzählt hat: Dein Vater verlor sein Vermögen beim Zusammenbruch
seiner Firma. Andere Ursachen gab es nicht.
Ich hoffe, daß Du gesund und munter bist, mein Junge, und daß das
Mädchen, das Du liebst, Dich erhört. Bei mir gibt's nicht viel Neues.
Deine Schwester Dorothy läßt Dich herzlich grüßen,
und ich schließe mich ihr an.

Deine Mutter

WHITEHAVEN HOUSE
Kensington Gore
London, S.W.
den 10. Juni 1873

Liebe Florence,

*ich glaube, irgend jemand hat Ihnen etwas Falsches über meinen Vater
erzählt. Seine Firma ging bankrott, das stimmt. Aber es war
nicht seine Schuld: Ein großes Unternehmen namens Overend & Gurney
brach zusammen und hinterließ fünf Millionen Pfund Schulden.
Der Ruin riß zahlreiche Gläubiger mit in den Abgrund.
Mein Vater hat sich noch am selben Tag das Leben genommen. Doch
ein Spieler war er nie, genauso wenig wie ich einer bin.
Wenn Sie diesen Sachverhalt Ihrem Herrn Vater, dem erlauchten
Grafen Stalworthy, erklären, wird sicher alles wieder gut sein.
Herzlichst Ihr*

Hugh

STALWORTHY MANOR
Stalworthy
Buckinghamshire
den 11. Juni 1873

Hugh,

*daß Sie mir Unwahrheiten schreiben, macht die Sache nicht besser.
Ich weiß inzwischen genau, daß meine Eltern mir den richtigen Rat
gegeben haben, und muß Sie vergessen.*

Florence

WHITEHAVEN HOUSE
Kensington Gore
London, S.W.
den 12. Juni 1873

Liebe Florence,

Sie müssen mir glauben! Gut, es ist möglich,
daß man mir, was meinen Vater betrifft,
die Wahrheit vorenthalten hat – obwohl
ich beim besten Willen keinen Anlaß habe,
an der Aufrichtigkeit meiner Mutter zu zweifeln.
Nur – was mich selbst betrifft,
da weiß ich genau, woran ich bin!
Mit vierzehn habe ich im Derby mal einen
Shilling gesetzt und diesen prompt verloren.
Seither hat das Wetten und Spielen
für mich jeglichen Reiz verloren.
Wenn wir uns wiedersehen, schwöre ich
Ihnen einen Eid darauf!
In banger Hoffnung …

Hugh

FOLJAMBE & MERRIWEATHER,
Rechtsanwälte
Gray's Inn
London, W.C.
den 13. Juni 1873

Herrn Hugh Pilaster

Sir,

unser Klient, der Graf von Stalworthy,
hat uns beauftragt, Sie zu ersuchen, fortan jegliche
Kommunikation mit seiner Tochter Florence einzustellen.
Bitte nehmen Sie zur Kenntnis, daß der erlauchte Graf,
wenn Sie sich nicht umgehend seinem Wunsche fügen,
alle erforderlichen Maßnahmen ergreifen wird,
um seinen Willen in dieser Angelegenheit durchzusetzen.
Dies schließt auch eine gerichtliche Verbotsverfügung nicht aus.

Kanzlei Foljambe & Merriweather
Albert C. Merriweather

Hugh,

sie hat Ihren letzten Brief meiner Tante gezeigt,
also ihrer Mutter. Sie haben sie bis zum Ende der Londoner Saison
nach Paris geschickt und bringen sie dann nach Yorkshire.
Es ist ziemlich schlimm – aber Sie bedeuten ihr nichts mehr.
Es tut mir aufrichtig leid ...

Jane

Die Argyll Rooms waren das beliebteste Etablissement Londons, doch Hugh hatte sich bisher dort nicht blicken lassen. Nie wäre er auf den Gedanken gekommen, einen solchen Ort aufzusuchen. Obwohl strenggenommen kein Bordell, hatten die Argyll Rooms doch einen denkbar schlechten Ruf. Ein paar Tage nachdem Florence Stalworthy ihm endgültig den Laufpaß gegeben hatte, scherte sich Hugh aber nicht mehr darum und stimmte sofort zu, als Edward ihn beiläufig fragte, ob er nicht am Abend mit ihm und Micky die Sause machen wolle.

Hugh und Edward verbrachten ihre Freizeit nur selten miteinander. Edward hatte sich nicht geändert: Er war und blieb ein heillos verwöhnter Faulpelz, der mit Vorliebe Schwächere tyrannisierte und andere für sich arbeiten ließ. Hugh dagegen galt schon seit langem als das schwarze Schaf der Familie. Es hieß allgemein, er wandele in den Fußstapfen seines Vaters. Doch obwohl ihn mit Edward kaum etwas verband, war Hugh an diesem Tag entschlossen, sich jenen Ausschweifungen und Ablenkungen hinzugeben, die für Tausende von Männern aus der britischen Oberschicht schlichtweg zum Lebensstil gehörten: Halbweltkneipen und leichte Mädchen. Vielleicht haben sie ja recht, dachte Hugh. Vielleicht ist dies der richtige Weg zum Glück – und wahre Liebe nur eine Schimäre.

War er überhaupt in Florence Stalworthy verliebt gewesen? Er wußte es nicht genau. Ja, er war wütend, weil sich ihre Eltern gegen ihn gestellt hatten, und dies um so mehr, als dahinter eine böse Intrige gegen seinen Vater steckte. Doch sein Herz – er gestand es sich nur mit einem Anflug schlechten Gewissens ein –, sein Herz war nicht gebrochen. Er dachte oft an Florence, aber er litt weder an Schlafstörungen noch an Appetitlosigkeit und konnte sich problemlos auf seine Arbeit konzentrieren. Bewies das, daß er sie nie geliebt hatte? Das Mädchen, das ihm – abgesehen von seiner Schwester Dotty – mehr gefiel als alle anderen, war Rachel Bodwin, und er hatte des öfteren mit dem Gedanken gespielt, sie zu heiraten. War es Liebe? Er wußte es nicht. Vielleicht war er noch zu jung, um zu begreifen, was Liebe eigentlich war. Vielleicht kannte er sie ganz einfach noch nicht.

Die Argyll Rooms lagen in unmittelbarer Nachbarschaft einer
Kirche in der Great Windmill Street, nur ein paar Schritt vom
Piccadilly Circus entfernt. Nachdem Edward für jeden einen Shilling Eintritt bezahlt hatte, betraten sie das Gebäude. Ihre Kleidung war stilgemäß: schwarzer Frack mit Seidenaufschlägen,
schwarze Hose mit Seidenborten, tiefgeschnittene weiße Weste,
weißes Hemd und weiße Fliege. Edwards Anzug war neu und
teuer. Mickys war nicht ganz so exklusiv, aber vom Schnitt her
modischer. Hugh trug den Anzug, den er von seinem Vater geerbt
hatte.

Gaslampen tauchten den Ballsaal verschwenderisch in gleißendes
Licht, das von riesigen vergoldeten Spiegeln zurückgeworfen
wurde. Auf dem Tanzboden drängten sich die Paare, und, abge-
schirmt durch ein goldfarbenes ziseliertes Gitterwerk, spielte das
halbverborgene Orchester eine zündende Polka. Einige wenige
Männer im Frack taten mit ihrer Kleidung kund, daß sie der
Oberschicht angehörten und im Milieu Zerstreuung suchten. Die
weitaus meisten jedoch trugen seriöse dunkle Tagesanzüge, die sie
als Angestellte und kleine Geschäftsleute auswiesen.

Oberhalb des Ballsaals befand sich eine schattige Galerie. Edward zeigte mit dem Finger darauf und sagte zu Hugh: »Wenn du
dir eine Puppe angelacht hast, kannst du sie für einen weiteren
Shilling mit raufnehmen. Plüschsessel, gedämpftes Licht, blinde
Ober ... du verstehst.«

Hugh war ganz benommen – und dies nicht nur der Beleuchtung
wegen. Die Aussichten waren vielversprechend. Überall Mädchen – und alle waren sie nur aus einem einzigen Grund gekommen: Sie wollten flirten! Manche waren mit ihrem Freund da,
andere aber waren offensichtlich unbegleitet. Und wie sie angezogen waren! Phantastisch! Abendkleider mit Turnüren, zum Teil
mit sehr gewagten Dekolletés. Und erst die Hüte! Unglaublich ...
Eines war jedoch auffallend: Auf der Tanzfläche trugen alle Mädchen sittsam ihre Mäntel. Es waren eben keine Prostituierten,
sondern ganz normale Mädchen von nebenan, Verkäuferinnen,
Dienstmädchen, Schneiderinnen.

»Und wie lernt man sie persönlich kennen?« fragte Hugh. »Einfach anquatschen wie eine Nutte geht doch bei denen nicht, oder?«

Edward deutete auf einen hochgewachsenen, würdevoll aussehenden Herrn im weißen Frack, der eine Art Orden trug und offenbar das Geschehen auf der Tanzfläche überwachte. »Das ist der Zeremonienmeister. Für ein Trinkgeld stellt er dich ihr vor – und sie dir.«

Eine merkwürdige prickelnde Mischung aus Würde und Zügellosigkeit beherrschte die Atmosphäre.

Die Polka ging zu Ende, und einige Tänzerinnen und Tänzer begaben sich wieder an ihre Tische. Wieder fuchtelte Edward mit dem Zeigefinger in der Luft herum und rief: »Verdammich, wenn das nicht Fatty Greenbourne ist!«

Hugh blickte in die angegebene Richtung: Tatsächlich – das war er, ihr ehemaliger Schulkamerad, feister und runder denn je. Die weiße Weste schien aus allen Nähten zu platzen. Und an seinem Arm hing ein Mädchen von berückender Schönheit. Fatty und seine Begleiterin ließen sich an einem Tisch nieder.

»Warum setzen wir uns nicht für ein Weilchen zu ihnen?« fragte Micky leise.

Hugh, der darauf brannte, das Mädchen aus der Nähe betrachten zu können, stimmte bereitwillig zu, woraufhin die drei jungen Männer zielstrebig zwischen den Tischen hindurch auf das seltsame Paar zusteuerten.

»Guten Abend, Fatty!« tönte Edward fröhlich.

»Hallo, alte Bande«, erwiderte der Angesprochene und fügte freundlich hinzu: »Man nennt mich neuerdings Solly, wenn ihr nichts dagegen habt.«

Hugh war Solly hin und wieder in der City, dem finanziellen Herzen Londons, begegnet. Solly arbeitete seit einigen Jahren in der Zentrale der Greenbourne-Bank, gleich um die Ecke vom Stammhaus der Pilasters. Edward, erst seit ein paar Wochen in der City tätig, war Solly bislang nicht über den Weg gelaufen.

»Wir dachten, wir setzen uns ein Weilchen zu euch«, sagte Edward salopp und sah das Mädchen neugierig an.

Solly wandte sich an seine Begleiterin: »Miss Robinson, darf ich

Ihnen ein paar ehemalige Schulkameraden vorstellen? Edward
Pilaster, Hugh Pilaster und Micky Miranda.«
Miss Robinsons Reaktion war verblüffend. Sie erblaßte unter ih-
rem Rouge und fragte:»Pilaster? Etwa aus der Familie von Tobias
Pilaster?«
»Tobias Pilaster war mein Vater«, erwiderte Hugh. »Woher ken-
nen Sie den Namen?«
Die junge Frau hatte sich schnell wieder gefaßt.»Mein Vater war
bei Tobias Pilaster & Co. angestellt. Als Kind habe ich mich
immer gefragt, wer Co. ist.« Sie lachte, und die anfangs spürbare
Spannung war verflogen.»Wollen Sie sich nicht setzen, meine
Herren?«
Auf dem Tisch stand eine Flasche Champagner. Solly schenkte
Miss Robinson ein und bedeutete dem Ober, ein paar zusätzliche
Gläser zu bringen.»Das ist ja ein echtes Schülertreffen der alten
Windfield-Boys«, sagte er.»Stellt euch vor, wer noch hier ist –
Tonio Silva.«
»Wo?« fragte Micky rasch. Die Nachricht war ihm sichtlich unan-
genehm. Warum eigentlich? fragte sich Hugh. In der Schule hatte
Tonio doch immer Angst vor ihm …
»Auf der Tanzfläche«, sagte Solly.»Er tanzt mit Miss April Tilsley,
Miss Robinsons Freundin.«
»Sie können mich ruhig Maisie nennen«, sagte Miss Robinson.
»Ich bin nicht so förmlich.« Und sie zwinkerte Solly frech zu.
Ein Ober erschien und servierte Solly einen Hummer. Solly
stopfte sich seine Serviette in den Kragen und fing an zu essen.
»Ich dachte, ihr Judenjungen dürft keine Schalentiere essen«, sti-
chelte Micky ebenso sanft wie unverschämt.
Solly ging – wie immer – auf die Anspielung nicht ein.»Koscher
bin ich nur zu Hause«, sagte er.
Maisie Robinson warf Micky einen feindseligen Blick zu.»Wir
Judenmädchen essen, was wir wollen«, sagte sie und stibitzte ein
Stückchen von Sollys Teller.
Daß sie Jüdin war, überraschte Hugh. In seiner bisherigen Vor-
stellung waren Juden schwarzhaarig und hatten einen dunklen
Teint. Er betrachtete Maisie aufmerksam. Sie war ziemlich klein,

machte sich jedoch mit einem hoch aufgetürmten Chignon und einem riesigen, mit künstlichen Blumen und Früchten verzierten Hut ein gutes Stück größer. Der Hut beschattete ein kleines, freches Gesicht mit grünen Augen, in denen der Schalk saß. Der Ausschnitt ihres kastanienbraunen Abendkleids enthüllte einen beachtlichen mit Sommersprossen übersäten Teil ihres Busens. Sommersprossen galten gemeinhin nicht als besonders attraktiv, doch Hugh konnte seine Augen kaum von ihnen abwenden. Nach kurzer Zeit bemerkte Maisie seinen Blick und starrte zurück. Hugh lächelte verlegen und wandte sich ab.

Er verdrängte den Gedanken an Maisies Busen und widmete seine Aufmerksamkeit den ehemaligen Schulkameraden. Sie hatten sich verändert in den vergangenen sieben Jahren. Solly Greenbourne war sichtlich reifer geworden. Obwohl er noch immer ungemein dick war und noch immer das gleiche umgängliche Grinsen zur Schau trug, umgab den Mittzwanziger inzwischen eine Aura der Autorität. Es mochte an seinem immensen Reichtum liegen – aber reich war Edward auch, und dem fehlte jede Spur einer solchen Aura. Solly wurde in der City bereits respektiert. Gewiß, als Erbe der Greenbourne-Bank gewann man leichter Respekt als andere – doch wehe, ein junger Mann in vergleichbar privilegierter Stellung erwies sich als Dummkopf: Er konnte binnen kürzester Zeit zur Lachnummer werden.

Auch Edward war älter geworden, im Gegensatz zu Solly aber nicht reifer. Wie ein Kind kannte er nur das Spiel. Er war nicht dumm, hatte jedoch große Schwierigkeiten, sich auf seine Arbeit in der Bank zu konzentrieren. Er arbeitete dort ungern und wünschte sich immer anderswohin, wollte tanzen, trinken und – spielen.

Micky hatte sich zu einem bildhübschen Teufel mit dunklen Augen, schwarzen Brauen und etwas zu langem lockigem Haar entwickelt. Sein Frack entsprach der Etikette, war aber eine Spur zu forsch: Das Jackett hatte einen Samtkragen und Samtaufschläge, das Hemd war gekräuselt. Micky war ein Frauentyp: Die bewundernden, ja einladenden Blicke der Mädchen an den Nachbartischen waren Hugh nicht entgangen. Maisie Robinson dagegen mochte ihn offenbar nicht, und dies vermutlich nicht nur wegen der dummen Bemerkung über die Judenjungen. Irgend etwas stimmte nicht mit Micky. Er war aufreizend ruhig, verschlossen und dabei stets auf der Hut. Er war nicht aufrichtig, verriet nur selten ein Zögern, eine Unsicherheit oder einen wunden Punkt und gewährte niemandem einen Blick in seine Seele – so er denn eine hatte. Hugh traute ihm nicht über den Weg.

Der nächste Tanz war vorüber. Tonio Silva und Miss April Tilsley kamen an den Tisch. Hugh war Tonio seit der gemeinsamen Schulzeit nur wenige Male begegnet, hätte ihn aber an seinem karottenroten Haarschopf sofort wiedererkannt. Bis zu jenem unglückseligen Tag im Jahre 1866, als plötzlich Mutter kam, ihm die Nachricht vom Tod seines Vaters brachte und ihn aus der Schule nahm, waren sie die besten Freunde gewesen. Sie galten als die bösen Buben der Untertertia und eckten immer wieder an. Und trotz der Prügel, die es mitunter setzte, hatten sie ihr Schülerdasein genossen.

Was war damals am Badeteich wirklich geschehen? Hugh hatte sich diese Frage über die Jahre immer wieder gestellt. Die Version der Zeitungen, der zufolge Edward versucht hatte, Peter Middleton zu retten, hatte er nie für bare Münze genommen, dazu fehlte Edward ganz einfach der Mut. Tonio war nach wie vor verschwiegen wie ein Grab, und der einzige andere Zeuge, Albert Cammel, lebte inzwischen in der Kapkolonie.

Tonio schüttelte Micky die Hand. »Wie geht's, Miranda?« Obwohl seiner Stimme nichts anzumerken war, spürte Hugh, daß Tonio die alte Angst noch immer nicht überwunden hatte. Seine Miene verriet eine Mischung aus Angst und Bewunderung – wie ein braver Bürger, der unversehens einem für sein aufbrausendes Temperament bekannten Preisboxer begegnet.

April Tilsley, Tonios Begleiterin, war nach Hughs Einschätzung ein wenig älter als ihre Freundin Maisie und, da sie etwas verhärmt wirkte, nicht ganz so attraktiv. Tonio schien sich daran nicht zu stören. Er tätschelte ihren Arm, flüsterte ihr etwas ins Ohr, brachte sie zum Lachen und fühlte sich in ihrer Gesellschaft offensichtlich sehr wohl.

Hugh wandte seine Aufmerksamkeit wieder Maisie zu. Sie redete viel und gerne. Ihre melodische Stimme hatte einen leichten Akzent und erinnerte an den Tonfall jener Gegend im Nordosten Englands, wo Tobias Pilaster einst seine Speicherhäuser hatte. Die Wandlungsfähigkeit ihres Gesichts faszinierte ihn: Sie lächelte, runzelte die Stirn, schob schmollend die Lippen vor, zog die Stupsnase kraus, rollte die Augen. Ihre Wimpern waren blaßblond, auf der Nase verloren sich ein paar Sommersprossen. Sie war eine unkonventionelle Schönheit, gewiß – aber niemand hätte bestreiten können, daß sie die hübscheste Frau im Saal war.

Hugh war wie besessen von dem Gedanken, daß Maisie wahrscheinlich bereit war, noch in dieser Nacht einen der Männer hier am Tisch zu küssen, mit ihm zu schmusen oder es sogar mit ihm… nun ja, eben bis zum Äußersten zu gehen. Sonst wäre sie heute abend nicht in die Argyll Rooms gekommen. Fast immer, wenn Hugh ein Mädchen kennenlernte, hing er Träumen von der geschlechtlichen Liebe nach; wohl aber schämte er sich der Häufigkeit dieser sexuellen Phantasien. Ausgelebt werden durften sie normalerweise nur nach längerer Werbung, nach Verlobung und Eheschließung. Doch Maisie wäre möglicherweise schon heute nacht dazu bereit!

Erneut trafen sich ihre Blicke, und wieder fühlte Hugh sich ertappt. Es war das gleiche peinliche Gefühl, das ihn manchmal in Rachel Bodwins Gegenwart überkam: Sie kennt meine Gedanken, dachte er und suchte verzweifelt nach einem unverfänglichen Gesprächsthema.

»Leben Sie schon immer in London, Miss Robinson?« platzte er schließlich heraus.

»Nein, erst seit drei Tagen«, antwortete sie.

Eine banale Konversation, dachte er, aber wenigstens überhaupt eine. »Ach was? Erst seit so kurzer Zeit? Wo waren Sie denn vorher?«

»Auf Reisen«, erwiderte Maisie, wandte sich ab und sagte etwas zu Solly.

»Aha«, stammelte Hugh. Gespräch beendet, dachte er enttäuscht. Sie benimmt sich fast so, als hätte sie etwas gegen mich …

April Tilsley schien Mitleid mit ihm zu haben. »Maisie arbeitet seit vier Jahren bei einem Zirkus«, erklärte sie.

»Du meine Güte! Was tut sie denn da?«

Maisie antwortete selber: »Reiten ohne Sattel. Auf trabenden Pferden stehen. Von einem Pferderücken auf den anderen springen und solche Sachen.«

»Im Trikot natürlich«, fügte April hinzu.

Maisie im Trikot – die Vorstellung nährte das Feuer. Hugh schlug die Beine übereinander und sagte: »Wie sind Sie zu dieser Arbeit gekommen?«

Maisie zögerte einen Augenblick. Dann drehte sie sich auf ihrem Stuhl um und sah Hugh in die Augen. In ihrem Blick lag ein gefährlicher Glanz. »Das will ich Ihnen sagen«, begann sie. »Mein Vater arbeitete für Tobias Pilaster & Co. Ihr Vater betrog ihn um einen Wochenlohn. Meine Mutter war sehr krank. Ohne das Geld stand ich vor der Wahl: Entweder ich hungere – oder Mutter stirbt. Da lief ich von zu Hause fort. Ich war damals elf.«

Hugh spürte, wie ihm das Blut zu Kopf schoß. »Ich glaube nicht, daß mein Vater jemals irgendeinen Menschen betrogen hat«, sagte er. »Außerdem dürften Sie mit elf Jahren noch kaum imstande gewesen sein zu verstehen, um was es damals ging.«

»Was Hunger und Kälte bedeuten, verstand ich sehr wohl.«

»Vielleicht war Ihr Vater schuld.« Hugh ließ nicht locker, obwohl er wußte, daß es unklug war. »Man soll eben keine Kinder in die Welt setzen, wenn man sie nicht ernähren kann.«

»Er *konnte* sie ernähren!« fauchte Maisie. »Er arbeitete wie ein Sklave – und dann kamt ihr und stahlt ihm sein Geld!«

»Mein Vater hat Bankrott gemacht, aber er war kein Dieb!«

»Für den, der auf der Verliererseite steht, ist das dasselbe.«

»Nein, es ist nicht dasselbe. Und Sie sind ebenso dumm wie unverschämt, wenn Sie das behaupten!«

Die anderen waren offensichtlich der Meinung, daß Hugh mit dieser Bemerkung zu weit gegangen war. Mehrere von ihnen fingen gleichzeitig an zu sprechen. Tonio sagte: »Streiten wir doch nicht über Dinge, die so lange zurückliegen.«

Hugh wußte, daß es an der Zeit war, den Mund zu halten, aber er war noch immer wütend. »Seit meinem dreizehnten Lebensjahr muß ich mit anhören, wie die Familie Pilaster meinen Vater in den Dreck zieht. Ich lasse mir das nicht auch noch von einer Zirkusartistin bieten.«

Maisie erhob sich. Ihre Augen funkelten wie geschliffene Smaragde. Im ersten Moment glaubte Hugh, sie wollte ihn schlagen. Doch dann sagte sie: »Komm, Solly, tanz mit mir! Vielleicht ist dein ungehobelter Freund nachher verschwunden.«

Der Streit zwischen Hugh und Maisie brachte die Tischgesellschaft auseinander. Während Solly und Maisie sich entfernten, beschlossen die anderen, sich einen Rattenkampf anzusehen. Obwohl derartige Veranstaltungen gesetzlich verboten waren, gab es im Umkreis von fünf Minuten um den Piccadilly Circus ein halbes Dutzend Arenen, in denen regelmäßig solche Schauspiele stattfanden. Micky Miranda kannte jede einzelne von ihnen.

Als sie die Argyll Rooms verließen und in jenem Londoner Stadtviertel untertauchten, das als »Babylon« bekannt war, herrschte bereits Dunkelheit. Außer Sichtweite der Paläste von Mayfair, aber von den Herrenclubs von St. James aus bequem erreichbar, begann ein Gewirr kleiner Straßen und Gassen, das von Spielsalons, Opiumhöhlen, blutrünstigen Tierkämpfen, Pornographieverkäufern und – vor allem – von Bordellen beherrscht wurde. Es war eine schwüle, schweißtreibende Nacht, und in der schweren Luft hing der Geruch nach Essen, Bier und Gosse. Micky und seine Freunde schlenderten mitten auf der Straße durchs Menschengedränge. Es dauerte keine Minute, da versuchte ein Mann im verbeulten Zylinder ihm ein Buch mit obszönen Versen anzudrehen; ein junger Kerl mit Rouge auf den Wangen zwinkerte ihm zu; eine gutgekleidete Frau in seinem Alter öffnete ihre Jacke und präsentierte Micky für einen Augenblick zwei prächtige nackte Brüste, und eine zerlumpte Alte bot ihm Sex mit einem engelgesichtigen Mädchen, das vielleicht zehn Lenze zählte. Die Knei-

pen, Tanzschuppen, Hurenhäuser und billigen Absteigen hatten
rußgeschwärzte Mauern und schmutzstarrende Fenster, die hie
und da Einblicke in wüste, von Gaslichtern erhellte Gelage gewährten. Unter den Passanten sah man junge Stutzer in Frack
und weißer Weste wie Micky, Angestellte und kleine Ladenbesitzer mit Melone auf dem Kopf, glotzäugige Bauern, Soldaten in
aufgeknöpften Uniformen, Seeleute, die vorübergehend viel Geld
in den Taschen hatten, sowie eine überraschend große Zahl von
Arm in Arm dahinschreitenden Paaren, die den Eindruck respek-
tabler Bürgerlichkeit erweckten.

Micky genoß den Ausflug. Zum erstenmal seit Wochen war es ihm
gelungen, Papa für einen Abend zu entkommen. Sie warteten auf
den Tod von Seth Pilaster, um endlich ihr Waffengeschäft unter
Dach und Fach zu bringen, doch der alte Mann klammerte sich
ans Leben wie die Napfschnecke an den Küstenfelsen. Mit dem
eigenen Vater Varietés und Bordelle aufzusuchen machte keinen
Spaß, zumal Papa ihn eher wie einen Diener behandelte. Das ging
so weit, daß er ihm manchmal befahl, im Vorzimmer zu warten,
während er es mit einer Hure trieb. Der heutige Abend war eine
wahre Erholung.

Das Wiedersehen mit Solly Greenbourne freute ihn. Die Greenbournes waren noch reicher als die Pilasters; vielleicht erwies sich
die Bekanntschaft mit Solly eines Tages noch als nützlich.

Die Begegnung mit Tonio Silva war weniger erfreulich. Tonio
wußte zuviel über den Tod von Peter Middleton, der inzwischen
sieben Jahre zurücklag. Damals hatte Tonio eine Heidenangst vor
Micky gehabt. Vorsichtig war er inzwischen zwar immer noch,
und er bewunderte Micky wohl auch noch, aber er war doch nicht
mehr so eingeschüchtert wie einst. Tonio war ein Problem, doch
vorläufig wußte Micky noch nicht, was er dagegen unternehmen
konnte.

Micky bog in eine kleine Seitengasse der Windmill Street ein. Auf
Abfallhaufen hockten Katzen und starrten ihn mit funkelnden
Augen an. Nachdem er sich vergewissert hatte, daß die anderen
noch immer hinter ihm herzogen, betrat er eine finstere Ka-
schemme, marschierte, vorbei an der Bar, geradewegs zur Hinter-

tür hinaus, überquerte einen vom Mondschein erhellten Hinterhof, in dem gerade eine Hure vor ihrem Freier kniete, und öffnete die Tür zu einem windschiefen, stallartigen Holzschuppen.

Ein Mann mit ungewaschenem Gesicht, der einen langen, verschmierten Mantel trug, verlangte vier Pence als Eintrittsgeld. Edward zahlte, und sie traten ein.

Das Innere des Gebäudes war hell erleuchtet und voller Tabakrauch, in dessen Geruch sich ein fauliger Gestank nach Blut und Exkrementen mischte. Vierzig oder fünfzig Männer und ein paar Frauen umstanden eine kreisförmige Arena. Die Männer stammten aus allen gesellschaftlichen Schichten. Einige von ihnen trugen die schweren Wollanzüge und gepunkteten Halstücher gutsituierter Arbeiter, andere waren in Gehrock oder Abendanzug erschienen. Die Frauen dagegen entsprachen durchweg dem eher halbseidenen Typ der April Tilsley. Ein paar Männer hatten Hunde mitgebracht; sie trugen sie entweder auf dem Arm oder hatten sie an Stuhlbeinen festgebunden.

Micky deutete auf einen bärtigen Mann mit Tweedmütze, der einen Hund an einer schweren Kette hielt. Einige Zuschauer prüften das Tier mit kritischem Blick. Der untersetzte, muskulöse Hund hatte einen massigen Kopf und kräftige Kiefer, die durch einen Maulkorb gebändigt wurden. Er wirkte sehr aufgebracht und unruhig. »Das ist der nächste«, sagte Micky.

Edward entfernte sich, um bei einer Frau mit einem Tablett ein paar Drinks zu erstehen. Micky wandte sich auf Spanisch an Tonio. Es war unhöflich, dies vor Hugh und April zu tun, die beide die fremde Sprache nicht beherrschten, doch Hugh war ein Niemand und April nicht einmal das. »Na, und was treibst du so?« fragte er.

»Ich bin Attaché an der Botschaft Cordobas in London«, antwortete Tonio.

»Ach tatsächlich!« Die Mitteilung machte Micky neugierig. Während die meisten südamerikanischen Länder keine Notwendigkeit darin sahen, in London diplomatische Vertretungen zu unterhalten, war Cordoba seit zehn Jahren durch einen Botschafter repräsentiert. Tonio verdankte den Posten zweifellos seiner Familie, den

Silvas, die in Cordobas Hauptstadt Palma über hervorragende
Verbindungen verfügte. Verglichen mit ihnen, war Papa ein ein-
flußloser Provinzfürst.

»Worin besteht deine Arbeit?« fragte Micky.

»Ich beantworte Briefe britischer Firmen, die in Cordoba Geschäfte machen wollen. Sie erkundigen sich nach dem Klima, der
Währung, den Verkehrsverbindungen, den Hotels und solchen Sachen.«

»Arbeitest du ganztägig?«

»Nur manchmal.« Tonio senkte die Stimme. »Sag's ja nicht weiter,
aber meistens habe ich am Tag nicht mehr als zwei oder drei
Briefe zu schreiben.«

»Wirst du bezahlt?« Viele Diplomaten waren finanziell unabhängig und arbeiteten ohne Entgelt.

»Nein. Aber ich habe ein Zimmer in der Residenz des Botschaf-
ters. Das Essen ist frei, und ich bekomme eine Kleidungszulage.
Außerdem werden mir die Mitgliedsbeiträge für die Clubs er-
stattet.«

Micky war fasziniert. Das wäre der ideale Job für mich, dachte
er voller Neid. Freie Unterkunft und Verpflegung sowie ein Zu-
schuß für die üblichen Auslagen eines jungen Mannes in dieser
Stadt – und das alles für eine Stunde Arbeit am Vormittag! Ob
es eine Chance gab, Tonio aus dieser Stellung zu verdrängen?

Edward kam mit fünf gefüllten Brandygläsern zurück und verteilte sie. Micky leerte das seine mit einem Zug. Das Getränk war
ebenso billig wie stark.

Der Hund begann unvermittelt zu knurren, riß an der Kette und
fing an, wie verrückt im Kreis herumzulaufen. Seine Nackenhaare
waren gesträubt.

Micky drehte sich um und sah zwei Männer hereinkommen, die
einen großen Käfig mit riesigen Ratten mit sich führten. Die Ratten waren noch wilder als der Hund. Sie rannten sich gegenseitig
über den Haufen und kreischten vor Angst. Inzwischen bellten
alle Hunde im Raum, und ihre Besitzer brüllten sie an, um sie
zum Schweigen zu bringen. Es herrschte ein ohrenbetäubender
Lärm.

Der Eingang wurde von innen verschlossen und mit einer Eisenstange zusätzlich gesichert. Der Mann im verschmierten Mantel nahm die ersten Wetten entgegen. »Mein Gott«, sagte Hugh Pilaster, »ich habe noch nie so große Ratten gesehen. Wo kriegen sie die bloß her?«

»Sie werden extra für die Kämpfe gezüchtet«, erklärte Edward und wandte sich an einen der Männer, die die Rattenkäfige hereingebracht hatten. »Wie viele bei dieser Runde?«

»Sechs Dutzend«, erwiderte der Mann.

»Das heißt, sie schicken diesmal zweiundsiebzig Ratten in die Grube«, erläuterte Edward.

»Und wie funktioniert das mit den Wetten?« fragte Tonio.

»Du kannst entweder auf den Hund oder auf die Ratten setzen. Wenn du glaubst, daß die Ratten gewinnen, kannst du auf die Anzahl der Ratten setzen, die beim Tod des Hundes noch am Leben sind.«

Der ungewaschene Mann rief die Gewinnchancen aus. Für das Geld, das er entgegennahm, gab er Zettel aus, auf die er mit einem dicken Stift bestimmte Zahlen kritzelte.

Edward setzte ein Pfund auf den Hund, Micky einen Shilling auf sechs überlebende Ratten. Gewann er, so war ihm das Fünffache des Einsatzes sicher. Hugh lehnte es ab, sich an der Wetterei zu beteiligen. Alter Langweiler, dachte Micky.

Die Arena war ungefähr 1,30 Meter tief und von einem annähernd gleich hohen Holzzaun umgeben. Primitive Leuchter, die in regelmäßigen Abständen rings um den Zaun herum angebracht waren, tauchten die Grube in grelles Licht. Nachdem man ihm den Maulkorb abgenommen hatte, wurde der Hund durch eine Holztür in die Arena gelassen. Dort blieb er mit gestrafften Beinen stehen, starrte angriffslustig nach oben und wartete auf die Ratten. Die Rattenträger hoben den Käfig. Einen Augenblick herrschte gespannte, erwartungsvolle Stille.

Plötzlich sagte Tonio: »Zehn Guineen auf den Hund.«

Micky war überrascht. So wie Tonio sich über seinen Job und dessen Erfordernisse äußerte, gewann man den Eindruck, daß er mit seinem Geld recht sparsam umgehen mußte. Hatte er geschwindelt? Oder riskierte er Wetten, die er sich nicht leisten konnte?

Auch für den Buchmacher war die Wette riskant. Doch nach kurzem Zögern kritzelte er die Zahlen auf, reichte den Zettel Tonio und steckte dessen Geld ein.

Die Männer holten aus, als wollten sie den Käfig mitsamt den Ratten in die Grube werfen. In letzter Sekunde öffnete sich eine mit einem Scharnier befestigte Klappe, und die Ratten flogen durch die Luft; sie quiekten schrill vor Entsetzen. April schrie erschrocken auf, und Micky lachte.

Mit tödlicher Konzentration machte sich der Hund an die Arbeit. Rhythmisch klappten seine Kiefer zusammen, als die Ratten auf ihn herabregneten. Er packte sich ein Tier, brach ihm mit einer ruckartigen Bewegung seines riesigen Kopfes den Hals, ließ den Kadaver fallen und schnappte sich das nächste.

Der Blutgeruch war ekelerregend. Alle Hunde im Raum bellten wie wahnsinnig, und die Zuschauer tobten. Die Frauen kreischten angesichts des Blutbads, die Männer feuerten lauthals entweder den Hund oder die Ratten an. Micky Miranda lachte und lachte.

Die Ratten brauchten eine Weile, bis sie merkten, daß sie in einer Falle saßen. Einige von ihnen rannten an den Wänden der Grube entlang und suchten nach einem Fluchtweg; andere sprangen hoch und bemühten sich erfolglos, an den glatten Wänden Halt zu finden; wieder andere drängten sich zu einem dichten Knäuel zusammen. Ein paar Sekunden lang lief alles nach Geschmack des Hundes, und es gelang ihm, ein gutes Dutzend zu töten.

Doch dann, wie auf ein geheimes Signal, änderten die Ratten ihr Verhalten. Sie stürzten sich auf ihren Widersacher, verbissen sich in seinen Beinen, seinen Lenden und seinem kurzen Schwanz. Einige sprangen ihm auf den Rücken und bissen ihn in Hals und Ohren, und ein besonders kühner Nager hackte seine Zähne in die unteren Lefzen und baumelte kurze Zeit an den mörderischen Kiefern, bis der Hund vor Wut aufjaulte und das Tier mit Wucht zu Boden schleuderte. Zurück blieb eine blutende Wunde.

Der Hund wirbelte in schwindelerregender Hast durch die Grube

und tötete eine Ratte nach der anderen, aber es waren immer ein
paar Widersacher hinter ihm. Die Hälfte der Ratten war tot, als
er zu ermüden begann. Die Zuschauer, die auf sechsunddreißig
gesetzt hatten, zerknüllten oder zerrissen ihre Wettscheine. Wer
auf eine niedrigere Zahl gesetzt hatte, feuerte die Ratten nun um
so lauter an.

Der Hund blutete aus zwanzig oder dreißig Wunden, und der
Boden des Kampfplatzes war glitschig von Blut und feuchten Rat-
tenkadavern. Noch immer warf der Hund seinen schweren Kopf
hin und her, noch immer zerknackte er mit seinem furchtbaren
Maul die spröden Wirbelsäulen der Nager, aber er war längst
nicht mehr so schnell wie zuvor, und seine Füße verloren auf dem
schleimig-schmierigen Boden ihre Standfestigkeit.

Jetzt, dachte Micky Miranda, jetzt wird es interessant...

Die Ratten spürten die Schwäche des Hundes und wurden immer
kühner. Hatte er eine von ihnen in den Fängen, sprang ihm eine
andere an die Kehle. Sie wuselten zwischen seinen Beinen hindurch und gingen ihm an die Weichteile. Ein besonders großes
und kräftiges Prachtexemplar grub seine Zähne in das linke Hin-
terbein und ließ nicht mehr locker. Der Hund drehte sich um, um
sie zu packen, doch eine andere Ratte sprang ihm auf die
Schnauze und lenkte ihn ab. Plötzlich gab das attackierte Bein
nach. Die Ratte muß eine Sehne durchtrennt haben, dachte
Micky. Der Hund lahmte nun und konnte sich nur noch mit Mühe
umdrehen. Die Ratten schienen das sofort zu begreifen: Ein gutes
Dutzend von ihnen attackierte nun den hinteren Teil seines Körpers. Müde schnappte er nach ihnen, müde brach er ihnen das
Rückgrat, müde ließ er sie auf den blutverschmierten Boden fallen. Doch sein Bauch war nur mehr rohes Fleisch, seine Wider-
standskraft gebrochen.

Ich habe gut geschätzt, dachte Micky, vielleicht bleiben tatsächlich sechs Ratten übrig ...

Noch einmal bäumte sich der Hund auf. Auf drei Beinen drehte
er sich um und tötete vier Ratten in ebenso vielen Sekunden. Aber
es war ein letztes Aufbegehren. Er ließ eine Ratte fallen, dann
versagten ihm seine Beine den Dienst. Noch einmal drehte er den

Kopf und schnappte nach seinen Peinigern, diesmal jedoch ohne Erfolg. Sein Kopf sank zu Boden.

Und schon begannen die Ratten, ihn aufzufressen.

Micky zählte: Sechs waren übriggeblieben.

Er drehte sich nach seinen Begleitern um. Hugh sah krank aus. Edward sagte zu ihm: »Starker Tobak für deinen Magen, was?«

»Der Hund und die Ratten verhalten sich so, wie die Natur es vorgesehen hat. Was mich ankotzt, sind die Menschen hier.«

Edward grunzte irgend etwas und schob ab, um noch ein paar Drinks zu besorgen.

Mit funkelnden Augen sah April Tilsley zu Tonio auf – einem Mann, der, wie sie sich einbildete, so reich war, daß er es sich leisten konnte, bei einer Wette zehn Guineen zu verlieren. Auch Micky Miranda beobachtete Tonio, erkannte jedoch in seiner Miene einen Anflug von Panik. Ich glaube, Tonio kann es sich nicht leisten, zehn Guineen zu verlieren, dachte er.

Er ging zum Buchmacher und kassierte seinen Gewinn: fünf Shilling. Der Abend hatte sich finanziell bereits gelohnt. Doch irgendwie hatte er das Gefühl, daß sich das, was er über Tonio in Erfahrung gebracht hatte, am Ende noch als wesentlich wertvoller erweisen könnte.

Mickys Verhalten hatte Hugh am allermeisten angewidert. Während des gesamten Kampfes hatte er hysterisch gelacht. Zunächst konnte sich Hugh keinen Reim darauf machen, warum ihm dieses Lachen so unheimlich bekannt vorkam. Erst später fiel ihm ein, daß Micky damals, als Edward Pilaster Peter Middletons Kleider in den Badesee warf, genauso gelacht hatte. Es war eine unangenehme Erinnerung an ein furchtbares Ereignis aus der Vergangenheit.

Edward, erneut mit Getränken versorgt, kehrte zurück und sagte: »Los, jetzt gehen wir zu Nellie!«

Sie leerten die Brandygläser und machten sich auf den Weg. Wieder auf der Straße, empfahlen sich Tonio und April und verschwanden in einem Gebäude, das wie ein billiges Hotel aussah.

Hugh fragte sich, ob er wirklich bei Edward und Micky bleiben sollte. Doch obwohl ihm der nächtliche Streifzug eigentlich nicht mehr gefiel, interessierte ihn, wer Nellie war und was sie zu bieten hatte. Ich wollte mich heute ganz bewußt gehenlassen, dachte er. Da wäre es albern, auf halbem Wege kehrtzumachen ...

Nellies Etablissement lag in der Prince's Street, unweit vom Leicester Square. An der Tür standen zwei livrierte Dienstmänner, die, als die drei jungen Männer eintrafen, gerade einem Mann mittleren Alters mit Melone auf dem Kopf den Einlaß verwehrten. »Zugang nur mit Abendanzug«, sagte einer von ihnen. Der Mann war ungehalten und protestierte lautstark.

Edward und Micky waren den Türstehern offenbar bekannt. Der eine führte die Hand zum Hut und grüßte, der andere öffnete ihnen. Durch einen langen Gang erreichten sie eine weitere Tür. Ehe sich diese öffnete, wurden die drei Gäste durch ein Guckloch inspiziert.

Der Raum, den sie betraten, erinnerte ein wenig an den geräumigen Salon einer großen Londoner Villa. In zwei offenen Kaminen prasselte das Feuer, und überall standen Sofas, Sessel und kleine Tischchen herum. Zahlreiche Männer und Frauen in Abendkleidung waren zugegen.

Daß es sich um keinen normalen Salon handelte, wurde spätestens auf den zweiten Blick klar. Die meisten Männer hatten ihren Hut nicht abgenommen, und ungefähr die Hälfte von ihnen rauchte – was in den Salons der besseren Gesellschaft als unhöflich galt. Einige hatten auch ihre Jacketts abgelegt und die Krawattenknoten gelöst. Die Frauen waren zum großen Teil vollständig bekleidet; einige wenige schienen jedoch in Unterkleidern herumzulaufen. Manche saßen auf Männerschößen, andere umarmten und küßten männliche Gäste, und ein oder zwei gestatteten ihren Galanen noch wesentlich intimere Zärtlichkeiten.

Zum erstenmal in seinem Leben befand sich Hugh Pilaster in einem Bordell.

Es war ziemlich laut. Die Männer gaben derbe Witze zum besten, die Frauen lachten, irgendwo geigte jemand einen Walzer. Hugh folgte Micky und Edward quer durch den Raum. An den Wänden hingen Bilder von nackten Frauen und kopulierenden Paaren. Hugh spürte, wie ihn diese Darstellungen erregten. Am rückwärtigen Ende des Raums, unter einem riesigen Ölgemälde, das eine detailreiche Orgie unter freiem Himmel zeigte, saß der dickste Mensch, den Hugh jemals gesehen hatte – eine stark geschminkte Frau mit weit ausladendem Busen. Sie trug ein Seidenkleid, das ihre Körperfülle bedeckte wie ein purpurviolettes Zelt, und gluckte, von zahlreichen jungen Mädchen umflattert, auf einem thronartigen Sessel. Hinter ihr führte eine großzügige mit rotem Teppich ausgelegte Treppe ins erste Stockwerk, wo sich vermutlich die Schlafzimmer befanden.

Edward und Micky verneigten sich vor dem Thron, und Hugh tat es ihnen nach.

»Nell, mein Schätzchen«, sagte Edward, »gestatte mir, dir meinen Cousin, Hugh Pilaster, vorzustellen.«

»Willkommen, Jungs«, erwiderte Nell. »Kommt her, und nehmt euch dieser wunderschönen jungen Damen an.«

»Bald, bald, Nell. Wird heute gespielt?«

»Bei Nelly wird immer gespielt«, antwortete sie und wies auf eine Seitentür.

Edward verneigte sich erneut und sagte: »Wir kommen wieder.«

»Enttäusch mich nicht, Jungs!«

Sie entfernten sich. »Die Frau benimmt sich wie eine königliche Hoheit!« murmelte Hugh.

Edward lachte. »Du bist hier im feinsten Edelpuff der Stadt! Einige der Herrschaften, die sich heute vor Nell verneigen, verneigen sich morgen früh vor der Queen.«

Sie betraten das Nebenzimmer, wo zwölf bis fünfzehn Männer um zwei Bakarattische versammelt waren. Auf jedem Tisch war, ungefähr dreißig Zentimeter vom Rand entfernt, ein weißer Kreidestrich gezogen, über den die Spieler beim Wetten ihre Jetons schoben. Die meisten hatten gefüllte Gläser neben sich stehen, und in der Luft hing in dicken Schwaden Zigarrenrauch.

An einem Tisch waren noch ein paar Stühle frei. Edward und

Micky nahmen sofort Platz. Ein Kellner brachte ihnen ein paar
Jetons, und sie unterschrieben eine Empfangsbestätigung.
»Wie hoch ist der Einsatz?« fragte Hugh Edward im Flüsterton.
»Ein Pfund Minimum.«
Wenn ich spiele und gewinne, kann ich mir eine der Frauen ne-
benan leisten, dachte Hugh. Er hatte zwar nicht soviel Geld bei
sich, wie gefordert war, aber Edward galt offenbar als kreditwür-
dig ... Doch dann fiel ihm ein, wie Tonio mir nichts, dir nichts
zehn Guineen beim Rattenkampf verloren hatte, und er sagte:
»Ich spiele nicht.«
»Damit haben wir auch nicht im entferntesten gerechnet«, bemerkte Micky mit schleppender Stimme.
Hugh fühlte sich alles andere als wohl in seiner Haut. Soll ich den
Ober bitten, mir einen Drink zu bringen? dachte er. Nein, der
kostet mich wahrscheinlich einen Wochenlohn ... Der Bankhalter
verteilte die Karten, Micky und Edward wetteten.
Hugh beschloß, sich aus dem Staub zu machen.
Er kehrte in den Salon zurück. Ein näherer Blick aufs Mobiliar
entlarvte dasselbe als billigen Flitter: Die Samtpolster waren flek-
kig, das polierte Holz stellenweise angekohlt. Die Teppiche waren
abgelaufen und zerschlissen. Neben Hugh war ein Betrunkener in
die Knie gesunken und brachte seiner Hure ein Ständchen dar,
was zwei seiner Saufkumpane zu brüllendem Gelächter veranlaßte. Auf der Couch daneben küßte sich ein Pärchen mit offenem
Mund. Hugh hatte zwar schon gehört, daß so etwas üblich war,
es aber noch nie mit eigenen Augen gesehen. Sein Blick war wie
gebannt, als der Mann der Frau das Mieder aufknöpfte und an-
fing, ihre Brüste zu liebkosen. Sie waren weiß und wabbelig und
hatten große dunkelrote Spitzen. Die Szene erregte Hugh und
stieß ihn gleichzeitig ab. Trotz seines Widerwillens spürte er, daß
er eine Erektion bekam. Der Mann auf der Couch beugte sich
über den Busen der Frau und begann, ihre Brüste zu küssen.
Hugh traute seinen Augen nicht. Die Frau sah ihn über den Kopf
ihres Freiers hinweg an und zwinkerte ihm zu.
Plötzlich flüsterte ihm eine Stimme ins Ohr: »Wenn du willst,
kannst du das bei mir auch machen.«

Schuldbewußt, als hätte man ihn bei einer unsittlichen Handlung erwischt, fuhr er herum. Neben ihm stand ein dunkelhaariges, stark geschminktes Mädchen, das ungefähr in seinem Alter war. Unwillkürlich glitt sein Blick in den Ausschnitt ihres Kleides, nur um gleich wieder in höchster Verlegenheit abzuschweifen.

»Sei doch nicht so schüchtern«, sagte das Mädchen. »Schau sie dir an, solange du willst. Du sollst deinen Spaß dran haben, dafür sind sie ja da.« Zu seinem Entsetzen spürte Hugh, wie sie ihm mit der Hand zwischen die Beine fuhr. Schnell fand sie sein steifes Glied und drückte es. »Mein Gott, du bist vielleicht schon auf Touren«, sagte sie. Hugh litt köstliche Qualen und fürchtete, jeden Moment zu explodieren. Das Mädchen hob den Kopf, küßte Hugh auf die Lippen und rieb mit erfahrener Hand seinen Schwanz. Es war zuviel. Hugh konnte sich nicht mehr beherrschen und entlud sich in seine Unterwäsche.

Das Mädchen merkte es. Im ersten Augenblick war sie verblüfft, dann prustete sie los. »Mein Gott, du bist ja 'ne Jungfrau!« rief sie lachend. Hugh fühlte sich zutiefst erniedrigt. Das Mädchen sah sich um und sagte zu der nächstbesten Hure: »Ich hab' ihn kaum angefaßt, da kommt ihm schon die Sahne hoch!« Einige der Umstehenden lachten.

Hugh wandte sich ab und ging zur Tür. Er hatte den Eindruck, das Gelächter verfolge ihn quer durch den Salon. Nur mit Mühe gelang es ihm, die Form zu wahren und nicht einfach davonzulaufen. Kurz darauf stand er auf der Straße.

Es war ein wenig kühler geworden. Er atmete die Nachtluft ein und blieb stehen, um sich zu beruhigen. Wenn das »Zerstreuung« war, so war sie seine Sache nicht. Maisie, dieses Flittchen, hatte seinen Vater beleidigt; der Rattenkampf war von Grund auf widerlich gewesen, und die Huren hatten ihn ausgelacht. Der Teufel sollte die ganze Bande holen!

Einer der beiden Türsteher sah ihn teilnahmsvoll an. »Der Herr haben sich entschlossen, es heute abend nicht zu spät werden zu lassen?«

»So kann man's auch sagen«, brummte Hugh und entfernte sich.

Micky verlor Geld. Als Bankhalter hätte er gewußt, wie man beim
Bakkarat die Mitspieler übers Ohr haut – nur saß er an diesem
Abend nicht an der Bank. Innerlich war er erleichtert, als Edward
zu ihm sagte:»Komm, holen wir uns zwei Weiber.«

»Geh nur«, erwiderte er, als ginge ihn das nichts an.»Ich spiele
weiter.«

Edwards Blick verriet beginnende Panik.»Es wird spät, Micky.«

»Ich versuche nur, meine Verluste auszugleichen«, gab Micky ungerührt zurück.

»Ich zahle dir deine Jetons«, flüsterte Edward.

Micky tat so, als zögere er noch. Dann gab er nach.»Na, meinetwegen. Ich bin einverstanden.«

Edward lächelte.

Als Micky abgerechnet hatte, betraten sie gemeinsam den Salon.
Edward wurde gleich von einem blonden Mädchen mit großen
Brüsten empfangen. Er legte ihr den Arm um die nackten Schul-
tern, und sie drückte ihren Busen gegen seine Brust.

Micky musterte die verfügbaren Damen. Eine schon ein wenig
ältere Frau von verführerischer Verkommenheit wurde auf ihn
aufmerksam. Er lächelte sie an, worauf sie zu ihm kam, ihm die
Hände auf die Hemdbrust legte und ihre Fingernägel tief in seine
Haut grub. Dann hob sie sich auf die Zehenspitzen und biß ihn
sanft in die Unterlippe.

Micky sah, daß Edward ihn mit von Erregung gerötetem Gesicht
anglotzte. Sein Verlangen wuchs. Er sah der Frau ins Gesicht und
fragte sie:»Wie heißt du?«

»Alice.«

»Gehen wir rauf, Alice.«

Zu viert stiegen sie die Treppe hinauf. Auf dem Absatz stand die
Marmorstatue eines Zentauren mit einem riesigen erigierten Penis, den Alice im Vorübergehen kurz tätschelte. Neben der Statue
kopulierte ein Pärchen im Stehen, ohne sich um den Betrunkenen
zu kümmern, der vor ihnen auf dem Boden saß und zuschaute.

Die beiden Frauen steuerten getrennte Zimmer an, doch Edward
dirigierte sie in ein und dasselbe.

»'n flotten Vierer heute, Jungs?« fragte Alice.

»Ein Zimmer – halber Preis«, erwiderte Micky, und Edward
lachte.

Alice schloß die Tür hinter ihnen. »Schulfreunde, wie?« Sie
kannte sich aus. »Habt euch damals gegenseitig ... Was?«

»Halt's Maul«, sagte Micky und nahm sie in die Arme.

Während die beiden sich küßten, machte sich Edward von hinten
an Alice heran, umschlang sie mit den Armen und umfaßte ihre
Brüste. Alice war im ersten Moment etwas irritiert, ließ ihn aber
gewähren. Micky spürte, wie sich Edwards Hände zwischen seinem eigenen Körper und dem der Frau hin und her bewegten,
und wußte, daß Edward sich an ihrem Hintern rieb.

»Und ich?« ließ sich das andere Mädchen vernehmen. »Was soll
ich denn hier? Ich komme mir irgendwie ausgeschlossen
vor ...«

»Schlüpfer aus!« befahl Edward. »Du kommst als nächste
dran.«

Als kleiner Junge hatte Hugh stets geglaubt, das Bankhaus Pilaster gehöre den Aufsehern. In Wirklichkeit waren diese Männer nur Dienstboten niederen Ranges. Ihre Körperfülle und die tadellosen Gehröcke mit silbernen Uhrketten über den Westen, vor allem aber die pompöse Würde, mit der sie durch die Bank stolzierten, waren jedoch durchaus imstande, bei einem Kind den Eindruck zu erwecken, sie seien die wichtigsten Personen im ganzen Haus.

Der erste, der dem damals zehnjährigen Hugh die Bank gezeigt hatte, war sein Großvater gewesen, der Bruder des alten Seth. In der marmornen Schalterhalle im Erdgeschoß war er sich vorgekommen wie in einer Kirche, so ungeheuer groß, elegant, still und feierlich war das alles – ein Ort, an dem eine auserwählte Priesterschaft unverständliche Rituale im Dienste einer Gottheit namens Geld zelebrierte. Großvater hatte Hugh im ganzen Gebäude herumgeführt. Er hatte die weihevolle Ruhe im zweiten Stock, wo dicke Teppiche jeden Schritt verschluckten, kennengelernt. Dort residierten die Teilhaber mit ihren Korrespondenzsekretären. Im Direktionszimmer hatte man dem Knaben ein Glas Sherry und einen Teller mit Keksen serviert. Im dritten Stock hatte er die Abteilungsleiter an ihren Schreibtischen gesehen, bebrillte nervöse Herren, umgeben von Papierbündeln, die wie Geschenke von Bändchen zusammengehalten wurden. Im Obergeschoß schließlich saßen die Banklehrlinge vor ihren hohen Pulten, aufgereiht wie zu Hause Hughs Zinnsoldaten, und kritzelten mit tintenbekleckisten Fingern Einträge in die Hauptbücher. Am tollsten freilich hatte Hugh das Kellergeschoß gefunden. Dort lagerten in den Tresoren Verträge, die zum Teil noch älter waren als der Großvater; dort warteten Tausende von Briefmarken darauf, angeleckt und aufgeklebt zu werden, und ein Raum blieb allein der Tinte vorbehalten, die dort in großen Glasbehältern aufbewahrt wurde. Voller Staunen hatte Hugh sich vorzustellen versucht, wie das alles funktionierte: Die Tinte kam in die Bank und wurde von den Schreibern auf Papier aufgetragen. Dann kehrten die Papiere in den Keller zurück, um dort bis in alle Ewigkeit aufbewahrt zu werden. Und auf irgendeine geheimnisvolle Weise entstand dabei Geld.

Von Geheimnissen konnte inzwischen nicht mehr die Rede sein. Hugh wußte längst, daß die schweren in Leder gebundenen Hauptbücher keine mysteriösen Texte enthielten, sondern lediglich Listen über finanzielle Transaktionen, fleißig niedergeschrieben und sorgfältigst auf den neuesten Stand gebracht. Er selbst hatte viele Tage damit zugebracht und seine verkrampften Finger mit Tinte bekleckert. Ein Wechsel war kein Zauberspruch, sondern das auf einem Formular festgehaltene und von der Bank garantierte Versprechen, zu einem bestimmten Termin einer Zahlungsverpflichtung nachzukommen. Und hinter dem Wort *Discount*, worunter er als Kind die Aufgabe verstanden hatte, rückwärts von Hundert bis Null zu zählen, steckte die Praxis, Wechsel zu einem etwas geringeren Preis als ihrem Nennwert zu kaufen, sie bis zum Fälligkeitstermin zu behalten und dann mit einem kleinen Gewinn einzulösen.

Hughs derzeitige Stellung war die eines Assistenten des Bürovorstehers.

Jonas Mulberry war etwa vierzig Jahre alt und glatzköpfig, ein herzensguter, aber etwas sauertöpfischer Mann. Er nahm sich stets die Zeit, Hugh alles ausführlich zu erklären, war aber, wenn er auch nur den geringsten Anlaß sah, ihm Hast oder Sorglosigkeit vorwerfen zu können, sehr rasch mit Tadel zur Hand. Hugh war ihm nun seit einem Jahr unterstellt, und gestern war ihm ein schwerer Fehler unterlaufen: Er hatte einen Seefrachtbrief über eine Lieferung von Bradford-Tuchen nach New York verlegt. Der Fabrikant aus Bradford hatte in der Bankhalle gestanden und sein Geld verlangt, doch Mulberry konnte die Auszahlung nicht ge-

nehmigen, weil er zuvor den Frachtbrief prüfen mußte. Hugh
konnte das Dokument einfach nicht finden. Es war ihnen nichts
anderes übrig geblieben, als den Mann zu bitten, am nächsten
Morgen noch einmal vorbeizukommen.

Zwar hatte Hugh den Frachtbrief schließlich doch noch gefunden,
doch zuvor hatte er sich die halbe Nacht lang den Kopf darüber
zerbrochen. Am Morgen war ihm endlich ein neues Ablagesystem
für Mulberrys Unterlagen eingefallen.

Vor ihm auf dem Tisch befanden sich nun zwei billige Holzta-
bletts, zwei rechteckige Karten, ein Federkiel und ein Tintenfaß.
Auf die eine Karte schrieb er langsam und sorgfältig:

Zur Erledigung durch den Bürovorsteher

Auf die zweite Karte schrieb er:

Bereits erledigt vom Bürovorsteher

Sorgfältig löschte er die Tinte und befestigte die beiden Karten
mit Reißzwecken an den beiden Tabletts. Dann trug er sie zu
Mulberrys Tisch hinüber und trat einen Schritt zurück, um sein
Werk zu betrachten. In diesem Moment trat Mr. Mulberry ein.
»Guten Morgen, Mr. Hugh«, grüßte er. Um nicht dauernd die
verschiedenen Mr. Pilasters durcheinanderzubringen, wurden die
Familienmitglieder in der Bank mit den Vornamen angeredet.
»Guten Morgen, Mr. Mulberry.«
»Und was, zum Kuckuck, ist das?« fragte Mulberry unwirsch mit
Blick auf die beiden Tabletts.
»Nun ja«, begann Hugh. »Ich habe den Frachtbrief gefunden.«
»Wo war er?«
»Zwischen einigen Briefen, die Sie unterzeichnet hatten.«
Mulberry zog die Brauen zusammen. »Wollen Sie damit sagen, es
war meine Schuld?«
»Nein, nein«, beeilte sich Hugh zu antworten. »Es ist meine Auf-
gabe, für Ordnung in Ihren Unterlagen zu sorgen. Deshalb habe
ich dieses Ablagesystem eingeführt – so bleiben die Papiere, die

Sie bereits abgezeichnet haben, getrennt von denen, die Sie noch nicht durchgesehen haben.«

Mulberry gab ein nichtssagendes Grunzen von sich. Er hängte seine Melone an den Haken hinter der Tür und setzte sich an seinen Tisch. Schließlich bemerkte er: »Probieren wir's mal aus – vielleicht taugt es ja was. Aber bevor Sie wieder einmal eine Ihrer erfinderischen Ideen in die Tat umsetzen, sind Sie vielleicht so freundlich, mich vorher zu fragen. Dies ist schließlich mein Büro, und ich bin der Bürovorsteher.«

»Gewiß«, erwiderte Hugh. »Ich bitte um Entschuldigung.« Er wußte natürlich, daß er Mulberrys Erlaubnis hätte einholen müssen, war aber von seiner Idee so begeistert gewesen, daß ihm einfach die Geduld dafür gefehlt hatte.

»Gestern war der letzte Emissionstag der Rußland-Anleihen«, fuhr Mulberry fort. »Bitte gehen Sie hinunter in den Postraum, und kümmern Sie sich um die Zählung der Zeichnungen.«

»Sehr wohl.« Die Bank finanzierte eine Anleihe in Höhe von zwei Millionen Pfund für die russische Regierung. Sie hatte daher Anleihen zum Nennwert von hundert Pfund Sterling ausgegeben, die fünf Prozent Zinsen per annum eintrugen. Da die Anleihen jedoch zum Preis von dreiundneunzig Pfund angeboten wurden, lag der Effektivzins bei fünf drei Achtel Prozent. Der größte Teil der Anleihen war von anderen Banken in London und Paris aufgekauft, ein Teil aber auch privaten Interessenten angeboten worden, und nun mußte gezählt werden, wie viele Anleihen gezeichnet worden waren.

»Wir können nur hoffen, daß wir mehr Zeichnungen haben, als Anleihen zur Verfügung stehen«, sagte Mulberry.

»Warum?«

»Weil dann diejenigen, die leer ausgegangen sind, morgen versuchen werden, die Papiere auf dem freien Markt zu kaufen, und das wird den Preis vielleicht auf fünfundneunzig Pfund hinauftreiben. In diesem Fall werden alle unsere Kunden das Gefühl haben, sie hätten ein gutes Geschäft gemacht.«

Hugh nickte. »Und wenn zu wenige gezeichnet haben?«

»Dann muß die Bank dafür geradestehen und den Rest aufkaufen – für dreiundneunzig Pfund. Und morgen sinkt der Preis vielleicht auf zwei- oder dreiundneunzig Pfund; wir würden daher also Verlust machen.«

»Ach so.«

»Also fort mit Ihnen.«

Hugh verließ Mulberrys Büro im zweiten Stock und rannte die Treppen hinunter. Er war froh, daß Mulberry sein Ablagesystem akzeptiert hatte. Daß die Sache mit dem verlegten Seefrachtbrief glimpflich ausgegangen war, erleichterte ihn sehr. Im ersten Stock, wo das Direktionszimmer lag, begegnete er Samuel Pilaster, der in seinem silbergrauen Gehrock mit der marineblauen Krawatte sehr adrett aussah. »Guten Morgen, Onkel Samuel«, grüßte Hugh.

»Morgen, Hugh. Was hast du denn vor?« Samuel zeigte mehr Interesse an Hughs Laufbahn als die anderen Teilhaber.

»Die Zeichnungen für die Rußland-Anleihe zählen.«

Samuel lächelte und zeigte seine schief stehenden Zähne. »Wie schaffst du es nur, so guter Laune zu sein, wenn ein so langweiliger Tag vor dir liegt!«

Auf der Treppe nach unten mußte Hugh daran denken, daß seit einiger Zeit innerhalb der Familie hinter vorgehaltener Hand über Onkel Samuel und seinen Sekretär gemunkelt wurde. Er selbst fand überhaupt nichts dabei, daß Onkel Samuel »weibisch« war, wie die Leute das nannten. Frauen und Pfarrer mochten die geschlechtliche Liebe zwischen Männern als Perversion bezeichnen, doch in Schulen wie Windfield kam so etwas immer wieder vor, und niemand kam dabei zu Schaden.

Im Erdgeschoß betrat er die große Schalterhalle. Es war erst neun Uhr dreißig, und noch immer strömten Dutzende von Bankangestellten, denen der Geruch von Frühstücksspeck und der Untergrundbahn anhaftete, durchs Eingangsportal herein. Hugh nickte Miss Greengrass, der einzigen weiblichen Angestellten, einen Gruß zu. Bei ihrer Einstellung vor einem Jahr waren in der Bank heiße Debatten über die Frage entbrannt, ob eine Frau dieser Arbeit überhaupt gewachsen sei. Miss Greengrass hatte diesen Diskussionen selbst ein Ende gesetzt, indem sie schon sehr bald außerordentliche Kompetenz an den Tag legte. Sie wird sicher nicht die einzige weibliche Angestellte bleiben, dachte Hugh. Über die rückwärtige Treppe gelangte er ins Kellergeschoß und betrat den Postraum. Zwei Boten sortierten gerade die eingegangenen Sendungen, und die Zeichnungen für die Rußland-Anleihe füllten bereits einen großen Sack. Hugh beschloß, die Formulare von zwei Lehrlingen zählen zu lassen und deren Ergebnisse am Ende zu überprüfen.

Es kostete sie fast den ganzen Tag. Kurz vor vier Uhr prüfte Hugh das letzte Bündel und addierte die letzte Zahlenreihe. Es waren zuwenig Papiere gezeichnet worden: Anleihen im Wert von etwas über einhunderttausend Pfund blieben unverkauft. Gemessen an der Gesamtsumme von zwei Millionen war das kein allzu hoher Verlust. Der Nachteil lag eher im psychologischen Bereich: Es war ein großer Unterschied, ob die Nachfrage höher oder niedriger als die verfügbaren Papiere war. Die Teilhaber würden enttäuscht sein.

Hugh schrieb seine Abrechnung säuberlich auf ein Blatt Papier und machte sich auf den Weg zu Mulberry. In der Schalterhalle war Ruhe eingekehrt. Nur wenige Kunden standen vor den polierten Tischen. Hinter den Schaltern waren die Angestellten eifrig damit beschäftigt, schwere Hauptbücher aus ihren Schrankfächern zu nehmen oder wieder hineinzustellen. Das Bankhaus Pilaster führte, da es eine Handelsbank war, die vorwiegend Kaufleuten Kredite gewährte, nur wenige Privatkonten. Der alte Seth pflegte zu sagen, die Pilasters seien nicht daran interessiert, die schmutzigen Pennies eines Kolonialwarenhändlers oder die speckigen Banknoten eines Schneidermeisters zu zählen – das sei nicht profitabel genug. Allerdings unterhielt jedes einzelne Familienmitglied ein Konto bei der Bank, und es gab einige wenige sehr reiche Kunden, denen man diese Möglichkeit ebenfalls einräumte. Einer dieser privilegierten Kunden fiel Hugh in diesem Moment auf: Sir John Cammel, dessen Sohn Albert Hugh aus seiner Schulzeit in Windfield kannte. Sir John war ein magerer, kahlköpfiger Mann. Aus Kohlengruben und Werften, die auf seinen Ländereien in Yorkshire lagen, bezog er ein gewaltiges Einkommen. Unruhig ging er auf den Marmorfliesen auf und ab; er wirkte ungeduldig und schlechtgelaunt. Hugh sagte: »Guten Tag, Sir John. Ich hoffe, Sie werden schon bedient?«

»Nein, eben nicht, mein Junge. Arbeitet denn hier überhaupt kein Mensch mehr?«

Hugh sah sich rasch um. Es war niemand zu sehen – weder ein Teilhaber noch ein höherer Angestellter. Er beschloß, selbst die Initiative zu ergreifen. »Würden Sie bitte mit ins Direktionszimmer kommen, Sir? Ich bin überzeugt, die Herren werden sich freuen, Sie zu sehen.«

»Na schön.«

Hugh führte ihn die Treppe hinauf. Die Teilhaber arbeiteten alle zusammen in einem Raum – damit sie, wie die Tradition es wollte, einander im Auge behalten konnten. Der Raum war ausgestattet wie das Lesezimmer in einem Herrenklub, mit Ledersofas, Bücherschränken und einem großen Tisch in der Mitte, auf dem die Zeitungen lagen. An den Wänden hingen gerahmte Porträts der Pilaster-Ahnen, die über ihre Hakennasen auf ihre Nachfahren herabblickten.

Das Direktionszimmer war leer. »Einer der Herren wird sicher gleich kommen«, meinte Hugh. »Darf ich Ihnen ein Glas Madeira anbieten?« Er ging zum Büffet und füllte mehr Wein als üblich in ein Glas, während Sir John sich in einem Ledersessel niederließ. »Mein Name ist übrigens Hugh Pilaster.«

»Ach, tatsächlich?« Der Umstand, daß er mit einem Pilaster und nicht mit einem gewöhnlichen Banklehrling sprach, schien Sir John einigermaßen zu besänftigen. »Waren Sie auch in Windfield?«

»Ja, Sir. Gleichzeitig mit Ihrem Sohn Albert. Wir nannten ihn Hump.«

»Alle Cammels werden Hump genannt.«

»Ich habe ihn seit ... seit damals nie wiedergesehen.«

»Er ging in die Kapkolonie. Es gefällt ihm dort so gut, daß er bleiben will. Er züchtet jetzt Pferde.«

Auch Albert Cammel war an jenem schicksalsträchtigen Tag im Jahre 1866 am Badeteich gewesen. Bis heute wußte Hugh nicht,

was Albert über Peter Middletons Tod aussagen konnte. »Ich würde ihm gerne einmal schreiben«, sagte er.
»Er wird sich bestimmt freuen, von einem alten Schulfreund zu hören. Ich gebe Ihnen seine Adresse.« Sir John ging zu einem Pult, tauchte die Feder in das eingelassene Tintenfaß und kritzelte die Anschrift auf ein Blatt Papier. »Hier, bitte sehr.«
»Vielen Dank, Sir.« Mit Befriedigung konstatierte Hugh, daß Sir John auf einmal recht umgänglich war. »Kann ich sonst noch etwas für Sie tun, während Sie warten?«
»Nun ja, vielleicht könnten Sie sich darum kümmern.« Sir John zog einen Scheck aus der Tasche. Hugh betrachtete ihn und stellte fest, daß er sich auf einhundertzehntausend Pfund belief. Noch nie hatte er einen so hohen Scheck in der Hand gehabt. »Ich habe eines meiner Kohlenbergwerke an meinen Nachbarn verkauft«, erklärte Sir John.
»Soll ich ihn Ihrem Konto gutschreiben lassen?«
»Wie hoch wären die Zinsen?«
»Zur Zeit vier Prozent.«
»Das genügt, denke ich.«
Hugh zögerte. Wenn Sir John sich überreden ließ, Rußland-Anleihen zu kaufen, so war es möglich, daß sich die Emission von einer leicht unterzeichneten in eine leicht überzeichnete verwandelte. Sollte er sie erwähnen? Dadurch, daß er Sir John ins Direktionszimmer geführt hatte, hatte er seine Befugnisse ohnehin schon überschritten. Er beschloß, das Risiko einzugehen. »Für russische Anleihen bekommen Sie zur Zeit fünf drei Achtel Prozent.«
Sir John zog die Brauen zusammen. »Und das ginge jetzt gleich?«
»Ja. Gestern war der letzte Zeichnungstag, aber für Sie …«
»Sind die Papiere sicher?«
»So sicher wie die russische Regierung.«
»Ich werd's mir durch den Kopf gehen lassen.«
Hughs Eifer war geweckt. Er wollte die Sache zu einem erfolgreichen Abschluß bringen. »Wie Sie wissen, kann sich der Kurs morgen ändern. Der Preis schwankt, wenn die Papiere auf den freien Markt gelangen.« Er spürte, daß sein Übereifer ihm scha-

den konnte, und entschloß sich zu einem Rückzieher.»Ich werde
jetzt gleich den Scheck Ihrem Konto gutschreiben. Über die Anleihen können Sie mit einem meiner Onkel sprechen, sofern Sie
das wünschen.«

»Einverstanden, Pilaster junior – und jetzt fort mit Ihnen!«

Im Flur stieß Hugh auf Samuel.»Sir John Cammel ist in eurem
Büro, Onkel«, sagte er.»Er stand in der Schalterhalle herum und
war in schlechter Stimmung, darum bot ich ihm ein Glas Madeira
an – ich hoffe, das war richtig.«

»Sehr richtig«, erwiderte Samuel.»Ich kümmere mich um ihn.«

»Er brachte diesen Scheck hier über einhundertzehntausend
Pfund. Ich habe die Rußland-Anleihe erwähnt – sie ist um einhunderttausend unterzeichnet.«

Samuel hob die Augenbrauen.»Ein bißchen voreilig, wie?«

»Ich habe nur gesagt, er könne mit einem der Teilhaber darüber
sprechen, wenn er einen höheren Zinssatz will.«

»Na gut. Eigentlich kein schlechter Gedanke.«

Hugh kehrte in die Schalterhalle zurück, suchte das Buch heraus,
in dem Sir Johns Konto geführt wurde, trug die Einzahlung ein
und brachte den Scheck zur Verrechnung. Dann begab er sich
wieder in Mulberrys Büro im dritten Stock. Er lieferte seine Abrechnung über die russischen Anleihen ab, erwähnte die Möglichkeit, daß Sir John Cammel vielleicht den Rest kaufen werde, und
setzte sich wieder an seinen Tisch.

Ein Bote brachte ein Tablett mit Tee und Butterbroten herein –
eine kleine Erfrischung, die allen Bankangestellten serviert wurde,
die nach halb fünf noch an der Arbeit waren. Die meisten gingen,
wenn es nicht viel zu tun gab, schon um vier Uhr. Das Bankperso-
nal galt als die Elite der Büroangestellten und wurde heftig beneidet vom Büropersonal der Kaufleute und Reeder, das nicht selten
bis in die Abendstunden und mitunter sogar ganze Nächte hindurch arbeiten mußte.

Etwas später kam Samuel herein und händigte Mulberry verschiedene Papiere aus.»Sir John hat die Anleihen gekauft«, sagte
er zu Hugh.»Du hast eine gute Gelegenheit bestens genutzt – ich
muß dich loben.«

»Vielen Dank.«

Die beschrifteten Tabletts auf Mulberrys Schreibtisch erregten Samuels Interesse. »Was ist das denn?« fragte er in leicht amüsiertem Tonfall. »Zur Erledigung durch den Bürovorsteher ... Bereits erledigt vom Bürovorsteher.«

»Es dient dazu, ein- und ausgehende Vorgänge voneinander zu trennen«, antwortete Mulberry. »Auf diese Weise entstehen keine Verwechslungen.«

»Gute Idee. Ich glaube, das mache ich auch.«

»Offen gestanden, Mr. Samuel – der Einfall stammt von Mr. Hugh.«

Samuels amüsierter Blick wandte sich Hugh zu. »Ich sehe, du engagierst dich, mein lieber Junge.«

Hugh, der sich schon mehrfach hatte sagen lassen müssen, er trete ein wenig arrogant auf, hielt es für angebracht, sich bescheiden zu geben. »Ich weiß, daß ich noch eine Menge lernen muß.«

»Nur keine falsche Bescheidenheit! Hör mal, Hugh. Wenn du aus Mr. Mulberrys Diensten ausscheiden solltest, welchen Posten hättest du dann gerne als nächsten?«

Darüber mußte Hugh nicht lange nachdenken. Der begehrteste Posten war der eines Korrespondenzsekretärs. Die meisten Angestellten bekamen nur einen Teil der Transaktionen zu Gesicht – nämlich den, den sie selbst aufzeichneten. Der Korrespondenzsekretär entwarf die Briefe an die Kunden und konnte jeden einzelnen Geschäftsabschluß von A bis Z verfolgen. Auf diesem Posten ließ sich nicht nur am meisten lernen, sondern er bot auch beste Aussichten auf weitere Beförderung. Hugh war überdies bekannt, daß Bill Rose, Onkel Samuels Korrespondenzsekretär, bald in Pension gehen würde. Daher antwortete er jetzt ohne Zögern: »Es wäre schön, wenn ich dein Korrespondenzsekretär werden könnte.«

»Jetzt schon? Du bist doch erst seit einem Jahr in der Bank ...«

»Wenn Mr. Rose ausscheidet, werden es achtzehn Monate sein.«

»Das stimmt.« Samuel gab sich noch immer amüsiert, aber er lehnte Hughs Wunsch nicht kategorisch ab. »Nun ja, wir werden sehen«, sagte er nur, bevor er hinausging.

»Haben *Sie* Sir John Cammel empfohlen, die restlichen Rußland-
Anleihen zu kaufen?« fragte Mulberry Hugh.
»Ich habe ihn nur auf die Möglichkeit hingewiesen«, antwortete
Hugh.
»So, so«, sagte Mulberry, und gleich noch einmal: »So, so.« Er
lehnte sich in seinem Stuhl zurück. Sein forschender Blick blieb
minutenlang auf Hugh geheftet.

Es war ein sonniger Sonntagnachmittag, und ganz London fla-
nierte im besten Sonntagsstaat durch die Stadt. Die breite Pracht-
straße, die zum Piccadilly Circus führte, war vom Verkehr befreit,
denn am heiligen Sonntag ließen sich allenfalls Gehbehinderte
spazierenfahren.
Maisie Robinson und April Tilsley schlenderten die Piccadilly
hinunter, sahen sich die Paläste der Reichen an und hielten nach
Männern Ausschau.
Sie lebten in Soho, wo sie sich ein Zimmer in einem heruntergekommenen Haus in der Carnaby Street teilten, unweit des Armen-
hauses von St. James. Gewöhnlich standen sie gegen Mittag auf,
kleideten sich sorgfältig an und bummelten dann durch die Straßen. Gegen Abend hatten sie dann meistens zwei Männer aufge-
tan, die ihnen ein Essen spendierten. Wenn nicht, gingen sie hung-
rig zu Bett. Geld hatten sie fast keines, allerdings brauchten sie
auch wenig. War die Miete fällig, so bat April einen »Freund«,
ihr etwas Geld zu »leihen«. Maisie trug stets dasselbe Kleid und
wusch Abend für Abend ihre Unterwäsche. Eines schönen Tages
würde ihr jemand ein neues Kleid kaufen. Früher oder später, so
hoffte sie, würde irgendeiner der Männer, die ihr Abendessen be-
zahlten, sie heiraten wollen oder sie zu seiner Mätresse machen.
April spukte noch immer der Südamerikaner im Kopf herum, den
sie kürzlich kennengelernt hatte. Tonio Silva hieß er. »Stell dir
bloß vor, er kann es sich leisten, bei einer Wette zehn Guineen zu
verlieren!« sagte sie aufgeregt. »Und rote Haare haben mir schon
immer gefallen.«

»Der andere Südamerikaner, der dunkle, hat mir gar nicht gefallen«, gab Maisie zu bedenken.

»Micky? Aber der sieht doch phantastisch aus!«

»Schon, aber er hat so was Verschlagenes an sich. Jedenfalls war das mein Eindruck.«

April deutete mit dem Finger auf eine riesige Villa. »Das ist das Haus von Sollys Vater.«

Die Villa lag etwas abseits von der Straße. Eine halbkreisförmige Auffahrt führte zum Portal. Die Fassade erinnerte an einen griechischen Tempel, denn sie war bis unters Dach mit einer Reihe Pilaster geschmückt. An der mächtigen Eingangstür prangten Messingbeschläge, und die Fenster waren mit roten Samtvorhängen bestückt.

»Stell dir mal vor«, sagte April, »hier könntest du eines Tages wohnen.«

Maisie schüttelte den Kopf. »Ich doch nicht.«

»Es wäre nicht das erste Mal«, behauptete April. »Du mußt bloß ein bißchen schärfer sein als die feinen reichen Mädchen, und das ist doch gar nicht so schwer. Wenn du erst mal verheiratet bist, lernst du die Sprache und all das Zeug in Null Komma nichts. Du drückst dich ja jetzt schon sehr gewählt aus, wenn du nicht gerade wütend bist. Und Solly ist ein netter Kerl.«

»Ein netter, aber fetter Kerl.« Maisie und zog eine Grimasse.

»Aber denk nur, wie reich er ist! Sein Vater soll in seinem Landhaus ein ganzes Symphonieorchester unterhalten – nur für den Fall, daß er nach dem Dinner ein bißchen Musik hören will.«

Maisie seufzte. Sie hatte keine Lust, an Solly zu denken. »Wo seid ihr denn noch gewesen, nachdem ich diesem Hugh die Meinung gegeigt habe?«

»Bei 'nem Rattenkampf. Danach ging ich mit Tonio ins Hotel Batt.«

»Hast du's mit ihm getrieben?«

»Aber natürlich! Was glaubst du, warum wir dahin gegangen sind?«

»Zum Whist spielen vielleicht?«

Sie kicherten.

April warf Maisie einen berechnenden Blick zu. »Du hast's doch mit Solly auch getrieben, oder?«

»Ich hab' ihn glücklich gemacht«, sagte Maisie.

»Was soll das heißen?«

Maisie machte eine vielsagende Geste mit der Hand, und wieder mußten sie beide kichern.

»Du hast ihm bloß einen runtergeholt?« fragte April. »Warum?«

Maisie zuckte nur die Achseln.

»Na ja, vielleicht liegst du gar nicht so falsch«, meinte April. »Manchmal ist es ganz gut, wenn man ihnen nicht gleich beim erstenmal alles erlaubt. Je länger man sie zappeln läßt, desto gieriger werden sie.«

Maisie wechselte das Thema. »Daß ich ausgerechnet einen Menschen namens Pilaster treffen mußte! Da sind böse Erinnerungen in mir hochgekommen.«

April nickte verständnisvoll. »Bosse!« brach es aus ihr hervor. »Die Arschlöcher hab' ich gefressen!« Ihre Ausdrucksweise war noch um einiges gröber als alles, was Maisie im Zirkus gelernt hatte. »Nie werde ich für einen dieser Mistkerle arbeiten. Deshalb gehe ich auf die Straße. Da kann ich den Preis für mich selber bestimmen und werde außerdem im voraus bezahlt.«

»Mein Bruder und ich«, erzählte Maisie, »sind an dem Tag, als Tobias Pilaster bankrott ging, von zu Hause abgehauen.« Sie lächelte traurig. »Daß ich heute hier bin, ist die Schuld der Pilasters. Jedenfalls könnte man das behaupten.«

»Was hast du danach getan? Bist du gleich zu diesem Zirkus gekommen?«

»Nein, nicht gleich.« Die Erinnerung an die Angst und die Einsamkeit nach ihrer Flucht ging Maisie zu Herzen. »Mein Bruder schlich sich auf ein Schiff nach Boston. Ich habe nie wieder etwas von ihm gesehen oder gehört. Ich selber schlief eine Woche lang auf einer Müllkippe. Es war Mai und Gott sei Dank schönes Wetter. Nur in einer Nacht hat es geregnet. Ich habe mich mit Lumpen zugedeckt und hatte danach jahrelang Flöhe ... Ja, und ich erinnere mich noch an die Beerdigung.«

»Welche Beerdigung?«

»Die von Tobias Pilaster. Der Trauerzug ging durch die Straßen. Er war ein großer Mann in dieser Stadt. Ich kann mich an einen Jungen erinnern, der nicht viel älter war als ich. Er trug einen schwarzen Mantel und einen Hut und ging an der Hand seiner Mama. Das muß Hugh gewesen sein.«

»Sag bloß!«

»Danach bin ich nach Newcastle gelaufen. Ich hab' mich als Junge verkleidet und in einem Stall ausgeholfen. Nachts durfte ich im Stroh bei den Pferden schlafen. Drei Jahre bin ich dort geblieben.«

»Und dann?«

»Dann sind mir die da gewachsen«, sagte Maisie und ließ ihre Brüste schwingen. Einem vorübergehenden Mann mittleren Alters, der es zufällig mitbekam, wären beinahe die Augen aus dem Kopf gefallen. »Als der Stallmeister entdeckte, daß ich ein Mädchen war, versuchte er, mich zu vergewaltigen. Ich hab' ihm eins mit der Reitpeitsche übers Gesicht gezogen, und damit war ich meine Arbeit los.«

»Ich hoffe, die Striemen sieht man heute noch«, meinte April.

»Auf jeden Fall hab' ich seine Glut gekühlt.«

»Du hättest ihm die Peitsche über sein Ding ziehen sollen.«

»Das hätte ihm vielleicht noch Spaß gemacht.«

»Und dann? Als du nicht mehr in dem Stall warst?«

»Dann hab' ich mich dem Zirkus angeschlossen. Zuerst als so 'ne Art Pferdeknecht, bis ich schließlich reiten durfte.« Maisie seufzte erinnerungsselig. »Im Zirkus war's schön. Die Leute waren lieb.«

»Zu lieb auf die Dauer, was?«

Maisie nickte. »Mit dem Zirkusdirektor bin ich nie besonders gut ausgekommen, und als er mir dann befahl, ihm einen zu blasen, war's wieder mal Zeit für mich. Ich dachte mir, wenn ich schon Schwänze lutschen muß, um mich durchzubringen, dann will ich wenigstens ordentlich dafür bezahlt werden. Na, und da bin ich nun ...«

Maisie hatte schon immer die Angewohnheit, ihre Redeweise an die anderer Menschen anzupassen, und so färbte inzwischen auch Aprils drastisches Vokabular auf sie ab.

»Und wie viele Schwänze hast du seitdem schon gelutscht?« fragte
April, die sich nicht so leicht an der Nase herumführen ließ.
»Keinen einzigen, wenn ich ehrlich sein soll«, gestand Maisie
voller Verlegenheit ein. »April, ich kann dich einfach nicht be-
lügen – ich glaube, ich habe einfach keine Begabung für dieses
Gewerbe.«
»Aber du bist wie geschaffen dafür!« widersprach die Freundin.
»Du hast dieses gewisse Zwinkern in den Augen, dem kein Mann
widerstehen kann. Hör zu: Halt dich weiter an Solly Greenbourne. Du mußt ihm jedesmal ein bißchen mehr erlauben. Erst
läßt du ihn deine Pussy berühren, das nächstemal erlaubst du
ihm, dich nackt zu sehen … Paß auf, es dauert keine drei Wochen,
und er verschmachtet nach dir. Und wenn du ihm eines Abends
seine Hosen runterziehst und sein Ding in den Mund nimmst,
dann sagst du zu ihm: ›Wenn du mir ein Häuschen in Chelsea
kaufen würdest, könnten wir das tun, wann immer du Lust dazu
hast.‹ Wenn Solly dazu nein sagt – ich schwör's dir, Maisie, dann
geh' ich ins Kloster!«
Maisie wußte, daß April recht hatte, doch alles in ihr lehnte sich
dagegen auf. Sie wußte nicht einmal genau, warum. Zum einen
lag es wohl daran, daß sie Solly nicht sehr anziehend fand. Zum
anderen aber, und das war geradezu paradox, fand sie ihn einfach
zu nett. Sie brachte es nicht fertig, ihn eiskalt zu manipulieren.
Am schlimmsten jedoch war das Gefühl, in diesem Fall jede Hoffnung auf echte Liebe, auf eine richtige Ehe mit einem Mann, für
den sie Feuer und Flamme war, aufgeben zu müssen. Andererseits
aber mußte sie von irgend etwas leben, und eine Existenz, wie
ihre Eltern sie geführt hatten, war ihr von Grund auf verhaßt. Sie
wollte nicht die ganze Woche auf den Hungerlohn am Zahltag
warten und ständig fürchten müssen, entlassen zu werden, bloß
weil ein paar hundert Meilen weiter eine Finanzkrise ausgebrochen war.
»Und was ist mit den anderen?« fragte April. »Du könntest dir
einen aussuchen.«
»Hugh hat mir gefallen, aber ich hab' ihn beleidigt.«
»Der hat sowieso kein Geld.«

»Edward ist ein Ferkel, Micky macht mir angst, und Tonio gehört dir.«

»Also doch Solly.«

»Ich weiß nicht so recht.«

»Ich weiß es. Wenn du diese Gelegenheit nicht beim Schopf packst, dann denkst du dein Leben lang jedesmal, wenn du die Piccadilly entlanglatschst: ›In diesem Haus könnte ich jetzt wohnen.‹«

»Ja, wahrscheinlich.«

»Und wer soll's sonst sein, wenn nicht Solly? Am Ende bleibst du an einem widerlichen kleinkarierten Gemüsehändler hängen, der schon auf die Fünfzig zugeht, dir kaum ein Taschengeld gibt und dafür auch noch erwartet, daß du deine Bettwäsche selber wäschst und bügelst.«

Sie hatten das Westende der Piccadilly erreicht und wandten sich nach Norden, gen Mayfair. Maisie war ins Grübeln verfallen. Wenn ich's darauf anlege, dachte sie, kann ich Solly vielleicht sogar dazu bringen, mich zu heiraten. Die Rolle der großen Dame sollte mir nicht allzu schwer fallen. Die Sprache ist die halbe Miete, und im Nachahmen war ich schon immer gut ... Aber den netten, freundlichen Solly zu einer Ehe ohne Liebe verführen? Schon beim Gedanken daran wurde ihr ganz übel.

Sie kamen an einem großen Mietstall vorbei. Maisie, die sogleich wieder wehmütige Erinnerungen an den Zirkus überkamen, blieb vor einem großen dunklen Fuchshengst stehen und tätschelte ihm den Hals. Sofort senkte das Pferd den Kopf und rieb ihn an ihrer Hand.

»Redboy hat was gegen Fremde«, sagte eine Männerstimme. »Läßt sich eigentlich nicht antatschen.«

Maisie drehte sich um und erblickte einen Mann mittleren Alters, der einen schwarzen Cutaway mit einer gelben Weste darunter trug. Seine förmliche Kleidung stand im Widerspruch zu seinem wettergegerbten Gesicht und seiner ungehobelten Ausdrucksweise. Maisie hielt ihn für einen ehemaligen Stallknecht, der mit Erfolg ein eigenes Geschäft aufgezogen hatte. Sie lächelte und sagte: »Gegen mich hast du nichts, was, Redboy?«

»Reiten können Sie ihn aber nicht, oder?«

»Ihn reiten? Doch, das kann ich, sogar ohne Sattel, und ich stell'
mich sogar auf seinen Rücken. Gehört er Ihnen?«

Der Mann machte eine knappe Verbeugung und sagte: »George
Sammles, zu Ihren Diensten, meine Damen. Bin der Besitzer,
wie's da steht.« Er deutete auf die Tür, über die sein Name gepin-
selt war.

»Ich will ja nicht angeben, Mr. Sammles«, sagte Maisie, »aber ich
hab' die letzten vier Jahre in einem Zirkus verbracht. Wahrscheinlich kann ich alles reiten, was in Ihren Ställen steht.«

»Ist das wahr?« sagte er nachdenklich. »Schön, schön, sag'
ich.«

»Worüber denken Sie nach, Mr. Sammles?« mischte sich April
ein.

Er zögerte. »Kommt vielleicht 'n bißchen plötzlich, aber ich überlege gerade, ob diese Dame hier vielleicht an einem geschäftlichen
Vorschlag interessiert wäre.«

Maisie, die der Unterhaltung bislang keine Bedeutung beigemes-
sen hatte, wurde auf einmal neugierig. »Lassen Sie hören«, sagte
sie.

»Geschäftliche Vorschläge interessieren uns immer«, bemerkte
April anzüglich, doch nach Maisies Eindruck hatte Sammles etwas ganz anderes im Sinn als April.

»Sehen Sie, Redboy steht zum Verkauf«, begann der Mann. »Aber
Pferde verkaufen sich nicht, wenn man sie im Stall stehen läßt.
Wenn Sie allerdings so um 'ne Stunde rum mit ihm durch den
Park reiten würden, also – so 'ne Lady wie Sie, die, wenn Sie's
mir nicht übelnehmen, noch schmuck wie aus 'm Schächtelchen
aussieht, das würde schon was hermachen … Früher oder später
kommt bestimmt einer und fragt Sie, wieviel Sie für das Pferd
haben wollen.«

Ist damit etwa Geld zu verdienen? fragte sich Maisie. Sollte das
vielleicht sogar eine Chance sein, das Geld für die Miete aufzubringen, ohne daß ich Leib und Seele dafür verkaufen muß? Aber
sie fragte nicht nach dem, was sie am meisten interessierte, sondern sagte zu Sammles: »Und dann sag' ich zu dem Burschen:

›Gehen Sie zu Mr. Sammles im Curzon-Stall, der Gaul gehört nämlich ihm.‹ Hab' ich Sie richtig verstanden?«

»Glasklar. Bloß 'n ›Gaul‹ ist mein Redboy ja nun nicht gerade. Sagen Sie lieber ›diese großartige Kreatur‹ oder ›dieses prächt'ge Stück Pferdefleisch‹ oder so.«

»Vielleicht«, sagte Maisie und nahm sich vor, an Stelle von Sammles' Worten eigene zu finden. »Kommen wir zum Geschäftlichen.« Sie konnte nicht länger so tun, als wäre ihr die Bezahlung gleichgültig. »Wieviel zahlen Sie?«

»Was, glauben Sie, wäre es wert?«

Maisie nannte eine übertrieben hohe Summe. »Ein Pfund pro Tag.«

»Zuviel«, lautete prompt die Antwort. »Ich zahle die Hälfte.«

Maisie konnte ihr Glück kaum fassen. Zehn Shilling pro Tag war ein unglaublich hoher Lohn. Ein Hausmädchen in ihrem Alter konnte sich glücklich schätzen, wenn sie einen Shilling am Tag bekam! »Wann soll ich anfangen?«

»Morgen vormittag halb elf.«

»Abgemacht.«

Sie besiegelten den Handel mit einem Handschlag, und die Mädchen setzten ihren Weg fort. Sammles rief Maisie noch nach: »Dasselbe Kleid wie heute, wenn ich bitten darf! Steht Ihnen nämlich!«

»Keine Sorge!« gab Maisie zurück. Es war das einzige Kleid, das sie besaß. Doch das ging Sammles nichts an.

VERKEHR IM PARK
*An den Herausgeber
der Times*

Sir,

es wurde gemeldet, daß sich in den letzten Tagen jeden Vormittag um etwa elf Uhr dreißig im Hyde Park die Kutschen derart stauen, daß für eine Zeitspanne von bis zu einer Stunde kein Vorankommen mehr ist. Zahlreiche

Erklärungen wurden dafür angeboten. Etwa, daß zu viele Landadlige zur Saison in die Stadt kommen oder daß Londons Prosperität nun sogar Händlersgattinnen gestattet, sich eine Kutsche zu halten und in den Park zu fahren. Die wahre Ursache wurde bisher jedoch nirgendwo erwähnt.

Sie ist bei einer Dame unbekannten Namens zu suchen, die von der Männerwelt als »die Löwin« bezeichnet wird, zweifellos auf Grund ihres lohfarbenen Haars. Es handelt sich um ein bezauberndes, sehr hübsch gekleidetes Wesen, das mit leichter Hand und feurigem Geist Pferde reitet, die so manchen Mann zu schrecken imstande wären. Überdies lenkt sie mit gleicher Geschicklichkeit eine Kutsche, die von perfekt aufeinander abgestimmten Zweiergespannen gezogen wird. Der Ruf ihrer Schönheit und ihres reiterlichen Wagemuts hat sich wie ein Lauffeuer verbreitet, so daß ganz London zu jener Stunde, da mit ihrem Erscheinen zu rechnen ist, in den Park pilgert, um dort allerdings die Erfahrung machen zu müssen, daß es weder vor noch zurück geht.

Wäre es Ihnen, Sir, zu dessen beruflichen Pflichten es gehört, alles zu wissen und jeden zu kennen, und dem daher wahrscheinlich auch die wahre Identität der Löwin kein Geheimnis ist, nicht möglich, dahingehend auf sie einzuwirken, daß sie von ihrem Tun abläßt, damit der Park wieder in den gewohnten Zustand gepflegter Ordnung und leichter Passierbarkeit zurückversetzt wird?

Ich verbleibe, Sir, Ihr sehr ergebener Diener ...
Ein Beobachter

Dieser Leserbrief muß ein Witz sein, dachte Hugh und legte die Zeitung beiseite. Die sogenannte Löwin gab es tatsächlich – er hatte gehört, wie sich die Bankangestellten über sie unterhielten –, aber daß sich im Hyde Park die Kutschen stauten, lag nicht an ihr. Trotzdem war er neugierig geworden. Er spähte durch die bleigefaßten Fenster von Whitehaven House zum Park hinüber. Heute war Feiertag. Die Sonne schien, und zahlreiche Menschen waren bereits unterwegs, zu Fuß, zu Pferd oder in Kutschen. Ich könnte eigentlich auch in den Park gehen und nachsehen, worum sich das ganze Theater dreht, dachte Hugh. Vielleicht habe ich ja Glück ...

Auch Tante Augusta hatte vor, in den Park zu fahren. Vor dem
Haus wartete schon ihr Landauer. Der Kutscher trug seine Perücke, und der livrierte Diener stand bereit, um hinten aufzusit-
zen. Augusta fuhr – wie alle Frauen und die männlichen Müßig-
gänger der Oberschicht – fast täglich um diese Zeit in den Park.
Sie behaupteten, sie brauchten frische Luft und Bewegung, doch
in Wirklichkeit kam es ihnen vor allem darauf an, zu sehen und
gesehen zu werden. Der eigentliche Grund für die regelmäßigen
Verkehrsstaus lag darin, daß die Leute ihre Kutschen anhielten,
um miteinander zu schwatzen, und damit die Straße blockier-
ten.

Hugh vernahm die Stimme seiner Tante. Er erhob sich vom Frühstückstisch und ging in die Eingangshalle. Tante Augusta war, wie
üblich, sehr elegant gekleidet. Sie trug ein violettes Tageskleid mit
einem eng sitzenden Bolero und meterweise Rüschen darunter.
Ihr Hut allerdings war ein Mißgriff: ein flaches Strohhütchen –
auch »Kreissäge« genannt –, das kaum zehn Zentimeter im
Durchmesser maß und über ihrer Stirn auf die Hochfrisur gesteckt
worden war. Er entsprach der neuesten Mode und sah bei hübschen jungen Mädchen recht niedlich aus. Augusta war indessen
alles andere als niedlich, weshalb das Hütchen an ihr einfach
lächerlich wirkte. Oft unterliefen ihr solche Fehler nicht, und
wenn, dann gewöhnlich nur deshalb, weil sie sich kritiklos der
jeweils neuesten Mode unterwarf.

Sie sprach gerade mit Onkel Joseph. Der hatte die gequälte Miene
aufgesetzt, die er häufig zur Schau trug, wenn seine Frau mit ihm
redete. Halb abgewandt stand er vor ihr und strich sich ungeduldig über seinen buschigen Backenbart. Hugh fragte sich, ob die
beiden sich noch mochten. Früher mußte es einmal so etwas wie
Zuneigung zwischen ihnen gegeben haben, denn schließlich hatten sie Edward und Clementine in die Welt gesetzt. Inzwischen
gingen sie nicht mehr sehr liebevoll miteinander um, doch manchmal verriet Augusta mit kleinen Gesten, daß ihr Josephs Wohlbe-
finden am Herzen lag. Wahrscheinlich liebten sie sich also immer
noch, dachte Hugh.

Als Hugh hinzutrat, nahm Augusta, wie üblich, keine Notiz von

ihm und redete weiter: »Die ganze Familie macht sich große Sorgen«, sagte sie nachdrücklich, als hätte Onkel Joseph das Gegenteil behauptet. »Es könnte zu einem Skandal kommen.«
»Aber die Situation – was immer man darunter verstehen mag – besteht doch schon seit Jahren, und kein Mensch hat sich jemals darüber aufgeregt.«
»Weil Samuel nicht Seniorpartner ist. Ein gewöhnlicher Mann kann viele Dinge tun, ohne daß es auffällt. Aber der Seniorpartner des Bankhauses Pilaster ist eine Persönlichkeit, die im Rampenlicht der Öffentlichkeit steht.«
»Gewiß, aber so dringend ist das alles ohnehin nicht. Onkel Seth lebt schließlich noch, und so, wie es aussieht, bleibt er uns auch noch auf unabsehbare Zeit erhalten.«
»Das weiß ich«, sagte Tante Augusta, und ihr Tonfall verriet kaum verhüllte Enttäuschung. »Manchmal wünschte ich mir ...« Sie hielt inne, um nicht zuviel von ihrer Gesinnung preiszugeben. »Früher oder später wird er die Zügel doch weiterreichen müssen, und niemand weiß, ob es nicht vielleicht schon morgen soweit ist. Cousin Samuel soll nicht so tun, als gäbe es keinen Anlaß zu gravierenden Bedenken.«
»Mag ja sein«, sagte Joseph, »aber wenn er's doch tut, läßt sich doch kaum etwas dagegen unternehmen, oder?«
»Vielleicht sollten wir Seth unsere Bedenken nicht länger vorenthalten.«
Hugh fragte sich, wieviel der alte Seth über das Privatleben seines Sohnes wußte. Wahrscheinlich kannte er die Wahrheit, war aber nicht bereit, sie zu akzeptieren, nicht einmal vor sich selbst.
Joseph war beunruhigt. »Das möge der Himmel verhüten.«
»Es wäre gewiß sehr unerfreulich«, behauptete Augusta mit unverfrorener Heuchelei. »Aber wenn Samuel seine Ansprüche aufrechterhält, wirst du ihm beibringen müssen, daß uns nichts anderes übrigbleibt, als seinen Vater ins Vertrauen zu ziehen. Und in diesem Fall müssen alle Fakten auf Seths Tisch.«
Hugh konnte nicht umhin, ihr skrupelloses Intrigenspiel zu bewundern. Augustas Botschaft an Samuel war unmißverständlich: Gib deinen Sekretär auf, oder wir geben deinem Vater zu verste-

hen, daß sein Sohn – mehr oder minder – mit einem Mann verheiratet ist.

In Wirklichkeit scherte sie sich natürlich keinen Pfifferling um Samuel und dessen Sekretär. Es ging ihr einzig und allein darum, Samuels Ernennung zum Seniorpartner zu verhindern und damit ihrem Gatten den Weg zu ebnen. Es war die reine Niedertracht. Hugh fragte sich, ob Onkel Joseph überhaupt begriff, was seine Frau im Schilde führte.

»Es wäre mir lieber, wir könnten die Dinge ohne solch drastische Maßnahmen regeln«, sagte Joseph betroffen.

Augusta senkte ihre Stimme zu einem vertraulichen, ja intimen Geflüster, das für Hugh ein untrügliches Kennzeichen besonderer Verlogenheit war. Sie kam ihm dann stets vor wie ein Drache, der schnurren wollte wie ein Kätzchen. »Ich bin überzeugt, daß du den richtigen Weg finden wirst«, sagte sie mit einem eindringlich bittenden Lächeln. »Doch sag – wirst du heute mit mir ausfahren? Ich würde mich so über deine Gesellschaft freuen.«

Joseph schüttelte den Kopf. »Ich muß in die Bank.«

»Das ist aber schade! Wie kann man sich an einem so herrlichen Tag wie heute in einem staubigen Büro einschließen?«

»In Bologna hat es eine Panik gegeben.«

Hugh horchte auf. Dem »Krach« in Wien waren in verschiedenen Teilen Europas mehrere Bankenzusammenbrüche und Konkurse gefolgt, doch dies war die erste »Panik«. London war bislang nicht in Mitleidenschaft gezogen worden. Im Juni war der Diskontsatz, das Thermometer der Finanzwelt, auf sieben Prozent, also bis knapp an die Fiebergrenze, gestiegen. Obwohl er mittlerweile wieder auf sechs Prozent gefallen war, versprach der heutige Tag einige Aufregung.

Augusta sagte: »Ich nehme doch an, die Panik betrifft uns nicht.«

»Nicht, solange wir aufpassen«, antwortete Joseph.

»Aber heute ist Feiertag, da ist doch niemand in der Bank! Wer soll dir denn deinen Tee kochen?«

»Ich denke doch, daß ich einen halben Tag ohne Tee auskommen kann.«

»Ich werde dir in einer Stunde Sara schicken. Sie hat Kirschku-
chen gebacken, den magst du doch so gerne. Sie wird dir ein Stück
bringen und Tee für dich kochen.«

Hugh betrachtete das als Stichwort. »Soll ich mitkommen, Onkel?
Vielleicht brauchst du einen Sekretär.«

Joseph schüttelte den Kopf. »Nein, ich brauche dich nicht.« »Vielleicht kann er ein paar Botengänge für dich erledigen«, schlug
Augusta vor.

Hugh grinste. »Vielleicht brauchst du auch einen Berater, Onkel.«

Joseph ging auf den Witz nicht ein. »Ich lese bloß die eingehenden
Telegramme und entscheide, was zu tun ist, wenn die Finanz-
märkte morgen früh wieder öffnen.«

Törichterweise gab Hugh noch immer nicht auf. »Ich würde trotzdem gern mitkommen, bloß aus Interesse.«

Joseph auf den Nerven herumzutanzen war allemal falsch. »Ich
sagte doch, daß ich dich nicht brauche«, erwiderte er gereizt.
»Fahr mit deiner Tante in den Park, sie braucht eine Begleitung.«
Er setzte seinen Hut auf und verließ das Haus.

»Du hast wirklich ein besonderes Talent dafür, den Leuten grund-
los das Leben schwerzumachen«, bemerkte Augusta. »Und jetzt
hol deinen Hut. Ich bin längst ausgehfertig.«

Eigentlich hatte Hugh keine Lust, mit Augusta auszufahren, doch
erstens hatte der Onkel es ihm befohlen, und zweitens wollte er
die Löwin sehen. Also fügte er sich.

Augustas Tochter Clementine gesellte sich zu ihnen. Auch sie
hatte sich für die Ausfahrt herausgeputzt. Als Kinder hatten Hugh
und seine Cousine des öfteren miteinander gespielt. Aber sie hatte
sich als Petze erwiesen. Mit sieben hatte sie Hugh einmal gebeten,
ihr sein Zipfelchen zu zeigen, nur um gleich danach zu ihrer Mutter zu laufen und ihr alles zu erzählen. Hugh hatte daraufhin
Prügel bezogen. Inzwischen war Clementine zwanzig Jahre alt
und sah ihrer Mutter sehr ähnlich. Allerdings fehlte ihr das her-
rische Wesen Augustas; sie ersetzte es durch Hinterhältigkeit.

Sie traten vors Haus, und der Diener half ihnen in den Landauer.
Die neue Kutsche war hellblau gestrichen und wurde von einem

Paar prächtiger grauer Wallache gezogen – die angemessene
Equipage für die Gattin eines bedeutenden Bankiers. Augusta und
Clementine setzten sich mit dem Gesicht in Fahrtrichtung, Hugh
nahm ihnen gegenüber Platz. Der strahlenden Sonne wegen war
das Verdeck herabgelassen. Die Damen spannten ihre Sonnen-
schirme auf. Der Kutscher ließ die Peitsche knallen, und das Gefährt setzte sich in Bewegung.

Kurze Zeit später erreichten sie den South Carriage Drive. Hunderte von Pferden mit Reitern im Zylinder und Frauen im Damen-
sattel, Dutzende von Kutschen jeglicher Art – offene und geschlossene, zweirädrige und vierrädrige –, dazu Kinder auf Ponys,
Pärchen zu Fuß, Kindermädchen mit Kinderwagen und Spazier-
gänger, die ihre Hunde ausführten, sorgten dafür, daß die Straße
tatsächlich so überfüllt war, wie der Leserbriefschreiber in der
Times behauptet hatte. Die Kutschen glänzten in frischem Anstrich, die Pferde waren gebürstet und gestriegelt, die Männer
trugen den üblichen Cutaway, und die Damen präsentierten sich
im lebhaften Bunt der neuartigen chemischen Textilfärbeverfah-
ren. Man bewegte sich gemächlich vorwärts, um Pferde und Kutschen, Kleider und Hüte aufs genaueste begutachten zu können.
Augusta und ihre Tochter betrieben eine Konversation, die Hugh
nicht mehr als hin und wieder eine angedeutete Zustimmung ab-
verlangte.

»Sieh doch – Lady St. Ann mit einem Dolly-Varden-Hut!« rief
Clementine aus.

»Die sind schon voriges Jahr aus der Mode gekommen«, erwiderte
Augusta.

»Ah ja«, machte Hugh.

Neben ihnen fuhr eine andere Kutsche auf. Hugh erkannte seine
Tante Madeleine Hartshorn. Wenn sie einen Schnurrbart hätte,
sähe sie genauso aus wie ihr Bruder Joseph, dachte er. Sie war
Augustas engste Busenfreundin im Familienkreis. Die beiden bestimmten gemeinsam das gesellschaftliche Leben der Pilasters.
Augusta war die treibende Kraft und Madeleine ihre treueste Voll-
zugsgehilfin.

Beide Kutschen hielten an, und die Damen begrüßten sich. Man blockierte die Straße und zwang zwei oder drei nachfolgende Kutschen zum Anhalten. »Fahr doch eine Runde mit uns, Madeleine«, sagte Augusta. »Ich möchte mit dir sprechen.« Madeleines Diener half seiner Herrin beim Umsteigen. Zu viert setzten sie die Fahrt fort.

»Jetzt drohen sie schon, den alten Seth über Samuels Sekretär aufzuklären«, sagte Augusta.

»O nein!« rief Madeleine aus. »Das dürfen sie nicht!«

»Ich habe schon mit Joseph gesprochen, aber sie lassen nicht mit sich reden«, fuhr Augusta fort. Ihr von aufrichtiger Sorge bestimmter Ton raubte Hugh schier den Atem. Wie macht sie das nur? dachte er. Vielleicht redet sie sich wirklich ein, daß alles stimmt, was ihr gerade in den Kram paßt?

»Ich werde mit George reden«, sagte Madeleine. »Der Schock könnte den lieben Onkel Seth umbringen.«

Hugh spielte mit dem Gedanken, Onkel Joseph von diesem Gespräch zu berichten. Joseph wäre zweifellos entsetzt, wenn er wüßte, wie er und die anderen Teilhaber von ihren Frauen manipuliert wurden. Nur – er wird mir nicht glauben. Ich bin ein Niemand – und deshalb schert sich Augusta auch nicht darum, daß ich das alles mitbekomme ...

Ihre Kutsche kam nur noch im Schrittempo vorwärts. Ein unübersichtliches Gewühl aus Pferden und Kutschen versperrte den Weg. »Was ist denn hier los?« fragte Augusta gereizt.

»Es muß die Löwin sein!« sagte Clementine aufgeregt.

Hugh spähte in die Runde, konnte die Ursache der Verzögerung jedoch auch nicht erkennen. Vor ihnen befanden sich mehrere Kutschen der unterschiedlichsten Art, neun oder zehn Pferde und einige Fußgänger.

»Was soll dieses Gerede über eine Löwin?« erkundigte sich Augusta.

»Ach, Mutter, das weiß doch jeder!«

Als sie näher kamen, löste sich eine elegante kleine Viktoria aus dem Pulk, die von einem Paar hochtrabender Ponys gezogen und von einer Dame gelenkt wurde.

»Es ist wirklich die Löwin!« quiekte Clementine.

Hugh sah sich nach der Frau in dem kleinen Zweispänner um und
staunte. Er kannte sie.

Es war Maisie Robinson.

Sie ließ die Peitsche knallen, und die Ponys liefen schneller. Maisie
trug ein Kostüm aus brauner Merinowolle mit Seidenbesätzen,
dazu eine blaßgelbbraune Krawatte, die unter dem Kinn zu einer
Schleife gebunden war. Auf ihrem Kopf saß ein kecker kleiner
Zylinder mit gerollter Krempe.

Hugh überfiel sogleich wieder der Ärger über ihre Vorwürfe gegen
seinen Vater. Dieses Mädchen hatte doch von Finanzen keine Ahnung! Und wer gab ihr das Recht, auf so saloppe, unverschämte
Art andere Leute der Unehrenhaftigkeit zu bezichtigen? Andererseits ließ sich nicht verhehlen, daß sie absolut hinreißend aussah ... Ein unwiderstehlicher Charme ging von ihr aus, wie sie da
auf dem Kutschbock saß. Das schräg sitzende Hütchen auf ihrem
Kopf und sogar die Art, wie sie Peitsche und Zügel hielt, fügten
sich nahtlos zu einem bezaubernden Bild.

Maisie Robinson war also die Löwin! Aber wie kam sie so plötzlich zu Kutsche und Pferden? War sie überraschend zu Geld gekommen? Was bezweckte sie mit diesen Auftritten?

Hugh hatte noch keine Antworten auf seine vielen Fragen gefunden, als plötzlich ein Unfall passierte.

Ein kläffender kleiner Terrier schreckte einen nervösen Vollblüter
auf, der gerade an Augustas Landauer vorbeitrottete. Das Pferd
bäumte sich auf und warf seinen Reiter ab. Er stürzte unmittelbar
vor Maisies Viktoria auf die Straße.

Maisie zeigte sich der Situation gewachsen. Mit einer raschen
Bewegung brachte sie die Ponys dazu, zur Straßenmitte hin aus-
zuscheren. Doch geriet ihr Gefährt bei dem Ausweichmanöver direkt in die Bahn von Augustas Pferden. Der Kutscher sah sich zu
einer heftigen Bremsung veranlaßt und stieß einen Fluch aus.

Maisie brachte ihre Viktoria unmittelbar neben ihnen abrupt zum
Stillstand. Aller Augen ruhten auf dem abgeworfenen Reiter. Er
schien nicht verletzt zu sein. Ohne Hilfe kam er wieder auf die
Beine, klopfte den Staub aus seinen Kleidern und lief fluchend
seinem durchgegangenen Pferd hinterher.

In diesem Moment erkannte Maisie Hugh und rief: »Wenn das nicht Hugh Pilaster ist!«

Hugh errötete. »Guten Morgen«, grüßte er und wußte nicht, wie er sich verhalten sollte.

Noch in derselben Sekunde begriff er, daß er einen schwerwiegenden Faux pas begangen hatte. In Gesellschaft seiner Tanten hätte er Maisie niemals begrüßen dürfen, war es doch undenkbar, ihnen eine solche Person vorzustellen. Er hätte Maisie schneiden müssen.

Maisie gab sich allerdings gar nicht erst die Mühe, mit den Damen ins Gespräch zu kommen. »Wie gefallen Ihnen diese Ponys?« fragte sie Hugh. Ihren Streit schien sie vergessen zu haben.

Die schöne, ungewöhnliche Frau, ihr geschickter Umgang mit Pferd und Wagen und ihr ungezwungenes Benehmen stürzten Hugh in tiefste Verwirrung. »Sie sind sehr hübsch«, sagte er, ohne die Tiere auch nur anzusehen.

»Sie stehen zum Verkauf.«

In eisigem Ton befahl Tante Augusta: »Hugh, sei so gut und sag dieser *Person,* sie möge uns passieren lassen.«

Erst jetzt nahm Maisie von Augusta Notiz. »Halt's Maul, du alte Hexe«, sagte sie lässig.

Clementine schnappte nach Luft, und Tante Madeleine stieß einen schrillen Schreckensschrei aus. Hugh fiel der Unterkiefer herab. Maisies fabelhafte Gardrobe und die teure Equipage hatten ihn vergessen lassen, daß sie eigentlich ein Gossenmädchen war. Ihre Bemerkung war so ungeheuerlich ordinär, daß es selbst Augusta vorübergehend die Sprache verschlug. Noch nie hatte jemand gewagt, in diesem Ton mit ihr zu sprechen.

Maisie gab ihr nicht die Zeit, sich von ihrem Schock zu erholen. Sie wandte sich wieder an Hugh: »Sagen Sie Ihrem Vetter Edward, er soll meine Ponys kaufen!« Dann schwang sie die Peitsche und fuhr davon.

Augusta explodierte. »Wie kannst du es wagen, mich vor einer solchen Person bloßzustellen!« geiferte sie. »Wie kannst du es wagen, vor ihr den Hut zu ziehen!«

Hugh glotzte Maisie noch immer hinterher. Ihr hübscher Rücken und der flotte Hut wurden immer kleiner und verschwanden schließlich aus seinem Blickfeld.

Tante Madeleine stimmte in Augustas Lamento ein: »Wie ist es möglich, Hugh, daß du so eine Person überhaupt kennst? Das schickt sich nicht für einen jungen Mann aus gutem Hause! Und Edward hast du sie offenbar auch noch vorgestellt!«

Es war umgekehrt gewesen – Edward hatte Maisie Hugh vorgestellt. Aber Hugh wollte seinen Vetter nicht anschwärzen – die Tanten hätten ihm ohnehin nicht geglaubt. »Ich kenne sie eigentlich nur ganz flüchtig«, sagte er.

Clementines Neugier war geweckt. »Und wo, um alles in der Welt, hast du sie kennengelernt?«

»In einem Lokal namens Argyll Rooms.«

Augusta sah Clementine stirnrunzelnd an und sagte: »Solche Dinge bitte ich mir zu ersparen. Hugh, sag Baxter, er soll uns heimfahren.«

»Ich geh' noch ein Weilchen spazieren«, sagte Hugh und öffnete den Schlag.

»Du willst diesem Weibsbild nachlaufen!« fauchte Augusta. »Das verbiete ich dir!«

»Fahren Sie zu, Baxter!« sagte Hugh und stieg die Stufen hinab. Der Kutscher schüttelte die Zügel, und die Räder setzten sich in Bewegung. Als seine erbosten Tanten davonrollten, lupfte Hugh höflich den Hut.

Natürlich war noch nicht das letzte Wort gesprochen. Hugh sah einiges auf sich zukommen. Augusta und Madeleine würden Onkel Joseph von dem Vorfall erzählen, und in Kürze würden alle Teilhaber wissen, daß er, Hugh, mit Frauen aus der Gosse Umgang pflegte.

Aber noch war Feiertag. Die Sonne schien, und der Park war voller froher, vergnügter Menschen. Über Augustas Empörung konnte er sich später noch den Kopf zerbrechen.

Leichten Sinnes schlenderte er durch den Park. Bewußt hatte er die Gegenrichtung zu Maisie eingeschlagen. Im Park wurden Runden gefahren – es war also gut möglich, daß er ihr noch einmal begegnete.

Er wollte sich unbedingt ausführlicher mit ihr unterhalten und ihr, was seinen Vater betraf, den Kopf zurechtsetzen. Komisch war nur, daß er ihr ihre Vorwürfe gar nicht mehr übelnahm. Sie täuscht sich einfach, dachte er. Wenn ich es ihr erkläre, wird sie's schon begreifen ...

Doch davon ganz abgesehen: Es war einfach aufregend, sich mit ihr zu unterhalten.

Am Hyde Park Corner bog er in die nach Norden führende Park Lane ein. Immer wieder zog er den Hut und begrüßte Verwandte und Bekannte: Der junge William und seine Frau Beatrice rollten in einem Brougham vorbei, Onkel Samuel ritt auf einer braunen Stute, Mr. Mulberry war mit Frau und Kindern zu Fuß unterwegs. Es war gut möglich, daß Maisie ihre Fahrt am anderen Ende des Parks unterbrochen hatte; vielleicht befand sie sich aber auch schon auf dem Heimweg. Allmählich beschlich ihn das Gefühl, daß aus dem erhofften Wiedersehen nichts werden würde.

Doch dann erblickte er sie.

Maisie kam gerade aus der Anlage herausgefahren und überquerte die Park Lane. Die gelbbraune Seidenschleife um ihren Hals war unverkennbar. Sie bemerkte ihn nicht.

Aus einer plötzlichen Eingebung heraus folgte er ihr über die Straße nach Mayfair. Er mußte rennen, um sie nicht aus den Augen zu verlieren. Schließlich erreichte sie das Gelände eines Pferdehändlers, brachte die Viktoria vor einem Stall zum Stillstand und sprang ab. Ein Pferdeknecht eilte herbei und half ihr beim Ausspannen.

Schwer atmend holte Hugh sie ein. Er konnte sich nicht erklären, was in ihn gefahren war. »Hallo, Miss Robinson«, sagte er.

»Hallo noch mal!«

»Ich bin Ihnen gefolgt«, erklärte er überflüssigerweise.

Sie sah ihn offen an. »Warum?«

Unbedacht sprudelten die Worte aus ihm heraus: »Ich wollte nur wissen, ob Sie mal mit mir ausgehen wollen.«

Sie neigte den Kopf zur Seite und bedachte mit leicht gerunzelter Stirn seinen Vorschlag. Ihre freundliche Miene deutete darauf hin, daß sie nicht abgeneigt war, und er rechnete schon fest mit

einem Ja. Aber dann schienen ihre Neigungen mit praktischen
Erwägungen in Konflikt zu geraten. Sie wandte ihren Blick ab,
zog die Brauen ein wenig zusammen und rang sich schließlich zu
einer Entscheidung durch.

»Sie können sich mich nicht leisten«, sagte sie bestimmt, kehrte
ihm den Rücken zu und verschwand im Stall.

CAMMEL FARM
Kapkolonie
Südafrika
den 14. Juli 1873

Lieber Hugh,

*prächtig, daß Du von Dir hast hören lassen! Hier draußen ist man ja
ziemlich isoliert, Du kannst Dir also vorstellen, mit welchem Jubel hier ein
langer, inhaltsreicher Brief aus der Heimat begrüßt wird. Mrs. Cammel –
die ehrenwerte Amelia Clapham, bevor sie mich geheiratet hat – war ganz
besonders angetan von Deinem Bericht über die Löwin ...*

*Ich weiß, es ist ein bißchen spät, das zu sagen, aber der Tod Deines Vaters
war ein grauenvoller Schock für mich. Schuljungen schreiben natürlich keine
Beileidsbriefe. Zudem wurde Deine persönliche Tragödie ja auch noch dadurch überschattet, daß Peter Middleton am gleichen Tag ertrank. Aber glaub
mir, viele von uns haben noch oft an Dich gedacht und über Dich gesprochen,
nachdem Du die Schule so plötzlich verlassen mußtest ...*

*Ich bin froh, daß Du mich nach Peter gefragt hast, denn ich habe mich seit
jenem Tag immer schuldig gefühlt. Ich habe nicht genau gesehen, wie der
arme Kerl gestorben ist, aber immerhin genug, um mir den Rest zusammen-
zureimen.*

*Dein Cousin Edward war tatsächlich, wie Du so bildhaft schreibst, ekelhaf-
ter als Aas. Dir gelang es zwar, den Großteil Deiner Kleider aus dem Wasser
und vom Vorsprung zu angeln, aber Peter und Tonio waren nicht so schnell.*

*Ich war damals am anderen Ende des Teichs, und ich glaube nicht, daß
Edward und Micky mich überhaupt gesehen haben. Oder sie erkannten mich*

vielleicht nicht. Jedenfalls haben sie mich niemals auf die Ereignisse ange-
sprochen.

Auf alle Fälle fiel Edward, nachdem Du abgehauen warst, von neuem und
noch schlimmer über Peter her. Er drückte ihm den Kopf unter Wasser und
spritzte ihm ins Gesicht, während der arme Kerl doch bloß seine Kleider
aus dem Wasser fischen wollte.

Mir war klar, daß Gefahr im Verzug war, aber ich habe mich, wie ich
fürchte, wie ein ausgemachter Feigling verhalten. Ich hätte natürlich Peter
beistehen sollen, aber ich war ja kaum größer als er und konnte es gewiß
nicht mit Edward und Micky Miranda aufnehmen. Außerdem wollte ich
vermeiden, daß sie meine Klamotten auch noch ins Wasser schmissen. Du
erinnerst Dich doch sicher noch an die Strafe für das Entweichen aus dem
Arrest? Zwölf Hiebe mit dem Rohrstock. Ich gebe gerne zu, daß ich mich
davor mehr fürchtete als vor allem anderen. Ich schnappte mir also meine
Sachen und verdrückte mich, bevor die anderen mich bemerken konnten.

Am oberen Rand des Steinbruchs habe ich mich noch einmal umgesehen. Was
unterdessen geschehen war, weiß ich nicht, doch ich sah nun Tonio den Steil-
hang hinaufklettern. Er war nackt und hielt ein triefendes Kleiderbündel in
der Hand. Edward schwamm auf ihn zu; er war offenbar hinter ihm her
und hatte von Peter abgelassen. Peter war auch noch im Wasser. Er japste
und prustete.

Ich dachte, Peter käme jetzt zurecht, aber das war offensichtlich eine Fehl-
einschätzung. Er muß am Ende seiner Kräfte gewesen sein. Während Ed-
ward Tonio nachsetzte und Micky die beiden beobachtete, muß er ertrunken
sein, ohne daß einer der anderen es bemerkte.

Das habe ich natürlich alles erst später erfahren. Ich ging in die Schule
zurück und schlich mich auf mein Zimmer. Als die Lehrer anfingen, Fragen
zu stellen, schwor ich, ich hätte es den ganzen Nachmittag nicht verlassen.
Und als schließlich die ganze gräßliche Geschichte herauskam, fehlte mir
der Mut, zuzugeben, daß ich Zeuge des Geschehens war ...

Ich habe wirklich keinen Anlaß, auf mein damaliges Verhalten stolz zu sein,
Hugh! Aber es hat mich erleichtert, endlich die Wahrheit loszuwerden ...

Hugh legte Albert Cammels Brief beiseite und starrte aus dem
Fenster seines Schlafzimmers. Der Brief erklärte gleichzeitig viel
mehr und viel weniger, als Albert ahnte.

Er bot eine Erklärung dafür, wie es Micky Miranda gelingen konnte, sich so eng an die Familie Pilaster anzuschließen. Micky hatte nach dem Ereignis alle Ferien mit Edward verbracht, und dessen Eltern waren sogar noch für seine Unkosten aufgekommen. Er mußte Augusta erzählt haben, daß Edward für den Tod Peters verantwortlich war. Das stand in krassem Gegensatz zu seiner Aussage vor dem Untersuchungsrichter, nach der Edward angeblich versucht hatte, den Ertrinkenden zu retten. Mit dieser Lüge hatte Micky der Familie Pilaster einen schimpflichen Skandal erspart. Augusta zeigte sich in ihrer Dankbarkeit überaus großzügig, mußte aber fortan auch mit der Sorge leben, daß Micky sich eines Tages gegen sie stellen und die Wahrheit ausplaudern könnte. Hugh spürte ein kaltes Angstgefühl in der Magengrube. Albert Cammel hatte unwissentlich enthüllt, wie eng, finster und verdorben Augustas Beziehung zu Micky war.

Ein anderes Rätsel blieb ungeklärt. Hugh wußte etwas über Peter Middleton, was außer ihm kaum jemandem bekannt war. Peter war ein schwächlicher Junge gewesen und galt bei den anderen als Waschlappen. Betroffen über seine schwachen Kräfte, hatte er sich einem Trainingsprogramm verschrieben, dessen Hauptdisziplin Schwimmen war. Stunde um Stunde zog Peter, in der Hoffnung, dadurch stärker zu werden, seine Bahnen durch den Teich. Geholfen hatte es nicht. Ein Dreizehnjähriger bekommt erst dann breite Schultern und eine breite Brust, wenn er zum Mann heranwächst, und dieser Reifeprozeß ließ sich nicht beschleunigen.

Ein positives Ergebnis zeitigten seine Bemühungen allerdings doch: Peter Middleton war im Wasser bald gewandt wie ein Fisch. Er konnte bis zum Grund hinab tauchen, minutenlang die Luft anhalten, sich auf dem Rücken treiben lassen und unter Wasser die Augen offenhalten. Es bedurfte eines anderen Kalibers als Edward Pilasters, um Peter zu ertränken.

Warum hatte er dann aber sterben müssen?

Hugh war sich sicher, daß Albert Cammels Darstellung der Wahrheit entsprach – soweit Albert sie kannte. Aber es war eben nicht die volle Wahrheit. Es mußte noch etwas anderes geschehen sein an jenem heißen Nachmittag im Bischofswäldchen. Ein schlechter

Schwimmer hätte einem Unfall zum Opfer fallen oder nach Edwards Schikanen die Kraft verlieren können. Doch Peter war mit ein paar derben Scherzen nicht umzubringen. War sein Tod aber kein Zufall, dann war er beabsichtigt.

Und das war Mord.

Hugh schauderte.

Nur drei Personen waren am Tatort gewesen: Edward, Micky und Peter. Peter mußte von Edward oder Micky ermordet worden sein.

Oder von beiden.

Augusta war schon wieder unzufrieden mit ihrer japanischen Einrichtung. Überall im Salon standen orientalische Wandschirme und eckige Möbelstücke auf Spindelbeinen, und in schwarz lakkierten Vitrinen waren japanische Fächer und Vasen ausgestellt. Das alles war sehr teuer gewesen, doch mittlerweile tauchten in den Geschäften an der Oxford Street bereits billige Kopien auf, so daß man japanisches Mobiliar längst nicht mehr nur in den feinsten Häusern sah. Bedauerlicherweise weigerte sich Joseph strikt, schon so bald wieder eine neue Einrichtung anzuschaffen. Augusta blieb daher nichts anderes übrig, als sich damit abzufinden, daß sie einige Jahre lang mit Möbeln auskommen mußte, die von Tag zu Tag gewöhnlicher wurden.

Im Salon hielt Augusta an jedem Wochentag zur Teezeit Hof. Im allgemeinen trafen zuerst die Damen ein: ihre Schwägerinnen Madeleine und Beatrice sowie ihre Tochter Clementine. Die Teilhaber kamen meistens kurz nach fünf Uhr von der Bank: Joseph, der alte Seth, Madeleines Ehemann George Hartshorn, gelegentlich auch Samuel. Lag nicht zuviel Arbeit an, erschienen auch die jungen Herren: Edward, Hugh und der junge William. Der einzige regelmäßige Teestundengast, der nicht zur Familie gehörte, war Micky Miranda. Sporadisch nahmen durchreisende Methodistenpfarrer an der Teestunde teil, darunter auch Missionare, die um Spenden zur Bekehrung der Heiden in der Südsee, in Malaya und Japan baten. Das Land der aufgehenden Sonne hatte sich erst vor kurzem dem Westen geöffnet.

Damit die Gäste nicht ausblieben, gab sich Augusta immer große Mühe mit ihren Teestunden. Sämtliche Pilasters liebten Süßigkeiten – also sorgte sie dafür, daß stets genügend Korinthenbrötchen und Kuchen auf dem Tisch standen. Dazu gab es die erlesensten Teesorten aus Assam und Ceylon. Alle bevorstehenden familiären Ereignisse wie Ferienreisen oder Hochzeiten wurden während der Teestunde geplant und besprochen. Wer nicht regelmäßig kam, war folglich schon bald nicht mehr auf dem laufenden.

Es ließ sich allerdings nicht vermeiden, daß immer wieder mal der ein oder andere Teegast nach Unabhängigkeit strebte. Das jüngste Beispiel dafür hatte Beatrice geliefert, die Frau des jungen William. Nachdem ihr Augusta vor etwa einem Jahr wiederholt klargemacht hatte, daß ihr ein bestimmter Kleiderstoff partout nicht stehe, war Beatrice – die sich den Stoff persönlich ausgesucht hatte – den Teestunden ferngeblieben. Augusta pflegte in solchen Fällen die Abtrünnigen eine Zeitlang unbehelligt zu lassen, bis sie sie schließlich mit einer außergewöhnlich großzügigen Geste in den Schoß der Familie zurückholte. Bei Beatrice war ihr dies mit einer kostspieligen Geburtstagsfeier für deren alte Mutter gelungen. Die Dame war zwar schon nahezu senil und in Gesellschaft kaum noch vorzeigbar, doch beschloß Beatrice aus lauter Dankbarkeit, die Sache mit dem Kleiderstoff zu vergessen – und genau darauf hatte Augusta spekuliert.

Bei ihren Teestunden fand Augusta heraus, was die Familie bewegte und was in der Bank vor sich ging. Zum derzeitigen Zeitpunkt interessierte sie sich vor allem für den alten Seth, der trotz seiner angegriffenen Gesundheit keinerlei Neigung zeigte, sich aus den Geschäften zurückzuziehen. Augusta hatte unterdessen mit großer Sorgfalt alle Familienmitglieder dahingehend bearbeitet, daß sie Samuel nicht mehr für den Posten des Seniorpartners in Erwägung zogen. Doch der alte Seth durchkreuzte nun mit seiner Eigensinnigkeit und Zähigkeit all ihre Pläne. Es war zum Verrücktwerden.

Der Juli näherte sich seinem Ende, und in London wurde es merklich stiller. Um diese Jahreszeit verließ die Aristokratie die Stadt und begab sich auf ihre Segeljachten in Cowes oder in ihre Jagdhütten in Schottland. Man pflegte sich bis nach Weihnachten auf dem Lande aufzuhalten und dort Vögel abzuknallen, Fuchsjagden zu veranstalten und dem Rotwild nachzuspüren. Erst zwischen Februar und Ostern kehrte man allmählich in die Hauptstadt zurück, und im Mai war die Londoner Saison in vollem Gange.

Die Pilasters hielten sich nicht an diesen Zeitplan. Zwar waren sie weitaus reicher als die meisten Adligen, doch hatten sie als Geschäftsleute anderes im Sinn, als die Hälfte des Jahres damit zu vertun, in Feld und Wald Tieren hinterherzulaufen. Immerhin ließen sich die Teilhaber gewöhnlich dazu überreden, den größten Teil des Monats August Ferien zu machen – vorausgesetzt, es gab nicht gerade Turbulenzen auf den Finanzmärkten.

In diesem Jahr war die Entscheidung über den Urlaub erst in letzter Minute getroffen worden, da über den Finanzzentren Europas das Grollen eines bedrohlichen Unwetters zu vernehmen war. Doch inzwischen schien das Ärgste ausgestanden zu sein. Der Diskontsatz war wieder auf drei Prozent gesunken, und Augusta hatte in Schottland ein kleines Schloß angemietet. In ungefähr einer Woche wollte sie mit Madeleine vorausfahren; die Männer würden ihnen ein oder zwei Tage später folgen.

Es war kurz vor vier. Augusta stand im Salon, mißmutig über die japanische Einrichtung und Seths Zählebigkeit, als plötzlich Samuel das Zimmer betrat.

Alle Pilasters waren häßlich, aber Samuel, fand Augusta, schoß den Vogel ab. Zu der üblichen großen Nase kamen bei ihm ein schwächlicher, weibischer Mund und unregelmäßige Zähne hinzu. Er war außerordentlich penibel, stets untadelig gekleidet, heikel mit dem Essen, liebte Katzen und haßte Hunde.

Daß Augusta ihn nicht mochte, hatte freilich einen anderen Grund: Er ließ sich von ihr nicht um den Finger wickeln. Den alten Seth, der trotz seines fortgeschrittenen Alters durchaus noch eine Schwäche für attraktive Frauen hatte, bezwang sie mit ihrem Charme; Josephs Geduld zermürbte sie mit Geschick; George Hartshorn stand unter der Fuchtel Madeleines und war somit indirekt beeinflußbar. Die übrigen Männer der Familie waren noch jung genug, um sich einschüchtern zu lassen, wogegen nur Hugh gelegentlich aufbegehrte.

Allein Samuel ließ sich von ihr nicht beeinflussen, am allerwenigsten durch ihre weiblichen Reize. Seine Angewohnheit, immer dann über sie zu lachen, wenn sie sich für besonders feinfühlig und klug hielt, brachte sie regelmäßig auf die Palme. Samuel tat immer so, als hielte er sie für eine Frau, die man einfach nicht ernst nehmen könne, und das empfand Augusta als tödliche Beleidigung. Sein leiser Spott traf sie viel härter als die »alte Hexe« aus dem Lästermaul jenes liederlichen Frauenzimmers im Park.

Heute allerdings war von Samuels üblichem skeptisch-amüsiertem Lächeln nichts zu sehen. Er wirkte aufgebracht, ja in der Tat so zornig, daß Augusta im ersten Moment richtig erschrak. Daß er so früh erschien, war offenbar Absicht: Er wollte sie allein antreffen. Wie ein Blitz durchfuhr sie die Erkenntnis, daß sie nun schon seit zwei Monaten hinter seinem Rücken eine Verleumdungskampagne mit dem Ziel, ihn gesellschaftlich zu ruinieren, betrieb und daß so manch ein Mord schon aus weniger gravierendem Anlaß begangen worden war.

Samuel, der einen perlgrauen Gehrock mit weinroter Krawatte trug, gab ihr nicht die Hand, sondern blieb dicht vor ihr stehen, so daß Augusta ein schwacher Duft nach Kölnischwasser in die Nase stieg. Wie zur Abwehr hob sie die Hände. Da lachte Samuel freudlos auf und trat einen Schritt zurück. »Der Himmel weiß, wie sehr du es verdient hättest, Augusta«, sagte er, »aber ich werde dich nicht schlagen.«

Natürlich würde er das nicht tun. Sein sanftes Gemüt lehnte es ja sogar ab, Waffenexporte zu finanzieren. Im Nu kehrte Augustas Selbstvertrauen zurück. »Wie kannst du es wagen, mich zu kritisieren!« protestierte sie entrüstet.

»Kritisieren?« gab er zurück, und wieder flackerte die Wut in seinen Augen auf. »Ich lasse mich nicht dazu herab, dich zu kritisieren.« Nach einer Pause fügte er mit verhaltenem Zorn hinzu: »Ich verachte dich.«

Doch ein zweites Mal ließ sich Augusta nicht einschüchtern. »Bist du etwa gekommen, um mir mitzuteilen, daß du deinen lasterhaften Lebenswandel aufgeben willst?« fragte sie mit volltönender Stimme.

»Meinen lasterhaften Lebenswandel!« wiederholte er. »Du bist drauf und dran, aus blankem Ehrgeiz das Glück meines Vaters zu zerstören und mir mein Leben zu verleiden, und du wagst es noch, von *meiner* Lasterhaftigkeit zu reden! Deine Schlechtigkeit ist so tief in dir verwurzelt, daß du zwischen Gut und Böse gar nicht mehr unterscheiden kannst.«

Es sprach eine solche Überzeugung und Leidenschaft aus ihm, daß Augusta sich unwillkürlich fragte, ob er nicht vielleicht sogar recht hatte. Habe ich ihm wirklich unrecht getan? fragte sie sich. Ist es wirklich schlecht von mir, ihn zu bedrohen? Doch gleich darauf ging ihr auf, daß er lediglich versuchte, ihre Entschlossenheit mit einem Appell an ihr Mitgefühl zu erschüttern, und sie erwiderte kalt: »Mir geht es ausschließlich um die Bank.«

»Das ist also deine Ausrede, ja? Willst du das deinem Schöpfer erzählen, wenn er dich am Tag des Jüngsten Gerichts fragt, warum du mich erpreßt hast?«

»Ich tue nur meine Pflicht.« Nun, da sie spürte, daß sie wieder Herrin der Lage war, begann sie sich zu fragen, was ihn eigentlich hergeführt hatte. Wollte er seine Niederlage eingestehen – oder hatte er vor, sich gegen sie zur Wehr zu setzen? Wenn er sich fügt, bin ich die Frau des nächsten Seniorpartners, dachte sie. Die Alternative war eine lange, schwierige Auseinandersetzung mit ungewissem Ausgang.

Samuel ging zum Fenster und sah hinaus in den Garten. »Du warst ein hübsches kleines Mädchen«, sagte er nachdenklich, und Augusta räusperte sich ungeduldig. »Ich kann mich noch gut daran erinnern. Im weißen Kleid und mit Schleifchen im Haar gingst du zur Kirche ... Allerdings ließ sich von den Schleifchen niemand täuschen. Du warst schon damals eine Tyrannin. Nach dem Gottesdienst ging alles im Park spazieren. Obwohl die anderen Kinder Angst vor dir hatten, spielten sie mit dir, denn du warst die große Organisatorin, die die Fäden in der Hand hielt, auch im Spiel. Selbst deine Eltern hast du terrorisiert. Ging etwas

nicht nach deinem Willen, dann bekamst du einen solchen Tobsuchtsanfall, daß die Leute ihre Kutschen anhalten ließen, weil
sie wissen wollten, was da los war. Dein armer Vater – Gott hab
ihn selig – hatte den gejagten Blick eines Mannes, der einfach
nicht versteht, wie er ein solches Ungeheuer in die Welt setzen
konnte.«
Seine Darstellung kam der Wahrheit ziemlich nahe. Augusta
fühlte sich nicht wohl in ihrer Haut. »Das ist doch Jahre her«,
sagte sie mit abgewandtem Blick.
Samuel fuhr fort, als hätte er ihren Einwurf gar nicht gehört. »Es
geht mir ja gar nicht so sehr um mich selbst. Sicher, ich wäre
schon gerne Seniorpartner, aber es muß nicht sein. Ich wäre sicher
ein guter Mann auf diesem Posten – wenn auch vielleicht nicht so
dynamisch wie mein Vater, da ich eher ein Teamarbeiter bin. Aber
Joseph ist für den Posten ungeeignet. Er ist launisch und impulsiv,
und seine Entscheidungen sind oft nicht die besten. Durch dich
wird alles noch schlimmer, weil du seinen Ehrgeiz entfachst und
seinen Weitblick trübst. In der Gruppe, wo andere ihn lenken und
gegebenenfalls zurückhalten können, ist er nicht schlecht, aber für
die Spitze taugt er nicht, weil es ihm an Urteilsvermögen mangelt.
Langfristig wird er der Bank schaden. Läßt dich das völlig
kalt?«
Hatte Samuel recht? Augusta war unsicher und fast versucht, ihm
zu glauben. Bin ich dabei, die Gans zu schlachten, die die goldenen Eier legt? fragte sie sich. Nein, die Bank ist dermaßen reich,
daß wir das Geld nicht einmal dann ausgeben könnten, wenn alle
Teilhaber von heute an keine Hand mehr rührten. Lächerlich,
diese Behauptung, Joseph könne der Bank schaden! Was tun diese
Teilhaber denn schon Besonderes? Sie gehen in die Bank, lesen
den Wirtschaftsteil in den Zeitungen, verleihen Geld und kassieren dafür Zinsen. Joseph kann das genauso gut wie die anderen
auch. »Ihr Männer behauptet immer, daß das Bankwesen eine
komplizierte, geheimnisumwitterte Wissenschaft ist«, sagte sie.
»Aber mir könnt ihr da nichts vormachen.« Sie spürte, daß sie in
die Defensive geraten war. »Ich rechtfertige mich vor Gott, nicht
vor dir.«

»Hast du wirklich vor, deine Drohung wahrzumachen und mich bei meinem Vater anzuschwärzen?« fragte Samuel. »Du weißt, daß ihn das umbringen könnte.«

Augusta zögerte nur einen Augenblick, ehe sie sagte: »Es gibt keine andere Möglichkeit.«

Samuel starrte sie an. Es dauerte lange, bis er antwortete. »Du Teufelin! Ja, ich traue es dir zu.«

Augusta hielt den Atem an. Ob er nachgeben würde? Sie spürte, daß der Sieg greifbar nahe war, und glaubte schon eine respektvolle Stimme zu hören, die sagte: *Gestatten Sie mir, Ihnen Mrs. Joseph Pilaster vorzustellen, Gemahlin des Seniorpartners des Bankhauses Pilaster ...*

Nach kurzem Zögern sagte Samuel voller Abscheu: »Na gut. Ich werde den anderen mitteilen, daß ich nicht die Absicht habe, nach meines Vaters Ausscheiden Seniorpartner zu werden.«

Augusta verkniff sich ein triumphierendes Grinsen. Sie hatte gesiegt! Um ihre Hochstimmung zu verbergen, wandte sie sich zur Seite.

»Genieße deinen Sieg«, fuhr Samuel voller Bitterkeit fort. »Aber denke daran, Augusta, daß wir alle unsere Geheimnisse haben – sogar du. Der Tag wird kommen, an dem irgend jemand deine Geheimnisse ausgräbt und gegen dich verwendet. Dann wirst du dich daran erinnern, was du mir angetan hast.«

Worauf spielte er an? Augusta konnte sich keinen Reim auf seine Bemerkung machen. Ohne jede Veranlassung fiel ihr Micky Miranda ein, aber sie verdrängte den Gedanken sofort wieder. »Ich habe keine Geheimnisse, derer ich mich schämen müßte«, sagte sie.

»Wirklich nicht?«

»Nein!« bekräftigte sie emphatisch. Seine Sicherheit beunruhigte sie.

Er sah sie mit einem merkwürdigen Blick an. »Gestern sprach ein junger Rechtsanwalt namens David Middleton bei mir vor.«

Sie verstand nicht gleich, worauf er hinauswollte. Der Name kam ihr bekannt vor und beunruhigte sie. »Müßte ich ihn kennen?« fragte sie.

»Du bist ihm vor sieben Jahren einmal begegnet, bei einer gerichtlichen Untersuchung.«

Ein kalter Schauer lief Augusta den Rücken hinunter. Middleton –
so hieß der Junge, der damals ertrunken war.

»David Middleton glaubt, daß sein Bruder ermordet worden ist«,
sagte Samuel. »Und zwar von Edward.«

Augusta wurden die Knie schwach. Sie wollte sich unbedingt setzen, aber sie gönnte Samuel nicht die Freude, sie völlig konster-
niert zu erleben. »Wieso, um alles in der Welt, rührt er diese alte
Geschichte nach sieben Jahren wieder auf?«

»Er sagte mir, er sei mit der damaligen Untersuchung nie zufrieden gewesen, hätte aber den Mund gehalten, um seinen Eltern
weiteren Kummer zu ersparen. Seine Mutter starb dann aber
schon bald nach Peters Tod und sein Vater in diesem Jahr.«

»Und warum hat er sich an dich gewandt – und nicht an mich?«

»Wir sind im gleichen Club. Wie dem auch sei – er hat sich die
Untersuchungsprotokolle noch einmal durchgelesen und meint
nun, daß es mehrere Zeugen gibt, die nie vernommen worden
sind.«

Das stimmt allerdings, dachte Augusta betroffen. Hugh Pilaster,
dieser Tunichtgut, gehörte dazu, ferner ein junger Südamerikaner
namens Tony oder so ähnlich und schließlich noch eine dritte
Person, die nie identifiziert worden war. Wenn David Middleton
auch nur einen dieser Zeugen erreichte, konnte es durchaus sein,
daß die ganze Geschichte aufflog.

Mit nachdenklicher Miene fuhr Samuel fort: »Aus eurer Sicht
hätte sich der Untersuchungsrichter seine Bemerkungen über Edwards heldenmütigen Rettungsversuch lieber sparen sollen. Sie
erregten Argwohn. Daß Edward verdattert am Ufer steht, während im Teich ein junger Bursche ertrinkt, hätte man ohne weiteres geglaubt. Doch wer Edward auch nur flüchtig kennt, weiß,
daß er für andere nicht einmal den kleinen Finger rühren würde.
Daß er in einen Teich springt, um einen Ertrinkenden zu retten,
traut ihm kein Mensch zu.«

Das war nicht nur völlig unsinniges Geschwätz, sondern beleidigend obendrein. »Wie kannst du dich unterstehen …« sagte Au-

gusta, aber es gelang ihr nicht, ihrer Stimme den üblichen autoritären Ton zu verleihen.

Samuel ging nicht auf sie ein. »Die Schüler haben der offiziellen Version nie geglaubt. David hatte Windfield erst einige Jahre zuvor verlassen und kannte noch eine ganze Reihe der älteren Schüler. Seine Gespräche mit ihnen bestärkten ihn in seinem Verdacht.«

»Das ist doch alles völlig absurd.«

»Middleton ist ein streitlustiger Mensch – wie alle Anwälte«, sagte Samuel, ohne sich um ihre Proteste zu kümmern. »Er wird keine Ruhe geben.«

»Ich habe nicht die geringste Angst vor ihm.«

»Gut so. Ich bin sicher, daß er sich schon bald bei dir blicken lassen wird.« Samuel ging zur Tür. »Ich bleibe nicht zum Tee. Guten Tag, Augusta.«

Augusta sank auf ein Sofa. Damit hatte sie nicht gerechnet. Sie hatte Samuel bezwungen, aber es war ein Pyrrhussieg. Die alte Geschichte kam wieder hoch, jetzt, nach sieben Jahren, da sie längst hätte vergessen sein sollen! Augusta wurde von entsetzlicher Angst um Edward gepackt. Sie konnte es nicht ertragen, wenn ihm Unheil widerfuhr. Ihr Kopf dröhnte, und sie hielt ihn mit beiden Händen, um sich zu beruhigen. Was sollte sie jetzt tun?

Gefolgt von zwei Hausmädchen, die Tabletts mit Gebäck und Teegeschirr hereintrugen, erschien Hastead, ihr Butler. »Wenn Sie gestatten, Madam ...« sagte er mit seinem walisischen Akzent. Hasteads Augen schienen in verschiedene Richtungen zu blicken, weshalb Leute, die mit ihm sprachen, nie genau wußten, auf welches von beiden sie sich konzentrieren sollten. Es konnte recht irritierend sein, doch Augusta hatte sich inzwischen daran gewöhnt. Sie nickte. »Danke, Madam«, sagte er und begann mit den beiden Hausmädchen, den Tisch zu decken. Hasteads unterwürfiges Benehmen und der Anblick von Dienstpersonal, das willfährig ihre Befehle ausführte, übten mitunter eine besänftigende Wirkung auf Augusta aus. Diesmal klappte es jedoch nicht. Sie stand auf und öffnete die Verandatüren, aber auch der sonnige Garten half ihr nicht weiter. Wie kann ich nur diesen David Middleton bremsen? fragte sie sich verzweifelt.

Sie brütete noch immer über dieser Frage, als Micky Miranda eintraf.

Augusta freute sich über sein Kommen. Im schwarzen Gehrock und gestreiften Hosen, mit makellosem weißem Stehkragen und schwarzer Seidenkrawatte um den Hals, sah er reizvoll aus wie eh und je. Er merkte auf Anhieb, daß sie Sorgen hatte, und kehrte sofort den Mitleidsvollen hervor. Mit der Grazie und Schnelligkeit einer Wildkatze war er bei ihr, und seine Stimme klang wie eine Liebkosung. »Mrs. Pilaster! Was hat Sie so echauffiert?«

Sie war dankbar, daß er als erster Gast erschien, und ergriff seine Arme. »Etwas Furchtbares ist geschehen!«

Seine Hände ruhten auf ihrer Taille, wie im Tanz, und ein Lustschauer durchfuhr sie, als sie den Druck seiner Fingerspitzen auf ihren Hüften spürte. »Quälen Sie sich nicht!« sagte er beschwichtigend. »Und erzählen Sie mir, was Sie so bedrückt.«

Sie fühlte sich schon ruhiger. In Augenblicken wie diesen mochte sie Micky sehr gerne. Sie fühlte sich in seiner Gegenwart fast wie damals als junges Mädchen mit dem Grafen Strang. Überhaupt erinnerte Micky sie stark an Strang: das elegante Auftreten, die exquisite Garderobe, vor allem aber auch die Art, wie er sich bewegte, die fließende Geschmeidigkeit seiner Glieder und seines Körpers. Strang, ein typischer Engländer, war blond gewesen, Micky war dagegen ein dunkler, romanischer Typ. Was beide verband, war, daß sich Augusta in ihrer Gegenwart ihrer Weiblichkeit sehr deutlich bewußt wurde. Und so hätte sie auch jetzt am liebsten Mickys Körper an sich gezogen und ihre Wange an seine Schulter gelehnt…

Sie merkte, daß die Hausmädchen sie anstarrten und daß es schon eine Spur ungehörig war, wie Micky ihr da gegenüberstand, mit seinen Händen auf ihren Hüften … Sie löste sich von ihm, nahm seinen Arm und führte ihn durch die Terrassentür in den Garten, wo das Personal sie nicht mehr hören konnte. Die Luft war warm und mild. Sie setzten sich dicht nebeneinander auf eine im Schatten stehende Holzbank, und Augusta wandte sich ihm zu. Liebend gerne hätte sie seine Hand ergriffen, doch das wäre unschicklich gewesen.

»Ich sah, wie Samuel das Haus verließ«, sagte Micky. »Hat er etwas damit zu tun?«

Augusta sprach leise, und Micky beugte sich zu ihr, um sie besser zu verstehen. Er war ihr jetzt so nah, daß sie ihn beinahe hätte küssen können, ohne eine weitere Bewegung machen zu müssen.

»Er kam, um mir mitzuteilen, daß er sich nicht um den Posten des Seniorpartners bewerben wird.«

»Das ist doch eine gute Nachricht!«

»Ja. Sie besagt, daß meinem Gatten die Position sicher ist.«

»Und daß Papa seine Gewehre bekommt.«

»Sobald Seth zurücktritt, ja.«

»Das ist ja zum Verrücktwerden, wie lange der alte Seth noch auf der Matte steht!« rief Micky aus. »Papa fragt mich ununterbrochen, wann es endlich soweit ist.«

Augusta wußte, was Micky so beunruhigte: Er fürchtete, sein Vater könne ihn nach Cordoba zurückbeordern. Um ihn zu trösten, sagte sie: »Ich kann mir nicht vorstellen, daß Seth noch lange durchhält.«

Er blickte ihr tief in die Augen. »Aber das war es doch nicht, was Sie so verstört hat.«

»Nein. Es ging um diesen armseligen Burschen, der damals bei euch in Windfield ertrunken ist – Peter Middleton. Samuel hat mir erzählt, daß neuerdings Peters Bruder, ein Rechtsanwalt, herumläuft und Fragen stellt.«

Mickys hübsches Gesicht verdüsterte sich. »Nach all den Jahren?«

»Er hat anscheinend lange den Mund gehalten, um seine Eltern zu schonen. Aber die sind inzwischen gestorben.«

Micky runzelte die Stirn. »Für wie ernst halten Sie das Problem?«

»Das müßtest du eigentlich besser wissen als ich.« Augusta zögerte. Ihr lag eine Frage auf dem Herzen, die sie unbedingt loswerden mußte, aber sie fürchtete sich vor der Antwort. Sie nahm all ihren Mut zusammen. »Micky … Sag mal, war Edward etwa an dem Tod des Jungen schuld?«

»Nun, also ...«

»Ja oder nein!« befahl sie.

Micky antwortete nicht sofort, doch nach einer Weile sagte er:
»Ja.«

Augusta schloß die Augen. Teddy, mein Liebling, dachte sie,
warum hast du das getan?

»Peter war ein schlechter Schwimmer«, erläuterte Micky mit leiser Stimme. »Edward hat ihn nicht ertränkt, aber er nahm ihm
die Kraft. Als Edward aus dem Wasser ging, um Tonio zu verfolgen, war Peter noch am Leben. Aber ich glaube, er war zu erschöpft, um noch ans Ufer zu kommen. Er ertrank, als gerade
niemand hinsah.«

»Teddy wollte ihn nicht töten.«

»Selbstverständlich nicht.«

»Das waren doch nur Dummejungenstreiche.«

»Edward wollte ihm nicht ernsthaft weh tun.«

»Es war also kein Mord.«

»Doch, ich fürchte schon«, sagte Micky ernst. Augusta stockte das
Herz. »Wenn bei einem Überfall ein Mensch zu Boden geworfen
wird, eine Herzattacke erleidet und stirbt, so ist der Räuber des
Mordes schuldig, auch wenn er es nur auf das Geld des Opfers
abgesehen hat.«

»Woher weißt du das?«

»Ich habe mich bei einem Rechtsanwalt erkundigt, schon vor
Jahren.«

»Warum?«

»Ich wollte wissen, wie es um Edwards rechtliche Situation bestellt ist.«

Augusta vergrub ihr Gesicht in den Händen. Alles war noch viel
schlimmer, als sie es sich vorgestellt hatte.

Micky nahm ihr mit sanfter Gewalt die Hände vom Gesicht und
küßte sie eine nach der anderen. In dieser Geste lag so viel Zärt-
lichkeit, daß Augusta am liebsten in Tränen ausgebrochen wäre.
Ohne ihre Hände freizugeben, sagte er: »Kein vernünftiger
Mensch käme auf die Idee, Edward wegen eines Vorfalls aus seiner Kinderzeit zu verfolgen.«

»Aber ist dieser David Middleton ein vernünftiger Mensch?« Sie weinte jetzt wirklich.

»Vielleicht nicht. Er scheint seine Obsession all die Jahre hindurch gepflegt zu haben. Gott bewahre, daß er mit seiner Halsstarrigkeit die Wahrheit herausfindet.«

Augusta schauderte angesichts der möglichen Konsequenzen. Ein Skandal sondergleichen drohte. Die Gossenjournaille würde sich auf den Fall stürzen: DAS SCHMACHVOLLE GEHEIMNIS DES BANKERBEN. Die Polizei würde sich einmischen. Der arme liebe Teddy mußte mit einem Prozeß rechnen, und sollte man ihn schuldig sprechen ...

»Micky, es ist einfach zu schlimm«, flüsterte sie. »Ich darf gar nicht darüber nachdenken.«

»Dann müssen wir etwas dagegen unternehmen.«

Augusta drückte seine Hände. Dann ließ sie sie los und zog Bilanz. Sie hatte den Ernst der Lage erkannt: Der Galgen warf seinen Schatten auf ihren einzigen Sohn. Jammern und klagen half nicht weiter, es mußte gehandelt werden. Gott sei Dank hatte Edward einen Freund, auf den er sich verlassen konnte – Micky. »Wir müssen sicherstellen, daß David Middletons Schnüffeleien im Sande verlaufen. Wie viele Leute kennen die Wahrheit?«

»Sechs«, antwortete Micky wie aus der Pistole geschossen. »Edward, Sie und ich – das sind drei, aber von uns erfährt er nichts. Dann wäre da Hugh ...«

»Er war doch gar nicht dabei, als der Junge starb.«

»Nein, aber er hat genug gesehen, um aussagen zu können, daß unsere Darstellung vor dem Untersuchungsrichter nicht korrekt war. Wenn man uns der Lüge überführt, geraten wir in Verdacht.«

»Hugh ist also ein Problem. Wer sind die anderen?«

»Tonio Silva hat alles gesehen.«

»Er hat nie ein Wort darüber verloren.«

»Er hatte zu viel Angst vor mir. Ob das heute noch der Fall ist, weiß ich nicht.«

»Und der sechste?«

»Wir haben nie herausgefunden, wer das war. Ich habe damals

sein Gesicht nicht sehen können, und selbst hat er sich nie zu erkennen gegeben. Aber wenn niemand weiß, wer er ist, kann er uns wohl kaum gefährlich werden.«

Da wäre ich mir nicht so sicher, dachte Augusta, und erneut durchfuhr sie ein Angstschauer. Die Gefahr, daß sich der unbekannte Zeuge eines Tages doch noch meldete, blieb bestehen. Nur, was ihn betraf – und da mußte sie Micky recht geben –, waren ihnen die Hände gebunden. »Wir müssen uns also um zwei Leute kümmern: Hugh und Tonio.«

Eine Weile herrschte nachdenkliches Schweigen.

Augusta rang sich zu der Erkenntnis durch, daß sie in Hugh nicht länger ein zweitrangiges Übel sehen durfte. In der Bank boxte er sich durch und fand zunehmend Anerkennung. Verglichen mit ihm wirkte Teddy schwerfällig. Die sich anbahnende Romanze zwischen Hugh und Lady Florence Stalworthy hatte sie erfolgreich sabotiert, doch nun bedrohte er ihren Teddy und konnte ihm ernsthaft gefährlich werden. Sie mußte etwas gegen ihn unternehmen. Doch was? Er war immerhin ein Pilaster, wenn auch ein schlechter ... Sie überlegte und überlegte, aber ihr fiel nichts Brauchbares ein.

»Tonio hat eine Schwäche«, sagte Micky versonnen.

»Ach ja?«

»Er ist ein schlechter Spieler. Geht riskantere Wetten ein, als er sich leisten kann. Und verliert dann oft.«

»Vielleicht kannst du ihn zu einem Spiel verleiten?«

»Vielleicht ...«

Vielleicht ist Micky ein Falschspieler, schoß es ihr durch den Kopf. Sie konnte ihn allerdings nicht direkt danach fragen – ein Gentleman mußte allein schon den Verdacht als tödliche Beleidigung auffassen.

»Es kann teuer werden«, sagte Micky. »Könnten Sie mir eventuell unter die Arme greifen?«

»Wieviel brauchst du?«

»Hundert Pfund, fürchte ich.«

Augusta zögerte keine Sekunde – schließlich ging es um Teddys Leben. »In Ordnung«, sagte sie. Stimmen im Haus verrieten ihr, daß andere Teestundengäste eintrafen. Sie stand auf. »Was wir gegen Hugh unternehmen können, weiß ich noch nicht«, setzte sie besorgt hinzu. »Ich muß darüber nachdenken. Aber jetzt müssen wir ins Haus.«

Sie hatten kaum die Schwelle überschritten, als Madeleine, Augustas Schwägerin, auch schon auf sie einzureden begann. »Diese Schneiderin treibt mich noch zum Wahnsinn! Zwei Stunden hat sie gebraucht, um einen Saum abzustecken. Ich lechze nach einer Tasse Tee – ach, du hast tatsächlich schon wieder diesen himmlischen Mandelkuchen ... Du meine Güte, ist es nicht furchtbar heiß heute?«

Augusta drückte verschwörerisch Mickys Hand. Dann nahm sie Platz und schenkte ihren Gästen Tee ein.

In London war es heiß und stickig, und die Bevölkerung sehnte sich nach frischer Luft und weiter offener Landschaft. Am ersten August strömte alles mit Kind und Kegel zu den Rennen in Goodwood.

Man reiste in Sonderzügen, die am Victoria-Bahnhof im Süden Londons bereitgestellt wurden und ein getreues Spiegelbild der im Lande herrschenden Klassengesellschaft boten: Die oberen Zehntausend reisten in den gepolsterten Luxusabteilen der Erste-Klasse-Waggons. Ladenbesitzer und Lehrer saßen gedrängt, aber noch einigermaßen bequem, in der zweiten, und die Fabrikarbeiter und Hausangestellten hockten dicht an dicht auf den harten Holzbänken der dritten Klasse. Am Zielbahnhof stiegen die Aristokraten in Kutschen und die Vertreter der Mittelklasse in Pferdebusse um. Die Arbeiter gingen zu Fuß. Was die Reichen brauchten, hatten sie mit früheren Zügen vorausschicken lassen: Auf den Schultern stämmiger Bediensteter wanderten Dutzende von Tragekörben, randvoll mit Porzellan und bestem Tischleinen, mit gekochtem Huhn und Gurken, Champagner und Treibhauspfirsichen, zu den Picknickplätzen. Die weniger Betuchten verpflegten sich an Würstchen-, Fisch- und Bierbuden, und die Armen griffen zu Brot und Käse, die sie, in Taschentücher gewickelt, von zu Hause mitgebracht hatten.

Maisie Robinson und April Tilsley fuhren mit Solly Greenbourne und Tonio Silva nach Goodwood. Ihre unterschiedliche Stellung innerhalb der gesellschaftlichen Hierarchie stellte ein kleines Problem dar. Solly und Tonio waren eindeutig Passagiere der ersten Klasse, während Maisie und April eigentlich mit der dritten hätten vorliebnehmen müssen. Solly fand einen Kompromiß, indem

er für alle Fahrkarten zweiter Klasse löste. Den Weg über die
Hügel bis zur Rennbahn legten sie im Pferdebus zurück.

Sollys Liebe zu gutem Essen erwies sich allerdings als stärker
denn die Bereitschaft, mit dem kargen Angebot einer Würstchen-
bude vorliebzunehmen. Er hatte daher vier Diener mit einem
üppigen Lachspicknick und eisgekühltem Weißwein vorausge-
schickt. Sie breiteten ein schneeweißes Tischtuch auf dem Boden
aus und setzten sich drumherum auf den federnden grünen Rasen.
Maisie fütterte Solly mit kleinen Häppchen. Er wurde ihr immer
sympathischer, ja, sie hatte ihn richtig liebgewonnen. Solly war
ein witziger, unterhaltsamer Mann, der für jeden Menschen ein
freundliches Wort übrig hatte. Sein einziger Fehler war seine Ge-
fräßigkeit. Maisie hatte ihm bisher noch nicht erlaubt, mit ihr zu
schlafen, doch je länger sie seinem Drängen widerstand, desto
stärker schien seine Anhänglichkeit zu wachsen.

Die Rennen begannen nach dem Mittagessen. Ganz in der Nähe
stand ein Buchmacher auf einer Kiste und rief die Gewinnchancen
aus. Er trug einen auffallenden Anzug mit Schachbrettmuster,
eine lange Seidenkrawatte, auf dem Kopf einen weißen Hut und
im Knopfloch einen Zweig mit vielen großen Blüten. Über seiner
Schulter hing ein Lederbeutel voller Geld, und er stand unter
einem Spruchband mit der Aufschrift: *Wm. Tucker, the King's Head,
Chichester.*

Tonio und Solly wetteten bei jedem Rennen, was Maisie bald
langweilte. Für Nichtwetter glich ein Pferderennen dem anderen.
Schließlich beschloß sie, da April nicht von Tonios Seite wich, sich
auf eigene Faust etwas umzusehen.

Die Pferde waren beileibe nicht die einzige Attraktion. Auf dem
Gelände rund um die Rennbahn wimmelte es nur so von Zelten,
Buden und Karren. Dunkelhäutige Zigeunerinnen mit bunten
Kopftüchern sagten die Zukunft voraus. Spielbuden und Grusel-
kabinette, in denen Mißbildungen zur Schau gestellt wurden,
warben um Kundschaft; Wacholderschnaps, Apfelwein, Fleisch-
pasteten, Apfelsinen und Bibeln wurden feilgeboten. Drehorgel-
spieler und Musikanten, Taschenspieler, Jongleure und Akrobaten
buhlten um die Gunst des Publikums, und jeder bat um ein paar

Pennys Lohn für seine Darbietungen. Es gab Zwerge, Riesen, Stelzenläufer und tanzende Hunde. Die überschwengliche Volksfeststimmung erinnerte Maisie stark an den Zirkus, und auf einmal verspürte sie eine schmerzvolle Sehnsucht nach dem Leben, das sie einst geführt hatte. Das fahrende Volk war hierhergekommen, um den Leuten auf jede nur denkbare Weise das Geld aus der Tasche zu ziehen. Maisie wurde es warm ums Herz, wenn sie sah, daß der eine oder andere damit Erfolg hatte.

Warum mag ich bloß nichts von Solly annehmen? fragte sie sich bedrückt. Es ist doch Wahnsinn, mit einem der reichsten Männer der Welt auszugehen und nach wie vor in einem winzigen Zimmerchen in Soho zu leben! Ich könnte längst Diamanten und teure Pelze tragen und mit einem kleinen Vorstadthäuschen in St. John's Wood oder Clapham liebäugeln ...

Es war abzusehen, daß sie nicht mehr lange als Zureiterin für Mr. Sammles arbeiten konnte. Die Saison in London näherte sich ihrem Ende, und die Leute, die es sich leisten konnten, Pferde zu kaufen, zogen wieder aufs Land. Dennoch war Maisies Stolz so groß, daß sie Solly nicht erlaubte, ihr mehr als Blumen zu schenken. April bekam deswegen regelmäßig Tobsuchtsanfälle.

Vor einem großen Zelt blieb Maisie stehen. Am Eingang standen zwei als Buchmacher verkleidete Mädchen und ein Mann in einem schwarzen Anzug, der mit lauter Stimme rief: »Die einzige Gewißheit, die Sie bei den Rennen in Goodwood haben, ist der nahende Tag des Jüngsten Gerichts! Setzen Sie auf Jesus Christus, und Sie werden das ewige Leben gewinnen!« Im Zeltinneren war es schattig und vielleicht etwas kühler. Maisie trat kurz entschlossen ein. Die meisten Leute, die auf den Bänken saßen, erweckten den Eindruck, als wären sie längst bekehrt. Maisie ließ sich auf einer Bank in der Nähe des Eingangs nieder und nahm ein Gesangbuch zur Hand.

Sie verstand nur allzu gut, warum sich Menschen religiösen Gemeinschaften anschlossen und die großen Pferderennen zu Volkspredigten nutzten. Es war das Gefühl der Zusammengehörigkeit, das sie bewegte. Und genau dieses Gefühl war es, das sie an Solly Greenbourne reizte – nicht so sehr die Diamanten und Pelze, sondern die Vorstellung, Solly Greenbournes Mätresse zu sein. Dazu ein Dach über dem Kopf, ein gesicherter Lebensunterhalt, eine gewisse Position ... Ein solches Arrangement war gesellschaftlich keineswegs angesehen und obendrein zeitlich begrenzt – es würde nur so lange dauern, bis Solly ihrer überdrüssig wurde –, aber es wäre doch sehr viel mehr, als ihr im Augenblick zur Verfügung stand.

Die Gemeinde erhob sich und stimmte ein Lied an. Es ging um das Blut des Lammes, mit dem man reingewaschen wurde. Maisie stellte sich das bildhaft vor. Als ihr übel wurde, verließ sie das Zelt.

Kurz darauf kam sie an einem Puppentheater vorbei. Die Vorstellung erreichte gerade ihren Höhepunkt: Der jähzornige Mr. Punch wurde von seiner knüppelschwingenden Gattin Judy von einer Seite der kleinen Bühne auf die andere geprügelt. Mit kundigen Augen beobachtete Maisie das Publikum. Die *Punch-and-Judy-Show* war, wurde sie ehrlich betrieben, alles andere als eine Goldgrube, denn die meisten Zuschauer verdrückten sich, wenn es ans Zahlen ging, und der Rest ließ sich allenfalls Halfpennies entlocken. Aber es gab andere Mittel und Wege, ans Geld des Publikums zu kommen. Nur Augenblicke später entdeckte Maisie ganz hinten in der Menge einen Jungen, der es auf einen Mann mit Zylinder abgesehen hatte. Alle Anwesenden außer Maisie folgten gebannt der Vorstellung. Daher fiel auch niemandem außer ihr die kleine schmutzige Hand auf, die in die Westentasche des Mannes schlüpfte.

Maisie hatte nicht die geringste Absicht, einzuschreiten. Ihrer Überzeugung nach geschah es wohlhabenden, sorglosen jungen Männern nur recht, wenn sie ihre Taschenuhren verloren, und ein kühner Dieb verdiente seine Beute. Doch als sie sich das Opfer näher ansah, erkannte sie das schwarze Haar und die blauen Augen Hugh Pilasters. Hatte April nicht erzählt, daß Hugh kein Geld hatte? Er konnte es sich nicht leisten, seine Uhr zu verlieren. Spontan entschloß sich Maisie, ihn vor den Folgen seiner Unachtsamkeit zu bewahren.

Rasch lief sie um die Menge herum nach hinten. Der Taschendieb war ein verwahrlost aussehender Junge mit rotblondem Haar. Er ist ungefähr elf, dachte sie – ungefähr so alt wie ich, als ich damals von zu Hause weglief ... Mit großem Fingerspitzengefühl zog der Junge Hugh die Uhrkette aus der Weste. Als die Zuschauer bei einer besonders komischen Szene vor Lachen schrien, machte sich der Taschendieb mit der Uhr in der Hand davon.

Maisie packte ihn am Handgelenk.

Der Junge stieß einen kurzen Angstschrei aus und versuchte sich ihrem Griff zu entwinden, aber Maisie war zu stark für ihn. »Gib mir die Uhr, dann verrate ich dich nicht«, raunte sie ihm zu.

Der Junge zögerte einen Augenblick. Maisie sah, wie in seinem verdreckten Gesicht Angst und Gier miteinander im Streit lagen. Schließlich behielt eine Art trauriger Resignation die Oberhand, und er ließ die Uhr zu Boden fallen.

»Verdufte und klau dir eine andere«, sagte Maisie. Sie gab seine Hand frei, und ehe sie sich's versah, war er verschwunden. Sie hob die Uhr auf. Es war eine goldene Jagduhr mit Sprungdeckelgehäuse. Maisie öffnete sie und sah auf das Zifferblatt. Es war zehn Minuten nach drei. Auf der Rückseite war eine Widmung eingraviert:

Für Tobias Pilaster
von deiner dich liebenden Gemahlin
Lydia
den 23. Mai 1851

Hughs Mutter hatte die Uhr einst seinem Vater geschenkt. Maisie war jetzt froh, daß sie das gute Stück für ihn gerettet hatte. Sie schloß den Deckel und tippte Hugh auf die Schulter.

Sichtlich empört über die Störung, drehte Hugh sich um. Seine leuchtendblauen Augen weiteten sich. »Miss Robinson!«

»Wieviel Uhr ist es?« fragte Maisie.

Hugh griff automatisch nach seiner Uhr und stellte fest, daß seine Westentasche leer war. »Merkwürdig ...« Er sah sich um, ob sie ihm vielleicht aus der Tasche gefallen war. »Ich hoffe, ich habe sie nicht ...«

Maisie hielt ihm die Uhr vor die Nase.

»Herr im Himmel!« rief er aus. »Wo in aller Welt haben Sie sie gefunden?«

»Ich bekam zufällig mit, wie ein Taschendieb Sie beraubte – und nahm ihm die Uhr wieder ab.«

»Wo ist der Kerl?«

»Ich habe ihn laufen lassen. Es war ein kleiner Junge.«

»Aber ...« Ihm fehlten die Worte.

»Ich hätte ihn auch mit der Uhr laufen lassen, wenn mir nicht bekannt gewesen wäre, daß Sie sich keine neue leisten können.«

»Das ist doch nicht Ihr Ernst!«

»Und ob! Ich habe als Kind ja selbst jede Gelegenheit zum Stehlen genutzt.«

»Wie schrecklich!«

Maisie spürte, daß sie drauf und dran war, sich schon wieder über ihn zu ärgern. Seine Einstellung, fand sie, verriet eine gewisse Scheinheiligkeit. »Ich erinnere mich an die Beerdigung Ihres Vaters«, sagte sie. »Es war ein kalter, regnerischer Tag. Als Ihr Vater starb, schuldete er meinem Vater Geld – aber Sie trugen damals einen Mantel und ich nicht. Ich besaß nicht einmal einen. War das gerecht?«

»Das weiß ich nicht«, erwiderte er heftig. »Ich war dreizehn, als mein Vater Bankrott machte – muß ich deshalb mein Leben lang jede Niedertracht widerspruchslos hinnehmen?«

Maisie war bestürzt. Es kam nur selten vor, daß ein Mann sie so anfuhr. Bei Hugh geschah es jetzt bereits zum zweitenmal. Aber sie wollte sich nicht schon wieder mit ihm streiten. Sie berührte seinen Arm. »Es tut mir leid«, sagte sie. »Ich wollte Ihren Vater nicht kritisieren. Ich wollte Ihnen nur erklären, warum Kinder zu Dieben werden können.«

Hugh war sofort besänftigt. »Und ich habe mich noch nicht dafür bedankt, daß Sie mir meine Uhr zurückgebracht haben. Sie war das Hochzeitsgeschenk meiner Mutter an meinen Vater und ist praktisch unersetzlich.«

»Und der kleine Lauser wird schon bald einen anderen Idioten finden, den er bestehlen kann.«

Hugh lachte. »So eine wie Sie ist mir noch nie begegnet«, sagte
er. »Darf ich Sie zu einem Glas Bier einladen? Es ist entsetzlich
heiß.«

Das fand Maisie auch. »Ja, Sie dürfen.«

Wenige Meter weiter stand ein schwerer vierrädriger Karren, der
mit riesigen Fässern beladen war. Hugh bestellte zwei Krüge warmen Malzbiers. Maisie tat einen tiefen Zug; sie war sehr durstig.
Das Bier schmeckte ihr besser als Sollys französischer Wein. Auf
einer am Karren festgeschraubten Tafel stand in unbeholfenen
Buchstaben mit Kreide geschrieben: WER MIT EINEM KRUG AB-
HAUT, KRIGT IHN ÜBERN SCHÄHDEL.

Hughs Miene nahm einen nachdenklichen Zug an. Nach einer
Weile sagte er: »Ist Ihnen eigentlich klar, daß wir beide Opfer ein
und derselben Katastrophe sind?«

Das war ihr neu. »Was wollen Sie damit sagen?«

»Im Jahr 1866 gab es eine große Finanzkrise. Bei solchen Anlässen
können sogar vollkommen seriöse Firmen zusammenbrechen …
Stürzt ein Pferd in einem Gespann, dann stürzen auch die anderen, verstehen Sie? Mein Vater machte mit seiner Firma Bankrott,
weil andere Leute ihm Geld schuldeten und es nicht zurückzahlen
konnten. Er war darüber so verzweifelt, daß er sich das Leben
nahm und damit meine Mutter zur Witwe und mich, den Drei-
zehnjährigen, zur Halbwaise machte. *Ihr* Vater konnte Sie nicht
mehr ernähren, weil andere Leute ihm Geld schuldeten und er es
sich nicht holen konnte. Also liefen Sie mit elf Jahren von zu
Hause fort.«

Maisie erkannte die Logik in dem Gesagten, aber ihr Herz wehrte
sich gegen die Einsicht; zu alt war ihr Haß auf Tobias Pilaster.

»Das ist nicht dasselbe«, protestierte sie. »Arbeiter haben keinerlei Macht über diese Dinge – sie tun lediglich, was ihnen befohlen
wird. Die Macht liegt bei den Bossen, und die sind auch dran
schuld, wenn was schiefgeht.«

»Ich weiß nicht«, sagte Hugh nachdenklich. »Vielleicht haben Sie
recht. Was den Profit angeht, so schöpfen sicher die Bosse den
Rahm ab. Einer Sache bin ich mir aber ganz sicher: Ob Boß oder
Arbeiter – ihre Kinder können nichts dafür.«

Maisie lächelte. »Kaum zu glauben: Wir haben etwas gefunden, worüber wir uns einig sind!«

Sie tranken aus, brachten ihre Krüge zurück und gingen ein paar Schritte nebeneinander her, bis sie zu einem Karussell mit Holzpferden kamen. »Wollen Sie's mal probieren?« fragte Hugh.

Maisie lächelte: »Nein, danke.«

»Sind Sie allein hier?«

»Nein, ich bin mit ... mit Bekannten hier.« Es war ihr seltsamerweise unangenehm, ihn wissen zu lassen, daß sie in Sollys Begleitung gekommen war. »Und Sie? Sind Sie etwa mit Ihrer furchtbaren Tante hier?«

Er verzog das Gesicht zu einer Grimasse. »Nein. Methodisten lehnen Pferderennen strikt ab. Tante Augusta wäre entsetzt, wenn sie wüßte, wo ich mich herumtreibe.«

»Mag sie Sie?«

»Nicht die Bohne.«

»Warum läßt sie Sie dann bei sich wohnen?«

»Sie behält bestimmte Leute gern im Auge. Sie lassen sich dann besser beherrschen.«

»Beherrscht sie Sie?«

»Sie versucht's zumindest.« Er grinste. »Aber manchmal gelingt es mir, ihr zu entwischen.«

»Es ist bestimmt nicht leicht, mit ihr unter einem Dach zu leben.«

»Ich kann mir keine eigene Wohnung leisten. Ich muß eben Geduld haben und mir in der Bank alle Mühe geben. Eines Tages werde ich dann befördert, und dann beginnt meine Unabhängigkeit.« Er grinste erneut. »Und dann sage ich ihr, sie soll ihr Maul halten – so wie Sie das getan haben.«

»Ich hoffe, Sie haben meinetwegen keine Schwierigkeiten bekommen.«

»Doch, habe ich. Aber Tante Augustas Miene war das voll und ganz wert. In diesem Augenblick waren Sie mir auf einmal sehr sympathisch.«

»Und deshalb baten Sie mich, mit Ihnen essen zu gehen?«

»Ja. Warum haben Sie abgelehnt?«

»Weil April mir sagte, daß Sie keinen Penny erübrigen können.«

»Für ein bescheidenes Abendessen reicht's allemal.«

»Wie könnte ein Mädchen diesem Angebot widerstehen?« spöttelte Maisie.

Er lachte. »Wollen Sie nicht heute abend mit mir ausgehen?« fragte er. »Wir gehen zum Tanzen in Cremorne Gardens.«

Das war ein verlockendes Angebot, doch Maisie mußte an Solly denken und spürte ihr Gewissen. »Nein, vielen Dank.«

»Warum nicht?«

Sie stellte sich diese Frage selbst. Ich liebe Solly nicht, und ich nehme kein Geld von ihm an. Warum soll ich mich für ihn aufsparen? Ich bin achtzehn Jahre alt und kann ausgehen, mit wem ich will. Wozu lebt man denn sonst? »Na gut ...«

»Sie kommen also mit?«

»Ja.«

Hugh strahlte. Maisies Antwort machte ihn glücklich. »Soll ich Sie abholen?«

»Nein«, erwiderte sie. »Es ist mir lieber, wenn wir uns irgendwo treffen.« Sie wollte nicht, daß er die abbruchreife Bude in Soho sah, die sie sich mit April teilte.

»Einverstanden. Wir treffen uns am Westminster Pier und fahren mit dem Dampfer nach Chelsea.«

»Au ja!« Sie war so aufgeregt wie seit Monaten nicht mehr. »Um wieviel Uhr?«

»Um acht?«

Maisie überschlug im Kopf den Zeitplan. Solly und Tonio würden sicher bis zum letzten Rennen bleiben wollen. Dann kam die Zugfahrt zurück nach London. Am Victoria-Bahnhof würde sie sich von Solly verabschieden und zu Fuß nach Westminster gehen. Es müßte also klappen ... »Warten Sie auf mich, wenn ich mich etwas verspäte?«

»Die ganze Nacht, wenn's sein muß.«

Wieder rührte sich beim Gedanken an Solly ihr Gewissen. »Ich gehe jetzt lieber wieder zu meinen Bekannten.«

»Ich bringe Sie hin«, bot Hugh an.

»Nein, bitte nicht.« Das hätte ihr gerade noch gefehlt!

»Wie Sie wünschen.«

Sie streckte ihm die Hand entgegen, und er ergriff sie. Der Abschied kam ihr merkwürdig förmlich vor. »Bis heute abend«, sagte sie.

»Ich warte auf Sie.«

Maisie drehte sich um und ging. Sie spürte, daß er ihr nachsah. Wieso habe ich mich darauf eingelassen? dachte sie. Will ich tatsächlich mit ihm ausgehen? Mag ich ihn überhaupt? Bei unserer ersten Begegnung haben wir uns so gestritten, daß der ganze Abend in die Binsen ging. Und heute wollte er auch schon wieder damit anfangen ... Wer weiß, was passiert wäre, wenn ich nicht eingelenkt hätte. Eigentlich passen wir gar nicht zusammen und werden niemals miteinander tanzen. Vielleicht sollte ich einfach nicht hingehen.

Aber er hat so hübsche blaue Augen ...

Schluß mit diesen Gedanken! ermahnte sie sich. Ich habe versprochen, mit ihm auszugehen, also gehe ich auch mit ihm aus. Ob es mir gefällt oder nicht, merke ich dann schon früh genug. Es ist sinnlos, sich vorher den Kopf darüber zu zerbrechen ...

Allerdings mußte sie sich eine glaubhafte Ausrede für Solly einfallen lassen. Er rechnete fest damit, daß er sie am Abend zum Essen ausführen durfte. Immerhin – Solly stellte niemals neugierige Fragen. Er würde jede Entschuldigung akzeptieren, so unglaubwürdig sie auch klingen mochte. Dennoch nahm sich Maisie vor, eine sehr überzeugende Ausrede zu finden. Sie hatte nicht die Absicht, seine Gutmütigkeit auszunutzen.

Sie fand ihre Freunde an der gleichen Stelle wieder, an der sie sie verlassen hatte. Sie hatten den ganzen Nachmittag zwischen der Rennplatzabsperrung und dem Buchmacher in seinem Schachbrett-Anzug verbracht. April und Tonio strahlten um die Wette. Kaum hatte sie Maisie erblickt, sagte April: »Wir haben hundertzehn Pfund gewonnen – ist das nicht wunderbar?«

Maisie teilte Aprils Freude: Das war in der Tat eine Menge Geld. Als sie den beiden gratulierte, entdeckte sie Micky Miranda. Die Daumen in den Taschen seiner taubengrauen Weste vergraben, schlenderte er auf sie zu. Sein Erscheinen kam keineswegs überra-

schend – alle Welt traf sich in Goodwood. Obwohl Micky blendend aussah, mochte Maisie ihn nicht. Er erinnerte sie an den
Zirkusdirektor, der sich immer eingebildet hatte, alle Frauen
müßten vor Freude in Ohnmacht fallen, wenn er ihnen einen Antrag machte, und dann entsetzlich beleidigt war, wenn er einmal
einen Korb erhielt.

In Mickys Schlepptau befand sich, wie üblich, Edward Pilaster.
Ein merkwürdiges Pärchen, die beiden, dachte Maisie und fragte
sich, was die zwei verbinden mochte. Sie paßten eigentlich gar
nicht zueinander: Micky war schlank und rank, selbstbewußt und
immer wie aus dem Ei gepellt – Edward dagegen groß, täppisch
und immer ein wenig schmuddelig. Was mochte der Grund sein,
daß die beiden so unzertrennlich waren? Micky fanden die meisten Menschen charmant, und sie ließen sich bereitwillig von
ihm um den Finger wickeln. Tonio sah mit einer Art nervöser
Verehrung zu ihm auf, wie ein junger Hund zu einem grausamen
Herrchen.

Hinter Micky und Edward kamen ein älterer Mann und eine
junge Frau angeschlendert. Maisie musterte sie aufmerksam.
Micky stellte ihnen den Mann als seinen Vater vor, wenngleich er
ihm nicht im geringsten ähnelte. Er war ziemlich kurz geraten,
hatte krumme Reiterbeine, ausladend breite Schultern und ein
wettergegerbtes Gesicht. Im Unterschied zu seinem Sohn fühlte
er sich sichtlich unwohl in steifem Kragen und Zylinder. Die Frau,
die wie eine Geliebte an seinem Arm hing, mußte gut und gerne
dreißig Jahre jünger sein als er. Micky stellte sie als »Miß Cox«
vor.

Die Unterhaltung drehte sich ausnahmslos um die Wettergeb-
nisse. Edward und Tonio hatten mit einem Pferd namens Prince
Charlie viel Geld gewonnen. Solly hatte anfangs ebenfalls gewonnen und danach wieder verloren, wobei ihm das eine anscheinend
ebenso viel Spaß gemacht hatte wie das andere. Allein Micky
schwieg sich über seine Erfolge oder Mißerfolge aus. Maisie nahm
an, daß er nicht so hoch gesetzt hatte wie die anderen. Für einen
leidenschaftlichen Spieler hielt sie ihn nicht; dafür kam er ihr zu
vorsichtig, zu berechnend vor.

Doch schon mit seinem nächsten Satz verblüffte er sie. »Wir spielen heute abend, Greenbourne«, sagte er, an Solly gewandt. »Es geht um eine Menge Holz. Mindesteinsatz ein Pfund. Bist du dabei?«

Unwillkürlich schoß Maisie der Gedanke durch den Kopf, daß sich hinter Mickys lässiger Haltung eine nicht zu unterschätzende Anspannung verbarg. Er war ein verschlagener Bursche.

Solly war zu allem bereit. »Ich bin dabei«, sagte er.

Micky wandte sich an Tonio. »Und du? Kommst du auch mit?« In Maisies Ohren hatte sein unterkühlter Ton einen falschen Klang.

»Auf jeden Fall«, sagte Tonio aufgeregt. »Ich bin dabei!«

April wirkte beunruhigt. »Heute abend nicht, Tonio«, maulte sie. »Du hast es mir versprochen.«

Wahrscheinlich kann sich Tonio so hohe Einsätze gar nicht leisten, dachte Maisie.

»Was habe ich versprochen?« fragte er zurück und zwinkerte seinen Freunden zu.

April flüsterte ihm etwas ins Ohr. Die Männer lachten auf.

»Es ist das letzte große Spiel in der Saison, Silva«, sagte Micky. »Wird dir noch leid tun, wenn du es versäumst.«

In den Argyll Rooms hatte Maisie den Eindruck gewonnen, daß Micky Tonio nicht leiden konnte. Daß er sich jetzt so um ihn bemühte, überraschte sie. Warum will er ihn unbedingt zum Kartenspielen verleiten? fragte sie sich.

»Ich habe heute einen Glückstag«, sagte Tonio. »Seht doch, wieviel ich bei den Rennen gewonnen habe! Ich werde heute abend auch beim Kartenspiel gewinnen.«

Micky warf Edward einen Blick zu, und Maisie glaubte, darin eine gewisse Erleichterung feststellen zu können.

»Wollen wir gemeinsam im Club zu Abend essen?« fragte Edward.

Solly sah Maisie an, der in diesem Augenblick klar wurde, daß ihr damit gerade eine perfekte Ausrede wie auf einem Silbertablett präsentiert wurde. »Geh ruhig mit deinen Freunden essen, Solly«, sagte sie. »Es macht mir nichts aus.«

»Wirklich nicht?«

»Nein, bestimmt nicht. Es war ein sehr schöner Tag für mich. Du kannst heute abend ruhig in deinen Club gehen.«

»Dann sind wir uns also einig«, sagte Micky.

Woraufhin er, sein Vater, Miss Cox und Edward sich empfahlen.

Tonio und April entfernten sich ebenfalls, weil das nächste Rennen anstand und sie noch eine Wette abschließen wollten. Solly bot Maisie den Arm und fragte: »Wollen wir einen kleinen Spaziergang machen?«

Sie schlenderten die weißgestrichene Absperrung entlang, welche die Rennbahn umgab. Die Sonne schien warm, und die würzige Landluft war angenehm.

Nach einer Weile sagte Solly: »Magst du mich eigentlich, Maisie?«

Sie blieb stehen, stellte sich auf die Zehenspitzen und küßte ihn auf die Wange. »Ich mag dich sehr, Solly.«

Er sah ihr in die Augen, und Maisie erkannte bestürzt die Tränen hinter seinen Brillengläsern. »Solly, mein Lieber, was ist denn los?«

»Ich mag dich auch«, erwiderte er. »Ich habe noch nie in meinem Leben einen Menschen so gern gehabt wie dich.«

»Danke, Solly.« Sein Geständnis rührte sie zutiefst. Solly pflegte nur selten ein stärkeres Gefühl zu zeigen als maßvolle Begeisterung.

Und dann sagte er: »Willst du mich heiraten?«

Sie war wie vor den Kopf geschlagen. Das war das letzte, was sie erwartet hatte. Männer aus Sollys Kreisen machten Mädchen wie ihr gewöhnlich keine Heiratsanträge. Sie war so verblüfft, daß sie kein Wort über die Lippen brachte.

»Ich erfülle dir jeden Wunsch«, fuhr Solly fort. »Bitte sag ja.«

Solly heiraten! Maisie wußte, daß sie in diesem Fall unglaublich reich sein würde – bis an ihr Lebensende. Ein weiches Bett in der Nacht, ein prasselndes Kaminfeuer in jedem Zimmer des Hauses, und mehr Butter, als sie je würde essen können ... Ich kann aufstehen, wann es mir gefällt, ich werde nie wieder frieren, nie wieder Hunger leiden, nie wieder müde und kaputt sein, ich brauche nie wieder abgetragene Kleider anzuziehen ...

Das Wörtchen »Ja« lag ihr fast schon auf der Zunge.

Sie dachte an Aprils winziges Zimmer in Soho mit dem Mäusenest in der Wand. Sie dachte an den Gestank, der an heißen Tagen auf dem Abtritt herrschte. Sie dachte an die Nächte ohne Abendbrot und daran, wie ihre Füße schmerzten, wenn sie den ganzen Tag durch die Straßen gelaufen war.

Sie sah Solly ins Gesicht. Wie schwer kann es sein, diesen Mann zu heiraten?

»Ich liebe dich so sehr«, sagte er. »Ich bin ganz verrückt nach dir.«

Er liebt mich tatsächlich, dachte Maisie. Ich spüre es.

Und genau das ist das Problem.

Ich liebe ihn nämlich nicht.

Er verdient etwas Besseres. Er verdient eine Frau, die ihn wirklich liebt, keine hartgesottene Gossengöre auf der Suche nach einer guten Partie. Wenn ich ihn heirate, mache ich ihm was vor. Und dafür ist er zu gut.

Ihr war zum Weinen zumute. »Du bist der netteste, zuvorkommendste Mann, der mir je begegnet ist ...«

»Sag nicht nein, bitte!« unterbrach er sie. »Wenn du nicht ja sagen kannst, dann sag gar nichts. Denk darüber nach, mindestens einen Tag lang. Vielleicht auch länger.«

Maisie seufzte. Sie wußte, daß sie seinen Antrag hätte ablehnen müssen, und am leichtesten wäre es, es sofort hinter sich zu bringen. Aber er hatte sie geradezu angefleht. »Ich denke darüber nach«, sagte sie.

Solly strahlte. »Ich danke dir.«

Traurig schüttelte sie den Kopf. »Was immer geschehen wird, Solly: Ich glaube nicht, daß ich jemals einen Heiratsantrag von einem besseren Menschen bekommen werde.«

Hugh und Maisie fuhren mit dem Ausflugsdampfer vom Westminster Pier nach Chelsea, und zwar zum billigsten Tarif. Es war ein
warmer, heller Abend. Boote, Schleppkähne und Fähren kreuzten
emsig auf dem trüben Fluß. Der Kurs ihres Schiffes trug sie fluß-
aufwärts; sie dampften unter der neuen Eisenbahnbrücke am Victoria-Bahnhof hindurch, vorbei an dem von Christopher Wren
erbauten Chelsea Hospital auf dem Nordufer und den blumenrei-
chen Battersea Fields – Londons traditioneller Duellstätte – im
Süden. Die Battersea Bridge war eine windschiefe Holzkonstruk-
tion, die aussah, als wollte sie jeden Augenblick einstürzen. Südlich davon lagen chemische Fabriken, während sich auf der gegenüberliegenden Seite hübsche kleine Häuser um die alte Kirche von
Chelsea scharten und an seichten Uferstellen nackte Kinder her-
umplanschten.
Weniger als eine Meile jenseits der Brücke gingen sie wieder an
Land und schritten das Pier hinauf, bis sie den großartigen vergoldeten Torbogen der Cremorne Gardens erreichten. Die Gärten
umfaßten ein Gebiet von annähernd fünf Hektar zwischen dem
Fluß und der King's Road und gliederten sich in Haine und Grot-
ten, große Blumenrabatten und Rasenflächen, lauschige Farn-
pflanzungen und Buschwerk.
Als sie eintrafen, war es bereits dämmrig. In den Bäumen hingen
Lampions, und Gaslampen erhellten die Pfade, die sich durch das
Gelände schlängelten. Es war sehr voll: Viele junge Leute, die
tagsüber bei den Rennen gewesen waren, hatten sich entschlossen,
den Tag hier ausklingen zu lassen. Alle hatten sie sich fein herausgeputzt und schlenderten nun durch die Anlagen. Es wurde viel
gelacht – und geflirtet. Die Mädchen sah man meist zu zweit, die
jungen Männer in größeren Gruppen und die Pärchen Arm in
Arm.
Das Wetter war den ganzen Tag über sommerlich warm gewesen,
doch inzwischen brauten sich Wolken zusammen, und es sah nach
einem Gewitter aus. Hugh war einerseits in Hochstimmung, andererseits aber auch ziemlich nervös. Es war toll, Maisie am Arm
durch die Gärten führen zu können, aber das Gefühl, die Spielre-
geln nicht zu beherrschen, machte ihn unsicher. Was erwartet sie

von mir? fragte er sich. Ob ich sie wohl küssen darf? Oder darf
ich sogar noch mehr?
Er sehnte sich danach, ihren Körper zu berühren, aber er wußte
nicht, wie er es anfangen sollte. Will sie vielleicht, daß ich aufs
Ganze gehe? Er war zu allem bereit, aber er hatte so etwas noch
nie getan und wollte sich nicht blamieren. Die Kollegen in der
Bank redeten oft von leichten Mädchen und was sie mit ihnen
anstellten. Hugh argwöhnte allerdings, daß vieles von dem, was
sie behaupteten, reine Angeberei war. Und überhaupt: Niemand
konnte Maisie wie ein leichtes Mädchen behandeln. Diese junge
Frau hatte viel mehr zu bieten.
Auch die Möglichkeit, daß ihnen ein Bekannter über den Weg
laufen könnte, bereitete Hugh einiges Kopfzerbrechen. Soviel war
klar: Wenn die Familie Wind davon bekam, wo er sich herumtrieb,
mußte er mit einer strengen Maßregelung rechnen. Cremorne
Gardens war ein Treffpunkt der Unterklasse, und nicht nur das:
Die Methodisten waren überzeugt, daß ein Ort wie dieser der
Unmoral Vorschub leistete. Augusta würde, wenn sie ihm auf die
Schliche kam, ihr Wissen rücksichtslos gegen ihn verwenden.
Wenn Edward sich in dubiosen Etablissements leichte Mädchen
suchte, war das eine Sache: Er war schließlich Sohn und Erbe.
Bei Hugh, einem armen Schlucker ohne standesgemäße Ausbil-
dung und Erziehung, war das etwas ganz anderes. Bei ihm rech-
neten alle damit, daß er ohnehin seinem Vaters nachgeriet – und
der war bekanntlich ein Versager gewesen. Ihn in einem jener
zuchtlosen Vergnügungsparks zu erwischen wäre Wasser auf ihre
Mühlen: Seht her, wie es ihn hinunterzieht in die Gosse zu seinesgleichen, zu den kleinen Büroangestellten, den Handwerkern, den
billigen Mädchen wie dieser Maisie ...
Hugh befand sich an einem kritischen Punkt seiner beruflichen
Laufbahn. Er stand kurz vor der Beförderung zum Sekretär –
einem Posten, der ihm mit einhundertfünfzig Pfund Jahresgehalt
mehr als das Doppelte dessen einbringen würde, was er zur Zeit
verdiente. Ein Bericht über »liederliches Verhalten« konnte diese
große Chance zunichte machen.
Verstohlen sah er sich nach den anderen Männern um, die auf

den gewundenen Pfaden zwischen den Rabatten hin und her flanierten, und die Furcht, einen Bekannten zu entdecken, ließ ihn nicht los. Es waren durchaus einige Herren aus besseren Kreisen zugegen, und nicht wenige von ihnen führten ein Mädchen am Arm. Doch alle waren sorgfältig bemüht, seinem Blick auszuweichen, so daß Hugh nach einer Weile den Schluß zog, daß sie ebenso auf Anonymität bedacht waren wie er selbst. Diese Erkenntnis stärkte sein Selbstvertrauen.

Er war stolz auf Maisie. Sie trug ein blaugrünes, tief ausgeschnittenes Kleid mit Turnüre sowie ein keck auf ihre Hochfrisur plaziertes Matrosenhütchen und zog viele bewundernde Blicke auf sich.

Nachdem sie an einer Ballettbühne, einem orientalischen Zirkus, einer amerikanischen Kegelbahn und verschiedenen Schießständen vorbeigekommen waren, betraten sie ein Restaurant, um dort zu essen. Für Hugh war dies eine vollkommen neue Erfahrung. Zwar wurden Restaurants immer beliebter, doch fanden sie ihre Kundschaft vor allem in den unteren Mittelschichten. Die Oberklasse konnte sich mit dem Gedanken, in aller Öffentlichkeit zu speisen, noch nicht befreunden. Junge Männer wie Edward und Micky gingen häufig auswärts essen, doch lief das bei ihnen unter der Rubrik »die Sause machen« und geschah nur, wenn sie entweder ein Flittchen auftreiben wollten oder aber bereits entsprechende weibliche Gesellschaft gefunden hatten.

Während des Essens bemühte sich Hugh nach Kräften, nicht einzig und allein an Maisies Brüste zu denken. Der Ausschnitt ihres Kleides gewährte verlockende Einblicke; ihr Brustansatz war sehr blaß und mit Sommersprossen übersät. Ein einziges Mal in seinem Leben hatte er einen nackten Busen gesehen – damals in Nellys Bordell, und das war jetzt einige Wochen her. Berührt hatte er weibliche Brüste noch nie, und er fragte sich, ob sie fest waren wie Muskeln oder eher weich und schlaff. Und wie war es, wenn eine Frau ihr Korsett auszog – bewegten sich ihre Brüste beim Gehen, oder blieben sie steif? Und wenn ich sie berühre – geben sie dann nach, oder sind sie hart wie Kniescheiben? Ob Maisie mir erlaubt, ihre Brüste zu berühren? Manchmal hatte er sich schon vorgestellt, sie zu küssen, so wie der Mann im Bordell die Brüste der Hure geküßt hatte, aber das war ein sehr heimlicher Wunsch, dessen er sich schämte. Tatsache war, daß er sich im Grunde all seiner Wünsche dieser Art schämte. Es kam ihm roh und ungehobelt vor, mit einer Frau an einem Tisch zu sitzen und die ganze Zeit nur an ihren nackten Körper zu denken, als ginge es ihm nur um das eine. Aber er konnte es einfach nicht ändern – schon gar nicht bei einem so verführerischen Mädchen wie Maisie.

Sie saßen noch beim Essen, als in einem anderen Teil des Gartens ein Feuerwerk gezündet wurde. Der Lärm und die Lichtblitze erregten den Zorn der Löwen und Tiger in der Menagerie, die brüllend ihren Unmut kundtaten. Hugh erinnerte sich, daß Maisie im Zirkus gearbeitet hatte, und so fragte er sie, wie ihr das Leben dort gefallen habe.

»Man lernt die Menschen sehr gut kennen, wenn man so eng mit ihnen zusammenlebt«, sagte sie nachdenklich, »und das ist einerseits gut und andererseits schlecht. Man findet immer jemanden, der einem hilft. Es gibt Liebeleien, viel Streit, manchmal auch Schlägereien. In den drei Jahren, die ich beim Zirkus war, habe ich sogar zwei Morde miterlebt.«

»Gütiger Himmel!«

»Und auf die Bezahlung kann man sich auch nicht immer verlassen.«

»Wieso?«

»Wenn die Leute sparen müssen, fangen sie immer bei der Unterhaltung an.«

»Gut zu wissen. Ich werde mich also davor hüten, das Geld der Bank in die Vergnügungsbranche zu investieren.«

Maisie lächelte. »Denken Sie immerzu an Geld und Finanzen?«

Nein, dachte Hugh, ich denke immerzu an deine Brüste. Aber er sagte: »Nun ja, sehen Sie, ich bin der Sohn des schwarzen Schafs der Familie. Zwar verstehe ich vom Bankwesen mehr als die anderen jungen Männer in der Familie, aber um meinen Wert unter Beweis zu stellen, muß ich doppelt so hart arbeiten.«

»Und warum ist das so wichtig, daß Sie Ihren Wert unter Beweis stellen?«

Gute Frage, dachte Hugh und ließ sie sich gründlich durch den
Kopf gehen, bevor er antwortete. »Es liegt mir irgendwie im Blut,
glaube ich. In der Schule mußte ich immer Klassenbester sein.
Durch den Bankrott meines Vaters wurde es noch schlimmer: Alle
Welt glaubt nämlich, daß ich genauso versagen werde wie er. Ich
muß ihnen unbedingt das Gegenteil beweisen.«

»Mir geht es irgendwie ähnlich«, sagte Maisie. »Ich will nie und
nimmer ein solches Leben führen müssen wie meine Mutter, immer am Rande der bittersten Not. Ich will zu Geld kommen, egal
wie.«

So liebenswürdig, wie es ihm nur möglich war, fragte Hugh: »Gehen Sie deshalb mit Solly aus?«

Maisie runzelte die Stirn. Sie nimmt mir die Frage übel, dachte
Hugh im ersten Moment, doch da wich der Anflug von Unmut
einem ironischen Lächeln. »Die Frage ist berechtigt, denke ich.
Wenn Sie die Wahrheit wissen wollen, bitte: Ich bin nicht stolz
auf meine Verbindung zu Solly Greenbourne. Ich habe gewisse …
falsche Vorstellungen in ihm geweckt.«

Das verwunderte Hugh. Hieß das etwa, daß sie und Solly
nicht …? »Er scheint Sie sehr zu mögen.«

»Ich mag ihn auch. Aber ihm geht es nicht um Kameradschaft,
es ging ihm nie darum. Und das war mir von Anfang an klar.«

»Ich verstehe.« Also hat sie es mit ihm noch nicht getan, dachte
Hugh, und das heißt wohl, daß sie auch nicht bereit ist, es mit
mir zu tun … Er war gleichermaßen enttäuscht wie erleichtert –
enttäuscht, weil er sie so sehr begehrte, und erleichtert, weil er so
aufgeregt war.

»Irgend etwas scheint Sie froh zu stimmen«, sagte Maisie.

»Ja, ich glaube, das Wissen, daß Sie und Solly nur Freunde sind,
stimmt mich froh.«

Maisie erwiderte nichts. Sie sah ein wenig traurig aus, und Hugh
fragte sich, ob er etwas Falsches gesagt hatte.

Er beglich die Rechnung. Das Essen war ziemlich teuer, aber
Hugh hatte das Geld mitgenommen, das eigentlich als Grund-
stock für den nächsten Anzug dienen sollte, und war daher recht
gut bei Kasse. Als sie das Restaurant verließen, kamen ihnen die

Leute im Park viel lebhafter und ausgelassener vor als zuvor, was
gewiß daran lag, daß in der Zwischenzeit viel Bier und Gin die
durstigen Kehlen hinuntergeronnen waren.

Sie kamen an einem Tanzlokal vorbei. Was das Tanzen betraf, war
Hugh zuversichtlich: Es war das einzige Fach gewesen, das an der
Folkestone Akademie für die Söhne von Gentlemen gründlich ge-
lehrt wurde.

Er führte Maisie auf die Tanzfläche und nahm sie zum erstenmal
in die Arme. Seine Fingerspitzen kribbelten, als seine rechte Hand
auf ihrem Rücken knapp oberhalb der Turnüre zu liegen kam.
Durch die Kleidung hindurch spürte er die Wärme ihres Körpers.
Mit seiner linken Hand hielt er ihre rechte, worauf sie mit leich-
tem Druck reagierte. Die Empfindung elektrisierte ihn.

Am Ende des ersten Tanzes lächelte er sie zufrieden an und war
verdutzt, als ihre Hand nach oben fuhr und eine Fingerspitze
seinen Mund berührte. »Dein Grinsen gefällt mir«, sagte sie. »Du
siehst dann aus wie ein kleiner Junge.«

Das war nicht unbedingt der Eindruck, den Hugh erwecken
wollte, doch war er inzwischen mit allem einverstanden – Hauptsache, es gefiel Maisie.

Der nächste Tanz begann. Als Partner ergänzten sie sich hervorragend. Maisie war zwar recht klein, doch Hugh war auch kein
Riese, und beide waren sie leichtfüßig und gewandt. Hugh hatte
schon mit Dutzenden, wenn nicht Hunderten von Mädchen getanzt, aber noch nie hatte er es so genossen. Ihm war, als entdeckte er zum erstenmal das wunderbare Gefühl, eine Frau im
Arm zu halten, sich mit ihr nach den Klängen der Musik zu
wiegen und zu bewegen und in harmonischer Übereinstimmung
komplizierte Schrittfolgen auszuführen.

»Bist du müde?« fragte er sie, als der Tanz vorüber war.

»Überhaupt nicht!«

Sie tanzten weiter.

Auf den Bällen der gehobenen Gesellschaft galt es als unschicklich, mehr als zweimal hintereinander mit demselben Mädchen
zu tanzen. Man mußte seine Dame von der Tanzfläche geleiten
und anbieten, ihr ein Glas Champagner oder ein Sorbet zu holen.

Hugh hatte sich über derartige Regeln immer geärgert, weshalb
er den Tanz in den volkstümlichen Cremorne Gardens als eine Art
Befreiung empfand und seine Rolle als anonymer Nachtschwär-
mer von ganzem Herzen auskostete.

Sie tanzten bis Mitternacht – bis die Musikkapelle aufhörte zu
spielen.

Alle Paare verließen das Lokal und strömten hinaus auf die Gar-
tenwege. Hugh fiel auf, daß viele Männer den Arm noch immer
um ihre Partnerinnen gelegt hatten, obwohl sie gar nicht mehr
tanzten. Nicht ohne Herzklopfen tat er es ihnen nach, und Maisie
schien nichts dagegen zu haben.

Die Festtagsstimmung war einer gewissen Unruhe gewichen. Am
Wegrand standen hie und da kleine überdachte Hüttchen wie Lo-
genplätze in der Oper, wo man sitzen, etwas zu sich nehmen und
die Vorübergehenden betrachten konnte. Einige dieser Hüttchen
waren von Jugendlichen gemietet worden, die inzwischen betrunken waren. Einem Mann, der Hugh vorausging, wurde aus reinem
Übermut der Zylinder vom Kopf gestoßen, und Hugh selbst
mußte sich ducken, um nicht von einem durch die Luft fliegenden
Laib Brot getroffen zu werden. Schützend zog er Maisie an sich,
und zu seinem Entzücken legte sie den Arm um seine Taille und
drückte ihn.

Auf beiden Seiten des Fußwegs zweigten immer wieder Pfade zu
Baumgrüppchen und Lauben ab, die nun in tiefem Schatten
lagen. Hugh nahm gerade noch wahr, daß auf den Holzbänken
Pärchen saßen, konnte aber nicht erkennen, ob sie sich umarmten
oder einfach nur nebeneinandersaßen. Als das Paar, das vor ihnen
ging, unvermittelt stehenblieb und sich leidenschaftlich küßte,
war er völlig verblüfft. Peinlich berührt, führte er Maisie um die
beiden herum. Nach einer Weile legte sich seine Verlegenheit wieder; er war nun sehr aufgeregt. Ein paar Minuten später kamen
sie wieder an einem eng umschlungenen Pärchen vorbei. Hugh
streifte Maisie mit einem Blick. Sie lächelte, und er hätte schwören können, daß es aufmunternd gemeint war, aber irgendwie
brachte er einfach nicht den Mut auf, sie zu küssen.

Die Unruhe im Park wuchs. Sie mußten einen kleinen Umweg

machen, um einer Schlägerei auszuweichen. Sechs oder sieben junge Männer hieben grölend und lallend mit den Fäusten aufeinander ein. Hugh bemerkte, daß ziemlich viele Frauen ohne Begleiter unterwegs waren, und fragte sich, ob es sich dabei um Prostituierte handelte. Die Atmosphäre wurde zunehmend bedrohlicher. Ich muß aufpassen, daß Maisie nicht zu Schaden kommt, dachte er.

Auf einmal kam ihnen eine Gruppe von dreißig oder vierzig jungen Männern entgegen, die den Passanten die Hüte vom Kopf stießen. Frauen wurden rüde beiseite gedrängt und Männer niedergeschlagen. Da die Randalierer auch auf den Rasenflächen rechts und links des Weges voranstürmten, gab es kein Entkommen. Hugh reagierte schnell. Er baute sich vor Maisie auf und kehrte den Angreifern den Rücken zu. Dann nahm er seinen Hut ab, legte die Arme um seine Begleiterin und zog sie an sich. Schon hatte die Horde sie erreicht. Eine schwere Schulter traf Hugh in den Rücken. Er geriet ins Taumeln, fing sich aber gleich wieder und ließ Maisie nicht los. Neben ihm wurde ein Mädchen zu Boden geworfen, und auf der anderen Seite erhielt ein Mann einen Faustschlag ins Gesicht. Dann waren die Randalierer vorbei.

Hugh lockerte seinen Griff und sah Maisie in die Augen. Erwartungsvoll erwiderte sie seinen Blick. Zögernd beugte er sich vor und küßte sie auf die Lippen. Sie waren wundervoll weich und beweglich. Er schloß die Augen. Darauf hatte er jahrelang gewartet. Es war sein erster Kuß – und er war genauso schön, wie er ihn sich erträumt hatte. Er atmete Maisies Duft ein. Ihre Lippen bebten sanft unter den seinen. Er wünschte sich, der Kuß möge bis in alle Ewigkeit dauern.

Es war Maisie, die den Kuß abbrach. Streng sah sie Hugh an, nur um sich dann wieder eng an ihn zu schmiegen. »Du könntest all meine Pläne zunichte machen«, sagte sie leise.

Hugh wußte nicht, was sie damit meinte.

Er sah sich um, erspähte eine freie Laube, nahm allen Mut zusammen und fragte sie: »Wollen wir uns setzen?«

»Ja.«

Sie tasteten sich durch die Dunkelheit und ließen sich auf einer
Holzbank nieder. Und wieder küßte er sie.

Diesmal war er etwas weniger zurückhaltend. Er legte ihr den
Arm um die Schultern und zog sie an sich. Mit der anderen Hand
hob er ihr Kinn ein wenig an. Er drückte seine Lippen auf die
ihren und küßte sie leidenschaftlicher als zuvor. Maisie reagierte
mit Begeisterung. Sie warf den Kopf zurück, und Hugh spürte,
wie sich ihr Busen gegen seinen Brustkorb preßte. Ihre Kühnheit
überraschte ihn, obwohl er keinen Grund dafür hätte nennen können, warum Mädchen am Küssen weniger Spaß haben sollten als
Männer. Maisies Eifer machte alles noch viel aufregender.

Er streichelte ihre Wange und ihren Hals. Dann glitt seine Hand
auf ihre Schulter. Er wollte ihre Brüste berühren, zögerte jedoch,
weil er fürchtete, Maisie könne ihm seine Verwegenheit übelnehmen. Da spürte er ihre Lippen an seinem Ohr. Sie flüsterte – und
ihr Flüstern war wie ein Kuß: »Du darfst sie berühren.«

Sie kann meine Gedanken lesen, dachte Hugh verblüfft. Ihre Ermunterung steigerte seine Erregung beinahe bis zur Unerträglich-
keit – und dies nicht nur, weil sie ihn gewähren ließ, sondern weil
sie sich nicht scheute, darüber zu sprechen. *Du kannst sie berühren.*
Seine Fingerspitzen zeichneten eine Linie von Maisies Schulter
über ihr Schlüsselbein hinab zu ihrem Busen und blieben schließlich auf dem Brustansatz oberhalb ihres Ausschnitts liegen. Die
Haut war weich und warm. Er wußte nicht, was er als nächstes
tun sollte. Sollte er versuchen, die Hand in den Ausschnitt zu
schieben?

Maisie beantwortete seine unausgesprochene Frage, indem sie
seine Hand auf ihr Kleid unterhalb des Ausschnitts preßte.
»Drück zu«, flüsterte sie. »Aber sanft!«

Er gehorchte. Wie Muskeln oder Kniescheiben fühlten sich ihre
Brüste nicht an; sie waren, von den harten Spitzen abgesehen, viel
nachgiebiger. Seine Hand wanderte von der einen Brust zur anderen, streichelte und drückte sie zärtlich. Hugh spürte Maisies heißen Atem an seinem Hals, und er hätte die ganze Nacht so weitermachen können. Doch dann hielt er inne, um wieder ihre Lippen
zu küssen. Diesmal erwiderte sie seinen Kuß nur kurz, entzog sich

ihm, küßte ihn erneut, zog sich wieder zurück, immer wieder. Es war noch viel erregender als zuvor. Hugh machte die Entdeckung, daß Küssen höchst abwechslungsreich sein konnte.

Plötzlich erstarrte Maisie. »Horch!« sagte sie.

Auch Hugh hatte vage registriert, daß die Unruhe im Park immer mehr zunahm. Jetzt vernahm er lautes Schreien und Lärmen. Auf dem Fußweg stoben die Leute in allen Richtungen davon. »Eine Schlägerei vermutlich«, sagte er.

Dann hörte er die Trillerpfeife eines Polizisten.

»Verdammt«, entfuhr es ihm. »Jetzt gibt's Ärger.«

»Wir verziehen uns besser«, sagte Maisie.

»Laß uns versuchen, den Ausgang an der King's Road zu erreichen. Dort kriegen wir vielleicht eine Droschke.«

»Gut.«

Hugh zögerte; er wollte das lauschige Plätzchen nicht verlassen. »Nur noch einen Kuß.«

»Ja.«

Er küßte sie, und Maisie umarmte ihn heftig.

»Ich bin so froh, daß ich dich kennengelernt habe, Hugh«, sagte sie.

So etwas Schönes hat mir noch nie jemand gesagt, dachte er.

Sie gelangten wieder auf den Pfad und entfernten sich eilends in nördlicher Richtung. Einen Augenblick später kamen ihnen zwei junge Männer entgegengestürmt; der eine verfolgte den anderen. Vom ersten wurde Hugh buchstäblich über den Haufen gerannt; er stürzte zu Boden. Als er sich wieder aufgerappelt hatte, waren die beiden Kerle schon verschwunden.

»Alles in Ordnung?« fragte Maisie besorgt.

Hugh säuberte seine Kleidung, so gut es ging, und hob seinen Hut auf. »Nichts passiert«, sagte er. »Aber ich möchte nicht, daß dir dasselbe zustößt. Laufen wir lieber über den Rasen, das ist vielleicht sicherer.«

Kaum hatten sie den Fußweg verlassen, da gingen auch schon die Gaslaternen aus.

In der Dunkelheit hasteten sie weiter. Die Nacht um sie herum war erfüllt von lautem Männergebrüll und schrillem Gezeter der

Frauen, immer wieder untermalt von den Trillerpfeifen der Polizei. Urplötzlich ging Hugh auf, daß er Gefahr lief, festgenommen zu werden. Dann kam unweigerlich alles heraus – warum er hierhergekommen war und was er hier getrieben hatte. Was Augusta in diesem Fall sagen würde, war klar: Der junge Mann ist zu liederlich für einen verantwortungsvollen Posten in der Bank ... Hugh stöhnte auf. Dann dachte er wieder an Maisies Brüste und daran, wie unsagbar schön es war, sie zu berühren, und gab sich einen Ruck. Soll Augusta doch behaupten, was sie will. Ich gebe nichts darauf ...

Sie vermieden alle Fußwege und offenen Flächen und tasteten sich im Schutz der Bäume und Büsche voran. Da das Gelände zum Flußufer hin leicht abfiel, wußte Hugh, daß die Richtung stimmte, solange es bergauf ging.

In der Ferne flackerten Laternen, und er hielt darauf zu. Andere Paare, die in dieselbe Richtung strebten, tauchten auf, und sie schlossen sich ihnen an. In einer größeren Gruppe, die sich eindeutig aus gesitteten, nüchternen Menschen zusammensetzte, ließ sich eine unangenehme Konfrontation mit der Polizei noch am ehesten vermeiden.

Kurz bevor sie das Tor erreichten, traf gerade ein Trupp von dreißig oder vierzig Polizisten Anstalten, in den Park einzumarschieren. Als die Ordnungshüter merkten, daß sie gegen den Strom der hinausdrängenden Menge nicht ankamen, begannen sie, mit ihren Schlagstöcken wahllos auf Frauen und Männer einzudreschen. Die Menschen machten auf dem Absatz kehrt und suchten im Innern des Parks Schutz.

Hughs Gedanken überschlugen sich. »Laß mich dich tragen«, sagte er dann zu Maisie.

Verwirrt sah sie ihn an, stimmte aber zu.

Er beugte sich nieder und hob sie hoch, einen Arm unter ihre Knie, den anderen um ihre Schultern gelegt. »Tu so, als wärst du in Ohnmacht gefallen«, sagte er. Maisie schloß die Augen und ließ sich schlaff in seine Arme sinken.

Hugh machte sich sofort auf den Weg zum Ausgang und stemmte sich gegen den Strom, wobei er immer wieder mit lauter, befehlsgewohnter Stimme: »Platz da! Bitte machen Sie Platz!« rief. Angesichts der offenbar besinnungslosen oder kranken Frau bemühten sich die Fliehenden, eine Gasse offenzuhalten, so daß sich Hugh binnen kurzem der Phalanx der anstürmenden Polizisten gegenübersah, die genauso in Panik geraten waren wie die Parkbesucher. Hugh schrie einen Polizisten an: »Zur Seite, Wachtmeister! Lassen Sie die Dame durch!« Der Mann sah ihn alles andere als freundlich an, so daß Hugh im ersten Moment schon glaubte, sein Täuschungsmanöver sei aufgeflogen. Doch da rief von irgendwoher ein höherer Offizier: »Lassen Sie den Herrn durch!« Hugh ging unbehelligt weiter, ließ die Polizisten hinter sich und durchschritt das Tor. Sie hatten es geschafft!

Maisie öffnete die Augen, und Hugh lächelte sie an. Es gefiel ihm, sie so in den Armen zu halten, und er hatte es nicht eilig, seine Last loszuwerden. »Alles in Ordnung?«

Maisie nickte, obwohl Hugh glaubte, in ihren Augen Tränen erkennen zu können. »Laß mich runter.«

Er stellte sie sanft auf den Boden und umarmte sie. »Du brauchst nicht zu weinen, es ist alles vorbei.«

Sie schüttelte den Kopf. »Es ist nicht die Randale«, sagte sie. »Schlägereien habe ich schon öfter erlebt. Aber zum erstenmal in meinem Leben hat mich jemand beschützt. Bisher mußte ich immer auf mich selbst aufpassen. Das ist eine ganz neue Erfahrung für mich.«

Hugh wußte nicht, was er darauf antworten sollte. Alle Mädchen, die er bisher kennengelernt hatte, gingen davon aus, daß Männer sie automatisch beschützen würden. Das Zusammensein mit Maisie war eine fortwährende Offenbarung.

Hugh sah sich nach einer Droschke um, doch es ließ sich weit und breit keine blicken. »Ich fürchte, wir müssen zu Fuß gehen«, sagte er.

»Ich war erst elf, da bin ich vier Tage lang nach Newcastle marschiert. Ich glaube, ich schaff's auch von Chelsea nach Soho.«

Um seinen knappen Monatswechsel aufzubessern, hatte Micky
Miranda bereits im Internat in Windfield mit dem Falschspielen
begonnen. Die Tricks, die er selbst erfunden hatte, waren ziemlich
simpel, aber doch gut genug, um Schuljungen übers Ohr zu
hauen. Danach, zwischen Schulabschluß und Universität, war er
nach Hause gereist und hatte auf der langen Überfahrt versucht,
einen anderen Passagier auszunehmen, der sich als professioneller
Kartenbetrüger erwies. Mickys Bemühungen amüsierten ihn. Er
nahm ihn unter seine Fittiche und brachte ihm alle Grundlagen
seines Handwerks bei.

Bei hohen Einsätzen war das Betrügen am gefährlichsten. Ging
es nur um Pennybeträge, kamen die Mitspieler gar nicht erst auf
den Gedanken, es könne Betrug im Spiel sein. Das Mißtrauen
wuchs mit der Höhe der Einsätze.

An diesem Abend ging es um alles oder nichts: Wurde Micky
erwischt, so war nicht nur sein Plan, Tonio in den Ruin zu treiben,
gescheitert. Betrug beim Kartenspiel galt in England als das
schlimmste Verbrechen, dessen sich ein Gentleman schuldig machen konnte: Seine Clubs forderten ihn zum Austritt auf; seine
Freunde ließen sich verleugnen, wenn er sie besuchen wollte, und
begegnete man ihm auf der Straße, wechselte niemand mehr ein
Wort mit ihm. Micky waren nur wenige Fälle bekannt, bei denen
tatsächlich ein Engländer erwischt worden war, und immer hatte
der Übeltäter das Land verlassen und in einer unzivilisierten fernen Kolonie wie Malaya oder Hudson Bay noch einmal von vorne
beginnen müssen. Mickys eigenes Schicksal in diesem Fall war
vorgezeichnet: Er würde nach Cordoba zurückkehren, fortan die
Schikanen seines älteren Bruders erdulden und den Rest seines
Lebens als Rinderzüchter verbringen müssen. Allein der Gedanke
daran erregte Übelkeit in ihm. Lief heute abend jedoch alles nach
Plan, so winkte ein Lohn, dessen Auswirkungen nicht weniger
dramatisch waren als die Risiken.

Er tat es nicht nur Augusta zuliebe, obwohl es eines seiner Haupt-
motive war – schließlich sicherte sie sein Entrée in die Gesellschaft der Reichen und Mächtigen Londons. Er tat es außerdem,
weil er Tonios Posten haben wollte.

Papa hatte gesagt, daß er in Zukunft von zu Hause kein Geld mehr bekommen würde. Er mußte also selbst etwas verdienen. Tonios Stelle war geradezu ideal. Obwohl nur mit wenig Arbeit verbunden, würde sie ihm, Micky, das Leben eines Gentleman ermöglichen. Zudem war sie eine gute Ausgangsposition für höhere Stufen auf der Karriereleiter. Langfristig war sogar der Botschafterposten drin. Und habe ich erst einmal den, dachte Micky, brauche ich mich nirgendwo mehr zu verstecken. Selbst mein Bruder wird es dann nicht mehr wagen, verächtlich auf mich herabzusehen.

Micky, Edward, Solly und Tonio dinierten im Cowes, ihrem Lieblingsclub. Schon gegen zehn Uhr saßen sie alle im Spielzimmer. Zwei andere Spieler aus dem Club, die von den hohen Einsätzen gehört hatten, schlossen sich ihnen am Bakkarattisch an: Captain Carter und Vicomte Montagne. Montagne war ein Trottel, Carter dagegen ein ziemlich harter Brocken. Den muß ich im Auge behalten, dachte Micky.

Etwa dreißig Zentimeter vom Rand der Tischplatte entfernt war eine durchgehende weiße Linie aufgemalt. Außerhalb dieser Umrandung hatte jeder Spieler einen Stapel Goldsovereigns vor sich liegen. Sobald das Geld die Linie überschritt, galt es als gesetzt.

Den ganzen Tag über hatte Micky so getan, als spräche er intensiv dem Alkohol zu. Beim Lunch hatte er seine Lippen mit Champagner befeuchtet, den Inhalt des Glases jedoch heimlich ins Gras gekippt. Im Zug, auf der Rückfahrt nach London, nahm er mehrfach die Flasche, die Edward ihm darbot, hielt den Flaschenhals jedoch jedesmal mit der Zunge verschlossen. Beim Abendessen hatte er sich ein wenig Claret eingeschenkt und das Glas zweimal nachgefüllt, ohne auch nur einen einzigen Schluck zu trinken. Jetzt bestellte er sich unbemerkt ein Ginger Ale, ein Bier, das wie Brandy mit Soda aussah. Die raffinierten Kartentricks, mit denen er Tonio Silva erledigen wollte, traute er sich nur nüchtern zu. Nervös leckte er sich die Lippen, konzentrierte sich und versuchte, die Ruhe zu bewahren.

Bakkarat war das Lieblingsspiel aller Falschspieler. Micky hielt es für möglich, daß es nur erfunden worden war, um entsprechend

Gerissenen die Chance zu geben, reichen Tölpeln das Geld aus
der Tasche zu ziehen.

Der erste Vorteil bestand darin, daß es sich um ein reines Glücksspiel handelte, das weder Können noch eine bestimmte Strategie
erforderte. Die Spieler erhielten jeweils zwei Karten und zählten
die Augen zusammen: Eine Drei und eine Vier ergaben sieben,
eine Zwei und eine Sechs acht Augen. Betrug die Summe mehr
als neun, so galt nur die letzte Ziffer: aus fünfzehn wurde fünf,
aus zwanzig null. Die höchste Augenzahl war neun.

Ein Spieler mit einer niedrigen Summe durfte eine dritte Karte
ziehen, die jedoch für alle sichtbar aufgedeckt werden mußte.

Der Bankhalter teilte nur drei Blatt aus: an die Spieler zu seiner
Linken und zu seiner Rechten sowie an sich selbst. Die Wetten
wurden entweder auf die linke oder die rechte Hand abgeschlos-
sen. Der Bankhalter zahlte für jedes Blatt, das höher war als sein
eigenes.

Der zweite große Vorteil des Bakkarats bestand aus Sicht des
Falschspielers darin, daß es mit mindestens drei Kartenspielen
gespielt wurde. Das hieß, daß der Betrüger ein viertes Spiel benutzen und bei Bedarf eine Karte aus seinem Ärmel ziehen konnte,
ohne sich darüber den Kopf zerbrechen zu müssen, ob einer der
anderen Spieler die gleiche Karte in der Hand hielt.

Die anderen waren noch damit beschäftigt, ihre Plätze zu wählen
und ihre Zigarren anzuzünden, da bat Micky den Kellner auch
schon um drei neue Päckchen Spielkarten. Als der Mann kurz
darauf zurückkam, händigte er wie selbstverständlich die Karten
Micky aus.

Wenn er das Spiel kontrollieren wollte, mußte Micky die Karten
verteilen, und da dies die Aufgabe des Bankhalters war, kam es
zuerst darauf an, Bankhalter zu werden. Dazu waren zwei Tricks
erforderlich: Er mußte das Abheben rückgängig machen und beim
Geben die oben liegende Karte sich selbst zuschanzen. Beides war
verhältnismäßig einfach, nur war er vor Aufregung innerlich fast
erstarrt. In dieser Verfassung konnte selbst der leichteste Trick
schiefgehen.

Er öffnete die versiegelten Päckchen. Die Karten waren immer

gleich geordnet: Oben lagen die Joker, unten das Pik As. Micky
nahm die Joker heraus und begann zu mischen. Die neuen Karten
waren glatt und sauber und schmeichelten seiner Haut. Nichts
war einfacher, als ein As vom Grund eines Kartenstapels nach
oben zu befördern. Worauf es ankam, war, daß das As nachher
beim Abheben oben blieb.

Er legte die Karten vor Solly, der rechts von ihm saß, auf den
Tisch und zog die Hand, ehe er den Stapel freigab, ein winziges
Stück zusammen, so daß die oberste Karte – Pik As – in seiner
Hand verborgen blieb. Solly hob ab. Micky nahm den Stapel
wieder an sich; das As lag wieder obenauf. Die Klippe beim Abhe-
ben war erfolgreich umschifft.

»Wer die höchste Karte zieht, übernimmt die Bank, ja?« Er bemühte sich um einen neutralen Tonfall, als wäre es ihm egal, ob
die anderen einverstanden waren oder nicht.

Zustimmendes Gemurmel war die Antwort.

Er verstärkte seinen Griff um den Kartenstapel, ließ das zuoberst
liegende As ein paar Millimeter zurückrutschen und teilte schnell
aus. Die anderen bekamen reihum jeweils die zweite Karte des
Stapels, bis er selbst an der Reihe war und sich das Pik As gab.
Alle Teilnehmer drehten die ihnen zugeteilte Karte um. Nur
Micky hatte ein As, also war er der Bankhalter.

Er zwang sich zu einem verhaltenen Lächeln. »Ich glaube, heute
abend wird mir das Glück gewogen sein«, sagte er.

Niemand ging auf die Bemerkung ein.

Micky ließ sich seine Erleichterung nicht anmerken und gab das
erste Blatt aus.

Tonio spielte links von ihm, ebenso wie Edward und Vicomte
Montagne. Rechts von ihm saßen Solly und Captain Carter.
Micky wollte an diesem Abend nicht gewinnen; es entsprach nicht
seinem Plan. Heute kam es nur darauf an, daß Tonio Silva verlor.

Eine Zeitlang spielte er fair und verlor ein wenig von Augustas
Geld. Die anderen entspannten sich und bestellten neue Drinks.
Als die Zeit reif war, zündete Micky sich eine Zigarre an.

In der Innentasche seines Fracks, gleich neben der Zigarrenschachtel, befand sich ein weiteres Kartenspiel. Es stammte aus demselben Papierwarengeschäft in der St. James's Street, bei dem auch der Club einkaufte, und war daher nicht von den anderen zu unterscheiden.

Micky hatte das zusätzliche Spiel so geordnet, daß ein siegreiches Blatt nach dem anderen folgte, also jeweils neun Augen ergab: Vier und Fünf, Neun und Zehn, Neun und Bube und so weiter. Die übrigen Karten, überwiegend Zehner und niedrige Karten, hatte er aussortiert und zu Hause gelassen.

Er steckte die Zigarrendose wieder in die Tasche, holte unter der Hand den präparierten Extrastapel hervor und nahm mit der anderen Hand den auf dem Tisch liegenden Stapel auf. Dann ließ er die neuen Karten unter den alten Stoß gleiten. Während sich die anderen ihre Brandys mit Soda mixten, mischte Micky Miranda die Karten auf seine Art, das heißt, er achtete sorgfältig darauf, daß zunächst eine Karte von unten nach oben kam. Auf diese folgten zwei beliebige, danach kam wieder eine von unten nach oben und zum Schluß folgten noch einmal zwei beliebige. Dann verteilte er die Karten: die erste an den Mitspieler zur Linken, die zweite an den zur Rechten. Die dritte gab er sich selbst. Jeder erhielt eine zweite Karte – und das siegreiche Paar gehörte Micky.

Beim nächstenmal teilte er Solly ein erfolgreiches Blatt zu und hielt sich auch in den nächsten Runden daran; konsequenterweise gewann Solly, während Tonio verlor. Das Geld, das er von Tonio einnahm, zahlte er Solly aus. Niemand schöpfte Verdacht gegen Micky, dessen Vorrat an Goldsovereigns mehr oder weniger unverändert blieb.

Tonio hatte zunächst den Löwenanteil seines nachmittäglichen Wettgewinns auf den Tisch gelegt, also annähernd hundert Pfund. Als diese auf ungefähr die Hälfte zusammengeschmolzen waren, erhob er sich, ging um den Tisch herum und sagte: »An dieser Seite klebt das Pech. Ich setz' mich neben Solly.«

Das wird dir auch nichts helfen, dachte Micky. Die linke Seite gewinnen und die rechte verlieren zu lassen war auch nicht schwieriger. Aber es machte ihn etwas nervös, daß Tonio von

»Pech« sprach. Nach Mickys Taktik sollte er sich nach wie vor als
der große Sieger fühlen – obwohl er inzwischen Geld verlor.

Ab und zu wich Tonio von seinem üblichen Wettverhalten ab,
indem er fünf oder zehn Sovereigns auf eine Hand setzte anstatt
nur zwei oder drei. In diesen Fällen ließ Micky ihn gewinnen,
worauf Tonio seine Gewinne einstrich und freudestrahlend verkündete: »Heut' hab' ich Glück, ich weiß es genau!« In Wirklichkeit wurde sein Geldvorrat immer kleiner.

Micky fühlte sich inzwischen sicherer. Während er mit flinken
Fingern die Karten manipulierte, studierte er den Gemütszustand
seines Opfers. Tonio sollte nicht nur blank sein, sondern mit gelie-
henem Geld weiterspielen. Er sollte Spielschulden machen, die er
nicht begleichen konnte. Nur dies garantierte seinen gesellschaftlichen Ruin.

Mit banger Erwartung beobachtete er, wie Tonio immer mehr
Geld verlor. Zwar hatte Tonio einen gewaltigen Respekt vor ihm
und ging normalerweise auf alles ein, was Micky ihm vorschlug,
doch ein Idiot war er nicht. Es bestand durchaus noch die Möglichkeit, daß er sich kurz vor dem Absturz noch besann und aus
dem Spiel ausstieg.

Als Tonios Geld schließlich fast aufgebraucht war, machte Micky
den nächsten Schritt. Er zog seine Zigarrendose heraus, öffnete
sie und sagte: »Die sind von zu Hause, Tonio. Magst du eine?«
Zu seiner Erleichterung ging Tonio auf das Angebot ein. Die Zigarre war ziemlich lang, so daß man eine gute halbe Stunde daran
zu rauchen hatte. Tonio würde nicht gehen, ehe sie aufgeraucht
war.

Micky steckte sich selbst eine Zigarre an und bereitete den Todesstoß vor.

Wenige Runden später war Tonio pleite. »Das war alles, was ich
heute nachmittag in Goodwood gewonnen habe«, sagte er bekümmert.

»Du solltest die Chance bekommen, es zurückzugewinnen«, sagte
Micky. »Pilaster leiht dir sicher hundert Pfund.«

Edwards Verblüffung war unverkennbar. Er hatte im Laufe des
Abends eine Menge Geld gewonnen, und ein stattlicher Haufen

Goldsovereigns lag vor ihm auf dem Tisch. Angesichts dieses Er-
folges hätte eine Weigerung kleinlich gewirkt, weshalb er nach
kurzem Zögern sagte: »Aber gewiß doch.«
Solly intervenierte: »Es wäre vielleicht besser, wenn du jetzt
Schluß machen würdest, Silva. Du hast den ganzen Tag gespielt
und nichts dafür bezahlt. Das ist doch auch schon was.«
Micky schalt Solly insgeheim einen gutmütigen Trottel. Wenn
Tonio sich jetzt vernünftig verhielt, war der ganze Plan beim
Teufel.
Tonio zögerte.
Micky hielt den Atem an.
Aber es lag nicht in Tonio Silvas Natur, sich beim Spielen vernünf-
tig zu verhalten. Er konnte der Versuchung einfach nicht widerste-
hen, und so ging Mickys Rechnung auf. »Na schön«, sagte er. »Ich
glaub', ich spiele weiter, bis ich mit der Zigarre fertig bin.«
Micky atmete unhörbar auf.
Tonio gab dem Ober einen Wink und bestellte Federhalter, Tinte
und Papier. Edward zählte hundert Goldsovereigns ab, und Tonio
unterschrieb den Schuldschein.
Das Spiel ging weiter. Micky geriet allmählich ins Schwitzen.
Konzentriert setzte er seine Manipulationen fort: Gelegentliche
große Gewinne hielten Tonio bei Laune, während er unter dem
Strich zusehends Geld verlor. Sein Vorrat war bereits auf fünfzig
Pfund geschrumpft, als er sagte: »Ich gewinne nur bei hohem
Risiko. Ich setze alles auf das nächste Blatt.«
Selbst im Cowes Club war das ein bemerkenswert hoher Einsatz.
Wenn Tonio verlor, war er ruiniert. Mehrere Clubmitglieder wur-
den aufmerksam und nahmen neben dem Tisch Aufstellung, um
das Spiel zu beobachten.
Micky teilte die Karten aus.
Er sah Edward an, der links von ihm saß. Edward schüttelte den
Kopf und gab ihm damit zu verstehen, daß er keine weitere Karte
haben wollte.
Solly zu seiner Rechten schüttelte ebenfalls den Kopf.
Micky drehte seine eigenen Karten um. Er hatte sich eine Acht
und ein As gegeben, also insgesamt neun Augen.

Edward drehte das linke Blatt um. Micky kannte die Karten nicht; er wußte zwar, was er selbst bekam, hatte den anderen jedoch beliebige Karten gegeben. Edward hatte eine Fünf und eine Zwei. Er und Captain Carter hatten ihr Geld verloren.

Solly drehte nun das Blatt um, auf das Tonio seine Zukunft gesetzt hatte.

Er hatte eine Neun und eine Zehn. Sie zählten zusammen neun. Das entsprach dem Ergebnis der Bank; es gab also weder einen Gewinner noch einen Verlierer. Tonio behielt seine fünfzig Pfund.

Micky unterdrückte einen Fluch.

Tonio soll die fünfzig Sovereigns liegen lassen, wo sie sind, dachte er und sammelte die Karten schnell ein. Mit einem spöttischen Unterton fragte er: »Willst du den Einsatz verringern, Silva?«

»Bestimmt nicht«, erwiderte Tonio. »Und nun gib endlich.«

Micky dankte seinem glücklichen Stern und verteilte die Karten. Auch diesmal gab er sich ein Siegerblatt.

Edward tippte auf seine Karten, was besagte, daß er eine Zusatzkarte wollte. Micky gab ihm eine Kreuz Vier und wandte sich an Solly.

Solly paßte.

Micky drehte seine Karten um – eine Fünf und eine Vier. Edwards Vier war bekannt. Er drehte die anderen Karten um – eine weitere Vier und einen wertlosen König, also insgesamt acht Augen. Edward hatte verloren.

Solly drehte eine Zwei und eine Vier um. Die rechte Seite hatte ebenfalls an den Bankhalter verloren.

Und Tonio war ruiniert.

Er erbleichte und sah aus, als wäre ihm körperlich übel. Er stammelte ein paar Worte, in denen Micky einen spanischen Fluch ausmachte.

Micky verkniff sich ein triumphierendes Grinsen und zog seinen Gewinn ein. Im gleichen Augenblick sah er etwas, das ihm den Atem raubte und seinen Herzschlag vor schierem Entsetzen zum Stocken brachte.

Auf dem Tisch lag viermal die Kreuz Vier.

Alle Beteiligten gingen davon aus, daß mit drei Kartensätzen gespielt wurde. Jedem, dem die vier identischen Vierer auffielen, würde sofort klar sein, daß dem Stapel weitere Karten beigemischt worden waren.

Genau darin lag das Risiko, daß diese Art der Falschspielerei barg. Allerdings war die Chance, daß vier gleiche Karten gleichzeitig offenlagen, sehr gering – etwa eins zu einhunderttausend.

Wenn die Regelwidrigkeit herauskam, war Micky ruiniert, nicht Tonio.

Zum Glück hatte bisher noch niemand etwas gemerkt. Da eine Folge gleicher Karten für den Spielverlauf bedeutungslos war, fiel die Unregelmäßigkeit nicht sofort ins Auge. Mickys Herz raste. Rasch nahm er die Karten auf. Gott sei Dank, dachte er, ich bin noch einmal davongekommen! Doch im gleichen Moment sagte Edward: »Moment mal – da lag viermal Kreuz Vier auf dem Tisch.«

Dieses Trampeltier, dachte Micky verbittert. Edward hatte lediglich laut gedacht. Von Mickys Plan hatte er natürlich nicht die geringste Ahnung.

»Unmöglich«, bemerkte Vicomte Montagne. »Wir spielen mit drei Spielen. Es gibt also nur dreimal die Kreuz Vier.«

»So ist es«, sagte Edward.

Micky zog an seiner Zigarre. »Du bist betrunken, Pilaster. Da war eine Pik Vier dabei.«

»Wirklich? Tut mir leid …«

»Wer kann so spät in der Nacht noch zwischen Pik und Kreuz unterscheiden?« fragte Vicomte Montagne.

Wieder dachte Micky: Glück gehabt, ich bin noch einmal davongekommen – und wieder erwies sich seine Hochstimmung als verfrüht.

»Schauen wir uns die Karten an«, sagte Tonio angriffslustig.

Mickys Herz schien aussetzen zu wollen. Die Karten der jeweils letzten Runde wurden auf einen Stapel gelegt, der, sobald die letzte Karte vergeben war, gemischt und neuerlich benutzt wurde. Die vier Kreuz Vieren befanden sich unter den ersten sieben Karten. Drehte sie jemand um, war Micky erledigt.

Verzweifelt sagte er: »Ich hoffe doch sehr, du ziehst meine Ehrlichkeit nicht in Zweifel.«

Das war, unter Gentlemen in einem Herrenclub, eine hochdramatische Herausforderung. Die Zeiten, da eine solche Frage unweigerlich zum Duell geführt hätte, waren noch nicht lange vergangen. An den Nachbartischen begann man aufzusehen und verfolgte gebannt den Gang der Ereignisse. Alle warteten auf Tonios Antwort.

Micky dachte fieberhaft nach. Er hatte behauptet, eine der Vieren sei nicht Kreuz, sondern Pik gewesen. Eine Pik Vier oben auf dem Stapel der abgelegten Karten hätte seine Behauptung bestätigt. Sie mußte nur irgendwie dorthin kommen. Wenn er Glück hatte, würde sich dann niemand mehr um die restlichen Karten des Stapels kümmern.

Aber woher sollte er so schnell eine Pik Vier nehmen? Es gab insgesamt drei. Die eine oder andere von ihnen mochte sich im Stapel mit den abgelegten Karten befinden, doch bestand durchaus die Möglichkeit, daß zumindest eine von ihnen in jenem Stapel war, mit dem sie gerade gespielt hatten. Und den hielt Micky in der Hand.

Es war seine einzige Chance.

Aller Augen waren auf Tonio gerichtet. Micky drehte den Stapel in seiner Hand um, so daß er die Karten erkennen konnte. Mit kaum wahrnehmbaren Daumenbewegungen schob er sie auseinander, bis von jeder einzelnen Karte eine Ecke sichtbar wurde. Während er nach außen hin so tat, als blicke er Tonio unverwandt ins Gesicht, behielt er gleichzeitig auch die Karten im Blickfeld, so daß er die Ziffern, Buchstaben und Symbole in den Ecken erkennen konnte.

Tonio ließ nicht locker. »Schauen wir uns die abgelegten Karten an«, sagte er.

Nun richteten sich die Blicke der Anwesenden auf Micky. Mit äußerster Konzentration setzte er seine Suche nach einer Pik Vier fort und hoffte inständig, es möge endlich eine erscheinen. Das Drama steuerte seinem Höhepunkt zu – und niemandem fiel in dieser Situation auf, was Micky tat. Die umstrittenen Karten befanden sich in dem Stoß, der auf dem Tisch lag; was Micky mit jenen Karten trieb, die er in der Hand hielt, war demnach scheinbar nebensächlich. Nur wer ihm ganz genau auf die Finger sah, hätte merken können, daß er den Stapel durchsuchte, und selbst dann wäre die böse Absicht nicht sofort erkennbar gewesen.

Er konnte sich nicht unbegrenzt auf seine Spielerehre berufen. Früher oder später würde einer der Anwesenden die Geduld verlieren, sich über die Gebote der Höflichkeit hinwegsetzen und den Stapel mit den abgelegten Karten aufnehmen. Um ein paar wertvolle Sekunden zu gewinnen, sagte er: »Wenn du nicht wie ein Mann verlieren kannst, solltest du vielleicht nicht spielen.« Er spürte, wie ihm auf der Stirn der Schweiß ausbrach, und fragte sich, ob er in seiner Hektik womöglich eine Pik Vier übersehen haben konnte.

»Nachsehen schadet ja nichts, oder?« sagte Solly versöhnlich.

Dieser verdammte Solly ... Er ist immer so gräßlich vernünftig.

Micky war dem Verzweifeln nahe.

Da endlich fand er eine Pik Vier.

Er ließ sie aus dem Stapel gleiten und bedeckte sie mit der Hand.

»Bitte sehr«, sagte er mit gespielter Unbekümmertheit, die in totalem Gegensatz zu seiner wahren Verfassung stand.

Es herrschte absolute Stille im Raum.

Micky legte die Karten, die er heimlich durchsucht hatte, auf den Tisch, nur die Pik Vier hielt er in der Handfläche verborgen. Dann griff er nach dem anderen Stoß und ließ die Vier darauf fallen. Er legte den Stoß vor Solly auf den Tisch und sagte: »Unter den ersten Karten befindet sich eine Pik Vier, das garantiere ich euch.«

Solly drehte die oberste Karte um. Alle erkannten die Pik Vier.

Sofort erhob sich ein angeregtes Gemurmel. Die Spannung war gewichen.

Micky hingegen litt noch immer Höllenqualen. Kam auch nur einer auf die Idee, die nächsten Karten ebenfalls umzudrehen, so flog der Schwindel doch noch auf.

»Damit wäre die Sache wohl erledigt«, sagte Vicomte Montagne.

»Und was mich betrifft, Miranda, so kann ich mich nur entschuldigen für alle eventuellen Zweifel an Ihrer Ehrlichkeit.«

»Nett von Ihnen«, erwiderte Micky.

Nun richteten sich aller Blicke auf Tonio. Er erhob sich mit verzerrtem Gesicht. »Ihr könnt mich mal«, sagte er und verließ den Raum.

Micky sammelte die Karten ein, die auf dem Tisch lagen. Niemand würde je die Wahrheit erfahren.

Seine Handflächen waren schweißnaß. Heimlich wischte er sie an seiner Hose ab. »Ich bedauere das Benehmen meines Landsmanns«, sagte er. »Wenn ich irgend etwas hasse, dann sind das diese Burschen, die nicht so Karten spielen können, wie es sich für einen Gentleman gehört.«

In den frühen Morgenstunden wanderten Maisie und Hugh durch die noch unfertigen neuen Vorstädte Fulham und South Kensington gen Norden. Die Nachtluft war inzwischen warm und schwül geworden, der Himmel bezog sich, und allmählich verschwanden die Sterne. Sie gingen Hand in Hand, obwohl ihre Handflächen von der Hitze schweißfeucht waren. Maisie war verwirrt und glücklich.

In dieser Nacht war etwas Seltsames geschehen. Sie begriff nicht, was es war, aber es gefiel ihr. Wenn in der Vergangenheit Männer sie geküßt und ihre Brüste berührt hatten, dann hatte sie das immer als Teil eines Geschäfts empfunden: Sie gab ihnen etwas als Ausgleich für das, was sie von ihnen brauchte. Diesmal war alles ganz anders. Sie hatte von ihm berührt werden *wollen* – und er war so höflich gewesen, daß er nichts tat, ohne zuvor dazu aufgefordert worden zu sein.

Beim Tanzen hatte es angefangen. Bis dahin war ihr nicht bewußt gewesen, daß dieser Abend einen radikal anderen Verlauf nehmen würde als die anderen Abende, die sie in der Gesellschaft junger Männer aus der Oberschicht verbracht hatte. Hugh war charmanter als die meisten anderen, gewiß, und er sah gut aus in seiner weißen Weste mit der Seidenkrawatte. Er war wirklich ein netter Junge – aber eben nicht mehr.

Dann, auf der Tanzfläche, waren ihr plötzlich andere Gedanken gekommen. Es wäre nett, ihn zu küssen, hatte sie sich gedacht, und später, als sie im Park spazierengingen und die anderen verliebten Pärchen um sich herum sahen, war aus der Vorstellung eine regelrechte Sehnsucht geworden. Für andere Männer waren das gemeinsame Abendessen und die Gespräche nichts weiter als öde Pflichtübungen, bevor sie zur Sache kamen. Sie konnten es kaum erwarten, ihre Begleiterin in einen dunklen Winkel zu bugsieren und anzugrapschen. Hugh dagegen war schüchtern und zurückhaltend gewesen.

In anderer Hinsicht wiederum war er alles andere als schüchtern und zurückhaltend. Während der Randale hatte er keinerlei Furcht gezeigt. Und nachdem man ihn zu Boden gestoßen hatte, bestand seine einzige Sorge darin, daß ihr nicht das gleiche geschehen möge. Hugh war aus anderem Holz geschnitzt als die Durchschnittsstutzer, soviel stand fest.

Als sie ihm schließlich klargemacht hatte, daß sie von ihm geküßt werden wollte, da war es wunderbar gewesen, herrlich, ganz anders als alle Küsse, die sie zuvor empfangen hatte. Und doch war Hugh weder geschickt noch erfahren – ganz im Gegenteil: Er war naiv und unsicher. Nur – warum hatte es ihr dennoch so viel Spaß gemacht? Und warum hatte sie sich plötzlich danach gesehnt, seine Hände auf ihren Brüsten zu spüren?

All diese Fragen quälten Maisie nicht, sie machten sie lediglich neugierig und faszinierten sie. Der gemeinsame Gang durch das nächtliche London gefiel ihr. Ab und an spürte sie ein paar Regentropfen in ihrem Gesicht, aber der drohende Wolkenbruch blieb aus. Es wäre schön, wenn er mich bald wieder küssen würde, dachte sie.

Sie erreichten Kensington Gore, wandten sich nach rechts und schlenderten südlich des Parks in Richtung Stadtmitte, wo Maisie wohnte.

Gegenüber einer riesigen Villa, deren Front von zwei Gaslaternen beleuchtet wurde, blieb Hugh stehen und legte ihr den Arm um die Schultern. »Das ist das Haus meiner Tante Augusta«, sagte er. »Hier wohne ich.«

Sie legte den Arm um seine Taille und starrte das Haus mit großen Augen an. Wie man wohl in solch einem Gebäude lebt? dachte sie und fragte sich, was sie mit so vielen Zimmern anstellen würde. Genügt es nicht, eine Schlafstatt zu haben und einen Herd, auf dem man sich etwas zu essen kochen kann? Gut, gegen den Luxus eines weiteren Zimmers, in dem man seine Gäste empfängt, ist sicher nichts einzuwenden ... Aber sonst? Maisie sah keinen Sinn darin, zwei Küchen zu haben oder zwei Wohnzimmer – schließlich konnte man sich nicht spalten und in mehreren Zimmern gleichzeitig aufhalten. Hugh und ich leben auf zwei verschiedenen Inseln, dachte sie. Uns trennt ein Ozean von Geld und Privilegien. Die Vorstellung war beunruhigend.

»Ich kam in einer Hütte zur Welt, in der es nur einen Raum gab«, sagte sie.

»Im Nordosten?«

»Nein, in Rußland.«

»Tatsächlich? ›Maisie Robinson‹ klingt nicht gerade sehr russisch.«

»Bei meiner Geburt hieß ich Miriam Rabinowicz. Nach unserer Ankunft in England haben wir unsere Namen geändert.«

»Miriam ...« sagte er sanft. »Der Name gefällt mir.« Er zog sie an sich und küßte sie. Maisies Bedenken verflüchtigten sich, und sie überließ sich ihren Gefühlen. Hugh war jetzt weniger zögerlich: Er wußte, was er wollte. Sie trank seine Küsse gierig, wie ein Glas kaltes Wasser an einem heißen Tag, und hoffte, er würde wieder ihre Brüste berühren.

Hugh enttäuschte sie nicht. Einen Augenblick später fühlte sie seine Hand zärtlich über ihre linke Brust gleiten, und die Brustwarze versteifte sich fast sofort. Seine Fingerspitzen berührten sie durch die Seide ihres Kleides. Daß sich ihre Lust so deutlich manifestierte, war Maisie peinlich; Hugh dagegen entflammte es nur noch mehr.

Nach einer Weile wollte sie seinen Körper fühlen. Ihre Hände schlüpften in seine Weste und strichen über seinen Rücken. Unter dem dünnen Baumwollhemd spürte sie seine warme Haut. Ich benehme mich wie ein Mann, dachte sie. Ob er etwas dagegen hat? Aber sie konnte nicht mehr aufhören. Es war einfach zu schön.

Und dann begann es zu regnen.

Es fing nicht leise an, sondern geschah schlagartig: Ein Blitz, unmittelbar gefolgt von einem Donner, und der Regen prasselte los. Als sie sich voneinander lösten, waren ihre Gesichter bereits naß.

Hugh nahm Maisie bei der Hand und zog sie mit sich. »Komm mit ins Haus, da sind wir sicher!« rief er.

Sie rannten über die Straße. Hugh führte sie die Treppen hinunter zum Keller, vorbei an einem Schild mit der Aufschrift *Dienstboteneingang*. Als sie die Tür erreichten, waren sie bis auf die Haut durchnäßt. Hugh schloß auf. Mit dem Zeigefinger auf den Lippen bat er sie, sich leise zu verhalten, und ließ sie eintreten.

Maisie zögerte einen winzigen Augenblick. Ich sollte ihn fragen, was er vorhat, dachte sie, aber der Gedanke verschwand ebenso schnell, wie er gekommen war.

Auf Zehenspitzen schlichen sie durch eine Küche, die so groß war wie eine kleine Kirche, und erreichten ein schmales Treppenhaus.

»Oben gibt es saubere Handtücher«, flüsterte Hugh ihr ins Ohr. »Wir benutzen die Hintertreppe.«

Maisie folgte ihm über drei lange Stiegen hinauf. Nach einer weiteren Tür standen sie auf einer Galerie. Hugh warf einen Blick in ein Zimmer, dessen Tür offenstand und in dem ein Nachtlicht brannte. In normaler Lautstärke sagte er: »Edward ist noch nicht zu Hause. Sonst wohnt hier niemand. Onkel und Tante haben ihre Räume ein Stockwerk tiefer, die Dienstboten schlafen ganz oben. Komm!«

Er führte sie in sein Schlafzimmer und drehte das Gaslicht auf. »Ich hole uns Handtücher«, sagte er und entfernte sich.

Maisie nahm ihren Hut ab und sah sich im Zimmer um. Es war überraschend klein und einfach möbliert: ein Einzelbett, eine Frisierkommode, ein schmuckloser Schrank, ein kleiner Schreibtisch. Sie hatte mit wesentlich mehr Luxus gerechnet – aber Hugh war eben ein »armer Verwandter«, und dieser Umstand spiegelte sich in seinem Zimmer wider.

Aufmerksam betrachtete sie seine Habseligkeiten. Er besaß zwei silbergefaßte Haarbürsten, in die die Initialen *T. P.* eingraviert waren – Erbstücke von seinem Vater. Er las ein Buch mit dem Titel *Das Handbuch des ehrlichen Kaufmanns.* Auf dem Schreibtisch stand ein gerahmtes Foto, das eine Frau und ein ungefähr sechs Jahre altes Kind zeigte. Maisie zog die Schublade des Nachtkästchens heraus. Eine Bibel lag darin und, darunter verborgen, ein anderes Buch: *Die Herzogin von Sodom.* Du spionierst, warf sie sich vor und schob die Schublade schnell und schuldbewußt wieder zu.

Mit einem großen Stapel Handtücher in den Armen kehrte Hugh zurück. Maisie nahm sich eines. Es hatte in einem Trockenschrank gelegen und war warm und weich. Dankbar vergrub Maisie ihr Gesicht darin. Jetzt weiß ich, was es bedeutet, reich zu sein, dachte sie: angewärmte Handtücher, wann immer man sie braucht. Sie trocknete sich die bloßen Arme und ihren Busen ab.

»Wer sind die beiden auf dem Foto da?« fragte sie Hugh.

»Meine Mutter und meine Schwester. Meine Schwester kam erst nach dem Tode meines Vaters zur Welt.«

»Wie heißt sie?«

»Dorothy. Ich nenne sie Dotty. Ich hab' sie furchtbar gern.«

»Wo leben sie?«

»In Folkestone, an der Küste.«

Maisie fragte sich, ob sie die beiden je kennenlernen würde.

Hugh zog den Schreibtischstuhl hervor und ließ sie Platz nehmen. Dann kniete er vor ihr nieder, zog ihr die Schuhe aus und trocknete ihr die Füße mit einem frischen Handtuch. Maisie schloß die Augen. Wie das weiche Handtuch über ihre Fußsohlen strich … Es war ein wunderbares Gefühl.

Ihr Kleid war klitschnaß, und sie schauderte. Hugh zog sich Mantel und Stiefel aus. Maisie wußte, daß sie nie trocken werden würde, solange sie das Kleid anbehielt. Was sie darunter anhatte, war durchaus geziemend. Zwar trug sie keinen Schlüpfer – das taten nur reiche Frauen –, aber immerhin einen langen Unterrock und ein Leibchen. Aus einem Impuls heraus stand sie auf, drehte Hugh den Rücken zu und sagte: »Kannst du mir das Kleid aufmachen?«

Sie spürte, wie seine Hände zitterten, als er an den Haken und Ösen herumfingerte, die ihr Kleid zusammenhielten. Sie war selber nervös, aber es gab jetzt kein Zurück mehr. Als er fertig war, bedankte sie sich und legte das Kleid ab.

Dann drehte sie sich um und sah ihn an.

Sein Gesichtsausdruck verriet eine rührende Mischung aus Verlegenheit und Begierde. Er stand da wie Ali Baba vor den Schätzen der vierzig Räuber. Irgendwie hatte sie sich vorgestellt, sie würde sich nun abtrocknen und das Kleid dann später, wenn es getrocknet war, wieder anziehen. Jetzt war ihr auf einmal klar, daß die Dinge einen anderen Verlauf nehmen würden, und sie war froh darüber.

Sie legte ihre Hände auf Hughs Wangen, zog seinen Kopf zu sich herab und küßte ihn. Diesmal öffnete sie die Lippen und rechnete damit, daß er dasselbe tun würde, doch er reagierte darauf gar nicht. Maisie merkte, daß er noch nie so geküßt hatte. Sie kitzelte seine Lippen mit ihrer Zungenspitze und spürte, daß er darüber erschrak, es aber nichtsdestoweniger sehr erregend fand. Einen Augenblick später öffnete er seinen Mund ein wenig, und seine Zunge erwiderte scheu den Kuß. Sein Atem ging auf einmal heftiger.

Es dauerte nicht lange, da unterbrach er den Kuß und versuchte, den obersten Knopf ihres Leibchens zu öffnen. Als seine Bemühungen erfolglos blieben, packte er das Kleidungsstück mit beiden Händen und riß es auf, so daß die Knöpfe nach allen Seiten flogen. Seine Hände umfaßten ihre nackten Brüste, und er schloß die Augen und stöhnte auf.

Maisie hatte das Gefühl, ihr Inneres zerfließe. Sie wollte mehr, mehr – jetzt und immerdar.

»Maisie ...« sagte er.

Sie sah ihn an.

»Ich will ...«

Sie lächelte. »Ich auch.«

Sie fragte sich, woher ihre Worte gekommen waren. Sie hatte ge-
sprochen, ohne zu denken. Aber sie hatte nicht die geringsten
Zweifel. Sie wollte ihn – wollte ihn mehr als alles, was sie in ihrem
Leben je begehrt hatte.

Er strich ihr übers Haar. »Ich habe es noch nie getan«, sagte er.

»Ich auch nicht.«

Er starrte sie an. »Ich dachte ...« Er sprach nicht weiter.

Plötzlicher Ärger durchzuckte sie, aber es gelang ihr, sich zu beherrschen. Es ist meine eigene Schuld, dachte sie, wenn er mich
für ein leichtes Mädchen hält. »Legen wir uns hin«, schlug sie
vor.

Er seufzte glücklich und sagte: »Bist du dir auch ganz sicher?«

»Ob ich mir sicher bin?« wiederholte sie. Es war nicht zu fassen.
Unter den Männern, die sie kannte, war nicht einer, der ihr diese
Frage gestellt hätte. An ihre, Maisies, Gefühle, hatte nie einer
gedacht. Sie nahm Hughs Hand und küßte die Innenseite. »Wenn
ich mir bisher nicht sicher war, so bin ich es jetzt.«

Sie legten sich auf das schmale Bett. Die Matratze war hart, das
Laken angenehm kühl. Er legte sich neben sie und fragte: »Und
jetzt?«

Sie näherten sich den Grenzen ihrer bisherigen Erfahrungen, aber
Maisie wußte trotzdem Bescheid.

»Faß mich an!« sagte sie. Er berührte sie vorsichtig durch ihr
Unterkleid. Plötzlich war sie ungeduldig. Sie zog ihren Unterrock
hoch und drückte seine Hand auf ihre Scham.

Er streichelte sie, bedeckte ihr Gesicht mit heißen, schnellen Küssen. Maisie wußte von der Gefahr einer Schwangerschaft, aber sie
konnte sich nicht darauf konzentrieren. Sie verlor die Kontrolle
über sich selbst. Die Lust war zu groß und zu heftig, als daß sie
noch hätte klar denken können. Bis hierhin und nicht weiter gingen ihre bisherigen Erfahrungen mit Männern, und doch wußte
sie genau, was sie als nächstes wollte.

Sie brachte ihre Lippen an sein Ohr und flüsterte: »Steck deinen
Finger rein.«

Er tat es. »Es ist ja ganz feucht«, sagte er verwundert.

»Damit es für dich leichter ist.«

Seine Finger erforschten sie sanft. »Es kommt mir so ... klein vor.«

»Du mußt ganz vorsichtig sein«, sagte Maisie, obwohl ein Teil von ihr wollte, daß er sie wild und stürmisch nahm.

»Sollen wir es jetzt ... tun?«

Sie konnte es kaum noch erwarten. »Ja, bitte, schnell!«

Sie nahm wahr, daß er an seinen Hosen herumfummelte, dann lag er zwischen ihren Beinen. Sie fürchtete sich – oft genug hatte sie gehört, daß es beim erstenmal sehr weh tat. Aber die allumfassende Sehnsucht nach ihm schwemmte die Angst fort.

Sie spürte, wie er in sie eindrang und kurz darauf auf Widerstand stieß. Er drängte vorsichtig nach. Es tat ihr weh. »Hör auf!« sagte sie.

Er sah sie besorgt an. »Es tut mir leid ...«

»Das gibt sich. Küß mich!«

Er küßte ihre Lippen, erst zärtlich und sanft, dann leidenschaftlich. Sie legte die Hände um seine Taille, hob ihre Hüften ein wenig an und zog ihn an sich. Ein kurzer stechender Schmerz durchfuhr sie, und sie stieß einen Schrei aus. Dann gab irgend etwas in ihr nach, und sie spürte eine ungeheure Erleichterung. Sie entzog sich dem Kuß und sah Hugh ins Gesicht.

»Geht es dir gut?« fragte er.

Maisie nickte. »War ich laut?«

»Ja, aber ich glaube nicht, daß dich jemand gehört hat.«

»Hör nicht auf«, bat sie.

Er zögerte noch. »Maisie«, murmelte er. »Ist das ein Traum?«

»Wenn es einer ist, dann laß uns noch weiter träumen.« Sie bewegte sich unter ihm und führte ihn, die Hände auf seinen Hüften, und Hugh fügte sich ihrer Regie. Es erinnerte ihn an den gemeinsamen Tanz vor ein paar Stunden. Maisie gab sich ganz ihren Empfindungen hin. Ihr Atem ging schneller, und Hugh begann zu keuchen.

Und dann hörte sie, ganz in der Ferne und jenseits ihrer gemeinsamen Atemgeräusche, wie eine Tür aufging. Aber sie war so sehr hingerissen von Hugh und seinem Körper und von ihren eigenen Gefühlen, daß sie nicht darauf achtete.

Da ertönte plötzlich eine laute rauhe Stimme; die Stimmung zerbrach wie eine Fensterscheibe, die von einem Stein getroffen wird.

»Na, na, Hugh – was soll denn das?«

Maisie erstarrte.

Hugh stöhnte verzweifelt auf, und sie fühlte, wie sich sein heißer Samen in sie ergoß.

Am liebsten wäre sie in Tränen ausgebrochen.

Die hämische Stimme fuhr fort: »Was glaubst du eigentlich, wo du bist? In einem Bordell?«

»Hugh, bitte ... laß mich ...« flüsterte Maisie.

Er zog sich von ihr zurück und glitt vom Bett. In der Tür stand sein Vetter Edward. Er rauchte eine Zigarre und glotzte die beiden an. Rasch bedeckte Hugh Maisie mit einem großen Handtuch. Sie setzte sich auf und zog es bis zum Hals hinauf.

Edward grinste bösartig. »Wenn du mit ihr fertig bist, kann ich sie ja jetzt rannehmen, oder?«

Hugh wickelte sich ein Handtuch um die Taille. Nur mühsam gelang es ihm, seine Wut im Zaum zu halten. »Du bist betrunken, Edward«, sagte er. »Geh in dein Zimmer, bevor du etwas vollkommen Unentschuldbares von dir gibst.«

Edward ignorierte seine Bemerkung und ging auf das Bett zu. »Ach nee – Solly Greenbournes Püppchen! Aber keine Angst, wenn du schön lieb zu mir bist, verrat' ich ihm nichts.«

Maisie sah sofort, daß er es ernst meinte, und sie schauderte vor Ekel. Sie wußte, es gab Männer, die das Zusammensein mit einer Frau besonders erregte, wenn diese kurz zuvor mit einem anderen Mann geschlafen hatte – Aprils Vulgärausdruck für solche Frauen lautete »geschmierte Brötchen« –, und ihre Intuition sagte ihr, daß Edward zu diesen Männern gehörte.

Hugh schäumte vor Wut. »Raus hier! Verschwinde, du verdammter Idiot!« rief er.

Aber Edward ließ nicht locker. »Nun sei doch kein Spielverderber«, sagte er. »Sie ist schließlich bloß eine dreckige Hure.« Mit diesen Worten riß er Maisie das Handtuch fort.

Sie sprang auf der anderen Seite aus dem Bett und bedeckte sich mit den Armen. Aber es war nicht mehr nötig. Mit zwei schnellen

Schritten durchmaß Hugh das kleine Zimmer und versetzte Edward einen kräftigen Fausthieb auf die Nase. Sofort sprudelte Blut heraus, und Edward brüllte vor Schmerzen auf.

Von Edward ging nun keinerlei Gefahr mehr aus, aber Hughs Zorn war noch nicht gestillt. Er schlug noch einmal zu.

Edward schrie vor Angst und Schmerzen und stolperte blindlings zur Tür. Hugh setzte ihm nach und traf ihn noch mehrmals am Hinterkopf. »Laß mich!« kreischte Edward. »So hör doch auf, bitte!« Dann stolperte er über die Schwelle und fiel der Länge nach zu Boden.

Maisie folgte ihnen auf den Flur. Edward lag ausgestreckt auf dem Boden, und Hugh saß auf ihm und schlug unablässig auf ihn ein. »Hugh, hör auf, du bringst ihn noch um!« rief sie und versuchte, ihm in den Arm zu fallen, doch Hugh war dermaßen in Rage, daß er sich nur mit größter Mühe bändigen ließ.

Sekunden später nahm Maisie aus dem Augenwinkel heraus eine Bewegung wahr. Sie sah auf und erblickte Hughs Tante Augusta. Sie stand in einem Morgenrock aus schwarzer Seide auf dem Treppenabsatz und starrte Maisie an. Im flackernden Licht der Gaslampe sah sie aus wie ein lüsternes Gespenst.

Ein merkwürdiger Ausdruck lag in Augustas Augen. Im ersten Moment konnte Maisie sich keinen Reim darauf machen. Dann aber begriff sie und hatte auf einmal Angst.

Es war ein Ausdruck des Triumphs.

Kaum hatte Augusta das nackte Mädchen erblickt, da spürte sie, daß sich ihr hier die Chance bot, Hugh Pilaster ein für allemal loszuwerden.

Sie erkannte Maisie sofort: Das war dieses Luder, das sie im Park beleidigt hatte, die sogenannte »Löwin«. Schon damals hatte sie die Möglichkeit in Betracht gezogen, daß dieses Biest Hugh eines Tages in größte Schwierigkeiten bringen könnte. Die Kopfhaltung dieser Person und ihr strahlender Blick verrieten Arroganz und Kompromißlosigkeit. Selbst jetzt noch, da sie eigentlich vor

Scham hätte in den Boden versinken müssen, stand sie aufrecht und splitterfasernackt vor ihr und erwiderte ungerührt Augustas Blick. Ihr Körper war phantastisch gebaut, klein, aber formvollendet, mit festen, runden Brüsten und krausem sandbraunem Haar unterhalb des Nabels. Ihr Blick war derart hochmütig, daß Augusta sich beinahe selbst wie ein Eindringling vorkam. Doch wie auch immer – diese Frau besiegelte Hughs Schicksal.

In Augustas Gehirn wollte schon ein Plan Gestalt annehmen, als sie unversehens Edward erblickte, der mit blutverschmiertem Gesicht auf dem Boden lag.

Urplötzlich waren all die alten, längst überwunden geglaubten Ängste wieder da. Augusta war auf einmal dreiundzwanzig Jahre jünger, und wieder lag ihr Baby im Sterben. Blinde Panik ergriff sie. »Teddy!« kreischte sie. »Was ist mit meinem Teddy passiert?« Sie fiel neben Edward auf die Knie und schrie: »Sag doch etwas! Sprich mit mir!« Eine unerträgliche Furcht bemächtigte sich ihrer – genau wie damals, als das Baby von Tag zu Tag immer magerer wurde und die Ärzte ihr nicht sagen konnten, woran es lag.

Edward setzte sich auf und stöhnte.

»So sag doch etwas!« flehte sie ihn an.

»Nenn mich nicht immer Teddy«, sagte er.

Der schlimmste Schrecken war vorüber. Der Junge war bei Bewußtsein und konnte sprechen. Aber seine Stimme war belegt, und seine Nase schien verrutscht zu sein. »Was ist geschehen?« fragte sie.

»Ich hab' Hugh mit seiner Hure im Bett erwischt«, stammelte Edward, »und da hat er einfach durchgedreht.«

Augusta bezwang ihre Angst und die aufkeimende Wut. Zärtlich berührte sie Edwards Nase. Er heulte kurz auf, ließ es aber zu, daß sie vorsichtig zudrückte. Es ist nichts gebrochen, dachte sie; die Nase schwillt bloß an.

Sie hörte die Stimme ihres Ehemanns: »Was, zum Teufel, geht hier vor?«

Augusta erhob sich. »Hugh hat Edward geschlagen«, sagte sie.

»Wie geht es dem Jungen?«

»So einigermaßen.«

Joseph Pilaster wandte sich an Hugh. »Verdammt nochmal, Hugh, was ist denn in dich gefahren?«

»Der dämliche Trottel hat es nicht anders gewollt«, erwiderte Hugh trotzig.

Richtig so, Hugh, dachte Augusta, mach die Sache nur noch schlimmer. Und komm vor allem nicht auf die Idee, dich zu entschuldigen. Mir kann's nur recht sein, wenn der Zorn deines Onkels möglichst lange anhält ...

Josephs Aufmerksamkeit war allerdings schon abgelenkt. Unruhig glitten seine Blicke hin und her – zwischen den beiden Streithähnen und dem nackten Frauenkörper. Augusta spürte einen Stich Eifersucht.

Das machte sie ruhiger. Edward war nicht ernsthaft in Gefahr. Sie begann fieberhaft nachzudenken. Es galt, die Situation bestmöglich zu nutzen. Hugh war nun ohne jeglichen Schutz; sie konnte mit ihm machen, was sie wollte. Das Gespräch mit Micky Miranda fiel ihr ein: Hugh mußte zum Schweigen gebracht werden, weil er zuviel über den Tod von Peter Middleton wußte. Jetzt war der Augenblick für den entscheidenden Schlag gekommen.

Zunächst einmal muß ich ihn von diesem Mädchen trennen, dachte sie.

Das Hauspersonal war inzwischen aufgewacht. In ihren Nachtgewändern standen die Leute im Gang, der zur Hintertreppe führte. Erschrocken, aber auch fasziniert, beobachteten sie die Szenerie. Augusta erkannte Hastead, ihren Butler. Er trug einen Morgenmantel aus gelber Seide, den Joseph vor einigen Jahren ausgemustert hatte. Williams, ein anderer Diener, war im gestreiften Nachthemd erschienen. »Hastead und Williams, bringen Sie Mr. Edward zu Bett!« befahl sie, worauf die beiden Männer diensteifrig herbeieilten und Teddy wieder auf die Füße stellten.

Dann wandte sich Augusta an ihre Wirtschafterin: »Mrs. Merton, bedecken Sie dieses Mädchen mit einem Leintuch oder etwas anderem, führen Sie sie in mein Zimmer und sorgen Sie dafür, daß sie sich anzieht.« Mrs. Merton streifte ihren eigenen Morgenrock ab und legte ihn dem Mädchen um die Schultern. Maisie bedeckte

ihre Blöße und zog ihn zu, machte aber keine Anstalten, das Feld
zu verlassen.

»Hugh, lauf du zu Dr. Humbold in der Church Street. Es kann
nicht schaden, wenn er sich die Nase des armen Edward einmal
ansieht.«

»Ich lasse Maisie nicht im Stich«, sagte Hugh.

»Du bist für den Schaden verantwortlich«, erwiderte Augusta
scharf. »Den Arzt zu holen ist das mindeste, was du tun
kannst.«

»Hol den Arzt, Hugh«, sagte Maisie. »Ich komm' schon klar. Ich
warte, bis du zurückkommst.«

Noch immer hielt Hugh die Stellung.

»Hier entlang, bitte!« sagte Mrs. Merton und wies auf die Hintertreppe.

»Ach, ich glaube, wir benutzen lieber die Haupttreppe«, antwortete Maisie, überquerte wie eine Königin die Galerie und schritt
die Stufen hinab. Mrs. Merton folgte ihr.

»Hugh?« sagte Augusta.

Es entging ihr nicht, daß er immer noch zögerte. Aber ihm fiel
offensichtlich kein plausibler Weigerungsgrund mehr ein. Im
nächsten Moment sagte er: »Ich muß mir die Schuhe anziehen.«

Augusta verbarg ihre Erleichterung. Sie hatte die beiden voneinander getrennt. Wenn ihre Glückssträhne anhielt, so war Hughs
Schicksal in Kürze besiegelt. Sie wandte sich an ihren Gatten.

»Laß uns in dein Zimmer gehen und über diese Angelegenheit
sprechen.«

Sie gingen die Treppe hinunter und begaben sich in sein Schlafzimmer. Kaum war die Tür hinter ihnen geschlossen, nahm Joseph sie in die Arme und küßte sie. Augusta merkte sofort, daß
er mit ihr schlafen wollte.

Das war ungewöhnlich. Sie schliefen ein- oder zweimal in der
Woche miteinander, wobei jedoch die Initiative stets von ihr ausging: Sie kam von sich aus in sein Zimmer und legte sich in sein
Bett. Augusta betrachtete die körperliche Liebe als Teil ihrer ehelichen Pflicht, die darin bestand, ihm das Leben angenehm zu

gestalten. Allerdings legte sie Wert darauf, die Zügel in der Hand zu behalten, und hatte es ihm daher abgewöhnt, sie in ihrem eigenen Schlafzimmer aufzusuchen. Zu Beginn ihrer Ehe war er weniger fügsam gewesen. Er hatte darauf bestanden, sie zu nehmen, wann immer er wollte, und eine Weile lang hatte sie sich verpflichtet gefühlt, ihm zu Willen zu sein. Doch inzwischen hatte sich Joseph ihren Vorstellungen angepaßt. Eine Zeitlang hatte er sie auch noch mit unanständigen Forderungen belästigt; er wollte sie bei eingeschaltetem Licht lieben oder beim Akt unter ihr liegen, ja er hatte von ihr sogar unaussprechliche Dinge verlangt, die mit dem Mund auszuführen gewesen wären. Augusta hatte sich all diesen Anträgen standhaft widersetzt, und mittlerweile hatte er es längst aufgegeben, sie damit zu behelligen.

Doch jetzt durchbrach er auf einmal die gewohnte Routine. Augusta kannte den Grund. Maisies nackter Körper, die festen jungen Brüste und das buschige sandbraune Kraushaar hatten ihn erregt. Die Erkenntnis stieß ihr übel auf. Sie schob ihn von sich.

Joseph sah sie böse an. Er soll auf Hugh böse sein, nicht auf mich, dachte sie und legte in einer versöhnlichen Geste die Hand auf seinen Arm. »Später«, sagte sie. »Ich komme später zu dir.«

Er nahm es hin. »In Hughs Adern fließt schlechtes Blut«, sagte er. »Das ist das Erbe meines Bruders.«

»Nach diesem Vorfall kann er unmöglich weiter bei uns wohnen bleiben«, sagte Augusta in einem Ton, der kaum Widerspruch zuließ, und Joseph versuchte es auch gar nicht erst.

»So ist es«, sagte er.

»Außerdem mußt du ihn entlassen«, fuhr sie fort.

Jetzt regte sich sein Eigensinn. »Ich darf dich bitten, dich mit Äußerungen, die die Bank betreffen, zurückzuhalten.«

»Joseph, er hat eine unglückliche Frau« – dies war der gängige Euphemismus für Prostituierte – »in dieses Haus gebracht und dich damit zutiefst beleidigt.«

Joseph wandte sich ab und setzte sich an seinen Schreibtisch. »Ich weiß, was er getan hat. Ich bitte dich nur, das, was hier in diesem Haus geschieht, strikt von den Angelegenheiten der Bank zu trennen.«

Augusta entschied sich für einen vorläufigen Rückzieher. »Wie du meinst. Ich bin sicher, du weißt selber am besten, was du zu tun hast.«

Es nahm ihm immer den Wind aus den Segeln, wenn Augusta unerwartet nachgab. »Ja, es ist wohl das beste, wenn ich ihn entlasse«, sagte er nach einer Pause. »Wahrscheinlich wird er wieder zu seiner Mutter nach Folkestone ziehen.«

Augusta war sich dessen nicht ganz sicher. Sie hatte noch keine Strategie entwickelt und sagte, was ihr gerade in den Sinn kam: »Und womit wird er sein Geld verdienen?«

»Weiß ich nicht.«

Augusta merkte, daß sie einen Fehler begangen hatte. Als Arbeitsloser ohne vernünftige Beschäftigung, aber voller Ressentiments gegen jene, denen er seine mißliche Lage verdankte, wäre Hugh eher noch gefährlicher. David Middleton hatte ihn bisher noch nicht angesprochen – möglicherweise wußte er noch nicht, daß Hugh an jenem schicksalhaften Tag auch am Badesee gewesen war. Doch früher oder später würde er darauf kommen und sich an Hugh wenden. Sie wurde nervös und ärgerte sich über sich selbst. Ich hätte nicht so gedankenlos seine Entlassung fordern sollen, warf sie sich vor. Ob es möglich ist, Joseph noch einmal umzustimmen? Ich muß es versuchen ...

»Vielleicht sind wir ein wenig zu streng mit ihm«, sagte sie.

Joseph hob die Brauen. Der plötzliche Anflug von Milde überraschte ihn.

»Nun, du sagst doch immer, daß er das Zeug zu einem guten Bankier hat. Vielleicht ist es unklug, ein solches Talent fallenzulassen.«

»Augusta«, erwiderte Joseph unwirsch, »was willst du eigentlich? Kannst du mir bitte eine klare Antwort geben?«

Sie setzte sich auf einen niedrigen Stuhl neben dem Sekretär, ließ ihr Nachthemd ein wenig hochrutschen und streckte ihre immer noch sehr attraktiven Beine aus. Deren Anblick besänftigte Joseph sogleich wieder und lenkte ihn ab.

Augusta zermarterte sich das Gehirn nach einem rettenden Einfall. Plötzlich kam ihr eine Idee.

»Schick ihn doch ins Ausland«, schlug sie vor.

»Wie bitte?«

Je mehr sie darüber nachdachte, desto besser gefiel ihr die Idee. Im Ausland war Hugh für David Middleton nicht zu erreichen, blieb aber gleichzeitig in ihrer eigenen Einflußsphäre. »Schick ihn in den Fernen Osten oder nach Südamerika«, empfahl sie und hatte plötzlich Freude an der Vorstellung. »Schick ihn irgendwohin, wo sein schlechtes Benehmen keinen Schatten auf mein Haus wirft.«

Josephs Zorn auf sie war verflogen. »Das ist keine schlechte Idee«, sagte er nachdenklich. »Wir haben eine offene Stelle in den Vereinigten Staaten. Der alte Knabe, der unser Büro in Boston leitet, braucht einen Assistenten.«

Amerika wäre ideal, dachte Augusta voller Stolz auf ihre Geistesgegenwart.

Allerdings spielte Joseph momentan nur mit dem Gedanken. Ich muß ihn so weit bringen, daß er sich festlegt, dachte sie und sagte: »Schick ihn so schnell wie möglich fort. Ich möchte ihn hier in diesem Hause nicht mehr sehen.«

»Er kann noch heute vormittag seine Überfahrt buchen«, sagte Joseph. »Danach ist seine Anwesenheit hier in London nicht mehr erforderlich. Er kann dann meinetwegen nach Folkestone fahren, seiner Mutter Lebewohl sagen und dort bleiben, bis das Schiff in See sticht.«

Und es wird Jahre dauern, bis er David Middleton trifft, ergänzte Augusta befriedigt. »Sehr schön. Dann ist die Sache also klar.«

Gab es noch irgendwelche Haken? Sie dachte an Maisie. Ob Hugh sie wirklich mochte? Kaum, aber möglich war alles. Vielleicht war er nicht bereit, sich von ihr zu trennen. Auf jeden Fall stellte sie einen Unsicherheitsfaktor dar, der Augusta einiges Kopfzerbrechen bereitete. Hugh konnte doch unmöglich eine Dirne mit nach Boston nehmen. Andererseits bestand die Gefahr, daß er ohne sie London nicht verlassen würde. Ob es eine Möglichkeit gab, die Romanze im Keim zu ersticken? Nur zur Vorbeugung ...

Sie erhob sich und ging auf die Tür zu, die zu ihrem eigenen

Schlafzimmer führte. Joseph war seine Enttäuschung anzumerken. »Ich muß jetzt dieses Mädchen loswerden«, erkärte sie.
»Kann ich dir helfen?«
Mit dieser Frage hatte sie nicht gerechnet. Allgemein gehaltene Hilfsangebote entsprachen nicht Josephs Art. Er will die Hure nur noch mal anglotzen, dachte sie voller Ingrimm und schüttelte den Kopf. »Ich komme wieder. Geh jetzt zu Bett.«
»Wie du meinst«, erwiderte er zögernd.
Augusta begab sich in ihr Zimmer und schloß nachdrücklich die Tür hinter sich.
Maisie war inzwischen wieder angekleidet und steckte gerade ihren Hut auf dem Haar fest. Mrs. Merton war dabei, ein ziemlich auffälliges blaugrünes Kleid zusammenzulegen, und stopfte es in eine billige Tasche. »Ich habe ihr ein Kleid von mir geliehen, gnä' Frau«, sagte sie. »Ihr eigenes ist total durchnäßt.«
Damit war ein kleines Rätsel gelöst, das Augusta bislang irritiert hatte. Eine Hure ins Haus zu bringen – eine derart eklatante Dummheit paßte einfach nicht zu Hugh. Jetzt war ihr klar, wie es geschehen konnte. Sie waren von einem plötzlichen Unwetter überrascht worden. Hugh hatte das Frauenzimmer mitgenommen, damit es sich abtrocknen konnte. Und dann hatten die Dinge ihren Lauf genommen.
»Wie heißen Sie?« fragte Augusta, an das Mädchen gewandt.
»Maisie Robinson. Ihren Namen kenn' ich.«
Augusta spürte, daß sie Maisie Robinson haßte. Sie wußte nicht genau, warum: Das Mädchen war solch starker Gefühle kaum wert. Es mußte etwas mit der Art zu tun haben, wie Maisie sich gegeben hatte, als sie nackt auf der Galerie stand: dieser Stolz, diese wollüstige Üppigkeit, diese Ungebundenheit … »Ich nehme an, Sie wollen Geld«, sagte Augusta herablassend.
»Sie heuchlerische Kuh, Sie!« erwiderte Maisie. »Sie haben diesen stinkreichen, häßlichen Kerl bestimmt nicht aus reiner Liebe geheiratet!«
Das stimmte. Maisies Worte raubten Augusta den Atem. Sie hatte diese junge Frau unterschätzt und die Gesprächseröffnung verpatzt. Jetzt konnte sie zusehen, wie sie wieder aus der Klemme

kam. Von nun an mußte sie Maisie mit äußerster Vorsicht behandeln. Augusta wußte, daß sich ihr eine Gelegenheit von schicksalhafter Tragweite bot, die sie sich einfach nicht entgehen lassen durfte.

Sie schluckte hart und zwang sich zu einem neutralen Ton. »Wollen Sie sich nicht einen Augenblick setzen?« sagte sie und wies auf einen Stuhl.

Maisie sah sie überrascht an und zögerte kurz, ehe sie Platz nahm.

Augusta setzte sich ihr gegenüber.

Sie mußte das Mädchen dazu bringen, Hugh von sich aus aufzugeben. Der Hinweis auf mögliches Schweigegeld hatte Maisie erbost, weshalb Augusta sich scheute, das Angebot zu wiederholen. Mit Geld, dachte sie, komme ich bei dem Mädchen nicht weit – und mit Drohungen wahrscheinlich auch nicht.

Augusta wollte Maisie einreden, daß eine Trennung für sie und Hugh das beste wäre. Am ehesten läßt sich das erreichen, wenn das Mädchen von selbst darauf kommt, dachte sie. Ich werde also zunächst einmal genau gegensätzlich argumentieren ...

»Wenn Sie ihn heiraten wollen, kann ich Sie davon nicht abhalten«, sagte Augusta. Maisie konnte ihre Überraschung nicht verbergen, und Augusta gratulierte sich insgeheim dazu, daß sie das Mädchen überrumpelt hatte.

»Wie kommen Sie darauf, daß ich ihn heiraten will?« fragte Maisie.

Um ein Haar hätte Augusta laut aufgelacht und geantwortet: *Weil du nur hinter seinem Geld her bist.* Sie beherrschte sich jedoch und sagte: »Welches Mädchen würde ihn nicht gerne heiraten? Er ist eine angenehme Erscheinung, sieht gut aus und stammt aus einer bedeutenden Familie. Geld besitzt er zwar nicht, aber seine beruflichen Aussichten sind glänzend.«

Maisie kniff die Augen zusammen und erwiderte: »Das klingt ja fast, als *wollten* Sie, daß ich ihn heirate.«

Diesen Eindruck zu erwecken lag genau in Augustas Absicht. Aber sie mußte sehr behutsam vorgehen. Maisie war mißtrauisch und allem Anschein nach zu intelligent, um sich leicht übertölpeln zu lassen. »Bleiben wir auf dem Teppich, Maisie«, sagte sie. »Es tut mir leid, das aussprechen zu müssen, aber in den gesellschaftlichen Kreisen, in denen ich verkehre, dürfte es wohl keine einzige Frau geben, die darüber glücklich wäre, wenn ein männliches Mitglied ihrer Familie so tief unter seinem Stand heiratet.«

»Doch«, erwiderte Maisie ohne sichtbares Anzeichen von Erregung. »Vorausgesetzt, er ist ihr entsprechend verhaßt.«

Augusta fühlte sich ermutigt und spann ihren Faden weiter. »Aber ich hasse Hugh nicht«, sagte sie. »Wer hat Ihnen denn das erzählt?«

»Er selbst. Sie behandeln ihn wie einen ›armen Verwandten‹ und sorgen dafür, daß alle anderen es auch tun.«

»Undank ist der Welt Lohn. Und warum sollte mir daran liegen, seine Karriere zu zerstören?«

»Wegen Ihrem Dummkopf von Sohn. Weil Ihr Edward neben Hugh noch blöder wirkt, als er ohnehin schon ist.«

Eine Welle des Zorns überkam Augusta und drohte, sie mit sich zu reißen. Einmal mehr war Maisie der Wahrheit unangenehm nahegekommen. Es stimmte ja, daß Edward diese plebejische Gerissenheit fehlte, die Hugh auszeichnete. Aber anders als Hugh, der aus einem schlechten Stall kam, war Edward ein netter, wohlerzogener junger Mann. »Ich glaube, Sie sollten den Namen meines Sohnes aus dem Spiel lassen«, sagte sie leise.

Maisie grinste. »Ich habe offenbar ins Schwarze getroffen«, sagte sie und wurde sofort wieder ernst. »Jetzt weiß ich also, was Sie vorhaben«, setzte sie hinzu. »Aber da spiele ich nicht mit.«

»Was wollen Sie damit sagen?« fragte Augusta.

Auf einmal standen Tränen in Maisies Augen. »Ich mag Hugh viel zu sehr, als daß ich ihm sein Leben zerstören könnte.«

Augusta war von der Leidenschaftlichkeit dieses Ausbruchs angenehm überrascht. Trotz des mißglückten Auftakts entwickelten sich die Dinge in der gewünschten Richtung. »Was werden Sie tun?« fragte sie.

Maisie kämpfte mit den Tränen. »Ich werde mich nie mehr mit ihm treffen. Es mag Ihnen trotzdem gelingen, ihn zugrunde zu richten – aber nicht mit meiner Hilfe!«

»Er wird Sie vielleicht von sich aus suchen.«

»Ich werde einfach verschwinden. Er weiß nicht, wo ich wohne, und ich werde mich von allen Orten fernhalten, wo er mich suchen könnte.«

Ein guter Plan, dachte Augusta. Und du brauchst dich nur kurze Zeit daran zu halten, denn danach ist er im Ausland und wird frühestens in einigen Jahren zurückkehren – wenn überhaupt ... Doch sie hütete sich, das auszusprechen. Sie hatte Maisie erfolgreich zu der von ihr gewünschten Entscheidung gebracht. Weiterer Hilfe bedurfte das Mädchen nicht.

Maisie wischte sich mit dem Ärmel ihres Kleides die Tränen aus dem Gesicht und sagte: »Ich geh' jetzt besser – bevor er mit dem Arzt zurückkommt.« Sie erhob sich. »Vielen Dank, Mrs. Merton, daß Sie mir Ihr Kleid geborgt haben.«

Die Wirtschafterin öffnete ihr die Tür. »Ich führe Sie hinaus.«

»Können wir diesmal die Hintertreppe benutzen?« bat Maisie. »Ich will nicht ...« Sie hielt inne, schluckte heftig und fuhr nahezu im Flüsterton fort: »Ich möchte Hugh nicht mehr begegnen.«

Sie ging hinaus.

Mrs. Merton folgte ihr und schloß die Tür.

Augusta atmete erleichtert auf. Sie hatte es geschafft. In einer einzigen Nacht hatte sie Hughs beruflichen Aufstieg gebremst, Maisie Robinson neutralisiert und die Gefahr entschärft, die von David Middleton ausging. Maisie hatte sich als achtbare Gegnerin erwiesen, sich aber letztlich zu sehr von ihren Gefühlen leiten lassen.

Augusta kostete für einige Augenblicke still ihren Triumph aus und ging dann hinauf, um nach Edward zu sehen.

Ihr Sohn saß aufrecht im Bett und schlürfte Brandy aus einem Stengelglas. Seine Nase sah übel aus und war mit geronnenem Blut verschmiert. Er tat sich offenbar selber leid.

»Mein armer Junge«, sagte Augusta, ging zum Nachttisch und befeuchtete die Ecke eines Handtuchs. Dann setzte sie sich auf die Bettkante und wischte ihm das Blut von der Oberlippe. Er zuckte zusammen.

»Verzeihung!« sagte Augusta.

Edward lächelte. »Es geht schon, Mutter. Mach ruhig weiter. Es ist sehr beruhigend.«

Sie war noch dabei, ihn zu säubern, als Dr. Humbold das Zimmer betrat. Hugh folgte ihm auf dem Fuße. »Kleine Schlägerei gehabt, junger Mann, wie?« fragte der Arzt jovial.

Augusta fand die Bemerkung empörend. »Davon kann keine Rede sein«, sagte sie ungnädig. »Er wurde überfallen.«

Humbold war sichtlich zerknirscht. »Was Sie sagen, was Sie sagen«, stammelte er.

»Wo ist Maisie?« fragte Hugh.

Augusta wollte vor dem Arzt nicht über das Mädchen sprechen. Sie stand auf und nahm Hugh mit vor die Tür. »Sie ist gegangen.«

»Hast du sie fortgeschickt?« wollte Hugh wissen.

Der Ton, in dem er zu ihr sprach, mißfiel ihr, und sie fühlte sich versucht, ihn sich zu verbitten. Aber es brachte jetzt nichts, Hugh noch mehr zu verärgern: Ihr Sieg über ihn war vollkommen – nur wußte er das noch nicht. In versöhnlichem Ton sagte sie: »Hätte ich sie hinausgeworfen, so hätte sie dich doch sicher draußen auf der Straße abgepaßt, um es dir zu sagen – meinst du nicht auch? Nein, sie ist aus eigenem Entschluß gegangen. Sie will dir morgen einen Brief schreiben, hat sie gesagt.«

»Aber vorhin sagte sie, sie wolle hierbleiben, bis ich mit dem Arzt zurückkomme.«

»Dann hat sie eben ihre Meinung geändert. Das soll bei Mädchen ihres Alters gelegentlich vorkommen.«

Hugh war offensichtlich sehr bestürzt, doch wußte er nicht, was er noch sagen sollte.

»Zweifellos lag ihr sehr daran, sich so schnell wie möglich aus jener peinlichen Situation zu befreien, in die du sie gebracht hattest.«

Das war nicht ganz von der Hand zu weisen. »Wahrscheinlich hast *du* ihr die Hölle so heiß gemacht, daß sie es einfach nicht mehr aushielt«, sagte Hugh.

»Jetzt reicht es mir!« erwiderte Augusta streng. »Ich verbitte mir alle weiteren Kommentare von dir. Und noch etwas: Morgen früh will dein Onkel Joseph mit dir reden, noch bevor du zur Bank gehst. Gute Nacht.«

Einen Moment lang schien es, als wolle Hugh ihr widersprechen. Aber im Grunde gab es nichts mehr, was er hätte sagen können. »Meinetwegen«, murmelte er schließlich und verschwand in seinem Zimmer.

Augusta betrat wieder das Zimmer ihres Sohnes. Der Arzt klappte gerade sein Köfferchen zu. »Nichts Ernstes«, sagte er. »Die Nase wird ein paar Tage empfindlich sein, und vielleicht wird der junge Mann morgen ein blaues Auge haben. Aber in seinem Alter heilt das schnell.«

»Ich danke Ihnen, Herr Doktor. Hastead begleitet Sie hinaus.«

»Gute Nacht.«

Augusta beugte sich über Edward und gab ihm einen Kuß. »Gute Nacht, mein lieber Teddy. Und nun schlaf recht schön.«

»Ja, liebe Mutter. Gute Nacht.«

Nun hatte sie nur noch eine Aufgabe zu erfüllen.

Augusta stieg die Treppe hinunter und betrat das Zimmer ihres Gatten. Sie hatte gehofft, er wäre während des Wartens eingeschlafen, doch Joseph saß aufrecht im Bett und las die *Pall Mall Gazette*. Er legte die Zeitung sofort beiseite und hob einladend die Decke.

Kaum hatte sie sich neben ihn gelegt, da umarmte er sie auch schon. Erst jetzt fiel Augusta auf, daß der Morgen heraufdämmerte und es schon ziemlich hell im Zimmer war. Sie schloß die Augen.

Ohne viel Umstände drang er in sie ein. Sie legte die Arme um ihn und paßte sich seinen Bewegungen an. In ihrer Vorstellung war sie sechzehn Jahre alt und lag, einen Strohhut auf dem Kopf, im himbeerfarbenen Kleidchen am Ufer eines Flusses. Der junge Graf Strang küßte sie, und nur in ihrer Phantasie ließ er es dabei nicht bewenden, sondern hob ihre Röcke und liebte sie im heißen Sonnenschein, während das Wasser des Flusses ihre Füße umspielte ...

Als es vorbei war, blieb sie noch eine Weile neben Joseph liegen und dachte über den Sieg nach, den sie errungen hatte.

»Höchst ungewöhnliche Nacht«, murmelte Joseph schläfrig.

»Ja«, sagte Augusta, »dieses schlimme Mädchen.«

»Mmm«, grunzte er, »eine auffällige Erscheinung ... arrogant und willensstark ... Hält sich wohl für was Bess'res. Entzückend gebaut übrigens – so wie du in dem Alter.«

Augusta war tödlich beleidigt. »Joseph! Das ist ungeheuerlich! Wie kannst du so etwas sagen?«

Er gab keine Antwort, und Augusta sah, daß er eingeschlafen war.

Wütend schlug sie die Decke zurück, stieg aus dem Bett und stampfte aus dem Zimmer.

In dieser Nacht fand sie keinen Schlaf mehr.

Micky Miranda bewohnte zwei Zimmer in einem Haus in Camberwell, einer bescheidenen Vorstadt im Süden Londons. Keiner seiner Freunde aus der Oberschicht hatte ihn jemals dort besucht, nicht einmal Edward Pilaster. Micky spielte die Rolle des jungen Lebemanns mit äußerst knappen finanziellen Mitteln, und zu den Dingen, auf die er noch am leichtesten verzichten konnte, gehörte eine vornehme Unterkunft.

Die Hauswirtin, eine Witwe mit zwei erwachsenen Kindern, brachte um neun Uhr morgens Kaffee und heiße Brötchen. Beim Frühstück erklärte Micky seinem Papa, wie er Tonio dazu gebracht hatte, hundert Pfund zu verlieren, die er nicht zurückzahlen konnte. Er erwartete keine Lobeshymne von seinem Vater, hoffte aber doch auf so etwas wie eine bärbeißige Anerkennung seines Scharfsinns. Papa zeigte sich indessen überhaupt nicht beeindruckt. Er pustete in die Tasse und schlürfte vernehmlich seinen Kaffee. »Er geht also nach Cordoba zurück?«

»Jetzt noch nicht, aber bald.«

»Hoffst du. Soviel Theater, und doch kannst du nur *hoffen*, daß er gehen wird.«

Micky fühlte sich verletzt. »Heute besiegle ich sein Schicksal«, protestierte er.

»Als ich so alt war wie du ...«

»... hätte ich ihm die Kehle durchgeschnitten. Ich weiß, ich weiß. Aber wir befinden uns hier in London und nicht in der Provinz Santamaria. Wenn du hier anfängst, anderen Leuten die Kehle durchzuschneiden, endest du früher oder später am Galgen.«

»Manchmal hat man einfach keine andere Wahl.«

»Und manchmal wählt man besser die sanfte Lösung, Papa. Denk doch bloß an Samuel Pilaster und seine sentimentalen Vorbehalte gegen Waffengeschäfte. Ich hab' dafür gesorgt, daß er uns nicht mehr in die Quere kommt, nicht wahr? Ohne Blutvergießen.« In Wirklichkeit war es Augusta gewesen, aber das brauchte Papa nicht zu wissen.

Papas Zweifel waren noch nicht verflogen. »Ich weiß nicht«, sagte er. »Wann bekomme ich die Gewehre?«

Das war der wunde Punkt. Der alte Seth war immer noch am Leben und immer noch Seniorpartner des Bankhauses Pilaster. Es war August. Im September setzte in den Bergen von Santamaria die Schneeschmelze ein. Papa wollte nach Hause – natürlich *mit* seinen Waffen. Sobald Joseph Seniorpartner wurde, konnte Edward das Geschäft durchziehen und die Waffen auf die Reise schicken. Doch der alte Seth klammerte sich mit einer Hartnäckigkeit, die einen die Wände hochtreiben konnte, an sein Leben und an seinen Posten.

»Bald, Papa«, sagte Micky. »Lange macht es der alte Seth bestimmt nicht mehr.«

»Sehr gut«, erwiderte Papa mit dem selbstzufriedenen Blick eines Mannes, der in einem Streit die Oberhand behalten hat.

Micky schmierte sich ein Brötchen. So war es immer gewesen. Er konnte seinem Vater nichts recht machen, sosehr er sich auch bemühte.

Er dachte an die bevorstehenden Stunden. Tonio hatte nun Schulden, die er nie würde zurückzahlen können. Der nächste Schritt bestand darin, das Problem in eine Krise zu verwandeln. Edward und Tonio mußten dazu gebracht werden, sich in aller Öffentlichkeit zu befehden. Wenn das gelang, war Tonios Schande in aller Munde, und es blieb ihm nur eine Wahl: Rücktritt von seinem

Posten und Heimreise nach Cordoba. Dort war er auch für David Middleton so gut wie unerreichbar.

All dies wollte Micky erreichen, ohne daß es zu einer offenen Feindschaft zwischen ihm und Tonio kam. Denn er spekulierte auf Tonios Posten. Wenn Tonio ihn beim Gesandten anschwärzte, konnte es Schwierigkeiten geben. Micky aber wünschte sich das genaue Gegenteil: Tonio sollte ihm den Weg ebnen.

Die Situation wurde zusätzlich kompliziert durch ihre gemeinsame Vergangenheit. In der Schule hatte Tonio Micky gehaßt und gefürchtet. In jüngster Zeit hatte sich das Verhältnis dann etwas gewandelt: Tonio bewunderte Micky. Und nun mußte Micky Tonios bester Freund werden – während er doch gleichzeitig sein Leben ruinierte.

Micky grübelte noch über die Risiken nach, als jemand an die Zimmertür klopfte. Die Hauswirtin kündete einen Besucher an, und einen Augenblick später kam Tonio herein.

Micky hatte vorgehabt, nach dem Frühstück bei Tonio vorbeizuschauen. Das konnte er sich jetzt sparen.

»Setz dich und trink mit uns eine Tasse Kaffee«, forderte er Tonio fröhlich auf. »Pech gehabt gestern abend, nicht wahr? Aber so ist es nun mal beim Kartenspiel – wie gewonnen, so zerronnen.«

Tonio verbeugte sich vor Papa und nahm Platz. Er sah völlig übernächtigt aus. »Ich habe weit mehr verloren, als ich mir leisten kann«, sagte er.

Papa räusperte sich ungeduldig. Abgesehen davon, daß er für Leute, die sich selbst bemitleideten, keinerlei Geduld aufbrachte, verachtete er die Familie Silva ohnehin als feige Städter, die von Amtsmißbrauch und Korruption lebten.

Micky gab sich verständnisvoll und sagte bedächtig: »Das tut mir sehr leid für dich.«

»Du weißt, was das bedeutet. Hier in diesem Land gilt ein Mann, der unfähig ist, seine Spielschulden zu begleichen, nicht mehr als Gentleman. Und wer kein Gentleman ist, kann auch kein Diplomat sein. Ich werde wahrscheinlich meinen Posten aufgeben und nach Hause zurückkehren müssen.«

Genau so ist es, dachte Micky und sagte mit sorgenvoller Stimme:

»Ja, das ist das Problem.«

»Du weißt auch, wie die Leute in solchen Fällen reagieren: Wenn du nicht gleich am nächsten Tag zahlst, werden sie schon mißtrauisch. Doch ich brauche Jahre, um hundert Pfund zurückzuzahlen. Deshalb bin ich zu dir gekommen.«

»Ich verstehe nicht«, sagte Micky, obwohl er genau wußte, worauf Tonio hinauswollte.

»Gibst du mir das Geld?« bat Tonio. »Du bist kein Engländer, sondern du stammst aus Cordoba. Du verurteilst einen nicht gleich, weil man einmal einen Fehler gemacht hat. Und ich zahle dir später alles zurück.«

»Wenn ich das Geld hätte, würde ich es dir geben«, sagte Micky. »Ich wäre heilfroh, wenn ich so reich wäre.«

Tonio sah Papa an. Der blickte ihm ohne jede Gemütsbewegung in die Augen und sagte nur ein einziges Wort: »Nein.«

Tonio ließ den Kopf hängen. »Ich bin ein solcher Idiot, wenn's um Glücksspiele geht«, sagte er mit hohler Stimme. »Ich weiß einfach nicht, was ich tun soll. Wenn ich entehrt nach Hause komme, kann ich in meiner Familie niemandem mehr in die Augen sehen.«

Nachdenklich erwiderte Micky: »Vielleicht kann ich dir auf andere Weise helfen.«

Tonios Miene hellte sich auf. »O ja, bitte ...«

»Edward und ich sind gute Freunde, wie du weißt. Ich könnte bei ihm ein gutes Wort für dich einlegen, die Umstände erklären und ihn um Nachsicht bitten – um einen persönlichen Gefallen gewissermaßen.«

»Und das würdest du für mich tun?« Tonios Gesicht strahlte vor Hoffnung.

»Ich werde ihn bitten, auf sein Geld zu warten und niemandem von der Sache zu erzählen. Wohlgemerkt, ich kann dir nicht versprechen, daß er darauf eingeht. Die Pilasters haben Geld wie Heu, aber sie sind ein gewieftes Pack. Immerhin kann ich es versuchen.«

Tonio ergriff Mickys Hände. »Ich weiß nicht, wie ich dir danken soll«, sagte er begeistert. »Ich werde dir das nie vergessen.«

»Erhoff dir nicht zuviel ...«

»Ich kann nicht anders. Ich war völlig verzweifelt – und du zeigst mir einen Ausweg.« Und voller Scham fügte er hinzu: »Ich dachte heute früh ernsthaft daran, mich umzubringen. Als ich die London Bridge überquerte, hätte ich mich um ein Haar in den Fluß gestürzt.«

Papa ließ ein leises Grunzen vernehmen. Seiner Meinung nach wäre dies zweifellos die beste Lösung gewesen.

»Gott sei Dank hast du es dir noch einmal anders überlegt«, erwiderte Micky hastig. »Aber jetzt mache ich mich am besten auf den Weg zur Pilaster-Bank und rede mit Edward.«

»Wann sehen wir uns wieder?«

»Kannst du zum Lunch im Club sein?«

»Ja, natürlich, wenn es dir so paßt.«

»Also warte dort auf mich.«

»Gut.« Tonio erhob sich. »Ich lasse euch jetzt in Ruhe zu Ende frühstücken. Und ...«

Micky hob die Hand und gebot ihm Schweigen. »Keine vorzeitigen Dankesbezeugungen! Das bringt Unglück. Wart's ab, und drück mir die Daumen!«

»Ja, in Ordnung.« Wiederum verneigte sich Tonio vor Papa. »Auf Wiedersehen, Señor«, sagte er und verließ das Zimmer.

»Dummer Junge«, knurrte Papa.

»Vollidiot«, ergänzte Micky.

Er ging ins Nebenzimmer und legte seine Vormittagsgarderobe an: ein weißes Hemd mit steifem Stehkragen und gestärkten Manschetten, eine lederbraune Hose sowie eine Krawatte aus schwarzer Seide, die er mit großer Sorgfalt band, bis sie perfekt saß. Zum Schluß schlüpfte er in einen schwarzen doppelreihigen Gehrock. Seine Schuhe funkelten frisch gewichst, und Makassaröl ließ sein Haar glänzen. Micky kleidete sich stets elegant, aber konservativ. Nie wäre er auf die Idee gekommen, einen jener modischen neuen Umlegekragen oder ein dandyhaftes Monokel zu tragen. Die Engländer waren nur allzugern bereit, in jedem Ausländer einen ungehobelten Klotz zu sehen, weshalb Micky großen Wert darauf legte, ihnen keinen Vorwand dafür zu liefern.

Er überließ Papa für den Rest des Tages sich selbst und machte
sich auf den Weg.

Über die Brücke gelangte er ins Finanzzentrum der Stadt, das als
»die City« bezeichnet wurde, weil es über jener Quadratmeile
errichtet war, auf der einst die ursprüngliche römische Siedlung
gestanden hatte. In Höhe der St. Paul's Kathedrale war der
Verkehr völlig zum Erliegen gekommen: Kutschen, Pferdebusse,
Brauereigespanne, Droschken und die Karren der Gemüse- und
Fischhändler kämpften mit einer riesigen Schafherde, die zum
Fleischmarkt in Smithfield getrieben wurde, um jedes verfügbare
Fleckchen Boden.

Das Bankhaus Pilaster befand sich in einem großen neuen Gebäude mit breiter klassizistischer Fassade und einem imposanten, von massiven, kannelierten Säulen flankierten Portal. Wenige Minuten nachdem es zwölf geschlagen hatte, trat Micky
durch die großen Doppeltüren in die Schalterhalle. Obwohl Edward selten vor zehn Uhr zur Arbeit erschien, konnte man ihn
nach zwölf im allgemeinen problemlos zum gemeinsamen Mittagessen überreden.

Micky wandte sich an einen der Boten: »Bitte seien Sie so freundlich, und sagen Sie Mr. Edward Pilaster, daß Mr. Miranda da
ist.«

»Sehr wohl, Sir.«

Es gab keinen anderen Ort, an dem Micky die Pilasters mehr
beneidete als hier. Buchstäblich alles, selbst die geringste Kleinig-
keit, kündete von ihrer Macht und ihrem Wohlstand: der polierte
Marmorboden, die aufwendige Wandvertäfelung, die gedämpften
Stimmen, das Kratzen der Federkiele in den Geschäftsbüchern,
vor allem aber die überfütterten und aufgedonnerten Bankboten.
Die Hauptaufgabe der vielen in diesem weitläufigen Gebäude beschäftigten Menschen bestand im wesentlichen darin, das Geld
der Familie Pilaster zu zählen. Niemand in diesen heiligen Hallen
züchtete Rinder, beutete Salpetervorkommen aus oder baute
Schienenwege für die Eisenbahn – solcherlei Arbeiten wurden anderswo von anderen verrichtet. Die Pilasters sahen nur zu, wie
sich ihr Geld mehrte und mehrte. Einen schöneren Lebensstil

konnte Micky sich, da die Sklavenhaltung inzwischen abgeschafft war, nicht vorstellen.

Irgend etwas an der Atmosphäre in diesem Hause hatte allerdings einen falschen Beigeschmack. Es herrschte eine stille Würde und Feierlichkeit wie in einer Kirche, einem Präsidentenpalast oder einem Museum. Die Pilasters waren nichts als Geldverleiher, aber sie taten so, als handle es sich bei der Berechnung von Zinsen um eine edle Berufung wie das Priesteramt.

Nach kurzer Zeit erschien Edward – mit blauem Auge und blessierter Nase.

Micky zog die Brauen hoch. »Mein lieber Freund, was ist denn mit dir passiert?«

»Ich hab' mich mit Hugh geprügelt.«

»Weswegen?«

»Er hatte eine Hure ins Haus gebracht. Ich hab' ihn deswegen zur Rede gestellt, und da ist er ausgerastet.«

Aha, dachte Micky, vielleicht hat Augusta die Chance genutzt und Hugh rausgeworfen. »Und was ist mit Hugh?« fragte er.

»Den wirst du in der nächsten Zeit nicht zu Gesicht bekommen. Sie haben ihn nach Boston geschickt.«

Gutgemacht, Augusta, dachte Micky. Gar nicht übel, wenn sich die Probleme Hugh und Tonio an ein und demselben Tag lösen ließen. »Du siehst mir so aus, als könntest du eine Flasche Champagner und ein gutes Mittagessen vertragen«, sagte er.

»Glänzende Idee.«

Sie verließen die Bank und entfernten sich in westlicher Richtung. Es lohnte sich nicht, eine Droschke zu nehmen, denn da die Straßen noch immer von Schafen blockiert waren, kamen die Kutschen ohnehin nicht voran. Sie kamen am Fleischmarkt vorüber, dem Zielort der Herde. Der Gestank, der von den Schlachthöfen herüberdrang, war unerträglich ekelhaft. Durch eine Falltür wurden die Schafe in das unterirdische Schlachthaus geworfen. Beim Aufprall brachen sie sich die Beine und waren danach bewegungsunfähig, bis der Metzger kam und ihnen den Hals durchschnitt. Micky und Edward hielten sich ihre Taschentücher vors Gesicht.

»Das reicht, um einem ein für allemal den Appetit auf Hammel-
fleisch zu verderben«, meinte Edward.

Um dir den Appetit aufs Mittagessen zu verderben, reicht es noch
lange nicht, dachte Micky bei sich.

Nachdem sie die City hinter sich gelassen hatten, hielten sie eine
Droschke an und ließen sich zur Pall Mall fahren. Kaum war die
Kutsche angerollt, setzte Micky zu seinem vorbereiteten Plädoyer
an.

»Ich kann diese Kerle nicht ausstehen, die über die schlechten
Manieren anderer klatschen«, sagte er.

»Ja«, erwiderte Edward ins Blaue hinein.

»Nur, wenn Freunde davon betroffen sind, ist man doch mehr oder
weniger verpflichtet, den Mund aufzumachen.«

»Mmmm …« Edward hatte noch immer keine Ahnung, wovon
Micky überhaupt sprach.

»Und es wäre mir absolut zuwider, wenn du glauben würdest, ich
halte das Maul nur deshalb, weil er ein Landsmann von mir
ist.«

Nach einer kurzen Pause antwortete Edward: »Ich bin mir nicht
ganz sicher, ob ich verstehe, worauf du hinauswillst.«

»Ich rede von Tonio Silva.«

»Ach ja. Ich nehme an, er kann seine Schulden bei mir nicht
bezahlen.«

»Totaler Blödsinn. Ich kenne seine Familie. Die sind fast so reich
wie wir.« Die dreiste Lüge ging Micky leicht über die Lippen: Die
Londoner hatten keinen blassen Schimmer von den wirtschaft-
lichen Verhältnissen dieser oder jener Familie in Südamerika.

Edward reagierte überrascht: »Herr im Himmel! Ich dachte,
genau das Gegenteil wäre der Fall.«

»Ganz und gar nicht. Er kann sich solche Schulden leisten. Das
macht die Sache ja so schlimm.«

»Schlimm? Wie das?«

Micky gab einen schweren Seufzer von sich. »Ich fürchte, er hat
die Absicht, dir dein Geld einfach vorzuenthalten. Er läuft jetzt
überall herum und prahlt, du wärst nicht Manns genug, ihn zum
Zahlen zu bewegen.«

Edwards Gesicht rötete sich.

»Das sagt er? Nicht Manns genug? Teufel auch! Na, wart's ab, Bürschchen.«

»Ich habe ihn gewarnt und ihm gesagt, er solle dich ja nicht unterschätzen. Du läßt dich nicht zum Narren halten, habe ich gesagt. Aber er zog es vor, nicht auf meinen Rat zu hören.«

»So ein Halunke! Na schön, wenn er auf kluge Ratschläge nicht hören will, wird er die Tatsachen eben auf die harte Tour kennenlernen müssen.«

»Es ist eine Schande!« sagte Micky.

Edward schwieg. Er kochte vor Wut.

Auch am Strand kam die Droschke nur schrittweise voran. Micky wurde nervös und ungeduldig. Tonio mußte längst im Club sein, und Edward war genau in der richtigen streitbaren Verfassung. Alles verlief plangemäß.

Endlich hielt die Droschke vor dem Club. Micky wartete, bis Edward den Kutscher bezahlt hatte. Dann gingen sie hinein. Tonio begegnete ihnen bereits in der Garderobe, in einer dichten Traube von Clubmitgliedern, die hier ihre Hüte aufhängten.

Micky straffte sich. Er hatte alles arrangiert – jetzt konnte er nur noch die Daumen drücken und hoffen, daß das sorgfältig in Szene gesetzte Drama tatsächlich wie geplant über die Bühne ging.

Tonio entdeckte Edward und sah ihn verlegen an. »O Gott«, sagte er und fügte rasch hinzu: »Guten Tag, ihr beiden.«

Edwards Gesicht hatte sich tiefrosa verfärbt, und die Augen traten ihm aus den Höhlen.

»Sieh da, Silva«, sagte er.

Tonio starrte ihn angstvoll an.

»Was ist los, Pilaster?«

»Es geht um die hundert Pfund«, sagte Edward mit erhobener Stimme.

Es wurde mucksmäuschenstill im Raum. Einige Gentlemen drehten die Köpfe, und zwei oder drei, die im Gehen begriffen waren, blieben kurz vor der Tür stehen und wandten sich um. Es gehörte sich nicht, so laut über Geldangelegenheiten zu sprechen. Ein Gentleman, der auf sich hielt, tat so etwas nur in extremen Aus-

nahmefällen. Alle Anwesenden wußten, daß Edward Pilaster
mehr Geld besaß, als er ausgeben konnte. Daß er Tonios Schulden
in aller Öffentlichkeit erwähnte, mußte also andere Gründe haben. Die Umstehenden witterten einen Skandal.

Tonio erbleichte. »Ja?«

»Du gibst sie mir bitte heute zurück, wenn es dir nicht allzuviel
Umstände macht«, sagte Edward mit brutaler Offenheit.

Das war eine Herausforderung. Viele der Anwesenden wußten,
daß die Schulden tatsächlich existierten. An den Fakten ließ sich
also nicht herumdeuteln. War Tonio ein Gentleman, so gab es für
ihn nur eine Möglichkeit. Er mußte jetzt sagen: *Aber selbstverständlich. Wenn es dir so wichtig ist, bekommst du dein Geld sofort. Komm mit
nach oben, ich schreibe dir einen Scheck aus. Oder ist es dir lieber, wir gehen
zu meiner Bank gleich um die Ecke?* Sagte er dies nicht, so wußten
alle, daß er nicht zahlen konnte, und damit war der Stab über ihn
gebrochen.

Micky verfolgte die Szene mit fasziniertem Grauen. Zunächst beherrschte Panik Tonios Gesicht, und einen Augenblick lang fragte
sich Micky, ob er vielleicht durchdrehen würde. Dann verwandelte sich die Angst in Wut. Tonio öffnete empört den Mund, aber
die Worte blieben ihm im Halse stecken. Statt dessen breitete er
in einer flehentlichen Geste die Hände aus, aber auch diese Pose
währte nicht lange. Schließlich verzog sich seine Miene wie die
eines kleinen Kindes, das in Tränen auszubrechen droht. Und in
diesem Moment machte er kehrt und lief davon. Die beiden Männer, die an der Tür standen, wichen zurück. Ohne Hut stürmte
Tonio Silva durch die Lobby hinaus auf die Straße.

Micky triumphierte: Alles hatte perfekt geklappt.

Die Herren in der Garderobe hüstelten und traten von einem Bein
aufs andere, um ihre Verlegenheit zu verbergen. Ein älteres Club-
mitglied äußerte: »Das war ein bißchen hart, Pilaster.«

»Er hat's nicht anders verdient«, sagte Micky schnell.

»Gewiß, gewiß«, murmelte der ältere Herr.

»Ich brauch' jetzt einen Drink«, sagte Edward.

»Bestell mir auch einen Brandy, ja?« gab Micky zurück. »Ich
kümmere mich jetzt besser um Silva und passe auf, daß er sich

nicht unter einen Pferdebus wirft.« Und schon rannte er zur Tür
hinaus.

Nun kam der heikelste Teil seines Plans: Er mußte den Mann, den
er soeben ruiniert hatte, so weit bringen, daß er ihn, Micky Miranda, für seinen besten Freund hielt.

Tonio entfernte sich im Eilschritt in Richtung St. James' Palast.
Er achtete nicht auf den Weg und stieß wiederholt mit Entgegen-
kommenden zusammen. Micky rannte ihm nach und holte ihn
bald ein.

»Es tut mir furchtbar leid, Silva«, sagte er.

Tonio blieb stehen. Tränen liefen ihm die Wangen herunter. »Ich
bin erledigt«, stammelte er. »Es ist alles aus.«

»Pilaster hat einfach nicht mit sich reden lassen«, sagte Micky.
»Ich tat, was ich konnte ...«

»Ich weiß. Danke.«

»Spar dir deinen Dank. Ich habe versagt.«

»Du hast es immerhin versucht. Ich wollte, es gäbe eine Möglichkeit, mich erkenntlich zu zeigen.«

Micky zögerte und dachte nach. Soll ich es riskieren, ihn direkt
um seinen Posten zu bitten, jetzt und hier? Er entschied sich, aufs
Ganze zu gehen. »Da wäre tatsächlich etwas – aber darüber sollten wir ein andermal reden.«

»Nein, sag es mir gleich.«

»Nein, da käme ich mir gemein vor. Ich komme später mal darauf
zurück.«

»Ich weiß nicht, wie lange ich noch hier bin. Also raus mit der
Sprache.«

»Nun ...« Micky spielte den Verlegenen. »Ich denke doch, der
Gesandte wird sich irgendwann nach einem Ersatz für dich um-
schauen müssen.«

»Er wird sofort einen brauchen.« Tonio begriff, worum es ging.
Sein tränenverschmiertes Gesicht hellte sich auf. »Ja, natürlich –
du solltest den Posten bekommen! Du wärst die ideale Beset-
zung!«

»Wenn du vielleicht ein Wort für mich einlegen ...«

»Und ob ich das tun werde! Und nicht nur das. Ich werde dem

Gesandten berichten, wie du mir geholfen und dich bemüht hast, mich aus diesem selbstverschuldeten Schlamassel rauszuholen. Ich bin sicher, daß er dich nehmen wird.«

»Daß ich von deinen Schwierigkeiten profitieren soll, ist mir sehr unangenehm«, sagte Micky. »Ich benehme mich wie ein Schmarotzer.«

»Davon kann keine Rede sein.« Mit beiden Händen ergriff Tonio Mickys Rechte. »Du bist ein wahrer Freund.«

Hughs sechsjährige Schwester Dorothy legte seine Hemden zusammen und packte sie in den großen Reisekoffer. Sobald die Kleine im Bett war, würde Hugh sämtliche Hemden wieder herausnehmen und noch einmal neu falten müssen, denn Dorothys Bemühungen waren völlig unzulänglich. Dennoch lobte Hugh sie über den grünen Klee und ermunterte sie weiterzumachen.

»Erzähl mir noch was von Amerika!« bat sie.

»Amerika ist so weit weg, daß die Morgensonne vier Stunden braucht, bis sie dort ist.«

»Bleiben die Leute dann den ganzen Vormittag im Bett?«

»Ja – sie stehen gegen Mittag auf und frühstücken dann erst einmal.«

Dorothy kicherte. »Die sind aber faul.«

»Nein, eigentlich nicht. Es wird in Amerika nämlich erst gegen Mitternacht dunkel, deshalb müssen sie den ganzen Abend über arbeiten.«

»Und dürfen ganz spät ins Bett gehen! Ich gehe gerne spät ins Bett. Amerika gefällt mir. Warum darf ich nicht mit dir fahren?«

»Es wäre wirklich schön, wenn ich dich mitnehmen könnte, Dotty.« Hugh überkam eine gewisse Wehmut: Jahre würden vergehen, bis er seine kleine Schwester wiedersah. *Wenn ich zurückkomme, wird sie sich verändert haben*, dachte er. *Bis dahin weiß sie, was Zeitzonen sind* ...

Der Septemberregen trommelte gegen die Fensterscheiben, und draußen in der Bucht peitschte der Wind die Wellen. Doch im Ofen brannte ein Kohlenfeuer, und davor lag ein weicher Kaminvorleger. Hugh packte eine Handvoll Bücher ein – *Modern Business Methods, The Successful Commercial Clerk, The Wealth of Nations, Robin-*

son Crusoe. Die älteren Angestellten der Pilaster-Bank verachteten das »Bücherwissen«, wie sie es nannten, und konstatierten immer wieder gerne, daß Erfahrung allemal der beste Lehrer sei. Aber da irrten sie sich: Hugh hatte die Arbeitsweise der verschiedenen Abteilungen viel schneller begriffen, weil er sie zuvor in der Theorie studiert hatte.

Seine Amerikareise fiel in eine Krisenzeit. Anfang der siebziger Jahre des neunzehnten Jahrhunderts hatten einige Banken hohe Kredite ausgegeben, deren Sicherheit spekulative Eisenbahnaktien waren. Als Mitte des Jahres 1873 der Eisenbahnbau ins Stokken geriet, standen die Banken unvermittelt auf wackeligen Füßen. Erst vor wenigen Tagen hatte die Firma Jay Cooke & Co., Bevollmächtigte der amerikanischen Regierung, Bankrott gemacht und die First National Bank of Washington mit in den Abgrund gezogen. Über das Transatlantik-Kabel war die Nachricht noch am gleichen Tag in London eingetroffen. Mittlerweile hatten fünf New Yorker Banken, darunter die große Union Trust Company und die renommierte Mechanics' Banking Association den Geschäftsbetrieb eingestellt und die Börse ihre Pforten geschlossen. Zahlreiche Betriebe standen vor dem Bankrott, und Tausenden von Menschen drohte der Verlust ihres Arbeitsplatzes. Auch waren negative Auswirkungen auf den Handel zu erwarten. Das Bankhaus Pilaster würde fortan in Amerika sehr vorsichtig und zurückhaltend agieren, und damit sanken auch Hughs Chancen, sich rasch zu profilieren.

In London war von der Krise bislang noch nicht viel zu spüren. Der Diskontsatz war um einen Punkt auf vier Prozent gestiegen, und eine kleine Londoner Bank mit engen Verbindungen nach Amerika hatte Konkurs angemeldet. Panik herrschte jedoch keine. Nichtsdestoweniger behauptete der alte Seth Pilaster immer wieder, ihnen stünden schwere Zeiten bevor. Inzwischen doch schon recht gebrechlich, war er in Augustas Haus übergesiedelt und verbrachte den größten Teil seiner Tage im Bett. Dennoch weigerte er sich beharrlich, seinen Abschied zu nehmen; er wolle noch, so meinte er, das Schiff der Pilasters sicher durch den bevorstehenden Sturm steuern.

Hugh begann, seine Kleidungsstücke zusammenzulegen. Die
Bank hatte ihm zwei neue Anzüge bezahlt – er vermutete, daß
seine Mutter die entsprechende Order beim Großonkel erwirkt
hatte. Der alte Seth war genauso knickerig wie die anderen Pilasters, aber er hatte eine Schwäche für Hughs Mutter. Die kleine
Unterstützung, von der sie seit Tobias Pilasters Tod lebte, ging
ebenfalls auf seine Initiative zurück.

Mutter hatte auch durchgesetzt, daß Hugh vor seiner Abreise
noch ein paar Wochen freibekam, um Abschied zu nehmen und
sich auf die Reise vorzubereiten. Seit seinem Eintritt in die Bank
hatte sie nicht mehr allzuviel von ihm gehabt – er konnte es sich
nicht leisten, regelmäßig mit der Bahn nach Folkestone zu fahren.
Bevor er das Land verließ, wollte sie ihn noch eine Weile bei sich
haben. Sie hatten den August überwiegend hier an der Küste von
Folkestone verbracht, während Augusta und ihre Familie in
Schottland auf Sommerfrische weilten. Inzwischen war die Ur-
laubszeit vorbei und die Zeit des Abschiednehmens gekommen.

Hugh weilte in Gedanken bei seiner Mutter, als sie plötzlich das
Zimmer betrat. Sie befand sich im achten Jahr ihrer Witwen-
schaft, trug aber immer noch Schwarz. Noch einmal heiraten
wollte sie offenbar nicht, obwohl es ihr sicher leichtgefallen wäre,
einen Mann zu finden. Sie war noch immer eine schöne Frau mit
blauen Augen, die innere Ruhe ausstrahlten, und dichtem blon-
dem Haar.

Hugh wußte, daß sie über die bevorstehende lange Trennung betrübt war, obwohl sie davon nie gesprochen hatte. Vielmehr teilte
sie seine Aufregung und Angst angesichts der Herausforderungen,
die in dem neuen Land auf ihn zukamen.

»Zeit zum Schlafengehen, Dorothy«, sagte sie. »Geh, und zieh
dir dein Nachthemd an.« Kaum war die Kleine aus dem Zimmer, begann Mutter, Hughs Hemden noch einmal zusammenzulegen.

Er hätte gerne mit ihr über Maisie gesprochen, wagte aber nicht,
das Thema anzuschneiden. Er wußte, daß Augusta ihr einen Brief
geschrieben hatte. Auch war es durchaus denkbar, daß andere
Familienmitglieder Mutter informiert oder ihr während einer

ihrer seltenen Einkaufsfahrten nach London von Maisie erzählt
hatten. Mit der Wahrheit hatten diese Versionen jedoch vermutlich nicht viel zu tun. Nach einer kleinen Pause sagte er: »Mutter ...«

»Was gibt's, mein Lieber?«

»Das, was Tante Augusta sagt, entspricht nicht immer ganz der
Wahrheit.«

»Du brauchst das nicht so höflich zu formulieren«, erwiderte sie
mit einem bitteren Lächeln. »Augusta verbreitet schon seit Jahren
Lügen über deinen Vater.«

Ihre Offenheit verblüffte Hugh. »Glaubst du, sie war es, die Florence Stalworthys Eltern eingeredet hat, daß Vater ein Spieler
war?«

»Da bin ich mir leider ziemlich sicher.«

»Warum ist sie nur so?«

Mutter legte das Hemd, das sie gerade zusammenfaltete, beiseite
und dachte einen Augenblick nach, ehe sie antwortete. »Augusta
war ein sehr schönes Mädchen«, sagte sie dann. »Ihre Eltern
besuchten regelmäßig die Methodistenkirche in Kensington; von
daher rührt auch unsere Bekanntschaft. Sie war ein eigenwilliges,
verwöhntes Einzelkind. Ihre Eltern waren nichts Besonderes: Ihr
Vater hatte als Kaufmannsgehilfe angefangen und sich später
selbständig gemacht. Zum Schluß besaß er drei Kolonialwaren-
läden in den westlichen Vororten Londons. Augusta war allerdings eindeutig zu Höherem bestimmt.«

Sie ging zum Fenster und sah durch die regentrüben Scheiben
hinaus, doch ihr Blick richtete sich nicht auf den Ärmelkanal,
sondern in die Vergangenheit. »Als sie siebzehn war, verliebte sich
der junge Graf Strang in sie. Er war ein reizender Junge – hübsch,
freundlich, aus hochwohlgeborener Familie und sehr reich. Seine
Eltern waren natürlich entsetzt, als sie erfuhren, daß er die Tochter eines Kolonialwarenhändlers heiraten wollte. Andererseits war
Augusta sehr schön und verfügte schon damals, in jungen Jahren,
über ein würdevolles Auftreten, das ihr im gesellschaftlichen Leben sehr zustatten kam.«

»Haben die beiden sich verlobt?« fragte Hugh.

»Nein, nicht formell. Obwohl alle Welt davon ausging, daß es bereits beschlossene Sache war. Doch dann kam es zu einem fürchterlichen Skandal. Ihr Vater wurde beschuldigt, in seinen Geschäften falsche Gewichte zu benutzen und seine Kunden systematisch zu betrügen. Ein entlassener Angestellter schwärzte ihn bei der Handelskammer an. Es hieß, er habe sogar die Kirche betrogen, die ihren Tee für die Bibelstunden am Dienstagabend bei ihm zu kaufen pflegte. Es sah so aus, als würde er im Gefängnis landen. Ihr Vater wies alle Anschuldigungen vehement von sich, und zum Schluß verlief die Sache im Sande. Der junge Graf Strang ließ Augusta dagegen fallen.«

»Sie muß untröstlich gewesen sein.«

»Nein«, widersprach Mutter, »untröstlich war sie nicht. Sie schäumte vor Wut. Ihr Leben lang hatte sie stets bekommen, was sie wollte – und jetzt begehrte sie Strang so sehr, wie sie nie zuvor etwas begehrt hatte, und bekam ihn nicht.«

»Worauf sie Onkel Joseph heiratete – aus Enttäuschung, wie es heißt.«

»Ich würde eher sagen, sie heiratete ihn aus Wut. Er war sieben Jahre älter als sie, was für eine Siebzehnjährige ein gewaltiger Altersunterschied ist, und er sah damals kaum besser aus als heute. Aber er war sehr reich – reicher noch als Strang. Und eines muß man ihr lassen: Sie hat sich seither nach Kräften bemüht, ihm eine gute Ehefrau zu sein. Aber er wird nie Graf Strang sein, und das hat sie bis heute nicht verwunden.«

»Was wurde aus Strang?«

»Er heiratete eine französische Comtesse und kam bei einem Jagdunfall ums Leben.«

»Tante Augusta tut mir beinahe leid.«

»Was immer sie besitzt – sie will stets mehr: mehr Geld, einen besseren Posten für ihren Mann, eine höhere gesellschaftliche Stellung für sich selbst. Der Grund für ihren übermäßigen Ehrgeiz – der sich auch auf Joseph und Edward erstreckt – liegt darin, daß sie sich noch immer nach dem sehnt, was Strang ihr hätte bieten können: ein Adelsprädikat, ein Haus mit ruhmreicher Vergangenheit, unendliche Muße, ein Leben in Reichtum und ohne jede Arbeit. In Wirklichkeit waren es aber gar nicht diese Dinge, die Strang ihr verhieß, sondern es war Liebe; darin liegt ihr eigentlicher Verlust. Und es gibt nichts, was sie jemals dafür entschädigen wird.«

Noch nie hatte Hugh mit seiner Mutter ein so intimes Gespräch geführt. Er fühlte sich ermuntert, ihr sein Herz auszuschütten. »Mutter«, begann er, »was Maisie betrifft …«

Sie sah ihn fragend an. »Maisie?«

»Das Mädchen, das die ganze Sache ins Rollen gebracht hat. Maisie Robinson.«

Ihre Miene hellte sich auf. »Ach so. Augusta hat den Namen niemandem gegenüber erwähnt.«

Er zögerte. Dann brach es aus ihm heraus: »Maisie ist keine ›unglückliche Frau‹!«

Seine Mutter war peinlich berührt: Über Prostitution – und was damit zusammenhing – pflegten Männer mit ihren Müttern nicht zu reden. »Ich verstehe«, sagte sie mit abgewandtem Blick.

»Sie stammt aus der Unterklasse, soviel ist richtig«, ergänzte Hugh. »Und sie ist Jüdin. Aber das ist auch schon alles. Tatsache ist …« Er stockte.

Mutter sah ihn an. »Sag's nur.«

»Tatsache ist, daß sie noch Jungfrau war.«

Mutter errötete.

»Es tut mir leid, daß ich über solche Dinge reden muß, Mutter«, fuhr er fort. »Aber wenn ich schweige, bleibst du auf Tante Augustas Version von der Geschichte angewiesen.«

Mutter schluckte. »Warst du in sie verliebt, Hugh?«

»Ziemlich.« Er spürte, daß ihm Tränen in die Augen schossen. »Ich weiß bis heute nicht, warum sie verschwunden ist. Ich habe nicht die geringste Ahnung, wo sie hin ist. Ihre Adresse habe ich nie gekannt. Ich habe mich in den Mietställen erkundigt, für die sie arbeitete, und in den Argyll Rooms, wo ich sie kennengelernt habe. Solly Greenbourne mochte sie auch, und ihm ist es genauso ein Rätsel wie mir. Tonio Silva kannte ihre Freundin April, aber Tonio ist nach Südamerika zurückgekehrt, und April kann ich nicht finden.«

»Wie seltsam.«

»Ich bin sicher, daß Tante Augusta dahintersteckt.«

»Daran habe ich keinen Zweifel. Ich weiß nicht, wie sie es angestellt hat, aber sie ist eine widerwärtige Intrigantin. Doch wie dem auch sei, Hugh, du mußt jetzt nach vorne schauen, in die Zukunft. Boston ist eine große Chance für dich. Du mußt fleißig und gewissenhaft arbeiten.«

»Maisie ist wirklich ein ungewöhnliches Mädchen, Mutter.«

Seine Mutter glaubte ihm nicht, er sah es ihr an. »Aber du wirst sie vergessen«, sagte sie.

»Ich weiß nicht, ob mir das je gelingen wird.«

Mutter küßte ihn auf die Stirn. »Aber sicher. Mein Wort darauf.«

In dem Mansardenzimmer, das Maisie mit April teilte, hing nur ein einziges Bild an der Wand. Es war ein marktschreierisches Zirkusplakat, das Maisie, auf dem Rücken eines galoppierenden Pferdes stehend, in einem mit Flitter besetzten Trikot zeigte. Darunter stand in roten Buchstaben: DIE PHANTASTISCHE MAISIE. Das Bild war nicht sehr lebensecht, denn erstens hatte der Zirkus keinen einzigen Schimmel besessen, und zweitens waren Maisies Beine noch nie so lang gewesen – doch wenn schon: Maisie hielt das Plakat in hohen Ehren. Es war ihr einziges Erinnerungsstück an ihre Zirkuszeit.

Ansonsten enthielt das Zimmer nur ein schmales Bett, einen Waschständer, einen Stuhl und einen dreibeinigen Hocker. Die Kleider der Mädchen hingen an Nägeln, die man in die Wand geschlagen hatte. Der Schmutz an den Fensterscheiben diente als Vorhangersatz. Die beiden bemühten sich, das Zimmer sauberzuhalten, was sich jedoch als unmöglich erwies: Durch den Kamin fiel Ruß, durch die Ritzen in den Bodendielen schlüpften Mäuse, und durch die Zwischenräume zwischen Fensterrahmen und Mauerwerk drangen Schmutz und Ungeziefer ein. Heute regnete es, und das Wasser tröpfelte vom Fensterbrett sowie aus einer undichten Stelle in der Zimmerdecke.

Maisie zog sich an. Es war Rosch ha-Schanah, das jüdische Neu-
jahrsfest, an dem das Buch des Lebens offenstand. Um diese Zeit
des Jahres fragte Maisie sich immer, was wohl für sie darin niedergeschrieben sein mochte. Im eigentlichen Sinne gebetet hatte sie
nie, doch hegte sie auf eine eigentümlich feierliche Art die Hoffnung, daß auf ihrer Seite im Buch etwas Gutes stand.

April war hinausgegangen, um in der Gemeinschaftsküche Tee zu
kochen. Plötzlich stürmte sie, eine Zeitung in der Hand, ins Zimmer. »Das bist du, Maisie!« rief sie. »Das bist einwandfrei du!«

»Was?«

»Du stehst in der Zeitung! Hier, in *Lloyd's Weekly News*. Hör zu!
›Aufruf an Miss Maisie Robinson, vormals Miriam Rabinowicz.
Miss Robinson wird gebeten, sich mit dem Anwaltsbüro Goldman
und Jay, Gray's Inn, in Verbindung zu setzen. Es erwartet sie eine
Nachricht, die nicht zu ihrem Nachteil ist.‹ Die meinen dich, Mai-
sie, ganz sicher!«

Maisies Herz schlug schneller, aber sie setzte eine ernste Miene
auf und antwortete kühl: »Das ist Hugh. Da geh' ich nicht hin.«

April zog ein Gesicht. »Vielleicht hast du von einem lange ver-
schollenen Verwandten Geld geerbt.«

»Vielleicht bin ich die Kaiserin von China. Und wenn schon. Wegen so einer an den Haaren herbeigezogenen Möglichkeit gehe ich
doch nicht zu Fuß bis nach Gray's Inn.« Es gelang ihr, ihrer
Stimme einen gleichmütigen Klang zu verleihen, doch in Wirklichkeit war ihr ganz und gar nicht danach zumute. Sie mußte
Tag und Nacht an Hugh denken und fühlte sich seinetwegen mise-
rabel. Sie kannte ihn kaum, aber es war ihr unmöglich, ihn zu
vergessen.

Dennoch wollte sie es wenigstens versuchen. Sie wußte, daß er sie
gesucht hatte. Jeden Abend war er in den Argyll Rooms gewesen,
hatte mehrfach Sammles, den Mietstallbesitzer, heimgesucht und
in zahlreichen billigen Mietquartieren nach ihr gefragt. Dann
aber hatten die Nachforschungen plötzlich aufgehört, was Maisie
zu der Annahme verleitete, er habe aufgegeben. Wie es schien,
hatte er sich aber nur eine andere Strategie einfallen lassen und
versuchte jetzt, über Zeitungsannoncen mit ihr in Verbindung zu

treten. Wenn er weiterhin so hartnäckig blieb, würde es auf die Dauer sehr schwer sein, ihm aus dem Weg zu gehen, zumal sie sich so sehr nach ihm sehnte. Aber Maisie hatte sich zu einer Entscheidung durchgerungen, und an der hielt sie fest: Sie liebte ihn zu sehr, als daß sie ihn in den Ruin treiben wollte.

Sie schlüpfte mit den Armen in ihr Korsett. »Hilf mir bitte mal«, sagte sie zu April.

Die Freundin begann, die Schnüre festzuziehen. »Mein Name stand noch nie in der Zeitung«, sagte sie neidisch. »Deiner stand schon zweimal drin, wenn du ›die Löwin‹ als Name zählst.«

»Und was hab' ich davon gehabt? Oje, ich werde ja immer dikker.«

April band die Schnüre zu und half Maisie ins Kleid. Sie wollten am Abend ausgehen. April hatte einen neuen Liebhaber, einen Zeitungsredakteur mittleren Alters aus Clapham. Er war verheiratet und hatte sechs Kinder. Er und ein Freund von ihm hatten April und Maisie in ein Varieté eingeladen.

Bis es soweit war, wollten sich die beiden in der Bond Street noch die Auslagen der schicken Modegeschäfte ansehen. Kaufen wollten sie dort nichts. Um sich vor Hugh zu verbergen, war Maisie gezwungen gewesen, ihre Arbeit bei Sammles aufzugeben, was Sammles sehr bedauerte, denn sie hatte fünf Pferde und ein Ponygespann verkauft. Ihre Ersparnisse gingen inzwischen rapide zur Neige. Aufs Ausgehen wollten die beiden aber trotz des schlechten Wetters nicht verzichten – in ihrem Zimmer zu bleiben war einfach zu bedrückend.

Maisies Kleid spannte um ihre Brüste, und sie zuckte zusammen, als April es zuzog. April sah sie fragend an und sagte: »Tun dir deine Brustwarzen weh?«

»Ja, tun sie. Ich frag' mich, woher das kommt.«

»Maisie«, fuhr April in besorgtem Ton fort, »wann hattest du zum letztenmal deine Tage?«

»Das kann ich mir nie merken.« Sie dachte eine Weile nach. Plötzlich lief ihr ein Schauer über den Rücken. »Oh, mein Gott«, sagte sie.

»Also wann?«

»Bevor wir zu den Rennen nach Goodwood fuhren, denke ich. Glaubst du etwa, ich bin schwanger?«

»Du hast zugenommen, deine Brustwarzen tun dir weh, und deine Periode ist seit zwei Monaten überfällig. Ja, du bist schwanger.« Aprils Ton klang gereizt. »Ich kann es einfach nicht fassen, daß du so dämlich gewesen sein sollst. Wer war es?«

»Hugh natürlich. Aber wir haben es doch nur einmal getan. Wie kann man denn von einem einzigen Fick schwanger werden?«

»Es ist *immer* nur ein einziger Fick, von dem man schwanger wird.«

»O Gott.« Maisie fühlte sich wie vom Zug überrollt. Zutiefst erschrocken, bestürzt und voller Angst setzte sie sich aufs Bett und fing an zu weinen. »Was soll ich nur tun?« schluchzte sie hilflos.

»Wir könnten zunächst einmal zu diesem Rechtsanwalt gehen.«

Auf einmal war alles ganz anders.

Anfangs hatte Maisie sich gefürchtet und geärgert. Dann aber wurde ihr klar, daß sie um des Kindes willen, das in ihrem Leib heranwuchs, gezwungen war, mit Hugh Verbindung aufzunehmen. Nachdem sie sich dies erst einmal eingestanden hatte, wich die Angst, und sie fühlte sich wohler. Sie sehnte sich danach, ihn wiederzusehen, hatte sich aber eingeredet, es sei besser, darauf zu verzichten. Durch das Baby sah alles wieder ganz anders aus. Jetzt war es ihre Pflicht, mit Hugh Kontakt aufzunehmen, und die Aussicht darauf machte sie ganz schwach vor Erleichterung.

Trotzdem war sie nervös, als sie mit April die steile Treppe zu dem Anwaltsbüro am Gray's Inn emporstieg. Vielleicht stammt die Anzeige gar nicht von Hugh, dachte sie. Eine Überraschung wäre es kaum, wenn er die Suche nach mir aufgegeben hätte. Ich habe alles darangesetzt, ihm den Mut zu nehmen. Kein Mann ist bereit, die Flamme ewig am Brennen zu halten. Vielleicht hat die Annonce auch etwas mit meinen Eltern zu tun – wenn sie noch am Leben sind. Es kann sein, daß sich die Dinge für sie günstig entwickelt haben, so daß sie genug Geld haben, um mich zu suchen ... Maisie wußte nicht so recht, was sie von dieser Möglichkeit halten sollte. Viele Male hatte sie sich danach gesehnt, Vater und Mutter wiederzusehen, aber sie fürchtete, ihre Eltern mit dem Leben, das sie führte, zu beschämen.

Sie betraten das Empfangszimmer. Der Anwaltsgehilfe war ein junger Mann in senffarbener Weste. Er begrüßte sie mit einem herablassenden Lächeln. Die Mädchen waren naß, und ihre Kleider hingen an ihnen herunter, was seiner Neigung zu einem kleinen Flirt jedoch keinerlei Abbruch tat. »Meine Damen!« rief er aus. »Was kann zwei Göttinnen wie Sie dazu veranlassen, sich um die Dienste der Herren Goldman und Jay zu bemühen? Was, um alles in der Welt, kann ich für Sie tun?«

»Sie könnten diese Weste ausziehen«, erwiderte April schlagfertig. »Sie tut meinen Augen weh.«

Maisie fehlte die Geduld für galante Späße. »Mein Name ist Maisie Robinson«, sagte sie.

»Ach ja! Die Anzeige. Dank einer glücklichen Fügung weilt der betreffende Herr in dieser Minute gerade bei Mr. Jay.«

Die Aufregung raubte Maisie beinahe alle Kraft. »Sagen Sie«, begann sie zögernd, »handelt es sich bei … bei dem betreffenden Herrn zufällig um Mr. Hugh Pilaster?« Flehentlich sah sie den Anwaltsgehilfen an.

Dem fiel ihr Blick gar nicht auf. In unverändert überschwenglichem Ton erwiderte er: »Guter Gott, nein!«

Maisies Hoffnungen zerplatzten wie eine Seifenblase. Sie ließ sich auf die harte Holzbank neben der Tür fallen und kämpfte mit den Tränen. »Er ist es also nicht«, sagte sie.

»Nein«, wiederholte der Anwaltsgehilfe. »Im übrigen kenne ich Hugh Pilaster. Wir haben in Folkestone gemeinsam die Schulbank gedrückt. Derzeit ist er in Amerika.«

Maisie fuhr zurück, als hätte ihr jemand einen Schlag versetzt. »In Amerika?« flüsterte sie.

»Boston, Massachusetts. Vor zwei Wochen ist er abgereist, per Schiff. Sie kennen ihn also?«

Maisie ging auf die Frage nicht ein. Das Herz lag ihr kalt und schwer wie ein Stein in der Brust. In Amerika, dachte sie. Und ich trage sein Kind in mir. Sie war so entsetzt, daß sie nicht einmal weinen konnte.

»Um wen handelt es sich also?« fragte April aggressiv.

Dem Anwaltsgehilfen ging allmählich auf, daß er der Situation nicht gewachsen war. Sein hochnäsiges Gehabe wich blanker Nervosität: »Das erklärt er Ihnen besser selbst. Entschuldigen Sie mich einen Augenblick.« Er verschwand durch eine Innentür.

Maisie starrte auf die mit Dokumenten gefüllten Schachteln, die an der Wand aufeinandergestapelt waren, und las die Namen der Klienten und Fälle: *Blenkinsop Estate – Regina versus Wiltshire Flour Millers – Great Southern Railway – Mrs Stanley Evans (verstorben)*. In diesem Büro werden Tragödien verwaltet, dachte sie – Todesfälle, Konkurse, Scheidungen, Strafverfahren.

Als sich die Tür wieder öffnete, trat ihnen ein anderer Mann entgegen, eine sehr auffallende Erscheinung. Er war nicht viel älter als Maisie und hatte das Gesicht eines biblischen Propheten – dunkle Augen, die unter schwarzen Brauen hervorstarrten, eine große Nase mit ausgeprägten Nüstern und einen buschigen Vollbart. Irgendwie kam er Maisie vertraut vor, und nach ein paar Sekunden erkannte sie, daß er sie ein wenig an ihren Vater erinnerte, wenngleich dieser nie so feurig ausgesehen hatte.

»Maisie?« fragte er. »Maisie Robinson?«

Seine Kleidung wirkte merkwürdig fremd, als stamme sie aus einem anderen Land, und er sprach mit amerikanischem Akzent.

»Ja, ich bin Maisie Robinson«, antwortete sie. »Und wer, zum Teufel, sind Sie?«

»Erkennst du mich nicht?«

Auf einmal fiel ihr ein zaundürrer Junge ein, der nur Lumpen auf dem Leib trug und keine Schuhe besaß. Auf seinen Lippen zeigte sich der erste Flaum eines Schnurrbarts, die Augen aber verrieten zähe Entschlossenheit. »Oh, mein Gott!« japste sie. »Danny!«

Ihre Sorgen waren vorübergehend wie weggeblasen, und sie warf sich ihm in die Arme. »Danny, bist du es wirklich?«

Er drückte sie so fest an sich, daß es weh tat. »Natürlich bin ich es«, sagte er.

»Wer?« fragte April. »Wer ist das?«

»Mein Bruder!« sagte Maisie. »Mein Bruder, der nach Amerika ausgerissen ist! Er ist zurückgekommen!«

Danny ließ sie wieder los und betrachtete sie. »Wie hast du es geschafft, so hübsch zu werden?« fragte er. »Du warst doch bloß ein dünnes kleines Ding.«

Sie strich mit der Hand über seinen Bart. »Ohne diesen Pelz um deine Klappe hätte ich dich vielleicht wiedererkannt.«

Hinter Danny war ein diskretes Hüsteln zu vernehmen. Als Maisie aufblickte, sah sie einen älteren Herrn mit einem ziemlich herablassenden Gesichtsausdruck in der Tür stehen. »Unsere Bemühungen waren offenbar erfolgreich«, sagte er.

»Mr. Jay«, sagte Danny, »darf ich Ihnen meine Schwester vorstellen, Miss Robinson?«

»Stets zu Diensten, Miss Robinson. Darf ich Ihnen einen Vorschlag machen, meine Herrschaften?«

»Warum nicht?« sagte Danny.

»In der Theobald's Road, nur ein paar Schritte von hier, befindet sich ein Kaffeehaus. Sie haben sich sicher viel zu erzählen.«

Er wollte, daß sie sein Büro verließen, das war unverkennbar. Aber Danny schien sich um Mr. Jays Wünsche wenig zu scheren. Was immer er erlebt haben mochte – Unterwürfigkeit hatte er nicht gelernt. »Was meint ihr, Mädchen? Wollt ihr euch lieber hier unterhalten, oder sollen wir ins Kaffeehaus gehen?«

»Gehen wir lieber«, sagte Maisie.

»Und Sie, Mr. Robinson, haben die Güte, später noch einmal vorbeizuschauen, damit wir die finanziellen Dinge regeln können?« bemerkte Mr. Jay.

»Ich denk' daran. Kommt, Mädchen.«

Sie verließen die Kanzlei und gingen die Treppe hinunter. Maisie platzte schier vor Neugier, hielt sich jedoch zurück, bis sie das Kaffeehaus gefunden und sich an einem Tisch niedergelassen hatten. Endlich fragte sie: »Was hast du in den vergangenen sieben Jahren getrieben?«

»Schienenwege gebaut«, antwortete er. »Ich hatte das Glück, zu einem günstigen Zeitpunkt nach Amerika zu kommen. Der Bürgerkrieg war gerade zu Ende, und der Eisenbahnboom setzte ein. Der Bedarf an Arbeitskräften war so groß, daß man die Leute per Schiffsladung aus Europa holte. Sogar für spillerige Vierzehnjährige wie mich gab es Jobs. Ich habe die erste Stahlbrücke der Welt mitgebaut – sie führt in St. Louis über den Mississippi. Danach bekam ich einen Job bei der Union Pacific Railroad in Utah. Mit neunzehn war ich Vorarbeiter – es ist eine Arbeit für junge, starke Männer. Und dann schloß ich mich der Gewerkschaft an und organisierte einen Streik.«

»Warum bist du zurückgekommen?«

»In Amerika gab's einen Börsenkrach. Den Eisenbahngesellschaften ist das Geld ausgegangen, und die Banken, die sie finanzierten, machten Pleite. Tausende, nein, Hunderttausende von Arbeitern sind auf der Suche nach Arbeit. Deshalb habe ich beschlossen, zurückzukehren und noch einmal von vorne anzufangen.«

»Was willst du denn hier machen? Schienenwege bauen?«

Er schüttelte den Kopf. »Ich habe eine neue Idee. Zweimal hat eine Finanzkrise mein Leben ruiniert, weißt du. Die Männer, denen die Banken gehören, sind die dümmsten Kerle unter der Sonne. Sie lernen einfach nichts dazu und machen immer wieder die gleichen Fehler. Und wer darunter zu leiden hat, sind die Arbeiter. Kein Mensch hilft ihnen, und es wird ihnen auch nie jemand helfen. Sie müssen sich selbst helfen.«

»Kein Mensch hilft dem anderen«, warf April ein. »Jeder kämpft für sich allein in dieser Welt. Du bist einfach zur Selbstsucht gezwungen.«

Das behauptet sie dauernd, dachte Maisie. Dabei ist sie ein ausgesprochen großzügiger Mensch, der für seine Freunde alles täte ...

»Ich möchte eine Art Arbeiterverein gründen«, fuhr Danny fort. »Die Arbeiter zahlen einen Sixpence die Woche als Beitrag. Wenn sie unverschuldet ihren Job verlieren, zahlt ihnen der Verein ein Pfund pro Woche, bis sie eine neue Stellung gefunden haben.«

Maisie betrachtete ihren Bruder voller Bewunderung. Sein Vorhaben war ungeheuer ehrgeizig – aber das hatte sie schon damals gedacht, als der Vierzehnjährige zu ihr gesagt hatte: *Im Hafen liegt ein Schiff, das mit der Morgenflut nach Boston ausläuft – wenn es dunkel ist, klettere ich über ein Tau an Bord und verstecke mich in einem der Boote.*

Damals hatte er seinen Plan in die Tat umgesetzt, und er würde
es wahrscheinlich auch diesmal tun. Außerdem hatte er, wie er
sagte, einen Streik organisiert. Er war anscheinend zu einem
Mann herangewachsen, auf dessen Worte andere Männer hörten.

»Doch wie geht es Papa und Mama?« fragte Danny. »Hast du
Kontakt zu ihnen?«

Maisie schüttelte den Kopf und brach, zu ihrer eigenen Überraschung, in Tränen aus. Der Schmerz über den Verlust ihrer Familie überwältigte sie – ein Schmerz, den sie all die Jahre lang unterdrückt hatte.

Danny legte ihr die Hand auf die Schulter. »Ich werde in den
Norden reisen und versuchen, sie aufzuspüren«, sagte er.

»Hoffentlich findest du sie«, sagte Maisie. »Sie fehlen mir so.« Sie
merkte, daß April sie verwundert anstarrte. »Ich habe solche
Angst, daß sie sich meinetwegen schämen könnten.«

»Warum sollten sie?« fragte Danny.

»Ich bin schwanger.«

Sein Gesicht rötete sich. »Und nicht verheiratet?«

»Nein.«

»Wirst du heiraten?«

»Nein.«

Danny war wütend. »Wer war das Schwein?«

Maisie hob die Stimme: »Spiel jetzt bitte nicht den empörten
Bruder, ja?«

»Ich würde dem Kerl liebend gerne den Hals umdrehen ...«

»Halt den Mund, Danny!« rief Maisie aufgebracht. »Du hast mich
vor sieben Jahren im Stich gelassen und kannst jetzt nicht einfach
so tun, als wäre ich dein Privateigentum.« Danny wirkte zerknirscht, und Maisie fuhr etwas gelassener fort: »Es spielt keine
Rolle. Er hätte mich wahrscheinlich geheiratet, aber ich wollte
das nicht. Also schlag ihn dir aus dem Kopf. Außerdem ist er jetzt
sowieso in Amerika.«

Danny beruhigte sich. »Wenn ich nicht dein Bruder wäre, würde
ich dich selber heiraten. Hübsch genug bist du ja. Aber wie dem
auch sei – das bißchen Geld, das ich noch habe, gehört dir.«

»Ich will es nicht haben.« Maisie sah ein, daß ihre Ablehnung
sehr unfreundlich klingen mußte, aber sie konnte nicht anders.
»Du brauchst dich nicht um mich zu kümmern, Danny. Behalt
das Geld für deinen Arbeiterverein. Ich komme schon allein zurecht. Ich hab' das damals mit elf geschafft, also werde ich es jetzt
wohl auch schaffen.«

Micky Miranda und Papa saßen in einem kleinen Restaurant in
Soho und labten sich an Austernragout – dem billigsten Gericht,
das die Speisekarte auswies – und starkem Bier. Das Restaurant
lag am Portland Place, nur ein paar Minuten entfernt von der
Gesandtschaft Cordobas. Dort pflegte Micky nun allmorgendlich
ein oder zwei Stunden am Schreibtisch zu verbringen und die Post
des Gesandten zu bearbeiten. Heute hatte er seine Arbeit bereits
erledigt und sich mit seinem Vater zum Mittagessen verabredet.
Sie saßen sich auf harten Holzbänken mit hoher Lehne gegenüber.
Auf dem Boden lagen Sägespäne, und die niedrige Decke hatte
sich über die Jahre mit einer schmierigen Fettschicht überzogen.
Micky haßte es, in solchen Kaschemmen zu essen, tat es aber oft
genug doch, um Geld zu sparen. Im Cowes Club speiste er nur,
wenn Edward zahlte. Außerdem empfand er es als furchtbar anstrengend, mit Papa in den Club zu gehen; die Furcht, sein Alter
Herr könne dort einen Streit anzetteln, plötzlich seinen Revolver
ziehen oder auf den Teppich spucken, verließ ihn nie.
Papa wischte seine Schüssel mit einem Stück Brot aus und schob
sie beiseite. »Ich muß dir was erklären«, sagte er.
Micky legte den Löffel beiseite.
»Ich brauche die Gewehre für den Kampf gegen die Delabarcas«,
sagte Papa. »Wenn ich diese Familie erledigt habe, gehören mir
ihre Salpetergruben. Sie werden uns reich machen.«
Micky nickte schweigend. Er hatte das alles schon gehört, wagte
aber nicht, es zu erwähnen.
»Die Gruben sind erst der Anfang, nur der erste Schritt«, fuhr
Papa fort. »Wenn wir mehr Geld haben, können wir mehr Waffen

kaufen. Unsere Familie wird einflußreiche Posten in der Provinz besetzen.«

Micky spitzte die Ohren. Das war ein neuer Ton.

»Dein Cousin Jorge wird Oberst in der Armee, und dein Bruder Paulo übernimmt den Posten des Polizeipräsidenten in der Provinz Santamaria.«

Damit er ein professioneller Menschenschinder werden kann, dachte Micky. Bisher war er nur Amateur ...

»Und ich werde Gouverneur der Provinz«, sagte Papa.

Gouverneur! Offensichtlich hatte er den politischen Ehrgeiz seines Vaters bisher unterschätzt.

Aber Papa war noch nicht fertig. »Haben wir erst einmal die Provinz unter Kontrolle, kümmern wir uns um die ganze Nation. Wir werden glühende Anhänger von Präsident Garcia, und du wirst sein Gesandter in London. Dein Bruder wird vielleicht Justizminister, deine Onkel Generäle. Dein Halbbruder Dominic, der Priester, wird Erzbischof von Palma.«

Das war in der Tat verblüffend: Micky erfuhr zum erstenmal, daß er einen Halbbruder hatte. Aber er wollte Papas Redefluß nicht unterbrechen und verkniff sich daher jeden Kommentar.

»Sobald die Zeit reif ist, schalten wir die Garcias aus und nehmen selber das Heft in die Hand.«

»Du meinst, wir übernehmen die Regierung?« fragte Micky mit weit aufgerissenen Augen. Papas Wagemut und Selbstvertrauen waren überwältigend.

»So ist es. Und in zwanzig Jahren, mein Sohn, bin dann entweder ich Präsident – oder du bist es.«

Micky brauchte eine Weile, um die Tragweite dieser Worte zu begreifen. Cordobas Verfassung sah demokratische Wahlen vor; allerdings waren noch nie welche abgehalten worden. Präsident Garcia – unter seinem Amtsvorgänger Lopez Oberbefehlshaber der Streitkräfte – war vor zehn Jahren durch einen Staatsstreich an die Macht gekommen. Lopez war einst Anführer jener Rebellion gegen die spanische Herrschaft gewesen, an der sich auch Papa und seine Gauchos beteiligt hatten.

Die Abgefeimtheit der Strategie, die sein Vater eingeschlagen

hatte, überraschte Micky: erst den gegenwärtigen Herrscher mit
allen Mitteln unterstützen – dann aber Verrat an ihm üben. Er
fragte sich, wie seine eigene Rolle aussah: Er sollte Gesandter
Cordobas in London werden. Daß er Tonio Silva aus seinem Amt
verdrängt hatte, war schon der erste Schritt in diese Richtung.
Nun galt es, Mittel und Wege zu finden, auch den Gesandten aus
dem Weg zu räumen.
Und dann? Wenn Papa Präsident ist, dachte Micky, werde ich
vielleicht Außenminister und kann als Repräsentant meines Landes in der ganzen Welt herumreisen … Doch Papa hatte ihm sogar
die Präsidentschaft in Aussicht gestellt – nicht Paulo oder Onkel
Rico, sondern ihm, Micky, persönlich. War das wirklich möglich?
Warum nicht? Ich bin clever und rücksichtslos und verfüge über
die besten Beziehungen, dachte Micky, das müßte eigentlich genügen … Die Aussicht, ein ganzes Land beherrschen zu können,
war höchst verlockend. Alle Menschen würden sich vor ihm verneigen, und die schönsten Frauen des Landes würden ihm gehören, ob sie wollten oder nicht. Er wäre so reich wie die Pilasters.
»Präsident«, sagte er träumerisch. »Das gefällt mir.«
Unvermittelt holte Papa aus und schlug ihm ins Gesicht.
Der Alte Herr hatte einen kräftigen Arm und eine schwielige
Hand. Der Schlag fuhr Micky durch Mark und Bein. Erschrocken
und verletzt sprang er auf. Er spürte Blut auf seiner Zunge. Der
Lärm im Restaurant war verstummt, und alle Gäste drehten sich
nach ihnen um.
»Setz dich!« befahl Papa.
Langsam und widerstrebend gehorchte Micky.
Mit beiden Händen langte Papa über den Tisch und packte ihn
am Revers. Tiefe Verachtung sprach aus seiner Stimme, als er
seinen Sohn anherrschte: »Und jetzt steht der ganze Plan auf der
Kippe, weil du bei der einfachen, kleinen Aufgabe, die dir zuge-
wiesen war, vollkommen versagt hast!«
Wenn Papa in Rage geriet, hatte Micky eine Heidenangst vor ihm.
»Du kriegst deine Waffen, Papa«, sagte er.
»In einem Monat beginnt in Cordoba der Frühling. Das ist die

Jahreszeit, in der wir die Delabarca-Gruben einnehmen müssen –
nächstes Jahr ist es zu spät. Ich habe meine Überfahrt auf einem
Frachter gebucht, der nach Panama fährt. Der Kapitän ist besto-
chen; er bringt mich und die Waffen nach Santamaria an die
Atlantikküste.« Papa erhob sich und zog Micky, dessen Hemd
unter seinem Griff riß, ebenfalls hoch. Sein Gesicht war wutver-
zerrt. »Das Schiff läuft in fünf Tagen aus«, sagte er in einem
Tonfall, der Micky mit tiefer Furcht erfüllte. »Und jetzt verschwinde, und kauf mir endlich diese Gewehre!«

Hastead, Augusta Pilasters serviler Butler, nahm Micky den
feuchten Mantel ab und hängte ihn unweit des in der Halle flak-
kernden Kaminfeuers zum Trocknen auf. Micky hatte kein Dan-
keswort für ihn übrig. Sie konnten sich nicht leiden. Hastead war
eifersüchtig auf alle Günstlinge Augustas, und Micky hielt Hastead für einen Kriecher. Außerdem wußte Micky nie, in welche
Richtung Hasteads Augen gerade blickten, und das machte ihn
nervös.
Micky betrat den Salon. Augusta war allein und freute sich offensichtlich über sein Erscheinen. Mit beiden Händen ergriff sie seine
Rechte und sagte: »Du bist ja ganz kalt.«
»Ich bin durch den Park gegangen.«
»Dummer Junge! Du hättest dir eine Droschke nehmen sollen.«
Micky konnte es sich nicht leisten, dauernd mit der Droschke zu
fahren, aber das wußte Augusta nicht. Sie drückte seine Hand an
ihren Busen und lächelte. Es kam ihm vor wie ein sexuelles Angebot, doch Augusta tat, als wärme sie nur unschuldig seine klam-
men Finger.
Mit ähnlichem Verhalten mußte Micky immer rechnen, wenn sie
einander unter vier Augen begegneten, und normalerweise gefiel
ihm das auch. Augusta hielt dann seine Hand oder berührte seine
Oberschenkel; er berührte ihren Arm oder ihre Schultern und
schaute ihr in die Augen, und obwohl sie sich ihren Flirt nie
eingestanden, tuschelten sie wie ein Liebespaar miteinander.
Micky fand es aufregend und Augusta ebenso.
An diesem Tag war Micky indessen so verzweifelt, daß ihm nicht

zum Tändeln zumute war. »Wie geht es dem alten Seth?« fragte
er und hoffte auf die Nachricht von einem plötzlichen Rückfall.
Augusta spürte, was in ihm vorging, und gab, wenngleich sichtlich
enttäuscht, seine Hand ohne Widerspruch frei. »Komm näher ans
Feuer«, sagte sie, setzte sich auf ein Sofa und klopfte auf den Platz
neben sich. »Seth geht es wieder sehr viel besser.«
Mickys Hoffnungen zerstoben.
»Er bleibt uns vielleicht noch jahrelang erhalten«, fuhr sie fort,
wobei es ihr nicht gelang, die eigene Verärgerung zu kaschieren.
Sie brannte darauf, ihren Ehemann endlich am Ruder zu sehen.
»Du weißt ja, daß er jetzt bei uns im Hause lebt. Nach dem Tee
kannst du ihn besuchen.«
»Aber er wird doch sicher bald abtreten, oder?« fragte Micky.
»Dafür gibt es bedauerlicherweise keinerlei Anzeichen. Erst heute
morgen untersagte er eine neue Emission russischer Eisenbahnaktien.« Sie tätschelte seine Knie. »Hab nur Geduld. Dein Vater
wird seine Gewehre schon noch bekommen.«
»Er wird ungeduldig«, erwiderte Micky besorgt. »Nächste Woche
muß er wieder heimreisen.«
»Ach, deshalb siehst du so angespannt aus! Armer Junge, ich
wünschte, ich könnte dir helfen. Doch wenn ich es könnte, hätte
ich es längst getan.«
»Sie kennen meinen Vater nicht«, sagte Micky, ohne daß es ihm
gelungen wäre, seine Verzweiflung zu verbergen. »In Ihrer Gegenwart spielt er den kultivierten Herrn, in Wirklichkeit ist er jedoch
ein Barbar. Der Himmel weiß, was er mit mir anstellt, wenn ich
ihn jetzt im Stich lasse.«
In der Halle waren Stimmen zu hören. »Da ist noch etwas, was
ich dir sagen muß, bevor die anderen hereinkommen«, sagte Augusta hastig. »Ich habe inzwischen Mr. David Middleton kennengelernt.«
Micky nickte. »Was wollte er?«
»Er war höflich, nahm aber kein Blatt vor den Mund. Er sagte,
nach seinem Dafürhalten sei die ganze Wahrheit über den Tod
seines Bruders noch nicht bekannt, und fragte mich, ob ich ihn
mit Hugh Pilaster oder Tonio Silva in Verbindung bringen könne.

Ich sagte ihm, die beiden seien außer Landes und er verschwende nur seine Zeit.«

»Ich wünschte, das Problem mit Seth ließe sich genauso glatt lösen wie dieses«, sagte Micky.

Im gleichen Moment ging die Tür auf, und Edward kam herein, gefolgt von seiner Schwester Clementine.

Clementine sah Augusta sehr ähnlich, verfügte jedoch nicht über die starke Persönlichkeit ihrer Mutter und auch nicht, obwohl sie wesentlich jünger war, über deren sinnliche Ausstrahlung. Augusta schenkte ihnen Tee ein. Fahrig fragte Micky Edward, was er am Abend vorhabe. Im September fanden weder Partys noch Bälle statt. Da sich die Aristokratie bis nach Weihnachten von London fernhielt, waren nur noch die Politiker und ihre Frauen in der Stadt. Für die Angehörigen der Mittelklasse gab es dagegen keinen Mangel an Unterhaltung. Edward hatte Eintrittskarten fürs Theater. Micky heuchelte Interesse, doch seine Gedanken weilten bei Papa.

Hastead servierte heißes, mit Butter bestrichenes Teegebäck, sogenannte Muffins, und Edward sprach ihnen herzhaft zu. Micky dagegen hatte keinen Appetit.

Unterdessen trafen weitere Familienmitglieder ein: Josephs jüngerer Bruder William, seine häßliche Schwester Madeleine und deren Ehemann, Major Hartshorn, der Mann mit der Narbe auf der Stirn. Die Finanzkrise war das beherrschende Gesprächsthema, doch Micky erkannte bald, daß sich die Pilasters nicht davor fürchteten. Der alte Seth hatte die Krise kommen sehen und dafür gesorgt, daß das Bankhaus Pilaster nicht in die Schußlinie geriet. Hochriskante Effekten hatten an Wert verloren – ägyptische, peruanische und türkische Anleihen waren geplatzt –, aber englische Staatsanleihen und Eisenbahnaktien hatten nur geringe Kurseinbußen zu verzeichnen.

Einer nach dem anderen gingen die Anwesenden hinauf und besuchten den alten Seth, und einer nach dem anderen kamen sie wieder herunter und erzählten, wie prächtig es ihm gehe. Micky wartete bis zum Schluß. Als er endlich hinaufging, war es bereits halb sechs.

Seth war in Hughs ehemaligem Zimmer untergebracht. Vor der offenstehenden Tür saß eine Krankenschwester, die er jederzeit rufen konnte. Micky ging hinein und schloß die Tür hinter sich.

Seth saß aufrecht im Bett und las den *Economist.* »Guten Tag, Mr. Pilaster«, sagte Micky. »Wie geht es Ihnen?«

»Hoffentlich kann ich bald nach Hause.« Micky starrte den gebrechlichen alten Mann auf den weißen Leintüchern an. Seine Gesichtshaut war fast durchsichtig, und die gekrümmte Nase, das Markenzeichen der Pilaster, wirkte schärfer und messerartiger denn je. Die Augen dagegen verrieten eine hellwache Intelligenz. Seth Pilaster sah aus, als könne er noch zehn Jahre leben und die Geschicke der Bank leiten.

Micky glaubte die Stimme seines Vaters zu hören: *Wer steht dir im Weg?* fragte sie.

Der alte Seth war schwach und hilflos. Micky war der einzige Besucher. Die Krankenschwester war draußen.

In diesem Augenblick wußte Micky, daß er den Alten umbringen mußte.

Die Stimme seines Vaters sagte: *Tu es jetzt!*

Er konnte den Greis mit einem Kissen ersticken, ohne Spuren zu hinterlassen. Alle Welt würde annehmen, er sei eines natürlichen Todes gestorben.

Abscheu wallte in Micky auf und ihm wurde übel.

»Was ist denn mit dir los?« fragte Seth. »Du siehst ja kränker aus als ich.«

»Sitzen Sie auch bequem, Sir?« fragte Micky. »Lassen Sie mich die Kissen zurechtrücken.«

»Nur keine Umstände, das ist alles in Ordnung«, sagte Seth, doch Micky griff hinter ihn und zog ein großes Daunenkissen hervor.

Er sah dem alten Mann ins Gesicht und zögerte.

In Seths Augen blitzte Furcht auf, und er öffnete den Mund, um zu schreien.

Doch ehe er auch nur einen Laut hervorbringen konnte, hatte ihm Micky auch schon das Kissen übers Gesicht geworfen und seinen Kopf nach hinten gedrückt.

Aber er hatte seine Rechnung ohne den Wirt gemacht. Die Arme

des alten Seth waren frei geblieben. Mit erstaunlicher Kraft
packte er Mickys Unterarme, und Micky sah mit Entsetzen, wie
sich die alten Klauen um seine Jackenärmel verkrampften. Mit
aller Kraft drückte er das Kissen nieder. Verzweifelt klammerte
sich Seth an Mickys Arme, doch der junge Mann war stärker.
Als seine Bemühungen erfolglos blieben, begann Seth mit den
Füßen zu strampeln und wand sich hin und her. Er konnte sich
zwar nicht aus Mickys Griff befreien, doch Hughs altes Bett fing
an zu quietschen, so daß Micky befürchtete, die Krankenschwester könnte es hören und hereinkommen, um nach dem Rechten
zu sehen. Aus Mickys Sicht gab es nur noch eine einzige Möglichkeit, den alten Mann ruhig zu halten: Ohne das Kissen von Seths
Gesicht zu nehmen, legte er sich auf den sich windenden Körper.
Grotesk, dachte er bei sich – wie Sex mit einer sich sträubenden
Frau ... Mit Mühe unterdrückte er ein hysterisches Lachen, das
über seine Lippen blubbern wollte. Seth wehrte sich noch immer,
aber Mickys Gewicht schränkte seine Bewegungsmöglichkeiten
ein. Das Bett hörte auf zu quietschen. Und Micky ließ nicht lok-
ker. Dann wurden die Bewegungen schwächer und hörten schließlich ganz auf. Micky harrte noch ein wenig aus, weil er kein Risiko
eingehen wollte. Schließlich zog er vorsichtig das Kissen beiseite
und starrte das weiße, stille Gesicht an. Die Augen waren geschlossen, die Züge reglos. Der alte Mann sah aus wie tot. Ich
muß nachprüfen, ob das Herz noch schlägt, dachte Micky. Langsam und ängstlich neigte er den Kopf über Seths Brust.
In diesem Augenblick riß der Greis die Augen weit auf, und ein
tiefer und langer Atemzug entrang sich seiner Kehle.
Um ein Haar hätte Micky vor Grauen aufgeschrien. Doch schon
im nächsten Moment hatte er sich wieder gefangen und schob
erneut das Kissen über Seths Gesicht. Er drückte es nieder und
schauderte vor Angst und Abscheu, doch diesmal regte sich kein
Widerstand mehr.
Micky wußte, daß er, um alle Zweifel am Tod Seth Pilasters aus-
zuräumen, noch ein paar Minuten zudrücken mußte, doch die
Nähe der Krankenschwester beunruhigte ihn. Das lange Schweigen fiel ihr womöglich auf. Um den Anschein der Normalität zu

wahren, mußte er reden. Aber was sollte er zu einem Toten sagen? Irgend etwas, redete er sich ein, es kommt doch gar nicht darauf an. Hauptsache, sie hört das Gemurmel eines Gesprächs ...»Mir geht es recht gut«, stammelte er verzweifelt. »Ziemlich gut, ziemlich gut! Und wie geht es Ihnen? Freut mich zu hören, daß es Ihnen bessergeht. Sehr schön, Mr. Pilaster. Es freut mich wirklich sehr, daß Sie so gut aussehen, ja, wirklich glänzend. Und so viel besser ... O Gott, ich kann nicht mehr ... Sehr schön, Mr. Pilaster, prächtig, prächtig ...«

Er hielt es nicht mehr aus. Micky nahm sein Gewicht von dem Kissen. Mit von Ekel verzerrter Miene fingerte er über Seths Brust nach der Stelle, unter der er das Herz vermutete. Spärliche weiße Haare wuchsen auf der blassen Greisenhaut. Der Körper unter dem Nachthemd war warm, aber ein Herzschlag war nicht zu spüren. *Bist du diesmal wirklich hinüber?* dachte er und glaubte plötzlich Papas wütende, ungeduldige Stimme zu hören. *Ja, du Idiot,* sagte sie, *er ist tot. Und nun sieh zu, daß du verschwindest!* Micky rollte sich von der Leiche herunter und stand auf; das Kissen lag noch immer über Seth Pilasters Kopf.

Jetzt war ihm speiübel. Schwach und benommen, suchte er Halt an einem Bettpfosten. Ich habe ihn getötet, dachte er. Ich habe ihn getötet.

Draußen auf der Galerie ertönte eine Stimme.

Micky betrachtete die Leiche und riß das Kissen fort. Die Augen waren geöffnet, der Blick starr.

Da ging die Tür auf, und Augusta kam herein.

Sie blieb stehen und sah das verwüstete Bett. Sie sah das reglose Gesicht des Greises, die erstarrten Augen, das Kissen in Mickys Hand. Das Blut wich ihr aus den Wangen.

Stumm und hilflos glotzte Micky sie an und harrte ihrer Worte.

Augusta stand da wie angewurzelt. Ihr Blick wanderte von Seth zu Micky und wieder zurück.

Dann schloß sie langsam und leise die Tür.

Sie nahm Micky das Kissen aus der Hand. Sie ging zum Bett, hob den leblosen Kopf des alten Seth an, legte das Kissen wieder an Ort und Stelle und glättete das Laken. Sie hob den *Economist* vom

Boden auf, plazierte ihn auf Seths Brust und faltete darüber seine
Hände. Nun sah alles so aus, als wäre der alte Mann beim Lesen
eingeschlafen.

Dann schloß Augusta Seth die Augen und kam auf Micky zu. »Du
zitterst ja«, sagte sie, umfaßte sein Gesicht mit den Händen und
küßte ihn auf den Mund.

Im ersten Augenblick war er völlig fassungslos und unfähig zu
jeder Reaktion, doch dann verwandelte sich sein Entsetzen blitzartig in Lust. Er umarmte sie und spürte ihren Busen an seiner
Brust. Augusta öffnete den Mund, und ihre Zungen fanden sich.
Micky griff mit beiden Händen nach ihren Brüsten und drückte
sie. Augusta rang nach Luft und begann, ihren Unterleib an seinem harten Glied zu reiben. Beide fingen sie an zu keuchen. Um
nicht laut aufzuschreien, nahm Augusta Mickys Hand in den
Mund und biß zu. Sie preßte die Lider zusammen und erschau-
erte. Micky spürte, wie sie kam, und war selbst so erregt, daß
auch er den Höhepunkt erreichte.

Das Ganze hatte nur wenige Augenblicke gedauert. Danach blieben sie noch ein kleine Weile, nach Atem ringend, aneinander
hängen. Micky war vollkommen durcheinander und zu keinem
klaren Gedanken fähig.

Kaum war Augusta wieder zu Atem gekommen, da löste sie sich
auch schon aus der Umarmung. »Ich gehe jetzt in mein Zimmer«,
sagte sie ruhig. »Und du solltest so schnell wie möglich verschwinden.«

»Augusta ...«

»Für dich bin ich Mrs. Pilaster!«

»Ja, gut ...«

»Hier ist nichts geschehen«, raunte sie ihm zu. »Hast du mich
verstanden? *Nichts von alledem ist geschehen!*«

»Ja, gut ...« wiederholte er.

Sie glättete ihr Kleid und brachte ihre Frisur in Ordnung. Micky
stand hilflos daneben und sah ihr zu. Ihre Willensstärke lähmte
ihn. Augusta wandte sich ab und strebte der Tür zu. Micky öffnete
sie mechanisch, ließ Augusta den Vortritt und ging ebenfalls hinaus.

Die Krankenschwester sah sie fragend an. Augusta legte den Zeigefinger auf die Lippen und sagte leise: »Psst! Er ist gerade eingeschlafen.«

Ihre kühle Selbstbeherrschung verblüffte Micky und machte ihm gleichzeitig angst.

»Das ist wohl das beste für ihn«, sagte die Krankenschwester. »Ich lasse ihn mal ein Stündchen oder so ruhen.«

Augusta nickte zustimmend. »Das täte ich an Ihrer Stelle auch«, sagte sie. »Glauben Sie mir. Es fehlt ihm momentan an nichts.«

1. KAPITEL   Sechs Jahre später kehrte Hugh nach London zurück. Die Pilasters hatten in dieser Zeit ihren Reichtum verdoppelt, und das war zu einem guten Teil sein Verdienst.

Er hatte in Boston hervorragende Arbeit geleistet und war erfolgreicher gewesen, als er es sich je hätte träumen lassen. Mit zunehmender Überwindung der Bürgerkriegsfolgen in Nordamerika war der transatlantische Handel aufgeblüht, und Hugh hatte dafür gesorgt, daß das Bankhaus Pilaster einen beachtlichen Prozentsatz der getätigten Geschäfte finanzieren konnte.

Auf sein Anraten hin hatten die Teilhaber in eine Reihe lukrativer nordamerikanischer Aktien und Obligationen investiert. Nach Kriegsende benötigten Staat und Geschäftswelt flüssige Mittel, und das Bankhaus Pilaster stellte es zur Verfügung.

Schließlich hatte Hugh sich auch zum Experten auf dem chaotischen Markt für Eisenbahnaktien entwickelt. Schon bald konnte er mit sicherem Blick voraussagen, welche Gesellschaft steinreich werden und welche kaum den ersten Höhenzug im Gelände überwinden würde. Onkel Joseph, der noch das warnende Beispiel des New Yorker Börsenkrachs von 1873 vor Augen hatte, war anfangs sehr zurückhaltend gewesen. Aber Hugh hatte den vorsichtigen Konservatismus der Pilasters geerbt: Er empfahl ausschließlich Aktien guter Qualität und vermied aufs peinlichste alles, was nach unreeller Spekulation aussah. Und sein Urteil hatte sich bewährt.

Das Bankhaus Pilaster war weltweit zum führenden Kapitalgeber der industriellen Entwicklung Nordamerikas aufgestiegen. Hugh verdiente jetzt ein Jahresgehalt von eintausend Pfund und wußte genau, daß er noch sehr viel mehr wert war.

Am Kai in Liverpool hieß ihn der Prokurist der örtlichen Bankfiliale willkommen, ein Mann, mit dem er seit seiner Übersiedlung nach Boston mindestens einmal wöchentlich Telegramme gewechselt, ihn jedoch nie persönlich kennengelernt hatte. Als sie sich gegenseitig vorstellten, entfuhr dem Filialleiter der Satz: »Du meine Güte, Sir, ich wußte gar nicht, daß Sie noch so jung sind!« Hugh freute sich im stillen über diese Bemerkung, hatte er doch am gleichen Morgen in seinem ansonsten kohlschwarzen Schopf ein silbergraues Haar entdeckt. Er war sechsundzwanzig Jahre alt.

Er fuhr mit dem Zug nach Folkestone, ohne seine Reise in London zu unterbrechen. Die Teilhaber erwarteten vermutlich, daß er zunächst einmal ihnen Bericht erstattete, bevor er seine Mutter besuchte, aber Hugh war da anderer Meinung. Die vergangenen sechs Jahre meines Lebens haben ausschließlich ihnen gehört, dachte er, da schulde ich Mutter jetzt mindestens einen Tag ...

In ihrer stillen Gelassenheit war sie schöner denn je, wenngleich sie im Andenken an ihren geliebten Mann noch immer Schwarz trug. Die zwölfjährige Dotty konnte sich kaum noch an ihren Bruder erinnern und verhielt sich zunächst ganz schüchtern, bis er sie auf den Schoß nahm und sie an ihre ebenso gutgemeinten wie erfolglosen Bemühungen, seine Hemden zusammenzulegen, erinnerte.

Er bat seine Mutter, in ein größeres Haus umzuziehen; er könne es sich jetzt ohne weiteres leisten, für die Miete aufzukommen. Doch Mutter lehnte seinen Vorschlag ab und riet ihm, sein Geld zu sparen und Kapital aufzubauen. Er konnte sie allerdings dazu überreden, ein zusätzliches Hausmädchen einzustellen. Mrs. Builth, die ihr seit langem den Haushalt führte, war alt geworden und schaffte es nicht mehr allein.

Tags darauf fuhr er mit der London-, Chatham- und Dover-Bahn in die Hauptstadt und traf am Holborn-Viadukt ein. Gleich neben dem Bahnhof hatten Investoren ein riesiges neues Hotel errichtet. Sie spekulierten darauf, daß Holborn sich zu einer vielbesuchten Zwischenstation britischer Geschäftsleute auf dem Weg nach Nizza oder St. Petersburg entwickeln würde. Hugh für sein Teil hätte kein Geld in dieses Projekt gesteckt. Er war überzeugt, daß

der Bahnhof überwiegend von Angestellten genutzt würde, die aus
den sich rapide ausbreitenden Vororten im Südosten Londons zur
Arbeit in die City fuhren.

Es war ein heller Frühlingsmorgen. Hugh ging zu Fuß zur Bank.
Die Luft der britischen Hauptstadt war rauchgeschwängert und
viel schlechter als in Boston oder New York. Vor dem Bankge-
bäude hielt er kurz inne und musterte die grandiose Fassade.

Er hatte die Teilhaber wissen lassen, daß er einen Urlaub in der
alten Heimat verbringen sowie seine Mutter und seine Schwester
wiedersehen wolle. Aber das waren nicht die einzigen Gründe für
seine Rückkehr.

Hugh Pilaster wollte eine Bombe hochgehen lassen.

In seinem Reisegepäck befand sich der fertige Plan für eine Fusion
der nordamerikanischen Niederlassung des Bankhauses Pilaster
mit dem New Yorker Bankhaus Madler & Bell. Das neue Unternehmen sollte den Namen Madler, Bell and Pilaster führen. Die
Pilasters würden von einer solchen Verbindung, in der Hugh die
Krönung seiner eigenen Aktivitäten in den Vereinigten Staaten
sah, enorm profitieren. Für sich persönlich erhoffte er sich die
Chance, nach London zurückkehren und vom weisungsgebunde-
nen Außendienstmitarbeiter in den Rang eines Entscheidungsträ-
gers aufsteigen zu können. Sein Leben im Exil sollte ein Ende
haben.

Nervös rückte er seine Krawatte gerade und betrat das Gebäude.

Die Schalterhalle mit ihrem Marmorboden und dem pompösen
Aufsichtspersonal, die ihn vor Jahren noch so beeindruckt hatte,
kam ihm jetzt einfach nüchtern vor. Am Fuß der Treppe begegnete
er Jonas Mulberry, seinem ehemaligen Vorgesetzten. Mulberry
begrüßte ihn überrascht und voller Freude über das Wiedersehen.

»Mr. Hugh!« sagte er und schüttelte ihm kräftig die Hand. »Bleiben Sie jetzt bei uns?«

»Ich hoffe es. Wie geht es der verehrten Frau Gemahlin?«

»Danke, sehr gut.«

»Bitte grüßen Sie sie von mir. Was machen die drei Kleinen?«

»Es sind jetzt fünf und alle, Gott sei Dank, wohlauf.«

Hugh hatte noch eine Frage, von der er nicht wußte, ob der lei-

tende Angestellte in der Lage wäre, sie zu beantworten: »Sagen
Sie, Mulberry, waren Sie schon im Hause, als Mr. Joseph zum
Teilhaber ernannt wurde?«

»Ja, ich war damals gerade eingestellt worden. Das war im Juni
vor fünfundzwanzig Jahren.«

»Dann war Mr. Joseph damals also ...«

»... neunundzwanzig.«

»Danke.«

Hugh ging hinauf und klopfte an die Tür des Direktionszimmers.
Alle vier Teilhaber waren anwesend: Onkel Joseph saß am
Schreibtisch des Seniorpartners. Er war sichtlich älter und kahler
geworden und sah dem alten Seth immer ähnlicher. Major Hartshorn, Tante Madeleines Ehemann, saß am offenen Kamin und las
die *Times*; seine Nase war inzwischen so rot wie die Narbe auf
seiner Stirn. Onkel Samuel brütete mit gerunzelter Stirn über
einem Vertrag und war, wie üblich, untadelig gekleidet: Zum
zweireihigen schwarzgrauen Cutaway trug er eine perlgraue Weste. Der jüngste Teilhaber war der einunddreißigjährige William.
Er saß an seinem Schreibtisch und schrieb etwas in ein Notizbuch.

Samuel war der erste, der Hugh begrüßte: »Mein lieber Junge!«
sagte er und schüttelte ihm die Hand. »Wie gut du aussiehst!«

Hugh begrüßte die Teilhaber reihum mit Handschlag, akzeptierte
dankend ein Glas Sherry und ließ seinen Blick über die Porträts
der ehemaligen Seniorpartner des Hauses schweifen. »Vor sechs
Jahren habe ich in diesem Raum hier Lord Liversedge russische
Staatsanleihen im Werte von hunderttausend Pfund verkauft«,
sagte er nachdenklich.

»Das hast du«, bestätigte Samuel.

»Die fünfprozentige Provision, die die Bank bei dieser Transaktion
eingestrichen hat, ergibt eine Summe, die noch immer höher liegt
als mein Gesamtgehalt nach acht Jahren Tätigkeit für dieses
Haus.« Er lächelte.

»Ich hoffe, ich muß das nicht als Wunsch nach Gehaltserhöhung
interpretieren«, sagte Joseph gereizt. »Du bist bereits der bestbe-
zahlte Angestellte der Firma.«

»Mit Ausnahme der Teilhaber.«

»Das versteht sich von selbst«, gab Joseph scharf zurück.

Ein schlechter Start, dachte Hugh, ich war mal wieder zu stürmisch. Immer mit der Ruhe ...»Nein, ich komme nicht um eine Gehaltserhöhung ein«, sagte er, »aber ich habe den Teilhabern einen Vorschlag zu unterbreiten.«

»Dann nimm Platz, und laß uns wissen, worum es geht«, erwiderte Onkel Samuel.

Hugh ließ sein Sherryglas stehen, ohne auch nur daran genippt zu haben, und konzentrierte sich. Er wollte unbedingt erreichen, daß die anderen seinem Plan zustimmten. Dabei ging es nicht nur um die Krönung seiner Arbeit, sondern auch um den Beweis dafür, daß er sich, allen Widrigkeiten zum Trotz, durchgesetzt hatte. Der Bank verschaffte die geplante Verbindung auf einen Schlag mehr Aufträge, als ihr die meisten Teilhaber in einem ganzen Jahr beschaffen konnten. Und wenn die Partner zustimmten, würden sie sich auch mehr oder minder verpflichtet fühlen, ihn zu einem der Ihren zu machen.

»Das Finanzzentrum der Vereinigten Staaten ist nicht mehr Boston«, begann er. »Diesen Rang nimmt jetzt New York ein. Wir sollten deshalb unser Büro dorthin verlegen. Allerdings hat die Sache einen Haken. Bei einem Großteil der Geschäfte, die ich in den vergangenen Jahren getätigt habe, handelte es sich um gemeinsame Unternehmungen mit dem New Yorker Bankhaus Madler & Bell. Das ergab sich daraus, daß Sidney Madler mich am Anfang, als ich noch ein grüner Junge war, unter seine Fittiche nahm. Würden wir nach New York umziehen, gerieten wir in eine Konkurrenzsituation zu ihnen.«

»Gegen Konkurrenz am rechten Ort ist nichts einzuwenden«, stellte Major Hartshorn fest. Wertvolle Redebeiträge kamen von ihm so gut wie nie – doch anstatt den Mund zu halten, zog er es vor, in dogmatischem Ton Binsenweisheiten zu verkünden.

»Das mag sein. Aber ich habe eine bessere Idee. Warum fusionieren wir auf dem amerikanischen Markt nicht mit Madler & Bell?«

»Fusionieren?« fragte Hartshorn. »Was meinst du damit?«

»Ein gemeinsames Unternehmen gründen, das den Namen Madler, Bell & Pilaster führt und sowohl in New York als auch in Boston vertreten ist.«

»Und wie soll das funktionieren?«

»Das neue Haus wäre für die Finanzierung aller Import- und Exportgeschäfte zuständig, die zur Zeit von beiden betroffenen Häusern getrennt getätigt werden. Die Profite würden geteilt. Das Bankhaus Pilaster erhielte die Chance, sich an allen neuen von Madler & Bell am Markt plazierten Anleihen- und Wertpapieremissionen zu beteiligen. Ich würde das Geschäft von London aus führen.«

»Gefällt mir nicht«, sagte Joseph. »Damit liefern wir unser Haus fremder Kontrolle aus.«

»Das Beste kommt erst noch!« fuhr Hugh fort. »Sämtliche europäischen Aktivitäten von Madler & Bell, die sich gegenwärtig auf verschiedene Agenten in London verteilen, würden den Pilasters zufallen.«

Joseph konnte sich ein überraschtes Räuspern nicht verkneifen. »Das würde sich auf …«

»… mehr als fünfzigtausend Pfund Provision pro Jahr belaufen.«

»Du meine Güte!« entfuhr es Major Hartshorn.

Die Verblüffung der Teilhaber war vollkommen. Nie zuvor hatten sie sich auf ein solches Gemeinschaftsgeschäft eingelassen, und niemals hätten sie einen so innovativen Vorschlag erwartet – schon gar nicht aus dem Munde eines Mannes, der noch nicht einmal Teilhaber war. Doch die Aussicht auf fünfzigtausend Pfund Provision im Jahr war unwiderstehlich.

»Du hast offensichtlich schon mit ihnen darüber gesprochen«, sagte Samuel.

»Ja. Madler ist Feuer und Flamme, ebenso wie sein Partner John James Bell.«

»Und du würdest das gemeinsame Unternehmen von London aus leiten«, warf der junge William ein.

Hugh merkte, daß William in ihm einen Rivalen sah, der ihm in fünftausend Kilometer Entfernung weniger gefährlich erschienen war. »Warum nicht?« fragte er. »Das Kapital wird schließlich in London beschafft.«

»Und welchen Rang würdest du bekleiden?«

Hugh wäre es lieber gewesen, er hätte diese Frage nicht so schnell beantworten müssen. Ihm war klar, daß William ihn mit Absicht in diese peinliche Situation gebracht hatte. Nun blieb ihm nichts anderes übrig, als in den sauren Apfel zu beißen. »Ich nehme an, die Herren Madler und Bell erwarten, ihre Verhandlungen mit einem Teilhaber des Bankhauses Pilaster führen zu können.«

»Für einen Teilhaber bist du noch zu jung«, sagte Joseph wie aus der Pistole geschossen.

»Ich bin sechsundzwanzig, Onkel«, erwiderte Hugh. »Du warst neunundzwanzig, als du zum Teilhaber ernannt wurdest.«

»Drei Jahre sind eine lange Zeit.«

»Und fünfzigtausend Pfund sind eine Menge Geld.« Hugh spürte, daß seine Replik vorlaut klingen mußte – er neigte zu dieser Schwäche –, und machte sofort einen Rückzieher. Wenn ich sie in die Enge treibe, lehnen sie meinen Vorschlag schon aus reiner Sturheit ab, dachte er und sagte: »Die Sache will natürlich sorgfältig abgewogen sein. Mir ist klar, daß ihr das erst einmal untereinander besprechen wollt. Vielleicht ist es besser, ich lasse euch eine Weile allein?« Samuel nickte ihm kaum merklich zu. Hugh erhob sich und ging zur Tür.

»Ganz unabhängig davon, zu welchem Ergebnis wir kommen, Hugh«, sagte Samuel, »dein erfrischender Vorschlag verrät unternehmerisches Engagement und verdient Anerkennung. Darüber sind wir uns wohl alle einig.«

Er blickte fragend in die Runde. Alle Teilhaber nickten zustimmend, und Onkel Joseph murmelte: »Fürwahr, fürwahr.«

Soll ich mich nun freuen, weil sie den Plan nicht sofort abgelehnt haben – oder soll ich mich ärgern, weil sie ihm nicht sofort zustimmen? fragte sich Hugh. Seine Hochstimmung war plötzlich wie weggeblasen. Aber mehr konnte er im Moment nicht tun. »Danke«, sagte er und verließ den Raum.

Es war vier Uhr am Nachmittag, als Hugh Pilaster zum erstenmal
wieder vor Augustas imposanter Villa in Kensington stand.

Sechs Jahre im Londoner Ruß hatten die roten Ziegel nachdun-
keln und die weißen Natursteine grau werden lassen, doch die
Tierskulpturen auf dem Treppengiebel befanden sich ebenso noch
an Ort und Stelle wie das aufgetakelte Schiff auf dem Dach. Und
da heißt es, die Amerikaner würden ihren Reichtum zur Schau
stellen, dachte Hugh bei ihrem Anblick.

Aus den Briefen seiner Mutter wußte er, daß Joseph und Augusta
einen Teil ihres unentwegt wachsenden Reichtums in zwei andere
Anwesen gesteckt hatten – in ein Schloß in Schottland und ein
Landhaus in Buckinghamshire. Augusta hatte das Haus in Kensington veräußern und statt dessen eine Villa in Mayfair kaufen
wollen, aber da hatte Joseph ein Machtwort gesprochen: Ihm
gefiel es hier.

Obwohl das Haus zur Zeit seiner Abreise noch ziemlich neu gewesen war, barg es für Hugh eine Fülle von Erinnerungen. Hier hatte
er Augustas Gehässigkeiten ertragen müssen, Florence Stalworthy
umworben, Edwards Nase ramponiert und Maisie Robinson geliebt. Die Erinnerung an Maisie war die stärkste, und sie bezog
sich weniger auf die ihm zugefügte Demütigung und die Ungnade,
in die er gefallen war, als auf die alles verzehrende Leidenschaft.
Er hatte seither nichts mehr von Maisie gehört oder gesehen, doch
gab es in seinem Leben keinen einzigen Tag, an dem er nicht an
sie dachte.

Für die Familie galt nach wie vor die von Augusta verbreitete
Version des Skandals: Tobias Pilasters verdorbener Sohn hatte
eine Hure ins Haus gebracht und sich, als er mit ihr erwischt
wurde, bösartig an dem völlig unschuldigen Edward vergriffen.
Hugh ließ diese Verleumdung inzwischen kalt. Sollen sie doch
denken, was sie wollen, war seine Devise. Ich bin ein Pilaster und
Bankier, und das müssen sie anerkennen. Und wenn ich Glück
habe, bleibt ihnen schon bald gar nichts anderes mehr übrig, als
mich zum Teilhaber zu ernennen ...

Es war erstaunlich, wie sehr sich die Familie in den vergangenen
sechs Jahren verändert hatte. Hughs Mutter hatte ihren Sohn in

ihren monatlichen Briefen auf dem laufenden gehalten. Seine Cousine Clementine war mittlerweile verlobt und würde in Kürze heiraten. Edward hingegen war, allen Bemühungen seiner Mutter zum Trotz, noch nicht unter der Haube. Der junge William und seine Frau Beatrice hatten ein Baby bekommen, ein kleines Mädchen. Über diskretere Dinge stand indessen nichts in Mutters Briefen. Lebte Onkel Samuel immer noch mit seinem »Sekretär« zusammen? War Augusta so skrupellos wie eh und je – oder war sie mit den Jahren sanftmütiger geworden? Hatte Edward sich endlich besonnen und sich gefangen? Und war Micky Miranda mittlerweile mit einem der vielen Mädchen verheiratet, die sich Jahr für Jahr in ihn verliebten?

Es war an der Zeit, sich ihnen zu stellen. Hugh überquerte die Straße und klopfte an die Tür.

Hastead, Augustas aalglatter Butler, öffnete ihm. Er hatte sich anscheinend überhaupt nicht verändert. Unverdrossen blickten seine Augen in zwei verschiedene Richtungen. »Guten Tag, Mr. Hugh«, sagte er, doch seine walisisch gefärbte Stimme klang frostig und deutete an, daß Hugh sich noch immer nicht der Gunst des Hauses erfreute. Die Art und Weise, wie Hastead einen begrüßte, war ein untrügliches Spiegelbild der Gefühle Augustas.

Er durchschritt das Portal und betrat die Eingangshalle, wo ihn, gleich einem Empfangskomitee, die drei Gralshüterinnen des Hauses Pilaster erwarteten: Augusta nebst ihrer Schwägerin Madeleine und ihrer Tochter Clementine. Augusta, inzwischen siebenundvierzig Jahre alt, war eine ungebrochen glänzende Erscheinung. Das klassische Gesicht mit den dunklen Augenbrauen und dem stolzen Blick hatte sich nicht verändert, und wenn sie ein wenig fülliger geworden war, so konnte sie sich dank ihrer Größe die zusätzlichen Pfunde ohne weiteres leisten. Clementine war eine schlankere Ausgabe ihrer Mutter, doch fehlten ihr die Aura der Unbezwingbarkeit, die ihre Mutter umgab, und das gewisse Etwas, das eine Schönheit aus ihr gemacht hätte. Tante Madeleine war, Zoll um Zoll, eine echte Pilaster, von der großen Hakennase über die hagere, eckige Figur bis hinab zum mit teurer Spitze besetzten Saum ihres eisblauen Kleides.

Hugh zwang sich zu einem Lächeln und gab jeder der Damen einen Begrüßungskuß.

»Nun, Hugh«, sagte Augusta in fragendem Ton, »ich nehme an, daß du durch deine Erfahrungen in der Fremde dazugelernt hast und nun ein klügerer junger Mann bist als ehedem.«

Niemand hier darf je vergessen, daß ich dieses Haus in Ungnade verlassen habe, dachte Hugh, dafür wird sie schon sorgen ... »Ich nehme an, liebe Tante, daß wir alle im Alter klüger werden«, erwiderte er und sah zu seiner Genugtuung, wie sich ihre Miene vor Ingrimm verdunkelte.

»So, so«, gab sie frostig zurück.

»Gestatte, Hugh«, sagte Clementine, »daß ich dir meinen Verlobten vorstelle, Sir Harry Tonks.«

Hugh drückte dem Mann, der sich bisher dezent im Hintergrund gehalten hatte, die Hand. Für einen selbst erworbenen Titel war Harry noch zu jung; der »Sir« bedeutete demnach, daß er ein Baronet war, also eine Art Adliger zweiter Klasse. Hugh beneidete ihn nicht um seine Braut. Sie war nicht so schlimm wie ihre Mutter, hatte aber schon immer eine kleinliche Ader.

»Wie war die Überfahrt?« fragte Harry.

»Es ging sehr schnell. Ich bin mit einem der neuen Schraubendampfer gekommen. Es dauerte nur sieben Tage.«

»Bei Gott! Das ist ja höchst beachtlich!«

»Aus welchem Teil Englands stammen Sie, Sir Harry?« fragte Hugh aus reiner Neugier.

»Ich besitze ein Gut in Dorsetshire. Die meisten meiner Pächter sind Hopfenbauern.«

Landadel also, schloß Hugh. Wenn er auch nur ein Fünkchen Verstand hat, wird er seinen Grundbesitz verkaufen und das Geld beim Bankhaus Pilaster anlegen. Harry kam ihm zwar nicht besonders helle vor, war aber vielleicht formbar. Die Frauen der Familie neigten dazu, sich Ehemänner auszusuchen, die folgsam ausführten, was ihnen aufgetragen wurde. Harry wirkte auf Hugh wie eine jüngere Ausgabe von Madeleines Mann George. Mit zunehmendem Alter wurden diese Männer immer mürrischer und gereizter, doch zur offenen Rebellion kam es so gut wie nie.

»Komm in den Salon!« gebot Augusta. »Alle Welt brennt darauf, dich zu sehen!«

Er folgte ihr, blieb aber auf der Schwelle stehen. Das vertraute geräumige Zimmer mit den beiden großen Kaminen an den Schmalseiten und den in den langen Garten hinausführenden Flügeltüren hatte sich stark verändert. Von dem ehemals japanischen Inventar war nichts mehr zu sehen. Statt dessen hatte man den Salon in den üppigsten Farben und Mustern neu dekoriert. Bei genauerem Hinsehen entdeckte Hugh überall Blumen: Große gelbe Margeriten schmückten den Teppich, rote Rosen rankten sich auf der Tapete an einem Spalier empor, in den Vorhängen blühte der Mohn, und rosa Chrysanthemen zierten die Seide, die Stuhlbeine, Spiegelrahmen, Beistelltischchen und den Flügel überzog. »Du hast das Zimmer neu eingerichtet, Tante«, sagte er überflüssigerweise zu Augusta.

»Alles stammt aus der Werkstatt von William Morris in Oxford«, bemerkte Clementine. »Es ist das Modernste, was es gibt.«

»Wir müssen allerdings den Teppich auswechseln lassen«, ergänzte Augusta. »Er paßt farblich nicht zum Ensemble.«

Hugh erinnerte sich: Augusta war nie zufrieden.

Fast die gesamte Familie Pilaster hatte sich versammelt. Sie platzen alle schier vor Neugier, dachte Hugh. Mit Schimpf und Schande hatten sie ihn davongejagt und wohl damit gerechnet, ihn nie wiederzusehen. Aber sie hatten ihn unterschätzt, und jetzt war er wie ein siegreicher Held zurückgekehrt. Einen solchen Burschen mußte man wohl doch noch einmal genauer unter die Lupe nehmen ...

Der erste, dem Hugh die Hand schüttelte, war sein Vetter Edward. Er war jetzt neunundzwanzig, sah aber älter aus. Edward hatte beträchtlich zugenommen, und das gerötete Gesicht verriet den Gourmand. »Da bist du also wieder«, sagte er und verzog das Gesicht. Was als Lächeln gedacht sein mochte, mißglückte zu einem höhnischen Grinsen. Hugh konnte ihm kaum einen Vorwurf machen. Die beiden Vettern waren schon immer miteinander verglichen worden. Hughs Erfolge warfen daher stets auch ein bezeichnendes Licht auf Edwards berufliches Versagen.

Neben Edward stand Micky Miranda. Nach wie vor blendend aussehend und makellos gekleidet, erschien er Hugh glatter und selbstbewußter denn je zuvor. »Hallo, Miranda!« sagte Hugh. »Arbeitest du immer noch für den Gesandten Cordobas?«

»Ich *bin* der Gesandte Cordobas«, lautete die Antwort, die Hugh nicht allzusehr überraschte.

Es freute ihn, daß auch seine alte Freundin Rachel Bodwin zugegen war. »Hallo, Rachel, wie geht es Ihnen?« fragte er. Sie war nie ein hübsches Mädchen gewesen, hatte sich aber zu einer ansehnlichen Frau entwickelt. Ihre Züge waren sehr ausgeprägt, und die Augen standen ein wenig zu dicht beieinander, doch was vor sechs Jahren noch ziemlich unattraktiv gewirkt hatte, war nun auf eigentümliche Weise reizvoll. »Wie geht es Ihnen, und was treiben Sie?«

»Ich kämpfe für eine Reform des Eigentumsrechts zugunsten der Frauen«, antwortete Rachel. Dann lächelte sie breit und fügte hinzu: »Sehr zum Verdruß meiner Eltern, denen es lieber wäre, ich würde mir endlich einen Ehemann erkämpfen.«

Sie war schon immer von bestürzender Aufrichtigkeit, dachte Hugh. Ihm persönlich gefiel ihre Art; sie machte Rachel interessant. Aber er konnte sich gut vorstellen, daß viele in Frage kommende Junggesellen dadurch abgeschreckt wurden. Die meisten Männer bevorzugten Frauen, die ein bißchen schüchtern und nicht allzu gescheit waren.

Sie plauderten ein wenig über dies und das, und Hugh fragte sich, ob Augusta noch immer darauf erpicht war, ihn mit Rachel zu verkuppeln. Es wäre mehr oder weniger belanglos gewesen, denn der einzige Mann, für den Rachel bislang echtes Interesse gezeigt hatte, war Micky Miranda. Auch jetzt achtete sie darauf, Micky in die Unterhaltung mit Hugh einzubeziehen. Was die Mädchen an Micky so unwiderstehlich fanden, war Hugh stets ein Rätsel geblieben, und ganz besonders bei Rachel wunderte es ihn, war sie doch intelligent genug, den Schuft in ihm zu erkennen. Doch irgendwie hatte es den Anschein, als wäre es gerade diese Eigenschaft, die sie an Micky faszinierte.

Hugh ging weiter und schüttelte dem jungen William und seiner

Frau die Hand. Beatrice begrüßte Hugh herzlich, was ihn zu dem
Schluß veranlaßte, daß sie nicht ganz so unter Augustas Pantoffel
stand wie die anderen Frauen der Familie.

Sie wurden von Hastead unterbrochen, der Hugh einen Umschlag
reichte. »Wurde soeben von einem Boten überbracht«, sagte er.

Das Kuvert enthielt eine Einladung, die nach Hughs Eindruck
von einem Sekretär geschrieben worden war:

> *123, Piccadilly*
> *London, W.*
> *Dienstag*

*Mrs. Solomon Greenbourne bittet Sie heute abend beim Dinner um das
Vergnügen Ihrer Gesellschaft.*

Darunter standen in vertrautem Gekritzel die Worte:

> *Willkommen daheim! – Solly.*

Das war nicht schlecht. Bei Solly war es immer nett, er war ein
liebenswerter, umgänglicher Kerl. Warum können die Pilasters
nicht ebenso locker sein? fragte sich Hugh. Sind Methodisten
denn von Natur aus zugeknöpfter als Juden? Aber vielleicht gibt
es ja auch in der Familie Greenbourne Spannungen, von denen
ich bloß nichts weiß ...

»Der Bote wartet auf eine Antwort, Mr. Hugh«, sagte Hastead.

»Meine Empfehlungen an Mrs. Greenbourne. Es wird mir ein
Vergnügen sein, heute abend bei ihnen zu speisen.«

Hastead verbeugte sich und ging.

»Meine Güte, bist du wirklich bei den Solomon Greenbournes
zum Dinner eingeladen?« fragte Beatrice. »Wie phantastisch!«

Ihre Reaktion überraschte Hugh. »Was soll daran so phantastisch
sein?« fragte er. »Solly und ich waren Schulkameraden, und ich
mag ihn. Aber ein hochbegehrtes Privileg war eine Dinnereinla-
dung bei den Greenbournes eigentlich nie.«

»Ist es aber jetzt«, erwiderte Beatrice.

»Solly hat ein wahres Energiebündel geheiratet«, erklärte William. »Mrs. Greenbourne ist sehr gesellig, und ihre Partys sind die besten in ganz London.«

»Sie gehören zum Marlborough Set«, fügte Beatrice ehrfürchtig hinzu. »Sie sind mit dem Prinzen von Wales befreundet.«

Clementines Verlobter Harry hatte das Gespräch mit angehört und bemerkte nun in vorwurfsvollem Ton: »Ich weiß nicht, was aus der englischen Gesellschaft noch werden soll, wenn der Thronfolger lieber mit Juden statt mit Christen verkehrt.«

»Ach ja?« erwiderte Hugh. »Ich muß zugeben, daß ich nie begriffen habe, was die Leute gegen die Juden haben.«

»Ich für mein Teil kann sie auch nicht ausstehen«, konstatierte Harry.

»Sie heiraten in eine Bankiersfamilie ein – da werden Ihnen in Zukunft noch eine ganze Menge über den Weg laufen.«

Harry wirkte leicht pikiert.

»Augusta hält von dem ganzen Marlborough Set nichts, weder von den Juden noch vom Rest«, meinte William. »Ihre Moral läßt offenbar zu wünschen übrig.«

»Und ich wette, daß Augusta aus diesen Kreisen keine Einladungen erhält.«

Beatrice kicherte, und William sagte: »Nein, gewiß nicht.«

»Wie dem auch sei«, sagte Hugh. »Ich brenne darauf, Mrs. Greenbourne kennenzulernen.«

Die Piccadilly war eine Straße voller Paläste. Gegen acht Uhr an jenem frostkalten Januarabend herrschte dort hektischer Kutschen- und Droschkenverkehr, und auf den von Gaslaternen beleuchteten Bürgersteigen drängten sich vornehm gekleidete Herren wie Hugh, Damen in pelzverbrämten Samtmänteln und grell geschminkte Prostituierte beiderlei Geschlechts.

Tief in Gedanken versunken, ging Hugh seines Weges. Augustas Haltung ihm gegenüber war wie ehedem von unversöhnlicher Feindschaft geprägt. Insgeheim hatte er die schwache Hoffnung gehegt, sie sei vielleicht ein wenig sanftmütiger geworden, aber davon konnte nicht die Rede sein. Und noch immer war sie die

Matriarchin, was bedeutete, daß jeder, der sie zum Feind hatte,
auch mit der Familie über Kreuz lag.

Die Situation in der Bank stellte sich etwas erfreulicher dar. Das
Geschäft verpflichtete die Männer zu größerer Objektivität. Zwar
konnte kein Zweifel daran bestehen, daß Augusta alles daransetzen würde, um seine Beförderung zu verhindern, doch auf diesem
Gebiet war Hugh besser gegen ihre Angriffe gewappnet. Sie
mochte wissen, wie man Menschen manipulierte, vom Bankwesen
hatte sie jedoch nicht die geringste Ahnung.

Insgesamt gesehen, war der Tag gar nicht so schlecht verlaufen.
Hugh freute sich aufrichtig auf einen entspannten Abend im
Kreise seiner alten Freunde.

Damals, als Hugh nach Amerika gegangen war, hatte Solly noch
bei seinem Vater Ben in einer großen Villa am Green Park gelebt.
Inzwischen besaß er nicht weit davon entfernt ein eigenes, kaum
kleineres Haus. Durch einen imposanten Eingang erreichte Hugh
eine mit grünem Marmor getäfelte Halle. Die riesige Treppe, vor
der er bewundernd stehenblieb, bestand aus schwarzem und
orangefarbenem Marmor. Mrs. Greenbourne und Augusta Pilaster schienen etwas gemeinsam zu haben: Übertriebene Bescheidenheit war ihre Sache nicht.

In der Halle befanden sich ein Butler und zwei Dienstboten. Der
Butler nahm Hughs Hut entgegen, nur um ihn an einen der
Dienstboten weiterzureichen. Der zweite Diener führte den Gast
die Treppe hinauf. Oben angekommen, erblickte Hugh durch eine
offenstehende Tür das spiegelblanke Parkett eines Ballsaals mit
einer langen, von Vorhängen verdeckten Fensterreihe. Dann
wurde er in einen Salon geleitet.

Hugh war kein Experte für Inneneinrichtungen, erkannte aber
sofort den üppigen, extravaganten Stil Ludwigs XVI. Die Decke
bot sich dar als eine Orgie von Stukkaturen, Täfelungen mit Samttapisserien zierten die Wände, und alle Tische und Stühle standen
auf so zierlichen vergoldeten Beinen, daß man glaubte, um ihre
Stabilität fürchten zu müssen. Gelb, Orangerot, Gold und Grün
waren die dominierenden Farben. Daß prüde Zeitgenossen, die
ihren Neid mit Geschmacksvorbehalten kaschierten, diese Ein-

richtung als »vulgär« bezeichnen würden, konnte Hugh sich gut vorstellen. In Wirklichkeit war sie gefühlvoll und sinnlich: Es war ein Raum, in dem ungeheuer reiche Menschen alles tun und lassen konnten, was ihnen gerade in den Sinn kam.

Einige Gäste, die vor ihm eingetroffen waren, standen herum, rauchten und nippten an Champagnergläsern. Daß in einem Salon geraucht wurde, war neu für Hugh. Solly entdeckte ihn, löste sich aus einer kleinen Gruppe lachender Menschen und kam auf ihn zu. »Pilaster! Wie schön, daß du gekommen bist! Sag, wie geht es dir?«

Solly war ein wenig extrovertierter geworden. Er trug eine Brille wie früher, war noch immer sehr beleibt und hatte schon wieder einen nicht näher identifizierbaren Fleck auf seiner weißen Weste. Dabei war er fröhlicher denn je und, wie Hugh sofort bemerkte, auch glücklicher.

»Danke der Nachfrage, Greenbourne«, sagte Hugh. »Mir geht es sehr gut.«

»Das weiß ich wohl! Ich habe deine Fortschritte genau verfolgt und wünschte mir, unsere Bank hätte einen Kerl wie dich in Amerika. Ich hoffe doch sehr, daß die Pilasters dich fürstlich entlohnen – du verdienst es!«

»Und du bist ein Gesellschaftslöwe geworden, heißt es.«

»Dafür kann ich nichts. Ich habe geheiratet, mußt du wissen.« Er drehte sich um und tippte einer kleinen Frau in einem zart-grünen Kleid auf die nackte Schulter. Sie hatte Hugh den Rücken zugekehrt, und der kam ihm merkwürdig vertraut vor. Ein seltsames Gefühl des Déjà vu bemächtigte sich seiner und löste eine Traurigkeit in ihm aus, für die er keine Erklärung fand. »Erinnerst du dich an meinen alten Freund Hugh Pilaster, Liebste?« fragte Solly die Frau.

Da sie in ein Gespräch mit anderen vertieft war, reagierte sie nicht sofort. Warum schnürt es mir die Kehle zu, wenn ich diese Frau ansehe? dachte Hugh.

Da drehte sie sich ganz langsam um, und es war, als öffnete sich eine Tür in die Vergangenheit. Hugh stockte das Herz, als er ihr Gesicht erkannte.

»Natürlich erinnere ich mich an ihn«, sagte sie. »Wie geht es
Ihnen, Mr. Pilaster?«

Sprachlos starrte Hugh die Frau an, die jetzt Mrs. Solomon
Greenbourne hieß.

Es war Maisie.

Augusta saß vor ihrer Frisierkommode und legte das Perlencollier
um, das sie stets zu Dinnerparties trug. Es war ihr wertvollster
Schmuck. Ihr geiziger Gatte Joseph benutzte den Umstand, daß
Methodisten nichts für teuren Zierat übrig hatten, als Ausrede
dafür, ihr keine Juwelen zu kaufen. Er hätte sie auch gerne daran
gehindert, das Interieur des Hauses sooft zu verändern, aber das
tat sie, ohne ihn zu fragen. Wäre es nach ihm gegangen, hätten
sie nicht besser gelebt als seine Angestellten. Murrend akzeptierte
er ihre Umgestaltungen, legte jedoch großen Wert darauf, daß
sein Schlafzimmer davon unberührt blieb.

Sie entnahm ihrer Schmuckschatulle den Ring, den Strang ihr vor
dreißig Jahren geschenkt hatte. Er stellte eine kleine goldene
Schlange dar, deren Kopf mit Diamanten besetzt war und deren
Augen aus Rubinen bestanden. Wie tausendmal zuvor streifte sie
ihn sich über den Finger und ließ gedankenversunken das erho-
bene Schlangenhaupt über ihre Lippen streichen.

»Schick den Ring zurück, und schlag dir den Mann aus dem
Kopf«, hatte ihre Mutter gesagt.

»Den Ring habe ich schon zurückgeschickt, und den Mann werde
ich vergessen«, hatte die siebzehnjährige Augusta geantwortet. Es
war eine doppelte Lüge gewesen: Sie hatte den Ring im Buchrük-
ken ihrer Bibel versteckt und Strang nie vergessen. Wenn ich
schon seine Liebe nicht erlangen kann, so hatte sie sich gelobt, so
werde ich doch – irgendwann und irgendwie – alles andere bekommen, was er mir hätte geben können.

Eine Gräfin Strang würde aus ihr nicht mehr werden, damit hatte
sie sich schon vor Jahren abgefunden. Aber ein Adelsprädikat
mußte her, dazu war sie wild entschlossen. Und da Joseph keinen
Titel besaß, lag es an ihr, dafür zu sorgen, daß er einen bekam.

Jahrelang hatte sie sich über dieses Problem den Kopf zerbrochen und die Mechanismen studiert, die am Werke waren, wenn Männer in den Adelsstand erhoben wurden. Viele schlaflose Nächte steckten in ihren ehrgeizigen Planungen. Inzwischen stand ihre Strategie fest, und der Zeitpunkt, sie in die Tat umzusetzen, war gekommen. Am heutigen Abend, beim Dinner, sollte der Feldzug beginnen. Unter ihren Gästen befanden sich drei Personen, denen sie bei Josephs Erhebung in den Grafenstand eine entscheidende Rolle zugedacht hatte.

Er wird wahrscheinlich den Titel eines Grafen von Whitehaven wählen, dachte sie. Whitehaven war die Hafenstadt, in der die Familie Pilaster vor vier Generationen ihre ersten Geschäfte getätigt hatte. Mit einem legendären Hasardspiel legte damals Amos Pilaster, Josephs Urgroßvater, den Grundstein für sein Vermögen: Er investierte sein gesamtes Vermögen in ein Sklavenschiff. Später verlegte er sich auf weniger riskante Geschäfte, nämlich den Export von Serge und bedrucktem Kattun aus den Baumwollspinnereien in Lancashire nach Amerika. In Erinnerung an den Geburtsort des Unternehmens trug Josephs und Augustas Londoner Domizil bereits den Namen »Whitehaven House«, und wenn Augustas Plan erfolgreich war, würde sie dereinst Gräfin von Whitehaven sein.

In ihrer Phantasie malte sie sich aus, wie sie an Josephs Seite einen großen Salon betrat ... Ein Butler kündete den »Grafen und die Gräfin von Whitehaven« an. Augusta lächelte bei dieser Vorstellung. Schon sah sie Joseph bei seiner Jungfernrede im Oberhaus: Es ging um höhere Finanzen, und die anderen Peers folgten seinen Ausführungen mit respektvoller Aufmerksamkeit. Die Ladenbesitzer begrüßten sie mit schallender Stimme als »Lady Whitehaven«, und die Leute drehten sich nach ihr um, weil sie wissen wollten, wer damit gemeint war ...

Aber Augusta erstrebte dies alles, wie sie sich einredete, nicht nur um ihrer selbst, sondern mindestens ebensosehr um Edwards willen. Er würde eines Tages den Titel seines Vaters erben und sollte bis dahin dem Namenszug *Edward Pilaster* auf seiner Visitenkarte die Bezeichnung *The Honourable* – der Ehrenwerte – voranstellen dürfen.

Augusta wußte genau, was sie zu tun hatte, und doch war ihr nicht ganz wohl in ihrer Haut. Der Erwerb eines Adelstitels war nicht dasselbe wie ein Teppichkauf – man konnte also nicht einfach zum Händler oder Hersteller gehen und sagen: »Ich möchte den und den, was kostet er?« Alles geschah gewissermaßen hintenherum, mit Andeutungen. Es galt, heute abend höllisch aufzupassen: Ein Fehltritt – und sie konnte ihre ausgeklügelten Pläne vergessen. Und wenn sie ihre Gewährsleute falsch eingeschätzt hatte, war alles umsonst.

Ein Zimmermädchen klopfte an die Tür und sagte: »Mr. Hobbes ist eingetroffen, Madam.«

Bald wirst du mich mit *Mylady* anreden, dachte Augusta.

Sie legte Strangs Ring ab, stand von ihrem Stuhl vor der Frisierkommode auf und ging durch die Verbindungstür in Josephs Schlafzimmer. Ihr Mann saß im Abendanzug vor der Vitrine, in der er seine Sammlung juwelenbesetzter Schnupftabakdosen aufbewahrte, und betrachtete eine von ihnen im Licht der Gaslampe.

Augusta überlegte, ob sie ihn auf Hugh ansprechen sollte.

Hugh war nach wie vor ein Störfaktor. Vor sechs Jahren war sie überzeugt gewesen, das Problem ein für allemal gelöst zu haben, doch nun war Hugh wieder da und drohte erneut Edward in den Schatten zu stellen. Schon gab es Gerüchte, er solle zum Teilhaber ernannt werden. Augusta konnte das nicht hinnehmen. Sie war fest entschlossen, Edward eines Tages in der Position des Seniorpartners zu sehen, weshalb Hugh in dieser Hinsicht kein Vorsprung eingeräumt werden durfte.

Ist das nicht einfach Schwarzseherei? fragte sie sich. Warum soll Hugh nicht ebensogut die Geschicke der Bank leiten können? Edward hat ja auch noch andere Möglichkeiten – er könnte zum Beispiel in die Politik gehen … Aber die Bank ist nun einmal das Herz der Familie. Wer ausschert – wie Hughs Vater Tobias –, steht am Ende mit leeren Händen da. In der Bank wird das Geld verdient, in der Bank wird Macht ausgeübt. Die Pilasters können Monarchen stürzen, indem sie ihnen einfach den Kredit verweigern. Unter den Politikern gibt es nur ganz wenige, die dazu in der Lage wären …

Die Vorstellung, Hugh als Seniorpartner mit Botschaftern parlieren und mit dem Schatzkanzler Kaffee trinken zu sehen, und der Gedanke, ihn bei Familientreffen als Oberhaupt anerkennen zu müssen, das auf ihren Zweig der Familie herabschaute, waren Augusta unerträglich. Allerdings war sie sich auch durchaus der Tatsache bewußt, daß es sehr schwer werden würde, Hugh noch einmal zu verdrängen. Er war älter und klüger geworden, und seine Stellung in der Bank war gefestigt. Der mißratene Bengel hatte sechs Jahre lang hart und geduldig an der Wiederherstellung seines Rufs gearbeitet. Ob sich das alles ungeschehen machen ließ?

Nein, dies ist nicht der Augenblick, Joseph mit dem Problem Hugh zu konfrontieren, entschied sie. Ich muß ihn wegen der bevorstehenden Dinnerparty bei Laune halten ... »Du kannst ruhig noch ein paar Minuten hier oben bleiben«, sagte sie zu ihm. »Bisher ist nur Arnold Hobbes erschienen.«

»Gerne, wenn es dir recht ist«, erwiderte Joseph.

Es paßte in Augustas Kalkül, Hobbes zunächst einmal unter vier Augen sprechen zu können.

Arnold Hobbes war der Herausgeber einer politischen Zeitschrift mit dem Titel *The Forum*, die im allgemeinen den Konservativen nahestand. Die Konservativen vertraten die Interessen der Aristokratie und der Staatskirche, während die Liberalen die Partei der Geschäftsleute und der Methodisten waren. Die Pilasters waren sowohl Geschäftsleute als auch Methodisten, doch an der Macht waren die Konservativen.

Augusta war Hobbes bisher erst ein- oder zweimal begegnet, weshalb sie von der Annahme ausging, daß ihn ihre Einladung zum Dinner überrascht haben mußte. Daran, daß er sie annehmen würde, hatte sie kaum gezweifelt, denn allzu häufig bekam Hobbes gewiß keine Einladungen von Leuten ihrer Einkommensklasse.

Hobbes befand sich in einer merkwürdigen Situation: Er war mächtig, da sich seine Zeitschrift weiter Verbreitung und eines hohen Ansehens erfreute. Aber er verdiente nicht viel Geld damit und war daher trotz seines Einflusses arm. Diese für ihn persön-

lich nicht einfache Zwitterstellung kam Augustas Absichten entgegen: Er verfügte über die Macht, ihr zu helfen – und war möglicherweise käuflich.

Die Sache hatte nur einen Haken: War Hobbes ein Mann von
hehren Grundsätzen, so taugte er nicht für ihre Zwecke. Doch
wenn sie ihre Menschenkenntnis nicht trog, war er korrumpier-
bar.

Sie fühlte sich nervös und zappelig. Bevor sie den Salon betrat,
blieb sie einen Moment stehen und redete sich ein: *Immer mit der
Ruhe, Mrs. Pilaster, du kannst das doch aus dem Effeff* ... Die Wirkung
blieb nicht aus. Sie entspannte sich und öffnete die Tür.

Hobbes erhob sich beflissen, um sie zu begrüßen. Er war ein
fahriger, scharfsinniger Mann, dessen Bewegungen etwas Vogel-
artiges hatten. Sein Abendanzug war nach Augustas Einschätzung mindestens zehn Jahre alt. Um ihrem Gespräch, obwohl sie
nicht miteinander befreundet waren, eine vertrauliche Note zu
geben, führte sie ihn zur Sitzecke am Fenster und sagte in heiterem Ton: »Erzählen Sie mir, mit welchen Bosheiten Sie sich heute
beschäftigt haben! Eine Breitseite gegen Mr. Gladstone? Ein Sa-
botageakt gegen unsere Indienpolitik? Oder haben Sie vielleicht
zur Generalabrechnung mit Englands Katholiken geblasen?«

Durch verschmierte Brillengläser sah er sie an. »Ich habe einen
Artikel über die City of Glasgow Bank geschrieben«, sagte er.

Augusta runzelte die Stirn. »Das ist doch die Bank, die kürzlich
Konkurs gemacht hat.«

»Genau. Durch die Pleite wurden zahlreiche schottische Gewerk-
schaften ruiniert.«

»Ich hörte davon sprechen, wenn ich mich nicht irre«, sagte Augusta. »Mein Gatte meinte, die City of Glasgow sei schon seit Jahren
als unsolide bekannt gewesen.«

»Das verstehe ich einfach nicht!« erwiderte Hobbes erregt. »Da
weiß man, daß eine Bank nichts taugt, und läßt sie weitermachen,
bis es zum Knall kommt und Tausende von Menschen ihre Ersparnisse verlieren!«

Augusta verstand das auch nicht. Sie verstand von Geschäften
ohnehin so gut wie nichts. Aber sie erkannte die Chance, das

Gespräch in die von ihr gewünschte Richtung zu lenken. »Vielleicht ist die Kluft zwischen Wirtschaft und Regierung einfach zu groß«, sagte sie.

»Da mögen Sie recht haben. Wenn Geschäftsleute und Politiker besser miteinander kommunizierten, ließen sich solche Katastrophen vielleicht vermeiden.«

»Ich frage mich ...« Augusta zögerte. Es sollte so aussehen, als sei ihr der Gedanke erst in diesem Augenblick gekommen. »Ich frage mich, ob jemand wie Sie unter Umständen bereit wäre, den einen oder anderen Aufsichtsratsposten zu übernehmen.«

Hobbes horchte auf. »Nun, ich denke schon ...«

»Der direkte Einblick in die Leitung eines Unternehmens – die unmittelbare Erfahrung, verstehen Sie – könnte Ihnen auch in Ihrer Eigenschaft als Journalist zugute kommen, namentlich bei wirtschaftspolitischen Beiträgen.«

»Ja, zweifelsohne.«

»Finanziell springt dabei nicht allzuviel heraus – hundert Pfund im Jahr vielleicht, günstigstenfalls das Doppelte.« Die Augen ihres Gesprächspartners leuchteten auf, woran Augusta erkannte, daß das für ihn eine Menge Geld war. »Indessen halten sich auch die Verpflichtungen sehr in Grenzen.«

»Ein hochinteressanter Gedanke«, erwiderte Hobbes. Es entging Augusta nicht, daß er angestrengt versuchte, sich seine Erregung nicht anmerken zu lassen.

»Mein Gatte könnte es arrangieren, wenn Sie Interesse haben. Er empfiehlt ständig irgendwelche Leute für frei gewordene Aufsichtsratsposten in den Unternehmen, an denen er beteiligt ist. Denken Sie doch mal darüber nach. Und wenn Sie dann wünschen, daß ich es erwähnen soll, lassen Sie es mich wissen.«

»Sehr wohl.«

So weit, so gut, dachte Augusta. Aber das Auswerfen des Köders ist der leichtere Teil der Arbeit. Jetzt muß ich zusehen, daß ich ihn auch an den Haken bekomme ... »Die Welt des Handels und der Wirtschaft«, begann sie nachdenklich, »sollte ihrerseits natürlich ebenfalls näher an die Politik heranrücken. Nach meinem Dafürhalten sollten zum Beispiel mehr Geschäftsleute

als bisher die Chance bekommen, ihrem Volk im Oberhaus zu
dienen.«

Hobbes' Augen verengten sich leicht. Er beginnt zu begreifen, daß
es um ein Geschäft auf Gegenseitigkeit geht, dachte Augusta.
»Zweifelsohne«, sagte er unverbindlich.

»Beide Häuser des Parlaments«, fuhr Augusta fort, »würden von
dem Wissen und der Erfahrung führender Geschäftsleute enorm
profitieren, vor allem in der Diskussion um die nationalen Finanzen. Und dennoch gibt es da ein merkwürdiges Vorurteil gegen
die Erhebung von Geschäftsleuten in den Adelsstand.«

»Ja, das gibt es«, bestätigte Hobbes, »und es ist in der Tat kaum zu
verstehen. Unsere Kaufleute, Fabrikanten und Bankiers sind weit
mehr als Grundbesitzer und Klerus für die Prosperität des Landes
verantwortlich – und doch sind es die letzteren, die für ihre Dienste
am Vaterland geadelt werden, während man diejenigen, die den
Betrieb am Laufen halten, geflissentlich übersieht.«

»Sie sollten darüber mal einen Artikel schreiben. Für diese Dinge – die Modernisierung unserer veralteten Institutionen – hat
sich Ihre Zeitschrift ja auch in der Vergangenheit schon mehrfach
eingesetzt.« Sie schenkte ihm ihr freundlichstes Lächeln.

Jetzt lagen die Karten auf dem Tisch. Daß die in Aussicht gestellten Aufsichtsratsposten die Belohnung für eine publizistische
Kampagne waren, konnte Hobbes wohl kaum entgangen sein. Ob
er sich nun auf die Hinterfüße stellen, den Beleidigten spielen und
sich von meinem Vorschlag distanzieren wird? fragte sie sich.
Vielleicht regt er sich maßlos auf und geht? Oder er gibt mir
freundlich lächelnd zu verstehen, daß er sich auf einen solchen
Handel nicht einlassen will ... In jedem dieser Fälle hätte
Augusta sich jemand anderen suchen und noch einmal von vorne
anfangen müssen.

Nach einer längeren Pause sagte Hobbes: »Vielleicht haben Sie
recht.«

Augusta fiel ein Stein vom Herzen.

»Vielleicht sollten wir das Thema tatsächlich einmal aufgreifen«,
fuhr der Journalist fort. »Engere Kontakte zwischen Wirtschaft
und Politik.«

»Mehr Geschäftsleute ins Oberhaus«, sagte Augusta.

»Und Aufsichtsratsposten für Journalisten«, fügte er hinzu.

Augusta spürte, daß sie die Grenzen der Offenheit erreicht hatten und es an der Zeit war, einen vorläufigen Schlußstrich zu ziehen. Wenn es zu deutlich wird, daß ich ihn besteche, dachte sie, fühlt er sich vielleicht gedemütigt und sagt nein ... Sie war mit dem Erreichten vollauf zufrieden und wollte gerade das Thema wechseln. Doch da in diesem Augenblick neue Gäste eintrafen, konnte sie sich die Mühe sparen.

Die übrigen Geladenen kamen alle auf einmal, und mit ihnen erschien auch Joseph. Kurz darauf betrat Hastead den Salon und verkündete: »Es wäre angerichtet, Sir.« Bald heißt das nicht mehr *Sir*, sondern *Mylord*, dachte Augusta sehnsuchtsvoll.

Sie verließen den Salon und begaben sich durch die Halle in den Speisesaal. Die eher kurze Strecke dorthin störte Augusta. In den Häusern der Aristokratie war der Weg in den Speisesaal meist eine lange, elegante Prozession, einer der rituellen Höhepunkte der Abendgesellschaft. Die Pilasters hielten traditionell überhaupt nichts davon, die Sitten und Gebräuche der Oberschicht zu imitieren, doch Augusta dachte in diesem Punkt anders. Für sie war ihr Haus hoffnungslos provinziell. Aber es war ihr nicht gelungen, Joseph zu einem Umzug zu überreden.

Augusta hatte es so eingerichtet, daß Edward an diesem Abend Emily Maples Tischherr war. Emily, ein schüchternes, hübsches Mädchen von neunzehn Jahren, wurde von ihrem Vater, einem Methodistenprediger, und ihrer Mutter begleitet. Die Eltern waren von dem Haus und der Gesellschaft schlichtweg überwältigt und paßten kaum zu den anderen Gästen. Augusta hatte sie eingeladen, weil sie bei ihrer Suche nach einer geeigneten Braut für Edward allmählich in Panik geriet. Der Junge war inzwischen neunundzwanzig Jahre alt und hatte bisher, sehr zum Mißvergnügen seiner Mutter, für keines der in Frage kommenden Mädchen auch nur einen Funken Interesse gezeigt. Daß Emily attraktiv war, konnte ihm kaum verborgen bleiben; sie hatte große blaue Augen und ein entzückendes Lächeln. Ihre Eltern, soviel stand fest, wären von einer möglichen Verbindung hingerissen, und das

Mädchen mußte ohnehin tun, was man ihm befahl. Nur Edward bedurfte vermutlich einer besonderen Aufmunterung. Das Problem war, daß er keinen Grund für eine Verehelichung sah. Er genoß das Leben mit seinen Freunden, in seinem Club et cetera, und der Rückzug in die Beschaulichkeit des Ehelebens reizte ihn wenig. Eine Zeitlang hatte Augusta sich darüber keine Gedanken gemacht, weil sie das für eine normale Phase im Leben eines jungen Mannes hielt. Doch mittlerweile dauerte ihr diese Phase zu lange, und sie fragte sich, ob Edward sie je überwinden würde. Ich glaube, ich muß da ein wenig nachhelfen, dachte sie.

Zu ihrer Linken am Tisch hatte Augusta Michael Fortescue plaziert, einen gutaussehenden jungen Mann mit politischen Aspirationen, von dem es hieß, er stünde Premierminister Benjamin Disraeli – seit seiner Erhebung in den Adelsstand Lord Beaconsfield – nahe. Fortescue war die zweite der drei Personen, auf deren Hilfe Augusta bei der Titelbeschaffung angewiesen war. Er war nicht so intelligent wie Hobbes, dafür aber kultivierter und selbstsicherer. Hobbes hatte sie einschüchtern können, Fortescue mußte sie verführen.

Mr. Maple sprach das Tischgebet, und Hastead schenkte ein. Zwar tranken weder Joseph noch Augusta Wein, doch ihren Gästen ließen sie ihn servieren. Als die Consommé aufgetragen wurde, wandte sich Augusta freundlich lächelnd an Fortescue und fragte in leisem, vertraulichem Ton: »Wann dürfen wir damit rechnen, Sie im Parlament zu sehen?«

»Ich wünschte, ich könnte Ihnen diese Frage beantworten«, sagte er.

»Sie müssen wissen, daß man allenthalben große Stücke auf Sie hält und Ihnen eine große Zukunft voraussagt.«

Ihre Schmeichelei gefiel ihm, machte ihn aber auch verlegen. »So sicher wäre ich mir da nicht.«

»Und Sie sehen ja auch blendend aus – das kann nie schaden.«

Daß Augusta mit ihm flirten wollte, überraschte Fortescue – aber er hatte nichts dagegen.

»Sie sollten nicht auf die nächsten allgemeinen Wahlen warten«, fuhr sie fort. »Warum kandidieren Sie nicht bei einer Nachwahl?

Das sollte doch nicht allzu schwer zu bewerkstelligen sein. Es
heißt, der Premierminister hat ein offenes Ohr für Sie.«
»Sie sind sehr freundlich, Mrs. Pilaster. Aber Nachwahlen kosten
eine Menge Geld.«
Das war genau die Antwort, auf die Augusta spekuliert hatte, aber
das brauchte der junge Mann nicht zu wissen. »Tatsächlich?«
fragte sie.
»Und ich bin alles andere als reich.«
»Oh, das war mir nicht bekannt«, log sie. »So gesehen, sollten Sie
sich nach einem Sponsor umsehen.«
»Nach einem Bankier vielleicht?« erwiderte er in einem Ton, der
halb scherzhaft, halb ernstgemeint klang.
»Unmöglich ist das nicht. Mr. Pilaster ist einer aktiveren Rolle im
politischen Leben unseres Landes durchaus nicht abgeneigt.«
Wäre er jedenfalls nicht, würde man ihm einen Titel in Aussicht
stellen, ergänzte sie in Gedanken. »Und er sieht durchaus nicht
ein, daß man als Geschäftsmann unbedingt ein Liberaler sein
muß. Unter uns gesagt: Er stimmt viel öfter mit den jüngeren
Konservativen überein.«
Ihr vertraulicher Ton gab ihm – wie von Augusta beabsichtigt –
den Mut zur Offenheit. Ohne weitere Umschweife kam er zur
Sache: »Von der Unterstützung eines Nachwahlkandidaten einmal abgesehen – in welcher Form oder Funktion würde Mr. Pilaster denn gerne der Nation dienen?«
Das war eine Herausforderung. Sollte sie die Frage beantworten
oder weiterhin die indirekte Methode vorziehen? Augusta entschloß sich, ihm ebenfalls reinen Wein einzuschenken. »Vielleicht
als Mitglied des Oberhauses. Halten Sie das für möglich?« Sie
genoß die Unterhaltung – und Fortescue offensichtlich auch.
»Für möglich ja. Die Frage ist nur, wie realistisch es ist. Soll ich
mich erkundigen?«
Das war nun noch direkter, als Augusta angenommen hatte.
»Könnten Sie das in aller Diskretion tun?«
Er zögerte, ehe er antwortete. »Ja, ich glaube, ich könnte es.«
»Das wäre sehr freundlich von Ihnen«, gab Augusta befriedigt
zurück. Sie hatte ihn zum Mitverschwörer gemacht.

»Ich werde Ihnen mitteilen, was sich machen läßt.«

»Und sollte sich eine geeignete Nachwahl abzeichnen ...«

»Sie sind sehr gütig.«

Augusta berührte seinen Arm. Ein sehr attraktiver junger Mann, dachte sie. Es machte ihr Spaß, mit ihm ein Komplott zu schmieden. »Ich glaube, wir verstehen einander perfekt«, flüsterte sie, und ihr fiel auf, daß er ungewöhnlich große Hände hatte. Erst nachdem sie ihm tief in die Augen gesehen hatte, gab sie seinen Arm frei und wandte sich ab.

Sie fühlte sich prächtig. Es war ihr gelungen, schon zwei der drei Schlüsselfiguren für ihre Pläne einzunehmen.

Unterdessen wurde der nächste Gang aufgetragen. Augusta begann ein höfliches, aber belangloses Gespräch mit Lord Morte, der zu ihrer Rechten saß. Nicht ihn, sondern seine Frau wollte sie beeinflussen, und das war erst nach dem Essen möglich.

Während die Männer noch im Speisesaal blieben und rauchten, nahm Augusta die Damen mit hinauf in ihre Privatzimmer, wo es ihr schließlich auch gelang, Lady Morte ein paar Minuten unter vier Augen zu sprechen.

Harriet Morte, fünfzehn Jahre älter als Augusta, war eine Hofdame Königin Victorias. Sie hatte eisengraues Haar, gab sich sehr erhaben, war ebenso einflußreich wie Arnold Hobbes und Michael Fortescue – und Augusta hoffte, daß sie ebenso bestechlich war. Hobbes' und Fortescues Schwäche bestand in ihrer Armut. Lord und Lady Morte hatten zwar viel Geld, gingen aber leichtfertig damit um und gaben folglich mehr aus, als sie besaßen. Lady Morte trug prachtvolle Kleider und erlesenen Schmuck, und Lord Morte bildete sich ein, etwas von Rennpferden zu verstehen, obwohl er seit vierzig Jahren keine Gelegenheit ausließ, das Gegenteil unter Beweis zu stellen.

Was Lady Morte betraf, so war Augusta in ihrem Fall nervöser als bei den beiden Männern. Frauen waren generell schwieriger zu überzeugen. Sie nahmen nicht gleich alles für bare Münze und merkten es, wenn man sie zu manipulieren versuchte. Überdies mußten dreißig Jahre bei Hofe Lady Mortes Gespür so geschärft haben, daß man ihr nichts mehr vormachen konnte.

Mit dem Satz »Mr. Pilaster und ich bewundern die gute Queen schrankenlos« eröffnete Augusta das Gespräch.

Lady Morte nickte, als wollte sie sagen: *Selbstredend*, obwohl von Selbstverständlichkeit gar nicht die Rede sein konnte: Viele Menschen in England mochten Königin Victoria nicht. Sie war ihnen zu distanziert und entrückt, zu gravitätisch und zu unbeugsam.

»Es wäre uns eine große Genugtuung, wenn wir Ihnen in irgendeiner Weise bei der Erfüllung Ihrer edlen Pflichten behilflich sein könnten.«

»Sehr freundlich von Ihnen.« Lady Morte sah sie fragend an und fuhr nach kurzem Zögern fort: »Aber was könnten Sie denn in dieser Hinsicht tun?«

»Nun, was tun Bankiers schon? Sie verleihen Geld.« Augusta senkte die Stimme. »Das Leben bei Hofe muß ja sündhaft teuer sein, nicht wahr?«

Lady Mortes Züge verhärteten sich. In ihrer Klasse sprach man nicht über Geld. Und Mrs. Pilaster hatte dieses Tabu in flagranter Weise gebrochen.

Doch Augusta ließ nicht locker. »Wenn Sie beim Bankhaus Pilaster ein Konto eröffnen würden, gäbe es in dieser Hinsicht keinerlei Probleme mehr.«

Einerseits war Lady Morte zutiefst beleidigt, andererseits war ihr soeben das bemerkenswerte Privileg eines unbegrenzten Kredits bei einer der größten Banken der Welt angeboten worden. Gefühlsmäßig hätte sie Augusta am liebsten die kalte Schulter gezeigt, doch ihre Habgier erhob dagegen Einspruch. Augusta fiel es leicht, den Konflikt an ihrem Mienenspiel abzulesen.

Sie wollte Lady Morte nicht allzuviel Zeit zum Nachdenken geben. »Bitte vergeben Sie mir meine impertinente Offenheit«, fuhr sie daher fort. »Sie entspringt nur dem Wunsch, Ihnen zu Diensten zu sein.« Lady Morte nahm ihr das nicht ab, soviel war klar. Sie würde vermuten, daß Augusta sich ganz allgemein am königlichen Hof einschmeicheln wollte, ihr aber kein spezifisches Motiv unterstellen. Und nähere Hinweise auf das, was Augusta im Schilde führte, sollten ihr an diesem Abend auch vorenthalten bleiben.

Lady Morte zögerte noch immer. Dann rang sie sich zu einer Antwort durch: »Sie sind sehr gütig.«

Mrs. Maple, Emilys Mutter, kam aus der Toilette, worauf sich sogleich Lady Morte auf den Weg dorthin machte. Ihre starre Miene trug jetzt den Ausdruck peinlicher Betroffenheit. Augusta wußte, daß Lady und Lord Morte auf der Heimfahrt in der Kutsche unisono über diese »unglaublich vulgären und unmanierlichen Geschäftsleute« herziehen würden. Doch der Tag lag nicht fern, da Lord Morte tausend Guineen aufs falsche Pferd setzen und Lady Mortes Schneider die Bezahlung einer sechs Monate alten Rechnung über dreihundert Pfund anmahnen würde. Dann würden sich die beiden an Augustas Angebot erinnern und zu dem Schluß kommen, daß auch vulgäre Geschäftsleute bisweilen recht nützlich sein konnten.

Augusta hatte die dritte Hürde übersprungen. Ihrer Einschätzung nach war die Frau in spätestens sechs Monaten hoffnungslos beim Bankhaus Pilaster verschuldet. Und dann würde sie schon erfahren, was Augusta von ihr wollte.

Zu ebener Erde trafen sich die Damen im Salon wieder und tranken ihren Kaffee. Lady Morte blieb auf Distanz bedacht, hütete sich aber vor ausgesprochenen Unhöflichkeiten. Kurze Zeit später gesellten sich auch die Männer zu ihnen. Joseph führte Mr. Maple nach oben, um ihm seine Schnupftabakdosensammlung zu zeigen, worüber Augusta sehr froh war: Er zeigte die Sammlung immer nur Leuten, die ihm sympathisch waren. Emily spielte Klavier. Mrs. Maple bat sie, dazu etwas zu singen, doch Emily erwiderte, nein, sie sei erkältet, und ließ sich auch durch inständige Bitten ihrer Mutter nicht von ihrer ablehnenden Haltung abbringen. Angesichts dieser bemerkenswerten Hartnäckigkeit kamen Augusta Bedenken: Das Mädchen schien doch nicht so fügsam zu sein, wie es aussah.

Sie hatte ihr Pensum für diesen Abend erledigt und hätte ihre Gäste am liebsten nach Hause geschickt, um in aller Ruhe über den erfolgreichen Beginn ihres Feldzugs nachzudenken. Von Michael Fortescue abgesehen, mochte sie im Grunde keinen der Anwesenden. Dennoch zwang sie sich zur Höflichkeit und beschloß,

noch eine weitere Stunde Konversation zu treiben. Hobbes hat
angebissen, dachte sie. Fortescue hat ein Geschäft mit mir geschlossen; er wird sich an seinen Teil der Abmachung halten. Und
Lady Morte habe ich den steilen Weg in den Abgrund gezeigt; es
ist jetzt nur noch eine Frage der Zeit, wann sie ihn beschreiten
wird. Augusta fühlte sich erleichtert und zufrieden.

Als die Gäste endlich fort waren, machte sich Edward ausgehfertig: Er wollte in seinen Club. Augusta hielt ihn auf. »Komm, setz
dich, und hör mir einen Augenblick zu«, sagte sie. »Ich möchte
mich mit dir und deinem Vater unterhalten.« Auch Joseph, der
schon auf dem Weg ins Bett war, nahm wieder Platz.

»Wann wirst du Edward zum Teilhaber machen?« fragte ihn seine
Frau.

Josephs Miene verfinsterte sich schlagartig. »Wenn er älter ist.«

»Aber wie ich höre, wird Hugh vielleicht bald Teilhaber – und er
ist drei Jahre jünger als Edward.« Obwohl Augusta keine Ahnung
davon hatte, wie man Geld verdiente, war sie über die persönlichen Karrieren aller Pilasters in der Bank stets bestens informiert. Normalerweise sprachen Männer in Gegenwart von Frauen
nicht über Geschäftsangelegenheiten, doch Augusta pflegte ihnen
bei ihren Teegesellschaften alles zu entlocken, was sie wissen
wollte.

»Das Altersprinzip ist nur einer von mehreren Faktoren, auf die
es bei der Auswahl neuer Teilhaber ankommt«, sagte Joseph gereizt. »Ein anderer besteht in der Fähigkeit des Kandidaten, Aufträge einzuholen, und darüber verfügt Hugh in einem Maße, wie
ich es bei einem Mann seines Alters noch nie gesehen habe. Auch
eine namhafte Kapitalinvestition in die Bank, hoher gesellschaftlicher Rang oder politischer Einfluß können ausschlaggebend
sein. Ich fürchte, Edward verfügt über nichts dergleichen.«

»Aber er ist dein Sohn.«

»Eine Bank ist ein Geschäft, keine Dinnerparty!« gab Joseph zurück. Er haßte es, wenn Augusta ihm Vorschriften machen wollte.
»Eine hohe Stellung ist nicht nur eine Frage des Ranges oder des
Protokolls. Der entscheidende Test ist der, ob jemand Geld verdienen kann.«

Gelinde Zweifel beschlichen Augusta. Soll ich mich wirklich so
für Edward einsetzen, wenn ihm die nötigen Fähigkeiten fehlen?
dachte sie. Nein, das ist Unfug. Edward ist vollkommen in Ordnung. Vielleicht kann er eine Zahlenreihe nicht so schnell zusam-
menzählen wie Hugh, doch unter dem Strich erkennt man eben
den guten Stall. »Wenn du nur wolltest, könnte Edward ohne
weiteres eine namhafte Kapitalinvestition tätigen«, sagte sie. »Du
kannst ihm jederzeit Geld überschreiben.«
In Josephs Miene zeichnete sich jener starrsinnige Ausdruck ab,
der Augusta nur zu bekannt war. Genauso hatte er ausgesehen,
als er ihr den Umzug und die Renovierung seines Schlafzimmers
untersagte. »Nicht bevor der Junge heiratet!« sagte er wütend und
verließ den Raum.
»Du hast ihn sehr böse gemacht«, sagte Edward.
»Nur um deinetwillen, mein lieber Teddy.«
»Aber du hast alles nur noch schlimmer gemacht!«
»Nein, das habe ich nicht.« Augusta seufzte. »Manchmal hindert
dich dein Weitblick daran, das Naheliegende zu erkennen. Dein
Papa glaubt wahrscheinlich, eine unnachgiebige Haltung zu de-
monstrieren, doch wenn du über seine Worte nachdenkst, dann
wird dir auffallen, daß er versprochen hat, dir eine große Summe
Geldes zu überschreiben *und* dich zum Teilhaber zu machen –
sobald du dich verehelichst.«
»Ja, richtig, das hat er wohl gesagt«, antwortete Edward verblüfft.
»Nur hab' ich das nicht so gesehen.«
»Das ist dein Problem, mein Lieber. Du bist eben nicht so abge-
feimt wie Hugh.«
»Hugh hatte riesiges Glück in Amerika.«
»Aber gewiß. Du würdest doch gerne heiraten, oder?«
Edward setzte sich neben sie und ergriff ihre Hand. »Warum sollte
ich, solange du dich um mich kümmerst?«
»Und wenn ich nicht mehr bin – wer kümmert sich dann um dich?
Hat dir die kleine Emily Maple gefallen? Ich fand sie sehr char-
mant.«
»Sie hat mir gesagt, daß die Fuchsjagd grausam ist«, erwiderte
Edward verächtlich. »Für den Fuchs.«

»Dein Vater wird dir mindestens hunderttausend Pfund überschreiben, vielleicht sogar mehr. Vielleicht sogar eine Viertelmillion.«

Edward zeigte sich wenig beeindruckt. »Ich habe alles, was ich brauche, und ich lebe gern bei euch.«

»Und ich freue mich, dich in meiner Nähe zu wissen. Aber ich möchte dich auch glücklich verheiratet sehen. Ich wünsche dir eine schöne Frau, ein eigenes Vermögen, eine Teilhaberschaft. Versprich mir, daß du darüber nachdenkst.«

»Ja, das werde ich tun.« Er gab ihr einen Kuß auf die Wange. »Aber jetzt muß ich wirklich gehen, Mama. Ich war schon vor einer halben Stunde mit meinen Freunden verabredet.«

»Na gut, dann geh.«

Edward stand auf und ging zur Tür. »Gute Nacht, Mama.«

»Gute Nacht«, sagte Augusta. »Und denk an Emily!«

Kingsbridge Manor war eines der größten Häuser in England. Obwohl Maisie schon drei- oder viermal dort zu Gast gewesen war, hatte sie noch nicht einmal die Hälfte davon gesehen. Das Haus verfügte über zwanzig große Schlafzimmer – die Räumlichkeiten der annähernd fünfzig Hausangestellten und Diener nicht eingerechnet –, wurde mit Kohlenfeuer beheizt und mit Kerzen beleuchtet. Zwar gab es nur ein einziges Badezimmer, doch wurde, was an modernem Komfort fehlte, durch altmodischen Luxus ausgeglichen: Da waren Himmelbetten mit schweren Seidenvorhängen, in weiträumigen Kellern lagerten köstliche alte Weine, und es gab Pferde, Waffen, Bücher und Spiele im Überfluß.

Der junge Herzog von Kingsbridge hatte in der Grafschaft Wiltshire einst hunderttausend Morgen besten Ackerlands besessen, auf Sollys Rat hin jedoch die Hälfte davon verkauft und mit dem Erlös einen beachtlichen Teil von South Kensington erstanden. Die Agrarkrise, in deren Verlauf viele große Familien verarmt waren, hatte »Kingo« folglich nicht betroffen, so daß er nach wie vor seine Freunde in großem Stil unterhalten und bestens bewirten konnte.

In der ersten Woche war der Prinz von Wales bei ihm zu Gast gewesen. Solly, Kingo und der Thronfolger teilten eine Vorliebe für derbe Scherze, und Maisie hatte nach Kräften dazu beigetragen: Sie hatte Kingo Seifenschaum statt Schlagsahne aufs Dessert gekippt und Solly, als er in der Bibliothek eingenickt war, die Hosenträger losgeknöpft, so daß er beim Aufstehen plötzlich in der Unterhose dastand. Auch daß die Seiten der *Times* eines Morgens zusammenklebten und sich nicht öffnen ließen, ging auf ihr Konto. Zufällig war es der Prinz selber, der als erster zur Zeitung griff und vergeblich an den Seiten herumfingerte. Da der Thronfolger derlei Schabernack zwar liebte, persönlich aber nie das Opfer war, hielten alle anderen den Atem an – wer konnte schon sagen, wie er reagieren würde? Doch dann merkte der Prinz, was gespielt wurde, und begann zu kichern, woraufhin die anderen, ebenso erleichtert wie erheitert, in brüllendes Gelächter ausbrachen.

Der Prinz war wieder abgereist – und Hugh Pilaster kam. Und damit begannen Maisies Probleme.

Es war Sollys Idee gewesen, Hugh nach Kingsbridge Manor einzuladen. Solly mochte Hugh, und Maisie fiel kein plausibles Gegenargument ein. Auch zu jenem Dinner in London war Hugh auf Sollys Initiative hin eingeladen worden.

Er hatte an jenem Abend seine Fassung rasch wiedergefunden und sich als absolut akzeptabler Dinnergast erwiesen. Seine Umgangsformen waren vielleicht nicht ganz so geschliffen, wie sie es gewesen wären, wenn er die vergangenen sechs Jahre in Londoner Salons statt in Bostoner Kontoren verbracht hätte, doch glich er alle Unzulänglichkeiten mit seinem natürlichen Charme aus. An den beiden Tagen seit seiner Ankunft in Kingsbridge hatte er sie alle mit Anekdoten aus Amerika unterhalten, einem Land, das außer ihm selbst keiner der Anwesenden aus eigener Anschauung kannte.

Es entbehrte nicht einer gewissen Ironie, daß ausgerechnet Maisie Hughs Benehmen ein wenig ungehobelt fand. Vor sechs Jahren war es noch genau umgekehrt gewesen. Aber Maisie hatte schnell gelernt. Problemlos hatte sie sich den Akzent der Oberschicht angeeignet, und nicht viel später beherrschte sie auch die Grammatik. Am schwierigsten war es gewesen, die subtilen Verhaltensweisen der Wohlanständigkeit zu erlernen, die Arabesken der gesellschaftlichen Höherstellung: die Kunst, formvollendet ein Zimmer zu betreten, mit einem Schoßhund zu sprechen, ein Gesprächsthema zu wechseln oder einen Betrunkenen zu ignorieren ... Doch Maisie hatte hart an sich gearbeitet, und inzwischen ging alles wie von selbst.

Hugh hatte sich von dem Schock des Wiedersehens erholt, Maisie dagegen nicht. Ihr Lebtag würde sie seinen Gesichtsausdruck im Augenblick des Erkennens nicht mehr vergessen. Sie selbst war ja auf die Begegnung vorbereitet gewesen, während Hugh nicht im entferntesten damit gerechnet hatte. In der totalen Verblüffung lagen seine Gefühle bloß, und mit Schrecken hatte Maisie an seinem Blick erkannt, wie verletzt er noch immer war. Sie hatte ihm vor sechs Jahren eine tiefe Wunde geschlagen, die bis auf den heutigen Tag nicht verheilt war.

Seither verfolgte sie jener Blick. Daß er nach Kingsbridge kommen würde, mißfiel ihr. Sie wollte ihn nicht sehen. Sie wollte nicht mehr mit der Vergangenheit konfrontiert werden. Sie war mit Solly verheiratet; er war ein guter Ehemann, und der Gedanke, ihn zu verletzen, war ihr unerträglich. Und außerdem war da Bertie, der Inhalt ihres Lebens.

Das Kind war auf den Namen Hubert getauft, wurde aber von allen Bertie genannt – also genauso wie der Prinz von Wales. Am ersten Mai wurde Bertie Greenbourne fünf Jahre alt. Es war ein streng gehütetes Geheimnis: Um die Tatsache zu verschleiern, daß er schon sechs Monate nach der Hochzeit zur Welt gekommen war, wurde sein Geburtstag offiziell im September gefeiert. Bis auf die Mutter selbst und Sollys Familie kannte niemand die Wahrheit. Bertie war während der Hochzeitsreise, einer zweijährigen Tour durch Europa, in der Schweiz geboren worden. Seit es ihn gab, war Maisie glücklich.

Sollys Eltern waren mit der Brautwahl ihres Sohnes alles andere

als einverstanden gewesen. Sie waren starrköpfige, snobistische
Juden deutscher Herkunft, deren Familie schon seit Generationen
in England ansässig war. Auf die jiddisch sprechenden russischen
Juden, die sozusagen gerade erst von Bord gegangen waren,
schauten sie verächtlich herab. Der Umstand, daß Maisie das
Kind eines anderen Mannes in sich trug, bestätigte den Eltern
ihre Vorurteile und diente ihnen als willkommene Ausrede dafür,
die ungeliebte Schwiegertochter abzulehnen. Waren die Eltern
nicht da, verhielt sich immerhin Sollys Schwester Kate, die ungefähr in Maisies Alter war und eine sechsjährige Tochter hatte,
ihrer Schwägerin gegenüber freundlich.

Solly liebte Maisie, und er liebte auch Bertie, obwohl er nicht
wußte, wessen Kind der Kleine war. Für Maisie war das genug –
bis Hugh wiederauftauchte.

Wie immer stand sie früh auf und begab sich in den Kinderflügel
des großen Hauses. Von insgesamt drei Kindermädchen behütet,
frühstückte Bertie mit Kingos Sprößlingen Anne und Alfred im
Kinder-Eßzimmer. Maisie küßte das klebrige Gesichtchen und
fragte: »Na, was gibt's denn heute früh?«

»Haferbrei mit Honig.« Bertie sprach bereits im langgezogenen
Tonfall der Oberklasse, den Maisie erst hatte lernen müssen.

»Schmeckt's?«

»Der Honig schon.«

»Ich glaube, ich nehme auch etwas davon«, sagte Maisie und
setzte sich an den Tisch. Das ist allemal bekömmlicher als die
geräucherten Heringe und die gepfefferten und gerösteten Nierchen, die man uns Erwachsenen morgens vorsetzt, dachte sie.

Bertie kam nicht auf Hugh. Als Baby hatte er Solly ähnlich gesehen – alle Babys sahen Solly ähnlich –, und nun erinnerte er mit
seinem roten Schopf und den grünen Augen eher an seine Mutter.
Nur hin und wieder – vor allem dann, wenn er sie verschmitzt
angrinste – erkannte Maisie auch gewisse Züge Hughs an ihm,
doch von einer unverkennbaren Ähnlichkeit konnte glücklicherweise keine Rede sein.

Ein Kindermädchen brachte ihr einen Teller Brei mit Honig, und
Maisie kostete davon.

»Schmeckt's, Mama?« fragte Bertie.

»Man spricht nicht mit vollem Mund, Bertie«, fuhr Anne dazwischen. Anne Kingsbridge war eine altkluge Siebenjährige, die Bertie und ihren fünfjährigen Bruder Freddy bei jeder Gelegenheit den Altersunterschied spüren ließ.

»Köstlich«, sagte Maisie.

»Wollt ihr auch noch Toast mit Butter, Kinder?« fragte ein anderes Kindermädchen, und alle riefen im Chor: »Jaaaa!«

Daß ihr Sohn von Dienern und Dienstmädchen umgeben aufwachsen sollte, war Maisie zunächst unnatürlich vorgekommen, und sie hatte gefürchtet, er könne verhätschelt werden. Bald war ihr jedoch klargeworden, daß reiche Kinder genauso im Dreck spielten, über Mauern kletterten und sich prügelten wie arme. Der Unterschied bestand im wesentlichen darin, daß die Leute, die hinter ihnen her räumten, bezahlt wurden.

Maisie hätte gerne mehr Kinder gehabt, Sollys Kinder, aber bei Berties Geburt war irgend etwas schiefgegangen. Sie könne kein Kind mehr empfangen, hatten ihr die Schweizer Ärzte mitgeteilt, und ihre Voraussage hatte sich als richtig erwiesen: Fünf Jahre lang hatte sie mit Solly geschlafen, und nie war ihre Periode ausgeblieben. Bertie würde ihr einziges Kind bleiben. Weil Solly nun niemals eigene Kinder haben würde, tat er ihr furchtbar leid, obwohl er selbst von sich sagte, er habe in seinem Leben schon mehr Glück erfahren, als ein Mann sich je verdienen könne.

Kurz nach Maisie erschien auch die Herzogin, Kingos Frau, im Eßzimmer der Kinder und schloß sich der Frühstücksgesellschaft an. Im Freundeskreis wurde sie nur Liz genannt. Später, als sie ihren Sprößlingen Hände und Gesichter säuberten, sagte sie zu Maisie: »Meine Mutter hätte so etwas nie getan, weißt du? Sie sah uns nur, wenn wir blitzblank geschrubbt und picobello angezogen waren. Wie unnatürlich!« Maisie lächelte. Bloß weil sie ihren eigenen Kindern das Gesicht wusch, kam Liz sich schon ungeheuer natürlich vor.

Maisie und Liz blieben bei den Kindern, bis gegen zehn Uhr die Gouvernante eintraf und die Kleinen mit Zeichen- und Malarbeiten beschäftigte. Dann kehrten sie in ihre Privatzimmer zurück.

Es war ein ruhiger Tag heute, an dem auch keine Jagd auf dem Programm stand. Von den Männern waren einige zum Fischen gegangen, andere streiften mit ein, zwei Hunden in den Wäldern umher und schossen Kaninchen. Die Damen – und jene Herren, denen die Damen lieber waren als die Kaninchen – gingen vor dem Mittagessen im Park spazieren.

Solly hatte gefrühstückt und machte sich ausgehfertig. Er trug einen braunen Tweedanzug mit kurzer Jacke. Maisie gab ihm einen Kuß und half ihm beim Anziehen seiner knöchelhohen Stiefeletten. Wäre seine Frau nicht gerade in der Nähe gewesen, hätte Solly seinen Kammerdiener bemühen müssen: Da er sich nicht weit genug vorbeugen konnte, war er nicht imstande, seine Schnürsenkel selbst zuzubinden. Während Maisie sich Pelzmantel und Pelzmütze anzog, warf Solly sich einen schweren Schottenmantel mit Cape über und setzte sich eine dazu passende Melone auf den Kopf. So ausstaffiert, gingen sie hinunter in die zugige Halle und gesellten sich zu den anderen.

Es war ein strahlender, frostiger Morgen – herrlich, wenn man einen Pelzmantel besaß, schiere Folter dagegen für jemanden, der barfuß in einem Slumquartier hauste, wo der Wind durch alle Ritzen pfiff. Maisie erinnerte sich gerne an die Entbehrungen ihrer Kindheit und Jugend. Der Kontrast verstärkte die Genugtuung, die es ihr bereitete, mit einem der reichsten Männer der Welt verheiratet zu sein.

Im Park nahmen Kingo und Solly sie in die Mitte, während Hugh und Liz hinter ihr gingen. Obwohl Maisie ihn nicht sehen konnte, spürte sie seine Gegenwart. Sie hörte ihn mit Liz plaudern. Sie bekam mit, wenn er sie zum Kichern brachte, und konnte sich das Zwinkern seiner blauen Augen vorstellen. Nach einem Spaziergang von etwa einer halben Meile erreichten sie das Haupttor. Sie wollten sich gerade umdrehen und durch den Obstgarten nach Hause schlendern, als Maisie eine vertraute, hochgewachsene Gestalt mit schwarzem Vollbart erblickte, die aus der Richtung des Dorfes auf sie zukam. Im ersten Moment dachte sie, es sei ihr Vater; dann erkannte sie ihren Bruder Danny.

Danny war vor sechs Jahren in ihre gemeinsame Heimatstadt

zurückgekehrt, nur um dort feststellen zu müssen, daß die Eltern nicht mehr in der alten Wohnung lebten. Nachdem er niemanden gefunden hatte, der ihm die neue Adresse hätte nennen können, war er enttäuscht weitergereist und hatte im schottischen Glasgow einen Arbeiterwohlfahrtsverein mit dem Namen *Working Men's Welfare Association* gegründet. Die Organisation bot den Arbeitern nicht nur eine Versicherung gegen Arbeitslosigkeit, sondern setzte sich auch aktiv für mehr Sicherheit am Arbeitsplatz, für das Recht auf Gewerkschaftszugehörigkeit und für die finanzielle Kontrolle der Konzerne ein. Der Name Dan Robinson – für einen »Danny« war er inzwischen zu bedeutend – wurde allmählich bekannt. Eines Tages fand Papa ihn in der Zeitung. Er suchte Danny in seinem Büro auf, und es kam zu einem ergreifenden freudigen Wiedersehen.

Wie sich herausstellte, hatten Papa und Mama, kurz nachdem Maisie und Danny fortgelaufen waren, endlich andere Juden kennengelernt, die ihnen das Geld für einen Umzug nach Manchester vorstreckten. Papa fand eine neue Stellung, und seither waren sie nie wieder so tief gesunken. Mama hatte ihre Krankheit überlebt und erfreute sich inzwischen leidlicher Gesundheit.

Als die Familie wieder zusammenfand, war Maisie bereits mit Solly verheiratet. Solly hätte Papa liebend gern ein Haus und eine lebenslange Rente verschafft, aber Papa wollte sich noch nicht zur Ruhe setzen. Vielmehr bat er Solly um einen Kredit zur Eröffnung eines Geschäfts. Mittlerweile verkauften Mama und Papa Kaviar und andere Delikatessen an die wohlhabenden Bürger von Manchester. Wenn Maisie sie besuchte, legte sie ihren Diamantschmuck ab, band sich eine Schürze um und stellte sich als Verkäuferin hinter die Ladentheke, wobei sie darauf vertraute, daß sich die Mitglieder des Marlborough Sets wohl kaum nach Manchester verirren und, falls doch, ihre Einkäufe mit Sicherheit nicht selbst erledigen würden.

Dannys unerwartetes Erscheinen in Kingsbridge erschreckte Maisie. Sie fürchtete, den Eltern könne etwas zugestoßen sein. Sie lief auf ihn zu und rief: »Danny! Ist was passiert? Ist etwas mit Mama?«

»Papa und Mama geht's blendend, und allen anderen auch«, erwiderte er mit seinem amerikanischen Akzent.

»Gott sei Dank. Woher weißt du, daß ich hier bin?«

»Du hast mir doch geschrieben.«

»Ach ja.«

Mit seinem gekräuselten Bart und den blitzenden Augen sah Danny aus wie ein türkischer Krieger. Gekleidet war er dagegen wie ein einfacher Büroangestellter: Er trug einen abgetragenen schwarzen Anzug und auf dem Kopf eine Melone. Er wirkte müde, und seine Stiefel waren dreckverkrustet. Anscheinend hatte er einen langen Fußmarsch hinter sich.

Kingo sah ihn mißtrauisch von der Seite an. Solly indessen erwies sich der Situation gewachsen und reagierte mit der ihm eigenen Herzlichkeit. Er schüttelte Danny die Hand und sagte: »Wie geht's, Robinson? Hier ist mein Freund, der Herzog von Kingsbridge. – Kingo, darf ich dir meinen Schwager Dan Robinson vorstellen? Er ist Generalsekretär der *Working Men's Welfare Association*.

Viele Menschen wären vor Ehrfurcht erstarrt, wenn man sie einem Herzog vorgestellt hätte. Nicht so Danny. »Wie geht's Ihnen, Herzog?« sagte er mit salopper Höflichkeit.

Zögernd reichte ihm Kingo die Hand. Maisie glaubte zu ahnen, was in seinem Kopf vorging: Bis zu einem gewissen Grade, so mochte er denken, ist höfliches Verhalten gegenüber den Unterschichten ja ganz gut, nur darf man ihnen keinesfalls zu weit entgegenkommen …

»Und dies ist unser Freund Hugh Pilaster«, sagte Solly.

Maisie fuhr zusammen. In ihrer Sorge um Mama und Papa hatte sie ganz vergessen, daß Hugh hinter ihr stand. Danny wußte Dinge über Hugh, die Maisie ihrem eigenen Ehemann nie anvertraut hatte. Er wußte, daß Hugh Berties Vater war. Es hatte einmal eine Zeit gegeben, da Danny Hugh den Hals umdrehen wollte. Sie waren einander nie begegnet, doch Danny hatte ein gutes Gedächtnis. Wie würde er reagieren?

Immerhin war er mittlerweile sechs Jahre älter. Er musterte Hugh mit einem kühlen Blick, gab ihm aber anständig die Hand.

Hugh, der von seiner Vaterschaft nichts wußte und daher auch keinen Schimmer von Dannys Vorbehalten hatte, fragte ihn in freundlichem Ton: »Sind Sie der Bruder, der von zu Hause ausgerissen und nach Boston gegangen ist?«

»Und ob ich der bin!«

»Was du nicht alles weißt, Hugh!« sagte Solly.

Solly hatte keine Ahnung davon, wie gut Hugh und Maisie einander kannten und daß sie einen ganzen Abend damit verbracht hatten, sich gegenseitig ihre Lebensgeschichten zu erzählen.

Das Gespräch beunruhigte Maisie: Es glitt über die Oberfläche zu vieler Geheimnisse, und das Eis war dünn. Es drängte sie, wieder festen Boden unter die Füße zu bekommen. »Warum bist du hierher gekommen, Danny?« fragte sie.

Ein bitterer Zug zeigte sich auf seinem müden Gesicht. »Ich bin nicht mehr Generalsekretär der *Working Men's Welfare Association*«, sagte er. »Ich bin am Ende. Zum drittenmal in meinem Leben haben mich unfähige Bankiers ruiniert.«

»Danny, bitte!« protestierte Maisie. Er wußte sehr gut, daß Solly und Hugh im Bankgeschäft tätig waren.

»Keine Angst!« beruhigte sie Hugh. »Unfähige Bankiers sind uns auch zuwider. Sie stellen eine Bedrohung für alle dar. Aber was genau ist denn passiert, Mr. Robinson?«

»Der Aufbau des Arbeiterwohlfahrtvereins hat mich fünf Jahre gekostet«, berichtete Danny, »und wir waren sehr erfolgreich. Woche für Woche zahlten wir mehrere Hundert Pfund an Unterstützung aus und nahmen Tausende an Mitgliedsbeiträgen ein. Die Frage war also, wohin mit den Überschüssen ...«

»Ich nehme an, ihr habt sie als Reserve für schlechtere Zeiten auf die hohe Kante gelegt?« warf Solly ein.

»Ja, haben wir. Und, was meinst du, bei wem?«

»Nun, bei einer Bank vermutlich.«

»Ja. Bei der City of Glasgow Bank, um es genau zu sagen.«

»Au weh«, entfuhr es Solly.

»Ich verstehe nicht ...« sagte Maisie.

»Die City of Glasgow Bank hat Konkurs gemacht«, erklärte Solly.

»O nein!« schrie Maisie auf. Sie hätte am liebsten drauflos geheult.

Danny nickte. »Schwer schuftende Arbeiter hatten das Geld Shilling um Shilling zusammengetragen. Und diese Idioten mit den Zylinderhüten haben alles verloren.« Er seufzte. »Ich habe seither verzweifelt versucht, den Verein zu retten, aber es war hoffnungslos. Ich mußte aufgeben.«

»Mr. Robinson«, sagte Kingo unvermittelt, »es tut mir aufrichtig leid für Sie und die Mitglieder Ihres Vereins. Möchten Sie eine Erfrischung? Wenn Sie vom Bahnhof kommen, müssen Sie ein Dutzend Kilometer zu Fuß gegangen sein.«

»Ja, gerne. Ich danke Ihnen.«

»Ich bringe Danny ins Haus«, sagte Maisie. »Ihr könnt euren Spaziergang in Ruhe beenden.«

Sie spürte, daß ihr Bruder tief verletzt war, und wollte mit ihm allein sein. Unter vier Augen kann ich ihm vielleicht am ehesten helfen, dachte sie.

Auch den anderen ging die Tragödie nahe. »Wollen Sie über Nacht bei uns bleiben, Mr. Robinson?« fragte Kingo.

Maisie zuckte zusammen. Kingos Großzügigkeit ging zu weit. Hier draußen im Park ein paar freundliche Worte mit Danny zu wechseln war leicht. Blieb er jedoch über Nacht, so stand zu befürchten, daß Kingo und seine feinen Freunde bald genug von den billigen Kleidern und den Proletariersorgen ihres Bruders haben würden. Sie würden ihm die kalte Schulter zeigen und seinen Kummer dadurch noch verstärken.

Aber da sagte Danny: »Ich muß heute abend wieder in London sein. Ich bin bloß auf ein paar Stunden gekommen, um meine Schwester zu sehen.«

»In diesem Fall gestatten Sie mir, daß ich Ihnen für die Rückfahrt zum Bahnhof – wann immer es denn soweit sein wird – meine Kutsche zur Verfügung stelle.«

»Sehr freundlich von Ihnen.«

Maisie nahm den Arm ihres Bruders. »Komm mit, ich sorge erst mal dafür, daß du was in den Magen bekommst.«

Als Danny sich wieder auf den Weg zurück nach London gemacht
hatte, zogen sich Maisie und Solly zum Nachmittagsschläfchen
zurück.

Solly lag in einem Bademantel aus roter Seide auf dem Bett und
sah ihr beim Ausziehen zu. »Ich kann Dans Wohlfahrtsverein
nicht retten«, sagte er. »Selbst wenn es mir finanziell sinnvoll
erschiene – was nicht der Fall ist –, könnte ich die Teilhaber nie
überzeugen.«

Eine Welle der Zuneigung durchflutete Maisie. Sie hatte ihn nicht
gebeten, Danny zu helfen. »Wie lieb du bist«, sagte sie, öffnete
seinen Bademantel und küßte seinen gewaltigen Bauch. »Du
brauchst dich doch nicht zu entschuldigen. Du hast schon so viel
für meine Familie getan. Außerdem würde Danny ohnehin nichts
von dir nehmen, dazu ist er viel zu stolz.«

»Aber was wird er jetzt tun?«

Sie stieg aus ihren Unterröcken und rollte ihre Strümpfe herunter.
»Morgen hat er eine Besprechung mit der Techniker-Gewerk-
schaft. Er möchte fürs Unterhaus kandidieren und hofft, daß sie
ihn finanziell unterstützen wird.«

»Wahrscheinlich wird er sich für eine strengere Kontrolle der Banken durch den Staat einsetzen, oder?«

»Hättest du etwas dagegen?«

»Wir lassen uns nur ungern vom Staat vorschreiben, was wir zu
tun oder zu lassen haben. Es gibt zu viele Pleiten, das stimmt
schon, aber wenn die Politiker die Banken kontrollieren, gibt es
vielleicht noch mehr Konkurse.« Er rollte sich auf die Seite und
stützte seinen Kopf auf den Ellbogen, so daß er besser sehen
konnte, wie Maisie sich die Unterwäsche auszog. »Ich wünschte,
ich bräuchte dich heute abend nicht allein zu lassen.«

Auch Maisie hegte diesen Wunsch. Sie war hin- und hergerissen –
einerseits aufgeregt, weil Hugh blieb, während Solly abreiste, andererseits voller Schuldgefühle, weil sie so aufgeregt war. »Es
macht mir nichts aus«, sagte sie.

»Ich schäme mich meiner Familie.«

»Das brauchst du nicht.« Passah, das jüdische Frühjahrsfest,
stand bevor, und Solly wollte mit seinen Eltern den Seder feiern.

Maisie hatte keine Einladung erhalten. Sie verstand die Antipathie, die Ben Greenbourne ihr entgegenbrachte, ja manchmal hatte sie fast das Gefühl, sie verdiene die schlechte Behandlung, die er ihr angedeihen ließ. Solly war dagegen höchst empört, und wenn Maisie ihn nur gelassen hätte, wäre es zwischen Vater und Sohn wahrscheinlich zu einer bösen Auseinandersetzung gekommen. Aber Maisie wollte ihr Gewissen nicht auch noch damit belasten, weshalb sie darauf bestand, daß er seine Eltern weiterhin besuchte und es nicht zum Bruch kommen ließ.

»Hast du wirklich nichts dagegen?« fragte er besorgt.

»Nein, wirklich nicht. Hör zu, wenn mir tatsächlich daran gelegen wäre, könnte ich auch nach Manchester fahren und das Passahfest bei meinen eigenen Eltern verbringen.« Sie dachte nach. »Tatsache ist, daß ich mich diesen jüdischen Ritualen nie verpflichtet gefühlt habe, jedenfalls nicht mehr, seitdem wir damals Rußland verlassen haben. In der englischen Stadt, in der wir anfangs lebten, gab es keine anderen Juden, und unter den Menschen, mit denen ich im Zirkus zusammenlebte, befanden sich nur ganz wenige, die wirklich religiös waren. Und als ich dann einen Juden heiratete, machte mir seine Familie klar, daß ich unerwünscht bin. Es ist einfach mein Schicksal, eine Außenseiterin zu sein, und, um ehrlich zu sein, ich habe gar nichts dagegen. Gott hat sich nie um mich gekümmert.« Sie lächelte. »Mama meint, Gott habe mir dich geschenkt, aber das ist Unsinn: Dich habe ich mir ganz allein geangelt.«

Solly war beruhigt. »Ich werde dich heute abend vermissen«, sagte er.

Sie setzte sich auf die Bettkante und beugte sich über ihn, so daß er ihre Brüste liebkosen konnte. »Ich dich auch.«

»Mmmmh ...«

Es dauerte nicht lange, da lagen sie so nebeneinander, daß er sie zwischen den Beinen streicheln konnte, während sie seinen Penis küßte, ihn mit der Zunge umspielte und schließlich in den Mund nahm. Solly mochte das an stillen Nachmittagen, und als er in ihrem Mund kam, stieß er einen leisen Schrei aus.

Maisie drehte sich um und kuschelte sich in seine Armbeuge.

»Wie schmeckt das denn?« fragte er schläfrig.

Sie schmatzte mit den Lippen. »Wie Kaviar.«

Solly kicherte und schloß die Augen.

Maisie begann, sich selbst zu streicheln. Solly fing an zu schnarchen. Als sie kam, rührte er sich nicht.

»Die Kerle an der Spitze der City of Glasgow Bank gehören ins Gefängnis«, sagte Maisie kurz vor dem Abendbrot.

»Das ist ein bißchen hart«, erwiderte Hugh.

Sie empfand diese Bemerkung als Besserwisserei. »Hart?« wiederholte sie gereizt. »Das Schicksal der Arbeiter, die ihr Geld verloren haben, ist härter!«

»Wie dem auch sei: Niemand ist vollkommen, nicht einmal diese Arbeiter. Angenommen, der Zimmermann macht einen Fehler und das Haus stürzt ein – soll er auch ins Gefängnis?«

»Das ist nicht dasselbe!«

»Und warum nicht?«

»Weil der Zimmermann dreißig Shilling Lohn pro Woche erhält und außerdem tun muß, was ein Vorarbeiter ihm befiehlt. Ein Bankier verdient dagegen Tausende und rechtfertigt das mit der Behauptung, er habe die Last der Verantwortung zu tragen.«

»Völlig richtig. Aber auch der Bankier ist ein Mensch und hat Frau und Kind zu ernähren.«

»Das kann man auch von einem Mörder sagen – und trotzdem hängen wir ihn, ohne Rücksicht auf die verwaisten Kinder.«

»Aber wer zufällig jemanden tötet – er schießt meinetwegen auf ein Kaninchen und trifft einen Mann hinterm Busch –, landet nicht einmal im Gefängnis. Warum also sollen wir dann Bankiers einbuchten, die das Geld anderer Leute verlieren?«

»Um andere Bankiers zu größerer Vorsicht zu ermahnen.«

»Mit dieser Logik könnten wir auch den Mann hängen, der auf das Kaninchen schoß: Um andere Schützen zu größerer Vorsicht zu ermahnen.«

»Hugh, du bist einfach pervers!«

»Nein, ganz und gar nicht. Warum sollen leichtsinnige Bankiers strenger bestraft werden als leichtsinnige Kaninchenjäger?«

»Weil leichtsinnige Schützen – im Gegensatz zu leichtsinnigen Bankiers – nicht alle paar Jahre Tausende von arbeitenden Menschen ins Elend treiben.«

An diesem Punkt ihrer Diskussion mischte sich Kingo ein. »Die Direktoren der City of Glasgow Bank landen wahrscheinlich tatsächlich im Gefängnis«, sagte er teilnahmslos. »Und zwar mitsamt ihrem Manager, wie ich hörte.«

»Ja, das glaube ich auch«, bestätigte Hugh.

Maisy hätte ihn am liebsten vor Ärger angebrüllt. »Warum hast du mir dann widersprochen?« fragte sie.

Er grinste. »Ich wollte sehen, ob du deine Meinung begründen kannst.«

Maisie mußte daran denken, daß Hugh schon immer diese Macht über sie besessen hatte, und biß sich auf die Zunge. Ihr heißblütiges Temperament gehörte zu den Eigenschaften, die der Marlborough Set an ihr attraktiv fand, und es war einer der Gründe dafür, daß man sie trotz ihrer Herkunft akzeptierte. Sie durfte es nur nicht übertreiben, weil man sich sonst bald gelangweilt hätte. Ihre Stimmung schlug blitzartig um: »Sie haben mich beleidigt, Sir!« schrie sie theatralisch. »Ich fordere Sie zum Duell!«

»Welche Waffen wählen Damen zum Duell?« fragte Hugh und lachte.

»Häkelnadeln im Morgengrauen!«

Jetzt lachten alle. Dann kam ein Diener herein und meldete, das Dinner wäre aufgetragen.

An dem langen Tisch saßen immer achtzehn oder zwanzig Personen. Maisie freute sich jedesmal von neuem über die frische Tischdecke, das feine Porzellangeschirr, die Hunderte von Kerzen, deren Licht sich in funkelnden Gläsern widerspiegelte, über die makellose schwarzweiße Abendkleidung der Männer sowie die herrlichen Farben und den unschätzbar wertvollen Schmuck der Damen. Jeden Abend gab es Champagner, doch da sie davon schnell zunahm, genehmigte sie sich immer nur ein oder zwei Schlückchen.

Sie stellte fest, daß sie diesmal Hugh zum Tischherrn hatte. Die Herzogin setzte sie normalerweise neben Kingo, denn Kingo

mochte schöne Frauen, und die Herzogin war tolerant. Nur heute
abend hatte sie sich offenbar für eine andere Sitzordnung entschieden. Auf ein Tischgebet wurde verzichtet; man behielt es sich
in diesem Kreis für die Sonntage vor. Die Suppe wurde serviert,
und Maisie führte eine lebhafte Unterhaltung mit den beiden
Männern, die neben ihr saßen. Ihre Gedanken indessen weilten
bei ihrem Bruder. Der arme Danny! So klug war er und so engagiert, eine echte Führerpersönlichkeit – und hatte soviel Pech! Sie
wünschte ihm alles Gute für die angestrebte Unterhauskandida-
tur. Danny als Abgeordneter – Papa wäre so stolz!

In höchst ungewöhnlicher, sichtbarer Weise hatte ihre Vergangenheit sie heute eingeholt. Es war erstaunlich, wie gering die Unter-
schiede waren. Ebenso wie sie selbst ließ Danny sich nicht ohne
weiteres einer bestimmten Gesellschaftsklasse zuordnen. Er war
ein Repräsentant der Arbeiter, seine Kleidung entsprach der Mit-
telschicht – und doch legte er dieselben selbstbewußten, leicht
arroganten Manieren an den Tag wie Kingo und seine Freunde,
denen es sicher schwergefallen wäre zu sagen, ob er ein aufgestie-
gener Sprößling der Arbeiterklasse oder aber ein Junge aus der
Oberschicht war, der sich für ein dornenreiches Leben unter den
Arbeitern entschieden hatte.

Für Maisie galt Ähnliches. Jeder, der auch nur das geringste Gespür für Klassenunterschiede besaß, erkannte sofort, daß sie keine
geborene Lady war. Aber sie spielte ihre Rolle so gut und war so
hübsch und charmant, daß man einfach nicht gewillt war, dem
hartnäckigen Gerücht, Solly habe sie in einem öffentlichen Tanzlokal aufgegabelt, Glauben zu schenken. Letzte Zweifel, die ihrer
Akzeptanz in der Londoner Gesellschaft entgegenstehen mochten,
hatte der Prince of Wales, Sohn der Königin Victoria und künf-
tiger König, beseitigt, als er eines Tages bekannte, von Maisie
»fasziniert« zu sein, und ihr eine goldene Zigarettendose mit Dia-
mantverschluß übersandte.

Mit zunehmender Dauer des Abendessens spürte sie Hughs Nähe
immer intensiver. Sie bemühte sich, das Gespräch auf dem Niveau
einer leichten Plauderei zu halten, und achtete darauf, daß sie
sich mindestens ebensooft mit dem Mann zu ihrer Rechten unter-

hielt. Aber die Vergangenheit stand hinter ihr wie ein müder, geduldiger Bittsteller, der sich nicht abschütteln läßt.

Sie hatten sich zwar seit Hughs Rückkehr nach London schon drei- oder viermal gesehen und die letzten achtundvierzig Stunden sogar unter einem Dach zugebracht, doch waren sie bislang noch mit keinem Wort auf das, was sechs Jahre zuvor zwischen ihnen geschehen war, zu sprechen gekommen. Für Hugh war sie damals spurlos verschwunden, um eines Tages als Mrs. Solomon Greenbourne wieder aufzutauchen. Mehr wußte er nicht. Früher oder später, soviel stand fest, würde sie ihm ihr damaliges Verhalten erklären müssen. Maisie fürchtete jedoch, ein Gespräch über die Vergangenheit könne auch die Gefühle jener Zeit zu neuem Leben erwecken. Doch vermeiden ließ sich eine Aussprache ohnehin nicht, und vielleicht bot sich ja in Sollys Abwesenheit eine günstige Gelegenheit.

Als mehrere andere Dinnergäste in ihrer Nachbarschaft in eine lautstarke Diskussion vertieft waren, hielt Maisie den Augenblick für gekommen. Sie wandte sich um, sah Hugh in die Augen – und wurde im selben Augenblick von ihren Emotionen überwältigt. Drei- oder viermal hob sie zu sprechen an, brachte jedoch keinen Ton heraus. Schließlich gelang es ihr, ein paar Worte hervorzustoßen. »Ich hätte dir deine Karriere zerstört«, sagte sie stockend und verstummte sogleich wieder, weil sie alle Kraft zusammennehmen mußte, um nicht in Tränen auszubrechen.

Hugh verstand sofort, worum es ging. »Wer hat dir denn das eingeredet?« fragte er.

Hätte er die Frage in einem mitfühlenden Ton gestellt, wäre es möglicherweise endgültig um Maisies Fassung geschehen gewesen. Zum Glück klang sie ziemlich aggressiv, so daß ihr die Antwort nicht schwerfiel: »Deine Tante Augusta!«

»Daß sie dahintersteckte, dachte ich mir schon.«

»Aber sie hatte ja recht!«

»Das glaube ich nicht«, erwiderte Hugh, der sich jetzt rasch ereiferte. »Du hast ja Sollys Karriere auch nicht zerstört.«

»So beruhige dich doch! Im Gegensatz zu dir war Solly nicht schon vorher das schwarze Schaf der Familie. Es war trotzdem

schwierig genug. Seine Familie haßt mich bis auf den heutigen
Tag.«

»Obwohl du Jüdin bist?«

»Ja. Juden können genau solche Snobs sein wie alle anderen
auch.« Den wahren Grund – nämlich Bertie, der nicht Sollys Sohn
war – durfte Hugh nie erfahren.

»Wieso hast du mir nicht einfach gesagt, was du vorhattest – und
warum?«

»Ich konnte es nicht.« Die Erinnerung an jene schlimmen Tage
schnürte ihr die Kehle zu, so daß sie tief durchatmen mußte, ehe
sie weitersprechen konnte. »Es ist mir sehr schwergefallen, mich
so abzuschotten. Es brach mir schier das Herz. Mich auch dir
gegenüber noch rechtfertigen zu müssen wäre über meine Kräfte
gegangen.«

»Du hättest mir schreiben können«, hakte er nach.

Maisies Stimme war nurmehr ein Flüstern: »Ich brachte es einfach nicht fertig, es dir schriftlich zu geben.«

Endlich schien er einigermaßen zufriedengestellt. Er trank einen
Schluck Wein und wandte den Blick von ihr. »Es war grauenhaft«,
sagte er. »Ich begriff nichts, ich hatte keine Ahnung, wo du warst,
ich wußte nicht einmal, ob du noch lebtest.« Er sprach mit rauher
Stimme, aber Maisie erkannte in seinen Augen die Erinnerung an
den erlittenen Schmerz.

»Es tut mir leid«, sagte sie schwach. »Es tut mir so leid, daß ich
dich verletzt habe. Es war nicht meine Absicht. Ich wollte nicht,
daß du unglücklich wirst. Ich tat es aus Liebe.«

Kaum hatte sie das Wort *Liebe* ausgesprochen, da bereute sie es
auch schon.

Hugh griff es sofort auf. »Liebst du Solly jetzt?« fragte er unvermittelt.

»Ja.«

»Ihr zwei macht einen recht etablierten Eindruck.«

»Du siehst doch, wie wir leben … Da ist es nicht schwer, zufrieden
zu sein.«

Er war noch immer wütend auf sie. »Du hast das erreicht, was
du dir schon immer gewünscht hast.«

Das war ziemlich starker Tobak, aber Maisie nickte nur. Sie hatte das Gefühl, es vielleicht nicht anders verdient zu haben.

»Was macht April?«

Maisie zögerte. Das ging jetzt wirklich zu weit. »Du wirfst mich mit April in einen Topf, wie?« fragte sie zurück, ohne ihre Betroffenheit zu verbergen.

Das nahm ihm ein wenig den Wind aus den Segeln. »Nein«, sagte er und lächelte reumütig, »du warst nie wie April. Das habe ich immer gewußt. Trotzdem interessiert mich, was aus ihr geworden ist. Triffst du sie noch ab und zu?«

»Ja ... heimlich.« April war ein neutrales Thema, das sie aus gefährlich emotionalem Gelände hinausführen konnte. Maisie entschied sich, seine Neugier zu befriedigen. »Ist dir ein Lokal namens Nellie's ein Begriff?«

Er senkte die Stimme. »Ja, das ist ein Bordell.«

Nun war die Neugierde ganz auf ihrer Seite. »Bist du jemals dort gewesen?«

»Ja«, gab er, peinlich berührt, zu, »einmal. Es war ein Fiasko.«

Maisie überraschte das nicht; sie erinnerte sich an die Naivität und Unerfahrenheit des Zwanzigjährigen. »Nellie's gehört jetzt April«, sagte sie.

»Du meine Güte! Wie war denn das möglich?«

»Es fing damit an, daß sie die Geliebte eines bekannten Romanschriftstellers wurde und ins hübscheste Häuschen von Clapham zog. Er wurde ihrer genau zu jener Zeit überdrüssig, als Nell daran dachte, sich langsam aufs Altenteil zurückzuziehen. Also veräußerte April ihr Häuschen und kaufte Nellie's auf.«

»So was!« sagte Hugh. »Nell werde ich nie vergessen. Sie war die dickste Frau, die ich je gesehen habe.« Am Tisch war es plötzlich still geworden, so daß Hughs letzter Satz von mehreren in der Nähe sitzenden Dinnergästen gehört wurde. Es erhob sich allgemeines Gelächter, und irgend jemand sagte: »Wer war denn diese dicke Dame?« Hugh grinste nur, gab aber keine Antwort.

Danach vermieden sie kritische Gesprächsthemen, aber Maisies Stimmung blieb gedrückt. Sie fühlte sich schwach auf den Beinen; ihr war, als wäre sie gestürzt und hätte sich dabei leicht verletzt.

Nachdem das Abendessen vorüber war und die Männer ihre Zigarren geraucht hatten, verkündete Kingo, daß er tanzen wolle. Daraufhin wurde der Teppich im Salon aufgerollt und ein Diener herbeizitiert, von dem bekannt war, daß er Polkas auf dem Klavier spielen konnte.

Maisie tanzte mit allen Männern außer mit Hugh. Erst als es schließlich auffiel, daß sie ihm aus dem Weg ging, tanzte sie auch mit ihm, und da war es auf einmal, als habe jemand die Zeit um sechs Jahre zurückgedreht.

Sie waren wieder in den Cremorne Gardens. Hugh führte sie kaum; sie schienen instinktiv miteinander zu harmonieren, und Maisie ertappte sich bei dem illoyalen Gedanken, daß Solly ein ziemlich ungeschickter Tänzer war.

Nach Hugh nahm sie sich einen anderen Tanzpartner, doch dann wurde sie von den anderen Männern nicht mehr aufgefordert. Gegen elf Uhr wurde Brandy gereicht, und die Schranken der Konvention fielen: Weiße Krawatten wurden gelockert, einige Frauen schlüpften aus ihren Schuhen – und Maisie tanzte nur noch mit einem einzigen Partner, nämlich Hugh. Sie wußte, daß sie ein schlechtes Gewissen haben sollte, aber Gewissensfragen waren noch nie ihre Stärke gewesen: Es gefiel ihr, und sie wollte einfach nicht aufhören.

Als der Klavier spielende Diener mit seinen Kräften am Ende war, verlangte es die Herzogin nach frischer Luft und einem Spaziergang im Garten. Aufgeregt liefen die Hausmädchen hin und her, um für alle Gäste Mäntel aufzutreiben. Draußen im Dunkeln nahm Maisie Hughs Arm. »Was ich in den vergangenen sechs Jahren getan habe, ist ja allgemein bekannt. Aber wie ist es dir ergangen?«

»Amerika gefällt mir«, sagte er. »Es gibt dort keine Klassenunterschiede. Es gibt Reiche und Arme, aber keine Aristokratie und keine albernen Rang- und Protokollfragen. Was du erreicht hast, also die Ehe mit Solly und die Freundschaft mit den höchsten Kreisen des Landes, ist in England eine sehr ungewöhnliche Karriere, und ich gehe jede Wette ein, daß du ihnen die Wahrheit über deine Herkunft nach wie vor vorenthältst ...«

»Sie haben ihre Vermutungen, glaube ich, aber du hast schon recht: Ich bekenne mich nicht dazu.«

»In Amerika würdest du dich mit deiner einfachen Herkunft brüsten – genau wie Kingo hier, wenn er davon erzählt, wie seine Vorfahren sich in der Schlacht von Agincourt geschlagen haben.«

Nicht Amerika interessierte Maisie, sondern Hugh. »Du hast nie geheiratet?«

»Nein.«

»Gab es in Boston ein Mädchen, das … das du gemocht hast?«

»Ich habe versucht, eines zu finden, Maisie.«

Plötzlich bereute sie es, ihm diese Frage gestellt zu haben. Sie ahnte auf einmal, daß seine Antwort ihr Glück zerstören könnte. Aber es war zu spät. Die Frage war gestellt, und Hugh beantwortete sie bereits.

»Es gab sehr hübsche, angenehme, intelligente Mädchen in Boston, Mädchen, die wunderbare Ehefrauen und Mütter zu werden versprachen. Ich interessierte mich für einige von ihnen, und die Sympathie beruhte sicher auf Gegenseitigkeit. Aber wenn dann die Stunde der Wahrheit kam und man von mir einen Heiratsantrag oder einen diskreten Rückzug erwartete, dann spürte ich, daß Sympathie allein nicht ausreichte. Bei keinem Mädchen empfand ich dasselbe wie damals für dich. Es fehlte die Liebe.«

Jetzt hatte er das Wort gesagt. »Hör auf!« flüsterte Maisie.

»Zwei oder drei Mütter waren ziemlich wütend auf mich. Danach verbreitete sich mein Ruf, und die Mädchen wurden vorsichtiger. Sie waren nach wie vor nicht unfreundlich zu mir, aber sie wußten, daß mit ›dem Burschen‹ etwas nicht stimmte. Der nimmt die Mädchen nicht ernst, hieß es, und so einer taugt nicht als Ehemann. Hugh Pilaster, der englische Bankier und Herzensbrecher … Hatte ich das Gefühl, daß sich ein Mädchen trotzdem in mich verliebte, dann entmutigte ich es. Ich breche nicht gerne Herzen – ich weiß nur zu gut, wie weh es tut.«

Maisie spürte die Tränen auf ihrem Gesicht und war froh über die taktvolle Dunkelheit. »Es tut mir so leid«, flüsterte sie so leise, daß sie es selbst kaum hören konnte.

»Sei's drum – ich weiß ganz genau, was mit mir nicht stimmt«, ergänzte Hugh. »Wahrscheinlich wußte ich es schon immer. Jedenfalls haben die letzten beiden Tage alle Zweifel beseitigt.«

Sie waren ein Stück hinter den anderen zurückgefallen. Hugh blieb stehen und sah Maisie an.

»Bitte, sag es nicht, Hugh«, wisperte sie.

»Ich liebe dich noch immer. Das ist alles.«

Jetzt war es heraus, und alles war zerstört.

»Und ich glaube, du liebst mich auch«, fuhr er gnadenlos fort. »Stimmt's?«

Sie sah zu ihm auf. In seinen Pupillen spiegelten sich die Lichter des Hauses auf der anderen Seite des Rasens, doch sein Gesicht war verschattet. Er neigte den Kopf und küßte sie auf die Lippen. Maisie ließ es geschehen. »Salzige Tränen«, sagte er nach einer Minute. »Du liebst mich. Ich wußte es.« Er zog ein zusammengelegtes Taschentuch hervor und tupfte ihr sanft die tränenfeuchten Wangen ab.

So geht es nicht weiter, dachte Maisie und sagte: »Wir müssen zu den anderen aufschließen, sonst fangen sie an zu tuscheln.« Sie wandte sich zum Gehen, und Hugh blieb nichts anderes übrig, als ihren Arm loszulassen oder mitzugehen. Er entschloß sich, sie zu begleiten.

»Seltsam, daß du dir über das Gerede der Leute Gedanken machst«, sagte er. »In eurem Kreis hat man doch gegen derlei Dinge nichts, dafür ist er doch bekannt.«

Die anderen waren Maisie tatsächlich ziemlich gleichgültig. Das Problem war sie selbst. Sie beschleunigte ihre Schritte und zog ihn mit sich. Als sie kurz darauf den Rest der Abendgesellschaft einholten, befreite sie sich von seinem Arm und begann ein Gespräch mit der Herzogin.

Daß Hugh die Toleranz des Marlborough Sets so betont hatte, versetzte sie in eine dumpfe Unruhe. Was er gesagt hatte, war ja durchaus richtig, aber es wäre ihr lieber gewesen, er hätte auf die Worte *derlei Dinge* verzichtet; sie wußte auch nicht, warum.

Die hohe Standuhr in der Halle schlug gerade Mitternacht, als sie wieder das Haus betraten. Maisie fühlte sich auf einmal er-

schöpft von den Aufregungen und Anspannungen des vergangenen Tages. »Ich gehe ins Bett«, verkündete sie.

Sie sah, wie der Blick der Herzogin nachdenklich von ihr zu Hugh
und wieder zu ihr zurückwanderte, und bemerkte, daß Liz ein
Lächeln unterdrückte. Schlagartig wurde ihr klar, daß alle Anwesenden sie bereits mit Hugh im Bett sahen.

Während die Männer noch Billard spielten und der eine oder
andere noch einen Nachttrunk zu sich nahm, zogen sich die Damen gemeinsam ins Obergeschoß zurück. Und Maisie erkannte
in den Augen jeder einzelnen, die ihr mit einem Küßchen gute
Nacht wünschte, einen erregten Glanz, getrübt durch eine kleine
Prise Neid.

Sie ging in ihr Schlafzimmer und schloß die Tür. Im Kamin
brannte ein munteres Kohlenfeuer, und auf dem Sims sowie auf
der Frisierkommode flackerten Kerzen. Für den Fall, daß sie in
der Nacht Hunger bekommen sollte, stand auf den beiden Nacht-
tischchen wie üblich je ein Tablett mit belegten Brötchen und
einer Flasche Sherry bereit. Obwohl Maisie noch nie etwas davon
angerührt hatte, ließ sich das guttrainierte Hauspersonal von
Kingsbridge Manor von dieser Gewohnheit nicht abbringen.

Sie begann sich zu entkleiden. Wahrscheinlich täuschen sie sich
alle gewaltig, und Hugh kommt heute nacht gar nicht zu mir,
dachte sie. Aber gerade die Vorstellung, er könne *nicht* kommen,
traf sie wie ein schmerzhafter Stich, und sie gestand sich ein, daß
sie sich nach ihm sehnte. Hier, durch diese Tür sollte er kommen,
so daß sie ihn in die Arme nehmen und ihn küssen könnte – richtig
küssen diesmal, nicht mit schlechtem Gewissen wie vorhin im
Garten, sondern gierig und ohne Scham. Die Erinnerung an jene
Nacht vor sechs Jahren, die Nacht nach den Rennen von Goodwood, überwältigte sie. Sie sah das schmale Bett im Hause seiner
Tante vor sich und sein Gesicht, sah, wie er sie anstarrte, als sie
ihr Kleid auszog …

Sie betrachtete ihren Körper in dem hohen Spiegel. Hugh würde
merken, daß er sich verändert hatte. Vor sechs Jahren waren ihre
Brustwarzen klein und rosa und eingezogen wie Grübchen gewesen. Dann hatte sie Bertie gestillt, und seither waren sie groß und

erdbeerrot und standen ein wenig vor. Von der Natur mit einer Wespentaille ausgestattet, hatte sie als Mädchen überdies nie ein Korsett tragen müssen. Doch nach der Schwangerschaft hatte auch ihre Taille nie mehr ganz zur alten Form zurückgefunden.

Mit schweren Schritten kamen die Männer die Treppe hinauf; sie lachten über irgendeinen Witz. Hugh hatte schon recht: Ein kleines bißchen Ehebruch nach einem lustigen Abend im Landhaus würde hier niemanden schockieren. Müssen sie sich ihrem Freund Solly gegenüber nicht treulos vorkommen? fragte sie sich, ehe sie wie ein Schlag ins Gesicht die Erkenntnis traf, daß die einzige Person, die sich Treulosigkeit gegenüber Solly vorzuwerfen hätte, sie selber war.

Maisie hatte den ganzen Abend lang jeden Gedanken an Solly von sich gewiesen, doch nun kehrte sein Geist zu ihr zurück: der harmlose, nette Solly; der freundliche, großzügige Solly; der Mann, der sie über alles liebte; der Mann, der sich so liebevoll um Bertie kümmerte, obwohl er wußte, daß der Kleine das Kind eines anderen Mannes war. Kaum ist er ein paar Stunden aus dem Haus, bin ich drauf und dran, mit einem anderen Mann ins Bett zu gehen, dachte sie. Was bin ich eigentlich für eine Frau?

Spontan ging sie zur Tür und drehte den Schlüssel um.

Sie wußte jetzt auch, warum ihr jener eine Satz Hughs so mißfallen hatte. *In eurem Kreis hat man doch gegen derlei Dinge nichts, dafür ist er doch bekannt* ... Diese Worte würdigten ihre Gefühle für ihn herab, machten sie gemein, brachten sie auf das Niveau x-beliebiger Tändeleien, Liebschaften und Seitensprünge, die den Damen der Gesellschaft Gesprächsstoff lieferten. Nein, so etwas hatte Solly nicht verdient ...

Aber ich will ihn, dachte sie, ich will Hugh ...

Bei dem Gedanken, auf die Nacht mit ihm zu verzichten, hätte sie am liebsten geweint. Sie dachte an sein jungenhaftes Lächeln und seine knochige Brust, die blauen Augen und die weiche weiße Haut, und wieder sah sie sein Gesicht vor sich, als er ihren Körper betrachtete, jene Miene, in die sich Staunen und Glückseligkeit, Begierde und schiere Freude mischten. Auf all dies sollte sie verzichten? Es war so schwer ...

Es klopfte leise an der Tür.

Maisie stand nackt in der Zimmermitte. Sie spürte nichts mehr und war wie gelähmt.

Der Türknopf drehte sich, die Tür wurde nach innen gedrückt, aber sie öffnete sich natürlich nicht.

Eine flüsternde Stimme nannte sie beim Namen.

Maisie ging zur Tür und legte die Hand auf den Schlüssel.

»Maisie!« rief er leise. »Ich bin's, Hugh!«

Ihre Sehnsucht nach ihm war so groß, daß allein der Klang seiner Stimme sie feucht werden ließ. Sie steckte die Hand in den Mund und biß sich kräftig in den Finger, aber auch der Schmerz vermochte ihre Lust nicht zu stillen.

Wieder klopfte er an die Tür. »Maisie? Läßt du mich rein?«

Sie lehnte sich an die Wand. Tränen strömten ihr über das Gesicht und tropften vom Kinn auf ihre Brüste.

»So laß uns doch wenigstens miteinander reden!«

Wenn sie ihm jetzt öffnete, das wußte sie, wäre von Reden keine Rede mehr. Sie würden einander umarmen und besinnungslos vor Lust zu Boden stürzen.

»*So sag doch etwas!* Bist du da? Ich weiß, daß du da bist.«

Still stand sie da und weinte lautlos.

»Bitte?« sagte er. »Bitte ...«

Nach einer Weile ging er fort.

Maisie schlief unruhig und wachte schon früh wieder auf. Mit dem Heraufdämmern des neuen Tages fühlte sie sich nicht mehr ganz so elend. Ehe von den anderen Gästen etwas zu hören war, stand sie auf und begab sich, wie jeden Tag, in den Kinderflügel. Vor dem Eßzimmer blieb sie unwillkürlich stehen. Sie war offensichtlich doch nicht die erste an diesem Morgen. Aus dem Zimmer drang eine Männerstimme. Sie hielt den Atem an und lauschte. Es war Hugh.

»Und just in diesem Augenblick wachte der Riese auf«, sagte er.

Ein Kind quietschte vor Aufregung und wohligem Gruseln. Maisie erkannte die Stimme ihres Sohnes.

»So schnell ihn seine Füße tragen konnten, lief Jack die Bohnenstange hinunter«, fuhr Hugh fort, »aber der wilde Riese setzte ihm nach!«

Kingos Tochter Ann bemerkte im überlegenen Tonfall einer wissenden Siebenjährigen: »Bertie versteckt sich hinter dem Stuhl, weil er Angst hat. Ich habe keine Angst.«

Maisie hätte sich am liebsten wie Bertie irgendwo versteckt. Sie wollte in ihr Zimmer flüchten, ging auch ein paar Schritte zurück, nur um dann erneut stehenzubleiben. Ich kann Hugh ohnehin nicht den ganzen Tag aus dem Weg gehen, dachte sie, und vielleicht ist es noch am einfachsten, wenn wir uns hier bei den Kindern begegnen. Sie gab sich einen Ruck und betrat das Zimmer. Gebannt hingen die drei Kinder an Hughs Lippen. Bertie bemerkte kaum, daß seine Mutter zur Tür hereinkam. Hugh sah kurz auf; sein Blick zeigte ihr, daß er gekränkt war. »Hör nicht auf!« sagte Maisie, setzte sich neben Bertie und nahm ihn in den Arm.

Hugh wandte sich wieder den Kindern zu: »Und was, glaubt ihr, tat Jack als nächstes?«

»Ich weiß es!« rief Anne. »Er holte eine Axt.«

»Genau!«

Bertie, in den Armen seiner Mutter, starrte mit großen Augen den Mann an, der sein Vater war. Wenn ich das ertrage, dachte Maisie, dann kann mich nichts mehr erschüttern.

»Und als der Riese erst halb oben war, da fällte Jack die Bohnenstange. Der Riese tat einen tiefen Sturz, fiel auf die Erde ... und war tot. Und wenn sie nicht gestorben sind, dann leben Jack und seine Mutter noch heute.«

»Noch einmal!« sagte Bertie.

In der Botschaft von Cordoba herrschte rege Betriebsamkeit. Der Unabhängigkeitstag des Landes stand bevor. Für den Nachmittag des kommenden Tages war ein großer Empfang für Parlamentsabgeordnete, Beamte des Außenministeriums, Diplomaten und Journalisten geplant. Micky Miranda hatte Sorgen, und daß er am Morgen wegen der Ermordung zweier britischer Touristen in den Anden von Cordoba auch noch eine frostige Note des Außenamts erhalten hatte, war nicht dazu angetan, seine Stimmung zu heben. Doch als ihm der Besuch Edward Pilasters gemeldet wurde, ließ er alles andere stehen und liegen. Was er mit Edward zu besprechen hatte, war weit wichtiger als der Empfang oder die Note: Micky Miranda brauchte eine halbe Million Pfund, und er hoffte, sie von Edward zu erhalten.

Seit einem Jahr war er jetzt Gesandter seines Landes. Es war ein schweres Stück Arbeit gewesen, den Posten zu bekommen, und es hatte ihn all seine Findigkeit sowie, daheim in Cordoba, ein Vermögen an Bestechungsgeldern gekostet. Die Familie hatte das Geld vorgestreckt. Micky hatte seinem Vater zugesagt, es zurückzuzahlen. Inzwischen war es an der Zeit, das Versprechen einzulösen, und Micky wäre lieber gestorben, als daß er es gewagt hätte, seinen Vater zu enttäuschen.

Er führte Edward in sein offizielles Büro, ein geräumiges, von einer riesigen Landesflagge beherrschtes Zimmer. Er ging zum großen Tisch, rollte eine Karte des Landes aus und beschwerte deren Ecken mit einem Zigarrenkistchen, einer Sherry-Karaffe, einem Glas und Edwards grauem Zylinder. Dann zögerte er. Noch nie in seinem Leben hatte er jemanden um eine halbe Million Pfund gebeten.

»Hier, im Norden des Landes, liegt die Provinz Santamaria«, begann er.

»Die Geographie von Cordoba ist mir bekannt«, sagte Edward mürrisch.

»Ja, natürlich, das weiß ich doch«, sagte Micky, der ihn bei Laune halten wollte. Es stimmte ja auch. Das Bankhaus Pilaster war in Cordoba vielfach engagiert. Es finanzierte die Exporte des Landes – Salpeter, Pökelfleisch und Silber – sowie die Importe – Bergwerksanlagen, Feuerwaffen, Luxusgüter. Verantwortlich für das Cordoba-Geschäft war Edward – dank Micky, der, zunächst als Attaché und später als Botschafter, allen, die ihren Handel mit Cordoba ohne Hilfe des Bankhauses Pilaster finanzieren wollten, das Leben schwermachte. Edward galt inzwischen als der füh-

rende Cordoba-Experte in London. »Selbstverständlich kennst du
die Geographie unseres Landes«, bestätigte Micky noch einmal.
»Und dir ist natürlich auch bekannt, daß der von meinem Vater
geförderte Salpeter per Maulesel von Santamaria nach Palma
transportiert werden muß. Dabei könnte man auf dieser Strecke –
und das weißt du vielleicht noch nicht – ohne weiteres eine Eisenbahn bauen.«
»Wieso bist du dir da so sicher? Eine Eisenbahn ist eine komplizierte Angelegenheit.«
Micky griff nach einem schweren, mit einem festen Einband verse-
henen Konvolut aus Akten und Plänen, das auf seinem Schreibtisch bereitlag. »Weil mein Vater eine Untersuchung in Auftrag
gegeben hat, bei einem schottischen Ingenieur namens Gordon
Halfpenny. Hier sind die Details. Sieh's dir mal an.«
»Wieviel?« fragte Edward.
»Fünfhunderttausend Pfund.«
Edward blätterte den umfangreichen Bericht durch. »Und die
Politik?«
Micky warf einen Blick auf das große Portät von Präsident Garcia
in der Uniform des Oberbefehlshabers der Armee. Jedesmal,
wenn er es sah, schwor er sich, daß eines Tages sein eigenes Bild
an dieser Stelle hängen würde. »Der Präsident begrüßt dieses
Vorhaben. Er glaubt, daß ihm dadurch die militärische Kontrolle
über die ländlichen Regionen erleichtert wird.« Garcia vertraute
Papa. Seit Papa – mit Hilfe von zweitausend kurzläufigen West-
ley-Richards-Gewehren aus Birmingham – Gouverneur der Provinz Santamaria geworden war, hatte sich die Familie Miranda
als glühende Anhängerin und enge Verbündete des Präsidenten
hervorgetan. Papa wußte, daß nach dem Bau der Eisenbahn ein
Angriff der Mirandas auf die Hauptstadt nicht mehr zwei Wochen, sondern nur noch zwei Tage in Anspruch nehmen würde,
und setzte sich daher vehement für das Projekt ein. Präsident
Garcia ahnte von diesen Motiven natürlich nichts.
»Wie stellt ihr euch die Finanzierung vor?« fragte Edward.
»Wir beschaffen uns das Kapital auf dem Londoner Geldmarkt«,
sagte Micky hochnäsig. »Ich dachte sogar daran, daß vielleicht

das Bankhaus Pilaster an dem Geschäft interessiert sein könnte.«
Er bemühte sich, langsam und normal zu atmen. Jetzt kam es
darauf an. Sein jahrelanges, gewissenhaftes Werben um die Gunst
der Familie Pilaster erreichte nun seinen Höhepunkt und sollte
Früchte tragen.
Aber Edward schüttelte den Kopf und sagte. »Nein, ich glaube
nicht.«
Micky war wie vor den Kopf geschlagen. Schlimmstenfalls, so
hatte er angenommen, würde Edward um Bedenkzeit bitten.
»Aber ihr finanziert doch dauernd irgendwelche Eisenbahnen! Ich
dachte, du würdest dich über eine solche Gelegenheit freuen!«
»Cordoba ist nicht das gleiche wie Kanada oder Rußland«, erwi-
derte Edward. »Den Investoren mißfällt eure politische Ord-
nung – lauter Provinzcaudillos mit Privatarmeen. Das ist doch
mittelalterlich.«
Daran hatte Micky nicht gedacht. »Papas Silbermine habt ihr
doch auch finanziert«, wandte er ein. Das war inzwischen drei
Jahre her und hatte Papa nützliche hunderttausend Pfund eingebracht.
»Genau! Das einzige Silberbergwerk in Südamerika, das nur mit
Mühe über die Runden kommt ...«
In Wirklichkeit war die Mine sehr reich. Papa schöpfte jedoch die
Profite ab, so daß für die Aktionäre nichts mehr übrigblieb. Wenn
er wenigstens zur Wahrung des guten Rufs einen kleinen Über-
schuß belassen hätte ... Aber auf solche Ratschläge hatte Papa
noch nie gehört.
Micky unterdrückte einen Anflug von Panik, doch gelang es ihm
offenbar nicht, seine Mimik zu beherrschen, denn Edward fragte
besorgt: »Sag mal, alter Junge, ist es denn wirklich so furchtbar
wichtig? Du siehst aus, als hättest du Kummer.«
»Um die Wahrheit zu sagen: Die Bahn würde meiner Familie sehr
viel bedeuten«, gab Micky zu. Edward kann uns das Geld beschaffen, dachte er, vorausgesetzt, er *will* es. Es *muß* doch eine
Möglichkeit geben ... »Angenommen, eine Bank mit dem Prestige
der Pilasters unterstützt das Projekt – die Leute würden daraus
schließen, daß sich Investitionen in Cordoba lohnen.«

»Da ist was dran«, sagte Edward. »Wenn ein Teilhaber den Vorschlag machen und sich entsprechend dafür einsetzen würde, wäre es wahrscheinlich möglich. Aber ich bin kein Teilhaber.« Micky sah ein, daß er die Schwierigkeiten unterschätzt hatte. Fünfhunderttausend Pfund waren eben kein Pappenstiel. Aber er gab sich noch nicht geschlagen und war sicher, daß er es doch noch schaffen würde. »Ich muß noch mal darüber nachdenken«, sagte er mit gezwungener Heiterkeit.

Edward leerte sein Sherryglas und erhob sich. »Gehen wir zum Mittagessen?«

Am Abend besuchten Micky und die Pilasters eine Aufführung von *H. M. S. Pinafore* in der Komischen Oper. Micky, der ein paar Minuten zu früh gekommen war, wartete im Foyer, als unvermittelt die Familie Bodwin auftauchte. Sie waren mit den Pilasters auf verschiedene Weise verbunden: Albert Bodwin war als Rechtsanwalt oft im Auftrag der Bank tätig, und Augusta hatte sich eine Zeitlang intensiv darum bemüht, die Tochter Rachel mit Hugh zu verkuppeln.

Obwohl er in Gedanken noch immer mit dem Problem der Eisenbahnfinanzierung beschäftigt war, flirtete Micky mit Rachel Bodwin. Es geschah fast automatisch, so wie er eben mit allen Mädchen (und vielen verheirateten Frauen) flirtete. »Und wie geht es der Bewegung für die weibliche Emanzipation, Miss Bodwin?«

Ihre Mutter errötete und sagte: »Ich wünschte, Sie würden dieses Thema nicht ansprechen, Señor Miranda.«

»Dann lass' ich's bleiben, Mrs. Bodwin, denn Ihre Wünsche sind für mich verbindlich wie ein Parlamentsbeschluß.« Er wandte sich an Rachel. Hübsch war sie strenggenommen nicht – ihre Augen standen ein wenig zu nahe beieinander –, aber sie hatte eine gute Figur: lange Beine, eine schmale Taille, einen üppigen Busen. Seine Phantasie ging mit ihm durch: Er sah Rachel auf einem Bett liegend, die Hände über dem Kopf an den Rahmen gefesselt, die nackten Beine gespreizt. Das Bild gefiel ihm. Sein Blick wanderte von ihren Brüsten nach oben, und er sah ihr ins Gesicht. Viele Mädchen wären errötet und hätten sich abgewendet. Nicht so

Rachel. Sie sah ihn mit bemerkenswerter Offenheit an und lächelte, so daß auf einmal er es war, der sich beschämt fühlte. Er suchte hastig nach Worten und sagte: »Wissen Sie, daß unser alter Freund Hugh Pilaster aus den Kolonien zurückgekehrt ist?«

»Ja, ich sah ihn in Whitehaven House. Sie waren doch auch da.«

»Ach, ja, ich entsinne mich.«

»Ich habe Hugh immer sehr gern gehabt.«

Aber heiraten wolltest du ihn nicht, dachte Micky bei sich. Wirst ja ohnehin schon seit vielen Jahren auf dem Heiratsmarkt angeboten und siehst langsam wie ein Ladenhüter aus ... Trotz seiner unfreundlichen Gedanken sagte ihm sein Gefühl, daß Rachel eine sehr sinnliche Frau war. Ihr Problem bestand darin, daß sie einfach zu einschüchternd wirkte. Die Männer hatten Angst vor ihr. Doch über kurz oder lang mußte sie die Torschlußpanik befallen. Sie ging auf die Dreißig zu, und in diesem Alter fingen Frauen an, darüber nachzugrübeln, ob ihnen das Schicksal einer alten Jungfer bevorstand. Manche Frauen mögen das mit Gleichmut hinnehmen, dachte Micky, aber zu denen gehört Rachel bestimmt nicht.

Sie fühlte sich zu ihm hingezogen, aber das fühlten sich ja praktisch alle, ob jung oder alt, ob Männlein oder Weiblein. Micky genoß es, wenn wohlhabende und einflußreiche Menschen ein Faible für ihn entwickelten; das verschaffte ihm Macht. Rachel indessen war weder wohlhabend noch einflußreich, weshalb ihr Interesse an ihm wertlos war.

Die Pilasters trafen ein, und Micky wandte seine Aufmerksamkeit Augusta zu. Sie trug ein auffallendes, tief himbeerrosafarbenes Abendkleid. »Sie sehen ... vorzüglich aus, Mrs. Pilaster«, sagte er mit leiser Stimme, und Augusta lächelte ihn hochzufrieden an. Die beiden Familien plauderten noch ein Weilchen miteinander. Dann war es an der Zeit, sich auf die Plätze zu begeben.

Während die Bodwins auf den vorderen Reihen im Parkett saßen, verfügten die Pilasters über eine eigene Loge. Als man auseinanderging, schenkte Rachel Micky ein herzliches Lächeln und sagte leise: »Vielleicht sehen wir Sie nachher noch, Señor Miranda.«

Ihr Vater, dem die Bemerkung nicht entgangen war, nahm sie am Arm und zog sie fort; sein Blick verriet, daß er die Verbindung mißbilligte. Mrs. Bodwin dagegen lächelte. Der Herr wünscht nicht, daß sich seine Tochter in einen Ausländer verliebt, dachte Micky, aber die Dame ist nicht mehr so wählerisch ...

Den gesamten ersten Akt über zerbrach er sich den Kopf über die Eisenbahnanleihe. Von sich aus wäre er nie darauf gekommen, daß potentielle Investoren in der primitiven politischen Ordnung Cordobas, die der Familie Miranda zu Macht und Wohlstand verholfen hatte, einen Risikofaktor sehen könnten. Nun mußte er damit rechnen, daß seine Chance, die Bahn von einer anderen Bank finanziert zu bekommen, aus eben diesem Grund gleich Null war. Es blieb ihm folglich nichts anderes übrig, als seinen Einfluß bei den Pilasters zu nutzen – und die einzigen beiden Personen, die sich von ihm in dieser Familie möglicherweise beeinflussen ließen, waren Edward und Augusta.

Während der ersten Pause ergab sich eine kurze Gelegenheit, in der Loge unter vier Augen mit Augusta zu sprechen. Wissend, daß sie Direktheit schätzte, kam er sogleich zur Sache. »Wann wird Edward zum Teilhaber ernannt?« fragte er.

»Das ist ein wunder Punkt«, erwiderte sie säuerlich. »Warum fragst du das?«

Er erzählte ihr kurz von der geplanten Eisenbahn, ohne freilich Papas langfristiges Ziel – den Angriff auf die Hauptstadt – zu erwähnen. »Von anderen Banken kann ich das Geld nicht bekommen – sie kennen Cordoba nicht, weil ich sie Edward zuliebe auf Distanz gehalten habe.« Es war nicht der wahre Grund, aber das spielte bei Augusta keine Rolle: Von Geschäften verstand sie nichts. »Aber es wäre ein großer Erfolg, wenn Edward die Sache durchsetzen könnte.«

Augusta nickte. »Er wird Teilhaber, wenn er heiratet. Das hat mein Mann zugesagt.«

Micky war überrascht. Edward und heiraten! Ein wahrhaft verblüffender Gedanke – aber warum war das so wichtig?

»Wir haben uns sogar schon auf eine Braut verständigt: Emily Maple, die Tochter von Diakon Maple.«

»Was ist das für ein Mädchen?«

»Hübsch, jung – sie ist erst neunzehn – und einfühlsam. Ihre Eltern sind mit der Verbindung einverstanden.«

Nicht schlecht für Edward, dachte Micky: Er mag hübsche Mädchen, braucht aber eine, die er beherrschen kann. »Und woran fehlt es dann noch?«

Augusta runzelte die Stirn. »Ich kann es beim besten Willen nicht sagen. Irgendwie rafft sich Edward einfach nicht dazu auf, um ihre Hand anzuhalten.«

Kein Wunder, dachte Micky. Im Grunde kann ich mir Edward als Ehemann gar nicht vorstellen, und wenn das Mädchen noch sosehr zu ihm zu passen scheint. Was hat er denn von einer Heirat? Kinder will er keine, aber da gibt es ja jetzt einen anderen Anreiz: die Teilhaberschaft. Und selbst, wenn ihm das gleichgültig wäre – *mir* ist es nicht gleichgültig. »Können wir ihn irgendwie ein bißchen anspornen?«

Augusta faßte ihn scharf ins Auge und sagte: »Ich habe das komische Gefühl, wenn *du* heiraten würdest, täte er es auch.«

Micky wich ihrem Blick aus. Ihr Argument verriet Scharfsinn. Augusta hatte keine Ahnung, was in den Hinterzimmern von Nellies Bordell vorging, aber sie besaß die Intuition einer Mutter. Sie hat wahrscheinlich recht, dachte er. Wenn ich heirate, würde Edward vielleicht auch dazu bereit sein. »Ich? Heiraten?« sagte er und lachte kurz auf. Natürlich würde er früher oder später heiraten – das war ja so üblich –, nur sah er bis jetzt keinen Grund zur Eile.

Wenn es allerdings der Preis für die Finanzierung der Bahn wäre ...

Aber es geht ja nicht nur um die Eisenbahn, dachte er. Eine erfolgreiche Anleihe zieht die nächste nach sich. Länder wie Rußland und Kanada nahmen jedes Jahr neue Anleihen am Londoner Markt auf – für Eisenbahnen, Häfen, Bewässerungsanlagen und staatliche Finanzierungen allgemeiner Art. Warum sollte dies nicht auch für Cordoba möglich sein? Micky würde – offiziell oder inoffiziell – für jeden aufgenommenen Penny eine Kommission kassieren und, was noch wichtiger war, daheim würde das Geld in Projekte der Mirandas fließen und Reichtum und Macht der Familie mehren.

Die Alternative war schlichtweg undenkbar: Wenn er seinen Vater in dieser Angelegenheit enttäuschte, würde der ihm nie verzeihen. Und ehe er Vaters Zorn auf sich zog, heiratete er lieber dreimal.

Er wandte sich wieder Augusta zu. Über das, was damals, im September 1873, im Schlafzimmer des alten Seth zwischen ihnen vorgefallen war, hatten sie nie wieder gesprochen. Vergessen haben konnte sie es kaum. Es war Sex ohne Verkehr gewesen, Untreue ohne Ehebruch, etwas und gar nichts. Sie waren beide voll bekleidet gewesen. Es hatte nur Sekunden gedauert, und doch war es erregender und leidenschaftlicher gewesen als alles, was Micky je mit den Huren in Nellies Bordell getrieben hatte. Die Erinnerung brannte in ihm wie eine unlöschbare Flamme, und er war überzeugt, daß es Augusta nicht anders erging. Was ging in ihr vor angesichts der Möglichkeit, daß Micky heiraten könnte? Ungefähr jede zweite Frau in London wäre eifersüchtig ... Aber es war so schwierig, Augustas wahre Gefühle zu deuten. Micky entschied sich für den direkten Weg. Er sah ihr in die Augen und fragte: »Wollen Sie, daß ich heirate?«

Sie zögerte. Vorübergehend flackerte Bedauern in ihrer Miene auf, doch dann verhärteten sich ihre Züge rasch, und sie sagte mit fester Stimme: »Ja.«

Er starrte sie an. Augusta wich seinem Blick nicht aus. Micky sah, daß sie es ernst meinte, und verspürte eine eigenartige Enttäuschung.

»Es muß bald geschehen«, fuhr Augusta fort. »Wir können Emily Maple und ihre Eltern nicht ewig im ungewissen lassen.«

Ich soll also möglichst schnell heiraten, dachte Micky.

Nun gut. Dann werde ich es eben tun.

Joseph und Edward kehrten in die Loge zurück, und man unterhielt sich wieder über andere Themen.

Während des zweiten Akts dachte Micky über Edward nach. Seit fünfzehn Jahren waren sie inzwischen miteinander befreundet. Edward war schwach und unsicher und wollte allen immer alles recht machen, aber es fehlte ihm an Motivation und Eigeninitiative. Sein Lebensziel erschöpfte sich darin, andere Menschen zu finden, die ihn anspornten und unterstützten, und Micky hatte dieses Bedürfnis seit den gemeinsamen Schultagen befriedigt, als er für Edward die Lateinhausaufgaben erledigte. Jetzt kam es darauf an, Edward so weit zu bringen, daß er in eine Ehe einwilligte, die sowohl für seine eigene als auch für Mickys Karriere von größter Bedeutung war.

In der zweiten Pause sagte Micky zu Augusta: »Edward braucht jemanden, der ihm in der Bank zur Seite steht – einen gewieften Mitarbeiter, der sich um seine Angelegenheiten kümmert und auf den er sich verlassen kann.«

Augusta dachte einen Augenblick nach, bevor sie antwortete: »Das ist in der Tat ein sehr guter Gedanke. Es müßte allerdings jemand sein, den wir beide, du und ich, kennen und der unser Vertrauen besitzt.«

»So ist es.«

»Denkst du an jemand bestimmten?«

»Ich habe einen Vetter, der bei mir in der Botschaft arbeitet. Er heißt Simon Oliver. Der Name lautete ursprünglich Olivera, aber er hat ihn anglisiert. Der Junge ist clever und absolut vertrauenswürdig.«

»Bring ihn zum Tee«, sagte Augusta. »Wenn er mir gefällt, werde ich Joseph darauf ansprechen.«

»Sehr gut.«

Der letzte Akt begann.

Augusta und ich denken oft in den gleichen Bahnen, sinnierte Micky. Mit ihr müßte ich verheiratet sein – wir könnten gemeinsam die Welt erobern ... Er verdrängte diesen aberwitzigen Gedanken und fragte sich, ob er eine reiche Erbin heiraten sollte? Nein, einem solchen Mädchen hatte er nichts zu bieten. Es gab einige Erbinnen, die er leicht hätte betören können. Aber die Eroberung der Herzen war ja erst der Anfang; danach kam ein langes Tauziehen mit den Eltern, dessen Ausgang völlig ungewiß war. Nein, er brauchte ein Mädchen aus bescheidenen Verhältnissen, ein Mädchen, das ihn bereits kannte und mochte und bereitwillig akzeptieren würde. Gelangweilt ließ er seinen Blick über die Zuschauerränge gleiten – und blieb unwillkürlich an Rachel Bodwin hängen.

Rachel erfüllte alle Voraussetzungen. Sie hatte ohnehin schon ein Auge auf ihn geworfen. Sie geriet langsam in Torschlußpanik, weil sie noch keinen Mann gefunden hatte. Ihr Vater war von Micky nicht begeistert, aber Mrs. Bodwin mochte ihn – und Mutter und Tochter würden den Widerstand des Vaters schon brechen.

Vor allem aber: Rachel erregte ihn.

Sie war wahrscheinlich noch Jungfrau, unschuldig und ängstlich. Vielleicht sträubte sie sich – um so besser! Am Ende mußte sich eine Ehefrau den sexuellen Forderungen ihres Mannes fügen, so abartig oder geschmacklos diese auch sein mochten; es gab schließlich niemanden, bei dem sie sich hätte beschweren können. Wieder stellte er sich Rachel ans Bett gefesselt vor, nur daß sie sich diesmal hin und her wand – in Schmerzen oder Lust oder vielleicht sowohl als auch …

Die Vorstellung war zu Ende. Als sie das Theater verließen, sah sich Micky nach den Bodwins um. Sie trafen die Familie draußen auf dem Bürgersteig, wo die Pilasters auf ihre Kutsche warteten und Albert Bodwin nach einer Droschke Ausschau hielt. Micky beglückte Mrs. Bodwin mit einem gewinnenden Lächeln und fragte: »Darf ich mir erlauben, morgen nachmittag bei Ihnen vorzusprechen?«

Mrs. Bodwin war sichtlich verblüfft. »Es wäre mir eine große Ehre, Señor Miranda.«

»Sie schmeicheln mir.« Er drückte Rachel die Hand und sah ihr in die Augen. »Also dann bis morgen.«

»Ich freue mich auf Ihren Besuch«, erwiderte sie.

Augustas Kutsche fuhr vor, und Micky öffnete den Schlag. »Was halten Sie von ihr?« murmelte er.

»Ihre Augen stehen zu dicht beieinander«, sagte Augusta beim Einsteigen. Sie machte es sich auf ihrem Platz bequem und fügte durch die offenstehende Tür noch hinzu: »Davon abgesehen, sieht sie aus wie ich.« Dann ließ sie die Tür mit Vehemenz ins Schloß fallen, und die Kutsche setzte sich in Bewegung.

Eine Stunde später saßen Micky und Edward beim Abendessen in einem eigens für sie reservierten Zimmer bei Nellie's. Zum Mobiliar zählten außer dem Tisch ein Sofa, ein Schrank, ein Waschbecken und ein großes Bett. April Tilsley hatte das Etablissement neu dekorieren lassen. Modische William-Morris-Stoffe sowie eine Reihe gerahmter Zeichnungen, auf denen diverse Gestalten, umgeben von allerhand Früchten und Gemüsen, miteinander kopulierten, schmückten das Zimmer. Nun lag es freilich in der Natur des Gewerbes, daß die Gäste in diesem Raum oft über den Durst tranken und gelegentlich auch randalierten: Schon war die Tapete hie und da eingerissen, die Vorhänge wiesen unschöne Flecken auf, der Teppich franste aus. Allerdings hüllte gedämpftes Kerzenlicht den heruntergekommenen Flitter in nachsichtiges Dunkel, genauso wie es die Frauen um Jahre jünger erscheinen ließ, als sie tatsächlich waren.

Die beiden Männer wurden von Muriel und Lily bedient, die beide zu ihren Favoritinnen zählten. Sie trugen rote Seidenschuhe und riesige kunstvoll drapierte Hüte; davon abgesehen waren sie nackt. Von draußen drangen Geräusche herein – Gesang und Gegröle aus rauhen Kehlen und hitziger Streit. Im Zimmer selbst jedoch war es friedlich, das Kohlenfeuer knisterte, und die beiden Mädchen, die das Essen servierten, tuschelten miteinander. Auf Micky wirkte die Atmosphäre ausgesprochen entspannend, und die Ängste, die er wegen der Eisenbahnanleihe ausgestanden hatte, legten sich ein wenig. Endlich hatte er einen Plan – und nun kam es auf einen Versuch an. Er sah Edward an, der ihm gegenübersaß. Unsere Freundschaft war schon recht profitabel, dachte er. Manchmal habe ich Edward richtig gern … Edwards Abhängigkeit konnte ziemlich anstrengend sein, aber sie verschaffte Micky Macht über ihn. Eine Hand wusch die andere. Gemeinsam hatten sie von allen verbotenen Früchten gekostet, die London, das anspruchsvollste Sündenbabel der Welt, zu bieten hatte.

Nach dem Essen schenkte Micky Wein nach und sagte: »Ich werde übrigens Rachel Bodwin heiraten.«

Muriel und Lily kicherten.

Edward starrte ihn wie gebannt an. Dann sagte er: »Das glaube ich nicht.«

Micky zuckte mit den Schultern. »Glaub, was du willst. Es stimmt trotzdem.«

»Es ist also dein Ernst?«

»Ja.«

»Du Schwein!«

Micky blickte überrascht auf. »Wieso? Warum sollte ich denn nicht heiraten?«

Edward stand auf und beugte sich angriffslustig über den Tisch. »Du bist ein verdammtes Schwein, Miranda. Mehr gibt es dazu nicht zu sagen.«

Mit dieser Reaktion hatte Micky nicht gerechnet. »Was, zum Teufel, ist denn in dich gefahren?« fragte er. »Ich dachte, du willst Emily Maple heiraten – oder etwa nicht?«

»Wer hat dir denn das erzählt?«

»Deine Mutter.«

»Nun gut, dann laß es dir gesagt sein: Ich werde niemanden heiraten.«

»Und warum nicht? Du bist jetzt neunundzwanzig, genau wie ich. In diesem Alter umgibt man sich als Mann mit dem Anschein eines respektablen Familienlebens.«

»Zur Hölle mit deinem respektablen Familienleben!« brüllte Edward und warf den Tisch um. Geschirr zerbarst, und Wein ergoß sich über den Fußboden. Micky sprang erschrocken zurück, und die beiden nackten Frauen fuhren angstvoll zusammen.

»So beruhige dich doch!« schrie Micky.

»Nach all den Jahren!« tobte Edward. »Und nach allem, was ich für dich getan habe!«

Edwards Wut erschütterte Micky. Er mußte den Mann unbedingt beruhigen. Eine Szene wie diese konnte ihn ein für allemal gegen die Ehe einnehmen – und das wäre genau das Gegenteil von dem gewesen, was Micky beabsichtigte. »Davon geht doch die Welt nicht unter«, sagte er in besonnenem Ton. »Und was uns zwei betrifft – da wird sich überhaupt nichts ändern.«

»Muß sich doch!«

»Nein, davon kann überhaupt nicht die Rede sein. Wir werden immer noch hierherkommen.«

Edward sah ihn mißtrauisch an und sagte dann mit ruhigerer Stimme: »Wirklich?«

»Ja. Und in den Club gehen wir natürlich auch weiterhin. Dafür sind Clubs ja da. Männer gehen in den Club, um ihre Frauen eine Weile los zu sein.«

»Da magst du recht haben.«

Die Tür öffnete sich, und April stürzte herein. »Was ist denn das für ein Lärm?« fragte sie. »Edward, hast du mein Porzellan zerschmissen?«

»Es tut mir leid, April. Ich zahle es dir.«

»Wir sind gerade dabei, Edward zu erklären, daß er auch noch als verheirateter Mann hierherkommen kann«, sagte Micky, an April gewandt.

»Das hoffe ich aber, bei Gott!« antwortete April. »Wenn keine Ehemänner mehr kämen, könnte ich meinen Laden dichtmachen.« Sie ging zur Tür und rief: »Sidney, bring einen Besen!«

Zu Mickys Erleichterung beruhigte sich Edward sehr schnell. »Nach der Hochzeit sollten wir vielleicht die ersten paar Abende zu Hause bleiben und die eine oder andere Dinnerparty geben«, sagte Micky. »Aber nach einem Weilchen gibt sich das, und alles ist wieder so wie früher.«

Edward runzelte die Stirn. »Und die Ehefrauen haben nichts dagegen?«

Micky hob die Schultern. »Und wenn schon – wen stört's? Was können sie schon machen?«

»Wenn sie unzufrieden sind, können sie ihren Männern furchtbar auf die Nerven fallen, glaube ich.«

Micky erkannte, daß Edwards Frauenbild entscheidend von seiner Mutter geprägt war. Glücklicherweise gab es nur wenige Frauen, die so clever waren und über einen so starken Willen verfügten wie Augusta. »Man darf nur nicht zu gut zu ihnen sein, das ist der ganze Trick«, sagte Micky, der seine Weisheit aus der Beobachtung verheirateter Kameraden im Cowes Club bezog. »Wenn du zu deiner Frau zu nett bist, will sie, daß du abends bei ihr bleibst. Behandelst du sie dagegen etwas ruppiger, so ist sie heilfroh, wenn du abends in den Club gehst und sie in Ruhe läßt.«

Muriel schlang die Arme um Edwards Hals. »Es wird sich nichts ändern, wenn du verheiratet bist, Edward«, sagte sie. »Du kannst Micky und Lily beim Vögeln zuschauen, und ich lutsch' dir unterdessen einen, so wie du's magst.«

»Wirklich?« sagte Edward und grinste dümmlich.

»Aber ja doch.«

»Dann bleibt also im Grunde alles beim alten«, stellte er fest und sah Micky an.

»O ja«, erwiderte Micky, »nur eines ändert sich: Du wirst Teilhaber sein.«

Im Varietétheater war es heiß wie in einem Türkischen Bad, und in der Luft hing der Geruch nach Bier, Schalentieren und ungewaschenen Leibern. Auf der Bühne stand vor der Kulisse einer Kneipe eine in edle Lumpen drapierte junge Frau. Sie hielt eine Puppe im Arm, die ein Neugeborenes darstellen sollte, und sang ein Lied, in dem es darum ging, wie ihr Liebhaber sie verführt und sitzengelassen hatte. Die Zuschauer saßen auf Bänken an langen Holztischen, hakten die Arme unter und stimmten in den Refrain ein:

Und schuld daran war ganz allein der Gin!

Hugh sang lauthals mit. Er fühlte sich prächtig. Er hatte einen Teller Schnecken und mehrere Gläser warmen Malzbiers zu sich genommen und wurde beim Schunkeln gegen Nora Dempster gedrückt, was durchaus reizvoll war. Sie hatte einen weichen, rundlichen Körper und ein bezauberndes Lächeln. Und wahrscheinlich hatte sie ihm das Leben gerettet.

Nach seinem Besuch in Kingsbridge Manor war er in eine tiefe Depression verfallen. Die Tage mit Maisie hatten alte Gespenster zu neuem Leben erweckt, die ihn seit jener Nacht, in der sie ihn abgewiesen hatte, gnadenlos verfolgten.

Tagsüber war es erträglich. Sein Beruf forderte ihn, und zahlreiche schwierige Aufgaben lenkten ihn von seinem Kummer ab. Die Organisation der Zusammenarbeit mit Madler & Bell, der die Teilhaber inzwischen endgültig zugestimmt hatten, lag in seinen Händen und beschäftigte ihn sehr. Außerdem sollte bald ein alter Traum von ihm in Erfüllung gehen: Seine Ernennung zum Teilha-

ber rückte näher. An den Abenden dagegen hatte er zu gar nichts
Lust. Dank seiner Freundschaft mit Solly gehörte er zum Marlborough Set und wurde folglich zu vielen großen Festen, Bällen und
Abendessen eingeladen. Er ging auch oft hin, doch wenn Maisie
nicht da war, langweilte er sich, und wenn sie da war, überkam
ihn das heulende Elend. So verbrachte er viele Abende allein in
seiner Wohnung und dachte an sie, oder er streifte ziellos durch
die Straßen und hoffte wider alle Wahrscheinlichkeit, ihr zufällig
zu begegnen.

Auf der Straße hatte er auch Nora kennengelernt. Er hatte bei
Peter Robinson's in der Oxford Street – einem ehemaligen Tuch-
warengeschäft, das jetzt die Bezeichnung »Warenhaus« führte –
ein Mitbringsel für seine Schwester Dotty kaufen und danach mit
dem nächsten Zug nach Folkestone fahren wollen. Aber dann
fühlte er sich so elend, daß er nicht wußte, wie er seiner Familie
unter die Augen treten sollte. Von Entschlußlosigkeit wie gelähmt,
sah er sich außerstande, ein Geschenk auszuwählen. Es wurde
schon langsam dunkel, als er mit leeren Händen das Geschäft
verließ und unmittelbar davor mit Nora zusammenprallte. Sie
stolperte, und er fing sie in seinen Armen auf.

Es war ein einmaliges, unvergeßliches Gefühl. Trotz der dicken
Kleidung war ihr Körper weich und nachgiebig, und ein warmer,
wohlriechender Duft ging von ihr aus. Einen Augenblick lang war
die kalte, düstere Londoner Straße verschwunden, und spontane
Wonne umfing ihn wie eine geschlossene Welt. Dann zersprang
die Tonvase, die Nora erstanden hatte, auf dem Pflaster in tausend
Stücke. Der jungen Frau entfuhr ein Entsetzensschrei, und es sah
aus, als wolle sie jeden Augenblick in Tränen ausbrechen. Hugh
bestand natürlich darauf, ihr die Vase zu ersetzen.

Sie war ein oder zwei Jahre jünger als er, vierundzwanzig oder
fünfundzwanzig, hatte ein hübsches rundes Gesicht, und unter
ihrer Mütze lugten rotblonde Locken hervor. Ihre Kleidung war
billig, aber adrett: ein rosafarbenes blumenbesticktes Wollkleid
mit Turnüre, darüber eine eng sitzende, mit Kaninchenfell besetzte marineblaue Samtjacke. Sie sprach breites Cockney.

Beim Kauf der Ersatzvase bemerkte er beiläufig, daß es ihm nicht gelungen sei, ein Geschenk für seine Schwester zu finden. Nora schlug einen bunten Schirm vor und bestand darauf, ihm bei der Auswahl zu helfen.

Schließlich brachte er sie mit einer Droschke nach Hause. Sie lebte, wie sie ihm erzählte, bei ihrem Vater, einem Reisenden in Arzneimitteln. Ihre Mutter war tot. Die Wohnung lag nicht, wie Hugh zunächst angenommen hatte, in einem gutbürgerlichen Stadtviertel, sondern in einer ärmlichen Arbeitergegend.

Hugh rechnete nicht damit, Nora je wiederzusehen. Den Sonntag in Folkestone brachte er, wie üblich, damit zu, über Maisie nachzugrübeln. Am Montag in der Bank erhielt er ein Billett von Nora, in dem sie sich für seine Freundlichkeit bedankte. Bevor er das Briefchen zusammenknüllte und in den Papierkorb warf, fiel ihm noch die saubere, zierliche, kleinmädchenhafte Handschrift auf.

Am nächsten Tag verließ er gegen Mittag die Bank, weil er sich in einem nahe gelegenen Kaffeehaus eine Portion Lammkoteletts bestellen wollte. Da kam sie ihm auf der Straße entgegen. Hübsches Gesichtchen, dachte er im ersten Moment, ohne überhaupt zu erkennen, um wen es sich handelte. Doch dann lächelte sie ihn freundlich an. Hugh zog den Hut, Nora blieb stehen und fing an zu plaudern. Sie arbeite als Gehilfin einer Korsettmacherin, gestand sie ihm errötend, hätte soeben eine Kundin besucht und sei auf dem Weg zurück in die Werkstatt. Aus einer spontanen Eingebung heraus fragte er sie, ob sie vielleicht Lust hätte, am Abend mit ihm tanzen zu gehen.

Lust hätte sie schon, erwiderte Nora, nur keinen passenden Hut. Er führte sie zu einer Putzmacherin und kaufte ihr einen, und damit war das Problem gelöst.

Überhaupt spielte sich ihre Romanze weitgehend beim Einkaufen ab. Nora, die nie viel besessen hatte, genoß seinen Reichtum ungeniert, und was Hugh betraf, so machte es ihm Spaß, ihr Handschuhe, Schuhe, einen Mantel, Armbänder, und was sonst ihr Herz begehrte, zu kaufen. Seine Schwester verkündete einmal mit all der Lebensweisheit ihrer zwölf Jahre, Nora hätte ihn bloß um seines Geldes wegen gern, worauf Hugh lachend erwiderte: »Wer würde mich schon wegen meines Aussehens mögen?«

Maisie ging ihm nicht aus dem Sinn – er dachte nach wie vor jeden Tag an sie –, aber die Erinnerung stürzte ihn nicht länger in abgrundtiefe Verzweiflung. Jetzt gab es immer etwas, worauf er sich freuen konnte: sein nächstes Rendezvous mit Nora. Innerhalb weniger Wochen schenkte sie ihm neue Lebensfreude. Auf einem ihrer gemeinsamen Einkaufsbummel begegneten sie bei einem Kürschner in der Bond Street Maisie. Verlegen machte Hugh die beiden Frauen miteinander bekannt. Nora vermochte es kaum zu fassen, daß sie der berühmten Mrs. Solomon Greenbourne vorgestellt wurde. Maisie lud die beiden zum Tee ins Haus am Piccadilly ein. Am Abend traf er sie bei einem Ball zum drittenmal an diesem Tag.

Zu seiner großen Verblüffung äußerte sie sich höchst unfreundlich über Nora. »Tut mir leid, aber ich mag sie nicht«, sagte sie. »Ich halte sie für ein hartherziges, geldgieriges Frauenzimmer und bin davon überzeugt, daß sie keinen Funken Zuneigung für dich empfindet. Komm um Himmels willen nicht auf die Idee, sie zu heiraten!«

Hugh empfand diese Bemerkung als beleidigend und verletzend. Maisie ist bloß eifersüchtig, dachte er. Und wer dachte schon ans Heiraten?

Die Varietéveranstaltung war zu Ende. Draußen auf der Straße empfingen sie dichte, wabernde rußgeschwängerte Nebelschwaden. Sie wickelten sich ihre Schals um Hals und Mund und machten sich auf den Weg zu Noras Wohnung in Camden Town.

Es war wie eine Wanderung unter Wasser. Alle Geräusche waren gedämpft, Menschen und Gegenstände tauchten plötzlich und ohne Vorwarnung aus dem Nebel auf: eine Hure, die unter einer Gaslaterne auf Freier wartete, ein Betrunkener, der aus einem Pub torkelte, ein Polizist auf Streifengang, ein Straßenkehrer, eine beleuchtete Kutsche, die sich im Schrittempo vorwärtsbewegte, ein nasser Hund im Rinnstein, eine glutäugige Katze in einem Torbogen. Hugh und Nora gingen Hand in Hand. Dort, wo es besonders dunkel war, blieben sie stehen, schoben die Schals hinunter und küßten sich. Noras Lippen waren weich und empfänglich, und sie ließ es zu, daß seine Hand in ihren Mantel schlüpfte und ihre

Brüste streichelte. Der Nebel machte alles still, heimlich und romantisch.

Normalerweise verabschiedete er sich von ihr am Anfang der
Straße, in der sie wohnte, doch diesmal brachte er sie wegen des
Nebels bis zur Haustür. Dort wollte er sie noch einmal küssen,
fürchtete aber, ihr Vater könne unvermittelt die Tür öffnen und
sie dabei ertappen. Doch dann fragte Nora zu seinem Erstaunen:
»Möchtest du mit hereinkommen?«

Er hatte das Haus noch nie betreten. »Was wird denn dein Papa
denken?« fragte er.

»Er ist auf Reisen, in Huddersfield«, antwortete Nora und schloß
die Tür auf.

Mit klopfendem Herzen trat Hugh ein. Er wußte nicht, was jetzt
geschehen würde, doch aufregend versprach es allemal zu werden.
Er half Nora aus dem Mantel und ließ seine Augen sehnsüchtig
über die sich unter dem himmelblauen Kleid abzeichnenden Kur-
ven wandern.

Das Häuschen war geradezu winzig, kleiner noch als das Haus
seiner Mutter in Folkestone. Die Treppe nahm den größten Teil
des schmalen Flurs ein, von dem zwei Türen abzweigten. Die eine
führte vermutlich zu einem Wohnzimmer mit Blick zur Straße, die
andere zu einer Küche im rückwärtigen Teil des Hauses. Die beiden Schlafzimmer mußten im ersten Stock liegen. Vermutlich befand sich eine Zinkbadewanne in der Küche und draußen im
Hinterhof der Abtritt.

Hugh hängte Hut und Mantel an einen Garderobenständer. In
der Küche bellte ein Hund. Als Nora die Tür öffnete, sprang ein
kleiner schwarzer Scotchterrier mit blauem Halsband heraus.
Nachdem er voller Begeisterung seine Herrin begrüßt hatte, um-
schnüffelte er mißtrauisch Hugh. »Blackie beschützt mich, wenn
Vater unterwegs ist«, sagte Nora, und Hugh fiel die Doppeldeutig-
keit ihrer Worte auf.

Er folgte Nora ins Wohnzimmer. Die Möbel waren alt und abge-
nutzt, doch mit Hilfe der Dinge, die Hugh gekauft hatte – bunte
Kissen, ein farbenfroher Läufer und ein Bild von Balmoral
Castle – war es Nora gelungen, den Raum ein wenig freundlicher

zu gestalten. Sie zündete eine Kerze an und zog die Vorhänge vor.

Hugh stand mitten im Zimmer und wußte nichts mit sich anzufangen. Nora befreite ihn aus seiner peinlichen Lage, indem sie ihn bat: »Sieh doch mal zu, ob du das Feuer wieder in Gang bekommst.« Im Kamin lagen noch ein paar glühende Kohlen. Hugh legte dürre Zweige auf und fachte das Feuer mit Hilfe eines kleinen Blasebalgs wieder an.

Als er fertig war und sich umdrehte, sah er Nora ohne Hut und mit gelösten Haaren auf dem Sofa sitzen. Sie tätschelte das neben ihr liegende Kissen. Gehorsam nahm Hugh Platz. Blackie funkelte ihn eifersüchtig an. Wie kriege ich diesen Köter nur aus dem Zimmer? fragte sich Hugh.

Sie hielten einander an der Hand und blickten ins Feuer. Eine tiefe innere Ruhe überkam Hugh. Er hätte bis an sein Lebensende so sitzen bleiben können. Nach einer Weile küßte er Nora erneut und berührte vorsichtig ihre Brust. Sie war warm und füllte seine Hand. Er drückte sie leicht, worauf Nora vernehmlich seufzte. Seit Jahren hatte sich Hugh nicht mehr so wohl gefühlt. Aber er wollte mehr. Er küßte sie stürmisch, ohne seine Hand von ihrem Busen zu nehmen.

Zentimeterweise lehnte sich Nora zurück, bis Hugh halb auf ihr lag. Beide atmeten sie jetzt heftiger. Er war sicher, daß sie sein Glied an ihrem strammen Oberschenkel fühlte. Von weither meldete sich die Stimme seines Gewissens und sagte, du nutzt die Abwesenheit des Vaters aus, es ist unfair dem Mädchen gegenüber – aber die Stimme war sehr leise und hatte keine Chance gegen das ungeheure Verlangen, das mit der Gewalt eines Vulkans in ihm aufstieg.

Er wollte sie an ihren intimsten Stellen berühren und schob ihr die Hand zwischen die Beine. Nora verkrampfte sich sofort, und der Hund, der die Spannung spürte, fing an zu bellen. Hugh rückte ein Stück von ihr ab und sagte: »Laß uns den Hund rausbringen.«

Nora wirkte beunruhigt. »Vielleicht sollten wir lieber aufhören«, sagte sie.

Aufhören? Hugh fand allein schon den Gedanken daran unerträglich, und das Wörtchen »vielleicht« machte ihm Mut. »Ich kann jetzt nicht aufhören«, sagte er. »Bring den Hund raus!«

»Aber ... aber wir sind doch nicht einmal verlobt, gar nichts ...«

»Wir könnten uns aber verloben«, sagte er, ohne nachzudenken.

Nora wurde blaß. »Ist das dein Ernst?«

Er stellte sich dieselbe Frage. Von Anfang an hatte er in seiner Beziehung zu Nora nur ein unbedeutendes Techtelmechtel gesehen und wäre nie auf die Idee gekommen, ihr ernsthaft den Hof zu machen. Und doch war ihm erst vor wenigen Minuten der Gedanke durch den Kopf geschossen, wie schön es wäre, bis an sein Lebensende händchenhaltend mit Nora vor dem Kamin zu sitzen. Willst du sie wirklich heiraten? dachte er bei sich. Und die Antwort kam prompt: Ja. Tatsache war, daß er sich gar nichts Schöneres vorstellen konnte. Es würde natürlich nicht ganz einfach sein. Die Familie würde behaupten, er heirate unter seinem Stand ... Sollten sie sich doch alle zum Teufel scheren! Er war sechsundzwanzig Jahre alt, verdiente tausend Pfund im Jahr und stand kurz vor seiner Ernennung zum Teilhaber einer der renommiertesten Banken der Welt. Er konnte, verdammt noch mal, heiraten, wen er wollte! Seine Mutter würde sich Gedanken machen, gewiß, aber ihm letztlich doch den Rücken stärken, denn das Glück ihres Sohnes ging ihr über alles. Und alle anderen konnten sagen, was sie wollten. Sie hatten noch nie auch nur einen Finger für ihn gerührt.

Er betrachtete Nora. Rosig, hübsch und liebenswert lag sie vor ihm auf dem alten Sofa, und das Haar fiel über ihre bloßen Schultern. Er wollte sie sofort, hier und jetzt. Viel zu lange war er schon allein. Maisie war bei Solly in festen Händen; ihm, Hugh, würde sie niemals mehr gehören. Die Zeit war reif: Er brauchte etwas Warmes, Weiches für sein Bett und für sein Leben. Warum nicht Nora?

Er sah sich nach dem Hund um und schnalzte mit den Fingern. »Komm her, Blackie!« Das Tier näherte sich ihm argwöhnisch. Hugh streichelte seinen Kopf und packte ihn am Halsband. »Und jetzt raus mit dir! Bewach den Flur!« Mit diesen Worten beförderte er den Hund hinaus und schloß die Tür. Blackie bellte noch zweimal, dann beruhigte er sich.

Hugh setzte sich wieder zu Nora und nahm ihre Hand in die seine. Sie war auf der Hut. »Nora, willst du mich heiraten?« fragte er. Sie errötete tief und sagte: »Ja, das will ich.«

Er küßte sie. Sie öffnete die Lippen und erwiderte seine Küsse leidenschaftlich. Er legte ihr die Hand aufs Knie. Sie nahm sie und führte sie unter ihre Röcke, bis hinauf zu jener Stelle, wo die Oberschenkel auseinanderstrebten. Durch den Flanellstoff ihrer Unterwäsche spürte er das rauhe Haar und das weiche Fleisch ihrer Scham. Ihre Lippen wanderten über seine Wange zum Ohr. »Hugh, mein Liebster«, flüsterte sie. »Mach mich zu deiner Frau heut' nacht. Jetzt gleich!«

»Ja«, gab er mit heiserer Stimme zurück. »Ja, das will ich.«

Der Maskenball der Herzogin von Tenbigh war das erste große gesellschaftliche Ereignis der Londoner Saison des Jahres 1879. Seit Wochen schon war er in aller Munde. Ganze Vermögen wurden in phantasievolle Kostüme gesteckt, und alles, was Rang und Namen hatte, hoffte auf eine Einladung oder bemühte sich darum.

Augusta und Joseph Pilaster waren nicht eingeladen. Das war nicht weiter überraschend, denn zur Crème de la crème der Londoner Gesellschaft gehörten sie nicht. Da Augusta aber großen Wert auf die Teilnahme legte, beschloß sie, sich eine Einladung zu verschaffen.

Kaum hatte sie von dem Ball erfahren, erwähnte sie ihn gegenüber Harriet Morte, die ihr Ansinnen jedoch nur mit einem peinlich berührten Blick quittierte und mit keinem Wort darauf einging. Als Kammerfrau der Königin verfügte Lady Morte über großen gesellschaftlichen Einfluß.

Augusta überprüfte daraufhin das Konto Lord Mortes beim Bankhaus Pilaster und erfuhr, daß es um tausend Pfund überzogen war.

Am nächsten Tag erhielt Morte einen Brief von der Bank, in dem ihm die Frage gestellt wurde, wann er das Konto auszugleichen gedenke.

Noch am selben Tag stattete Augusta Lady Morte einen Besuch ab. Sie entschuldigte sich für den Brief; es habe sich um einen Irrtum gehandelt, und der verantwortliche Angestellte sei auf der Stelle entlassen worden. Dann kam sie wieder auf den Ball zu sprechen.

Blanker Haß beseelte vorübergehend Lady Mortes gewöhnlich leidenschaftslose Miene, als sie begriff, welcher Handel ihr hier angeboten wurde.

Augusta blieb völlig ungerührt. An Lady Mortes Sympathie lag ihr nichts; die Dame diente ihr nur als Werkzeug. Und die Wahl, vor die Augusta sie stellte, war einfach: Entweder sie ließ ihre Beziehungen spielen und verschaffte Augusta eine Einladung, oder sie bemühte sich, tausend Pfund aufzutreiben und das Konto auszugleichen. Lady Morte wählte den leichteren Weg, und schon am nächsten Tag hielt Augusta die Einladungskarten in der Hand.

Verärgert hatte Augusta registriert, daß Lady Morte ihre Hilfe alles andere als bereitwillig angeboten hatte. Es war eine Zumutung, daß man sie erst unter Druck hatte setzen müssen. Also brachte Augusta sie aus reiner Gehässigkeit dazu, auch Edward eine Einladung zu verschaffen.

Augusta ging als Königin Elisabeth und Joseph als Graf Leicester. Am Abend vor dem Ball speisten sie zunächst zu Hause und zogen sich dann um. Augusta beeilte sich und ging ins Zimmer ihres Gatten, um ihm beim Anlegen seines Kostüms zu helfen. Außerdem wollte sie mit ihm über seinen Neffen Hugh reden.

Daß Hugh gleichzeitig mit Edward zum Teilhaber ernannt werden sollte, erboste sie zutiefst. Schlimmer noch – es war ein offenes Geheimnis, daß Edward nur deshalb zum Teilhaber avancierte, weil er geheiratet und einen Anteil von einer viertel Million Pfund an der Bank bekommen hatte, während Hugh seine Beförderung einem spektakulären, äußerst profitablen Geschäft mit der New Yorker Bank Madler & Bell verdankte. Es gab Gerüchte, die Hugh

schon jetzt als potentiellen Seniorpartner handelten. Augusta
knirschte mit den Zähnen bei dieser Vorstellung.

Die Beförderung der beiden sollte Ende April bei der alljährlich
fälligen formalen Erneuerung des Teilhabervertrags stattfinden.
Doch zu Beginn des Monats hatte Hugh zu Augustas Entzücken
den unglaublich törichten Fehler begangen, ein dickliches kleines
Arbeitermädchen aus Camden Town zu heiraten.

Schon an der Affäre mit Maisie vor nunmehr sechs Jahren war
zu erkennen gewesen, daß Hugh eine Schwäche für Gossen-
schwalben besaß. Dennoch hatte Augusta nie zu hoffen gewagt,
daß er tatsächlich so eine heiraten würde. Die Tat war in aller
Stille geschehen, in Folkestone. Nur seine Mutter, seine Schwester
und der Brautvater waren dabeigewesen. Den Rest der Familie
hatte er vor vollendete Tatsachen gestellt.

Augusta rückte Josephs elisabethanische Halskrause zurecht und
sagte: »Nachdem Hugh jetzt mit einem Hausmädchen verheiratet
ist, wirst du wohl noch einmal über seine Ernennung zum Teilhaber nachdenken müssen.«

»Sie ist kein Hausmädchen, sondern eine Korsettmacherin. Oder
war es zumindest. Jetzt ist sie Mrs. Pilaster.«

»Sei's drum – ein Teilhaber des Bankhauses Pilaster kann doch
wohl kaum eine Ladenhilfe zur Frau haben.«

»Von mir aus kann er heiraten, wen er will.«

Diese Reaktion hatte Augusta befürchtet. »Wäre sie häßlich, kno-
chendürr und sauertöpfisch, würdest du das nicht sagen«, bemerkte sie spitz. »Du bist nur deshalb so tolerant, weil sie hübsch
und gefallsüchtig ist.«

»Ich sehe ganz einfach kein Problem darin.«

»Ein Teilhaber muß mit Ministern, Diplomaten und bedeutenden
Unternehmern verkehren. Diese Frau wird sich nicht zu benehmen wissen. Er muß ständig damit rechnen, daß sie ihn unster-
lich blamiert.«

»Sie wird das sicher lernen.« Joseph zögerte, dann fügte er hinzu:
»Manchmal habe ich den Eindruck, du vergißt deine eigene Herkunft, meine Gute.«

Augusta richtete sich zu voller Größe auf. »Mein Vater besaß drei

Läden!« gab sie empört zurück. »Wie kannst du es wagen, mich mit diesem Flittchen zu vergleichen!«

Joseph lenkte sofort ein. »Schon gut. Es tut mir leid.«

Augusta war immer noch außer sich. »Außerdem habe ich nie in den Läden meines Vaters gearbeitet«, tönte sie. »Ich wurde von Anfang an zur Dame erzogen.«

»Schwamm drüber! Ich habe mich ja schon entschuldigt. Es ist Zeit zum Gehen.«

Augusta verkniff sich jede weitere Bemerkung, doch innerlich kochte sie vor Wut.

Unten in der Halle warteten Edward und Emily, verkleidet als Heinrich II. und Eleonore von Aquitanien. Edward hatte Schwierigkeiten mit dem Befestigen seiner kreuzweise zu bindenden Strumpfbänder aus goldener Litze und sagte: »Geht ruhig schon vor, Mutter, und schickt uns die Kutsche zurück.«

»O nein«, widersprach Emily sofort. »Ich möchte jetzt fahren! Mach deine Strumpfbänder doch unterwegs fest!«

Emily hatte große blaue Augen und das hübsche Gesicht eines kleinen Mädchens. In ihrem bestickten Kleid im Stil des zwölften Jahrhunderts und mit der hohen Haube auf dem Kopf sah sie entzückend aus. Augusta wußte inzwischen, daß Emily keineswegs so scheu und schüchtern war, wie sie aussah. Während der Hochzeitsvorbereitungen war deutlich geworden, daß sie durchaus einen eigenen Willen besaß. Die Ausrichtung des Hochzeitsfrühstücks hatte sie bereitwillig Augusta überlassen, bei der Wahl des Kleides und der Brautjungfern jedoch mit bemerkenswerter Sturheit ihren eigenen Willen durchgesetzt.

Beim Einsteigen in die Kutsche und während der Fahrt ging Augusta durch den Sinn, daß die Ehe zwischen Heinrich II. und Eleonore recht stürmisch gewesen war. Sie konnte nur hoffen, daß Emily ihrem Edward nicht allzu viele Scherereien machen würde. Seit der Hochzeit war der Junge ständig schlechter Laune. Augusta hegte den Verdacht, daß irgend etwas zwischen den beiden nicht stimmte. Sie hatte Edward vorsichtig einige Fragen gestellt, um herauszufinden, wo das Problem lag, doch sie hatte kein Wort aus ihm herausgebracht.

Immerhin war er jetzt verheiratet, und das war das wichtigste. Er wurde Teilhaber und war somit ein gemachter Mann. Für alles andere würde sich schon eine Lösung finden lassen.

Der Ball begann um halb elf Uhr abends, und die Pilasters kamen pünktlich. Alle Fenster von Tenbigh House waren strahlend hell erleuchtet. Vor dem Gebäude hatte sich schon eine Gruppe Schaulustiger versammelt, und in der Park Lane stauten sich die Kutschen, die darauf warteten, in den Hof gelassen zu werden.

Einer nach dem anderen verließen die Gäste ihre Fahrzeuge und schritten unter dem Applaus der Zuschauer, die jede Maske beklatschten, die Portaltreppe hinauf. Augusta sah während des Wartens Antonius und Kleopatra, mehrere Rundköpfe und Kavaliere aus der Zeit des englischen Bürgerkriegs, zwei griechische Göttinnen und drei Napoleons das Haus betreten.

Endlich war auch ihre Kutsche an der Reihe, und die Pilasters konnten aussteigen. Im Haus mußten sie erneut anstehen: Die Schlange endete in der Halle und setzte sich über die geschwungene Treppe hinauf bis zum ersten Stock fort, wo der Herzog und die Herzogin von Tenbigh als Salomon und Königin von Saba ihre Gäste begrüßten. Die Eingangshalle war ein einziges Blumenmeer, und die Wartenden wurden von einer kleinen Musikkapelle unterhalten.

Den Pilasters folgten Micky Miranda – er verdankte die Einladung seinem diplomatischen Rang – und seine Frau Rachel. Micky trug den rotseidenen Ornat, der ihn als Kardinal Wolsey auswies, und sah darin forscher und eleganter aus denn je. Allein sein Anblick ließ Augustas Herz höher schlagen. Kritisch musterte sie Mickys Frau, die merkwürdigerweise im Kostüm einer Sklavin erschienen war. Augusta hatte Micky zur Heirat ermuntert, hegte aber gegen das eher unauffällige Mädchen, das seine Hand gewonnen hatte, einen eifersüchtigen Groll. Rachel erwiderte kühl ihren kritischen Blick. Nachdem Micky Augusta die Hand geküßt hatte, nahm sie besitzergreifend seinen Arm.

Während sie langsam die Treppe hinaufstiegen, sagte Micky zu Rachel: »Der spanische Botschafter ist da. Denk dran, daß du nett zu ihm bist.«

»*Du* kannst nett zu ihm sein«, erwiderte Rachel spröde. »Ich halte
ihn für einen Taugenichts.«

Micky runzelte die Stirn, sagte aber nichts mehr. Mit ihren extremen Ansichten und ihrem ungestümen Auftreten könnte man sie
sich eher an der Seite eines kämpferischen Journalisten oder eines
radikalen Parlamentsabgeordneten vorstellen, dachte Augusta.
Micky hätte eigentlich eine schönere und weniger exzentrische
Frau verdient.

Weiter vorne in der Schlange entdeckte Augusta ein anderes jung-
verheiratetes Paar – Hugh und Nora. Hugh gehörte, dank seiner
Freundschaft mit den Greenbournes, zum Marlborough Set und
wurde zu Augustas höchstem Verdruß zu allem und jedem eingeladen. Er war als indischer Radscha verkleidet, während seine
Frau anscheinend als Schlangenbeschwörerin gekommen war.
Nora trug ein mit Ziermünzen besetztes kurzes Kleid, unter dem
Haremshosen zum Vorschein kamen. Um ihre Arme und Beine
wanden sich künstliche Schlangen, von denen eine ihren Pappma-
ché-Kopf auf Noras üppigem Busen ruhen ließ. Augusta schauderte. »Hughs Frau ist wirklich unerträglich vulgär«, murmelte
sie Joseph zu.

Ihr Gatte war indes nachsichtig gestimmt. »Es ist doch ein Maskenball.«

»Keine andere Frau hier besitzt die Geschmacklosigkeit, ihre
Beine zu zeigen.«

»Ich sehe keinen Unterschied zwischen weiten Hosen und einem
Kleid.«

Wahrscheinlich ergötzt er sich am Anblick von Noras Beinen,
dachte Augusta angewidert. Wie leicht es doch für solche Frauenzimmer ist, den Männern den Kopf zu verdrehen! »Ich halte sie
schlichtweg für ungeeignet, einem Teilhaber des Bankhauses Pilaster eine gute Ehefrau zu sein.«

»Nora wird keine finanziellen Entscheidungen zu treffen haben.«

Augusta hätte vor Zorn und Mißgunst aufschreien können. Daß
Nora aus der Arbeiterklasse stammte, reichte offenbar nicht. Um
Joseph und die anderen Teilhaber gegen Hugh aufzubringen,

mußte sie wahrscheinlich erst einen unverzeihlichen Fauxpas begehen.

Das war immerhin schon eine Idee.

Augustas Wut legte sich so schnell, wie sie aufgelodert war. Vielleicht ergibt sich eine Möglichkeit, Nora ins Fettnäpfchen treten zu lassen, dachte sie. Sie ließ ihren Blick die Treppe hinaufschweifen und beobachtete ihre Beute.

Nora und Hugh unterhielten sich mit dem ungarischen Attaché Graf de Tokoly, einem Mann von zweifelhafter moralischer Reputation, der passenderweise als Heinrich VIII. auftrat. Nora verkörpert genau den Frauentyp, auf den der Graf fliegt, dachte Augusta zynisch. Obwohl anständige Frauen einen weiten Bogen um de Tokoly machten, um ja nicht in die Verlegenheit zu geraten, mit ihm reden zu müssen, wurde der Graf wegen seines hohen diplomatischen Ranges überallhin eingeladen. Nora machte dem alten Schwerenöter schöne Augen, doch in Hughs Miene konnte Augusta keine Spur von Mißbilligung erkennen. Im Gegenteil, er schien seine junge Frau zu vergöttern. Seine Verliebtheit macht ihn blind für ihre Schwächen, dachte Augusta, doch das wird sich ändern. »Nora unterhält sich mit de Tokoly«, raunte sie Joseph zu. »Sie sollte besser auf ihren Ruf achten.«

»Daß du ja nicht unhöflich zu ihm bist!« erwiderte Joseph schroff. »Wir hoffen, für seine Regierung eine Anleihe über zwei Millionen Pfund auflegen zu können.«

Augusta scherte sich nicht die Bohne um de Tokoly. Nora wollte ihr einfach nicht aus dem Kopf. Am verwundbarsten ist das Mädchen jetzt und hier, dachte sie, wo alles neu für sie ist. Sie hatte doch noch gar nicht die Zeit, sich die Umgangsformen der Oberschicht anzueignen. Ob es gelingen könnte, sie noch heute nacht in eine Situation zu bringen, in der sie sich unsterblich blamiert – vorzugsweise vor den Augen des Kronprinzen …?

Just in diesem Augenblick erklang draußen vor dem Portal lauter Jubel: Die königlichen Gäste waren eingetroffen.

Kurz darauf betraten der Kronprinz und Prinzessin Alexandra in der Maske von König Artus und Königin Guinevra das Haus, gefolgt von Höflingen und Hofdamen in Ritterrüstung und mittel-

alterlichen Gewändern. Die Kapelle, die gerade einen Strauß-
Walzer spielte, brach mitten im Takt ab und stimmte die National-
hymne an. Alle Gäste in der Halle verneigten sich und beugten
die Knie. Die Schlange auf der Treppe wich zur Seite und senkte
sich wie ein Wellental, als das königliche Gefolge die Stufen emporstieg. Der Kronprinz wird von Jahr zu Jahr dicker, dachte
Augusta, während sie ihm mit einem Hofknicks die Ehre erwies.
War da nicht schon ein graues Haar in seinem Bart? Sie war sich
nicht ganz sicher. Auf jeden Fall litt er an fortschreitendem Haar-
ausfall; sein Scheitel war schon fast kahl. Die hübsche Prinzessin
hatte ihr immer leid getan; das Leben an der Seite dieses Ver-
schwenders und Schürzenjägers war bestimmt nicht leicht.
Auf der Galerie hießen der Herzog und die Herzogin ihre königlichen Gäste willkommen und geleiteten sie in den Ballsaal. Die
Gäste aus dem Treppenhaus drängten nach.
Ungeheure Blumenmengen aus dem Treibhaus des Landsitzes der
Tenbighs schmückten die Wände des großen Saals, und in den
hohen Spiegeln zwischen den Fenstern brach sich der Schein von
Tausenden von Kerzen. Die Diener, die den Champagner offerier-
ten, trugen Wams und Kniehose im Stil der elisabethanischen
Epoche. Der Kronprinz und die Prinzessin wurden zu einem Baldachin am anderen Ende des Ballsaals geführt. Das Protokoll sah
vor, daß einige der besonders spektakulären Masken prozessions-
artig an den königlichen Gästen vorbeidefilieren sollten. Kaum
hatten der Prinz und die Prinzessin Platz genommen, betrat auch
schon die erste Gruppe den Ballsaal. Vor dem Baldachin kam es
zu einem kleinen Gedränge, und auf einmal standen Augusta und
Graf de Tokoly Schulter an Schulter.
»Was für ein entzückendes Mädchen die Gemahlin Ihres Neffen
doch ist, Mrs. Pilaster«, sagte der Graf.
Augusta quittierte die Bemerkung mit einem frostigen Lächeln.
»Wie großzügig von Ihnen, Graf.«
Er zog eine Braue hoch. »Gehe ich fehl in der Annahme, daß da
eine leichte Distanzierung mitschwingt? Sie hätten es doch gewiß
lieber gesehen, wenn der junge Hugh standesgemäß geheiratet
hätte.«

»Die Antwort darauf kennen Sie, ohne daß ich es Ihnen ausdrücklich bestätigen müßte.«

»Aber sie hat einen unwiderstehlichen Charme.«

»Zweifellos.«

»Ich werde sie nachher zum Tanz auffordern. Ob sie wohl ja sagen wird? Was meinen Sie?«

Augusta konnte sich eine gallige Replik nicht verkneifen: »Natürlich wird sie ja sagen. Sie ist nicht wählerisch.« Sie wandte sich ab. Die Hoffnung, Nora könne im Zusammenhang mit dem Grafen vielleicht zu einem peinlichen Zwischenfall Anlaß geben, war sicher übertrieben ...

Doch plötzlich kam ihr eine Idee.

Der Graf war der entscheidende Faktor. De Tokoly und Nora – das konnte eine explosive Mischung ergeben. Man mußte die beiden nur irgendwie zusammenbringen.

Augustas Gedanken überschlugen sich. Die Gelegenheit war überaus günstig. Es mußte noch in dieser Nacht geschehen.

Ein wenig kurzatmig vor Aufregung sah sie sich nach Micky Miranda um.

»Ich möchte, daß du mir einen Gefallen tust«, sagte sie, als sie bei ihm war, »und zwar schnell.«

Micky schenkte ihr einen wissenden Blick. »Bin zu allem bereit«, murmelte er.

Sie ignorierte die Anzüglichkeit. »Kennst du den Grafen de Tokoly?«

»Selbstverständlich. Wir Diplomaten sind alle miteinander bekannt.«

»Sag ihm, daß Nora nicht besser ist, als man es von ihr erwarten kann.«

Mickys Mund verzog sich zu einem angedeuteten Lächeln. »Nur das?«

»Du kannst das auch noch etwas ausschmücken, wenn du willst.«

»Soll ich vielleicht andeuten, daß ich, sagen wir mal, aus persönlicher Erfahrung spreche?«

Das Gespräch begann die Grenzen der Wohlanständigkeit zu

überschreiten. Nichtsdestoweniger war Mickys Vorschlag gut. Augusta nickte. »Ja, das wäre sogar noch besser.«

»Sie wissen, was er dann tun wird?« fragte Micky.

»Ihr einen unsittlichen Antrag machen, nehme ich an.«

»Und das wünschen Sie?«

»Genau.«

Micky nickte. »Ihr ergebener Diener – jetzt und immerdar.«

Augusta ging mit einer ungeduldigen Handbewegung über das Kompliment hinweg; für alberne Galanterien fehlte ihr jetzt der Nerv. Sie suchte Nora. Schier überwältigt von der verschwenderischen Fülle der Dekorationen und den extravaganten Kostümen, blickte sich Hughs Frau im Ballsaal um. Nie zuvor in ihrem Leben hatte sie dergleichen gesehen. In ihrer Verblüffung war sie vielleicht beeinflußbar. Ohne lange zu überlegen, machte sich Augusta auf den Weg und steuerte durch die Menge auf Nora zu.

»Ein guter Rat für Sie!« flüsterte sie ihr ins Ohr.

»Gern, der kann mir nur guttun«, sagte Nora.

Es war anzunehmen, daß Hugh Nora vor Augustas Boshaftigkeit gewarnt hatte, und es sprach für das Mädchen, daß es sich nichts anmerken ließ. Sie schien sich noch nicht entschieden zu haben, wie sie Augusta gegenübertreten sollte, und verhielt sich daher neutral, ohne besondere Herzlichkeit, aber auch ohne Kälte.

»Ich sah vorhin zufällig, wie Sie sich mit dem Grafen de Tokoly unterhielten«, sagte Augusta.

»Ein dreckiger alter Sack«, gab Nora, wie aus der Pistole geschossen, zurück.

Die vulgäre Ausdrucksweise ließ Augusta zusammenzucken. Aber sie ließ nicht locker. »Wenn Ihnen an Ihrem guten Ruf gelegen ist, sollten Sie sich vor ihm hüten.«

»Hüten?« fragte Nora. »Was meinen Sie damit?«

»Seien Sie höflich zu ihm, das versteht sich von selbst. Doch was immer geschehen mag – gestatten Sie ihm keine Freiheiten. Die geringste Ermunterung genügt – setzt man ihm dann nicht den Kopf zurecht, kann er sehr unangenehm werden.«

Nora nickte verständnisvoll. »Machen Sie sich deswegen keine Sorgen. Ich weiß, wie man mit diesen Typen umgeht.«

Hugh stand in der Nähe und unterhielt sich mit dem Herzog von Kingsbridge. Als er Augusta bemerkte, sah er sie mißtrauisch an und eilte an die Seite seiner Frau. Augusta jedoch hatte bereits alles gesagt, was zu sagen war, und wandte sich wieder der Prozession der Masken zu. Ihr Werk war vollbracht, die Saat ausgesät – nun blieb ihr nichts weiter übrig, als bangen Herzens abzuwarten und aufs Beste zu hoffen.

Auch einige Mitglieder des Marlborough Sets defilierten am Kronprinzen vorbei, darunter der Herzog und die Herzogin von Kingsbridge sowie Solly und Maisie Greenbourne. Sie waren als orientalische Potentaten verkleidet, als Schahs, Paschas und Sultane. Sie verzichteten auf Verbeugung und Hofknicks und knieten statt dessen nieder, um den Thronfolger mit einem Salam zu begrüßen, was dem rundlichen Prinzen ein Lachen entlockte und die Zuschauer zu spontanem Applaus bewegte. Augusta haßte Maisie Greenbourne, achtete jetzt aber kaum auf sie. Hastig überschlug sie den möglichen Verlauf der Dinge. Ihr Ränkespiel konnte aus den verschiedensten Gründen fehlschlagen: Vielleicht interessierte sich de Tokoly plötzlich für ein anderes hübsches Gesicht; vielleicht zeigte sich Nora der Situation gewachsen und zog sich elegant aus der Affäre; vielleicht wich Hugh seiner Frau nicht von der Seite, so daß de Tokoly keine Gelegenheit für irgendwelche Zudringlichkeiten fand. Aber mit ein bißchen Glück würde das Drama wie geplant über die Bühne gehen und für den erwünschten Skandal sorgen.

Das Defilee näherte sich seinem Ende, als Augusta zu ihrer Bestürzung David Middleton erblickte. Er schob sich durch die Menge und kam auf sie zu.

Vor sechs Jahren hatte sie ihn zum letztenmal gesehen. Damals hatte er sie über den Tod seines Bruders Peter in Windfield ausgefragt und von ihr erfahren, daß die beiden Zeugen Hugh Pilaster und Antonio Silva inzwischen im Ausland lebten. Inzwischen war Hugh zurück – und prompt tauchte auch Middleton wieder auf! Wie war es einem einfachen Rechtsanwalt gelungen, zu einem großen gesellschaftlichen Ereignis wie diesem eingeladen zu werden? Sie erinnerte sich vage, daß die Middletons entfernte Verwandte der Tenbighs waren. David Middletons Erscheinen konnte sich durchaus zur Katastrophe auswachsen. Das war einfach nicht vorauszusehen, dachte Augusta in höchster Aufregung – ich kann doch nicht an alles denken!

Zu ihrem Entsetzen steuerte der Anwalt nun direkt auf Hugh Pilaster zu.

Augusta drängte sich näher an die beiden heran und hörte, wie Middleton zu Hugh sagte: »Hallo, Pilaster, ich hörte, daß Sie wieder in England sind. Ich bin der Bruder von Peter Middleton.«

In der Hoffnung, unbemerkt zu bleiben, drehte Augusta Hugh den Rücken zu und spitzte die Ohren, um im allgemeinen Stimmengemurmel seine Antwort zu hören.

»Ich erinnere mich«, sagte Hugh. »Soweit ich weiß, nahmen Sie damals an der gerichtlichen Untersuchung teil. Gestatten Sie mir, Ihnen meine Frau vorzustellen.«

»Sehr erfreut, Mrs. Pilaster«, erwiderte Middleton uninteressiert und wandte seine Aufmerksamkeit sogleich wieder Hugh zu. »Sie müssen wissen, daß mich die Ergebnisse dieser Untersuchung nie zufriedengestellt haben.«

Ein kalter Schauer überlief Augusta. Middleton mußte geradezu besessen sein, wenn er nicht einmal auf einem Maskenball davor zurückschreckte, ein so unpassendes Thema zur Sprache zu bringen. Es war schlichtweg unverzeihlich. Sollte Teddy denn nie von diesem alten Verdacht befreit werden?

Hughs Antwort ging im allgemeinen Lärm unter; sein Tonfall verriet allerdings, daß er vorsichtige Zurückhaltung wahrte.

Middletons Stimme war lauter, weshalb Augusta seine nächsten Worte gut verstehen konnte: »Sie müssen wissen, daß kein Mensch in der Schule Edward die Geschichte abnahm, wonach er angeblich versucht hat, meinen Bruder vor dem Ertrinken zu retten.«

Augustas Nerven waren zum Zerreißen gespannt, sosehr fürchtete sie sich vor Hughs Antwort. Der jedoch blieb vorsichtig und wies auf die lange Zeitspanne hin, die seit den damaligen Ereignissen verstrichen sei.

Unvermittelt tauchte Micky Miranda an Augustas Seite auf. Sein Gesicht war eine Maske entspannter Höflichkeit und Gelassenheit, aber die Schulterhaltung verriet ihr seine innerliche Anspannung. »Ist das dieser Middleton?« flüsterte er ihr ins Ohr.

Sie nickte.

»Dann hab' ich ihn also richtig erkannt.«

»Pssst! Hör zu!«

Middletons Ton war plötzlich aggressiver geworden. »Ich glaube, Sie kennen die Wahrheit über das, was damals geschah«, sagte er mit provozierender Stimme.

»Ach ja, meinen Sie?« Da Hugh nun auch die Stimme gehoben hatte, waren seine Worte ohne weiteres verständlich.

»Entschuldigen Sie meine Unverfrorenheit, Pilaster. Peter war mein Bruder. Seit Jahren versuche ich herauszufinden, was damals wirklich geschehen ist. Meinen Sie nicht, daß ich ein Recht auf die Wahrheit habe?«

Hugh antwortete nicht sofort. Augusta wußte, daß ein solcher Appell an die moralische Dimension des Falles bei ihrem scheinheiligen Neffen offene Türen einrennen konnte. Am liebsten wäre sie dazwischengefahren, um dem Gespräch ein Ende zu setzen oder zumindest einen Themenwechsel herbeizuführen – nur kam eine solche Einmischung dem Eingeständnis gleich, daß sie, Augusta, etwas zu verbergen hatte. Und das kam nicht in Frage. Es blieb ihr also nichts anderes übrig, als weiter in hilflosem Entsetzen zu verharren, die Ohren zu spitzen und trotz der vielen Nebengeräusche zu versuchen, dem Verlauf des Gesprächs zu folgen.

Endlich bequemte Hugh sich zu einer Antwort: »Ich habe Peter nicht sterben sehen, Middleton. Deshalb kann ich Ihnen auch nicht sagen, wie es geschehen ist. Ich weiß nichts Genaues, und ich halte es für falsch, darüber Spekulationen anzustellen.«

»Aber Sie haben eine Vermutung, wie? Sie können sich vorstellen, wie es wahrscheinlich abgelaufen ist?«

»Vermutungen sind in einem solchen Fall fehl am Platz. Sie wären schlichtweg unverantwortlich. Sie sagen, Sie wollen die Wahrheit herausfinden. Ich unterstütze das voll und ganz. Wüßte ich die Wahrheit, so sähe ich es als meine Pflicht an, Sie darüber in Kenntnis zu setzen. Aber ich kenne sie nicht.«

»Ich glaube, Sie wollen nur Ihren Vetter decken.«

»Verdammt, Middleton, das geht jetzt aber zu weit!« fuhr Hugh
empört auf. »Sie dürfen sich aufregen, soviel Sie wollen, das ist
Ihr gutes Recht. Aber ich verbitte es mir, meine Aufrichtigkeit in
Frage zu stellen!«

»Wie dem auch sei – irgend jemand lügt«, erwiderte Middleton
rüde, machte auf dem Absatz kehrt und entfernte sich.

Augusta atmete auf. Ihre Erleichterung war so groß, daß ihr die
Knie schwach wurden. Verstohlen suchte sie Halt bei Micky. Dieses eine Mal hatten sich Hughs hehre Grundsätze zu ihren Gun-
sten ausgewirkt. Er vermutete zwar, daß Edward an Peters Tod
nicht unbeteiligt war, behielt diese Annahme aber für sich, da sie
ausschließlich auf einem Verdacht beruhte. Und Middleton hatte
es sich jetzt endgültig mit Hugh verscherzt. Ein Gentleman log
nicht, das verbot sich von selbst. Für junge Männer wie Hugh
war allein schon die Andeutung, sie könnten die Unwahrheit gesagt haben, eine schwere Beleidigung. Es war kaum anzunehmen,
daß Middleton und Hugh noch einmal über die Sache sprechen
würden.

Die Krise hatte ihr große Angst eingejagt. Sie war so plötzlich
aufgezogen wie ein Sommergewitter – und dann so schnell vor-
übergegangen, wie sie gekommen war. Augusta fühlte sich erschöpft, aber sicher.

Das Defilee war vorüber, und die Kapelle stimmte eine Quadrille
an. Der Kronprinz führte die Herzogin und der Herzog die Prinzessin zum ersten Tanz auf die Tanzfläche. Andere Vierergruppen
folgten. Das Tempo war recht gemächlich – vielleicht deshalb,
weil viele Tänzerinnen und Tänzer schwere Kostüme und hinder-
liche Kopfbedeckungen trugen.

»Ich nehme an, daß Mr. Middleton keine Gefahr mehr für uns
darstellt.«

»Nicht, solange Hugh den Mund hält.«

»Und solange dein Freund Silva in Cordoba bleibt.«

»Der Einfluß seiner Familie ist im Laufe der Jahre ständig gesunken. Ich rechne eigentlich nicht damit, daß er je wieder in Europa
auftaucht.«

»Gut.« Augusta konzentrierte sich wieder auf ihre jüngst eingefädelte Intrige. »Hast du mit Graf de Tokoly gesprochen?«

»Hab' ich.«

»Gut.«

»Ich hoffe nur, Sie wissen, was Sie tun.«

Ihr strafender Blick sprach Bände. Micky gab sofort klein bei. »Wie töricht von mir. Sie wissen immer, was Sie tun.«

Der zweite Tanz war ein Walzer, und Micky forderte Augusta auf. In ihrer Jugend hatte der Walzer noch als unschicklich gegolten, weil er die Partner so nahe zusammenführte – schließlich legte der Mann seiner Dame den Arm fast gänzlich um die Taille. Doch heutzutage tanzten selbst Mitglieder des Königshauses Walzer.

Kaum hatte Micky sie in den Arm genommen, da spürte Augusta, wie eine Veränderung mit ihr vorging. Ihr war, als wäre sie wieder siebzehn und tanzte mit Strang. Strang dachte beim Tanzen nicht an seine Füße, sondern an seine Partnerin – und Micky verfügte über das gleiche Talent. Augusta fühlte sich in seinen Armen jung, schön und sorgenfrei. Sie spürte seine glatten Hände, nahm den männlichen Duft nach Tabak und Makassaröl wahr und fühlte die Wärme seines Körpers, der sich an den ihren schmiegte. Beim Gedanken an Rachel, die sein Bett teilen durfte, traf sie die Eifersucht wie ein Peitschenhieb. Vorübergehend erwachte die Erinnerung an die Szene im Krankenzimmer des alten Seth vor sechs Jahren, kam ihr jedoch unwirklich vor wie ein alter, längst vergessener Traum. Sie konnte kaum noch glauben, daß sich das damals tatsächlich alles zugetragen hatte.

Manche Frauen in ihrer Situation hätten gegen eine heimliche Liebesaffäre nichts einzuwenden gehabt, und auch Augusta träumte hin und wieder von verstohlenen Stelldicheins mit Micky. Doch dabei ließ sie es bewenden. In Wirklichkeit konnte sie sich gar nicht vorstellen, die erforderliche Geheimniskrämerei, die verstohlenen Umarmungen, die Ausflüchte und Vorwände und die Rendezvous in Seitenstraßen und Absteigen auf sich zu nehmen – ganz abgesehen davon, daß solche Affären oft genug eben doch aufflogen. Eher war sie geneigt, Joseph zu verlassen und mit Micky durchzubrennen. Daß Micky dazu bereit wäre, hielt sie

duchaus für möglich, und sollte er zögern, so traute sie sich allemal zu, seiner Bereitschaft auf die Sprünge zu helfen. Doch jedesmal, wenn sie mit dem Gedanken spielte, fiel ihr sofort ein, was
sie alles zu verlieren hatte: ihre drei Häuser, ihre Kutsche, das
Geld, das ihr für ihre Garderobe zur Verfügung stand, ihre gesellschaftliche Stellung, den Zutritt zu Bällen wie dem heutigen.
Strang hätte ihr dies alles geben können, während Micky ihr nur
sein verführerisches Selbst zu bieten hatte – und das reichte ihr
nicht.

»Dort drüben, sehen Sie mal«, sagte Micky.

Augusta folgte der Richtung seines Kopfnickens und sah Nora mit
dem Grafen de Tokoly tanzen. Sie straffte sich. »Laß uns versuchen, näher an sie heranzukommen«, sagte sie.

Es war gar nicht so leicht, denn in der gleichen Ecke des Ballsaals
hielt sich der Kronprinz mit seinem Gefolge auf, und alle Welt
versuchte, in seine Nähe zu gelangen. Doch Micky steuerte Augusta geschickt durch die Menge, bis sie die beiden fast erreicht
hatten.

Der Walzer dröhnte weiter; endlos wiederholte sich ein und dieselbe banale Melodie. Bisher unterschieden sich Nora und der
Graf in nichts von anderen tanzenden Paaren. Hin und wieder
flüsterte er ihr etwas zu, was sie mit einem Nicken oder einem
Lächeln quittierte. Vielleicht drückte er sie eine Spur zu eng an
sich, aber doch wiederum nicht so sehr, daß es aufgefallen wäre.
Das Orchester spielte und spielte. Augusta begann sich zu fragen,
ob sie ihre beiden Opfer falsch eingeschätzt hatte. Die Unruhe
machte sie so steif, daß ihre Tanzschritte ungeschickt wurden.

Der Walzer näherte sich seinem furiosen Höhepunkt. Keine Sekunde ließ Augusta Nora und den Grafen aus den Augen. Plötzlich trat eine Veränderung ein: Noras Miene gerann zu einer
Maske aus Bestürzung und Empörung – offenbar hatte Graf Tokoly eine Bemerkung gemacht, die ihr nicht behagte. Augustas
Hoffnungen wuchsen. Doch was immer der Graf gesagt haben
mochte – Nora war eindeutig noch nicht so nachhaltig brüskiert,
daß sie ihm deswegen eine Szene zu machen bereit war. Sie tanzte
weiter mit ihm.

Schon erklangen die letzten Takte des Walzers, und Augusta meinte, alle Hoffnung fahrenlassen zu müssen – da ging die Bombe schließlich doch noch hoch.

Augusta war die einzige Person im Saal, die genau sah, wie es zu dem Eklat kam: Der Graf brachte seine Lippen nah an Noras Ohr und flüsterte ihr etwas zu. Nora errötete, brach den Tanz abrupt ab und schob de Tokoly von sich, was jedoch niemandem auffiel, da der Tanz in diesem Augenblick auch offiziell zu Ende ging. Aber der Graf setzte alles auf eine Karte und ließ sich zu einer erneuten Bemerkung hinreißen, wobei sich sein Gesicht zu einem für ihn typischen lüsternen Grinsen verzog. Und genau in dem Moment, da die Kapelle zu spielen aufhörte und vorübergehend Stille herrschte, schlug Nora zu.

Der Schlag hallte wie ein Gewehrschuß durch den Ballsaal. Das war kein höflicher, damenhafter Klaps für den Salongebrauch, sondern eine gehörige Ohrfeige, die auch einen betrunkenen Grabscher in einer Wildwestbar in seine Schranken verwiesen hätte. Der Graf geriet ins Taumeln – und rempelte rücklings den Thronfolger an.

Alle, die es miterlebt hatten, hielten den Atem an. Der Kronprinz stolperte und wurde vom Herzog von Tenbigh aufgefangen – und in das entsetzte Schweigen platzte laut und unmißverständlich Noras Cockney-Stimme: »Komm mir ja nicht noch einmal nahe, du dreckiger alter Lustmolch!«

Eine Schrecksekunde lang verharrten sie bewegungslos und boten ein malerisches Bild: die empörte Frau, der gedemütigte Graf, der erschrockene Kronprinz. Augusta jubelte innerlich: Es hatte geklappt – und zwar noch viel besser, als sie es sich hätte träumen lassen können.

Dann tauchte unvermittelt Hugh an Noras Seite auf und ergriff ihren Arm; der Graf reckte sich und stolzierte hoch erhobenen Hauptes davon; eine Gruppe ängstlich-besorgter Höflinge bildete eine Art Schutzwall um den Kronprinzen und schirmte ihn von neugierigen Blicken ab. Aufgeregtes Getuschel erfüllte den Saal wie leises Donnergrollen.

Siegesbewußt sah Augusta Micky an.

»Brillant«, murmelte er in aufrichtiger Bewunderung. »Sie sind brillant, Augusta.« Er drückte ihren Arm und führte sie von der Tanzfläche.

Ihr Ehemann erwartete sie schon. »Diese elende Göre!« entrüstete er sich. »Uns vor den Augen des Kronprinzen eine solche Szene zu machen! Sie bringt Schande über die ganze Familie – und zweifellos geht uns jetzt auch ein größerer Auftrag durch die Lappen!«

Das war genau die Reaktion, die sich Augusta von ihm erhofft hatte. »Nun glaubst du mir vielleicht endlich, daß Hugh auf keinen Fall Teilhaber werden darf«, sagte sie triumphierend.

Joseph musterte seine Frau kritisch, und einen Augenblick lang befürchtete Augusta schon, ihr Blatt überreizt zu haben. Sollte Joseph tatsächlich argwöhnen, daß sie selbst es gewesen war, die den Vorfall in Szene gesetzt hatte? Doch wie dem auch sein mochte – Joseph schien alle eventuellen Zweifel rasch beiseite geschoben zu haben, denn er sagte: »Du hast recht, meine Liebe. Du hattest von Anfang an recht.«

Hugh dirigierte Nora zum Ausgang. »Wir gehen jetzt natürlich«, bemerkte er im Vorbeigehen in nichtssagendem Tonfall.

»Wir müssen jetzt alle gehen«, verkündete Augusta. Allerdings noch nicht sofort, fügte sie in Gedanken hinzu. Wenn heute abend nicht noch ein wenig Salz in die Wunde gestreut wurde, bestand die Gefahr, daß die Aufregung sich legte und der Vorfall schließlich als weniger gravierend abgetan wurde. Dies galt es zu verhindern: Augusta wollte, daß die Gemüter sich erhitzten, daß böse Worte fielen und Anschuldigungen ausgesprochen wurden, die nicht so leicht zu vergessen waren. Sie legte Nora die Hand auf den Arm und verhinderte so deren allzu schnellen Abgang. »Ich habe versucht, Sie vor dem Grafen de Tokoly zu warnen«, sagte sie vorwurfsvoll.

»Wenn eine Dame beim Tanz von einem solchen Mann beleidigt wird, bleibt ihr nicht viel anderes übrig, als eine Szene zu machen«, sagte Hugh.

»Mach dich nicht lächerlich!« fuhr Augusta ihn an. »Jede wohlerzogene junge Frau hätte genau gewußt, wie man sich in einem solchen Fall verhält. Sie hätte Unwohlsein vorgeschützt und ihre Kutsche rufen lassen.«

Hugh wußte, daß sie recht hatte; daher versuchte er erst gar nicht, ihr zu widersprechen. Erneut mußte Augusta befürchten, die Aufregung könne sich legen und der Vorfall in Vergessenheit geraten. Doch da zeigte sich, daß Josephs Wut noch nicht verflogen war.

»Weiß der Himmel, welchen Schaden du der Familie und der Bank heute nacht zugefügt hast«, sagte er zu Hugh.

Hugh errötete. »Würdest du dich vielleicht etwas genauer ausdrücken?« fragte er steif.

Mit der Aufforderung an Joseph, seine Vorwürfe zu präzisieren, verschlimmert er seine Lage nur, dachte Augusta befriedigt. Hugh müßte jetzt den Mund halten und nach Hause gehen – aber er ist einfach noch zu jung, um zu wissen, was sich in einer solchen Situation schickt.

Josephs Erregung steigerte sich. »Mit Sicherheit haben wir den Ungarnvertrag verloren. Außerdem werden wir nie wieder zu einer königlichen Gesellschaft eingeladen.«

»Das ist mir klar«, erwiderte Hugh. »Ich wollte lediglich wissen, warum du meinst, daß *ich* der Familie Schaden zugefügt habe.«

»Weil du eine Frau in die Familie gebracht hast, die sich nicht zu benehmen weiß!«

Das wird ja immer besser, dachte Augusta mit hämischer Freude.

Hugh glühte vor Zorn, doch in seinen Worten kam zum Ausdruck, daß er seine Wut noch unter Kontrolle hielt. »Das heißt also mit anderen Worten: Um ja nicht irgendwelche Geschäfte oder Verträge zu gefährden, muß sich die Ehefrau eines Pilaster auf Tanzveranstaltungen jede Beleidigung und Demütigung gefallen lassen. Ist das die Philosophie des Hauses?«

Nun war auch Joseph aufs höchste erbost. »Du unverschämter junger Wicht!« fuhr er Hugh an. »Ich will dir genau sagen, was ich meine: Du hast unter deinem Stand geheiratet und dich damit ein für allemal für die Position eines Teilhabers des Bankhauses Pilaster disqualifiziert!«

Er hat es ausgesprochen! dachte Augusta voller Freude. Er hat es ausgesprochen!

Hugh hatte es die Sprache verschlagen. Anders als Augusta hatte er die möglichen Konsequenzen des Zwischenfalls nicht im voraus bedacht. Erst jetzt wurde er sich allmählich der wahren Bedeutung des Geschehenen bewußt. Augusta sah, wie sich sein Gesichtsausdruck wandelte: Wut wich Betroffenheit, Betroffenheit Erkenntnis und Erkenntnis Verzweiflung.

Es kostete sie Überwindung, ein triumphierendes Lächeln zu unterdrücken. Sie hatte erreicht, was sie wollte. Joseph mochte seine Entscheidung später bedauern, aber es war kaum damit zu rechnen, daß er sie zurücknehmen würde – dazu war er zu stolz.

»So ist das also!« sagte Hugh schließlich, und sein Blick war nicht auf Joseph, sondern auf Augusta gerichtet. Zu ihrer Überraschung erkannte sie, daß er den Tränen nahe war. »Sehr schön, Augusta. Du hast gewonnen. Ich weiß zwar nicht, *wie* du es angestellt hast, aber daran, daß du hinter diesem Vorfall steckst, besteht für mich nicht der geringste Zweifel.« Er wandte sich an Joseph: »Du solltest einmal darüber nachdenken, Onkel Joseph. Du solltest dir einmal die Frage stellen, wem hier tatsächlich am Wohl der Bank gelegen ist ...« Er sah wieder Augusta an und kam zum Schluß: »... und wer ihre wahren Feinde sind.«

Innerhalb von Stunden verbreitete sich die Nachricht von Hughs Sturz in der ganzen City.

Schon am folgenden Nachmittag trafen die ersten Absagen ein: Leute, die sich zuvor die Hacken abgelaufen hatten, um einen Termin bei Hugh Pilaster zu bekommen, die mit ihm über geldträchtige Eisenbahnprojekte, Stahlwerke, Werften und Wohnbauvorhaben an der Londoner Peripherie hatten verhandeln wollen, sagten ihre Termine ab. In der Bank behandelten ihn Angestellte, die ihm zuvor mit höchster Ehrerbietung begegnet waren, wie irgendeinen leitenden Angestellten. Und in einem Kaffeehaus in der Nähe der Bank of England machte er die Erfahrung, daß ihn nicht mehr, wie bisher üblich, binnen kurzem ein Schwarm von Leuten umgab, die seine Ansichten über die Great Trunk Rail-

road, den Preis der Louisiana-Anleihen und die Staatsverschul-
dung der USA hören wollten.

Im Direktionszimmer kam es zu einer heftigen Auseinandersetzung. Onkel Samuel reagierte mit Empörung auf Josephs Ankün-
digung, daß Hugh nicht zum Teilhaber ernannt werden könne.
Da sich aber der junge William auf die Seite seines Bruders Joseph
schlug und Major Hartshorn seinem Beispiel folgte, wurde Samuel überstimmt.

Was zwischen den Partnern vorgefallen war, erfuhr Hugh von
Jonas Mulberry, dem kahlköpfigen, sauertöpfischen Prokuristen.
»Ich muß Ihnen sagen, daß ich diese Entscheidung bedaure, Mr.
Hugh«, erklärte er, und es war ihm anzumerken, daß er es ernst
meinte. »Als Sie als Banklehrling unter mir anfingen, haben Sie –
im Gegensatz zu anderen Familienmitgliedern, mit denen ich in
der Vergangenheit zu tun hatte – nie versucht, Ihre Fehler mir in
die Schuhe zu schieben.«

»Das hätte ich nie gewagt, Mr. Mulberry«, erwiderte Hugh lächelnd.

Nora weinte eine ganze Woche lang. Hugh lehnte es ab, sie für
die Ereignisse verantwortlich zu machen. Niemand hatte ihn gezwungen, sie zu heiraten – die Verantwortung für seine Ent-
schlüsse lag allein bei ihm selbst. Wenn es einen Rest von Anstand
in meiner Familie gäbe, dachte er, dann müßte sie mir in einer
solchen Krise beistehen. Bisher hatte er jedoch nie auf deren Unterstützung zählen können.

Nachdem Nora sich einigermaßen von ihrem Schrecken erholt
hatte, zeigte sie sich merkwürdig verständnislos. Sie begriff einfach nicht, was die Teilhaberschaft Hugh bedeutete. Nicht ohne
eine gewisse Enttäuschung nahm er zur Kenntnis, daß Nora sich
nur schlecht in andere Menschen und deren Gefühle hineinverset-
zen konnte. Er führte es auf ihre Herkunft zurück: Sie war in armen
Verhältnissen ohne Mutter aufgewachsen und von Anfang an gezwungen gewesen, zuallererst an sich selbst zu denken. Obwohl ihn
ihre Haltung ein wenig erschütterte, war Abend für Abend, wenn
sie im Nachtgewand gemeinsam in ihr großes, weiches Ehebett stiegen und sich liebten, alles vergeben und vergessen.

Der Zorn über seine Degradierung nagte an Hugh wie ein Geschwür. Aber da er nun für eine Frau, ein Haus und sechs Bedienstete aufkommen mußte, blieb ihm gar nichts anderes übrig, als weiterhin in der Bank zu arbeiten. Im Stockwerk über dem Direktionszimmer hatte man ihm ein eigenes Büro zugewiesen, an dessen Wand inzwischen eine große Amerikakarte hing. Jeden Montagmorgen schrieb er eine genaue Zusammenfassung aller auf Nordamerika bezogenen Geschäftsvorgänge der vergangenen Woche und kabelte sie an Sidney Madler in New York. Am zweiten Montag nach dem Maskenball der Herzogin von Tenbigh begegnete er im Telegraphenbüro im Erdgeschoß einem ihm unbekannten dunkelhaarigen Mann, der knapp über zwanzig Jahre alt sein mochte. Hugh lächelte ihm freundlich zu und fragte: »Hallo, wer sind denn Sie?«

»Mein Name ist Simon Oliver«, sagte der Mann mit kaum wahrnehmbarem spanischem Akzent.

»Sie können noch nicht lange im Hause sein«, sagte Hugh und streckte die Hand aus. »Ich bin Hugh Pilaster.«

»Sehr erfreut!« erwiderte Oliver steif und beinahe ein wenig mürrisch.

»Ich betreue das Kreditgeschäft mit Nordamerika«, sagte Hugh. »Was ist Ihre Aufgabe?«

»Ich bin im Büro von Mr. Edward angestellt.«

Hugh zog einen naheliegenden Schluß: »Sie stammen aus Südamerika?«

»Ja, aus Cordoba.«

Das ergab durchaus Sinn: Edward hatte sich auf Südamerika im allgemeinen und Cordoba im besonderen spezialisiert. Da konnte es durchaus von Nutzen sein, einen Bürger dieses Landes zur Seite zu haben, schon allein deshalb, weil Edward kein Spanisch konnte. »Micky Miranda, der Gesandte Cordobas, ist ein ehemaliger Schulkamerad von mir«, sagte Hugh. »Sie müßten ihn eigentlich kennen.«

»Er ist mein Vetter.«

»Ach ja!« Ähnlich sahen die beiden einander nicht. Aber Oliver bot eine tadellos gepflegte Erscheinung; er trug einen gutsitzen-

den, perfekt gebügelten Maßanzug ohne jedes Stäubchen, das
Haar war geölt und gekämmt, die Schuhe glänzten. Allem Anschein nach nahm sich Oliver den erfolgreichen älteren Vetter
zum Vorbild.

»Nun gut, ich hoffe, die Arbeit bei uns gefällt Ihnen«, sagte
Hugh.

»Danke.«

Auf dem Weg zurück in sein Büro dachte Hugh über die Begegnung nach. Edward brauchte unbedingt Hilfe, soviel stand fest.
Aber mußte es ausgerechnet ein Vetter Micky Mirandas sein, der
einen potentiell einflußreichen Posten in der Bank übernahm?

Sein Unbehagen fand bereits wenige Tage später Bestätigung.

Einmal mehr war es Jonas Mulberry, der ihm mitteilte, was sich
im Direktionszimmer zugetragen hatte. Unter dem Vorwand, ihm
eine Übersicht über die Zahlungen bringen zu wollen, die die
Bank in London an die Regierung der Vereinigten Staaten zu
leisten hatte, betrat der Prokurist Hughs Büro. In Wirklichkeit
wollte er mit ihm über etwas ganz anderes sprechen. Sein Spaniel-
gesicht war länger denn je. »Es gefällt mir nicht, Mr. Hugh«, sagte
er. »Südamerikanische Anleihen waren noch nie sehr erfolgreich.«

»Wir legen doch nicht etwa eine südamerikanische Anleihe auf,
oder?«

Mulberry nickte. »Doch. Mr. Edward hat es vorgeschlagen, und
die anderen Teilhaber haben zugestimmt.«

»Was soll damit finanziert werden?«

»Eine neue Eisenbahn in Cordoba. Sie soll die Hauptstadt Palma
mit der Provinz Santamaria verbinden.«

»Wo Papa Miranda Gouverneur ist ...«

»Der Vater von Señor Miranda, Mr. Edwards Freund ...«

»Und Onkel von Edwards Sekretär Simon Oliver ...«

Mulberry schüttelte mißbilligend den Kopf. »Damals, vor fünfzehn Jahren, als die venezuelanische Regierung ihren Zahlungs-
verpflichtungen aus den Anleihen nicht nachkommen konnte, war
ich hier ein kleiner Angestellter. Mein Vater – Gott hab ihn selig –
konnte sich noch an den argentinischen Staatsbankrott im Jahre

1828 erinnern. Und sehen Sie sich doch heute die mexikanischen Anleihen an – hin und wieder werfen sie eine Dividende ab! Wo hat man denn jemals etwas von Anleihen gehört, die *hin und wieder* eine Dividende abwerfen?«

Hugh nickte. »Ganz abgesehen davon: Investoren, die auf Eisenbahnen setzen, bekommen in den Vereinigten Staaten fünf oder sechs Prozent. Was sollte sie veranlassen, in Cordoba zu investieren?«

»Genau.«

Hugh kratzte sich am Kopf. »Sei's drum. Ich will mal sehen, ob ich herausfinde, was sie sich dabei gedacht haben.«

Mulberry schwenkte ein Bündel Papiere. »Mr. Samuel bat mich um eine Zusammenfassung der Verpflichtungen aus Fernost-Akzepten. Sie könnten ihm die Zahlen vorbeibringen.«

Hugh grinste. »Sie denken doch an alles.« Er nahm die Papiere an sich und ging hinunter ins Direktionszimmer.

Nur Onkel Samuel und Joseph waren anwesend. Joseph diktierte einem Stenographen Briefe, während sich Samuel nachdenklich über eine Chinakarte beugte. Hugh legte den Bericht auf Samuels Schreibtisch und sagte: »Von Mulberry. Er bat mich, dir das zu geben.«

»Danke.« Samuel sah auf und lächelte. »Hast du sonst noch etwas auf dem Herzen?«

»Ja. Ich frage mich, warum wir uns für die Santamaria-Bahn engagieren?«

Hugh hörte, wie Joseph beim Diktieren innehielt und nach kurzer Unterbrechung wieder fortfuhr.

»Es handelt sich gewiß nicht um unsere lukrativste Investition, das darfst du mir glauben«, sagte Samuel. »Aber mit dem Namen Pilaster im Hintergrund müßte eigentlich alles in Ordnung sein.«

»Das kann man praktisch von jeder Emission sagen, die uns vorgeschlagen wird«, widersprach Hugh. »Aber wir verdanken unseren guten Ruf der Tatsache, daß wir den Investoren noch nie eine Anleihe angeboten haben, die nur ›in Ordnung‹ ist und sonst nichts.«

»Dein Onkel Joseph meint, daß Südamerika möglicherweise vor einem neuen Aufschwung steht.«

Als Joseph seinen Namen hörte, meldete er sich selbst zu Wort: »Wir stecken den großen Zeh ins Wasser, um herauszufinden, wie warm es ist.«

»Dann ist es also ein riskantes Geschäft.«

»Ohne Risikobereitschaft hätte mein Urgroßvater niemals all sein Geld in ein einziges Sklavenschiff gesteckt – und so etwas wie das Bankhaus Pilaster gäbe es heute nicht.«

»Aber seit damals haben es die Pilasters immer den kleineren, spekulationsfreudigeren Banken überlassen, ihren großen Zeh in unbekannte Gewässer zu stecken«, gab Hugh zu bedenken.

Onkel Joseph, der es gar nicht schätzte, wenn man ihm widersprach, antwortete in gereiztem Ton: »Eine Ausnahme wird uns nicht schaden.«

»Aber die Bereitschaft zu solchen Ausnahmen kann uns schweren Schaden zufügen.«

»Darüber zu urteilen steht dir nicht zu.«

Hugh runzelte die Stirn. Sein Instinkt hatte ihn nicht getrogen: Die Investition war ökonomisch sinnlos, und Joseph konnte sie nicht rechtfertigen. Warum hatten sie sich dann darauf eingelassen? Kaum hatte er sich die Frage gestellt, da fiel ihm auch schon die Antwort ein. »Du hast Edwards wegen zugestimmt, oder? Du wolltest ihm Mut machen. Es ist das erste Geschäft, das er in seiner Eigenschaft als Teilhaber vorgeschlagen hat – und deshalb läßt du ihn gewähren, obwohl die Aussichten alles andere als rosig sind.«

»Es ist nicht deines Amtes, meine Motive in Frage zu stellen!«

»Und es ist nicht deines Amtes, das Geld anderer Leute aufs Spiel zu setzen, nur weil du deinem Sohn einen Gefallen tun willst. Kleininvestoren in Brighton oder Harrogate werden das Geld für diese Eisenbahn aufbringen und, wenn's schiefgeht, mit leeren Händen dastehen.«

»Du bist kein Teilhaber, deshalb ist deine Meinung in diesen Angelegenheiten unerwünscht.«

Hugh, der Leute, die mitten in einer Diskussion den Standpunkt

wechselten, nicht ausstehen konnte, erwiderte giftig: »Aber ich
bin ein Pilaster! Wenn du den guten Ruf der Bank schädigst,
betrifft das auch mich.«

»Hugh, ich denke, das reicht jetzt ...«, warf Samuel ein.

Hugh wußte genau, daß jedes weitere Wort fehl am Platze war,
aber er konnte sich nicht mehr zurückhalten. »Nein, ich fürchte,
es reicht noch nicht!« hörte er sich schreien und versuchte, seine
Stimme zu senken. »So, wie du handelst, verschleuderst du das
Renommee der Bank. Unser guter Name ist unser wichtigster
Aktivposten. Ihn zu verspielen ist reine Verschwendung. Da
kannst du dein Kapital gleich aus dem Fenster werfen!«

Onkel Joseph war jetzt so erbost, daß er die Grenzen der Höflichkeit überschritt. »Was bildest du dir eigentlich ein, du unver-
schämtes Bürschchen?« brüllte er. »Kommst hier in meine Bank
und willst mich lehren, wie ich zu investieren habe! Raus jetzt!
Verschwinde!«

Hugh starrte seinen Onkel an. Wut und Niedergeschlagenheit
hatten ihn ergriffen. Der dumme, schwache Edward war Teilhaber und verleitete die Bank mit Hilfe seines unbesonnenen Vaters
zu unsoliden Geschäften, und es gab nichts, was er, Hugh, dagegen tun konnte. Kochend vor unerfülltem Tatendrang, verließ er
den Raum und warf die Tür hinter sich zu.

Zehn Minuten später machte er sich auf den Weg zu Solly Greenbourne, um ihn um eine Anstellung zu bitten.

Er war sich nicht sicher, ob die Greenbournes ihn nehmen würden.
Gewiß, er war dank seiner guten Kontakte in den Vereinigten Staaten und Kanada ein begehrter Mann, den zu beschäftigen jede
Bank sich glücklich schätzen konnte. Allerdings galt es in Bankkrei-
sen als nicht sehr fein, sich gegenseitig die Spitzenkräfte abzuwer-
ben. Auch war es gut möglich, daß die Greenbournes fürchteten, er
könne daheim bei Tisch Firmengeheimnisse ausplaudern – und der
Umstand, daß er kein Jude war, konnte diesen Bedenken zusätzliche Nahrung geben. Aber das Bankhaus Pilaster war für ihn zur
Sackgasse geworden. Er mußte einfach raus.

Am Morgen hatte es noch geregnet, doch inzwischen schien die

Sonne und brachte den Pferdedung zum Dampfen, der wie ein
Teppich die Straßen Londons überzog. Die Architektur der City
war durch ein merkwürdiges Nebeneinander großer klassizistischer Gebäude und baufälliger alter Häuser geprägt. Das Bankhaus Pilaster gehörte zum erstgenannten Typ, die Greenbourne
Bank zu letzterem. Beim rein äußerlichen Vergleich der beiden
Firmenzentralen wäre man nie auf die Idee gekommen, daß die
Greenbourne Bank das Bankhaus Pilaster an Größe und Bedeutung übertraf. Das Unternehmen war vor drei Generationen gegründet worden. Von einem Zweizimmer-Büro in einem alten
Haus an der Thames Street hatte man Kredite an Pelzimporteure
ausgegeben. Reichte der Platz nicht mehr aus, so kaufte man
einfach ein anderes Haus in der Häuserzeile dazu. Inzwischen
erstreckte sich die Bank über vier unmittelbar benachbarte Gebäude sowie drei weitere in der Nähe – und in den baufälligen
Gemäuern wurden mehr Geschäfte getätigt als im prunkhaften
Glanz des Bankhauses Pilaster.
Von dem devoten Geflüster, das die Atmosphäre in der Bankhalle
der Pilasters beherrschte, war bei den Greenbournes nichts zu
spüren. In der Lobby mußte sich Hugh durch eine dichtgedrängte
Menge kämpfen. Wie Bittsteller im Vorzimmer eines mittelalter-
lichen Königs warteten die potentiellen Kunden auf eine Audienz
bei Ben Greenbourne. Jeder einzelne war felsenfest davon überzeugt, ein Vermögen machen zu können – vorausgesetzt, es gelang, zu Ben Greenbourne vorgelassen zu werden und ihn von
einem bestimmten Projekt zu überzeugen. Der Gang durch die
verwinkelten Flure und engen Treppenhäuser wurde durch die
überall herumstehenden Metallkästen mit alten Akten, durch
Kartons mit Büromaterial und große Korbflaschen voller Tinte
erschwert. In den kleinsten Winkeln waren Büros für Schreiber
und Sekretäre eingerichtet. Hugh fand Solly in einem großen Zimmer mit unebenen Dielen und einem windschiefen Fenster, das
auf den Fluß hinaussah. Der massige Rumpf seines Freundes verbarg sich zur Hälfte hinter den Akten, die sich auf dem Schreibtisch stapelten. »Ich wohne in einem Palast und arbeite in einer
Hütte«, sagte Solly kleinlaut. »Ich versuche immer wieder, mei-

nen Vater davon zu überzeugen, daß wir ein zweckmäßiges Bürohaus brauchen, so wie ihr eines habt, aber er meint, mit Haus- und Grundbesitz läßt sich kein Gewinn machen.«

Hugh nahm auf einem etwas ramponierten Sofa Platz und ließ sich ein großes Glas teuren Sherrys einschenken. Er fühlte sich nicht wohl in seiner Haut, da er immer wieder an Maisie denken mußte. Er hatte sie verführt, bevor sie Sollys Frau geworden war, und er hätte es wieder getan, wenn sie damit einverstanden gewesen wäre. Das ist doch alles Schnee von gestern, sagte er sich. Maisie hat in Kingsbridge Manor ihre Tür vor mir verschlossen, und ich habe Nora geheiratet ... Er wollte seiner Frau nicht untreu werden.

Trotzdem hatte er ein ungutes Gefühl.

»Ich bin gekommen, weil ich mit dir etwas Geschäftliches besprechen will«, sagte er.

»Ich erteile dir das Wort«, sagte Solly und machte eine einladende Handbewegung.

»Wie du weißt, bin ich Amerika-Experte.«

»Wie sollte mir das auch entgangen sein! Du hast dich da so eingenistet, daß wir keinen Fuß auf den Boden bekommen.«

»So ist es. Folglich entgeht euch auf dem Gebiet eine ganze Reihe höchst profitabler Geschäfte.«

»Du brauchst nicht auch noch Salz in die Wunde zu streuen. Vater fragt mich sowieso dauernd, warum ich nicht so bin wie du.«

»Ihr müßt jemanden einstellen, der über Nordamerika-Erfahrung verfügt, eine Zweigstelle in New York eröffnet und sich um das Geschäft dort kümmert.«

»Warum nicht gleich den Weihnachtsmann?«

»Ich mein' das ernst, Greenbourne. Ich bin euer Mann.«

»Du?«

»Ich möchte für euch arbeiten.«

Solly war sprachlos vor Überraschung. Er schielte über sein Glas, als wolle er sich vergewissern, daß es tatsächlich Hugh war, von dem der Vorschlag kam. Nach einer Weile sagte er: »Ich nehme an, das hängt mit diesem Zwischenfall auf dem Ball der Herzogin von Tenbigh zusammen, oder?«

»Man hat mich wissen lassen, daß ich wegen meiner Frau nicht Teilhaber werden kann.« Solly wird dafür Verständnis haben, dachte Hugh – schließlich hat auch er unter seinem Stand geheiratet.

»Das tut mir leid für dich.«

»Ich bitte euch aber nicht um eine Gefälligkeit«, erklärte Hugh. »Ich weiß, was ich wert bin. Wenn ihr mich haben wollt, müßt ihr meinen Preis zahlen. Ich verdiene zur Zeit tausend Pfund im Jahr und erwarte jährliche Gehaltserhöhungen, solange ich den Umsatz der Bank mehre.«

»Das ist kein Problem.« Solly dachte einen Augenblick lang nach. »Ich bin dir dankbar für das Angebot – es könnte ein großer Coup für mich sein, mußt du wissen. Du bist ein guter Freund und ein hervorragender Geschäftsmann.« Hugh, der wieder an Maisie denken mußte, plagte bei den Worten *ein guter Freund* neuerlich das Gewissen. »Ich könnte mir nichts Schöneres vorstellen, als mit dir zusammenzuarbeiten«, fuhr Solly fort.

»Ich höre ein unausgesprochenes ›Aber‹«, erwiderte Hugh beklommen.

Solly schüttelte sein eulenhaftes Haupt. »Kein ›Aber‹, was mich betrifft. Ich kann dich natürlich nicht einstellen wie irgendeinen Schreiber, sondern muß erst mit meinem Vater darüber reden. Aber du kennst dich doch im Bankwesen aus: Profit ist ein Argument, das alles andere aussticht. Ich kann mir nicht vorstellen, daß Vater die Chance auf eine dicke Scheibe vom nordamerikanischen Markt ungenutzt vorüberziehen läßt.«

»Wann wirst du mit ihm reden?« Hugh wollte nicht übereifrig erscheinen – diese Frage konnte er sich aber doch nicht verkneifen.

»Warum nicht sofort?« sagte Solly und erhob sich. »Ich bin gleich wieder da. Nimm dir noch ein Glas Sherry.« Er ging hinaus.

Hugh nippte an seinem Sherry, brachte aber vor Anspannung kaum einen Schluck hinunter. Nie zuvor in seinem Leben hatte er sich um eine Stelle beworben. Es war niederschmetternd, daß seine Zukunft von einer Laune des alten Greenbourne abhing. Zum erstenmal konnte er nachempfinden, was in den geschniegelten jungen Männern im gestärkten Hemdkragen vorging, die er gelegentlich zu Einstellungsgesprächen empfing. Unruhig stand er auf und ging zum Fenster. Auf dem gegenüberliegenden Themseufer wurde ein Schiff entladen. Die Fracht bestand aus Tabakballen, die in ein Speicherhaus gebracht wurden. Wenn es sich um Virginia-Tabak handelt, dann habe ich die Transaktion wahrscheinlich selbst finanziert, dachte er.

Eine Art Schicksalsergebenheit überkam ihn, die ihn ein wenig an jenes Gefühl erinnerte, mit dem er damals an Bord des Schiffes nach Boston gegangen war: Große Veränderungen standen bevor. Nichts würde so bleiben, wie es war.

Solly kam mit seinem Vater zurück. Ben Greenbourne hatte die kerzengerade Haltung und den asketisch hageren Kopf eines preußischen Generals. Hugh stand auf, schüttelte dem alten Herrn die Hand und musterte voller Bangen sein Gesicht. Es war feierlich, ernst. Hieß das etwa, daß er Hughs Ansinnen ablehnte?

»Solly berichtete mir, daß Ihnen Ihre Familie keine Teilhaberschaft anbieten will«, sagte Ben Greenbourne. Er sprach mit kühler Präzision; die Worte kamen kurz und prägnant. Welch ein Unterschied zu seinem Sohn, dachte Hugh.

»Um genau zu sein: Man bot mir die Teilhaberschaft an, zog das Angebot dann aber zurück.«

Ben nickte. Er war ein Mann, der Korrektheit schätzte. »Es steht mir nicht zu, die Entscheidung Ihrer Familie zu kritisieren. Doch wenn Ihre persönliche Nordamerika-Erfahrung zum Verkauf steht – und das ist ja offenbar der Fall –, dann bin ich eindeutig ein Interessent.«

Hughs Herz schlug höher. Das klang wie ein Stellenangebot. »Ich danke Ihnen«, sagte er.

»Da ich Sie jedoch nicht unter Vorspiegelung falscher Tatsachen einstellen will, möchte ich eines von vornherein deutlich machen: Sie dürfen nicht damit rechnen, daß Ihnen *bei uns* irgendwann eine Teilhaberschaft angetragen wird.«

So weit voraus hatte Hugh noch gar nicht gedacht. Dennoch war es eine Enttäuschung. »Ich verstehe«, sagte er.

»Ich sage Ihnen das hier und jetzt, damit Sie niemals auf den

Gedanken kommen, es hätte etwas mit Ihrer Arbeit zu tun. Viele
unserer Mitarbeiter sind Christen, und wir schätzen sie als Kollegen und Freunde. Die Teilhaberschaft war bisher jedoch ausschließlich Juden vorbehalten, und daran wird sich auch nichts
ändern.«

»Ich danke Ihnen für Ihre Offenheit«, erwiderte Hugh und dachte
bei sich: Mein Gott, was für ein eiskalter alter Kerl du doch
bist.

»Sind Sie immer noch an einer Anstellung bei uns interessiert?«

»Ja.«

Ben Greenbourne schüttelte ihm erneut die Hand. »Dann freue
ich mich auf unsere Zusammenarbeit«, sagte er und verließ das
Büro.

Solly strahlte über das ganze Gesicht. »Willkommen im Hause,
Kollege!«

Hugh setzte sich wieder. »Danke, Solly«, sagte er. Die Freude und
die Erleichterung, die er empfand, wurden durch die Tatsache,
daß er niemals Teilhaber werden konnte, ein wenig getrübt. Doch
er überwand sich und bewahrte Haltung. Er würde gut verdienen
und einen gehobenen Lebensstil pflegen können. Nur die Vorstellung, eines Tages Millionär zu sein, die mußte er sich aus dem
Kopf schlagen – so viel Geld konnte man nur als Teilhaber einer
Bank verdienen.

»Wann kannst du anfangen?« fragte Solly eifrig.

Das hatte Hugh noch nicht bedacht. »Ich glaube, ich habe neun-
zig Tage Kündigungsfrist.«

»Sieh zu, daß du sie ein bißchen verkürzen kannst.«

»Na, klar doch. Solly, das ist großartig. Ich kann dir gar nicht
sagen, wie sehr ich mich freue.«

»Mir geht's genauso.«

Hugh wußte nicht, was er darauf noch erwidern sollte. Er erhob
sich daher und machte Anstalten zu gehen.

Solly hielt ihn zurück. »Auf ein Wort noch, Hugh ...«

»Aber ja.« Hugh setzte sich wieder.

»Es geht um Nora. Ich hoffe, du nimmst es mir nicht übel.«

Hugh zögerte. Sie waren alte Freunde. Dennoch war es ihm sehr

unangenehm, mit Solly über seine Frau zu sprechen. Seine eigenen Gefühle waren zu zwiespältig. Der Skandal, den sie verursacht hatte, war ihm peinlich – und doch hielt er Noras Reaktion
für gerechtfertigt. Er wußte, daß ihr Cockney, ihre Umgangsformen und ihre Herkunft aus der Arbeiterklasse sie angreifbar
machten; auf der anderen Seite war er stolz auf ihre Schönheit
und ihren natürlichen Charme.

Nein, er konnte jetzt nicht den Beleidigten spielen – ausgerechnet
einem Mann gegenüber, der ihm soeben seine berufliche Karriere
gerettet hatte. »Schieß los!« sagte er.

»Wie du weißt, bin auch ich mit einer Frau verheiratet, die ... die
an die feine Gesellschaft nicht gewöhnt war.«

Hugh nickte. Das war ihm nur allzu gut bekannt. Was er nicht
wußte, war, wie Maisie und Solly das Problem gelöst hatten, denn
als sie heirateten, war er außer Landes gewesen. Auf jeden Fall
hatten sie eine gute Lösung gefunden, denn inzwischen war Maisie eine der führenden Gastgeberinnen der Londoner Gesellschaft,
und wer immer sich noch an ihre einfache Herkunft erinnern
mochte, verlor darüber kein Wort mehr. Das war zwar ungewöhnlich, aber nicht einmalig: Hugh hatte von zwei oder drei anderen
gefeierten Schönheiten aus der Arbeiterklasse gehört, denen es
schon vor Maisie gelungen war, von der High Society akzeptiert
zu werden.

»Maisie weiß, was Nora durchmacht«, fuhr Solly fort. »Sie könnte
ihr sicher sehr helfen – ihr erklären, wie man sich verhält, was
man sagt, welche Fehler man tunlichst vermeidet, wo man Kleider
und Hüte einkauft, wie man mit dem Butler und der Wirtschafterin umgeht, und so weiter. Maisie hat dich immer gemocht, Hugh.
Ich bin sicher, daß sie euch gerne helfen würde. Und ich sehe
nicht den geringsten Grund dafür, warum es Nora nicht genauso
schaffen sollte wie Maisie – eines Tages gehört sie zu den Stützen
der Gesellschaft!«

Hugh war beinahe zu Tränen gerührt. Das Hilfsangebot seines
alten Freundes bewegte ihn tief. »Ich werde es ihr vorschlagen«,
erwiderte er wortkarg, um seine Rührung zu verbergen. Dann
erhob er sich und wandte sich zum Gehen.

»Ich hoffe, ich bin dir nicht zu nahe getreten«, sagte Solly betroffen, als sie sich zum Abschied die Hand gaben.
Hugh ging zur Tür. »Ganz im Gegenteil. Verdammt noch mal,
Greenbourne, du bist ein besserer Freund, als ich es verdient
habe.«

Als Hugh an seinen Schreibtisch im Bankhaus Pilaster zurückkehrte, fand er eine Nachricht vor. Sie lautete:

10.30 Uhr

Mein lieber Pilaster,
ich muß Dich so schnell wie möglich sprechen.
Du findest mich in Plages Kaffeehaus um die Ecke.
Ich warte dort auf Dich.

Dein alter Freund
Antonio Silva

Tonio war zurück! Seine Karriere hatte vor Jahren ein jähes Ende
gefunden, weil er im Kartenspiel mit Edward und Micky mehr
Geld verloren hatte, als er sich leisten konnte. In Schimpf und
Schande hatte er das Land verlassen, ungefähr gleichzeitig mit
Hugh. Wie war es ihm seither ergangen? Voller Neugier begab
sich Hugh sofort zum angegebenen Treffpunkt.
Der Tonio, den er dort vorfand, war älter und bedächtiger geworden und wirkte nicht mehr so gepflegt wie früher. Er saß in einer
Ecke und las die *Times*.
Der karottenrote Haarschopf hatte sich kaum verändert, doch
davon abgesehen hatte der Mann nicht mehr viel gemein mit
dem stets zu Streichen aufgelegten Schuljungen und dem aus-
schweifenden jungen Mann, an den sich Hugh noch gut erinnern
konnte. Tonio war erst sechsundzwanzig – so alt wie Hugh –,
doch in seinen Augenwinkeln zeigten sich bereits feine Sorgen-
fältchen.
»Ich war in Boston recht erfolgreich«, sagte Hugh als Antwort auf

Tonios erste Frage. »Seit Januar bin ich wieder hier – und habe mit meiner verdammten Familie schon wieder den größten Ärger am Hals. Aber wie geht es dir?«

»In meiner Heimat hat sich viel verändert. Meine Familie ist nicht mehr so einflußreich wie früher. Wir kontrollieren noch immer Milpita, die Provinzstadt, aus der wir stammen, aber in der Hauptstadt haben sich andere zwischen uns und Präsident Garcia gedrängt.«

»Wer?«

»Die Parteigänger der Mirandas.«

»Also Mickys Familie?«

»Genau. Sie haben sich die Salpetergruben im Norden des Landes unter den Nagel gerissen und sind dadurch reich geworden. Und wegen ihrer Verbindungen mit der Bank deiner Familie monopolisieren sie den Europahandel.«

Hugh war überrascht. »Daß Edward viele Geschäfte mit Cordoba macht, wußte ich«, sagte er, »aber daß das *alles* durch Mickys Hände geht, ist mir neu. Doch das macht ja wohl nicht viel aus, nehme ich an.«

»Und ob es was ausmacht!« erwiderte Tonio und zog ein mehrseitiges Manuskript aus der Manteltasche. »Nimm dir einen Augenblick Zeit, und lies das mal durch. Es handelt sich um einen Artikel, den ich für die *Times* geschrieben habe.«

Hugh nahm das Manuskript entgegen und begann zu lesen. Der Artikel schilderte die Lebensumstände der Minenarbeiter in einer Salpetergrube der Mirandas. Da der Export vom Bankhaus Pilaster finanziert wurde, machte Tonio die Bank für die schlechte Behandlung der Arbeiter verantwortlich. Anfangs ließ der Text Hugh ziemlich ungerührt: lange Arbeitszeiten, schlechte Löhne und Kinderarbeit kamen in allen Bergbauregionen der Welt vor.

Doch je länger er las, desto schlimmer wurde es. In den Gruben des Miranda-Clans waren die Aufseher mit Peitschen und Pistolen ausgerüstet und machten zur Aufrechterhaltung der Disziplin rücksichtslos davon Gebrauch. Arbeiter – darunter Frauen und Kinder –, die angeblich zu langsam arbeiteten, wurden ausgepeitscht, und sie konnten sogar erschossen werden, wenn sie versuchten, ihren Arbeitsplatz vor Ablauf ihrer Arbeitsverträge zu verlassen. Tonio verfügte über Augenzeugenberichte solcher »Exekutionen«.

Hugh war entsetzt. »Aber das ist doch blanker Mord!« sagte er.

»Du hast es erfaßt.«

»Weiß der Präsident darüber Bescheid?«

»Ja. Aber die Mirandas stehen jetzt in seiner Gunst.«

»Und deine Familie ...«

»Es gab einmal eine Zeit, da wären wir imstande gewesen, diesem Treiben ein Ende zu setzen. Heute sind wir vollauf mit der Sicherung unserer eigenen Provinz beschäftigt.«

Hugh empfand es als demütigend, daß seine Familie und ihre Bank solche Brutalitäten finanzierte. Doch dann verdrängte er seine Gefühle einen Augenblick und versuchte, nüchtern die Konsequenzen zu überdenken. Die *Times* war sehr erpicht auf solche Artikel und veröffentlichte sie mit besonderer Vorliebe. Die Folge waren Parlamentsdiskussionen und Leserbriefdebatten in den Wochenzeitschriften. Bei vielen Kaufleuten – besonders den zahlreichen Methodisten unter ihnen – würde sich das soziale Gewissen rühren und sie in Zukunft zögern lassen, Geschäftsverbindungen mit den Pilasters einzugehen. Man mußte also mit äußerst negativen Folgen für die Bank rechnen.

Interessiert mich das überhaupt noch? fragte sich Hugh. Die Bank hat mich schlecht behandelt, und ich werde ihr in Kürze nicht mehr angehören ... Dennoch konnte er das Problem nicht einfach ignorieren. Noch war er Angestellter der Bank, noch bezog er am Monatsende sein Salär – und zumindest bis dahin schuldete er dem Bankhaus Pilaster Loyalität. Er mußte unbedingt etwas unternehmen.

Was hatte Tonio vor? Die Tatsache, daß er Hugh den Artikel vor der Veröffentlichung gezeigt hatte, ließ vermuten, daß er es auf einen Handel abgesehen hatte. »Was willst du?« fragte Hugh.

»Möchtest du, daß wir die Finanzierung des Salpeterhandels einstellen?«

Tonio schüttelte den Kopf. »Wenn die Pilasters sich aus der Sache

herausziehen, springt jemand anders ein – eine andere Bank mit
dickerem Fell. Nein, wir müssen geschickter vorgehen.«
»Du denkst an etwas Bestimmtes?«
»Die Mirandas planen den Bau einer Eisenbahn.«
»Ach ja, die Santamaria-Bahn.«
»Die Bahn wird Papa Miranda nach dem Präsidenten zum reich-
sten und mächtigsten Mann des Landes machen. Und Papa Mi-
randa ist ein Barbar und Menschenschinder. Ich möchte dieses
Bahnprojekt verhindern.«
»Und deshalb willst du diesen Artikel veröffentlichen.«
»Mehrere Artikel. Ich werde Informationsabende veranstalten,
Reden und Vorträge halten, versuchen, Unterhausabgeordnete
auf meine Seite zu ziehen, mich um einen Termin beim Außenmi-
nister bemühen – alles mit dem Ziel, die Finanzierung dieses
Bahnprojekts zu untergraben.«
Damit könntest du sogar Erfolg haben, dachte Hugh. Investoren
scheuten vor umstrittenen Projekten zurück. Tonio hatte sich tat-
sächlich enorm verändert. Aus dem jungen Luftikus, der von seiner Spielleidenschaft nicht loskam, war ein nüchtern denkender
Erwachsener geworden, der gegen die Mißhandlung von Berglou-
ten zu Felde zog.
»Und warum bist du zu mir gekommen?«
»Wir könnten das alles abkürzen. Sollte sich die Bank entschließen, die Eisenbahnanleihen nicht zu garantieren, dann verzichte
ich auf die Veröffentlichung des Artikels. Euch bliebe in diesem
Fall eine Menge höchst unangenehmer Publicity erspart, und ich
hätte meine Ziele ebenfalls erreicht.« Tonio lächelte verlegen. »Ich
hoffe, du hältst das nicht für Erpressung. Es ist schon ein bißchen
hart, das weiß ich, aber nicht annähernd so hart wie das Auspeitschen von Kindern in einer Salpetergrube.«
Hugh schüttelte den Kopf. »Nein, nein, du brauchst dich nicht
zu entschuldigen. Dein Kreuzzug dient einer guten Sache, und
ich bewundere deinen Eifer. Im übrigen bin ich von den Folgen,
die sich daraus für die Bank ergeben, nur mehr indirekt betroffen.
Ich stehe nämlich kurz vor der Kündigung.«
»Wirklich?« fragte Tonio erstaunt. »Wieso denn das?«

»Das ist eine lange Geschichte. Ich erzähl' sie dir ein andermal.
Das Fazit ist jedenfalls, daß ich in dieser Angelegenheit nur noch
eines tun kann: Ich kann die Teilhaber über deinen Vorschlag in
Kenntnis setzen. Sie müssen sich ein eigenes Bild machen und
schließlich entscheiden, wie sie darauf reagieren wollen. Ich bin
ziemlich sicher, daß sie auf meine Meinung keinen Wert legen.«
Er hielt noch immer Tonios Manuskript in der Hand. »Darf ich
das behalten?«
»Ja. Ich habe noch eine Abschrift.«
Die einzelnen Bögen trugen den Briefkopf eines Hotels Russe in
der Berwick Street in Soho. Hugh hatte diesen Namen noch nie
gehört – das Hotel gehörte keineswegs zu den besten Adressen in
London. »Wenn ich weiß, was die Teilhaber denken, gebe ich dir
sofort Bescheid.«
»Danke.« Tonio wechselte das Thema. »Es tut mir leid, daß sich
unser Gespräch bisher so ganz auf geschäftliche Dinge beschränkt
hat. Wir sollten uns unbedingt mal zusammensetzen und über die
alten Zeiten reden.«
»Du mußt meine Frau kennenlernen.«
»Ja, gerne.«
»Ich lasse von mir hören.«
Hugh verließ das Kaffeehaus und ging zurück zur Bank. Ein Blick
auf die große Uhr in der Halle überraschte ihn: Es war noch nicht
einmal ein Uhr. Soviel war an diesem Vormittag schon geschehen!
Ohne Umwege begab er sich zum Direktionszimmer, in dem er
Samuel, Joseph und Edward vorfand. Er gab Samuel Tonios Artikel; dieser las ihn und reichte ihn dann an Edward weiter.
Edward bekam einen Tobsuchtsanfall und war nicht imstande,
das Manuskript auch nur zu Ende zu lesen. Puterrot im Gesicht,
wies er mit dem Finger auf Hugh und schrie: »Das hast du doch
mit deinem alten Schulfreund zusammen ausgeheckt! Du ver-
suchst, unser gesamtes Südamerikageschäft zu ruinieren. Dahinter steckt nichts anderes als Eifersucht, weil man dich nicht zum
Teilhaber gemacht hat!«
Hugh verstand Edwards Hysterie. Der Südamerikahandel war
sein einziger nennenswerter Beitrag zum Bankgeschäft. Ohne ihn

war er nutzlos. Hugh seufzte. »Du warst schon in der Schule schwer von Begriff und bist es auch heute noch«, sagte er. »Die Frage, um die es hier geht, ist ganz einfach die, ob die Bank dafür verantwortlich sein will, daß Papa Miranda immer mehr Macht und Einfluß gewinnt – ein Mann wohlgemerkt, der offenbar ohne die geringsten Skrupel Frauen auspeitschen und Kinder ermorden läßt.«

»Das glaube ich nicht!« sagte Edward. »Die Silvas sind Feinde der Mirandas. Das ist nichts weiter als böswillige Propaganda.«

»Ja, das wird zumindest dein Freund Micky sagen, davon bin ich überzeugt. Ob es stimmt, ist eine andere Frage.«

Onkel Joseph musterte Hugh voller Argwohn. »Erst vor ein paar Stunden hast du hier in diesem Zimmer versucht, mir dieses Projekt auszureden. Ich muß mich in der Tat fragen, ob hier nicht ein Komplott vorliegt, mit dem Edwards erster großer Geschäftsabschluß als Teilhaber untergraben werden soll.«

Hugh erhob sich. »Wenn du meine Aufrichtigkeit in Zweifel ziehen willst, gehe ich sofort.«

Onkel Samuel mischte sich ein. »Setz dich, Hugh!« sagte er. »Ob diese Geschichte nun stimmt oder nicht, ist für uns gar nicht so interessant. Wir sind Bankiers, keine Richter. Die Tatsache, daß die Santamaria-Bahn umstritten ist, erhöht allerdings das Risiko der Anleihenemission. Wir werden uns also noch einmal damit befassen müssen.«

»Ich lasse mich nicht unter Druck setzen!« sagte Onkel Joseph aggressiv. »Dieser südamerikanische Schwätzer soll seinen Artikel ruhig veröffentlichen und sich danach zum Teufel scheren.«

»Ja, das wäre eine Möglichkeit«, erwiderte Samuel nachdenklich. Er nahm Josephs Streitlust ernster, als sie es verdiente. »Wir können einfach abwarten und zusehen, inwieweit sich der Artikel auf den Kurs bereits vorhandener südamerikanischer Wertpapiere auswirkt. Viele gibt es ja ohnehin nicht, aber als Indikatoren reichen sie allemal. Bricht ihr Kurs ein, sagen wir nein zur Santamaria-Bahn. Hält er sich, bleiben wir bei der Stange.«

Joseph hatte sich ein wenig beruhigt. »Ich habe nichts dagegen, die Entscheidung dem Markt zu überlassen«, sagte er.

»Wir müssen jedoch auch noch eine andere Option in Erwägung ziehen«, fuhr Samuel fort. »Wir könnten eine andere Bank zu einer gemeinsamen Anleihenemission überreden. In diesem Fall wäre die negative öffentliche Meinung nicht so gravierend, weil sie sich auf zwei Ziele verteilen würde.«

Das hat einiges für sich, dachte Hugh, obwohl er selbst diesen Vorschlag nicht unterstützt, sondern sich für eine ersatzlose Streichung der Anleihenemission ausgesprochen hätte. Immerhin minimalisierte Samuels Strategie das Risiko, und um nichts anderes ging es im Bankwesen. Samuel war ein wesentlich besserer Bankier als Joseph.

»In Ordnung!« verkündete Joseph mit der ihm eigenen Spontanität. »Edward, sieh zu, ob du einen Partner für uns auftreiben kannst!«

»An wen könnte ich mich denn wenden?« fragte Edward mit sichtlichem Unbehagen. Hugh erkannte, daß sein Vetter keine Ahnung hatte, wie man mit einem solchen Auftrag umging.

Es war Samuel, der Edward antwortete: »Es handelt sich um eine sehr umfangreiche Emission. Wenn ich's recht bedenke, gibt es nicht sehr viele Banken, die bereit wären, sich in Südamerika so stark zu engagieren. Du solltest es bei den Greenbournes probieren. Groß genug sind sie ja – und von daher vielleicht die einzigen, die sich auf ein solches Risiko einlassen. Du kennst doch Solly Greenbourne, nicht wahr?«

»Ja. Ich werd' mich mit ihm in Verbindung setzen.«

Soll ich Solly raten, Edwards Angebot abzulehnen? fragte sich Hugh und gab sich die Antwort gleich selbst: Nein, sie stellen mich als Nordamerika-Experten ein. Es wäre grundverkehrt, mit einem klugen Ratschlag über ein ganz anderes Gebiet meinen Einstand zu geben. Vielleicht gelingt es ja doch noch, Onkel Joseph das ganze Projekt auszureden ... Er entschloß sich zu einem letzten Versuch. »Warum lassen wir nicht gleich die Finger von dieser Santamaria-Bahn?« fragte er. »Das ist doch ein minderwertiges Geschäft. Überdurchschnittlich riskant war die Sache schon immer – und nun droht uns auch noch eine schlechte Presse. Haben wir das nötig?«

»Die Teilhaber haben ihre Entscheidung getroffen«, sagte Edward trotzig. »Es steht dir nicht zu, sie in Frage zu stellen.«

Hugh gab auf. »Du hast schon recht, Edward«, sagte er. »Ich bin kein Teilhaber. Im übrigen bin ich in Kürze auch kein Angestellter des Hauses mehr.«

Onkel Joseph runzelte die Stirn und sah ihn an. »Was soll das heißen?«

»Ich kündige.«

Joseph fuhr hoch. »Das kannst du nicht!«

»Selbstverständlich kann ich das. Ich bin ein einfacher Angestellter und wurde von dir entsprechend behandelt. Wie jedem Angestellten der Bank steht es mir frei, meine Kündigung einzureichen und mir anderswo eine bessere Stelle zu suchen.«

»Wo?«

»Wenn du's genau wissen willst: Ich werde für die Greenbournes arbeiten.«

Onkel Joseph starrte ihn an. Er sah aus, als wollten ihm gleich die Augäpfel aus den Höhlen kullern. »Aber du kennst doch all diese Nordamerikaner!«

»Ja, natürlich«, gab Hugh zurück. »Wahrscheinlich war Ben Greenbourne deshalb so interessiert an mir.« Eine gewisse Schadenfreude über Josephs unverhohlene Entrüstung konnte er sich nicht verkneifen.

»Aber da nimmst du uns ja soundso viele Aufträge weg!«

»Daran hättest du denken sollen, als du dein Angebot, mir die Teilhaberschaft zu geben, wieder zurücknahmst.«

»Wieviel zahlen sie dir?«

Hugh stand auf und wandte sich zum Gehen. »Das geht dich nichts an.«

»Wie kannst du es wagen, in einem solchen Ton mit meinem Vater zu sprechen!« keifte Edward.

Josephs Zorn zerplatzte wie eine Seifenblase, und zu Hughs Verblüffung war er auf einmal ganz ruhig. »Ach, halt doch den Mund, Edward!« bemerkte er milde. »Ein gewisses Maß an Verschlagenheit gehört nun einmal zu jedem guten Bankier. Manchmal wünschte ich mir, du wärest Hugh ein wenig ähnlicher. Er mag ja das schwarze Schaf der Familie sein, aber auf jeden Fall hat er Mumm in den Knochen.« Er wandte sich wieder Hugh zu und sagte ohne jede Boshaftigkeit: »Also los, zieh ab! Ich hoffe zwar, daß du furchtbar auf die Nase fällst, aber wetten würde ich keinen Penny darauf.«

»So gute Wünsche höre ich von deinem Zweig der Familie wahrscheinlich nie wieder«, gab Hugh zurück. »Guten Tag, meine Herren.«

»Und wie geht es der guten Rachel?« fragte Augusta, als sie Micky Tee einschenkte.

»Danke, gut«, sagte Micky. »Sie kommt vielleicht später nach.«

Tatsache war, daß er aus seiner Frau nicht mehr schlau wurde. Sie, die als Jungfrau in die Ehe gegangen war, benahm sich inzwischen wie eine Hure. Überall und jederzeit gab sie sich ihm hin, und jedesmal mit Begeisterung. Schon ganz zu Anfang hatte er sie einmal ans Kopfende des Bettes gefesselt, um jene Vision in die Tat umzusetzen, die ihn Jahre zuvor bei ihrem Anblick überkommen und erregt hatte, doch zu seiner heimlichen Enttäuschung hatte Rachel es bereitwillig mit sich geschehen lassen. Überhaupt hatte bisher nichts von dem, was er mit ihr anstellte, ihren Widerspruch erregt. Einmal hatte er sie sogar im Salon genommen, obwohl sie dort riskierten, jederzeit vom Personal überrascht zu werden, doch Rachel hatte auch diese Eskapade in vollen Zügen genossen.

In allen anderen Lebensbereichen war sie weniger fügsam. Ganz im Gegenteil. Sie stritt sich mit ihm über das Haus, das Personal, über Geld, Politik und Religion. Als er es satt hatte, ihr dauernd zu widersprechen, versuchte er, sie mit Nichtbeachtung zu strafen, und als auch das nichts half, verlegte er sich auf Beschimpfungen. Es war alles vergeblich. Sie litt an der Wahnvorstellung, das gleiche Recht auf Meinungsäußerung zu haben wie ein Mann.

»Ich hoffe, sie ist dir in deinem Beruf eine gute Hilfe«, sagte Augusta.

Micky nickte. »Sie ist eine gute Gastgeberin bei Empfängen und anderen offiziellen Anlässen«, sagte er. »Sehr aufmerksam und freundlich.«

»Auf dem Empfang für Botschafter Portillo hat sie mir ausgezeichnet gefallen«, bestätigte Augusta. Portillo war der Gesandte Portugals. Augusta und Joseph hatten an dem Empfang teilgenommen.

»Sie hat sich allerdings einen dämlichen Plan in den Kopf gesetzt«, sagte Micky, ohne seinen Unmut zu verhehlen. »Sie möchte eine Geburtsklinik für unverheiratete Frauen eröffnen.«

Augusta schüttelte mißbilligend den Kopf. »Das ist für eine Frau in ihrer gesellschaftlichen Stellung ganz und gar unmöglich. Außerdem gibt es bereits eine oder zwei solcher Einrichtungen.«

»Sie meint, das seien kirchliche Institutionen, die nichts anderes bezweckten, als den Frauen moralische Vorhaltungen zu machen. ›In meinem Haus wird nicht gepredigt‹, sagt sie.«

»Das wird ja immer schlimmer! Denk doch nur, was die Presse darüber schreiben wird!«

»Genau. Ich habe ihr das auch unmißverständlich zu verstehen gegeben.«

»Rachel ist ein glückliches Mädchen«, sagte Augusta und schenkte Micky ein intimes Lächeln.

Ihm fiel auf, daß Augusta mit ihm flirtete und er nicht darauf einging. Es war Rachels Schuld. Er liebte sie nicht, soviel stand fest, aber die Beziehung zu ihr forderte ihn und beanspruchte seine gesamte sexuelle Energie. Als Augusta ihm eine Tasse Tee reichte, ergriff er zum Ausgleich für seine Unaufmerksamkeit für einen Augenblick ihre Hand und sagte mit sanfter Stimme: »Sie schmeicheln mir.«

»Gewiß, gewiß. Aber du hast doch etwas auf dem Herzen, das spüre ich ganz deutlich.«

»Die gute Mrs. Pilaster! Scharfsichtig wie eh und je. Wie konnte ich mir nur einbilden, vor Ihnen etwas verbergen zu können?« Er ließ ihre Hand los und nahm seine Tasse. »Ja, es stimmt. Ich mache mir Gedanken wegen der Santamaria-Bahn.«

»Ich dachte, die Teilhaber hätten längst zugestimmt.«

»Haben sie auch. Aber diese Angelegenheiten brauchen so furchtbar lang, bis sie endlich arrangiert sind.«

»Die Finanzwelt dreht sich langsam.«

»Das sehe ich ja auch ein – aber meine Familie nicht. Mein Vater
schickt mir ein Kabel nach dem anderen. Ich verfluche schon den
Tag, an dem meine Nachricht in Santamaria eintraf.«

In diesem Moment platzte Edward herein. Er konnte es kaum
erwarten, seine Neuigkeiten loszuwerden. »Antonio Silva ist wieder hier!« rief er, noch ehe er die Tür hinter sich geschlossen
hatte.

Augusta erbleichte. »Woher weißt du das?«

»Hugh hat sich mit ihm getroffen.«

»Das ist ein schwerer Schlag«, konstatierte Augusta, und Micky
sah zu seiner Überraschung, daß ihre Hand zitterte, als sie die
Teetasse auf die Untertasse stellte.

»Und David Middleton läuft immer noch herum und stellt lästige
Fragen«, ergänzte Micky, der sich an Middletons Gespräch mit
Hugh auf dem Ball der Herzogin von Tenbigh erinnerte. Micky
gab sich besorgt, obwohl er mit der Nachricht gar nicht so unzufrieden war.

Es konnte nichts schaden, wenn Edward und Augusta von Zeit zu
Zeit an das schlimme Geheimnis erinnert wurden, das sie mit ihm
teilten.

»Das ist noch nicht alles«, sagte Edward. »Antonio versucht, die
Emission der Santamaria-Anleihen zu sabotieren.«

Micky zog die Brauen zusammen. In Cordoba hatte sich Tonios
Familie gegen das Bahnprojekt gewandt, doch hatte sich Präsi-
dent Garcia über ihren Einspruch hinweggesetzt. Was wollte
Tonio also hier in London erreichen?

Augusta beschäftigte die gleiche Frage. »Was kann er hier schon
tun?«

Edward reichte seiner Mutter ein Manuskript. »Lies das!«

»Was ist das?« fragte Micky.

»Ein Artikel über die Salpetergruben deiner Familie, den Tonio
in der *Times* veröffentlichen möchte.«

Rasch überflog Augusta die Seiten.

»Er bezeichnet das Leben der Grubenarbeiter als unerfreulich und gefährlich«, sagte sie spöttisch. »Wer hat denn je behauptet, es wäre ein Gartenfest?«

»Da steht auch drin, daß Frauen ausgepeitscht und Kinder erschossen werden«, sagte Edward.

»Und was hat das mit eurer Anleihenemission zu tun?«

»Mit der Bahn soll der Salpeter in die Hauptstadt transportiert werden. Investoren mögen keine umstrittenen Projekte. Viele von ihnen scheuen schon ganz allgemein vor südamerikanischen Anleihen zurück. So was wie das hier könnte ihnen den Rest geben.«

Micky war erschüttert. Diese Nachricht klang äußerst bedrohlich.

»Was sagt denn dein Vater dazu?« fragte er Edward.

»Wir bemühen uns, eine andere Bank zu finden und die Sache mit ihr gemeinsam durchzuziehen. Tonio soll seinen Artikel ruhig veröffentlichen. Wir warten erst einmal ab. Wenn das öffentliche Aufsehen zu einem Kurssturz bei südamerikanischen Wertpapieren führt, werden wir die Santamaria-Bahn vollends aufgeben müssen.«

Zur Hölle mit diesem Tonio! dachte Micky. Der Bursche ist ganz schön gewieft – und Papa ist ein Idiot! Führt diese Gruben wie ein Sklavenlager und bildet sich dann noch ein, damit ließe sich in der zivilisierten Welt Geld auftreiben ...

Aber was sollte er, Micky, in dieser Situation tun? Er zermarterte sich das Gehirn. Auf jeden Fall mußte Tonio zum Schweigen gebracht werden. Mit Überredung oder Bestechung war bei ihm nichts zu machen. Micky wurde kalt ums Herz, als ihm klar wurde, daß er diesmal zu rauheren, gefährlicheren Methoden würde greifen müssen.

Er mimte den Besonnenen. »Darf ich den Artikel mal sehen, bitte?«

Augusta reichte ihm das Manuskript.

Das erste, was ihm auffiel, war die Hotelanschrift auf dem Briefkopf. In einem unbekümmerten Ton, der seinen wahren Gefühlen in keiner Weise entsprach, sagte er: »Was habt ihr denn? Das ist doch überhaupt kein Problem.«

»Aber du hast den Artikel doch noch gar nicht gelesen!« protestierte Edward.

»Das erübrigt sich. Ich habe die Adresse gesehen, das genügt.«

»Und?«

»Wir wissen jetzt, wo er zu finden ist«, sagte er. »Also können wir
uns um ihn kümmern. Ihr könnt diese Sache ruhig mir überlassen.«

Solly liebte es, Maisie beim Anziehen zuzuschauen.

Jeden Abend warf sie sich ihren Frisiermantel über, rief ihre Zofen und ließ sich von ihnen das Haar hochstecken und mit Blumen, Federn oder Perlen durchwirken. Dann schickte sie die Mädchen wieder fort und wartete auf ihren Ehemann.

Heute abend wollten sie ausgehen, wie fast jeden Abend. Während der Londoner Saison blieben sie nur zu Hause, wenn sie selbst einen Empfang gaben. Zwischen Ostern und Ende Juli waren sie beim Abendessen nicht ein einziges Mal allein.

Solly kam gegen halb sieben in Smokinghose und weißer Weste und hielt ein Glas Champagner in der Hand. Maisies Haar war für diesen Abend mit gelben Seidenblumen geschmückt. Sie schlüpfte aus ihrem Morgenmantel, drehte vor dem Spiegel für Solly splitterfasernackt eine Pirouette und begann sich anzukleiden.

Als erstes zog sie sich ein Leinenhemd über, dessen Ausschnitt mit einem Blumenmuster gesäumt war. An den Schultern befanden sich Seidenbändchen, mit denen das Hemd an ihr Kleid gebunden wurde, so daß es unsichtbar blieb. Maisie streifte sich feine weiße Wollstrümpfe über, befestigte sie knapp oberhalb der Knie mit elastischen Strumpfbändern und stieg in ein knielanges, locker sitzendes Damenhöschen aus Baumwollbatist mit Schnürbund und hübscher Borte an den Säumen. Dann schlüpfte sie in ihre Abendschuhe aus gelber Seide.

Solly nahm Maisies Korsett vom Rahmen, half ihr hinein und schnürte die Bänder auf dem Rücken zu. Die meisten Frauen waren beim Ankleiden auf die Hilfe von ein oder zwei Zofen angewiesen. Solly jedoch, der um nichts auf der Welt auf das Vergnügen des Zusehens verzichten wollte, hatte sich selbst mit den nötigen Handgriffen vertraut gemacht.

Krinolinen und Turnüren waren aus der Mode gekommen. Um die Schleppe des Kleides zu stützen, trug Maisie statt dessen einen Baumwollpetticoat mit gekräuselter Schleppe und gerüschtem Saum. Der Petticoat wurde auf dem Rücken mit einer Schleife gehalten, die Solly für sie band.

Nun war sie endlich so weit, daß sie das Kleid anziehen konnte. Es bestand aus gelbweiß gestreiftem Seidentaft. Das lose fallende Oberteil, das ihren großen Brüsten schmeichelte, wurde über der Schulter von einer Schleife zusammengehalten. Auch der Rest des Kleides war locker geschnitten und an der Taille, an den Knien und am Saum gerafft. Es zu bügeln kostete das dafür zuständige Mädchen einen ganzen Tag.

Maisie setzte sich auf den Boden. Solly hob das Kleid über sie, so daß sie wie in einem Zelt darunter saß. Maisie stand vorsichtig auf, schlüpfte mit Kopf und Armen durch die dafür vorgesehenen Öffnungen und half schließlich Solly dabei, den Faltenwurf in die richtige Ordnung zu bringen.

Als dies zu ihrer Zufriedenheit erledigt war, öffnete sie ihre Schmuckschatulle und entnahm ihr ein Halsband aus Diamanten und Smaragden sowie dazu passende Ohrringe, die Solly ihr zum ersten Hochzeitstag geschenkt hatte. Als sie sie anlegte, sagte er: »Wir werden von nun an unseren alten Freund Hugh Pilaster wieder sehr viel öfter zu sehen bekommen.«

Maisie unterdrückte einen Seufzer. Sollys Arglosigkeit konnte anstrengend sein. Ein normaler, mißtrauischer Ehemann hätte die gegenseitige Anziehung zwischen Maisie und Hugh längst gespürt und wäre jedesmal, wenn auch nur der Name des Nebenbuhlers fiel, aus der Haut gefahren. Aber Solly war ein Unschuldslamm und ahnte nicht, daß er ihr die Versuchung gleichsam auf dem Silbertablett servierte ... »Wieso? Was ist denn geschehen?« fragte sie in neutralem Ton.

»Er wird bei uns in der Bank arbeiten.«

Das war ja gar nicht so schlimm. Maisie hatte insgeheim schon fast gefürchtet, Solly habe Hugh vorgeschlagen, bei ihnen im

Haus zu wohnen. »Warum verläßt er denn die Pilasters? Ich
dachte, er wäre so erfolgreich.«

»Sie haben ihm die Teilhaberschaft verweigert.«

»O nein!« Niemand kannte Hugh besser als Maisie. Sie wußte
genau, was er hatte ertragen müssen, weil sein Vater Bankrott
gemacht und Selbstmord begangen hatte. Die Verweigerung der
Teilhaberschaft mußte ihn schwer getroffen haben. »Diese Pilasters sind eine niederträchtige, engherzige Familie«, sagte sie impulsiv.

»Der Grund dafür war seine Frau.«

Maisie nickte. »Das überrascht mich nicht.« Sie hatte den Vorfall
auf dem Ball der Herzogin von Tenbigh miterlebt. So wie sie die
Pilasters kannte, hielt sie es nicht für ausgeschlossen, daß Augusta
die ganze Sache inszeniert hatte, um Hugh zu diskreditieren.

»Nora kann einem direkt leid tun.«

»Mmmm ...« Maisie hatte Nora einige Wochen vor der Hochzeit
kennengelernt und sie spontan unsympathisch gefunden, ja sie
hatte Hugh sogar verletzt, indem sie ihn vor Noras Herzlosigkeit
und Geldgier warnte und ihm von der Ehe abriet.

»Wie dem auch sei, ich habe Hugh gesagt, du könntest ihr vielleicht helfen.«

»Was?« fragte Maisie scharf und wandte sich vom Spiegel ab. »*Ich*
soll ihr helfen?«

»Sie rehabilitieren, ja. Du weißt doch, wie es ist, wenn man wegen
seiner Herkunft geschnitten wird. Dir ist es gelungen, all diese
Vorurteile zu überwinden.«

»Und jetzt soll ich bei jeder dahergelaufenen Gossengöre, die in
die bessere Gesellschaft einheiratet, dasselbe bewirken, wie?« gab
Maisie erbost zurück.

»Da habe ich offensichtlich einen Fehler gemacht«, meinte Solly
betrübt. »Ich dachte, du würdest ihr *gerne* helfen. Du hast Hugh
doch immer so gemocht.«

Maisie ging zum Schrank, um ihre Handschuhe zu holen. »Es
wäre mir lieber gewesen, du hättest mich gefragt, bevor du so
bereitwillig meine Hilfe anbotest.« Sie öffnete den Schrank. Auf
der Innenseite hing in einem Holzrahmen das alte Plakat, das sie

an ihre Zirkuszeit erinnerte: Maisie im Trikot auf einem Schimmel, darunter in großen Lettern die Schlagzeile: »Die phantastische Maisie«. Das Bild fegte ihre schlechte Laune fort. Unvermittelt schämte sie sich. Sie stürzte auf Solly zu und schlang die Arme um ihn. »Ach, Solly, wie konnte ich nur so undankbar sein?«

»Na, na«, murmelte er und streichelte ihre bloßen Schultern.

»Du warst immer so nett und großherzig zu mir und meiner Familie. Für dich werde ich es natürlich tun, wenn du es wünschst.«

»Es liegt mir fern, dich zu irgend etwas zu zwingen ...«

»Nein, du zwingst mich zu gar nichts. Warum soll ich ihr nicht helfen, das zu erreichen, was ich auch erreicht habe?« Sie sah ihrem Ehemann ins pausbäckige, im Augenblick von einigen Kummerfalten zerfurchte Gesicht und streichelte seine Wange. »Mach dir keine Sorgen«, fuhr sie fort. »Ich war vorübergehend entsetzlich selbstsüchtig, aber das ist schon wieder vorbei. Geh und zieh dir dein Jackett an. Ich bin fertig.« Sie hob sich auf die Zehenspitzen und küßte ihn auf die Lippen; dann wandte sie sich ab und streifte ihre Handschuhe über.

Maisie wußte genau, was sie so sehr auf die Palme gebracht hatte. Die Situation entbehrte nicht einer bitteren Ironie: Man bat sie, Nora auf die Rolle der Mrs. Hugh Pilaster vorzubereiten – eine Stellung, die sie selbst so gerne eingenommen hätte. Im tiefsten Innern ihres Herzens wollte sie noch immer Hughs Frau sein. Sie haßte Nora, weil diese gewonnen hatte, was ihr verlorengegangen war, doch empfand sie diese Einstellung auf einmal als schäbig und nahm sich vor, sich zu bessern. Ich sollte eigentlich froh sein, daß Hugh endlich geheiratet hat, dachte sie. Er war lange Zeit sehr unglücklich, nicht zuletzt durch meine Schuld. Jetzt brauche ich mir seinetwegen keine Sorgen mehr zu machen ... Ihr war, als habe sie einen schweren Verlust erlitten, und das Gefühl, das sich ihrer bemächtigte, erinnerte an tiefe Trauer. Aber es gelang ihr, es in sich zu verschließen wie in einer stillen Kammer, zu der niemand Zutritt hatte. Und nun wollte sie sich mit Energie und Zuversicht ihrer neuen Aufgabe widmen, die darin bestand, Nora Pilaster in der Londoner High Society wieder hoffähig zu machen.

Solly, der sich inzwischen sein Jackett angezogen hatte, holte sie
ab. Gemeinsam begaben sie sich ins Kinderzimmer. Bertie war
bereits im Nachthemd und spielte mit einer hölzernen Modell-
eisenbahn. Jedesmal, wenn sie ausgingen, wollte er Maisie unbedingt in ihrem Abendkleid sehen und wäre sehr enttäuscht gewesen, hätte sie es einmal unterlassen, sich ihm zu zeigen. Jetzt
erzählte er ihr, was er am Nachmittag im Park erlebt hatte: Er
hatte mit einem großen Hund Freundschaft geschlossen. Solly ließ
sich auf dem Boden nieder und spielte eine Weile Eisenbahn mit
ihm. Dann war es Zeit für Bertie, ins Bett zu gehen, und Maisie
und Solly machten sich auf den Weg. Ihre Kutsche war bereits
vorgefahren.

Eine Dinnerparty und ein Ball standen heute auf dem Programm. Keiner der beiden Veranstaltungsorte lag weiter als eine
halbe Meile von ihrem Haus am Piccadilly entfernt, doch Maisie
konnte in ihrem erlesenen Kleid keine Fußmärsche unternehmen: Saum, Schleppe und Seidenschuhe wären lange vor dem
Ziel unansehnlich und schmutzig geworden. Der Gedanke, daß
dasselbe Mädchen, das einmal einen viertägigen Fußmarsch
nach Newcastle unternommen hatte, inzwischen keine halbe
Meile mehr ohne Kutsche zurücklegen konnte, erheiterte Maisie
immer noch.

Die erste Gelegenheit, mit ihrem Rehabilitationsfeldzug für Nora
zu beginnen, bot sich schon kurze Zeit später. Im Salon ihres
Gastgebers, des Marquis von Hatchford, lief ihr alsbald der Graf
de Tokoly über den Weg. Sie kannte ihn recht gut, und da er stets
mit ihr zu flirten pflegte, hatte sie keine Scheu, ihn direkt auf den
Vorfall anzusprechen. »Ich möchte, daß Sie Nora Pilaster die
Ohrfeige verzeihen«, sagte sie.

»Verzeihen?« erwiderte er. »Ich bin doch geschmeichelt! Wenn
man in meinem Alter eine junge Dame noch so erregen kann, daß
sie einem ins Gesicht schlägt, dann empfindet man das als großes
Kompliment.«

Als es geschah, warst du ganz anderer Meinung, dachte Maisie.
Gleichwohl war sie froh, daß er die Sache inzwischen gelassener
sah.

»Hätte sie mich nicht ernst genommen«, fuhr er fort, »dann hätte ich das in der Tat als Beleidigung auffassen müssen.«

Es wäre genau die richtige Reaktion gewesen, dachte Maisie. »Sagen Sie, hat Augusta Pilaster Sie dazu ermuntert, mit Nora anzubandeln?« fragte sie ihn.

»Eine schauderhafte Vorstellung!« erwiderte er. »Mrs. Joseph Pilaster eine Kupplerin! Nein, davon kann überhaupt keine Rede sein.«

»Steckt vielleicht jemand anderes dahinter?«

Graf de Tokoly kniff die Augen zusammen und sah Maisie an. »Sie sind schlau, Mrs. Greenbourne, das habe ich Ihnen immer hoch angerechnet. Nora Pilaster wird Ihnen nie das Wasser reichen können.«

»Sie haben meine Frage noch nicht beantwortet.«

»Weil ich Sie sehr bewundere, will ich Ihnen die Wahrheit nicht vorenthalten: Der Botschafter von Cordoba, Señor Miranda, verriet mir, daß Nora – nun, sagen wir einmal – ›empfänglich‹ wäre ...«

Also so lief das ... »Und hinter Micky Miranda steckt Augusta, da bin ich mir ganz sicher. Die beiden stecken doch unter einer Decke.«

Graf de Tokoly war pikiert. »Ich hoffe doch sehr, daß man mich nicht als Mittel zum Zweck benutzt hat.«

»Menschen, deren Handlungsweise so berechenbar ist wie die Ihre, müssen immer mit diesem Risiko rechnen«, gab Maisie spitz zurück.

Am nächsten Tag nahm sie Nora mit zu ihrer Schneiderin.

Während Nora eine Reihe von Kleidern aus verschiedenen Stoffen und Modestilen anprobierte, erfuhr Maisie mehr über die Hintergründe des Zwischenfalls beim Ball der Herzogin von Tenbigh. »Hat Ihnen Augusta vorher erzählt, was für ein Mensch der Graf de Tokoly ist?« fragte sie.

»Ja«, erwiderte Nora, »sie sagte, ich dürfe keinesfalls zulassen, daß er sich mir gegenüber irgendwelche Freiheiten herausnähme.«

»So waren Sie sozusagen auf ihn vorbereitet.«

»Ja.«

»Angenommen, Augusta hätte nichts gesagt – wäre Ihre Reaktion genauso ausgefallen?«

Nora dachte einen Augenblick nach, bevor sie antwortete: »Geschlagen hätte ich ihn wahrscheinlich nicht. Das hätte ich mich einfach nicht getraut. Doch Augusta hatte mir eingeredet, es sei sehr wichtig, ihm seine Grenzen zu zeigen.«

Maisie nickte. »Da haben wir's. Sie hat diesen Vorfall provoziert. Übrigens hat ein Vertrauter von ihr dem Grafen Tokoly eingeredet, er habe mit Ihnen leichtes Spiel.«

»Sind Sie sich da sicher?« fragte Nora überrascht.

»Er hat es mir persönlich bestätigt. Augusta ist ein ausgekochtes, absolut skrupelloses Luder.« Maisie merkte, daß sie in ihren nordenglischen Dialekt verfallen war – was nur noch sehr selten vorkam –, riß sich zusammen und sprach in normalem Tonfall weiter. »Sie dürfen ihre Heimtücke niemals unterschätzen.«

»Vor der habe ich keine Angst«, gab Nora trotzig zurück. »Dazu bin ich selber viel zu skrupellos.«

Das glaubte ihr Maisie ohne weiteres – und unwillkürlich tat es ihr leid um Hugh.

Ein Rüschenkleid ist genau das richtige für sie, dachte Maisie, als die Schneiderin ein Kleid um Noras üppige Figur drapierte und absteckte. Der Schnickschnack paßte zu ihrem hübschen Gesicht; die Schleifchen über der Büste, die Rüschen und Börtchen, der hinten geraffte, mit Volants besetzte Rock standen ihr gut. Vielleicht war Nora ein wenig zu üppig gebaut, doch jeder möglichen Neigung zum Wabbeln und Schwabbeln ließ sich mit einem langen Korsett vorbeugen.

»Ein hübsches Aussehen ist die halbe Miete«, sagte Maisie, als Nora sich im Spiegel bewunderte, »und was die Männer betrifft, ist es im Grunde das einzige, worauf es ankommt. Wenn Sie von den Frauen akzeptiert werden wollen, müssen Sie allerdings auch auf andere Dinge achten.«

»Ich komme eigentlich mit Männern immer besser zurecht als mit Frauen«, sagte Nora, was Maisie nicht überraschte: Es gab solche Typen, und Nora gehörte offenkundig dazu.

»Ihnen muß es doch ebenso ergehen. Deshalb haben wir es beide so weit gebracht.«

Sind wir uns wirklich so ähnlich? fragte sich Maisie. »Nicht daß ich mich mit Ihnen auf die gleiche Stufe stellen will«, fuhr Nora fort. »Aber es ist nun einmal so, daß Sie von jedem ehrgeizigen Mädchen in London beneidet werden.«

Die Vorstellung, unter den auf gute Partien erpichten Frauen als Heldin und Vorbild zu gelten, ließ Maisie erschrocken zusammenfahren. Man kann es ihnen kaum verdenken, dachte sie betroffen und verzichtete auf Widerspruch. Nora hatte des Geldes wegen geheiratet, und weil sie Maisie automatisch dieselben Motive unterstellte, gab sie es ihr gegenüber auch unumwunden zu. Und recht hatte sie obendrein.

»Ich will mich ja nicht beklagen«, plapperte Nora weiter, »aber ich habe nun einmal das schwarze Schaf der Familie erwischt, dasjenige ohne Eigenkapital. Sie dagegen haben einen der reichsten Männer der Welt geheiratet.«

Du würdest dich wundern, wenn du wüßtest, wie gerne ich mit dir tauschen würde, dachte Maisie. Doch dann schlug sie sich den Gedanken rasch wieder aus dem Kopf und sagte sich: Sei's drum – Nora und ich sind wie zwei Seiten derselben Medaille, und ich werde mein Möglichstes tun, damit sie in den Kreisen der Snobs und Intrigantinnen, die unsere Gesellschaft beherrschen, Anerkennung findet.

»Sprechen Sie niemals über irgendwelche Kosten«, begann sie und dachte an ihre eigenen Fehler in der Anfangsphase. »Bewahren Sie in allen Lebenslagen Ruhe und Gleichmut, egal, was im einzelnen passiert. Angenommen, Ihr Kutscher erleidet einen Herzinfarkt, die Kutsche bricht zusammen, der Wind weht Ihren Hut davon, und Ihr Schlüpfer rutscht – sagen Sie lediglich: ›Du meine Güte, wie aufregend!‹ und steigen in die nächste Droschke. Denken Sie immer daran, daß das Land besser ist als die Stadt und Müßiggang besser als Arbeit. Man zieht Althergebrachtes stets dem Neuen vor, und Herkunft und Rang sind höher einzuschätzen als Geld. Achten Sie darauf, daß Sie von allem ein bißchen wissen, vermeiden Sie es aber unter allen Umständen, als

Expertin zu gelten. Sprechen Sie, ohne die Lippen zu bewegen –
dadurch wird Ihr Akzent besser. Und erzählen Sie überall, daß
Ihr Urgroßvater Farmer in Yorkshire war: Yorkshire ist zu groß,
als daß irgendwer Ihre Behauptung nachprüfen könnte, und
Landwirtschaft ist eine ehrenhafte Erklärung für später erfolgte
Verarmung.«

Nora warf sich in Positur, wandte den Blick ins Ungewisse und
sagte in gedehntem Tonfall: »Du meine Güte, das soll ich mir alles
merken? Wie soll ich das je schaffen?«

»Na bitte«, erwiderte Maisie. »Sie sind genau auf dem richtigen
Weg.«

Durch einen leichten Mantel vor der empfindlichen Kühle des
Frühlingsabends geschützt, stand Micky in der Toreinfahrt eines
Hauses in der Berwick Street und rauchte eine Zigarre. Aufmerksam beobachtete er das Treiben auf der Straße. Zwar brannte in
seiner Nähe eine Gaslaterne, doch hatte er sich einen Platz im
Schatten ausgesucht, um nicht von einem Passanten erkannt zu
werden. Er war voller Unruhe und Unzufriedenheit mit sich
selbst, und er kam sich schmutzig vor. Gewalt gehörte zu Papas
und Paulos Arsenal; er selbst mochte sie nicht und sah in ihr stets
ein Eingeständnis des eigenen Versagens.

Berwick Street war eine schmale, schmutzige Gasse mit zahlreichen billigen Kneipen und Pensionen. Hunde durchstöberten die
Abfälle im Rinnstein, und im Licht der Gaslaterne tummelten
sich ein paar kleine Kinder. Micky hatte seinen Posten schon bei
Einbruch der Dunkelheit bezogen und bislang noch keinen einzigen Polizisten gesehen. Inzwischen war es fast Mitternacht.

Ihm gegenüber, auf der anderen Straßenseite, befand sich das
Hotel *Russe*. Es hatte schon bessere Zeiten gesehen und hob sich
noch immer deutlich von seiner Umgebung ab. Über der Tür
brannte eine Lampe, und im Inneren konnte Micky eine Lobby
mit einem Empfangstisch erkennen, der jedoch im Augenblick
nicht besetzt zu sein schien.

Auf dem Bürgersteig gegenüber, links und rechts vom Eingang des Hotels, lungerten zwei weitere Männer herum. Alle drei warteten sie auf Antonio Silva.

Vor Edward und Augusta hatte Micky den Besonnenen gespielt. In Wirklichkeit machte er sich entsetzliche Sorgen wegen des Artikels, den Tonio in der *Times* publizieren wollte. Was hatte er nicht alles getan, um die Pilasters zur Finanzierung der Santamaria-Bahn zu bewegen! Sogar dieses Luder Rachel hatte er wegen der verdammten Anleihen geheiratet. Seine gesamte Karriere hing vom Erfolg des Projekts ab. Wenn er die Erwartungen seiner Familie in dieser Angelegenheit nicht erfüllte, würde Papa toben – und nicht nur das: Er würde sich an seinem Sohn rächen. Papa war mächtig genug, um Mickys Entlassung aus dem Botschafteramt durchzusetzen. Ohne Geld und Stellung, das stand so gut wie fest, konnte Micky kaum in London bleiben. Der einzige Weg, der ihm dann noch offenstand, war die Rückkehr in die Heimat, wo ihn ein demütigender Empfang und der Sturz in Ungnade erwarteten. Dann wäre es mit dem schönen Leben in London, das er seit vielen Jahren genoß, ein für allemal vorbei.

Rachel hatte ihn gefragt, wo er den Abend verbringen wolle, aber Micky hatte sie nur ausgelacht. »Versuche nie, mich auszuhorchen«, hatte er gesagt.

Worauf sie ihm zu seiner Verblüffung die Antwort gab: »Dann werde ich heute abend ebenfalls ausgehen.«

»Wohin?«

»Versuche nie, mich auszuhorchen!«

Worauf Micky sie in ihrem Schlafzimmer eingesperrt hatte.

Er wußte, daß Rachel ihn bei seiner Rückkehr wie eine Furie empfangen würde, aber das störte ihn nicht sonderlich. Es wäre nicht das erste Mal. Bei früheren Gelegenheiten hatte er die Wütende gepackt, sie aufs Bett geworfen und ihr die Kleider vom Leib gerissen, und jedesmal hatte sie sich ihm nur allzu bereitwillig unterworfen. Das wird heute nicht anders sein, dachte er und machte sich weiter keine Gedanken darüber.

Was Tonio betraf, so war er sich seiner Sache weit weniger sicher. Er konnte nicht einmal mit Bestimmtheit sagen, daß der Mann nach wie vor in diesem Hotel wohnte. Einfach hineinzugehen und sich an der Rezeption nach ihm zu erkundigen war unmöglich, wenn man sich nicht verdächtig machen wollte.

Obwohl er sofort reagiert und alles getan hatte, was in seiner Macht stand, waren doch achtundvierzig Stunden verstrichen, bis es ihm gelungen war, zwei hartgesottene Schlägertypen aufzutreiben und anzuwerben, die Lage vor Ort zu erkunden und den Hinterhalt zu organisieren. In der Zwischenzeit mochte Tonio das Quartier gewechselt haben, und wenn das zutraf – dann gute Nacht.

Einerseits: Ein vorsichtiger Mann würde selbstverständlich alle paar Tage das Hotel wechseln. Andererseits: Nur ein unvorsichtiger Mann benutzte Briefpapier mit aufgedruckter Adresse. Tonio ist nie besonders vorsichtig gewesen, dachte Micky, ganz im Gegenteil. Höchstwahrscheinlich wohnt er immer noch in diesem Hotel.

Er sollte recht behalten mit seiner Vermutung, denn einige Minuten nach Mitternacht tauchte Tonio endlich auf.

Micky glaubte, die Gestalt, die, aus Richtung Leicester Square kommend, in die Berwick Street einbog, schon am Gang zu erkennen, widerstand jedoch der Versuchung, sofort zuzuschlagen. Er wartete ab, bis das Gesicht des Mannes im Lichtkegel einer Gaslaterne vorübergehend deutlich zu erkennen war. Ja, es handelte sich zweifellos um Tonio. Micky konnte sogar die karottenrote Farbe der Koteletten erkennen. Er empfand eine gewisse Erleichterung, aber auch gesteigerte Unruhe. Die Erleichterung rührte daher, daß Tonio endlich aufgekreuzt war; die Unruhe erwuchs aus dem Gedanken an den ebenso brutalen wie gefährlichen Anschlag, der nun unmittelbar bevorstand.

Dann entdeckte er die Polizisten.

Soviel Pech war einfach unglaublich. Die Ordnungshüter, beide mit Helm und Pelerine, hatten die Berwick Street vom anderen Ende her betreten, kamen Tonio also entgegen. Sie trugen jeder einen Schlagstock am Gürtel und leuchteten mit ihren Blendlaternen in alle dunklen Winkel. Micky stand wie vom Schlag gerührt. Da war einfach nichts zu machen. Die beiden Polizisten sahen ihn, sahen seinen Zylinder und die Zigarre und nickten ihm ehrerbietig zu: Was einen Herrn aus der Oberschicht bewegte, sich mitten in der Nacht in einer Toreinfahrt herumzudrücken, ging sie nichts an – sie jagten Ganoven, keine Gentlemen. Ungefähr fünfzehn Meter vor dem Hoteleingang gingen sie an Tonio vorüber. Micky konnte vor Ärger und Enttäuschung kaum noch an sich halten. Nur noch wenige Augenblicke, und Tonio war in seinem Hotel verschwunden und in Sicherheit.

Da bogen die beiden Polizisten um die Ecke und waren nicht mehr zu sehen.

Micky gab seinen Komplizen einen Wink.

Sie traten sofort in Aktion.

Kurz bevor Tonio den Hoteleingang erreichte, packten sie ihn und schleppten ihn in den dunklen Durchgang neben dem Gebäude. Tonio konnte nur einen kurzen Schrei ausstoßen, jeder weitere wurde erstickt.

Micky warf seinen Zigarrenstummel fort, überquerte die Straße und trat in den Durchgang. Die Männer hatten Tonio mit einem Schal geknebelt und hieben mit Eisenrohren auf ihn ein. Sein Hut lag am Boden; Kopf und Gesicht waren bereits blutüberströmt. Zwar war sein Körper durch den Mantel, den er trug, notdürftig geschützt, doch zielten die Schläger hauptsächlich auf seine Knie, die Schienbeine und die ungeschützten Hände.

Micky wurde bei dem Anblick übel. »Hört auf, ihr Idioten!« zischte er sie an. »Seht ihr denn nicht, daß er genug hat?« Er wollte nicht, daß sie Tonio umbrachten. So, wie die Dinge standen, ließ sich der Vorfall noch als mehr oder weniger alltäglicher, wenn auch besonders brutaler Raubüberfall verkaufen. Ein Mord würde sehr viel mehr Aufsehen erregen – und die Polizisten hatten immerhin einen Augenblick lang Mickys Gesicht gesehen.

Mit sichtlichem Widerwillen ließen die Schläger von ihrem blutigen Geschäft ab. Tonio sackte zu Boden und rührte sich nicht mehr.

»Räumt ihm die Taschen aus!« raunte Micky den Kerlen zu.

Sie nahmen ihm Kette und Uhr, ein kleines Buch, ein paar Münzen, ein seidenes Taschentuch und einen Schlüssel ab.

»Her mit dem Schlüssel!« forderte Micky. »Der Rest ist für euch.«

»Her mit dem Geld!« erwiderte der ältere der beiden Schläger, ein Mann mit dem Namen Barker, dessen Bedeutung – Beller – ihm den Spitznamen »Dog« – Hund – eingebracht hatte..

Micky gab beiden je zehn Pfund in Goldsovereigns.

Dog händigte ihm den Schlüssel aus. An einer dünnen Schnur hing daran ein Stückchen Karton, auf dem in ungelenker Schrift die Zahl elf geschrieben stand. Das war alles, was Micky brauchte.

Micky drehte sich um. Er wollte schon aus dem Schatten des Durchgangs wieder auf die Straße treten, als er bemerkte, daß sie beobachtet wurden. Auf der Straße stand ein Mann und glotzte sie an. Micky schlug das Herz bis zum Hals.

Sekunden später erblickte auch Dog den Mann. Er fluchte und hob seine Eisenstange, als wollte er den Mann auf der Stelle niederschlagen. Doch Micky wußte inzwischen Bescheid und fiel ihm in den Arm. »Laß das«, sagte er. »Es erübrigt sich. Sieh ihn dir doch an.«

Der Beobachter hatte einen schiefen Mund und blickte stier vor sich hin. Es war ein Schwachsinniger.

Dog ließ den Arm mit der Waffe sinken. »Der tut uns nichts«, sagte er. »Der hat ja nicht alle Tassen im Schrank.«

Micky drängte sich an ihm vorbei auf die Straße. Als er zurücksah, bekam er noch mit, daß Dog und sein Kumpel Tonio die Stiefel auszogen.

Hoffentlich sehe ich diese Kerle nie wieder, dachte er, als er sich mit schnellen Schritten vom Tatort entfernte.

Er betrat das Hotel *Russe*. Zu seiner Erleichterung war die Rezeption in der kleinen Lobby noch immer nicht besetzt. Er ging die Treppe hinauf.

Das Hotel bestand aus drei ehemaligen Häusern, die man zu einem einzigen umgebaut hatte. Micky brauchte eine Weile, ehe er sich zurechtfand, doch schon Minuten später entdeckte er Zimmer elf, schloß auf und schlüpfte hinein.

Es war ein mit Möbeln vollgestopftes, enges und verdrecktes Zimmer. Die Einrichtung hatte schon bessere Zeiten gesehen, wirkte

inzwischen aber nur noch schäbig und heruntergekommen. Micky
legte Hut und Stock auf einem Stuhl ab und fing an, das Zimmer
rasch und methodisch zu durchsuchen. Im Schreibtisch fand er
eine Abschrift des Artikels für die *Times* und nahm sie an sich.
Viel wert war sie allerdings nicht. Er mußte davon ausgehen, daß
Tonio noch andere Abschriften besaß – und selbst wenn es die
einzige war, durfte es ihm kaum Schwierigkeiten bereiten, den
Artikel aus dem Gedächtnis noch einmal zu schreiben. Um jedoch
eine Veröffentlichung durchzusetzen, bedurfte es konkreter Be-
weisstücke, und hinter diesen Beweisen war Micky her.

In einer Schubladenkommode fand er einen Roman mit dem Titel
Die Herzogin von Sodom. Er überlegte kurz, ob er ihn einstecken
sollte, nahm dann jedoch davon Abstand, um kein überflüssiges
Risiko einzugehen. Er kippte den Inhalt der Schubladen auf den
Boden; Tonios Hemden und Unterwäsche fielen heraus, doch
nichts war darunter versteckt.

Im Grunde hatte Micky an einer so einfachen Stelle auch nichts
erwartet.

Er suchte hinter und unter der Kommode, unter dem Bett und
im Schrank. Dann kletterte er auf den Tisch, um nachzusehen, ob
sich das Gesuchte vielleicht auf dem Schrank befand, doch außer
einer dicken Staubschicht war auch dort nichts zu finden.

Er zog den Bettbezug von der Matratze, untersuchte diese und
klopfte die Kissen ab. Unter der Matratze fand er schließlich, was
er suchte.

In einem großen Umschlag steckte ein mit Urkundenschnur ver-
schlossenes Dokumentenpäckchen.

Micky wollte die Unterlagen schon näher inspizieren, da erklangen draußen auf dem Flur Schritte.

Er ließ das Päckchen fallen und versteckte sich hinter der Tür.

Die Schritte gingen vorbei und verhallten.

Micky schnürte das Dokumentenbündel auf. Die Unterlagen waren
in spanischer Sprache verfaßt und trugen den Stempel eines An-
waltsbüros in Palma. Es handelte sich um beeidete Zeugenaussagen, aus denen hervorging, daß in den Salpetergruben der Mirandas Auspeitschungen und Hinrichtungen stattgefunden hatten.

Micky hob die Unterlagen an die Lippen und küßte sie: Seine
Gebete waren erhört worden.

Er stopfte sich die Papiere unter die Weste. Bevor er sie vernichten
konnte, mußte er noch Namen und Adressen der Zeugen notieren.
Zwar würden die Anwälte über Abschriften der Aussagen verfügen, doch die waren belanglos ohne die Zeugen selbst – und deren
Tage waren nun, da Micky ihre Identität kannte, gezählt. Er
würde die Anschriftenliste an Papa schicken, und der würde die
Verräter zum Schweigen bringen.

Gab es sonst noch etwas zu beachten? Er sah sich im Zimmer um,
das sich nun in heilloser Unordnung befand. Er hatte alles, was
er brauchte. Ohne Beweise war Tonios Artikel wertlos.

Er verließ das Hotelzimmer und ging die Treppe hinunter.

Überraschenderweise war die Rezeption diesmal besetzt. Der Angestellte erhob sich und sagte in herausforderndem Ton: »Was
machen Sie hier, Sir?«

Micky traf seinen Entschluß spontan. Wenn ich den Kerl igno-
riere, hält er mich wahrscheinlich nur für unhöflich, dachte er.
Bleibe ich aber stehen und erzähle ihm irgendwas, so kann er sich
mein Gesicht einprägen ...

Ohne ein Wort zu sagen, verließ er das Hotel. Der Mann an der
Rezeption folgte ihm nicht.

Als er an dem schmalen Durchgang vorbeikam, in dem der Überfall auf Tonio stattgefunden hatte, hörte er eine schwache
Stimme um Hilfe wimmern. Eine Blutspur hinter sich herzie-
hend, kroch Tonio auf die Straße zu. Micky wurde bei seinem
Anblick schlecht, und um ein Haar hätte er sich erbrochen. Er
zog eine angewiderte Grimasse, wandte den Blick ab und entfernte sich.

Es war Brauch, daß betuchte Damen aus der besseren Gesellschaft und Herren, die den Müßiggang pflegten, nachmittags einander Höflichkeitsbesuche abstatteten. Maisie ödete diese Sitte
an, weshalb sie sich an vier Tagen in der Woche von ihren Hausan-

gestellten verleugnen ließ. Lediglich am Freitag war sie zu sprechen, und da konnte es dann durchaus vorkommen, daß sich
zwanzig oder gar dreißig Personen zur Audienz bei ihr einfanden.
Es handelte sich fast immer um dieselben Leute: den Marlborough Set, den jüdischen Freundeskreis, Frauen mit »fortschritt-
lichen« Ideen wie Rachel Bodwin sowie die Ehefrauen wichtiger
Geschäftspartner Sollys.

Emily Pilaster gehörte in die letztgenannte Kategorie. Jedenfalls
nahm Maisie dies an, denn Emilys Gatte Edward hatte wegen
eines Eisenbahnprojekts in Cordoba mit Solly zu tun. Dann jedoch fiel ihr auf, daß Emily noch etwas anderes auf dem Herzen
haben mußte: Sie blieb den ganzen Nachmittag über da und traf
auch gegen halb sechs, als alle anderen Gäste sich bereits wieder
empfohlen hatten, keine Anstalten zum Gehen.

Emily, gerade mal zwanzig Jahre jung, war ein hübsches Mädchen mit großen blauen Augen. Wer sie ansah, merkte sofort, daß
sie nicht glücklich war. Maisie war daher alles andere als überrascht, als Emily sie fragte: »Bitte ... darf ich Ihnen eine persönliche Frage stellen?«

»Aber selbstverständlich. Um was geht es denn?«

»Ich hoffe, Sie empfinden es nicht als Beleidigung, aber ich wüßte
sonst niemanden, mit dem ich darüber sprechen könnte ...«

Das klang nach einem sexuellen Problem. Es kam des öfteren
vor, daß Mädchen aus gutem Hause Maisie um Rat fragten, weil
sie mit ihren Müttern nicht über dieses Thema reden konnten.
Vielleicht waren ihnen Gerüchte über Maisies abenteuerliche
Vergangenheit zu Ohren gekommen, vielleicht hatten sie aber
auch nur das Gefühl, bei Maisie Verständnis für ihre Probleme
zu finden.

»So leicht kann man mich nicht beleidigen«, sagte Maisie. »Worüber wollen Sie denn reden?«

»Mein Mann haßt mich«, entgegnete Emily und brach in Tränen
aus.

Maisie empfand Mitleid für sie. Edward war schon damals, als er
regelmäßig die Argyll Rooms aufsuchte, ein Schwein gewesen,
und vieles sprach dafür, daß er seither noch schlimmer geworden

war. Edward als Ehemann mußte eine Zumutung sein. Jede Frau, die von dieser Schicksalsstrafe betroffen war, hätte mit Maisies Sympathie rechnen können.

»Sehen Sie, seine Eltern wollten unbedingt, daß er heiratet«, fuhr Emily, immer wieder von Schluchzern unterbrochen, fort. »Sie versprachen ihm daher eine riesige Summe Geldes sowie die Teilhaberschaft in der Bank, und davon ließ er sich schließlich überzeugen. Und ich stimmte zu, weil meine Eltern die Ehe ebenfalls befürworteten. Edward Pilaster schien mir nicht schlimmer als alle anderen auch. Außerdem wollte ich so gerne Kinder haben. Aber er konnte mich von Anfang an nicht leiden, und nun, da er sein Geld und seine Teilhaberschaft hat, findet er allein schon meinen Anblick abstoßend.«

Maisie seufzte. »Es mag hart klingen – aber es gibt Tausende von Frauen, denen es genauso ergeht wie Ihnen.«

Emily wischte sich mit einem Taschentuch die Tränen aus den Augen und bemühte sich, nicht mehr zu weinen. »Das weiß ich ja, und ich will ganz und gar nicht den Eindruck erwecken, daß ich in Selbstmitleid zerfließe. Ich muß das Beste aus meiner Situation machen, und wenn ich nur ein Baby hätte, würde mir das auch gelingen. Damit wären alle meine Wünsche erfüllt ...«

Die meisten unglücklichen Ehefrauen suchen Trost in ihren Kindern, schoß es Maisie durch den Kopf. »Gibt es denn einen Grund dafür, daß Ihnen die Erfüllung dieses Wunsches versagt bleiben könnte?«

Emily rückte unruhig auf der Couch hin und her und wand sich schier vor Verlegenheit, doch ihre noch immer kindlich wirkenden Züge verrieten Entschlossenheit. »Ich bin jetzt zwei Monate verheiratet, und ... und *es ist nichts passiert*.«

»Nun ja, dafür ist es wohl auch ein bißchen früh ...«

»Nein, nein, ich wollte damit nicht sagen, daß ich unbedingt schon schwanger sein müßte.«

Maisie wußte, wie schwer es den jungen Frauen fiel, auf Einzelheiten zu sprechen zu kommen. Sie versuchte daher, Emily mit gezielten Fragen die Antwort zu erleichtern. »Kommt er zu Ihnen ins Bett?«

»Anfangs kam er schon, aber inzwischen kommt er nicht mehr.«

»Was klappte denn nicht, als er noch kam?«

»Das Problem ist …« Emily zögerte. »Das Problem ist, daß ich gar nicht genau weiß, was eigentlich hätte klappen sollen …«

Wieder mußte Maisie seufzen. Wie konnten Mütter es nur zulassen, daß ihre Töchter dermaßen unaufgeklärt vor den Traualtar schritten? Ihr fiel ein, daß Emilys Vater Methodistenprediger war – nur half das auch nicht weiter. »Was geschehen sollte, ist folgendes«, begann sie. »Ihr Ehemann küßt und streichelt sie. Dann wird sein Johnny groß und steif, und er steckt ihn in Ihre Pussy. Den meisten Mädchen gefällt das.«

Emily errötete tief. »Geküßt und gestreichelt hat er mich. Aber sonst war nichts.«

»Wurde sein Johnny steif?«

»Es war dunkel.«

»Haben Sie ihn nicht gespürt?«

»Edward hat mich einmal dran reiben lassen.«

»Und wie fühlte er sich an? Hart wie eine Kerze oder schlaff wie ein Regenwurm? Oder irgendwie dazwischen, so ungefähr wie ein Würstchen, bevor es gekocht wird?«

»Schlaff.«

»Und als Sie dran rieben? Wurde er steif?«

»Nein. Edward war sehr wütend. Er schlug mich und sagte, ich tauge nichts im Bett. Ist es denn wirklich *meine* Schuld, Mrs. Greenbourne?«

»Nein, es ist nicht Ihre Schuld, auch wenn die Männer meist ihre Frauen dafür verantwortlich machen. Es handelt sich um ein weitverbreitetes Problem, das man Impotenz nennt.«

»Und wodurch wird es verursacht?«

»Es gibt eine ganze Reihe von Gründen.«

»Soll das heißen, daß ich keine Kinder bekommen kann?«

»Nicht, bevor es Ihnen gelingt, seinen Johnny steif zu machen.«

Emily sah aus, als wollte sie jeden Augenblick wieder in Tränen ausbrechen. »Aber ich möchte so gerne ein Baby haben! Ich bin so einsam und unglücklich … Hätte ich ein Baby, ließe sich alles andere viel leichter ertragen.«

Maisie fragte sich, worin Edwards Problem lag. Früher war er nicht impotent gewesen, soviel stand fest. Wie kann ich Emily helfen? dachte sie. Ich könnte April fragen. Sie müßte uns sagen können, ob er *immer* impotent ist oder nur bei seiner Frau …

Als Maisie zum letztenmal mit April Tilsley gesprochen hatte, zählte Edward noch zu den regelmäßigen Besuchern von Nellies Bordell. Allerdings lag die Begegnung inzwischen schon einige Jahre zurück; für eine Dame aus den besten Kreisen war es nicht einfach, eine enge freundschaftliche Beziehung zu Londons führender Puffmutter zu unterhalten.

»Ich kenne da eine Dame, die … die Edward ziemlich nahesteht«, sagte sie vorsichtig. »Vielleicht kann sie das Problem aufhellen.«

Emily schluckte. »Soll das heißen, daß Edward eine Geliebte hat? Bitte sagen Sie's mir. Es hat keinen Sinn, wenn ich mir was vormache.«

Ihre Entschlossenheit ist beeindruckend, dachte Maisie. Sie ist zwar noch ziemlich unwissend, aber sie weiß, was sie will – und sie setzt sich durch … »Die Frau, die ich meine, ist nicht seine Geliebte«, sagte sie. »Aber wenn er eine Geliebte hat, dann weiß sie wahrscheinlich Bescheid.«

Emily nickte. »Ich würde Ihre Bekannte gerne kennenlernen.«

»Ich weiß nicht, ob Sie persönlich …«

»Doch, doch! Edward ist mein Mann, und wenn es unangenehme Dinge auszusprechen gibt, dann müssen sie auf den Tisch.« Ihr Gesicht zeigte wieder jenen festen, eigenwilligen Ausdruck, den Maisie bereits kannte. »Ich tue alles, glauben Sie mir«, fuhr Emily fort, »wirklich alles. Wenn ich nicht aufpasse, ist mein ganzes Leben verpfuscht, eine einzige Einöde …«

Na gut, dachte Maisie, dann werden wir deine Entschlossenheit mal auf den Prüfstand stellen … »Meine Freundin heißt April«, sagte sie. »Sie besitzt zwei Minuten von hier, gleich beim Leicester Square, ein Bordell. Wenn Sie einverstanden sind, gehen wir gleich hin …«

»Was ist ein Bordell?« fragte Emily.

Die Droschke hielt vor dem Eingang zu Nellie's. Maisie spähte hinaus und die Straße entlang. Kein Bekannter sollte sehen, wie sie ein Hurenhaus betrat. Der Zeitpunkt war allerdings günstig: Um diese Stunde waren die meisten Menschen aus Maisies Kreisen damit beschäftigt, sich für das bevorstehende Abendessen umzukleiden, weshalb sich auf der Straße nur ein paar arme Schlukker herumtrieben. Die beiden Frauen stiegen aus; den Kutscher hatten sie bereits im voraus bezahlt. Die Tür zum Bordell war unverschlossen.

Das Tageslicht meinte es nicht gut mit Aprils Etablissement. In der Nacht strahlt es vielleicht noch eine Art verworfenen Charme aus, dachte Maisie, aber momentan wirkt es bloß schäbig und verlottert. Die Samtbezüge der Polstermöbel waren ausgeblichen; Zigarren hatten Brandflecken und Trinkgläser ringförmige Spuren auf den Tischplatten hinterlassen. Die Seidentapeten blätterten von den Wänden, und die erotischen Gemälde wirkten nur vulgär. Eine alte Frau mit einer Pfeife im Mund fegte den Boden; das plötzliche Erscheinen zweier gut und teuer gekleideter Damen aus der besseren Gesellschaft schien sie nicht sonderlich zu überraschen. Maisies Frage nach April beantwortete sie, indem sie mit gerecktem Daumen auf die nach oben führende Treppe verwies.

Sie fanden April in einer Küche im ersten Stock, wo sie mit ein paar anderen Frauen am Tisch saß und Tee trank. Alle Anwesenden trugen Morgenröcke oder Hausmäntel. Da April Maisie nicht sofort erkannte, starrten sich die beiden zunächst ein paar Sekunden lang wortlos an. Maisie fand, daß sich ihre alte Freundin kaum verändert hatte: noch immer die gleiche magere Figur, die harten Gesichtszüge, der scharfe Blick. Es mochte sein, daß sie ein wenig verbrauchter aussah, ein wenig müder als früher, abgezehrt durch viele lange Nächte und zuviel billigen Sekt, doch da war auch die selbstbewußte Haltung der erfolgreichen Geschäftsfrau. »Was können wir für Sie tun?« fragte sie.

»Erkennst du mich nicht mehr, April?« fragte Maisie. Im selben Augenblick stieß April einen schrillen Freudenschrei aus, sprang auf und schloß sie in die Arme.

Nachdem sie sich ausgiebig umarmt und geküßt hatten, wandte

sich April an die anderen Frauen in der Küche und sagte: »Mädchen, das ist die Frau, die das geschafft hat, wovon wir alle immer nur träumen: die geborene Miriam Rabinowicz, die Maisie Robinson späterer Tage, die gegenwärtige Mrs. Solomon Greenbourne!«

Die Frauen applaudierten Maisie wie einer Heldin. Maisie fühlte sich beschämt: Sie hatte nicht ahnen können, daß April so offen über ihre Vergangenheit plauderte – noch dazu in Anwesenheit von Emily Pilaster. Aber es lohnte sich nicht, über vergossene Milch zu streiten.

»Das müssen wir mit einem Gläschen Gin feiern!« sagte April. Sie setzten sich. Eine der Frauen hatte plötzlich eine Flasche in der Hand, stellte Gläser auf den Tisch und schenkte ein. Maisie hatte sich nie etwas aus Gin gemacht. Längst an den besten Champagner gewöhnt, mochte sie ihn inzwischen weniger denn je, aber sie wollte keine Spielverderberin sein und leerte deshalb ihr Glas in einem Zug. Emily nippte und verzog das Gesicht zu einer Grimasse. Beiden wurde sofort nachgeschenkt.

»Was bringt euch zu mir?« fragte April.

»Ein Eheproblem«, antwortete Maisie. »Der Mann meiner Freundin ist impotent.«

»Bringen Sie ihn her, meine Gute«, sagte April, an Emily gewandt, »den kriegen wir schon wieder hin.«

»Er ist bereits Stammkunde, fürchte ich«, warf Maisie ein.

»Wie heißt er?«

»Edward Pilaster.«

»Mein Gott!« entfuhr es April. Bestürzt sah sie Emily an. »Dann sind Sie also Emily. Armes Ding.«

»Sie kennen meinen Namen ...« sagte Emily, wie vom Schlag gerührt. »Er erzählt Ihnen also von mir.« Sie trank einen Schluck Gin.

»Edward ist doch gar nicht impotent«, bemerkte eine der anderen Frauen.

Emily errötete.

»Tut mir leid. Aber er fragt normalerweise nach mir, wenn er hier ist.« Die Sprecherin war eine hochgewachsene, vollbusige Frau

mit dunklen Haaren. Besonders eindrucksvoll sieht sie in ihrem
schäbigen Morgenrock nicht gerade aus, dachte Maisie, zumal sie
auch noch Zigaretten qualmt wie ein Mann. Aber wenn sie sich
ein bißchen herausputzt und was Nettes anzieht, ist sie vielleicht
attraktiver ...

Emily hatte sich wieder gefaßt. »Merkwürdig«, sagte sie. »Ich bin
mit ihm verheiratet, aber Sie wissen über ihn besser Bescheid als
ich. Und ich weiß nicht einmal, wie Sie heißen.«

»Lily.«

Einen Augenblick lang herrschte peinliches Schweigen. Maisie
nippte an ihrem Glas: Der zweite Gin schmeckte besser als der
erste. Eine bizarre Situation, dachte sie: die Küche, die Frauen
im Negligé, die Zigaretten, der Gin – und dazu Emily, die vor
einer Stunde noch nicht einmal genau wußte, was Geschlechtsverkehr ist. Und jetzt spricht sie mit der Lieblingshure ihres Ehemanns über dessen Impotenz ...

»Ihr wollt also wissen, warum Edward bei seiner Frau impotent
ist, nicht wahr?« fragte April unverblümt. »Ich sag's euch: weil
Micky nicht dabei ist. Wenn er mit einer Frau allein ist, kriegt er
keinen hoch.«

»Micky?« fragte Emily ungläubig. »Micky Miranda? Der Botschafter von Cordoba?«

April nickte. »Sie machen alles gemeinsam, vor allem hier. Ein-
oder zweimal kam Edward ohne ihn, aber da hat es nicht geklappt.«

Emily war vollkommen durcheinander und überließ es Maisie, die
Frage zu stellen, die jetzt auf der Hand lag.

»Was genau tun die beiden denn?«

Es war Lily, die die Frage beantwortete: »Nichts Besonderes,
eigentlich. Im Lauf der Jahre haben wir ein paar Varianten durch-
probiert. Momentan ziehen sie es vor, gemeinsam mit einem Mädchen ins Bett zu gehen, entweder mit mir oder mit Muriel.«

»Aber Edward ist dann richtig bei der Sache, oder?« hakte Maisie
nach. »Ich meine, sein Johnny wird steif und so?«

Lily nickte. »Ja, zweifellos.«

»Glaubt ihr, daß er es anders nie gekonnt hat?«

Lily runzelte die Stirn. »Ich glaube nicht, daß es auf bestimmte Einzelheiten ankommt – darauf, wie viele Mädchen dabei sind oder so. Wenn Micky dabei ist, klappt es, und wenn Micky fehlt, klappt es nicht.«

»Das ist ja fast, als ob er im Grunde nur Micky liebe«, sagte Maisie nachdenklich.

»Mir kommt das alles vor wie in einem Traum«, flüsterte Emily und nahm einen großen Schluck Gin. »Das kann doch alles gar nicht wahr sein, oder? Gibt es denn solche Sachen überhaupt?«

»Wenn Sie wüßten!« sagte Lily. »Verglichen mit manchen anderen Kunden, sind Edward und Micky geradezu harmlos.«

Das war selbst für Maisie starker Tobak. Edward und Micky gemeinsam mit einer Frau im Bett – diese Vorstellung war dermaßen aberwitzig, daß sie am liebsten laut gelacht hätte. Es kostete sie einige Mühe, ein Kichern zu unterdrücken.

Dabei fiel ihr die Nacht ein, als Edward sie und Hugh beim Liebesspiel überrascht hatte. Edward hatte die Szene so erregt, daß er jegliche Selbstbeherrschung verlor. Damals hatte sie intuitiv gespürt, daß der besondere Reiz für ihn darin lag, sich unmittelbar nach Hugh über sie herzumachen. »Ein geschmiertes Brötchen!« entfuhr es ihr.

Ein paar Frauen kicherten.

»Genau!« sagte April und lachte.

Emily lächelte verwirrt. »Ich verstehe nicht ...«

»Es gibt Männer, die geschmierte Brötchen mögen«, erklärte April, und die Huren lachten noch lauter als zuvor. »Darunter versteht man Frauen, die kurz vorher von einem anderen gevögelt worden sind.«

Nun fing auch Emily an zu kichern, und einen Augenblick später lachten sie alle wie hysterisch. Der Gin, die eigenartige Szenerie und das Gespräch über männliche Sexualphantasien zeigen Wirkung, dachte Maisie, und die Zote hat das Faß zum Überlaufen gebracht ... Jedesmal, wenn das Gelächter verebbte, rief eine der Frauen: »Ein geschmiertes Brötchen!«, und sofort ging die Kicherei wieder von vorn los.

Schließlich waren sie alle so erschöpft, daß das Lachen wie von

selbst erstarb. Nachdem sie sich beruhigt hatten, sagte Maisie:
»Aber was ergibt sich daraus für Emily? Sie möchte so gern ein
Kind haben – aber sie kann doch kaum Micky Miranda zu sich
und Edward ins Ehebett bitten ...«
Emily wirkte auf einmal wieder sehr betrübt.
April sah ihr in die Augen. »Wie ernst ist Ihnen die Angelegenheit,
Emily?«
»Ich bin zu allem bereit«, erwiderte diese. »Wirklich zu allem.«
»Nun gut ...« sagte April leise. »Wenn dem so ist, dann gibt es
da etwas, das wir probieren könnten.«

Joseph Pilaster vertilgte die letzten Bissen einer großen Portion
Rührei mit gegrillten Lammnierchen und begann, eine Scheibe
Toast mit Butter zu bestreichen.
Augusta fragte sich, ob bei Männern mittleren Alters wohl ein
Zusammenhang bestand zwischen ihrer schlechten Laune und
der riesigen Fleischmenge, die sie täglich verzehrten. Nierchen
zum Frühstück! Ihr wurde allein schon beim Gedanken daran
übel.
»Sidney Madler ist in London«, sagte Joseph. »Ich treffe mich
heute vormittag mit ihm.«
»Madler?« Im ersten Moment wußte Augusta nichts mit dem Na-
men anzufangen.
»Ja, Sidney Madler aus New York. Er ist wütend, weil Hugh die
Teilhaberschaft versagt wurde.«
»Was geht den das an?« fragte seine Gattin. »Eine Unverschämtheit!« Ihre Stimme klang herablassend; in Wirklichkeit war Augu-
sta jedoch sehr beunruhigt.
»Ich weiß genau, was er sagen wird«, fuhr Joseph fort. »Als wir
mit Madler und Bell fusionierten, bestand die stillschweigende
Übereinkunft, daß der Londoner Part des Unternehmens von
Hugh geleitet werden sollte. Und nun hat Hugh gekündigt, wie
du weißt.«
»Du hast ihn nicht darum gebeten.«

»Nein, aber ich könnte ihn wahrscheinlich halten. Ich müßte ihm nur eine Teilhaberschaft offerieren.«

Es bestand die Gefahr, daß Joseph schwach wurde; Augusta sah es ihm an und bekam es auf einmal mit der Angst zu tun. Ich muß ihm das Rückgrat stärken, dachte sie und sagte: »Ich darf doch wohl annehmen, daß du die Entscheidung, wer im Bankhaus Pilaster Teilhaber wird und wer nicht, nicht irgendwelchen Außenstehenden überläßt.«

»Ja, natürlich, das ist unsere Sache.«

Eine Idee schoß Augusta durch den Kopf. »Kann Mr. Madler die Fusion aufkündigen?«

»Er könnte es, ja. Aber bisher hat er nicht damit gedroht.«

»Ist sie viel Geld wert?«

»Sie war es. Aber wenn Hugh zu Greenbourne geht, wird er wahrscheinlich die meisten seiner Geschäftsverbindungen mitnehmen.«

»Dann ist es also ziemlich gleichgültig, was Mr. Madler denkt und vorhat?«

»Nein, nicht unbedingt. Trotzdem muß ich ein ernstes Wort mit ihm reden. Kommt da den weiten Weg von New York hierher, nur um in dieser Angelegenheit Unruhe zu stiften.«

»Sag ihm, daß Hugh eine unmögliche Frau geheiratet hat. Das wird er schon begreifen.«

»Ja, natürlich.« Joseph erhob sich. »Auf Wiedersehen, meine Liebe.«

Augusta stand ebenfalls auf und küßte ihren Ehemann auf die Lippen. »Laß dir ja nichts gefallen, Joseph!«

Seine Schultern strafften sich, der Mund verengte sich zu einer dünnen, entschlossenen Linie. »Kommt nicht in Frage!« sagte er.

Als Joseph das Haus verlassen hatte, setzte sich Augusta wieder an den Tisch und nippte nachdenklich an ihrem Kaffee. Ob es sich tatsächlich um eine ernste Bedrohung handelt? fragte sie sich. Sie hatte versucht, Joseph in seiner ablehnenden Haltung zu bestärken, aber das hatte seine Grenzen. Sie wußte, daß sie die Entwicklung der Dinge genauestens im Auge behalten mußte.

Daß Hughs Abschied die Bank teuer zu stehen kommen würde, war Augusta neu. Sie hatte bislang keinen einzigen Gedanken darauf verschwendet, ob mit der Förderung Edwards und der Demontage Hughs womöglich finanzielle Nachteile verbunden waren. Hatte sie etwa die Bank in Gefahr gebracht, das Fundament, auf dem all ihre Hoffnungen und Pläne ruhten? Nein, diese Vorstellung war einfach lächerlich. Das Bankhaus Pilaster war unermeßlich reich; es zu erschüttern stand gar nicht in ihrer Macht.

Augusta war gerade mit dem Frühstück fertig, als Hastead hereinschlich, um ihr mitzuteilen, daß Mr. Fortescue eingetroffen sei und vorzusprechen wünsche. Von einer Sekunde auf die andere war Sidney Madler vergessen. Der Gast war erheblich wichtiger. Ihr Herzschlag beschleunigte sich.

Michael Fortescue war »ihr« Politiker, und er fraß ihr aus der Hand. Der frischgebackene Unterhausabgeordnete stand in Augustas Schuld, seit er mit Josephs finanzieller Unterstützung die Nachwahl in Deaconridge gewonnen hatte. Augusta hatte ihm sehr deutlich zu verstehen gegeben, was sie von ihm als Gegenleistung erwartete: Er sollte ihr bei ihren Bemühungen, Joseph einen Adelstitel zu verschaffen, tatkräftig unter die Arme greifen. Die Nachwahl hatte fünftausend Pfund gekostet – eine stolze Summe, für die man das schönste Haus in London hätte kaufen können, für einen Titel allerdings immer noch recht gering. Besucher pflegten normalerweise am Nachmittag vorbeizuschauen. Wer am Vormittag erschien, hatte daher meist einen dringenden geschäftlichen Anlaß. Er kommt sicher, weil es Neuigkeiten in der Titelfrage gibt, dachte Augusta. Das Herz schlug ihr mittlerweile bis zum Hals. »Führen Sie Mr. Fortescue in den Ausguck«, sagte sie zu ihrem Butler. »Ich komme gleich.« Sie blieb noch ein paar Augenblicke sitzen und versuchte sich zu fassen.

Bisher war ihre Kampagne ganz nach Plan verlaufen. Arnold Hobbes hatte in seiner Zeitschrift The Forum eine Reihe von Artikeln veröffentlicht, in denen er wiederholt die Forderung erhob, mehr Geschäftsleute zu adeln. Lady Morte hatte die Königin darauf angesprochen und Joseph in den höchsten Tönen gelobt; die

Königin, so Lady Morte, habe sich davon »beeindruckt« gezeigt. Fortescue hatte in einer Unterredung mit Premierminister Disraeli die Bemerkung fallenlassen, daß es in der öffentlichen Meinung eine deutliche Tendenz zur Befürwortung dieses Vorschlags gebe. Es war durchaus möglich, daß die Bemühungen inzwischen erste Früchte zu tragen begannen.

Augusta konnte die Spannung kaum mehr ertragen. Eilig und ein wenig kurzatmig huschte sie die Treppen hinauf. Der Kopf schwirrte ihr von Worten und Halbsätzen, die sie schon in allernächster Zeit überall zu hören hoffte: *Lady Whitehaven ... Der Graf und die Gräfin von Whitehaven ... Sehr wohl, M'lady ... Wie Eure Ladyschaft wünschen ...*

Der Ausguck war ein eigenartiges Zimmer, das sich oberhalb der Eingangshalle befand und durch eine Tür auf halber Höhe der Treppe, die in die erste Etage führte, zu erreichen war. Er verfügte über ein der Straße zugewandtes Erkerfenster, verdankte seinen Namen jedoch nicht diesem, sondern einem ungewöhnlichen Innenfenster, durch das man die Halle im Erdgeschoß überblicken konnte. Wer sich dort aufhielt, ahnte nicht, daß er observiert wurde. Augusta hatte so im Laufe der Jahre manch denkwürdige Beobachtung gemacht. Das Zimmer war klein, das Interieur zwanglos und gemütlich, wozu nicht zuletzt die niedrige Decke und der offene Kamin beitrugen. Vormittagsbesucher pflegte Augusta in diesem Raum zu empfangen.

Fortescue wirkte ein wenig angespannt. Augusta setzte sich zu ihm ans Fenster und begrüßte ihn mit einem warmen, aufmunternden Lächeln.

»Ich komme gerade vom Premierminister«, sagte er.

Augusta konnte vor Aufregung kaum sprechen. »Haben Sie mit ihm über unser Thema gesprochen?«

»Ja, in der Tat. Es gelang mir, ihn davon zu überzeugen, daß die Zeit für eine Repräsentanz des Bankgewerbes im Oberhaus reif ist. Er ist jetzt geneigt, einen Mann aus der City in den Adelsstand zu erheben.«

»Wunderbar!« sagte Augusta. Gleichwohl irritierte sie Fortescues unbehaglicher Gesichtsausdruck: Überbringer guter Nachrichten sahen gemeinhin fröhlicher aus. »Aber warum sehen Sie dann so trübsinnig drein?« fragte sie beklommen.

»Es gibt auch eine schlechte Nachricht«, sagte Fortescue und wirkte plötzlich beinahe ängstlich.

»Und die wäre?«

»Ich fürchte, der Premierminister beabsichtigt, Ben Greenbourne zu adeln.«

»Nein!« Augusta fühlte sich wie geohrfeigt. »Wie ist das möglich?«

Fortescue sah sich in die Defensive gedrängt. »Nun, ich nehme an, er kann adeln, wen er will. Schließlich ist er der Premierminister.«

»Aber ich habe doch nicht um Ben Greenbournes willen all diese Mühen auf mich genommen!«

»Sie haben recht, das ist eine Ironie des Schicksals«, sagte Fortescue langsam. »Doch, wie dem auch sei: Ich habe alles getan, was in meiner Macht stand.«

»Sparen Sie sich Ihre Selbstgefälligkeiten!« fuhr Augusta ihn an. »Ich will nichts mehr davon hören, jedenfalls nicht, wenn Ihnen auch bei zukünftigen Wahlen an meiner Unterstützung gelegen ist!«

Widerspruch flackerte in seinen Augen auf, und einen Augenblick lang dachte Augusta: Ich habe ihn vertrieben, gleich wird er mir sagen, daß er seine Schuld beglichen hat und meiner nicht länger bedarf ... Doch da änderte sich Fortescues Blick schon wieder. Er schlug die Augen nieder und sagte: »Ich versichere Ihnen, daß mich diese Nachricht aufs tiefste bestürzt hat.«

»Seien Sie still, und lassen Sie mich nachdenken«, erwiderte Augusta und begann, rastlos in dem kleinen Zimmer auf und ab zu gehen. »Es muß doch eine Möglichkeit geben, den Premierminister zur Änderung seiner Meinung zu bewegen ... Wir brauchen einen Skandal. Was sind die schwachen Stellen Ben Greenbournes? Sein Sohn ist mit einem Mädchen aus der Gosse verheiratet, aber das dürfte wohl noch nicht genügen ...« Wenn der alte Greenbourne den Titel bekommt, dachte sie, vererbt sich dieser später auf seinen Sohn Solly, was wiederum zur Folge hat, daß

Maisie über kurz oder lang Gräfin wird ... Allein die Vorstellung schlug ihr auf den Magen. »Welche politische Einstellung hat Greenbourne?«

»Gar keine, soweit mir bekannt ist.«

Augusta musterte den jungen Mann kritisch und merkte, daß er eingeschnappt war. Ich habe ihn zu hart angefahren, dachte sie, setzte sich neben ihn und ergriff mit beiden Händen eine seiner auffallend großen Pranken. »Sie verfügen über ein beachtliches politisches Gespür – was, nebenbei bemerkt, das erste war, was mir an Ihnen auffiel. Sagen Sie mir, was Sie vermuten!«

Fortescue schmolz sofort dahin – wie die meisten Männer, die Augusta ihrer freundlichen Aufmerksamkeit für wert befand. »Unter Druck gesetzt, würde er sich wahrscheinlich als Liberaler entpuppen. Die meisten Geschäftsleute sind Liberale, und das gleiche gilt auch für die Mehrzahl der Juden. Aber da Greenbourne mit seinen Ansichten bisher nie an die Öffentlichkeit getreten ist, dürfte es schwierig sein, ihn zum Feind der konservativen Regierung zu stempeln ...«

»Er ist Jude!« sagte Augusta. »Das ist der Schlüssel!«

Fortescue sah sie zweifelnd an. »Der Premierminister selbst ist gebürtiger Jude und wurde unlängst als Lord Beaconsfield in den Adelsstand erhoben.«

»Ich weiß, aber er ist praktizierender Christ. Abgesehen davon ...«

Fortescue hob fragend eine Braue.

»Abgesehen davon verfüge auch ich über ein gewisses Gespür«, fuhr Augusta fort. »Und dieses Gespür sagt mir, daß Ben Greenbournes Judentum der Schlüssel zu allem ist.«

»Wenn es noch etwas gibt, was ich für Sie tun kann ...«

»Sie haben großartige Arbeit geleistet. Momentan brauchen Sie nichts weiter zu tun. Sollten allerdings den Premierminister erste Zweifel beschleichen, ob Ben Greenbourne wirklich der richtige Mann ist, erinnern Sie ihn daran, daß es mit Joseph Pilaster eine solide Alternative gibt.«

»Verlassen Sie sich auf mich, Mrs. Pilaster.«

Lady Morte lebte in einem Haus in der Curzon Street, das sich ihr Gatte eigentlich nicht leisten konnte. Ein livrierter Dienstmann mit gepuderter Perücke öffnete die Tür und geleitete Augusta in ein Audienzzimmer, das mit allerhand teurem Schnickschnack aus der Bond Street angefüllt war: goldenen Kandelabern, silbernen Bilderrahmen, erlesenem Porzellan, Kristallvasen und einem herrlichen, mit Juwelen ausgelegten antiken Tintenfaß, das allein so viel gekostet haben mußte wie ein junges Rennpferd. Harriet Mortes Schwäche, Geld auszugeben, das ihr nicht gehörte, hatte zur Folge, daß Augusta sie verachtete – doch gleichzeitig bestätigten ihr die vielen Wertgegenstände, daß diese Frau noch immer nichts dazugelernt hatte.

Mit großen Schritten durchmaß sie den Raum, während sie auf Lady Morte wartete. Wenn sie daran dachte, daß Ben Greenbourne anstelle von Joseph Pilaster der hohen Ehrung teilhaftig werden könnte, überkamen sie regelmäßig Panikanfälle. Ein zweites Mal, da war sie sich ziemlich sicher, würde es ihr nicht gelingen, eine vergleichbare Kampagne in die Wege zu leiten. Gänzlich unerträglich aber war der immer wiederkehrende Gedanke, daß als Ergebnis ihrer Bemühungen diese kleine Rinnsteinratte Maisie Greenbourne eines Tages Gräfin werden könnte ...

Lady Morte kam herein und sagte, auf Distanz bedacht: »Welch reizende Überraschung, Sie schon um diese Tageszeit begrüßen zu können!« Es war nichts anderes als eine Zurechtweisung, weil Augustas Besuch in die Vormittagsstunden fiel. Lady Mortes eisgraues Haar erweckte den Eindruck, als sei es sehr hastig gebürstet worden.

Wahrscheinlich war sie noch nicht fertig angezogen, dachte Augusta und fügte für sich hinzu: Aber empfangen mußtest du mich allemal. Du hattest Angst, ich könnte wegen des Kontos kommen, nicht wahr? Da blieb dir keine andere Wahl ...

Als sie jedoch den Mund öffnete, bediente sie sich eines unterwürfigen Tons, von dem sie wußte, daß er der Dame schmeicheln mußte. »Ich bin gekommen, weil ich in einer dringenden Angelegenheit Ihren Rat benötige.«

»Wenn ich Ihnen helfen kann ...«

Mai 1879

»Der Premierminister ist inzwischen bereit, einen Bankier in den Adelsstand zu erheben.«

»Wie schön! Ich erwähnte es, wie Sie wissen, gegenüber Ihrer Majestät. Zweifellos trägt meine Intervention jetzt Früchte ...«

»Unglücklicherweise scheint der Premierminister Ben Greenbourne auszuzeichnen zu wollen.«

»O weh, das ist allerdings Pech.«

Augusta spürte, daß Harriet Morte insgeheim hoch erfreut über diese Nachricht war. Die Lady haßte sie. »Das ist mehr als Pech«, erwiderte sie. »Ich habe große Anstrengungen in dieser Sache unternommen, und nun soll ausgerechnet der größte Konkurrent meines Mannes der einzige sein, der daraus Nutzen zieht!«

»Das ist mir klar.«

»Ich wünschte, es ließe sich verhindern ...«

»Ich wüßte nicht, was wir dagegen tun könnten.«

Augusta tat, als überlege sie laut. »Ehrungen dieser Art müssen von der Königin bestätigt werden, nicht wahr?«

»Ja, das stimmt. Rein formell werden sie ja von ihr verliehen.«

»Dann wäre sie also imstande, ein Veto einzulegen, wenn Sie sie darum bäten.«

Lady Morte lachte kurz auf. »Meine gute Mrs. Pilaster, da überschätzen Sie aber meinen Einfluß ganz gewaltig!« Augusta biß sich auf die Zunge und ignorierte den herablassenden Ton. »Daß Ihre Majestät meinen Rat über den des Premierministers stellt, ist höchst unwahrscheinlich«, fuhr Lady Morte fort. »Und davon ganz abgesehen: Mit welcher Begründung sollte ich gegen die Entscheidung Einspruch erheben?«

»Greenbourne ist Jude.«

Lady Morte nickte. »Es gab einmal eine Zeit, da dies in der Tat genügt hätte. Als Gladstone Lionel Rothschild die Peerswürde antragen wollte, lehnte die Königin sein Ansinnen rigoros ab. Aber das war vor zehn Jahren. Seitdem haben wir Disraeli ...«

»Aber Disraeli ist Christ, Greenbourne dagegen praktizierender Jude.«

»Ob das wirklich ein entscheidender Unterschied ist?« meinte Lady Morte nachdenklich und beantwortete die Frage gleich selbst. »Vielleicht ja. Immerhin wirft die Königin dem Thronfolger ständig vor, daß er zu viele Juden in seinem Freundeskreis habe.«

»Angenommen, Sie erwähnen der Königin gegenüber, daß der Premierminister einen von diesen Leuten adeln will ...«

»Ich kann es versuchen. Aber ich bin nicht sicher, daß es den erwünschten Erfolg haben wird.«

Augusta überlegte angestrengt. »Können wir noch irgend etwas tun, damit Ihrer Majestät die weitreichende Bedeutung dieses Falles bewußt wird?«

»Wenn es öffentliche Proteste gäbe – Anfragen im Parlament zum Beispiel oder Presseartikel ...«

»Die Presse«, sagte Augusta und dachte an Arnold Hobbes. »Ja, ich glaube, da ließe sich etwas machen.«

Hobbes war ganz aus dem Häuschen, als Augusta ihn in seinem kleinen, engen, tintenfleckigen Büro aufsuchte. Da er sich nicht entscheiden konnte, ob er aufräumen, sich um sie kümmern oder sie hinauskomplimentieren sollte, tat er alles auf einmal in schier hysterischer Konfusion: Er wuchtete Papierstapel und Korrekturfahnen vom Boden auf den Tisch und wieder zurück; er holte für sie einen Stuhl, ein Glas Sherry und einen Teller mit Gebäck und schlug ihr im gleichen Atemzug vor, in ein anderes Zimmer zu gehen, wo man ungestört miteinander sprechen könne. Sie ließ ihn ein paar Minuten lang zappeln und sagte dann: »Bitte, Mr. Hobbes, setzen Sie sich, und hören Sie mir zu.«

»Gewiß, gewiß«, sagte er, ließ sich auf einen Stuhl fallen und starrte sie durch seine ungeputzten Brillengläser an.

Mit wenigen knappen Sätzen unterrichtete Augusta ihn über die bevorstehende Ehrung Ben Greenbournes.

»Höchst bedauernswert, wirklich höchst bedauernswert«, brabbelte Hobbes nervös. »Doch glaube ich kaum, daß man dem *Forum* in dieser auf Ihre freundliche Anregung zurückgehenden Angelegenheit fehlendes Engagement vorwerfen kann.«

Wofür man dir zwei lukrative Aufsichtsratsposten in den Unternehmen meines Mannes zugeschanzt hat, dachte Augusta. »Ich weiß, daß es nicht Ihre Schuld ist«, sagte sie pikiert. »Die Frage ist nur, was Sie jetzt noch tun könnten, um der neuen Entwicklung entgegenzuwirken?«

»Meine Zeitschrift befindet sich in einer schwierigen Lage«, erwiderte Hobbes betrübt. »Nachdem wir uns so lautstark dafür eingesetzt haben, daß endlich ein Bankier mit der Peerswürde ausgezeichnet wird, können wir, sollte es nun tatsächlich dazu kommen, nicht urplötzlich eine Kehrtwende vollziehen und dagegen protestieren.«

»Aber es lag doch nie in Ihrer Absicht, einem Juden diese Ehre zukommen zu lassen.«

»Nein, nein – obgleich sehr viele Bankiers Juden sind.«

»Können Sie nicht einfach schreiben, daß es genügend christliche Bankiers gibt, unter denen der Premierminister seine Auswahl treffen kann?«

Er sträubte sich nach wie vor. »Wir könnten ...«

»Dann tun Sie's doch!«

»Entschuldigen Sie, Mrs. Pilaster, aber das reicht einfach nicht aus.«

»Ich versteh' Sie nicht«, entgegnete Augusta ungeduldig.

»Es handelt sich um eine professionelle Erwägung. Wir brauchen einfach einen Hintergrund. Wir könnten zum Beispiel Disraeli – oder Lord Beaconsfield, wie er jetzt heißt – beschuldigen, die Angehörigen seiner eigenen Rasse einseitig zu bevorzugen. Das wäre so ein Hintergrund. Das Problem liegt allerdings darin, daß er allgemein in dem Rufe steht, ein sehr aufrichtiger Mann zu sein. Das könnte einen solchen Vorwurf wirkungslos verpuffen lassen.«

Augusta haßte das zögerliche Hin und Her, zügelte jedoch ihre Ungeduld, weil sie erkannte, daß hier ein echtes Problem vorlag. Nach kurzem Überlegen kam ihr eine Idee. »Was war das für eine Zeremonie, als Disraeli ins Oberhaus aufgenommen wurde. War sie – normal?«

»Ja, in jeder Hinsicht, soweit ich mich entsinne.«

»Er schwor den Treueeid also auf eine christliche Bibel?«

»Allerdings.«

»Altes und Neues Testament?«

»Mir dämmert langsam, worauf Sie hinauswollen, Mrs. Pilaster. Ob Ben Greenbourne auf eine christliche Bibel schwören wird? Wie ich ihn kenne, ist das eher unwahrscheinlich.«

Augusta schüttelte zweifelnd den Kopf. »Es kann sein, daß er's trotzdem tut, solange nicht zuviel Aufhebens darum gemacht wird. Er geht nicht gern auf Konfrontationskurs, kann aber sehr halsstarrig sein, wenn er sich herausgefordert fühlt. Angenommen, in der Öffentlichkeit würde lautstark die Forderung erhoben, er solle den Eid nach genau dem gleichen Ritus ablegen wie alle anderen auch – kann sein, daß er dann dagegen aufbegehrt. Er wird sich nicht nachsagen lassen wollen, daß man ihm Vorschriften machen kann.«

»Eine lautstarke Forderung in der Öffentlichkeit«, sagte Hobbes nachdenklich. »Ja ...«

»Können Sie dafür sorgen?«

Hobbes begann sich für den Vorschlag zu erwärmen. »Ich sehe schon alles vor mir!« rief er erregt. »›Blasphemie im Oberhaus‹. Das ist genau das, was wir einen Hintergrund nennen, Mrs. Pilaster. Sie sind ja genial! Sie sollten selber Journalistin sein!«

»Sie schmeicheln mir«, sagte sie, ohne daß ihm ihr Sarkasmus aufgefallen wäre.

Unvermittelt schien Hobbes wieder Bedenken zu haben. »Mr. Greenbourne ist ein sehr mächtiger Mann«, sagte er.

»Mr. Pilaster ebenfalls.«

»Gewiß, gewiß.«

»Dann kann ich mich also auf Sie verlassen?«

In aller Eile überschlug Hobbes seine Risiken, entschloß sich, den Pilasters die Stange zu halten, und sagte: »Überlassen Sie nur alles mir.«

Augusta nickte. Allmählich ging es ihr wieder besser. Lady Morte würde die Königin gegen Greenbourne einnehmen, Hobbes die Sache in die Presse bringen und Fortescue nur auf den richtigen Augenblick warten, um dem Premierminister den Namen einer Alternative ohne Fehl und Tadel ins Ohr zu flüstern – den Namen Joseph Pilaster. Ihre Chancen waren wieder gestiegen.

Sie erhob sich und wollte sich zum Gehen wenden, doch Hobbes
hatte noch etwas zu sagen. »Darf ich es wagen, Ihnen noch in
einer ganz anderen Angelegenheit eine Frage zu stellen?«
»Aber selbstverständlich.«
»Man hat mir recht günstig eine Druckmaschine angeboten. Ge-
genwärtig drucken wir außer Haus, wie Sie wissen. Wenn wir
unsere eigene Druckmaschine hätten, könnten wir sowohl unsere
Kosten reduzieren als auch durch die Übernahme von Fremdauf-
trägen noch ein bißchen dazuverdienen.«
»Das liegt auf der Hand«, sagte Augusta ungeduldig.
»Ich frage mich, ob sich das Bankhaus Pilaster zu einem Waren-
kredit überreden ließe ...«
Das war der Preis für seine fortgesetzte Unterstützung. »Wieviel?«
fragte sie.
»Hundertsechzig Pfund.«
Ein Klacks, nicht mehr. Und wenn Hobbes mit der gleichen
Energie und der gleichen Giftigkeit gegen die Peerswürde für
Juden vom Leder zog, die auch seine Kampagne für mehr Ban-
kiers im Adelsstand ausgezeichnet hatte, dann war das Geld gut
angelegt.
»Eine sehr günstige Gelegenheit, diese Maschine«, sagte Hobbes,
»das kann ich Ihnen versichern.«
»Ich werde mit Mr. Pilaster darüber reden.« An Josephs Zustim-
mung hegte sie nicht den geringsten Zweifel, wollte es Hobbes
aber nicht zu leicht machen. Eine nur zögerlich gewährte Vergün-
stigung würde er höher zu schätzen wissen.
»Vielen Dank. Es ist mir stets ein Vergnügen, Sie zu sehen, Mrs.
Pilaster.«
»Gewiß«, sagte sie und ging.

Es war still geworden in der Botschaft Cordobas. Die Büros im
Erdgeschoß waren leer; die drei dort beschäftigten Angestellten
hatten bereits vor einigen Stunden den Heimweg angetreten.
Micky und Rachel hatten im ersten Stock eine kleine Dinnerparty
für ausgewählte Gäste gegeben – für Sir Peter Mountjoy, Unter-
staatssekretär im Außenministerium, und seine Gattin, für den
dänischen Gesandten und Cavaliere Michele von der italienischen
Botschaft. Inzwischen waren die Gäste längst wieder fort, und
auch das Hauspersonal hatte sich empfohlen. Micky machte sich
ausgehfertig.

Der erste Reiz des Ehelebens war verflogen. Vergeblich hatte
Micky versucht, seine sexuell unerfahrene Frau zu schockieren
und abzustoßen. Es war enervierend: Alle Perversitäten, zu denen
er sich verstieg, stießen bei ihr auf bereitwilliges Entgegenkommen. Rachel hatte beschlossen, daß er mit ihr machen konnte,
was er wollte, und wie immer, wenn sie eine solche Entscheidung
getroffen hatte, ließ sie sich durch nichts und niemanden davon
abbringen. Nie zuvor war Micky Miranda einer so gnadenlos kon-
sequenten Frau begegnet.

Im Bett erfüllte sie ihm jeden Wunsch, was jedoch ihrer festen
Überzeugung, daß sich eine Frau außerhalb des Schlafzimmers
von ihrem Mann nicht versklaven lassen dürfe, keinerlei Abbruch
tat. Und da sie sich rigoros an beide Grundsätze hielt, kam es in
Haushaltsangelegenheiten immer wieder zu erbitterten Auseinan-
dersetzungen zwischen den Eheleuten. Manchmal gelang es
Micky immerhin, die eine Szenerie in die andere zu verwandeln.
Mitten in einem hitzigen Streit über Geld oder das Hauspersonal
befahl er ihr: »Los, zieh dein Kleid hoch, und leg dich auf den

Boden!«, worauf der Krach in einer leidenschaftlichen Umarmung endete. Aber inzwischen funktionierte auch diese Methode nicht mehr hundertprozentig, und es kam durchaus vor, daß Rachel den Streit wiederaufnahm, sobald Micky von ihr abgelassen hatte.

In jüngster Zeit hatten Edward und Micky abends wieder des öfteren ihre alten Stammlokale aufgesucht. An diesem Abend fand bei Nellie's die »Nacht der Masken« statt, eine von April eingeführte Neuerung: Alle Frauen erschienen maskiert. April behauptete, daß sich in der Nacht der Masken sexuell unerfüllte Ladies aus der Oberschicht unter die Mädchen mischten. Micky sah das eher skeptisch. Es stimmte zwar, daß außer dem üblichen Personal auch fremde Frauen erschienen, doch dabei handelte es sich seiner Einschätzung nach eher um Frauen aus den Mittelschichten, die in eine finanzielle Notlage geraten waren, als um gelangweilte Aristokratinnen auf der Suche nach degenerierten Lustbarkeiten. Aber wie dem auch sein mochte – interessant war die Nacht der Masken allemal.

Er kämmte sich die Haare, füllte seine Zigarrendose und ging die Treppe hinunter. Zu seiner Verblüffung stand Rachel unten im Flur und versperrte ihm den Weg zur Haustür. Sie hatte die Arme verschränkt, und ihre Miene verriet finstere Entschlossenheit. Micky machte sich auf eine heftige Auseinandersetzung gefaßt.

»Es ist elf Uhr abends«, sagte sie. »Wo willst du hin?«

»In die Hölle«, erwiderte Micky. »Mach Platz!« Er griff nach Hut und Stock.

»Gehst du in ein Bordell namens Nellie's?«

Er war so überrascht, daß ihm keine spontane Antwort einfiel.

»Also stimmt es«, sagte Rachel.

»Von wem weißt du das?«

Nach kurzem Zögern antwortete sie: »Von Emily Pilaster. Sie hat mir gesagt, daß ihr beide, du und Edward, dort regelmäßig verkehrt.«

»Weibergeschwätz! Darauf solltest du nichts geben.«

Rachels Gesicht war kalkweiß. Sie hatte Angst, und das war ungewöhnlich. Vielleicht würde dieser Streit anders enden als sonst.

»Du darfst nicht mehr dorthin gehen«, sagte Rachel.

»Versuche nicht, deinem Herrn und Meister Befehle zu erteilen! Das habe ich dir schon mehrmals gesagt.«

»Das ist kein Befehl, sondern ein Ultimatum.«

»Sei nicht albern. Und jetzt aus dem Weg mit dir!«

»Ich werde dich verlassen, und zwar noch heute abend – es sei denn, du versprichst mir, nie wieder dorthin zu gehen. Tust du es nicht, werde ich dieses Haus nie wieder betreten.«

Micky merkte, daß sie es ernst meinte. Daher also die Angst in ihren Augen. Sie hatte sogar schon ihre Straßenschuhe an. »Du wirst das Haus nicht verlassen«, sagte er. »Ich werde dich in dein Zimmer einsperren.«

»Das dürfte dir schwerfallen: Ich habe sämtliche Zimmerschlüssel abgezogen und weggeworfen. Keine einzige Tür in diesem Haus ist noch verschließbar.«

Raffiniert, dieses Weib, dachte Micky. Das verspricht ein interessantes Scharmützel zu werden ... Er grinste sie an und sagte: »Runter mit dem Schlüpfer!«

»Das funktioniert heute abend nicht, Micky. Bisher hielt ich es immer für einen Beweis deiner Liebe. Inzwischen weiß ich, daß Sex dir lediglich dazu dient, Macht über andere Menschen auszuüben. Ich bin nicht einmal mehr sicher, ob du überhaupt Spaß daran hast.«

Er griff ihr an die Brust. Trotz der Kleider, die sie bedeckten, lag sie warm und schwer in seiner Hand. Er streichelte sie und beobachtete Rachels Gesicht, konnte jedoch keine Veränderung in ihrem Ausdruck erkennen. Diesmal war sie nicht bereit, der Leidenschaft nachzugeben. Er drückte zu und tat ihr weh. Dann nahm er die Hand weg und fragte mit unverhohlener Neugier: »Was ist denn in dich gefahren?«

»In Etablissements wie Nellie's kann man sich ansteckende Krankheiten holen.«

»Die Mädchen dort sind völlig sauber ...«

»Bitte, Micky, stell dich doch nicht dümmer, als du bist.«

Sie hatte recht. Saubere Prostituierte gab es nicht. Er wußte, daß er bisher großes Glück gehabt hatte: Von einem glimpflich verlau-

fenen Tripper abgesehen, war er trotz vieler Jahre regelmäßiger
Bordellbesuche von Krankheiten verschont geblieben. »Gut«, gab
er zu, »ich könnte mich dort infizieren.«
»Und danach mich anstecken.«
Er zuckte mit den Schultern. »Das gehört zu den Risiken aller
Ehefrauen. Ich könnte dich auch mit den Masern anstecken, falls
es mich erwischt.«
»Aber Syphilis vererbt sich.«
»Was willst du damit sagen?«
»Ich könnte damit unsere Kinder anstecken – falls wir welche
bekommen sollten. Und das will ich unter allen Umständen vermeiden. Ich möchte nicht, daß meine Kinder mit dieser grauen-
haften Krankheit auf die Welt kommen.« Sie atmete hastig und
stoßweise, was auf enorme innere Erregung schließen ließ, und
wieder wurde Micky bewußt, daß sie es bitterernst meinte. Rachel
kam zum Schluß: »Ich werde dich daher verlassen, es sei denn,
du erklärst dich bereit, in Zukunft auf jeglichen Kontakt mit Prostituierten zu verzichten.«
Jede weitere Diskussion erübrigte sich. »Mal sehen, ob du mich
auch mit eingeschlagener Nase verläßt«, sagte er und hob seinen
Stock.
Die Drohung traf Rachel nicht unvorbereitet. Mit einer geschick-
ten Drehung wich sie dem Schlag aus und rannte zur Tür, die
zu Mickys Überraschung nicht verschlossen war. Offensichtlich
hatte seine Frau mit einer gewaltsamen Auseinandersetzung gerechnet und die Tür vorsichtshalber aufgesperrt. Wie ein Blitz
verschwand sie in der Nacht.
Micky stürzte ihr nach, doch draußen auf der Straße wartete
bereits die nächste unliebsame Überraschung auf ihn: Rachel
sprang bereits in eine am Bordstein wartende Kutsche. General-
stabsmäßige Planung, dachte er, wirklich erstaunlich … Er wollte
rasch noch auf die Kutsche aufspringen, als ihm eine hochgewachsene Gestalt mit Zylinderhut den Weg versperrte. Es war
Rechtsanwalt Bodwin, Rachels Vater.
»Sie haben offensichtlich nicht die Absicht, Ihren Lebenswandel
zu ändern«, sagte er.

»Wollen Sie meine Frau entführen?« fragte Micky. Es ärgerte ihn
maßlos, daß man ihn so geschickt ausmanövriert hatte.

»Sie verläßt dieses Haus aus eigenem freiem Willen.« Bodwin hielt
sich wacker, wenngleich seine Stimme ein wenig zitterig klang.

»Sie wird zu Ihnen zurückkehren, sobald Sie sich bereit erklären,
von Ihren üblen Gewohnheiten Abstand zu nehmen. Voraussetzung ist natürlich eine gründliche medizinische Untersuchung.«

Einen Augenblick lang war Micky versucht, seinen Schwiegervater niederzuschlagen. Aber der Impuls verflog so schnell, wie
er gekommen war. Der Anwalt würde ihn wegen gefährlicher Kör-
perverletzung verklagen, und ein solcher Skandal war durchaus
imstande, seine Diplomatenkarriere zu ruinieren. Das war Rachel
nicht wert.

Es war eine Güterabwägung. Wofür kämpfe ich eigentlich? fragte
er sich und sagte: »Sie können sie behalten. Ich hab' sie satt.«
Micky marschierte ins Haus zurück und warf die Tür hinter sich
zu.

Er hörte, wie die Kutsche davonrollte, und stellte zu seiner Verblüffung fest, daß er Bedauern über Rachels Abschied empfand.
Gewiß, er hatte sie aus reiner Bequemlichkeit geheiratet – nur
deshalb, weil er auch Edward die Ehe schmackhaft machen
wollte –, und in mancher Hinsicht würde sein Leben ohne sie
wieder erheblich einfacher werden. Auf der anderen Seite hatte er
am täglichen intellektuellen Klingenkreuzen Gefallen gefunden.
Mit keiner anderen Frau hatte er je so etwas erlebt. Es war natürlich auch oft ermüdend. Unter dem Strich, so sagte er sich, stehe
ich mich allein besser.

Als er wieder zu Atem gekommen war, setzte er seinen Hut auf
und verließ das Haus. Es war eine laue Sommernacht, der Himmel war klar, und die Sterne strahlten hell. Im Sommer war die
Luft in London immer besser als im Winter, da die Kohleöfen in
den Wohnhäusern nicht in Betrieb waren.

Er schlenderte die Regent Street entlang und dachte über seine
Geschäfte nach. Nach dem planmäßig verlaufenen Überfall auf
Tonio Silva, der inzwischen schon wieder einen Monat zurücklag,

hatte er von dem angekündigten Artikel über die Salpetergruben nichts mehr gehört. Tonio erholte sich vermutlich noch immer von seinen Verletzungen. Micky hatte Papa ein kodiertes Telegramm mit den Namen und Adressen jener Zeugen geschickt, deren beglaubigte Aussagen er in Tonios Unterlagen gefunden hatte. Wahrscheinlich waren sie inzwischen alle tot. Hugh war blamiert, weil sich seine Warnungen als substanzlos erwiesen hatten; Edward dagegen war froh und glücklich.

Edward hatte mittlerweile Solly Greenbourne das prinzipielle Einverständnis abgerungen, die Anleihen für die Santamaria-Bahn gemeinsam mit den Pilasters aufzulegen. Es war nicht leicht gewesen: Wie viele andere Investoren hegte auch Solly ein gesundes Mißtrauen gegenüber Südamerika. Bevor der Handel endgültig unter Dach und Fach kam, hatte sich Edward verpflichten müssen, eine höhere Kommission als üblich zu offerieren und sich seinerseits an einem Spekulationsgeschäft Sollys zu beteiligen. Edward war in den Verhandlungen immer wieder darauf herumgeritten, daß sie doch alle alte Schulkameraden wären. Wahrscheinlich, so dachte Micky, hat im Endeffekt Sollys Gutherzigkeit den Ausschlag gegeben.

Inzwischen war man dabei, die Verträge auszuarbeiten. Das war ein geradezu schmerzhaft langwieriger Prozeß. Was Micky das Leben schwermachte, war die Tatsache, daß Papa partout nicht begreifen wollte, warum solche Dinge nicht in ein paar Stunden über die Bühne zu bringen waren. Papa wollte nur eines: sofort Geld sehen.

Andererseits jedoch konnte Micky angesichts der vielen Hindernisse, die er erfolgreich überwunden hatte, recht zufrieden mit sich sein. Nach der glatten Absage, die ihm Edward zunächst erteilt hatte, war er vor einer schier unlösbaren Aufgabe gestanden. Doch dann war es ihm mit Augustas Hilfe gelungen, Edward zu verheiraten und ihm auf diese Weise die Teilhaberschaft in der Bank zu verschaffen. Im nächsten Zug hatte er die Opposition Hugh Pilasters und Tonio Silvas im Keim erstickt. Nun würde er in Kürze die Früchte seiner Bemühungen ernten können. Daheim in Cordoba, soviel stand fest, würde die Santamaria-Bahn stets

als »Mickys Bahn« gelten. Eine halbe Million Pfund war eine
gewaltige Summe, höher als der gesamte Verteidigungshaushalt
des Landes. Die Bahn allein versprach, alle bisherigen Leistungen
und Errungenschaften seines Bruders Paulo in den Schatten zu
stellen.

Ein paar Minuten später betrat Micky Miranda Nellies Bordell.
Die Feier war bereits in vollem Gange. Alle Tische waren besetzt,
die Luft war von Zigarrenrauch geschwängert, und hin und wieder übertönten derbe Scherze und heiseres Gelächter die Musik
der kleinen Kapelle, die laute Tanzmusik spielte. Alle anwesenden
Frauen waren maskiert. Einige wenige beschränkten sich auf
kleine Gesichtsmasken, die meisten jedoch verbargen sich hinter
raffinierteren Verkleidungen, und manche trugen einen Kopfputz,
der bis auf Augen und Mund alles verhüllte.

Micky schob sich durch die Menge, nickte Bekannten zu und gab
im Vorübergehen dem einen oder anderen Mädchen einen Kuß.
Edward befand sich im Spielzimmer, erhob sich jedoch sofort bei
Mickys Eintreten. »April hat 'ne Jungfrau für uns«, sagte er mit
schwerer Zunge. Es war schon spät, und er hatte viel getrunken.

Obwohl Jungfräulichkeit nie zu Mickys besonderen Obsessionen
gehört hatte, stimulierte ihn die Vorstellung von einem Mädchen,
das sich möglicherweise fürchtete. »Wie alt?«

»Siebzehn.«

Also wahrscheinlich dreiundzwanzig, dachte Micky, der genau
wußte, nach welchen Kriterien April das Alter ihrer Mädchen
taxierte. Trotzdem war er neugierig. »Hast du sie schon gesehen?«

»Ja. Aber sie ist natürlich maskiert.«

»Natürlich.« Woher kam sie? Vielleicht aus der Provinz, vielleicht
war sie aus ihrem Elternhaus fortgelaufen und lungerte nun mittellos in London herum. Vielleicht handelte es sich auch um ein
entführtes Bauernmädchen oder um eine Hausangestellte, die es
satt hatte, sechzehn Stunden am Tag für einen Wochenlohn von
sechs Shilling Sklavenarbeit zu leisten.

Eine Frau mit einer kleinen schwarzen Dominomaske berührte
Mickys Arm. Er erkannte April sofort; ihre Maske war kaum mehr

als eine symbolische Verkleidung. »Eine echte Jungfrau«, sagte sie.

Es stand außer Frage, daß sie Edward für das Privileg der Entjungferung ein kleines Vermögen in Rechnung stellte. »Hast du nachgefühlt, ob das Häutchen wirklich noch da ist?« fragte Micky skeptisch.

April schüttelte den Kopf. »Das brauche ich nicht. Ich weiß genau, ob ein Mädchen die Wahrheit sagt oder nicht.«

»Wenn ich's nicht platzen fühle, kriegst du kein Geld«, sagte er, obwohl beide genau wußten, daß Edward der Zahlmeister war.

»Einverstanden.«

»Woher kommt sie?«

»Sie ist Vollwaise und wurde von einem Onkel aufgezogen. Er wollte sie so schnell wie möglich wieder loswerden und suchte ihr daher einen Ehemann aus, der sehr viel älter war als sie. Als sie nein sagte, setzte er sie auf die Straße. Ich bewahre sie vor schweren Entbehrungen und übler Schinderei.«

»Du bist ein wahrer Engel«, sagte Micky sarkastisch. Er glaubte ihr kein Wort. Obwohl er Aprils Züge wegen der Maske nicht studieren konnte, war er fest davon überzeugt, daß sie irgend etwas im Schilde führte. Er sah sie mißtrauisch an. »Sag mir die Wahrheit!«

»Das habe ich bereits getan«, erwiderte April. »Und falls ihr sie nicht wollt, so laßt euch eines gesagt sein: Hier in diesen Räumen befinden sich mindestens sechs Männer, die mir genauso viel zahlen würden wie ihr.«

»Wir wollen sie ja«, sagte Edward ungeduldig. »Hör jetzt mit der Nörgelei auf, Micky. Gehen wir lieber, und sehen sie uns an.«

»Zimmer drei«, sagte April. »Sie wartet auf euch.«

Micky und Edward gingen die Treppe hinauf. Überall standen, saßen oder lagen schmusende Pärchen.

Die junge Frau stand in der Zimmerecke. Sie trug ein einfaches Kleid aus Musselin. Ihr gesamter Kopf war mit einer Kapuze bedeckt, die nur zwei schmale Augenschlitze und eine Öffnung für den Mund aufwies. Erneut wurde Micky von Mißtrauen ergriffen. Wie sie aussah, ließ sich beim besten Willen nicht sagen –

vielleicht war sie furchtbar häßlich, vielleicht sogar entstellt. Ich möchte bloß wissen, was für ein übler Streich uns hier gespielt wird, dachte er.

Als er sie betrachtete, fiel ihm auf, daß sie vor Angst zitterte. Er verdrängte die Zweifel und spürte Begierde in seinen Lenden aufsteigen. Um ihre Angst noch zu steigern, ging er mit schnellen Schritten auf sie zu, zog den Ausschnitt ihres Kleides hinunter und ließ seine Hand hineingleiten. Das Mädchen zuckte zusammen. In ihren strahlend blauen Augen lag blankes Entsetzen, aber sie wich nicht zurück. Ihre Brüste waren klein und fest.

Die Angst des Mädchens weckte Mickys Brutalität. Normalerweise spielten Edward und er erst einmal ein Weilchen mit den Frauen herum. Diese hier wollte er jedoch sofort nehmen. »Knie dich aufs Bett!« befahl er.

Sie tat, wie ihr geheißen. Micky kniete sich hinter sie und schob ihr Kleid hoch. Das Mädchen stieß einen kurzen Angstschrei aus. Unter dem Stoff war sie nackt.

Wider Erwarten gelang es ihm ohne Mühe, in sie einzudringen; April mußte ihr ein Gleitmittel oder dergleichen gegeben haben. Als er den Widerstand des Jungfernhäutchens spürte, packte er sie bei den Hüften und zog sie hart an sich heran. Sein Glied drang tief in sie ein, und das Häutchen riß. Das Mädchen begann zu schluchzen, was Micky derart erregte, daß er sofort zum Orgasmus kam.

Er zog sich zurück, um seinen Platz für Edward zu räumen. Sein Glied war blutverschmiert. Er fühlte sich unbefriedigt, weil es so schnell vorüber gewesen war, und wünschte, er wäre zu Hause geblieben und mit Rachel ins Bett gegangen. Dann fiel ihm ein, daß seine Frau ihn verlassen hatte, was seine Stimmung noch zusätzlich verdüsterte.

Edward drehte das Mädchen auf den Rücken. Weil sie dabei um ein Haar vom Bett gerutscht wäre, packte er sie an den Fußknöcheln und zog sie wieder in die Mitte. Bei dieser Prozedur verrutschte ihre Maske.

»Großer Gott!« rief Edward.

»Was gibt's?« fragte Micky ohne sonderliches Interesse.

Sein Glied in der Hand, kniete Edward zwischen den Schenkeln des Mädchens und starrte auf ihr nurmehr teilweise verhülltes Gesicht. Das muß eine sein, die wir kennen, dachte Micky und beobachtete fasziniert, wie sie versuchte, die Kapuze wieder zurechtzurücken. Edward verhinderte es: Mit einem Ruck riß er ihr die Kapuze vom Kopf.

Jetzt erkannte Micky die großen blauen Augen und das Kindergesicht von Emily Pilaster, Edwards Ehefrau.

»Das darf doch nicht wahr sein!« rief er und fing an zu lachen.

Edward stieß einen unartikulierten Wutschrei aus. »Du dreckige Sau!« brüllte er. »Das hast du nur getan, um mich zu blamieren!«

»Nein, Edward, nein!« schrie Emily. »Ich wollte dir ... Ich wollte uns doch nur helfen!«

»Jetzt wissen alle Bescheid!« brüllte er und schlug ihr mit der Faust ins Gesicht.

Emily kreischte auf und wehrte sich, worauf er erneut zuschlug.

Micky konnte gar nicht mehr aufhören zu lachen. Etwas derart Komisches hatte er noch nie erlebt: Ein Mann geht ins Bordell und begegnet dort seiner eigenen Frau!

April hatte die Schreie gehört und stürmte ins Zimmer. »Laß sie in Ruhe!« rief sie gellend und versuchte, Edward von Emily fortzureißen.

Er schüttelte sie ab. »Ich züchtige meine Frau, wann es mir paßt!« röhrte er.

»Du Vollidiot! Sie will doch nur ein Kind!«

»Sie kriegt meine Faust, das genügt!«

Sie rangelten noch einen Augenblick miteinander. Dann prügelte Edward wieder auf seine Frau ein, während April ihm einen heftigen Schlag aufs Ohr versetzte. Edward jaulte vor Schmerzen auf. Micky, mittlerweile von einem hysterischen Anfall ergriffen, krümmte sich vor Lachen.

Jetzt endlich gelang es April, Edward von seiner Frau herunterzuziehen.

Emily taumelte aus dem Bett, stürzte erstaunlicherweise aber nicht sofort zur Tür, sondern wandte sich an ihren Ehemann

»Bitte, gib nicht auf, Edward!« sagte sie. »Ich tue alles, was du willst, wirklich alles!«

Edward wollte sich von neuem auf sie stürzen. April umklammerte seine Beine; Edward stolperte und ging in die Knie. »Sieh zu, daß du verschwindest, Emily«, sagte April. »Er bringt dich sonst noch um.«

Weinend stürzte Emily aus dem Zimmer.

Edward tobte noch immer. »Dieses verseuchte Hurenhaus betrete ich nie wieder!« brüllte er und drohte April mit dem Finger.

Micky fiel aufs Sofa und hielt sich die Seiten. Er fürchtete, jeden Augenblick zu platzen, so sehr mußte er lachen.

Maisie Greenbournes Mittsommernachtsball gehörte zu den absoluten Höhepunkten der Londoner Saison. Die beste Musikkapelle, das schmackhafteste Essen, unerhört extravagante Dekorationen und unbegrenzte Mengen von Champagner zeichneten das Fest aus. Der Hauptanlaß dafür, daß niemand diesen Ball versäumen wollte, bestand jedoch darin, daß der Prinz von Wales Stammgast war.

Für dieses Jahr hatte Maisie sich etwas Besonderes vorgenommen: Die neue Nora Pilaster sollte ihr Debut geben.

Das war ein höchst riskantes Unterfangen. Ging es schief, so wären sowohl Nora als auch Maisie selbst bis auf die Knochen blamiert. Lief alles jedoch wie geplant, so würde fortan niemand mehr wagen, Nora die kalte Schulter zu zeigen.

Vor Beginn des Balls hatte Maisie für eine ausgewählte Gruppe von vierundzwanzig Personen ein kleines Dinner gegeben. Der Prinz von Wales war verhindert, doch Hugh und Nora gehörten zu den Gästen. Nora trug ein himmelblaues mit kleinen Seidenschleifchen besetztes Musslinkleid, das ihr bezaubernd stand. Der schulterfreie Stil brachte ihre rosige Haut und ihre üppige Figur äußerst vorteilhaft zur Geltung.

Noras Anwesenheit am Tisch der besonders Geladenen überraschte die anderen Gäste, doch gingen sie wohl davon aus, daß

Maisie wußte, was sie tat. Die Gastgeberin selbst war sich dessen
gar nicht so sicher. Zwar kannte sie die Denkweise des Thronfolgers und bildete sich ein, seine Reaktionen einigermaßen zuverläs-
sig voraussagen zu können, doch kam es immer wieder vor, daß
er sich ganz anders verhielt, als zu erwarten war – und zwar vor
allem dann, wenn er aus irgendeinem Grund das Gefühl hatte,
benutzt zu werden. In diesen Fällen waren selbst seine Freunde
nicht vor seinem Zorn sicher. Maisie wußte, daß ihr, wenn sie den
Prinz von Wales vor den Kopf stieß, die gleiche gesellschaftliche
Ächtung bevorstand wie Nora, und sie wunderte sich selbst, als
sie darüber nachdachte, daß sie allein um Noras willen ein solches
Risiko eingegangen war. Aber letztlich ging es ihr ja nicht um
Nora, sondern um Hugh.

Vor zwei Monaten hatte Hugh offiziell seine Kündigung beim
Bankhaus Pilaster eingereicht. Solly Greenbourne wartete ungeduldig auf den Dienstantritt des neuen Mitarbeiters, doch bestanden die Teilhaber ohne Wenn und Aber auf der Einhaltung der
dreimonatigen Kündigungsfrist. Sie wollten den Augenblick, da
Hugh für die Konkurrenz zu arbeiten begann, so lange wie irgend
möglich hinauszögern.

Nach dem Dinner nahm Maisie Nora im Vorraum der Damentoi-
lette ins Gebet. »Bleiben Sie immer in meiner Nähe!« sagte sie.
»Wenn sich die Gelegenheit ergibt, Sie dem Thronfolger vorzustellen, darf ich Sie nicht erst lange suchen müssen – Sie müssen
sofort präsent sein!«

»Ich klebe an Ihnen wie ein Schotte an einer Fünfpfundnote«,
erwiderte Nora im gewohnten Cockney, um dann sogleich in den
schleppenden Ton der Oberschicht zu verfallen: »Keine Bange!
Ich laufe schon nicht davon!«

Gegen halb elf trafen die ersten Ballgäste ein. Gewöhnlich verzichtete Maisie darauf, Augusta Pilaster einzuladen. Diesmal
hatte sie jedoch eine Ausnahme gemacht: Wenn Nora tatsächlich
der erwünschte Erfolg beschieden war, so sollte Augusta ihren
Triumph miterleben. Prompt befand sich Augusta denn auch unter den ersten Gästen, obwohl Maisie insgeheim mit einer Absage
gerechnet hatte.

Auch Hughs New Yorker Mentor Sidney Madler, ein charmanter
weißbärtiger Mann um die Sechzig, gehörte zu den Geladenen.
Er erschien in kurzem Jackett mit schwarzer Krawatte – einer
unverkennbar amerikanischen Version des Abendanzugs.
Eine Stunde lang taten Maisie und Solly nicht viel mehr als
Hände schütteln. Dann erschien der Kronprinz. Sie geleiteten ihn
in den Ballsaal und stellten ihm Sollys Vater vor. Ben Greenbourne verbeugte sich steif aus der Hüfte heraus, mit Ladestock
im Kreuz wie ein preußischer Wachsoldat.
Maisie war die erste Tanzpartnerin des Thronfolgers.
»Ich habe eine herrliche Klatschgeschichte für Sie«, sagte sie während des Walzers zu ihm. »Allerdings hoffe ich, daß sie Sie nicht
echauffiert.«
Er zog sie an sich und flüsterte ihr ins Ohr: »Sie machen mich
sehr neugierig, Mrs. Greenbourne. Lassen Sie hören!«
»Es dreht sich um jenen Zwischenfall auf dem Ball der Herzogin
von Tenbigh.«
Sie spürte, wie er sich versteifte. »Ach ja. Das war ein wenig
peinlich, muß ich gestehen.« Er senkte die Stimme. »Als dieses
Mädchen de Tokoly einen dreckigen alten Wüstling schimpfte,
dachte ich im ersten Moment, sie meinte mich ...«
Maisie lachte fröhlich auf, als wäre diese Vorstellung völlig absurd. In Wirklichkeit wußte sie genau, daß es vielen Anwesenden
genauso gegangen war.
»Doch erzählen Sie«, fuhr der Kronprinz fort, »steckte hinter dem
Vorfall etwa mehr, als der Augenschein verriet?«
»Offenbar. Man hatte de Tokoly zuvor den bewußt falschen Tip
gegeben, die junge Frau sei – wie soll ich sagen? –, die junge Frau
sei ansprechbar ...«
»Ansprechbar!« Der Thronfolger kicherte anzüglich. »Das muß
ich mir merken!«
»... während man ihr eingeredet hatte, de Tokoly eine Ohrfeige
zu verpassen, sobald er sich auch nur die geringste Freiheit herausnähme.«
»... weshalb es fast zwangsläufig zu der Szene kam? Raffiniert!
Und wer steckte dahinter?«

Maisie zögerte. Bisher hatte sie ihre Freundschaft mit dem Prinzen von Wales noch nie dazu benutzt, jemanden schlechtzumachen. Aber so böswillig und durchtrieben, wie Augusta nun einmal war, hatte sie nichts anderes verdient. »Ist Ihnen der Name Augusta Pilaster ein Begriff?«

»O ja. Der Familiendrache der *anderen* Bankiersdynastie ...«

»Genau. Die junge Dame – Nora – ist die Ehefrau von Augusta Pilasters Neffen Hugh. Augusta haßt ihn. Sie hat den Vorfall inszeniert, um ihm eins auszuwischen.«

»Was für eine giftige Natter! In meiner Gegenwart sollte sie sich dergleichen Darbietungen freilich verkneifen. Ich würde ihr am liebsten eine Lehre erteilen.«

Auf diese Reaktion hatte Maisie hingearbeitet. »Sie brauchen nichts weiter zu tun, als Nora mit Ihrer Aufmerksamkeit zu beglücken«, sagte sie. »Dann ist für jedermann klar, daß Sie ihr verziehen haben.« Maisie war so aufgeregt, daß sie den Atem anhielt.

»Und Augusta sollte ich demonstrativ ignorieren, ja ... Ja, ich glaube, das werde ich tun.«

Der Tanz war vorüber. »Darf ich Ihnen Nora vorstellen?« fragte Maisie. »Sie ist heute abend hier.«

Der Kronprinz sah sie kritisch an. »Haben Sie das alles etwa ... inszeniert, Sie kleines Luder?«

Diese Frage hatte Maisie gefürchtet. Er war kein Dummkopf und konnte sich leicht zusammenreimen, was hier gespielt wurde. Leugnen war sinnlos. Maisie schlug die Augen nieder und tat ihr Bestes, um schamvoll zu erröten. »Sie haben mich durchschaut ... Was bin ich doch für eine Idiotin. Habe ich mir doch wirklich eingebildet, Ihren Adleraugen ein X für ein U vormachen zu können!« Sie blickte auf und sah ihm frank und frei in die Augen. »Welche Buße erlegen Sie mir auf?«

Ein laszives Lächeln überflog seine Miene. »Und führe mich nicht in Versuchung ... Vergessen Sie's, ich nehm's Ihnen nicht übel.«

Maisie atmete erleichtert auf. Sie war noch einmal davongekommen. Nun lag es an Nora, den Kronprinzen zu becircen.

»Und wo steckt diese Nora?« fragte er.

Sie hielt sich, wie verabredet, in der Nähe bereit und war sofort zur Stelle, als Maisie ihr einen auffordernden Blick zuwarf. »Königliche Hoheit, darf ich Ihnen Mrs. Hugh Pilaster vorstellen?« sagte Maisie.

Nora machte einen Knicks und senkte die Lider.

Der Blick des Kronprinzen fiel auf nackte Schultern und einen prallen Busen. »Charmant!« bemerkte er voller Begeisterung. »Wirklich charmant!«

Ebenso verblüfft wie erfreut, nahm Hugh zur Kenntnis, daß seine Frau munter mit dem Thronfolger plauderte.

Gestern noch war sie gesellschaftlich geächtet gewesen – der lebende Beweis für das Sprichwort, daß man aus einem Schweinsohr keinen seidenen Geldbeutel machen kann. Ihretwegen war der Bank ein großer Auftrag entgangen und Hughs Karriere abrupt beendet worden. Doch jetzt auf einmal erregte Nora den Neid aller Frauen im Saal: Ihre Kleidung war vollkommen, ihre Umgangsformen ließen nichts zu wünschen übrig, und sie flirtete mit dem Thronerben – eine höchst bemerkenswerte Verwandlung, die einzig und allein Maisie zu verdanken war.

Hugh sah sich verstohlen nach seiner Tante Augusta um, die, mit Joseph an ihrer Seite, nicht weit von ihm entfernt stand. Sie starrte Nora und den Prinzen an und gab sich alle Mühe, Haltung zu bewahren. In Wirklichkeit war sie schlichtweg entsetzt. Daß Maisie, dieses einfache Mädchen aus der Arbeiterklasse, für das sie vor sechs Jahren nur Hohn und Spott übrig hatte, inzwischen über wesentlich größeren Einfluß verfügt als sie selbst, muß Augusta ungeheuer wurmen, dachte Hugh.

Wie auf ein Stichwort trat ausgerechnet in diesem Augenblick Sidney Madler auf die beiden zu und sagte sichtlich irritiert zu Joseph: »Ist *das* die Frau, von der Sie sagten, sie sei hoffnungslos ungeeignet für das Leben an der Seite eines Bankiers?«

Ehe Joseph antworten konnte, ergriff Augusta das Wort. In trügerisch sanftem Ton bemerkte sie: »Sie ist dafür verantwortlich, daß der Bank ein großer Auftrag entgangen ist.«

»Das stimmt nicht, mit Verlaub«, mischte Hugh sich ein. »Die Anleihe geht durch.«

Augusta wandte sich an Joseph: »Graf de Tokoly hat nicht interveniert?«

»Nein, seine Verstimmung scheint nur vorübergehend gewesen zu sein.«

Augusta mußte nun die Zufriedene spielen. »Wie erfreulich«, sagte sie, doch ihre Unaufrichtigkeit war unverkennbar.

»Finanzielle Imperative wiegen letztlich doch meist schwerer als gesellschaftliche Vorurteile«, sagte Sidney Madler.

»So ist es«, bestätigte Joseph. »Ich glaube, ich war vielleicht doch etwas vorschnell, als ich Hugh die Teilhaberschaft verweigerte.«

Augusta unterbrach ihn. Ihre Stimme war wie honigsüßes Gift. »Was sagst du da, Joseph?«

»Hier geht's ums Geschäft, meine Liebe, das ist Männersache«, entgegnete ihr Gatte bestimmt. »Darüber brauchst *du* dir nicht den Kopf zu zerbrechen.« Er wandte sich an Hugh. »Wir sehen es äußerst ungern, daß du für die Greenbournes arbeiten willst.«

Hugh wußte nicht, was er darauf antworten sollte. Ihm war bekannt, daß Sidney Madler energisch protestiert hatte und von Onkel Samuel dabei unterstützt worden war. Doch daß Onkel Joseph offen bekannte, einen Fehler gemacht zu haben – das war bislang so gut wie nie vorgekommen. Mit wachsender Erregung fragte er sich, was Joseph bewogen haben mochte, das Thema anzuschneiden.

»Du weißt, warum ich zu den Greenbournes gehe, Onkel?« fragte er.

»Teilhaber wirst du dort nie, das kann ich dir sagen«, meinte Joseph. »Dazu müßtest du Jude sein.«

»Dessen bin ich mir vollauf bewußt.«

»Würdest du angesichts dieser Voraussetzungen nicht doch lieber für deine Familie arbeiten?«

Hugh war enttäuscht: Das klang zwar so, als wolle Onkel Joseph ihn zum Bleiben überreden – aber eben nur, wie gehabt, im Angestelltenverhältnis. »Nein, das möchte ich lieber nicht«, sagte er pikiert und spürte, daß sein heftiger Ton den Onkel aus der Fassung brachte. »Und um ganz ehrlich zu sein«, fuhr er fort, »ich arbeite lieber für die Greenbournes, weil mir Familienintrigen dort erspart bleiben« – er streifte Augusta mit einem bösen Blick – »und weil meine Verantwortlichkeiten und der Lohn für meine Arbeit dort ausschließlich an meinen Fähigkeiten als Bankier gemessen werden.«

»Du ziehst also diese Juden deiner eigenen Familie vor?« sagte Augusta in empörtem Ton.

»Halt du dich da raus!« fuhr Joseph sie an und wandte sich wieder an Hugh. »Du weißt, warum ich das alles sage, Hugh. Mr. Madler ist der Meinung, daß wir ihn hintergangen haben, und alle Teilhaber fürchten, daß du deine nordamerikanischen Geschäftsverbindungen nun mit zur Konkurrenz nimmst.«

Hugh bemühte sich, einen kühlen Kopf zu bewahren. Der Zeitpunkt für einen knallharten Handel war gekommen. Er beschloß, aufs Ganze zu gehen. »Nicht einmal mit einer Verdoppelung meines Gehalts würdest du mich halten können«, sagte er. »Du hast nur eine einzige Chance, meine Meinung zu ändern, und die besteht darin, mir eine Teilhaberschaft anzubieten.«

Joseph seufzte. »Als Verhandlungspartner bist du ein reiner Teufel.«

»Die Grundvoraussetzung für jeden guten Bankier«, kommentierte Madler.

»Also gut«, sagte Joseph endlich. »Ich biete dir eine Teilhaberschaft an.«

Ein Schwächegefühl überkam Hugh. Sie machen einen Rückzieher, dachte er. Sie geben nach. Ich habe gewonnen! Er konnte es kaum fassen.

Er sah Augusta an. Ihr Gesicht war eine starre Maske strengster Selbstbeherrschung, aber sie sagte kein Wort. Sie wußte, daß sie verloren hatte.

»In diesem Fall …« Er hielt inne und kostete den Augenblick aus. Dann holte er tief Luft und fuhr fort: »In diesem Fall nehme ich das Angebot an.«

Jetzt verlor Augusta endgültig die Fassung. Sie lief puterrot an, und die Augen schienen ihr aus den Höhlen zu treten. »Das werdet ihr bis an euer Lebensende bereuen!« fauchte sie, machte auf dem Absatz kehrt und marschierte hoch erhobenen Hauptes davon.

Eine Schneise in die im Ballsaal versammelte Festgesellschaft schlagend, steuerte sie auf den Ausgang zu. Die Gäste drehten sich nach ihr um und starrten sie beunruhigt an. Augusta merkte, daß man ihr die Erregung am Gesicht ablesen konnte. Gern hätte sie ihre Gefühle im Zaum gehalten, aber sie war einfach zu aufgebracht. All jene Personen, die sie aus tiefster Seele verachtete, hatten über sie triumphiert: Maisie, diese Göre aus der Gosse, der schlecht erzogene Hugh und diese entsetzliche Nora hatten ihre Pläne durchkreuzt und alles erreicht, was sie sich in den Kopf gesetzt hatten. Augusta wurde übel; sie hatte das Gefühl, ihr Magen drehe sich um.

Endlich war sie an der Tür. Auf dem breiten Treppenabsatz drängten sich die Menschen nicht so sehr wie im Ballsaal. »Rufen Sie auf der Stelle Mrs. Pilasters Kutsche!« herrschte sie einen zufällig vorbeikommenden Bedienten an. Der Mann rannte sofort los. Domestiken kann ich wenigstens noch auf Trab bringen, dachte sie bitter.

Ohne ein weiteres Wort verließ sie die Festgesellschaft. Joseph konnte sich später eine Droschke mieten. Auf dem ganzen Weg nach Kensington kochte Augusta vor Zorn.

Als sie das Haus betrat, wartete Hastead in der Halle auf sie. »Mr. Hobbes befindet sich im Empfangszimmer, Ma'am«, sagte er verschlafen. »Ich teilte ihm mit, daß Sie vermutlich nicht vor Morgengrauen zurückkehren würden, aber er wollte unbedingt auf Sie warten.«

»Was, zum Kuckuck, will er denn?«

»Er hat es mir nicht gesagt.«

Augusta war ganz und gar nicht zu einem Gespräch mit dem Herausgeber des *Forum* aufgelegt. Was treibt ihn in den frühen Morgenstunden zu mir? fragte sie sich und war versucht, auf ihr Zimmer zu gehen und den Journalisten einfach zu ignorieren. Erst

der Gedanke an die Peerswürde brachte sie von ihrem Vorhaben
ab.

Sie betrat das Empfangszimmer. Hobbes war vor dem ersterben-
den Kaminfeuer eingenickt. »Guten Morgen!« sagte Augusta mit
lauter Stimme.

Er schreckte hoch, sprang auf und glotzte sie durch seine ver-
schmutzten Brillengläser an. »Mrs. Pilaster, ja! Guten ... o ja,
guten Morgen!«

»Was führt Sie zu so später Stunde hierher?«

»Ich dachte mir, daß Sie dies hier ...«, er reichte ihr eine Zeitschrift, »... vielleicht gerne vorab lesen würden.«

»Dies hier« war die neueste Ausgabe des *Forum* und roch noch
nach Druckerschwärze. Augusta entfaltete sie und las die Über-
schrift über dem Leitartikel:

KANN EIN JUDE LORD WERDEN?

Ihre Stimmung besserte sich augenblicklich. Das Fiasko heute
nacht war nur eine Niederlage, aber nicht die entscheidende
Schlacht, sagte sie sich.

Dann las sie die ersten Zeilen:

*In Westminster und in den Clubs der Hauptstadt kursieren gegenwärtig
Gerüchte, denen zufolge der Premierminister mit dem Gedanken liebäugelt,
einem prominenten Bankier jüdischer Rasse und jüdischen Glaubens die
Peerswürde zu verleihen. Wir hoffen, daß diese Gerüchte jeder Grundlage
entbehren.*

*Nie haben wir der Verfolgung heidnischer Religionen das Wort geredet. Aller-
dings kann Toleranz auch übertrieben werden. Jemanden, der unverblümt die
christliche Heilslehre ablehnt, höchster Ehren wert zu befinden, hieße, sich
in gefährliche Nähe der Blasphemie zu begeben.*

*Uns ist natürlich bekannt, daß der Premierminister selbst der jüdischen
Rasse entstammt. Aber er ist konvertiert und hat den Treueid auf Ihre Ma-
jestät auf die christliche Bibel geschworen. Daher ergab sich aus seiner
Erhebung in den Adelsstand auch kein verfassungsmäßiges Problem. Die
Frage muß indessen gestellt werden, ob der ungetaufte Bankier, der im*

Mittelpunkt der Gerüchte steht, seinen Glauben dahingehend zu kompromit-
tieren bereit wäre, daß er den Eid auf das Alte und das Neue Testament in
seiner Gesamtheit ablegt. Bestünde er darauf, nur auf das Alte Testament
zu schwören – wie könnten in diesem Fall die Bischöfe im Oberhaus wider-
spruchslos der Zeremonie beiwohnen?
Wir hegen nicht den geringsten Zweifel, daß der Mann, um den es hier geht,
ein loyaler Bürger und ein ehrbarer Geschäftsmann ist ...

In diesem Stil ging es weiter. Augusta war hoch zufrieden. Sie sah
auf und sagte zu Hobbes: »Sehr schön! Das sollte einigen Wirbel
machen!«
»Ich hoffe es.« Mit einer raschen, vogelartigen Bewegung zog
Hobbes einen Zettel aus der Innentasche seines Jacketts. »Ich
habe mir die Freiheit genommen, den Kauf der erwähnten Druk-
kerpresse inzwischen abzuschließen. Die Rechnung ...«
»Kommen Sie damit morgen in die Bank!« unterbrach ihn Augusta unwirsch und ignorierte das dargebotene Papier. Es gelang
ihr nie, Hobbes über einen längeren Zeitraum hinweg mit der
gebotenen Höflichkeit zu behandeln, selbst wenn er ihr wieder
einmal einen guten Dienst erwiesen hatte. Irgend etwas an seinem Benehmen reizte sie bis aufs Blut. Sie riß sich zusammen
und sagte in freundlicherem Ton: »Mein Gatte wird Ihnen einen
Scheck geben.«
Hobbes verbeugte sich. »Wenn dem so ist, dann darf ich mich jetzt
verabschieden.«
Kaum war er fort, seufzte Augusta erleichtert auf. Dieser Artikel
würde ihnen einen Schlag versetzen! Maisie Greenbourne bildete
sich ein, die führende Dame der Londoner Gesellschaft zu sein.
Sollte sie doch die ganze Nacht lang mit dem Thronfolger tanzen – der Macht der Presse hatte auch sie nichts entgegenzusetzen. Die Greenbournes würden lange brauchen, um sich von dieser Attacke zu erholen – und bis dahin saß Joseph längst im
Oberhaus.
Augusta ging es jetzt wieder merklich besser. Sie setzte sich in
einen Sessel und las den Artikel noch einmal von vorn.

Als Hugh am Morgen nach dem Ball erwachte, hätte er die ganze Welt umarmen können. Seine Frau war in die höchsten gesellschaftlichen Kreise des Landes aufgenommen worden, und seinem eigenen Aufstieg zum Teilhaber im Bankhaus Pilaster stand nichts mehr im Wege. Die Teilhaberschaft eröffnete ihm die Möglichkeit, im Laufe der Jahre nicht nur Tausende, sondern Hunderttausende zu verdienen. Eines Tages würde er ein reicher Mann sein.

Solly wird natürlich enttäuscht sein, weil ich nun doch nicht für ihn arbeiten werde, dachte er. Aber mit Solly kann man reden, er ist nicht nachtragend. Er wird Verständnis für meine Entscheidung haben ...

Hugh zog sich einen Morgenmantel über, entnahm der Schublade seines Nachtschränkchens eine in Geschenkpapier gewickelte Schmuckschatulle und ließ sie in die Tasche gleiten. Dann begab er sich nach nebenan, ins Schlafzimmer seiner Frau.

Nora hatte ein großes Zimmer, in dem er sich nichtsdestoweniger immer ein wenig beengt fühlte. Die Fenster, die Spiegel und das Bett waren mit gemusterter Seide überzogen, den Boden bedeckten Teppiche und Läufer in mehreren Lagen, auf den Stühlen stapelten sich bestickte Kissen, und alle Tische und Simse waren randvoll mit gerahmten Bildern, Porzellanpüppchen und -döschen und anderem Schnickschnack. Noras Lieblingsfarben Rosa und Blau dominierten, doch gab es auch sonst kaum eine Farbnuance, die nicht irgendwo in den Tapeten, Bettbezügen, Vorhängen und Polstern vertreten gewesen wäre.

Umgeben von Spitzenkissen, saß Nora aufrecht im Bett und nippte an einer Tasse Tee. Hugh setzte sich auf den Bettrand und sagte: »Du warst wunderbar gestern abend.«

»Ich habe es ihnen allen gezeigt«, antwortete Nora, sichtlich zufrieden mit sich selbst. »Ich habe mit dem Thronfolger getanzt.«

»Dem fielen die Augen fast in deinen Ausschnitt«, sagte Hugh und streichelte ihre Brüste durch die Seide ihres hochgeschlossenen Nachthemds.

Gereizt schob sie seine Hand beiseite. »Nicht jetzt, Hugh!«

Er fühlte sich verletzt. »Warum nicht?«

»Das ist schon das zweite Mal in dieser Woche.«

»Am Anfang unserer Ehe haben wir es andauernd getan.«

»Genau, am Anfang unserer Ehe. Man kann aber von einem Mädchen nicht erwarten, daß es bis in alle Ewigkeit jeden Tag dazu bereit ist.«

Hugh runzelte die Stirn. Was ihn betraf, so hätte er nicht das geringste dagegen einzuwenden gehabt, es bis in alle Ewigkeit jeden Tag zu tun. Wozu sonst war die Ehe da? Er gestand sich jedoch ein, daß er nicht wußte, was »normal« war und was nicht. Vielleicht war er überaktiv.

»Wie oft sollten wir es denn deiner Meinung nach tun?« fragte er unsicher.

Es schien sie zu freuen, daß er diese Frage gestellt hatte – fast, als hätte sie nur auf eine Gelegenheit gewartet, endlich zu einer klaren Abmachung zu kommen. »Nicht mehr als einmal in der Woche!« sagte sie unmißverständlich.

»Ist das dein Ernst?« Seine Hochstimmung wich unvermittelt tiefer Niedergeschlagenheit. Eine Woche kam ihm auf einmal furchtbar lang vor. Er streichelte ihre Oberschenkel durch die Bettdecke hindurch. »Ein wenig öfter wäre vielleicht auch nicht schlecht.«

»Nein!« rief sie und zog das Bein fort.

Hugh war empört. Es war noch gar nicht so lange her, da war sie geradezu sexbesessen gewesen. Beide hatten sie es genossen. Wie konnte es geschehen, daß sie darin auf einmal nur noch eine Fron sah, die sie nur um seinetwillen über sich ergehen ließ? Hatte sie es vielleicht nie gemocht und nur so getan, als ob es ihr gefiele? Der Gedanke hatte etwas ungeheuer Deprimierendes an sich.

Er hatte nicht mehr viel Lust, ihr das Geschenk zu geben, aber da er es nun einmal für sie gekauft hatte, wollte er es auch loswerden. »Wie dem auch sei«, sagte er. »Ich hab' hier etwas für dich. Zur Erinnerung an deinen Triumph auf Maisie Greenbournes Mittsommernachtsball.« Seine Stimme paßte nicht zu seinen Worten. Er reichte ihr das kleine Päckchen.

Noras Verhalten änderte sich schlagartig. »O Hugh, du weißt doch, wie sehr ich Geschenke liebe!« sagte sie, riß die Verpackung auf und öffnete die Schatulle. Sie enthielt einen Anhänger in Form eines Blumenstraußes. Die Blüten waren aus Rubinen und Saphiren gearbeitet, die Stengel aus Gold. Auch die feine Kette bestand aus Gold. »Wie schön!« sagte Nora.

»Leg sie doch einmal um!«

Nora legte sich die Kette um den Hals.

Das Nachthemd war nicht gerade der ideale Hintergrund für das Schmuckstück. »Es paßt sicher besser zu einem ausgeschnittenen Abendkleid«, meinte Hugh.

Mit einem koketten Augenaufschlag begann Nora, die obersten Knöpfe ihres Nachthemds zu öffnen, und Hugh sah mit wachsendem Begehren, wie sie immer größere Partien ihres Busens entblößte. Wie ein Regentropfen an einer Rosenknospe hing der Anhänger in der reizvollen Vertiefung zwischen ihren Brüsten. Sie öffnete Knopf um Knopf und lächelte Hugh an. Endlich schlug sie den Stoff auseinander, zeigte ihm ihre nackten Brüste und fragte ihn: »Möchtest du sie küssen?«

Hugh wußte nicht, was er davon halten sollte. Spielt sie mit mir, oder will sie mit mir schlafen? fragte er sich. Er beugte sich vor und küßte ihre Brüste, zwischen denen das Juwel baumelte. Er nahm eine Brustwarze zwischen die Lippen und begann, sanft daran zu saugen.

»Komm ins Bett!« sagte Nora.

»Hast du nicht vorhin gesagt ...«

»Na, und wenn schon ... Ein braves Mädchen muß sich doch erkenntlich zeigen, nicht wahr?« Sie schlug die Bettdecke zurück.

Hugh fühlte sich alles andere als wohl in seiner Haut. Obwohl er genau wußte, daß es der Schmuck war, der Noras plötzlichen Stimmungswandel herbeigeführt hatte, konnte er der Versuchung nicht widerstehen. Sich insgeheim seiner Schwäche schämend, schlüpfte er aus dem Morgenmantel und legte sich zu seiner Frau ins Bett.

Als er kam, hätte er am liebsten laut geweint.

Mit der Vormittagspost traf ein Brief von Tonio Silva ein.

Kurz nachdem sie sich damals im Kaffeehaus getroffen hatten, war Tonio verschwunden, und der angekündigte *Times*-Artikel war nie erschienen. Hugh, der zuvor einen großen Wirbel wegen der angeblichen Gefahren für die Bank entfacht hatte, war sich düpiert vorgekommen, und Edward hatte jede sich bietende Gelegenheit genutzt, die Teilhaber an den »falschen Alarm« zu erinnern. Als dann das Drama um Hughs angedrohten Wechsel zu den Greenbournes seinen Lauf nahm, war allerdings rasch wieder Gras über die Affäre gewachsen.

Hugh hatte an das Hotel Russe geschrieben, aber keine Antwort erhalten. Er machte sich Gedanken um seinen Freund, wußte aber nicht, wie er ihm hätte helfen können.

Besorgt öffnete er das Kuvert. Der Brief kam aus einem Krankenhaus; Tonio bat Hugh um einen Besuch. Die letzte Zeile lautete: »Was immer du tust, *verrate niemandem meinen Aufenthaltsort.*«

Was war geschehen? Vor zwei Monaten hatte sich Tonio bester Gesundheit erfreut. Und warum lag er in einem öffentlichen Krankenhaus, einer jener finsteren, unhygienischen Bewahranstalten, die normalerweise den Armen vorbehalten waren? Wer immer es sich leisten konnte, ließ Ärzte und Krankenschwestern ins Haus kommen. Sogar Operationen wurden in den eigenen vier Wänden ausgeführt.

Hugh, der sich auf all das keinen Reim machen konnte, fuhr auf schnellstem Wege ins Krankenhaus. Er machte sich große Sorgen um seinen Freund.

Er fand Tonio in einem dunklen, kahlen Krankensaal, in dem dicht an dicht dreißig belegte Betten standen. Der rote Schopf war geschoren, Narben bedeckten Gesicht und Kopf. »Du meine Güte!« sagte Hugh. »Bist du überfahren worden?«

»Nein, überfallen«, erwiderte Tonio.

»Wie ist das geschehen?«

»Ich wurde vor zwei Monaten in der Straße vor dem Hotel Russe niedergeschlagen.«

»Ein Raubüberfall, oder?«

»Ja.«

»Du siehst ziemlich ramponiert aus.«

»Glücklicherweise ist es nicht ganz so schlimm. Außer einem Finger- und einem Knöchelbruch nur Schnittverletzungen und Prellungen – davon allerdings mehr als genug. Ich bin bald wieder auf dem Damm.«

»Du hättest mich viel früher informieren sollen! Wir müssen dich hier rausholen. Ich schicke dir meinen Hausarzt und kümmere mich um eine Krankenschwester ...«

»Nein danke, alter Junge. Das ist zwar sehr großzügig von dir, aber ich liege hier nicht nur des Geldes wegen. Es ist auch sicherer. Außer dir kennt hier nur noch ein Mensch meine wahre Identität – ein zuverlässiger Kollege, der mir ab und zu Frikadellen und Brandy bringt und mich auch über die Entwicklungen in Cordoba auf dem laufenden hält. Ich hoffe, du hast niemandem gesagt, wohin du fährst.«

»Nicht einmal meiner Frau«, sagte Hugh.

»Gut.«

Hugh fiel auf, daß von Tonios alter Unbekümmertheit nichts mehr zu spüren war, ja, es sah so aus, als habe sie sich ins andere Extrem verkehrt. »Aber du kannst dich doch aus Angst vor Straßenräubern nicht für den Rest deines Lebens in einem Krankenhaus verkriechen«, sagte er.

»Die Kerle, die mich überfallen haben, waren keine einfachen Straßenräuber, Pilaster.«

Hugh nahm seinen Hut ab und setzte sich auf den Bettrand. Er bemühte sich, das stoßweise Stöhnen des Mannes im Nachbarbett zu überhören, und sagte: »Erzähl mir genau, was vorgefallen ist.«

»Das war kein normaler Straßenraub. Die Diebe nahmen mir den Zimmerschlüssel ab und drangen damit in mein Hotelzimmer ein. Sie haben keinerlei Wertsachen gestohlen, sondern nur die Unterlagen für den *Times*-Artikel, einschließlich der notariell beglaubigten Zeugenaussagen.«

Hugh war entsetzt. Die Vorstellung, daß die makellos seriösen Transaktionen, die in den heiligen Hallen der Pilaster-Bank getätigt wurden, auch nur entfernt etwas mit gewalttätiger Straßenkriminalität und Tonios zerschlagenem Gesicht zu tun haben könnten, jagte ihm einen kalten Schauer über den Rücken. »Das klingt ja fast, als hättest du die Bank in Verdacht!« sagte er.

»Nein, nicht die Bank«, erwiderte Tonio. »Das Bankhaus Pilaster ist eine mächtige Organisation, aber ich glaube nicht, daß es in der Lage wäre, Mordanschläge in Cordoba zu organisieren.«

»Mordanschläge?« Das wurde ja immer schlimmer! »Wer ist denn ermordet worden?«

»Alle Personen, deren Namen und Anschriften sich bei den beglaubigten Zeugenaussagen befanden, die aus meinem Hotelzimmer gestohlen wurden.«

»Das ist ja unglaublich!«

»Ich kann von Glück reden, daß ich überlebt habe. Sie hätten mich wahrscheinlich auch umgebracht, wenn sie nicht wüßten, daß Morde hier in London gründlicher untersucht werden als daheim. Sie hatten einfach Angst vor den Wellen, die ein Mord hier schlägt.«

Hugh war noch immer wie vor den Kopf geschlagen von der Enthüllung, daß wegen der Anleihe-Emissionen der Bank Menschen umgebracht worden waren. »Aber wer steckt denn dahinter?« fragte er.

»Micky Miranda.«

Hugh schüttelte ungläubig den Kopf. »Ich kann Micky nicht leiden, das weißt du. Aber solche Untaten traue ich ihm nicht zu.«

»Die Santamaria-Bahn ist für ihn lebenswichtig. Sie macht seine Familie zur zweitmächtigsten Dynastie im Land.«

»Das ist mir klar. Und wie ich Micky kenne, läßt er sich auf eine ganze Reihe von Gesetzesverstößen ein, um seine Ziele durchzusetzen. Aber er ist kein Killer.«

»Doch, er ist ein Mörder.«

»Ach, komm ...«

»Ich weiß es hundertprozentig. Nur habe ich mich nicht immer entsprechend verhalten. Tatsache ist, daß ich mich, was Miranda betrifft, wie ein Idiot angestellt habe. Aber das liegt ganz einfach an seinem teuflischen Charme. Eine Zeitlang gelang es ihm sogar, mir weiszumachen, er sei mein Freund. In Wirklichkeit ist er

durch und durch bösartig – und ich weiß das seit unserer Schulzeit.«

»Wieso?«

Tonio veränderte seine Lage im Bett. »Ich weiß, was damals vor
dreizehn Jahren geschah, als Peter Middleton in diesem Badesee
im Bischofswäldchen ertrank.«

Hugh war sofort wie elektrisiert. Seit vielen Jahren schon beschäftigte ihn diese Frage. Peter Middleton war ein guter Schwimmer
gewesen, und daß er einem Unfall zum Opfer gefallen sein sollte,
war Hugh von Anfang an höchst unwahrscheinlich vorgekommen.
Seit langem war er fest davon überzeugt, daß es bei Peters Tod
nicht mit rechten Dingen zugegangen sein konnte. Vielleicht kam
jetzt endlich die Wahrheit ans Licht. »Nun erzähl schon, Mann«,
sagte er. »Ich brenne darauf zu erfahren, was sich damals abge-
spielt hat.«

Tonio zögerte. »Könntest du mir ein Schlückchen Wein einschenken?« fragte er. Auf dem Boden neben dem Bett stand eine Flasche
Madeira. Hugh nahm sie auf und goß etwas Wein in ein Glas.
Während Tonio in kleinen Schlucken trank, erinnerte sich Hugh
an die Hitze jenes Tages. Im Bischofswäldchen hatte sich kein
Lüftchen gerührt. Er sah die zerklüfteten Felswände vor sich, die
den Badesee umgaben, und glaubte das kalte Wasser wieder zu
spüren ...

»Dem Untersuchungsrichter wurde erzählt, daß Peter im Wasser
plötzlich in Schwierigkeiten geriet. Daß Edward ihn mehrmals
untertauchte, hat er nie erfahren.«

»Das wußte ich auch schon«, unterbrach ihn Hugh. »Ich erhielt
einen Brief von Hump Cammel aus der Kapkolonie. Er beobachtete die Szene von der anderen Seite des Teichs, bekam das Ende
aber nicht mehr mit.«

»Ja, das stimmt. Du bist entwischt, und Hump lief davon. Zurück
blieben Peter, Edward, Micky und ich.«

»Was geschah, als ich weg war?« fragte Hugh ungeduldig.

»Ich kletterte an Land und warf einen Stein nach Edward. Es war
ein Sonntagsschuß: Ich traf ihn mitten auf die Stirn. Die Wunde
fing sofort an zu bluten. Er ließ von Peter ab und nahm mich aufs

Korn. Um ihm zu entkommen, kletterte ich die Wand des Steinbruchs hinauf.«

»Edward war nie besonders schnell zu Fuß, schon damals nicht«, bemerkte Hugh.

»Richtig. Ich hatte auch schon bald einen guten Vorsprung. Auf halber Höhe warf ich dann einen Blick zurück. Jetzt war es Micky, der Peter zusetzte. Peter war an den Rand des Teichs geschwommen und versuchte, ans Ufer zu steigen. Aber Micky tauchte ihn immer wieder unter. Obwohl ich nur kurze Zeit zusah, war mir völlig klar, was da unten vorging. Dann kletterte ich weiter.« Tonio trank einen Schluck Madeira, ehe er fortfuhr. »Am oberen Rand des Steinbruchs drehte ich mich dann noch einmal um. Edward war noch immer hinter mir her, aber mein Vorsprung war so groß, daß ich mir die kleine Atempause leisten konnte.« Er hielt inne, und auf seinem vernarbten Gesicht lag ein Ausdruck tiefsten Abscheus. »Micky war jetzt bei Peter im Wasser. Ich sah es genau, und noch heute ist meine Erinnerung so klar, als wäre das alles erst gestern geschehen. Micky tauchte Peter unter. Peter schlug um sich und zappelte verzweifelt, konnte sich aber nicht befreien, da Micky seinen Kopf im Schwitzkasten hielt. Micky hat ihn ertränkt, daran besteht nicht der geringste Zweifel. Es war Mord, ohne jedes Wenn und Aber.«

»O Gott«, stöhnte Hugh.

Tonio nickte. »Noch heute wird mir übel, wenn ich nur daran denke. Ich starrte wie gebannt auf die Szene. Fast hätte Edward mich noch erwischt. Als er den oberen Rand des Steinbruchs erreichte und ich mich aus dem Staub machen mußte, schlug Peter nicht mehr um sich, sondern bewegte sich nur noch schwach.«

Bestürzung und namenloses Entsetzen hatten von Hugh Besitz ergriffen. »So also ist Peter Middleton gestorben«, sagte er.

»Edward verfolgte mich bis in den Wald hinein, aber er war völlig außer Atem. Es gelang mir, ihn abzuschütteln. Schließlich stieß ich auf dich.«

Hugh erinnerte sich, wie der dreizehnjährige Tonio, mit seinen Kleidern in der Hand, nackt, naß und schluchzend durchs Bischofswäldchen gelaufen war, und mit der Erinnerung daran stell-

ten sich auch der Schock und die Trauer wieder ein, die ihn befal-
len hatten, als man ihm später an jenem Tag vom Tod seines
Vaters berichtete. »Aber warum hast du nie jemandem von deinen
Beobachtungen erzählt?«

»Ich hatte Angst vor Micky. Ich fürchtete, er könne mir das gleiche antun wie Peter. Ich habe noch heute Angst vor Micky – du
brauchst mich ja nur anzusehen! Und ich glaube, auch du hättest
Anlaß, dich vor ihm zu fürchten.«

»Das tue ich bereits, keine Sorge.« Hugh überlegte. »Weißt du
was?« sagte er nach einer Pause. »Ich glaube nicht, daß Edward
und seine Mutter die Wahrheit kennen.«

»Wie kommst du darauf?«

»Sie hatten keinerlei Anlaß, Micky zu decken.«

Das Argument schien Tonio nicht zu überzeugen. »Edward
schon – er war doch mit Micky befreundet.«

»Ja, vielleicht ... Aber ich glaube, er wäre nicht imstande gewesen, das Geheimnis länger als ein, zwei Tage zu bewahren. Im
übrigen wußte Augusta, daß die Version, nach der Edward versucht haben soll, Peter zu retten, erlogen war.«

»Woher konnte sie das wissen?«

»Meine Mutter sagte es ihr, und Mutter hatte es von mir. Das
beweist, daß Augusta aktiv an der Vertuschung des wahren Sach-
verhalts beteiligt war. Ich kann mir durchaus vorstellen, daß Augusta um ihres geliebten Sohnes willen das Blaue vom Himmel
herunter lügt – aber nicht für Micky, zumal sie ihn in jenen Tagen
ja noch gar nicht kannte.«

»Was ist also deiner Meinung nach geschehen?«

Hugh runzelte die Stirn. »Stellen wir es uns mal so vor: Edward
gibt die Suche nach dir auf und kehrt zum Badesee zurück. Micky
zieht gerade Peters Leiche aus dem Wasser. Als Edward dazu-
kommt, sagt er: ›Du hast ihn umgebracht, du Idiot!‹ Edward hat
ja nicht gesehen, wie Micky Peter untergetaucht hat, vergiß das
nicht! ›Was soll ich tun?‹ fragt Edward. ›Keine Sorge‹, beruhigt
ihn Micky. ›Wir sagen, es war ein Unfall. Ich werde sogar behaupten, daß du reingesprungen bist, um ihn zu retten.‹ Auf diese
Weise vertuscht Micky sein eigenes Verbrechen und sorgt gleich-

zeitig dafür, daß Edward und Augusta ihm ewig dankbar sein müssen. Das klingt doch plausibel, oder?«

Tonio nickte. »Mein Gott, ich glaube, du hast recht.«

»Wir müssen zur Polizei gehen«, sagte Hugh wütend.

»Warum?«

»Du warst Augenzeuge eines Mordes. Daß die Tat inzwischen dreizehn Jahre zurückliegt, spielt keine Rolle. Micky muß zur Rechenschaft gezogen werden.«

»Du vergißt, daß Micky diplomatische Immunität genießt.«

Daran hatte Hugh nicht gedacht. Als Botschafter von Cordoba konnte Micky in England nicht vor Gericht gestellt werden. »Er könnte zumindest zur unerwünschten Person erklärt und nach Hause geschickt werden.«

Tonio schüttelte den Kopf. »Ich bin der einzige Zeuge. Micky und Edward werden eine andere Geschichte erzählen. Außerdem ist allgemein bekannt, daß unsere Familien daheim in Cordoba eingeschworene Feinde sind. Selbst wenn die Tat erst gestern geschehen wäre, kämen wir in Beweisnot.« Tonio machte eine Pause. »Aber vielleicht möchtest du Edward sagen, daß er kein Mörder ist.«

»Er würde mir wahrscheinlich gar nicht glauben und mir vorwerfen, ich wolle ihn und Micky auseinanderbringen. Aber es gibt jemand anderen, dem ich die Wahrheit nicht vorenthalten kann.«

»Wer ist das?«

»David Middleton.«

»Und warum?«

»Ich glaube, er hat ein Recht darauf, zu erfahren, wie sein Bruder ums Leben kam. Auf dem Ball der Herzogin von Tenbigh hat er mich darüber befragt – auf ziemlich rüde Weise, offen gestanden. Ich erwiderte, wenn ich die Wahrheit erführe, würde ich ihm Bescheid sagen, und gab ihm mein Ehrenwort darauf. Ich werde ihn heute noch aufsuchen und ihm reinen Wein einschenken.«

»Glaubst du nicht, daß er gleich zur Polizei laufen wird?«

»Er wird wohl einsehen, daß es keinen Sinn hat, so wie wir beide es ja auch eingesehen haben.« Hugh fühlte sich plötzlich bedrückt durch den schäbigen Krankensaal und das schauerliche Gespräch über einen weit zurückliegenden Mord. »Aber jetzt muß ich zur Arbeit«, sagte er und erhob sich. »Ich soll Teilhaber in der Bank werden.«

»Herzlichen Glückwunsch! Das hast du dir sicher verdient.« Tonio wirkte auf einmal hoffnungsfroh. »Meinst du, es gelingt dir, den Bau der Santamaria-Bahn zu verhindern?«

Hugh schüttelte den Kopf. »Tut mir leid, Tonio. Sosehr mir dieses Projekt auch mißfällt – ich kann nichts mehr dagegen tun. Edward hat mit der Greenbourne Bank eine gemeinsame Auflage der Anleihen vereinbart. Die Teilhaber beider Banken haben die Ausgabe gutgeheißen. Inzwischen werden die Verträge ausgearbeitet. Ich fürchte, wir haben die Schlacht verloren.«

»Verdammt!« Tonio war bitter enttäuscht.

»Deine Familie wird sich in ihrem Kampf gegen die Mirandas etwas anderes einfallen lassen müssen.«

»Ich fürchte, die sind nicht mehr aufzuhalten.«

»Es tut mir leid«, wiederholte Hugh. Im gleichen Augenblick durchzuckte ihn ein Gedanke, der ihm bislang noch gar nicht gekommen war. Nachdenklich zog er die Brauen zusammen. »Ein Rätsel hast du heute für mich gelöst, Tonio. Es war mir immer unbegreiflich, wie Peter, der doch ein so guter Schwimmer war, so mir nichts, dir nichts ertrinken konnte. Aber deine Antwort birgt in sich ein zweites, noch größeres Geheimnis.«

»Ich weiß nicht, ob ich dir da folgen kann ...«

»Denk einmal darüber nach. Peter schwamm arglos im Badesee herum. Edward tauchte ihn unter, einfach aus Übermut und Bosheit. Doch als wir dann alle davonrannten und Edward dich verfolgte, hat Micky Peter kaltblütig umgebracht. *Das hatte doch mit dem, was vorher geschehen war, überhaupt nichts mehr zu tun.* Warum hat er ihn ermordet? Was hatte Peter ihm denn getan?«

»Ich verstehe. Ja, darüber zerbreche ich mir auch schon seit Jahren den Kopf.«

»Micky Miranda hat Peter Middleton umgebracht ... Aber warum?«

An jenem Tag, da Joseph Pilasters Erhebung in den Adelsstand offiziell bekanntgegeben wurde, benahm sich Augusta wie eine Henne, die gerade ein Ei gelegt hat. Als Micky wie üblich zum Tee kam, drängten sich im Empfangszimmer die Freunde und Bekannten, die der frischgebackenen Gräfin Whitehaven gratulieren wollten. Hastead, ihr Butler, trug ein blasiertes Lächeln zur Schau und betitelte seine Herrin bei jeder sich bietenden Gelegenheit mit *Mylady* oder *Your Ladyship*.

Eine erstaunliche Frau, dachte Micky, als er sah, wie sie sich vor der geöffneten Terrassentür im sonnenlichtdurchfluteten Garten umschwärmen ließ. Sie hatte diesen Feldzug generalstabsmäßig geplant und durchgeführt. Vorübergehend waren Gerüchte aufgekommen, nach denen Ben Greenbourne mit der Peerswürde ausgezeichnet werden sollte, doch nach einem wütenden antijüdischen Aufschrei in der Presse hatte man davon nichts mehr gehört. Obwohl Augusta auch ihm gegenüber nicht zugab, daß sie diese Pressekampagne angezettelt hatte, war Micky sich dessen absolut sicher. In mancher Hinsicht erinnerte sie ihn an seinen Vater, der seine Ziele ebenfalls mit gnadenloser Entschlossenheit durchzusetzen pflegte. Allerdings war sie raffinierter als Papa. Mickys Bewunderung für Augusta Pilaster war im Laufe der Jahre immer größer geworden.

Der einzige Mensch, der sich jemals erfolgreich gegen ihre Ranküne zur Wehr gesetzt hatte, war Hugh Pilaster. Seltsam, wie schwer es war, ihn zu bezwingen. Er verhielt sich wie ein hartnäckiges Gartenunkraut: Man konnte ihn in Grund und Boden stampfen, doch nach einer Weile blühte er wieder auf, stärker und aufrechter denn je.

Glücklicherweise war es Hugh nicht gelungen, den Bau der Santa-maria-Bahn zu verhindern. Micky und Edward hatten sich gegen ihn und Tonio durchgesetzt. »Übrigens«, sagte Micky zu Edward, während sie beide an ihren Teetassen nippten, »wann wirst du den Vertrag mit Greenbourne unterzeichnen?«

»Morgen.«

»Sehr gut!« Ein Stein würde ihm vom Herzen fallen, wenn das Abkommen endlich unter Dach und Fach war. Die Angelegenheit zog sich inzwischen schon über sechs Monate hin. Jede Woche kabelte Papa aus Cordoba, und von Mal zu Mal klangen die Forderungen nach dem in Aussicht gestellten Geld barscher und ungeduldiger.

Am Abend trafen Edward und Micky sich zum Dinner im Cowes Club.

Alle paar Minuten wurde ihr Gespräch von Gratulanten unterbrochen. Edward war der Mann, der eines Tages den Titel seines Vaters erben würde. Micky war hoch zufrieden. Seine enge Verbindung zu Edward und den Pilasters war inzwischen zu einem Schlüsselfaktor für all seine Unternehmungen und Erfolge geworden. Mehr Prestige für die Pilasters bedeutete auch mehr Macht für Micky Miranda.

Nach dem Essen zogen sie sich ins Raucherzimmer zurück. Da sie schon sehr früh gespeist hatten, waren sie dort zunächst unter sich. »Ich bin mittlerweile fest davon überzeugt, daß die Engländer furchtbare Angst vor ihren Ehefrauen haben«, sagte Micky, als sie sich die Zigarren ansteckten. »Anders ist das Phänomen der Londoner Clubs nicht zu erklären.«

»Was für'n Quatsch redest du da?« fragte Edward.

»So schau dich doch um!« sagte Micky. »Hier sieht es genauso aus wie bei mir oder bei dir zu Hause: teure Möbel, überall Diener, langweiliges Essen, unbegrenzte Mengen Alkohol. Wenn wir wollen, können wir jede Mahlzeit hier einnehmen, unsere Post hierher bestellen und unsere Zeitungen hier lesen. Wir können hier unser Nachmittagsschläfchen halten, und wenn wir abends zu betrunken sind, um in die Droschke zu finden, können wir hier sogar übernachten. Der einzige Unterschied zwischen dem Club

eines Engländers und seinem Zuhause besteht darin, daß es im
Club keine Frauen gibt.«

»Dann habt ihr also in Cordoba keine Clubs, oder?«

»Nein, bestimmt nicht. Die würden ja gar keine Mitglieder finden.
Wenn ein Cordobaner sich betrinken, Karten spielen, politisieren
und über seine Huren reden, wenn er in aller Bequemlichkeit
rauchen, rülpsen und furzen will, dann tut er es in seinem eigenen
Haus. Ist seine Frau so dämlich, sich dem zu widersetzen, so
verdrischt er sie, bis sie wieder zur Vernunft kommt. Der englische
Gentleman hat solche Angst vor seiner Frau, daß er sein Vergnügen außerhalb der eigenen vier Wände suchen muß. Und deshalb
gibt es die Clubs.«

»Allzuviel Angst scheinst du vor Rachel aber nicht zu haben. Du
bist sie wieder los, he?«

»Ich hab' sie zu ihrer Mami nach Hause geschickt«, sagte Micky
hochnäsig. Das entsprach zwar nicht ganz den Tatsachen, doch
die Wahrheit ging Edward nichts an.

»Den Leuten muß doch auffallen, daß sie bei den Botschaftsemp-
fängen plötzlich fehlt. Wirst du nicht nach ihr gefragt?«

»Ich sage, daß sie gesundheitlich nicht auf dem Damm ist.«

»Aber die Spatzen pfeifen es doch von den Dächern, daß sie eine
Geburtsklinik für ledige Mütter gründen will! Welch ein Skandal!«

»Und wenn schon. Die Leute haben Mitleid mit mir, weil ich mit
einer so schwierigen Frau geschlagen bin.«

»Willst du dich scheiden lassen?«

»Nein, das wäre ein echter Skandal. Ein Diplomat kann sich nicht
scheiden lassen. Solange ich Botschafter bin, hänge ich an ihr fest,
fürchte ich. Gott sei Dank war sie noch nicht schwanger, als sie
ging.« Eigentlich ein Wunder, dachte er. Vielleicht ist sie unfruchtbar. Er winkte einen Ober herbei und bestellte Brandy. »Da
wir uns gerade über Frauen unterhalten«, sagte er vorsichtig.
»Wie steht's denn mit Emily?«

Edward war die Frage sichtlich peinlich. »Ich sehe von ihr genauso wenig wie du von Rachel«, sagte er. »Vor einiger Zeit habe
ich ihr ein Landhaus in Leicestershire gekauft – und dort wohnt
sie mittlerweile.«

»Dann sind wir also beide wieder Junggesellen.«
Edward grinste. »Waren wir denn je was anderes, he?«
Micky ließ seinen Blick durchs leere Zimmer schweifen und er-
kannte im Türrahmen die wuchtige Gestalt Solly Greenbournes.
Obwohl es in London keinen harmloseren Mann als Solly gab,
machte ihn sein Anblick nervös, ohne daß er hätte sagen können,
warum. »Da kommt noch ein Gratulant«, sagte er zu Edward.
Solly steuerte schnurgerade auf sie zu. Er hatte sie noch nicht
erreicht, als Micky erkannte, daß mit ihm etwas nicht stimmte:
Sollys Miene ließ das vertraute freundliche Lächeln vermissen.
Er – der liebe, gutmütige Solly! – war außer sich vor Wut. Micky
spürte intuitiv, daß es irgend etwas mit dem Santamaria-Geschäft
zu tun hatte. Unfug, dachte er bei sich, hör endlich auf, dir dau-
ernd Sorgen zu machen, du bist doch kein altes Weib ... Aber
Solly und wütend? Das war ja was ganz Neues ...
Das Schlimmste befürchtend, begrüßte Micky ihn mit plumper
Herzlichkeit: »Hallo, Solly, alter Knabe! Wie geht's denn so?«
Aber Solly wollte nichts von Micky wissen. Ohne den Gruß zu
erwidern, drehte er ihm seine gewaltige Rückfront zu und fuhr
Edward an: »Du widerlicher Kerl, Pilaster ...«
Kaltes Entsetzen ergriff Micky. Solly und Edward standen kurz
vor der Unterzeichnung eines wichtigen Vertrags. Und jetzt ge-
schah etwas Furchtbares. Solly stritt sich sonst nie mit anderen
Leuten. Was hatte ihn bloß so in Rage gebracht?
Edward war kaum weniger verdattert. »Was ist denn in dich ge-
fahren, Greenbourne? Wovon redest du, zum Teufel?«
Solly lief blutrot an und konnte vor Erregung kaum sprechen.
»Ich weiß jetzt, daß du und diese Hexe, die du deine Mutter
nennst ... daß ihr zwei hinter diesen dreckigen Artikeln im *Forum*
steckt.«
Oh, nein! sagte Micky zu sich selbst. Eine Katastrophe! Daß Augusta ihre Finger im Spiel hatte, glaubte auch er, obwohl er es
nicht hätte beweisen können. Wie aber, um alles in der Welt, war
Solly dahintergekommen?
Edward bewegte die gleiche Frage. »Wer hat dir denn den Scheiß
in dein fettes Hirn geträufelt?« fragte er.

»Eine Busenfreundin deiner Mutter ist Hofdame bei der Königin«, erwiderte Solly. Micky mußte sofort an Harriet Morte denken – Augusta schien sie in der Hand zu haben. Solly fuhr fort: »Sie hat die Katze aus dem Sack gelassen und es dem Prinzen von Wales gesteckt. Ich komme gerade von ihm.«

Er muß vor Wut den Verstand verloren haben, dachte Micky. Wäre er bei Sinnen, würde er nie so indiskret über eine private Unterhaltung mit einem Mitglied der königlichen Familie reden. So weit kommt's, wenn man bei einer guten Seele den Bogen überspannt ... Er sah keine Chance, die Streithähne wieder zu versöhnen, jedenfalls nicht in der kurzen Zeit bis zur vereinbarten Vertragsunterzeichnung.

Verzweifelt versuchte er, ein wenig Öl auf die Wogen zu gießen. »Solly, alter Junge, du weißt doch gar nicht, ob die Geschichte überhaupt stimmt ...«

Solly drehte sich zu ihm um. Die Augen traten ihm aus den Höhlen, und der Schweiß lief ihm über das Gesicht. »So, das weiß ich nicht? Wo heute in jeder Zeitung steht, daß Joseph Pilaster die Peerswürde erhält, die eigentlich für Ben Greenbourne vorgesehen war?«

»Und wenn schon ...«

»Kannst du dir denn nicht vorstellen, was das für meinen Vater bedeutet?«

Langsam begann Micky zu begreifen, was den Panzer von Sollys Liebenswürdigkeit gebrochen hatte. Solly tobte nicht um seiner selbst willen, sondern weil seinem Vater so übel mitgespielt worden war. Mit einem Bündel russischer Felle, einer Fünfpfundnote und einem Loch im Stiefel war Ben Greenbournes Großvater einst nach London gekommen. Ein Sitz im Oberhaus wäre für Ben die endgültige Bestätigung für die Akzeptanz seiner Familie in der Londoner Gesellschaft gewesen. Natürlich lag auch Joseph Pilaster daran, seine Karriere mit der Peerswürde zu krönen – schließlich hatte sich auch seine Familie mit Fleiß und Strebsamkeit emporgearbeitet –, nur bedeutete sie für einen Juden eben noch eine viel größere Errungenschaft. Die Erhebung Ben Greenbournes in den Adelsstand wäre nicht nur für ihn und seine Fami-

lie, sondern für die gesamte jüdische Gemeinde in England ein
triumphaler Erfolg gewesen.
»Ich kann auch nichts dafür, du bist nun mal ein Jude«, sagte
Edward.
Micky fuhr dazwischen. »Ihr beide solltet euch nicht durch eure
Eltern auseinanderbringen lassen«, sagte er, »schließlich seid ihr
bei einem umfangreichen Projekt Geschäftspartner ...«
»Spiel doch nicht den Idioten, Miranda!« unterbrach ihn Solly
mit einer Heftigkeit, die Micky zusammenzucken ließ. »Die Santamaria-Bahn und alle anderen Gemeinschaftsunternehmen mit
der Greenbourne Bank könnt ihr euch ein für allemal aus dem
Kopf schlagen. Wenn unsere Teilhaber erfahren, was da gelaufen
ist, lassen sie sich nie wieder auf ein Geschäft mit den Pilasters
ein.«

Solly ging. Micky kam die Galle hoch, als er ihm nachsah. Nur
allzu leicht vergaß man, wie mächtig diese Bankiers waren – vor
allem der so harmlos wirkende Solly. Und doch genügte ein Wut-
anfall, um mit einem einzigen Satz alle Hoffnungen und Erwartungen Mickys vom Tisch zu wischen.
»Unverschämter Kerl«, sagte Edward kleinlaut. »Typischer Jude
eben.«
Halt deine Klappe, hätte Micky am liebsten gesagt. Edward
würde den geplatzten Vertrag überleben. Was ihn selbst betraf, so
war sich Micky da keineswegs sicher. Papa würde in seiner Enttäuschung und Wut einen Sündenbock suchen – und dafür war
Micky der erste Kandidat.
Gab es wirklich gar keine Hoffnung mehr? Er versuchte, seiner
abgrundtiefen Niedergeschlagenheit Herr zu werden, und begann
zu überlegen. Bestand noch irgendeine Möglichkeit, Solly an der
Aufkündigung des Vertrags zu hindern? Sobald die anderen
Greenbournes erfuhren, was Solly ihnen mitzuteilen hatte, war
das Projekt endgültig gestorben.
War Solly noch umzustimmen?
Micky mußte es zumindest versuchen.
Er stand abrupt auf.

»Wo willst du hin?« fragte Edward.

Micky beschloß, Edward nicht in seinen Plan einzuweihen. »Ins Kartenzimmer«, sagte er. »Hast du nicht auch Lust auf ein kleines Spielchen?«

»Doch, natürlich.« Edward wuchtete sich aus dem Sessel. Gemeinsam verließen sie das Zimmer.

Vor der Treppe steuerte Micky auf die Toilette zu und sagte: »Geh schon rauf und warte auf mich!«

Edward ging hinauf. Micky betrat die Garderobe, packte Hut und Stock und rannte durch den Haupteingang hinaus auf die Straße.

Er spähte in beide Richtungen die Pall Mall entlang und geriet bei dem Gedanken, Solly könne bereits außer Sichtweite sein, fast in Panik. Die Dämmerung hatte eingesetzt, und die Gaslaternen wurden angezündet. Solly schien wie vom Erdboden verschluckt zu sein – doch dann, endlich, entdeckte er ihn: In entschlossenem Watschelschritt bewegte sich seine massige Gestalt in Smoking und Zylinder auf den St. James's Palast zu. Knapp hundert Meter mochten zwischen ihnen liegen.

Micky ging ihm nach.

Er wollte Solly erklären, wie wichtig die Bahn für ihn und Cordoba war. Er wollte ihm klarmachen, daß er, Solly, im Begriff stand, Millionen verarmter Bauern für eine Tat zu bestrafen, die Augusta Pilaster begangen hatte. Solly hatte ein weiches Herz. Wenn er sich inzwischen nur ein wenig beruhigt hatte, war es vielleicht doch noch möglich, ihn umzustimmen.

Er komme gerade vom Prinzen von Wales, hatte er gesagt. Daraus ließ sich schließen, daß er bisher noch keine Gelegenheit gehabt hatte, anderen von dem Geheimnis zu erzählen, das ihm der Kronprinz anvertraut hatte. Bei der Auseinandersetzung im Club hatte es keine Zeugen gegeben. Höchstwahrscheinlich wußte selbst Ben Greenbourne noch nicht, wer ihn um die Peerswürde betrogen hatte.

Natürlich würde die Wahrheit nicht ewig ein Geheimnis bleiben. Der Kronprinz konnte jederzeit auch andere Leute ins Vertrauen ziehen – dann allerdings wäre der Vertrag über die Santamaria-Bahn längst unter Dach und Fach. Es kam nur darauf an, bis zur

Unterzeichnung des Vertrages Stillschweigen zu bewahren, also bis morgen. Mochten sich die Pilasters und die Greenbournes danach bis zum Tag des Jüngsten Gerichts in den Haaren liegen – Papa hätte auf jeden Fall seine Bahn.

Auf den Bürgersteigen trippelten Prostituierte auf und ab; Männer verschwanden in ihren Clubs oder verließen sie; Laternenanzünder gingen ihrer Arbeit nach, und immer wieder holperten Kutschen und Droschken vorbei. Micky hatte Mühe, den Abstand zu Solly zu verkürzen. Erneut stieg Panik in ihm auf. Da bog Solly plötzlich in eine Querstraße ein, die zu seinem Haus am Piccadilly führte.

Micky folgte ihm. In der Nebenstraße herrschte längst nicht so viel Verkehr wie in der Pall Mall. Micky begann zu rennen. »Greenbourne!« rief er. »Warte!«

Solly blieb stehen und drehte sich um. Er keuchte. Als er Micky erkannte, wandte er sich sofort ab.

Micky packte ihn am Arm. »Ich muß mit dir reden!«

Solly war dermaßen außer Atem, daß er kaum sprechen konnte. »Nimm deine elenden Pfoten weg!« schnaufte er, riß sich los und ging weiter.

Micky lief hinter ihm her und packte ein zweites Mal zu. Solly wollte ihn abschütteln, aber diesmal ließ Micky nicht locker. »So hör mir doch zu!«

»Ich hab' dir gesagt, du sollst mich in Ruhe lassen!« fauchte Solly.

»Eine Minute bloß, verdammt noch mal!« Micky wurde langsam wütend.

Aber Solly wollte nichts von ihm wissen. Er schlug um sich, befreite sich mit Gewalt aus Mickys Griff und setzte seinen Weg fort.

Ein paar Schritt weiter erreichte er eine Querstraße. Da mit hoher Geschwindigkeit eine Kutsche vorbeirumpelte, sah er sich gezwungen, am Bordstein stehenzubleiben. Micky nutzte die Gelegenheit, ihn noch einmal anzusprechen. »Solly, so beruhige dich doch!« sagte er. »Ich will mich nur ganz vernünftig mit dir unterhalten!«

»Scher dich zum Teufel!« brüllte Solly.

Die Straße war frei. Um Solly am Weitergehen zu hindern, packte Micky ihn am Revers.

Solly versuchte, sich freizumachen, aber Micky gab nicht nach und schrie: »Jetzt hör mich endlich an!«

»Laß mich los!« Solly bekam eine Hand frei und versetzte Micky einen Fausthieb auf die Nase.

Der Schlag tat weh, und Micky schmeckte Blut im Mund. Er geriet außer sich vor Wut. »Verdammter Mistkerl!« rief er, ließ den Mantel los und schlug zurück. Er traf Solly an der Wange.

Solly drehte sich um und trat auf die Straße. In diesem Augenblick tauchte erneut eine Kutsche auf und kam in schneller Fahrt auf sie zu. Sie sahen sie beide gleichzeitig. Solly sprang zurück auf den Bürgersteig, um nicht überrollt zu werden.

Da sah Micky seine Chance.

Wenn Solly tot ist, bin ich meine Sorgen los, dachte er.

Für eine vernünftige Abwägung der Risiken reichte die Zeit nicht mehr. Zögerte er jetzt, war die Gelegenheit vorüber.

Mit einem kräftigen Stoß schubste er Solly direkt vor das Gespann.

Der Kutscher kreischte auf und riß an den Zügeln. Solly stolperte, sah die Pferde fast über sich und stürzte mit einem lauten Schrei zu Boden.

Micky sah die Szene wie auf einem Bild vor sich: die heranstürmenden Pferde, die schweren Räder der Kutsche, den entsetzten Kutscher und die massige, hilflos auf dem Rücken liegende Gestalt Sollys auf dem Straßenpflaster.

Schon hatten die Pferde Solly erreicht und überrannten ihn. Micky sah, wie sich der dicke Körper unter den Schlägen der eisenbeschlagenen Hufe wand. Dann traf das rechte Vorderrad der Kutsche Solly mit Wucht am Kopf, so daß er das Bewußtsein verlor. Sekundenbruchteile später rollte das rechte Hinterrad über sein Gesicht und knackte Sollys Schädel wie eine Eierschale.

Micky wandte sich ab. Um ein Haar hätte er sich übergeben müssen, doch es gelang ihm, den Brechreiz unter Kontrolle zu halten. Aber er begann heftig zu zittern, fühlte sich schwach und schwindelig und mußte sich an eine Hauswand lehnen, um nicht zusammenzubrechen.

Er zwang sich, den bewegungslosen Körper auf der Straße anzusehen. Sollys Schädel war zertrümmert, sein Gesicht nicht mehr zu erkennen. Sein Blut und irgend etwas anderes verschmierte das Pflaster. Solly war tot.

Und Micky war gerettet.

Nun würde Ben Greenbourne nicht erfahren, was Augusta ihm angetan hatte, jedenfalls nicht bis morgen. Der Vertrag und das Geschäft waren gerettet, die Bahn würde gebaut werden – und Micky konnte sich bereits als Nationalheld sehen.

Eine warme Flüssigkeit tröpfelte auf seine Lippen. Seine Nase blutete noch immer. Micky zog ein Taschentuch heraus und tupfte sie ab.

Er warf einen letzten Blick auf Solly. Ein einziges Mal in deinem Leben hast du die Geduld verloren, dachte er, und das hat dich prompt umgebracht ...

Er sah sich um. Die vom trüben Licht der Gaslaternen erhellte Straße war menschenleer. Nur der Kutscher hatte gesehen, was geschehen war.

Vielleicht dreißig Meter weiter kam die Kutsche schlingernd und rasselnd zum Stehen. Der Kutscher sprang vom Bock, und eine Frau schaute aus dem Fenster. Micky drehte sich um und entfernte sich mit schnellen Schritten in die Richtung, aus der er gekommen war.

Ein paar Sekunden später hörte er den Kutscher hinter sich herrufen: »He, Sie da!«

Er beschleunigte seine Schritte. Einen Augenblick später war er im Menschengewühl auf der Pall Mall verschwunden.

Mein Gott, ich hab's geschafft, dachte er.

Nun, da er den zerschmetterten Körper nicht mehr vor Augen hatte, wich die Übelkeit einem Triumphgefühl. Blitzschnelles Denken und kühnes Handeln hatten ihn ein weiteres Hindernis überwinden lassen.

Er rannte die Treppe zum Club empor. Wenn ich Glück habe, hat niemand meine Abwesenheit bemerkt, dachte er, als er im Eingang fast mit Hugh Pilaster zusammenstieß, der auf dem Weg hinaus war.

Hugh nickte ihm zu. »'n Abend, Miranda.«

»'n Abend, Pilaster«, erwiderte Micky und unterdrückte einen Fluch.

Er betrat die Toilette. Seine Nase war von Sollys Fausthieb noch gerötet. Ansonsten wirkte er nur ein wenig zerzaust, aber das ließ sich ändern. Er glättete seine Kleidung und kämmte sich die Haare. Seine Gedanken kehrten zu Hugh Pilaster zurück. Niemand hätte gemerkt, daß ich außer Haus war, dachte er erbittert, ich war ja nur ein paar Minuten lang fort. Es ist zum aus der Haut fahren, daß mir bei der Rückkehr ausgerechnet Hugh begegnen muß ... Er fragte sich, ob ihm daraus eine Gefahr erwachsen konnte. Niemand würde ihn verdächtigen, Solly Greenbourne umgebracht zu haben – und sollte tatsächlich irgend jemand dumme Fragen stellen, so bewies die Tatsache, daß er den Club für ein paar Minuten verlassen hatte, im Grunde noch gar nichts. Über ein wasserdichtes Alibi verfügte er jetzt allerdings nicht mehr, und das beunruhigte ihn.

Er wusch sich gründlich die Hände und stieg schnell die Treppe hinauf.

Im Spielzimmer saß Edward bereits beim Bakkarat. Neben ihm stand ein leerer Stuhl, auf dem Micky Platz nahm. Niemand zeigte sich verwundert, daß er so lange hatte auf sich warten lassen.

Man gab ihm Karten. »Du siehst leicht seekrank aus«, meinte Edward.

»Stimmt«, erwiderte Micky ruhig. »Ich glaube, die Fischsuppe heute war nicht mehr ganz frisch.«

Edward winkte einen Ober herbei. »Bringen Sie dem Mann hier einen Brandy.«

Micky warf einen Blick auf seine Karten. Er hatte eine Neun und eine Zehn – das ideale Blatt. Er setzte einen Sovereign.

Heute konnte er einfach nicht verlieren.

Zwei Tage nach Sollys Tod stattete Hugh Maisie einen Besuch ab.

In makelloses Schwarz gekleidet, saß sie auf dem Sofa. Sie wirkte ruhig und gefaßt, wenngleich ein wenig verloren in dem großen, prächtig eingerichteten Empfangszimmer des palastartigen Hauses am Piccadilly. Trauer zeichnete ihr Gesicht, und sie sah aus, als ob sie in der Nacht kein Auge zugetan hätte. Hugh überkam ein unendliches Mitleid.

Sie warf sich ihm von ganz allein in die Arme. »Oh, Hugh!« rief sie. »Er war der Beste von uns allen!«

Als er diese Worte hörte, konnte Hugh die Tränen nicht mehr zurückhalten. Seit dem Erhalt der Todesnachricht war er innerlich wie gelähmt gewesen und hatte nicht einmal weinen können. Solly war eines grausamen Todes gestorben – und er war der letzte, der ein so furchtbares Schicksal verdient hatte. »Er war ohne Arg«, sagte Hugh. »Er war einfach unfähig zu jedweder Bosheit. Ich kannte ihn fünfzehn Jahre lang und habe in all dieser Zeit nicht ein einziges Mal erlebt, daß er zu irgendeinem Menschen unfreundlich gewesen wäre.«

»Warum geschehen solche Dinge nur?« fragte Maisie jammervoll.

Hugh zögerte. Erst vor ein paar Tagen hatte er von Tonio Silva erfahren, daß Micky Miranda vor Jahren Peter Middleton ermordet hatte. Er konnte sich daher der Frage nicht erwehren, ob Micky vielleicht auch in den Tod von Solly Greenbourne verwikkelt war. Die Polizei suchte nach einem gutgekleideten Herrn, der sich kurz vor dem Unfall mit Solly gestritten hatte – und Micky hatte sich zweifellos irgendwo in der Nähe herumgetrieben, sonst hätte er zum ungefähren Zeitpunkt des Geschehens nicht plötzlich im Cowes Club auftauchen können.

Aber Micky Miranda hatte kein Motiv, im Gegenteil. Solly stand kurz vor der Unterzeichnung des Vertrags über den Bau der Santamaria-Bahn, an dem Micky soviel gelegen war. Warum sollte er seinen Wohltäter umbringen? Hugh entschied sich, Maisie nichts von seinem offensichtlich unbegründeten Verdacht zu erzählen.

»Es war, wie es scheint, ein tragischer Unfall«, sagte er.

»Der Kutscher behauptet, Solly wurde auf die Straße gestoßen. Warum läuft der Zeuge davon, wenn er nichts getan hat?«

»Er hat wahrscheinlich versucht, Solly zu berauben – das vermuten jedenfalls die Zeitungen.« Für die Presse war der Fall ein gefundenes Fressen: der furchtbare Tod des prominenten Bankiers, eines der reichsten Männer der Welt – eine echte Sensation!

»Seit wann laufen Diebe im Abendanzug herum?«

»Es war doch schon fast dunkel. Der Kutscher kann sich, was die Kleidung des Mannes betrifft, geirrt haben.«

Maisie löste sich von Hugh und setzte sich wieder hin. »Wenn du nur noch ein bißchen gewartet hättest, könntest du anstelle von Nora jetzt mich heiraten«, sagte sie.

Ihre Offenheit bestürzte ihn. Innerhalb von Sekunden, nachdem er von Sollys Tod erfahren hatte, war ihm der gleiche Gedanke durch den Kopf geschossen, und er hatte sich dessen sogleich geschämt. Für Maisie war es typisch, daß sie ohne langes Drumherum aussprach, was sie beide dachten. Weil er nicht wußte, wie er auf die Bemerkung reagieren sollte, versuchte er es mit einem albernen Scherz: »Ein Pilaster heiratet eine Greenbourne – das wäre wohl eher eine Fusion als eine Hochzeit.«

Maisie schüttelte den Kopf. »Ich bin keine Greenbourne. Sollys Familie hat mich nie richtig akzeptiert.«

»Aber du mußt doch einen ordentlichen Anteil an der Bank geerbt haben.«

»Ich habe gar nichts geerbt, Hugh.«

»Das ist doch unmöglich!«

»Nein, es stimmt. Solly verfügte keineswegs über ein eigenes Vermögen. Sein Vater zahlte ihm zwar monatlich eine Riesensumme, überschrieb ihm aber meinetwegen nie Bankkapital. Selbst das Haus hier ist nur gemietet. Mir gehören meine Kleider, meine Möbel und mein Schmuck, weshalb ich sicher nicht am Hungertuch nagen werde. Aber weder ich noch der kleine Bertie sind Erben der Bank.«

Hugh war gleichermaßen überrascht wie erbost. Es war für ihn unvorstellbar, wie man sich Maisie gegenüber so engherzig verhalten konnte. »Nicht einmal für deinen Sohn will der Alte Herr sorgen?« fragte er ungläubig.

»Nein, Bertie bekommt keinen Penny. Ich habe heute morgen mit meinem Schwiegervater gesprochen.«

Hugh empfand die schäbige Behandlung, die Ben Greenbourne Maisie angedeihen ließ, als persönlichen Affront – schließlich war er mit ihr befreundet. »Das ist ein Skandal«, sagte er.

»So schlimm ist es gar nicht«, erwiderte Maisie. »Ich habe Solly fünf glückliche Jahre geschenkt und durfte dafür fünf Jahre lang in den höchsten gesellschaftlichen Kreisen verkehren. Es fällt mir nicht schwer, wieder ins normale Leben zurückzukehren. Ich werde meinen Schmuck verkaufen und das Geld anlegen. Von dem Einkommen kann ich ein geruhsames Leben führen.«

Es war kaum zu fassen. »Wirst du wieder zu deinen Eltern ziehen?« fragte er.

»Nach Manchester? Nein, ganz so weit kann ich wohl doch nicht zurück. Ich bleibe in London. Rachel Bodwin eröffnet in Kürze eine Klinik für ledige Mütter – ich kann mir vorstellen, daß ich ihr dabei helfen werde.«

»Die Klinik verursacht einen ziemlich großen Wirbel. Die Leute sagen, sie sei ein Skandal ...«

»Dann bin ich ja genau die Richtige dafür!«

Hugh hatte seinen Ärger und seine Betroffenheit über Ben Greenbournes Verhalten gegenüber seiner Schwiegertochter noch nicht verwunden. Ich werde mal ein Wörtchen mit Greenbourne reden, nahm er sich vor. Aber Maisie sollte fürs erste nichts davon erfahren – die Gefahr, daß dadurch Hoffnungen erweckt würden, die später leicht in Enttäuschung umschlagen konnten, war einfach zu groß. »Tu mir einen Gefallen und triff keine übereilten Entscheidungen, ja?«

»Zum Beispiel?«

»Zieh zum Beispiel nicht aus. Greenbourne könnte auf die Idee kommen, dein Mobiliar beschlagnahmen zu lassen.«

»Gut, ich bleibe erst einmal hier.«

»Außerdem brauchst du einen eigenen Anwalt, der deine Interessen vertritt.«

Maisie schüttelte den Kopf. »Ich gehöre nicht mehr zu jener Be-
völkerungsklasse, die sich Rechtsanwälte wie Diener herbeizitie-
ren kann. Ich muß die Kosten bedenken. Nur wenn ich mir absolut sicher bin, daß man mich übers Ohr hauen will, werde ich
mich an einen Anwalt wenden. Aber soweit wird es, glaube ich,
nicht kommen. Unredlich ist Ben Greenbourne nämlich nicht. Er
ist nur hart, so hart wie Eisen – und ebenso kalt. Merkwürdig,
wie ein solcher Mann einen so gütigen und warmherzigen Sohn
zeugen konnte.«
»Das klingt mir sehr philosophisch«, warf Hugh ein. Er bewunderte ihren Mut.
Maisie zuckte mit den Schultern. »Ich habe schon ein aufregendes
Leben hinter mir, Hugh. Mit elf Jahren war ich vollkommen mittellos, mit neunzehn sagenhaft reich.« Sie berührte den Ring an
ihrem Finger. »Dieser Diamant ist wahrscheinlich mehr Geld
wert, als meine Mutter in ihrem ganzen Leben je gesehen hat. In
ganz London gab es keine schöneren Feste als die meinen. Ich
habe Gott und die Welt kennengelernt und mit dem Prinzen von
Wales getanzt. Ich bedaure nichts – außer, daß du Nora geheiratet
hast.«
»Ich mag sie sehr gerne«, sagte Hugh, ohne daß es überzeugend
geklungen hätte.
»Du warst wütend, weil ich mich nicht auf einen Seitensprung mit
dir eingelassen habe!« fuhr Maisie mit rücksichtsloser Offenheit
fort. »Außerdem suchtest du verzweifelt nach sexueller Betäti-
gung. Du hast Nora genommen, weil sie dich an mich erinnerte.
Aber sie ist anders als ich, und jetzt bist du unglücklich.«
Hugh zuckte zusammen, als habe man ihn geschlagen. Ihre Worte
kamen der Wahrheit schmerzhaft nahe. »Du hast Nora noch nie
leiden können«, sagte er.
»Wahrscheinlich denkst du, ich bin eifersüchtig, und damit hast
du vielleicht gar nicht so unrecht. Trotzdem behaupte ich, daß sie
dich nie geliebt und dich nur deines Geldes wegen geheiratet hat.
Und ich gehe jede Wette ein, daß du seit der Hochzeit längst schon
selbst darauf gekommen bist. Stimmt's?«
Hugh mußte daran denken, wie Nora ihr Liebesleben auf einmal

wöchentlich hatte beschränken wollen, sich aber durch kleine Geschenke umstimmen ließ. Deprimiert wandte er den Blick ab. »Sie
gehörte zu den Unterprivilegierten«, sagte er. »Da ist es kein
Wunder, daß sie so materialistisch geworden ist.«

»So unterprivilegiert wie ich war sie nie«, erwiderte Maisie höhnisch. »Und selbst du wurdest damals wegen Geldmangels aus
der Schule genommen, Hugh. Falsche Ideale kann man damit
nicht entschuldigen. Die Welt ist voller armer Leute, die genau
wissen, daß Liebe und Freundschaft wichtiger sind als materieller
Wohlstand.«

Ihr Spott veranlaßte Hugh, Nora in Schutz zu nehmen. »So
schlecht, wie du sie machst, ist sie gar nicht.«

»Trotzdem bist du nicht glücklich.«

Verwirrt, wie er war, zog Hugh sich auf alte moralische Stand-
punkte zurück. »Wie dem auch sei«, sagte er, »ich habe sie geheiratet und werde ihr daher auch treu bleiben. Das ist nun einmal
der Sinn des Ehegelübdes.«

Maisie lächelte, aber in ihren Augen standen Tränen. »Genau
diese Antwort habe ich erwartet«, sagte sie.

Urplötzlich überkam Hugh eine Vision: Er sah Maisie nackt vor
sich, sah die runden, sommersprossigen Brüste, das rotgoldene,
buschige Haar ihrer Scham. Gerne hätte er jetzt seine prinzipien-
treuen Worte zurückgenommen. Statt dessen erhob er sich und
wandte sich zum Gehen.

Auch Maisie stand auf. »Danke für deinen Besuch, lieber Hugh«,
sagte sie.

Er wollte ihr die Hand schütteln, beugte sich aber unwillkürlich
vor und küßte sie auf die Wange. Und irgendwie – er wußte selbst
nicht, wie es geschah – fanden seine Lippen dann die ihren. Es
war ein sanfter, zärtlicher Kuß, der nicht enden wollte und um
ein Haar alle guten Vorsätze Hughs hinweggeblasen hätte. Doch
schließlich riß er sich von ihr los und verließ ohne ein weiteres
Wort den Raum.

Ben Greenbournes Domizil, ebenfalls ein Palast, lag nur ein paar
Schritte weiter am Piccadilly. Froh darüber, etwas zu tun zu ha-

ben, was ihn von seiner Herzensverwirrung ablenken konnte, begab sich Hugh nach seinem Besuch bei Maisie ohne Umschweife dorthin und bat, beim alten Greenbourne vorgelassen zu werden. »Sagen Sie ihm, daß es sich um eine äußerst dringende Angelegenheit handelt«, beschwor er den Butler. Während er auf einen Bescheid wartete, fiel ihm auf, daß alle Spiegel in der Halle verhängt waren. Gehört wahrscheinlich zum jüdischen Trauerritual, dachte er.

Maisie hatte ihn aus dem Gleichgewicht gebracht. Ihr Anblick genügte, um sein Herz mit Liebe und Sehnsucht zu erfüllen. Ihm war völlig klar, daß er ohne sie niemals wirklich glücklich sein konnte. Aber Nora war seine Frau. Nachdem er von Maisie zurückgewiesen worden war, hatte sie Wärme und Zuneigung in sein Leben gebracht, und deshalb hatte er sie geheiratet. Wozu schwört man sich vor dem Altar ewige Treue, wenn man sich später doch nicht daran hält? fragte er sich.

Der Butler führte Hugh in die Bibliothek. Sechs oder sieben Personen verabschiedeten sich gerade von Ben Greenbourne und entfernten sich. Dann war der Hausherr allein. Ohne Schuhe an den Füßen saß er auf einem einfachen Holzstuhl. Auf einem Tisch standen Früchte und Gebäck für die Besucher bereit.

Ben Greenbourne hatte die Sechzig überschritten – Solly war ein spätes Kind gewesen – und wirkte alt und verbraucht. Dennoch deutete nichts darauf hin, daß er geweint hatte. Er erhob sich, steif und förmlich wie eh und je, reichte Hugh die Hand und bedeutete ihm, auf einem anderen Stuhl Platz zu nehmen.

Greenbourne hielt einen alten Brief in der Hand. »Hören Sie sich das an!« sagte er und begann vorzulesen: »»Lieber Papa, wir haben einen neuen Lateinlehrer, Reverend Green, und ich komme jetzt immer besser mit. Letzte Woche habe ich jeden Tag alle Vokabeln gekonnt. Waterford hat im Besenschrank eine Ratte gefangen und möchte ihr jetzt beibringen, daß sie ihm aus der Hand frißt. Hier gibt es so wenig zu essen. Kannst Du mir einen Kuchen schicken? Dein Dich liebender Sohn, Solomon.«« Ben Greenbourne faltete den Brief zusammen. »Er war vierzehn, als er das schrieb.«

Hugh erkannte, daß Greenbourne trotz seiner strengen Selbstbeherrschung furchtbar unter dem Tod seines Sohnes litt. »An die Ratte kann ich mich erinnern«, sagte er. »Sie hat Waterford die Spitze seines Zeigefingers abgebissen.«

»Ich wünschte nur, ich könnte die Zeit zurückdrehen«, sagte Greenbourne, und seine Selbstbeherrschung erschien nicht mehr so unerschütterlich.

»Ich muß einer von Sollys ältesten Freunden sein.«

»Das sind Sie in der Tat. Er hat Sie immer bewundert, obwohl Sie jünger waren als er.«

»Ich wüßte nicht, aus welchem Anlaß. Aber er dachte immer nur an das Gute im Menschen.«

»Er war zu weich.«

Hugh mißfiel die Richtung, die das Gespräch zu nehmen drohte. »Ich komme nicht nur zu Ihnen, weil ich Sollys Freund war, sondern auch Maisies wegen.«

Greenbourne schien zu erstarren. Die Trauer verschwand aus seinem Gesicht, und er verwandelte sich wieder in die Karikatur eines steifen preußischen Soldaten.

Wie kann man eine so schöne und geistreiche Frau wie Maisie nur derart hassen? fragte sich Hugh und fuhr fort: »Ich lernte sie kurz nach Solly kennen und verliebte mich ebenfalls in sie. Aber Solly machte das Rennen.«

»Er war reicher.«

»Mr. Greenbourne, ich hoffe, Sie nehmen es mir nicht übel, wenn ich offen zu Ihnen spreche. Maisie war ein mittelloses Mädchen, die einen reichen Ehemann suchte. Aber sie hielt sich nach der Hochzeit an ihre Verpflichtungen. Sie war eine gute Ehefrau.«

»Und hat ihren Lohn dafür erhalten«, sagte Greenbourne. »Fünf Jahre lang hat sie das Leben einer Lady führen dürfen.«

»Eigenartig, das sagte sie vorhin auch. Aber ich glaube nicht, daß das ausreicht. Was soll denn aus dem kleinen Bertie werden? Sie wollen doch Ihren Enkel nicht in Not und Elend stürzen?«

»Enkel?« fragte Greenbourne. »Hubert ist mit mir nicht verwandt.«

Es lag etwas in der Luft. Hugh spürte es wie die Vorahnung eines Alptraums: Entsetzliches drohte und war doch namenlos.

»Ich verstehe nicht«, sagte er. »Was wollen Sie denn damit
sagen?«

»Diese Frau war bereits schwanger, als sie Solly heiratete.«

Hugh hielt den Atem an.

»Solly wußte es, und er wußte auch, daß das Kind nicht von ihm
stammte. Trotzdem nahm er sie zur Frau – gegen meinen aus-
drücklichen Rat, wie ich kaum hinzuzufügen brauche. Wir haben
uns sehr bemüht, die Sache geheimzuhalten, was uns wohl auch
gelungen ist. Jetzt allerdings besteht dazu kein Anlaß mehr ...«

Er unterbrach sich und schluckte mehrmals hart, ehe er weiter-
sprach. »Nach der Hochzeit unternahmen die beiden eine Welt-
reise. Das Kind wurde in der Schweiz geboren. Das Geburtsda-
tum haben sie gefälscht. Als sie nach fast zwei Jahren nach Hause
kamen, hätte kein Mensch mehr sagen können, daß das Baby in
Wirklichkeit vier Monate älter war, als die Eltern behaupteten.«

Hugh war, als hätte sein Herz aufgehört zu schlagen. Es gab da
noch eine Frage, die er stellen mußte, obgleich er Angst vor der
Antwort hatte: »Wer ... wer war denn der Vater des Kindes?«

»Hat sie nie gesagt«, erwiderte Greenbourne. »Selbst Solly hat es
nie erfahren.«

Aber Hugh wußte Bescheid. Das Kind war sein eigenes.

Wortlos starrte er den alten Greenbourne an.

Ich werde mit Maisie reden, dachte er. Sie muß mir die Wahrheit
sagen ... Aber er wußte nur allzugut, daß sie ihm seine Vermutung bestätigen würde. Maisie war nie ein leichtes Mädchen gewesen, auch wenn sie manchmal diesen Eindruck erweckt hatte.
Sie war noch Jungfrau gewesen, als Hugh sie verführte. Er hatte
sie in jener ersten und einzigen Nacht geschwängert. Dann waren
sie durch Augustas Intrige auseinandergebracht worden, und
Maisie hatte Solly geheiratet.

Und wie hieß der Junge? Hubert ... ein Name, der so ähnlich
klang wie Hugh ...

»Es ist natürlich empörend«, sagte Greenbourne, dem Hughs Fas-
sungslosigkeit nicht entgangen war, deren Ursache er aber nicht
begriff.

Ich habe ein Kind, dachte Hugh, und die Erkenntnis berührte ihn

in seinem tiefsten Innern. Ich habe einen Sohn. Hubert. Genannt
Bertie …

»Ich bin mir indessen sicher, daß Sie nun verstehen, warum ich
mit dieser Frau und ihrem Kind nichts mehr zu tun haben will –
nun, da mein geliebter Sohn von uns gegangen ist.«

»Keine Sorge«, sagte Hugh geistesabwesend. »Ich kümmere mich
schon um die zwei.«

»Sie?« fragte Greenbourne ungläubig. »Was geht *Sie* das an?«

»Na ja … Ich bin jetzt vermutlich der einzige, den die beiden noch
haben.«

»Lassen Sie sich da nicht auch noch hineinziehen, junger Pilaster«, sagte Greenbourne nicht unfreundlich. »Sie sind ja selbst
mit einer nicht ganz unproblematischen Frau verheiratet.«

Hugh wollte dem alten Herrn nicht die Wahrheit sagen, doch fiel
ihm in seiner Benommenheit auch keine glaubhafte Ausrede ein.
Ich muß hier raus, dachte er und erhob sich. »Ich muß jetzt gehen,
Mr. Greenbourne. Ich darf Ihnen mein tiefempfundenes Beileid
aussprechen. Solly war der beste Mensch, den ich kannte.«

Greenbourne deutete eine Verbeugung an, und Hugh ließ ihn
allein. In der Eingangshalle mit den verhängten Spiegeln reichte
ihm ein Dienstmann seinen Hut. Hugh nahm ihn entgegen und
trat hinaus auf den sonnigen Piccadilly. Er wandte sich nach Westen und schlug den Heimweg nach Kensington ein, der ihn durch
den Hyde Park führte. Er hätte sich eine Droschke nehmen können, aber er brauchte Zeit zum Nachdenken.

Schlagartig sah alles anders aus. Nora war seine Ehefrau vor dem
Gesetz, aber Maisie die Mutter seines Sohnes. Nora war selbständig und kam auch allein zurecht, genauso wie Maisie. Das Kind
aber brauchte einen Vater. Die Frage, was er mit dem Rest seines
Lebens anfangen sollte, war auf einmal wieder völlig offen.

Ein Priester hätte jetzt natürlich gesagt, es bleibt alles beim alten,
du bleibst bei deiner Nora, mein Sohn, bei deinem dir kirchlich
angetrauten Eheweib. Aber was verstanden Priester schon vom
Leben! Der strenge Methodismus der Pilasters hatte bei Hugh nie
Wurzeln geschlagen. Nie hatte er glauben können, daß die Antworten auf sämtliche moralischen Probleme der Gegenwart in der

Bibel zu finden wären. Maisie hat schon recht, dachte er, Nora hat mich aus kaltschnäuzigem Gewinnstreben verführt und geheiratet. Das einzige, was uns bindet, ist ein Stück Papier. Und das ist, verglichen mit einem Kind, verdammt wenig – dem Kind einer Liebe obendrein, die so stark ist, daß sie trotz vieler Anfechtungen über Jahre hinaus bestehen blieb.

Suche ich nur nach Ausreden? fragte er sich. Ist das alles nicht bloß eine scheinheilige Rechtfertigung, um einer Leidenschaft nachzugeben, von der ich genau weiß, daß sie verwerflich ist? Hugh war hin- und hergerissen.

Er überdachte die praktischen Konsequenzen. Plausible Gründe für eine Scheidung hatte er keine, war sich aber sicher, daß Nora – immer vorausgesetzt, man böte ihr genug Geld – in eine Scheidung einwilligen würde. Zu bedenken war, daß die Pilasters ihn zum Ausstieg aus der Bank zwingen würden, denn ein Teilhaber, dem das gesellschaftliche Stigma einer Scheidung anhaftete, war für sie untragbar. Eine andere Stellung zu finden wäre sicher kein Problem, nur war Hugh sich darüber im klaren, daß ihm fortan der gesellschaftliche Umgang mit allen Leuten verwehrt sein würde, die in London Rang und Namen hatten – und dies selbst dann, wenn er eines Tages Maisie heiratete. Es würde ihnen aller Wahrscheinlichkeit nach nichts anderes übrigbleiben, als ins Ausland zu gehen – eine Perspektive, die für Hugh nicht ohne Reiz war und von der er glaubte, daß auch Maisie daran Gefallen finden könnte. Sie konnten nach Boston ziehen oder – besser noch – nach New York. Zum Millionär würde er dort vielleicht nicht gerade – aber was bedeutete das schon angesichts der Genugtuung, endlich mit der geliebten Frau zusammenleben zu können?

Unvermittelt stand er vor seinem eigenen Haus. Einen knappen Kilometer von Tante Augustas wesentlich extravaganterer Residenz am Kensington Gore entfernt, war es Teil einer eleganten neuen Häuserzeile aus rotem Backstein. Nora hielt sich vermutlich gerade in ihrem überladenen Schlafzimmer auf und kleidete sich an; es war in Kürze Mittagessenszeit. Wer oder was konnte ihn noch daran hindern, zu ihr zu gehen und ihr zu sagen, daß er sich entschlossen habe, sie zu verlassen?

Dies und nichts anderes wollte er; er war sich seiner Sache sicher. Aber war es moralisch zulässig? Entscheidend war das Kind. Allein um Maisies willen Nora zu verlassen wäre verwerflich. Doch um Berties willen durfte er es tun. Er fragte sich, wie Nora reagieren würde, und seine Vorstellungskraft lieferte ihm prompt die Antwort: Harte Entschlossenheit prägte ihre Miene, und in ihrer Stimme lag eine unangenehme Schärfe. Er glaubte ihre Worte exakt voraussagen zu können: »Das kostet dich deinen letzten Penny.« Seltsamerweise gab dieser Satz den Ausschlag. Ein anderes Bild – Nora tränenüberströmt und traurig – hätte ihn davon abgehalten, seinen Entschluß in die Tat umzusetzen. Doch er wußte, daß seine erste Vision der Wahrheit am nächsten kam.

Er betrat das Haus und stürmte die Treppe hinauf.

Nora stand vor dem Spiegel und legte gerade die Kette mit dem wertvollen Anhänger an, den er ihr geschenkt hatte. Eine bittere Erinnerung stieg in ihm auf. Ich muß ihr Juwelen kaufen, damit sie mit mir schläft …

Ehe er zu Wort kam, sagte Nora: »Ich habe eine Neuigkeit für dich.«

»Später. Ich wollte dir …«

Aber sie ließ sich nicht unterbrechen. Ein merkwürdiger Ausdruck – halb triumphierend, halb schmollend – beherrschte ihr Gesicht. »Mein Bett ist jetzt erst mal eine Weile tabu für dich.«

Er erkannte, daß er sie erst ausreden lassen mußte. »Was gibt's denn? Wovon redest du?« fragte er ungeduldig.

»Das Unvermeidliche ist eingetreten.«

Hugh fiel es wie Schuppen von den Augen, und die Erkenntnis traf ihn wie ein Schlag. Es war zu spät. Er konnte Nora nicht mehr verlassen. Widerwillen und ein schmerzliches Verlustgefühl bemächtigten sich seiner: Er hatte Maisie verloren. Und seinen Sohn.

Er sah ihr in die Augen und erkannte Trotz und Häme in ihrem Blick – ganz, als hätte sie gewußt, was er im Schilde führte. Vielleicht weiß sie es wirklich, dachte er.

Er zwang sich zu einem Lächeln. »Das Unvermeidliche?«

Da sprach sie es aus: »Ich bekomme ein Kind.«

1. KAPITEL   Joseph Pilaster starb im September 1890, nachdem er siebzehn Jahre lang den Posten des Seniorpartners der Bank innegehabt hatte. England war in jener Zeit stetig reicher geworden – und mit dem Land hatten auch die Pilasters ihren Reichtum gemehrt. Sie waren inzwischen fast so wohlhabend wie die Greenbournes. In Zahlen belief sich Josephs Nachlaß auf mehr als zwei Millionen Pfund, darunter eine Sammlung juwelenbesetzter Schnupftabakdosen, die allein ihre hunderttausend Pfund wert war. Joseph Pilaster vermachte die Kollektion seinem Sohn Edward. Sie umfaßte fünfundsechzig Einzelstücke – eines für jedes Lebensjahr des Verblichenen. Alle Familienmitglieder beließen ihr gesamtes Kapital in der Bank, was ihnen unverrückbar fünf Prozent Zinsen einbrachte, während sich normale Bankkunden meist mit um die anderthalb Prozent zufriedengeben mußten. Die Teilhaber erhielten sogar noch mehr. Zusätzlich zu den fünf Prozent Zinsen auf ihr investiertes Kapital teilten sie sich nach einem ausgeklügelten Verteilerschlüssel die Profite. Nach einem Jahrzehnt erfolgreicher Gewinnaufteilung hatte Hugh die Hälfte der Strecke auf seinem Weg zum Millionär bereits hinter sich.

Am Morgen vor der Beerdigung stand er vor dem Rasierspiegel und forschte in seinem Gesicht nach ersten Anzeichen der Sterblichkeit. Er war jetzt siebenunddreißig Jahre alt. Sein Haar begann zu ergrauen, doch die Bartstoppeln, die er sich aus dem Gesicht kratzte, waren schwarz wie eh und je. Hugh fragte sich, ob er sich einen gezwirbelten Schnäuzer zulegen sollte, um jünger auszusehen; diese Barttracht war gerade *en vogue*.

Onkel Joseph hat Glück gehabt, dachte Hugh. Während seiner Zeit als Seniorpartner hatte sich die Finanzwelt durch große Sta-

bilität ausgezeichnet. Es hatte nur zwei kleinere Krisen gegeben:
den Zusammenbruch der City of Glasgow Bank im Jahre 1878
und vier Jahre später das Ende der französischen Bank Union
Générale. In beiden Fällen hatte die Bank of England die Krise
eingedämmt, indem sie die Zinsen kurzfristig auf sechs Prozent
erhöhte, was noch immer weit unter der Panikschwelle lag. Hugh
war der Meinung, daß Onkel Joseph die Bank viel zu stark an
Investitionen in Südamerika gebunden hatte – doch bisher war es
nie zu dem großen Krach gekommen, mit dem er ständig rechnete. Und dennoch – riskante Investitionen waren wie ein baufäl-
liges Mietshaus: Die Miete läuft ein bis zum Schluß, doch bricht
der Bau dann endgültig zusammen, ist alles dahin – sowohl die
Miete als auch das Haus. Nun, da Joseph nicht mehr unter ihnen
weilte, wollte Hugh die Bank auf ein solideres Fundament stellen
und einige der unsicheren Südamerika-Anlagen sanieren oder verkaufen.

Nachdem er sich rasiert und gewaschen hatte, schlüpfte er in
seinen Morgenmantel und begab sich ins Zimmer seiner Frau. Da
sie am Freitagvormittag immer miteinander zu schlafen pflegten,
erwartete ihn Nora bereits. Längst hatte er sich ihrer »Einmal-
wöchentlich«-Vorschrift gefügt. Sie hatte stark zugenommen in
den letzten Jahren. Ihr Gesicht war feist und rund, wies daher
aber auch nur wenig Falten auf. Hübsch war sie immer noch.

Er nahm sie, wie sie war. Während er mit ihr schlief, schloß er
die Augen und stellte sich vor, mit Maisie im Bett zu liegen.

Manchmal hätte er am liebsten Schluß gemacht. Aber die Begat-
tungen am Freitagvormittag waren nicht ohne Folgen geblieben.
Er verdankte ihnen bislang drei Söhne, die er abgöttisch liebte:
Tobias, der den Namen von Hughs Vater trug; Samuel, den er
nach seinem ältesten Onkel genannt hatte; und Solomon, der die
Erinnerung an Solly Greenbourne wachhielt. Toby, der älteste,
sollte im kommenden Jahr in Windfield eingeschult werden. Nora
gebar Kinder ohne Schwierigkeiten, verlor aber nach der Geburt
jegliches Interesse an ihnen. Um die fehlende mütterliche Wärme
ein wenig auszugleichen, widmete Hugh ihnen viel Zeit und Aufmerksamkeit.

Hughs heimliches Kind, Maisies Sohn Bertie, war mittlerweile sechzehn und ging schon seit Jahren in Windfield zur Schule. Seine Leistungen waren preisverdächtig, und außerdem war er der Star der Kricket-Mannschaft. Hugh zahlte die Schulgebühren, nahm regelmäßig an den Jahresabschlußfeiern teil und hatte insgesamt eine Art Patenrolle übernommen. Längst argwöhnten Zyniker, Hugh könne Berties leiblicher Vater sein. Andererseits war Hugh mit Solly befreundet gewesen, und alle Welt wußte, daß sich Sollys Vater weigerte, den Jungen zu unterstützen. Die meisten Leute sahen daher in Hughs Engagement für Bertie eine großherzige Geste im Andenken an den verstorbenen Freund.

»Um wieviel Uhr findet denn die Trauerfeier statt?« fragte Nora, während Hugh sich von ihrem Körper herunterwälzte.

»Um elf in der Kensington Methodist Hall. Danach gibt's Lunch in Whitehaven House.«

Hugh und Nora lebten nach wie vor in Kensington, waren jedoch, als die Kinder kamen, in ein größeres Haus umgezogen. Hugh hatte Nora die Wahl überlassen. Sie hatte sich für eine große Villa entschieden, die im gleichen verspielten Stil wie Augustas Haus gehalten war. Überhaupt war dieser Stil inzwischen sehr in Mode gekommen, zumindest in den Vororten von London.

Augusta war mit Whitehaven House nie zufrieden gewesen. Was ihr vorschwebte, war ein Palast am Piccadilly, so wie die Greenbournes einen besaßen. Aber bei den Pilasters war das alte Puritanertum der Methodisten noch nicht ganz vergessen. Joseph hatte unbeirrt an seiner Meinung festgehalten, Whitehaven House biete ausreichend Luxus für alle, gleichgültig, wie reich man inzwischen sei. Jetzt gehörte das Haus Edward. Augusta dachte daran, ihren Sohn zum Verkauf des Anwesens und zum Erwerb eines noch pompöseren Domizils zu überreden.

Als Hugh das Frühstückszimmer betrat, wartete schon seine Mutter auf ihn; sie war am Vortag mit seiner Schwester Dotty aus Folkestone angereist. Hugh gab seiner Mutter einen Kuß und setzte sich zu Tisch. Ohne Umschweife kam Mutter zur Sache: »Glaubst du, er liebt sie wirklich, Hugh?« fragte sie.

Hugh wußte, worüber sie sprach. Dotty, inzwischen vierundzwan-

zig, war mit Lord Ipswich verlobt, dem ältesten Sohn des Herzogs
von Norwich. Nick Ipswich war Erbe eines bankrotten Herzogtums, und Mutter fürchtete, er wäre an Dotty nur ihres Geldes
wegen interessiert – oder, präziser gesagt, er habe es auf das Vermögen des reichen Bruders abgesehen.

Hugh betrachtete seine Mutter mit liebevoller Zuneigung. Vierundzwanzig Jahre nach dem Tode seines Vaters trug sie noch
immer Schwarz. Ihr Haar war inzwischen weiß, was ihrer Schönheit in seinen Augen jedoch keinerlei Abbruch tat. »Er liebt sie,
Mama«, sagte er.

Da Dotty keinen Vater mehr hatte, war Nick bei Hugh vorstellig
geworden und hatte förmlich um die Hand seiner Schwester angehalten. Üblicherweise pflegten die Anwälte beider Parteien in solchen Fällen vor der Bestätigung der Verlobung einen Ehevertrag
aufzusetzen. Nick hatte jedoch darauf bestanden, genau umgekehrt zu verfahren. »Ich habe Miss Pilaster mitgeteilt, daß ich ein
armer Mann bin«, hatte er zu Hugh gesagt. »Sie erwiderte darauf,
daß sie aus eigener Erfahrung sowohl den Wohlstand als auch die
Armut kenne und auf dem Standpunkt stehe, das Glück im Leben
hänge nicht vom Geld ab, sondern von den Menschen, mit denen
man zusammenlebt.« Es klang sehr idealistisch. Hugh war selbstverständlich bereit, seiner Schwester eine großzügige Mitgift zukommen zu lassen. Es freute ihn jedoch ganz besonders, daß Nicks
Liebe zu ihr echt und nicht von materiellen Erwägungen bestimmt war.

Augusta sah es mit Ingrimm, daß Dotty eine so gute Partie
machte. Besonders mißfiel ihr, daß das Mädchen nach dem Tod
ihres Schwiegervaters Herzogin werden würde. Dieser Titel zählte
weit mehr als der einer einfachen Gräfin.

Dotty kam ein paar Minuten später die Treppe hinunter. Sie hatte
sich in einer Weise entwickelt, wie Hugh es nie für möglich gehalten hätte. Aus dem schüchternen, kichernden Gör war eine tempe-
ramentvolle dunkelhaarige Frau mit starker sinnlicher Ausstrahlung geworden – eine höchst eindrucksvolle Erscheinung, die auf
viele junge Männer vermutlich eher einschüchternd wirkte. Wahrscheinlich lag es daran, daß sie trotz ihrer vierundzwanzig Jahre

noch immer unverheiratet war. Nick Ipswich indessen zeichnete
sich durch innere Kraft und Ruhe aus, die der ständigen Bestätigung durch ein willfähriges Frauenzimmer nicht bedurfte. Hugh
sah eine leidenschaftliche Ehe voraus, in der gelegentlich die Funken fliegen würden ... das genaue Gegenteil seiner eigenen.

Sie saßen noch alle am Frühstückstisch, als gegen zehn Uhr Nick
seine Aufwartung machte. Hugh hatte ihn um sein Kommen gebeten. Der Gast setzte sich neben Dotty und schenkte sich eine Tasse
Kaffee ein. Nick war ein intelligenter junger Mann von zweiund-
zwanzig Jahren. Er hatte in Oxford studiert und – im Gegensatz
zu den meisten anderen jungen Aristokraten – auch tatsächlich
mit Erfolg die Abschlußprüfung absolviert. Er sah gut aus, hatte
regelmäßige, typisch englische Züge, blondes Haar und blaue Augen. Dotty sah ihn an, als wolle sie ihn am liebsten gleich zum
Frühstück vernaschen. Hugh beneidete die beiden um ihre un-
komplizierte, lustvolle Liebe.

Obwohl er sich für die Rolle des Familienoberhaupts noch zu jung
fühlte, kam Hugh sofort zur Sache; das Treffen ging schließlich
auf seine Initiative zurück. »Wir beide – dein Bräutigam und ich –
haben uns kürzlich sehr eingehend über finanzielle Dinge unterhalten, Dotty«, sagte er.

Mama stand auf und traf Anstalten, sich zu entfernen, aber Hugh
ließ das nicht zu. »Auch Frauen sollten sich heutzutage in Geldangelegenheiten auskennen, Mama – das ist der Zug der Zeit.«
Sie lächelte, als hielte sie ihn für einen dummen kleinen Jungen,
setzte sich aber wieder an ihren Platz.

»Wie ihr alle wißt«, fuhr Hugh fort, »hat Nick vor, den Anwalts-
beruf zu ergreifen, da er von den Erträgen seiner Güter nicht mehr
leben kann.« Als Bankier war es Hugh vollkommen klar, warum
Nicks Vater alles verloren hatte. Der Herzog war ein fortschritt-
licher Gutsbesitzer gewesen, der während des Agrarbooms um die
Jahrhundertmitte Geld aufgenommen hatte, um verschiedene Re-
formen und Verbesserungen durchzuführen. Er hatte feuchte Wiesen trocken gelegt, kilometerlange Hecken gerodet und teure
dampfgetriebene Maschinen zum Dreschen, Mähen und Ernten
angeschafft. In den siebziger Jahren war dann jedoch die große

Agrarkrise über das Land hereingebrochen, die jetzt – zwanzig Jahre später – noch immer nicht überwunden war. Die Preise für Farmland waren abgestürzt, weshalb die herzöglichen Güter inzwischen weniger wert waren als die Hypotheken, die darauf lasteten.

»Wenn es Nick allerdings gelänge, die Hypotheken, die wie ein Mühlstein um seinen Hals hängen, loszuwerden und eine rationelle Wirtschaftsweise einzuführen, so könnten die Ländereien durchaus einen beachtlichen Profit abwerfen. Es kommt, wie bei jedem Unternehmen, nur auf das richtige Management an.«

»Ich habe vor, eine ganze Reihe der weit verstreuten Farmen und diverse andere Grundstücke zu verkaufen«, ergänzte Nick, »und mich voll auf den verbleibenden Rest zu konzentrieren. Außerdem möchte ich auf unserem Land in Sydenham südlich von London Häuser errichten.«

»Nach unserer Kalkulation«, fügte Hugh hinzu, »könnten die Finanzen des Herzogtums mit hunderttausend Pfund ein für allemal saniert und umstrukturiert werden. Diese hunderttausend Pfund, Dotty, bekommst du von mir als Mitgift.«

Dotty hielt die Luft an, und Mama brach in Tränen aus. Nick, dem die Summe bereits bekannt war, sagte: »Das ist wirklich sehr großzügig von Ihnen, Sir.« Dotty fiel ihrem Bräutigam um den Hals und küßte ihn, dann lief sie um den Tisch herum und tat das gleiche mit Hugh. Dem war der schwesterliche Gefühlsausbruch ein wenig peinlich; gleichzeitig war er jedoch froh darüber, daß er die beiden so glücklich machen konnte. Er war sehr zuversichtlich, daß Nick vernünftig mit dem Geld umgehen und Dotty ein sicheres und geborgenes Heim bieten würde.

Nun kam auch Nora die Treppe herunter. Sie trug aus Anlaß der Trauerfeier ein schwarzviolettes Bombasinkleid. Das Frühstück hatte sie, wie immer, allein in ihrem Zimmer eingenommen. »Wo sind denn diese Bengel schon wieder?« fragte sie gereizt und schaute auf die Uhr. »Ich habe der elenden Gouvernante doch ausdrücklich aufgetragen, sie pünktlich fertig zu machen ...«

Sie verstummte, weil in diesem Augenblick die Gouvernante mit den Kindern erschien – dem elfjährigen Toby, dem sechsjährigen

Sam und dem vierjährigen Sol, alle in schwarzem Frack, mit schwarzer Krawatte und einem kleinen Zylinder auf dem Kopf. Hugh empfand heimlichen Stolz. »Meine kleinen Soldaten«, sagte er und wandte sich an seinen Ältesten: »Toby, wie hoch ist doch gleich der Diskontsatz der Bank of England von gestern abend?«

»Unverändert bei zweieinhalb Prozent, Sir«, antwortete Tobias, zu dessen Pflichten es gehörte, sich jeden Morgen in der *Times* darüber zu informieren.

Sam, der mittlere, brannte darauf, eine Neuigkeit loszuwerden. »Mama, ich habe ein Haustier!« rief er aufgeregt.

»Davon hast du mir noch gar nichts erzählt«, warf die Gouvernante betroffen ein.

Sam zog eine Streichholzschachtel aus der Tasche, streckte sie seiner Mutter entgegen und öffnete sie. »Billy, der Spinnerich!« sagte er stolz.

Nora kreischte auf, schlug ihm die Schachtel aus der Hand und sprang entsetzt zurück. »Du scheußlicher Kerl, du!« schrie sie.

Sam krabbelte auf der Suche nach der Schachtel auf dem Boden herum. »Billy ist fort!« rief er und brach in Tränen aus, während Nora wutentbrannt die Gouvernante anfuhr.

»Wie können Sie zulassen, daß er solches Ungeziefer mit sich herumschleppt?«

»Es tut mir leid, aber ich wußte ja gar nicht ...«

»Es ist ja niemandem etwas passiert«, mischte sich Hugh beschwichtigend ein und legte Nora den Arm um die Schultern. »Du bist erschrocken, das ist alles.« Er scheuchte sie alle in den Flur. »Kommt jetzt, es ist Zeit. Wir müssen gehen!«

Auf dem Weg hinaus legte er Sam die Hand auf die Schulter und sagte: »Ich hoffe, Sam, du weißt nun, daß man eine Lady nicht erschrecken darf.«

»Ich hab' mein Haustier verloren«, erwiderte der Kleine tieftraurig.

»Spinnen leben gar nicht so gerne in Streichholzschachteln. Vielleicht solltest du dir lieber ein anderes Haustier aussuchen. Wie wär's mit einem Kanarienvogel?«

Unvermittelt hellte sich Sams Miene wieder auf. »Bekomme ich einen?«

»Du mußt dafür sorgen, daß er regelmäßig zu fressen und zu trinken bekommt. Sonst stirbt er.«

»Versprochen! Ganz bestimmt!«

»Dann werden wir uns morgen mal nach einem umsehen.«

»Hurra!«

In geschlossenen Kutschen fuhren sie zur Methodist Hall in Kensington. Es goß in Strömen. Die drei Buben hatten noch nie an einer Beerdigung teilgenommen. Toby, der ein ziemlich ernstes Kind war, fragte: »Sollen wir eigentlich weinen?«

»Spar dir deine dummen Fragen!« raunzte Nora.

Es war nicht das erste Mal, daß Hugh sich wünschte, seine Frau würde mit den Jungen etwas liebevoller umgehen. Noras Mutter war gestorben, als ihre Tochter noch ein Baby war. Wahrscheinlich lag es daran, daß es Nora nun so schwerfiel, den eigenen Kindern eine gute Mutter zu sein ... Sie könnte sich wenigstens ein bißchen mehr Mühe geben, dachte Hugh und wandte sich an Toby. »Wenn dir danach ist, darfst du ruhig weinen. Bei Beerdigungen ist das erlaubt.«

»Dann lass' ich's lieber bleiben. Ich hab' Onkel Joseph nie besonders gern gehabt.«

»Ich hab' Billy, den Spinnerich, gern gehabt«, murmelte Sam.

Und Sol, der Kleinste, verkündete vorlaut: »Ich bin schon zu groß, um zu heulen.«

Die Methodist Hall in Kensington war ein steingewordenes Symbol für die ambivalente Lebensauffassung der wohlhabenden Methodisten. Einerseits glaubten sie an religiöse Schlichtheit und Schnörkellosigkeit, andererseits drängte es sie insgeheim, ihren Wohlstand zur Schau zu stellen. Obwohl das Gebäude lediglich die bescheidene Bezeichnung »Versammlungshalle« führte, war es nicht minder prunkvoll ausgestattet als ein anglikanisches oder katholisches Gotteshaus. Ein Altar fehlte, aber es gab eine prächtige Orgel. Bilder und Statuen waren verpönt, doch die Architektur bezeugte barocke Üppigkeit. Die Gesimse und Verzierungen waren äußerst kunstvoll und erlesen gestaltet.

An diesem Vormittag war das Gebäude bis auf den letzten Steh-
platz gefüllt. Die Trauergäste drängten sich auf den Emporen und
in den Gängen. Die Angestellten der Bank hatten einen Tag freibe-
kommen, um an der Trauerfeier teilnehmen zu können. Darüber
hinaus hatten alle bedeutenden Finanzinstitute der City ihre Vertreter geschickt. Hugh nickte dem Gouverneur der Bank of England, dem Schatzkanzler und Ben Greenbourne zu. Letzterer
hatte mittlerweile die Siebzig überschritten, hielt sich aber nach
wie vor kerzengerade wie ein junger Gardist.

Die Familie wurde zu den für sie reservierten Sitzen in der ersten
Reihe geleitet. Hugh setzte sich neben seinen Onkel Samuel, der,
wie immer, wie aus dem Ei gepellt aussah. Er trug einen schwarzen Gehrock, einen Eckenkragen und eine modisch geknotete Seidenkrawatte. Wie Greenbourne war auch Samuel inzwischen über
siebzig, und wie dieser erfreute er sich bester Gesundheit und
ungebrochener geistiger Regsamkeit.

Samuel war nach Josephs Tod zweifellos der erste Anwärter auf
den Posten des Seniorpartners. Er war der älteste und erfahrenste
unter den Teilhabern. Allerdings haßte Augusta ihn ebenso wie er
sie, weshalb von ihrer Seite mit verbissenem Widerstand zu rechnen war. Wahrscheinlich würde sie sich für Josephs inzwischen
zweiundvierzigjährigen Bruder William einsetzen.

Von den übrigen Teilhabern kamen zwei von vornherein nicht in
Frage, weil sie nicht den Namen Pilaster trugen: Major Hartshorn
und Sir Harry Tonks, der Ehemann von Josephs Tochter Clementine. Damit blieben noch Hugh und Edward.

Hugh wäre sehr gerne Seniorpartner geworden, ja, er begehrte
diese Stellung von ganzem Herzen. Er war zwar der jüngste im
Kreis der Teilhaber, stach sie aber von der fachlichen Qualifika-
tion her bei weitem aus. Er wußte genau, wie er die Bank größer
und stärker denn je machen und gleichzeitig die Abhängigkeit von
riskanten Krediten, auf die sich Joseph eingelassen hatte, reduzieren konnte. Das Problem bestand darin, daß Augusta seine Be-
werbung noch heftiger bekämpfen würde als eine eventuelle Beförderung Samuels. Andererseits konnte er seinen Anspruch auf die
Führungsposition nicht zurückstellen, bis Augusta alt oder tot

war. Sie war erst achtundfünfzig – also war gut und gerne noch fünfzehn Jahre mit ihr zu rechnen. Ihre Energie war allem Anschein nach ebenso unerschöpflich wie ihre Bosheit.

Und dann war da eben auch noch Edward, der jetzt neben Augusta in der ersten Bankreihe saß. Rotgesichtig und im Laufe der Jahre sehr füllig geworden, litt er seit einiger Zeit an einem Hautausschlag, der sein Äußeres stark beeinträchtigte. Mangels Intelligenz und Fleiß hatte er in den siebzehn Jahren seiner Tätigkeit für die Bank kaum etwas dazugelernt. Nie erschien er vor zehn Uhr morgens im Büro. Gegen Mittag begab er sich zum Essen, und es geschah sehr oft, daß er danach gar nicht mehr in die Bank zurückkehrte. Da er schon zum Frühstück Sherry trank, war er selbst tagsüber nie ganz nüchtern. In beruflichen Dingen verließ er sich voll und ganz auf Simon Oliver, seinen Sekretär und Bürovorsteher, der ihn vor Schlimmerem bewahrte. Edward war als Seniorpartner unvorstellbar.

An Edwards Seite hatte seine Frau Platz genommen, was selten genug geschah, denn die beiden lebten weitgehend getrennt. Edward wohnte bei seiner Mutter in Whitehaven House, während Emily sich in ihr Landhaus zurückgezogen hatte und nur noch zu zeremoniellen Anlässen – wie beispielsweise Beerdigungen – nach London kam. Emily war einst ein bildhübsches Mädchen mit großen blauen Augen und einem entzückenden, kindlich anmutenden Lächeln gewesen, doch mittlerweile hatte sich die Enttäuschung in ihr Gesicht eingegraben. Kinder hatten die beiden keine, und Hugh hatte den Eindruck, daß sie einander haßten.

Neben Emily saß, teuflisch adrett in grauem Mantel mit schwarzem Nerzkragen, Micky Miranda, vor dem sich Hugh fürchtete, seit er herausgefunden hatte, daß er der Mörder Peter Middletons war. Edward und Micky waren nach wie vor unzertrennlich, und Micky war an vielen Südamerikageschäften, die die Bank in den vergangenen zehn Jahren finanziert hatte, beteiligt.

Die Trauerfeier zog sich schier endlos in die Länge, und die Prozession von der Kirche zum Friedhof dauerte über eine Stunde, weil Hunderte von Kutschen dem Leichenwagen folgten. Währenddessen prasselte unaufhörlich der Septemberregen nieder.

Hugh beobachtete Augusta, als der Sarg mit den sterblichen Überresten ihres Mannes in die Grube gelassen wurde. Sie stand unter einem großen Regenschirm, den Edward über sie hielt. Ihr Haar war wie reines Silber, und sie trug einen riesigen schwarzen Hut, der ihr ausgezeichnet stand. Nun, da sie ihren Lebensgefährten verloren hat, müßte sie eigentlich menschliche Züge zeigen und Mitleid erregen, dachte Hugh. Aber das stolze Gesicht sah aus wie gemeißelt und erinnerte an die Marmorbüste eines römischen Senators. Von Trauer keine Spur.

Nach dem Begräbnis fand in Whitehaven House ein Essen statt, zu dem der erweiterte Familienkreis der Pilasters, alle Teilhaber der Bank, samt Frauen und Kindern, sowie enge Geschäftspartner und langjährige Freunde der Familie – wie Micky Miranda – geladen waren. Damit alle gemeinsam speisen konnten, hatte Augusta zwei lange Eßtische an den Schmalseiten zusammenstellen lassen.

Hugh betrat die Villa zum erstenmal seit ein oder zwei Jahren. Das Interieur war – einmal mehr – vollkommen ausgewechselt worden und nun ganz im arabischen Stil gehalten, der seit kurzem als der letzte Schrei galt. Die Türöffnungen waren mit maurischen Bögen und das Mobiliar mit geschnitztem Gitterwerk versehen. Bunte islamische Muster schmückten die Polster, und im Salon, in dem das Essen stattfand, gab es einen arabischen Wandschirm und ein Koranpult zu bewundern.

Augusta ließ Edward im Stuhl seines Vaters Platz nehmen, eine Geste, die Hugh ziemlich taktlos fand. Damit führt sie ihn gnadenlos vor, dachte er. Jeder erkennt auf den ersten Blick, daß ihm die Schuhe seines Vaters ein paar Nummern zu groß sind. Joseph war ein unberechenbarer Chef, aber kein Dummkopf gewesen.

Augusta indessen tat nichts ohne Berechnung, und so war es auch diesmal. Überfallartig, wie es für sie typisch war, sagte sie gegen Ende des Trauerbanketts: »Wir brauchen nun so schnell wie möglich einen neuen Seniorpartner. Es kann kein Zweifel daran bestehen, daß die Wahl auf Edward fallen wird.«

Hugh war schlichtweg entsetzt. Gewiß, Augusta hatte schon mehrfach bewiesen, daß sie, was ihren Sohn betraf, mit Blindheit geschlagen war. Dennoch kam dieser Vorstoß völlig unerwartet. Damit kommt sie nie durch, dachte er, war aber trotzdem beunruhigt über die Kühnheit, mit der sie ihren abwegigen Vorschlag gemacht hatte.

Totenstille herrschte im Raum, und Hugh merkte schnell, daß alle auf eine Erklärung von ihm warteten. Familienintern galt er als der Hauptgegner Augustas.

Er zögerte, erwog seine Strategie und entschied sich für eine distanzierte Antwort. »Ich hielte es für das beste, wenn die Teilhaber diese Frage morgen beantworteten«, sagte er.

Aber Augusta ließ ihn so leicht nicht davonkommen. »Ich wäre dir sehr dankbar, mein lieber Hugh, wenn du fortan darauf verzichten würdest, mir vorzuschreiben, über welche Dinge ich in meinem Hause reden darf und über welche nicht.«

»Wenn du darauf bestehst ...« Er bedachte seine Antwort genau. »Allerdings darf ich dich darauf hinweisen, daß von ›Eindeutigkeit‹ überhaupt nicht die Rede sein kann, es sei denn, daß du, werte Tante, die dieser Frage innewohnende Problematik eindeutig nicht durchschaust – was damit zusammenhängen mag, daß du nie in der Bank gearbeitet, ja, wenn man's genau nimmt, *überhaupt nie* gearbeitet hast ...«

»Was fällt dir ein? Ich ...«

Hugh hob die Stimme und ließ Augusta nicht zu Wort kommen. »Der älteste Teilhaber ist jetzt Onkel Samuel.« Er merkte, daß er zu aggressiv klang, und fuhr in verbindlicherem Ton fort: »Wir sind uns gewiß alle darüber einig, daß er eine gute Wahl wäre. Er verfügt über die gebotene Reife und Erfahrung und ist in der Finanzwelt hoch angesehen.«

Onkel Samuel neigte den Kopf und gab damit zu verstehen, daß er das Kompliment akzeptierte, verzichtete aber auf jeden Kommentar.

Die Anwesenden widersprachen Hugh nicht – aber es unterstützte ihn auch niemand. Wahrscheinlich will sich keiner von ihnen Augusta zur Feindin machen, dachte er zynisch. Diesen Feiglingen ist es lieber, wenn ich das für sie tue ... Sei's drum.

»Allerdings«, fuhr er fort, »hat Onkel Samuel die Ehre bereits

einmal abgelehnt. Sollte er diesmal zu demselben Entschluß kom-
men, wäre der junge William als nächstältester Pilaster an der
Reihe. Auch er erfreut sich in der City eines ausgezeichneten
Rufs.«

»Nicht die City trifft die Entscheidung, sondern die Familie Pilaster!« fuhr Augusta ungeduldig dazwischen.

»Die Teilhaber der Pilaster-Bank entscheiden, um genau zu sein«,
verbesserte sie Hugh. »Doch genauso, wie die Teilhaber des Vertrauens der übrigen Familienangehörigen bedürfen, bedarf die
Bank als solche des Vertrauens der Finanzwelt. Wenn wir dieses
Vertrauen verlieren, sind wir erledigt.«

Augusta geriet mehr und mehr in Rage. »Wir können wählen, wen
wir wollen!« rief sie. »Das ist unser gutes Recht.«

Hugh schüttelte energisch den Kopf. Nichts ärgerte ihn mehr als
unverantwortliches Geschwätz. »Wir haben keine Rechte, sondern nur Pflichten«, sagte er mit Nachdruck. »Uns sind viele
Millionen Pfund anvertraut, die uns nicht gehören. Wir können
nicht einfach tun und lassen, was uns Spaß macht. Wir haben
unsere Verpflichtungen und müssen uns daran halten.«

Augusta versuchte es auf andere Weise. »Edward ist der Sohn und
Erbe«, sagte sie.

»Seniorpartner ist kein vererbbares Adelsprädikat!« erwiderte
Hugh empört. »Das Amt gehört dem fähigsten Bewerber.«

Augustas Antwort verriet die gleiche Empörung: »Edward ist genauso fähig wie alle anderen!«

Hugh ließ seinen Blick über die Tischrunde schweifen und ver-
schärfte die Dramatik der Situation, indem er, ehe er antwortete,
jedem der anwesenden Männer einen Moment lang fest in die
Augen sah. »Ist irgend jemand hier im Raum, der nach bestem
Wissen und Gewissen sagen kann, daß Edward der fähigste Bankier unter uns ist? Hand aufs Herz!«

Eine lange Minute herrschte Schweigen. Niemand rührte sich.

Dann sagte Augusta: »Edwards südamerikanische Anleihen haben der Bank ein Vermögen eingebracht.«

Hugh nickte. »Es stimmt, daß wir in den vergangenen zehn Jahren südamerikanische Regierungsanleihen im Werte von vielen

Millionen Pfund verkauft haben und daß Edward für diese Geschäfte verantwortlich ist. Aber es handelt sich um gefährliches
Geld. Die Leute haben die Anleihen gekauft, weil sie dem Bankhaus Pilaster vertrauen. Wenn auch nur eine dieser Regierungen
ihren Zinsverpflichtungen nicht nachkommen sollte, wird der
Preis aller Südamerika-Anleihen ins Bodenlose sinken, und die
Bank muß dafür geradestehen. Dank Edwards erfolgreicher Ver-
kaufsstrategie liegt unser guter Ruf, unser wertvollstes Kapital,
nun in den Händen einer Clique brutaler Despoten und Generäle,
die kaum lesen und schreiben können ...« Hugh spürte, daß seine
Gefühle mit ihm durchgingen. Mit harter Arbeit und Intelligenz
hatte er dazu beigetragen, daß das Ansehen der Bank ständig
gestiegen war. Es ärgerte ihn maßlos, daß Augusta nun bereit war,
all diese Erfolge aufs Spiel zu setzen.

»Du verkaufst nordamerikanische Anleihen«, sagte Augusta. »Ein
gewisses Risiko besteht immer. Das ist doch das Geheimnis des
gesamten Bankwesens.« Ein triumphierender Unterton lag in ihrer Stimme, als wäre sie überzeugt, ihm ein Schnippchen geschlagen zu haben.

»Die Vereinigten Staaten von Amerika besitzen eine moderne, demokratische Regierung, verfügen über gewaltige Rohstoffvorkom-
men und haben keine Feinde. Nachdem sie nun auch die Sklaverei
abgeschafft haben, wüßte ich nicht, was dagegen spräche, diesem
Land ein Jahrhundert der Stabilität vorauszusagen. Im Gegensatz dazu bildet Südamerika ein Sammelsurium einander befeh-
dender Diktaturen, deren Zusammensetzung in zehn Tagen ganz
anders aussehen kann als heute. Natürlich besteht in beiden Fällen ein Risiko – nur ist es im Norden wesentlich geringer. Das
Geheimnis des Bankwesens besteht darin, die Risiken richtig einzuschätzen!«

»Du bist nur neidisch auf Edward«, antwortete Augusta. »Das
war schon immer so.«

Hugh wunderte sich über die Schweigsamkeit der anderen Teilhaber. Doch kaum hatte er sich die Frage gestellt, da wußte er auch
schon die Antwort darauf: Augusta mußte sich mit ihnen abge-
sprochen haben. Sollte es ihr tatsächlich gelungen sein, Edwards

Wahl zum Seniorpartner durchzusetzen? Hugh konnte es einfach nicht glauben, aber langsam fing er an, sich ernsthafte Sorgen zu machen.

»Was hat sie euch erzählt?« fragte er unvermittelt in die Runde. »William? George? Harry? Los, raus mit der Sprache! Ihr habt mit ihr schon darüber gesprochen, und sie hat euch über den Tisch gezogen.«

Sie saßen da wie kleine dumme Jungen. Endlich sagte William: »Niemand wurde über den Tisch gezogen, Hugh. Aber Augusta und Edward haben uns zu verstehen gegeben, daß sie, falls Edward nicht Seniorpartner wird ...« Er stockte und fühlte sich sichtlich unwohl in seiner Haut.

»Raus mit der Sprache!« wiederholte Hugh.

»... daß sie dann ihr Kapital aus dem Unternehmen zurückziehen werden.«

»*Was?*« Hugh fiel aus allen Wolken. Die Entnahme des Eigenkapitals aus dem Familienunternehmen galt bei den Pilasters seit jeher als Todsünde. Seinem eigenen Vater, der diese Sünde begangen hatte, war nie verziehen worden. Daß Augusta sich zu einer solchen Drohung verstieg, war bestürzend – und es zeigte, daß sie es bitterernst meinte.

Gemeinsam mit Edward kontrollierte sie ungefähr vierzig Prozent des Bankkapitals, insgesamt über zwei Millionen Pfund. Wenn die beiden am Ende des Finanzjahrs ihr Geld der Bank entzögen – wozu sie rechtlich befugt waren –, wär die Bank erledigt.

Es war schlimm genug, daß Augusta diese Drohung überhaupt aussprechen konnte. Doch daß die Teilhaber bereit waren, sich ihren Forderungen zu beugen, war eine Katastrophe. »Ihr tretet ja eure ganze Autorität an sie ab!« sagte Hugh. »Wenn ihr jetzt nachgebt, kann sie euch immer wieder die Pistole auf die Brust setzen. Sobald sie etwas will, braucht sie nur mit dem Rückzug ihres Kapitals zu drohen, und schon gebt ihr klein bei. Da könnt ihr doch gleich *sie* zum Seniorpartner machen!«

»Untersteh dich, in diesem Ton über meine Mutter zu reden!« polterte Edward. »Dir fehlt die Kinderstube!«

»Ich pfeif' auf die Kinderstube!« erwiderte Hugh hart. Daß er mit

einem Wutausbruch seiner Sache keinen guten Dienst erwies, war
ihm klar, aber er war inzwischen so zornig, daß er sich nicht mehr
beherrschen konnte. »Ihr seid drauf und dran, die Bank zu ruinieren! Augusta ist blind, Edward ist dumm, und der Rest von euch
ist zu feige, um den beiden Einhalt zu gebieten.« Er schob seinen
Stuhl zurück und erhob sich; seine Serviette flog wie ein Fehde-
handschuh auf den Tisch. »Wie dem auch sei, hier steht der einzige Mensch, der sich nicht auf diesen erpresserischen Kuhhandel
einläßt.«
Hugh hielt inne, holte tief Luft und spürte in diesem Moment,
daß die Worte, die ihm auf der Zunge lagen, sein Leben tiefgrei-
fend verändern würden. Die Blicke aller Anwesenden waren auf
ihn gerichtet. Er hatte keine Alternative. »Ich trete von allen meinen Funktionen zurück«, sagte er.
Als er seinen Platz verließ, bemerkte er Augustas Blick. Ein triumphierendes Lächeln huschte über ihr Gesicht.

Am Abend erhielt er Besuch von Onkel Samuel.
Samuel war, trotz seines fortgeschrittenen Alters, genauso eitel
wie vor zwanzig Jahren. Er lebte noch immer mit Stephen Caine,
seinem »Sekretär«, zusammen. Hugh war der einzige Pilaster, der
die beiden gelegentlich besuchte. Sie wohnten mit zahlreichen
Katzen im Stadtteil der Boheme, Chelsea, in einem Haus, dessen
Interieur dem Zeitgeschmack entsprach. Nach dem Genuß einer
halben Flasche Portwein hatte Stephen einmal gesagt, er wäre die
einzige Ehefrau in der Familie Pilaster, die keine alte Hexe sei.
Als Samuel eintraf, saß Hugh in der Bibliothek, in die er sich nach
dem Abendessen zurückzuziehen pflegte. Er hielt ein Buch auf
dem Schoß, las jedoch nicht, sondern starrte ins Kaminfeuer und
grübelte über seine Zukunft nach. Er besaß genug Geld – so viel,
daß er für den Rest seines Lebens bequem davon leben konnte.
Aber seinen Traum, eines Tages Seniorpartner zu werden, konnte
er jetzt vergessen.
Onkel Samuel wirkte müde und traurig. »Mit meinem verstorbenen Vetter Joseph hatte ich meist Krach«, sagte er. »Ich bedaure
es sehr, daß wir nicht besser miteinander ausgekommen sind.«

Hugh fragte ihn, ob er etwas trinken wolle, und Samuel bat um ein Glas Portwein. Hugh rief den Butler und ließ eine Flasche dekantieren.

»Wie siehst du denn nun die Lage?« fragte Samuel.

»Anfangs war ich wütend, jetzt bin ich nur noch verzweifelt«, erwiderte Hugh. »Edward ist hoffnungslos ungeeignet für den Posten des Seniorpartners. Aber es läßt sich nichts dagegen unternehmen. Was meinst du?«

»Mir geht es genauso wie dir. Ich werde ebenfalls zurücktreten. Mein Kapital werde ich nicht aus der Bank herausnehmen – jedenfalls nicht sofort –, aber am Jahresende ist für mich Schluß. Ich habe es nach deinem dramatischen Abgang offiziell bekanntgegeben. Kann sein, daß ich meine Meinung früher hätte sagen sollen, aber geändert hätte das auch nichts.«

»Was haben die anderen sonst noch gesagt?«

»Damit, mein lieber Junge, komme ich zum eigentlichen Anlaß meines Besuchs. Ich bin, wie ich zu meinem Bedauern gestehen muß, eine Art Gesandter des Feindes. Man hat mich gebeten, dich zu einem Widerruf deines Rücktritts zu überreden …«

»Diese Idioten!«

»Mit diesem Urteil liegst du nicht falsch. Es gibt allerdings noch einen anderen Faktor zu berücksichtigen: Wenn du Knall auf Fall aussteigst, weiß die ganze City sofort, warum. Die Leute werden sagen, wenn Hugh Pilaster glaubt, daß Edward die Bank nicht leiten kann, dann hat er wahrscheinlich recht. Es könnte zu einem Vertrauensverlust kommen.«

»Na und? Wenn die Bank schlecht geführt wird, ist es nur recht und billig, daß die Leute ihr Vertrauen verlieren. Tun sie's nicht, verlieren sie ihr Geld.«

»Und wenn dein Rücktritt eine Finanzkrise auslöst?«

Daran hatte Hugh noch nicht gedacht. »Wäre das möglich?«

»Ich glaube, ja.«

»Das möchte ich natürlich nicht.« Eine Krise konnte auch andere, grundsolide Unternehmen in den Bankrott treiben – so wie im Jahre 1866 der Zusammenbruch von Overend & Gurney die Firma seines Vaters.

»Vielleicht solltest du, so wie ich, bis zum Ende des Finanzjahres
auf deinem Posten bleiben«, schlug Samuel vor. »Das sind ja nur
noch ein paar Monate. Wenn Edward schon eine Weile im Amt
ist, so daß die Leute sich an ihn gewöhnt haben, wirbelt dein
Rücktritt nicht mehr soviel Staub auf.«

Der Butler kam mit dem Portwein und schenkte ihnen ein. Hugh
nippte nachdenklich an seinem Glas. Obwohl ihm der Vorschlag
Samuels alles andere als angenehm war, konnte er ihn kaum ablehnen. Nachdem er seinen Widersachern einen Vortrag über ihre
Pflichten gegenüber den Bankkunden und der Finanzwelt gehalten hatte, war er jetzt der Gefangene seiner eigenen Worte. Wenn
ich wegen persönlicher Ressentiments zulasse, daß die Bank Schaden nimmt, bin ich nicht besser als Augusta, dachte er und tröstete sich damit, daß ihm die Verschiebung seines Rücktritts auch
mehr Zeit zum Nachdenken über seine Zukunft gab.

»Na gut«, sagte er schließlich und seufzte. »Ich bleibe bis Ende
des Jahres.«

Samuel nickte. »Ich dachte es mir. Es ist das einzig Richtige in
dieser Situation – und bisher hast du dich noch immer für den
richtigen Weg entschieden.«

Bevor Maisie Greenbourne sich vor mittlerweile elf Jahren aus der
High Society verabschiedet hatte, war sie reihum zu allen ihren
Freunden gegangen – von denen es recht viele und unter ihnen
eine nicht geringe Zahl sehr betuchter Leute gab – und hatte sie
zu einer Geldspende für Rachels Geburtsklinik in Southwark
überredet. Die laufenden Kosten des Krankenhauses wurden daher durch Einkünfte aus Investitionen gedeckt.

Für das Geld war Rachels Vater zuständig, der einzige Mann in
der Krankenhausverwaltung. Maisie, die sich zunächst selber um
die Investitionen hatte kümmern wollen, mußte bald die Erfahrung machen, daß sie von Bankiers und Börsenmaklern nicht
ernst genommen wurde. Sie ignorierten ihre Instruktionen, fragten sie des öfteren nach der Zustimmung ihres Ehemanns und

enthielten ihr wichtige Informationen vor. Maisie hätte natürlich dagegen ankämpfen können, doch da die beiden Frauen beim Aufbau des Krankenhauses ohnehin schon genug Scherereien hatten, überließen sie die Finanzen schließlich Mr. Bodwin.

Maisie war Witwe, Rachel dagegen nach wie vor mit Micky Miranda verheiratet. Obwohl die Eheleute keinerlei Kontakt mehr miteinander hatten, weigerte Micky sich, in eine Scheidung einzuwilligen. Seit über zehn Jahren hatte Rachel ein heimliches Verhältnis mit Dan Robinson, Maisies Bruder, der inzwischen Unterhausabgeordneter war. Die drei lebten zusammen in Maisies Haus im Londoner Vorort Walworth.

Das Krankenhaus lag in einem Arbeiterviertel mitten in der Stadt. Sie hatten vier Reihenhäuser unweit der Kathedrale von Southwark langfristig gepachtet, die Trennmauern auf jeder Etage durchbrochen und mit Verbindungstüren versehen. Anstelle der sonst üblichen höhlenartigen Stationen, in denen sich Bett an Bett reihte, wurden kleine, bequeme Zwei- und Dreibettzimmer eingerichtet.

Maisies Büro in der Nähe des Haupteingangs war ein Refugium, in dem zwei bequeme Sessel, ein ausgeblichener Teppich, bunte Vorhänge und eine Vase mit frischen Blumen für Gemütlichkeit sorgten. An der Wand hing gerahmt das Plakat mit der »phantastischen Maisie«. Der Schreibtisch war unaufdringlich, und die Bücher mit ihren Aufzeichnungen waren in einem ehemaligen Geschirrschrank verstaut.

Die Frau, die ihr in zerlumpter Kleidung gegenübersaß, trug weder Schuhe noch Strümpfe und war im neunten Monat schwanger. In ihren Augen lag der argwöhnische, verzweifelte Blick einer hungernden Katze, die sich, von der Hoffnung auf etwas Freßbares getrieben, in ein fremdes Haus einschleicht.

»Wie heißen Sie, meine Liebe?« fragte Maisie.

»Rose Porter, gnä’ Frau.«

Alle nannten sie »gnä’ Frau«, als wäre sie eine große Dame. Maisie hatte den Versuch, sich mit ihrem Vornamen anreden zu lassen, längst aufgegeben. »Möchten Sie eine Tasse Tee?«

»Ja, bitte, gnä’ Frau.«

Maisie goß Tee in eine einfache Porzellantasse und gab Milch und
Zucker hinzu. »Sie sehen müde aus.«

»Ich komme aus Bath, gnä' Frau. Bin die ganze Strecke gelaufen.«

Das waren hundertsechzig Kilometer. »Da waren Sie ja mindestens eine Woche lang unterwegs, Sie Ärmste!« sagte Maisie.

Rose brach in Tränen aus. Es war die übliche Reaktion, und Maisie war längst daran gewöhnt. Am besten ließ man die Frauen
sich ausweinen, auch wenn es eine Weile dauerte. Sie setzte sich
auf die Armlehne des Sessels, legte Rose den Arm um die Schultern und zog sie an sich.

»Ich weiß, daß ich schlecht bin«, schluchzte Rose.

»Sie sind nicht schlecht«, erwiderte Maisie. »Wir sind lauter
Frauen hier und verstehen Sie. Von Verderbtheit und Sünde redet
hier bei uns niemand, das überlassen wir den Pfarrern und Politikern.«

Rose beruhigte sich allmählich und trank ihren Tee. Maisie nahm
das aktuelle Notizbuch aus dem Schrank und setzte sich an ihren
Schreibtisch. Sie machte sich Aufzeichnungen über jede Frau, die
aufgenommen wurde. Ihre Notizen hatten sich schon oft als sehr
nützlich erwiesen. Behauptete zum Beispiel ein selbstgerechter
Konservativer im Parlament, unverheiratete Mütter seien meist
Prostituierte und hätten oft nichts anderes im Sinn, als ihre Babys
so schnell wie möglich loszuwerden, oder gab er vergleichbaren
Blödsinn von sich, dann schrieb Maisie ihm einen höflichen, sach-
lichen Brief, in dem sie seine Anschuldigungen Punkt für Punkt
widerlegte. In ihren Reden, die sie landauf, landab hielt, wiederholte sie ihre Argumente.

»Erzählen Sie mir, was passiert ist«, sagte sie zu Rose. »Wie sah
Ihr Leben aus, bevor Sie schwanger wurden?«

»Ich war Köchin bei einer Mrs. Freeman in Bath.«

»Und wie haben Sie Ihren jungen Mann kennengelernt?«

»Er hat mich auf der Straße angesprochen. Es war an meinem
freien Nachmittag, und ich hatte einen neuen gelben Sonnenschirm. Ich sah toll aus, das weiß ich genau. Dieser gelbe Sonnenschirm hat mich ruiniert.«

Maisie redete ihr gut zu. Nach und nach rückte Rose mit der ganzen Geschichte heraus. Sie war typisch. Der Mann war Polsterer von Beruf, ein angesehener, gutsituierter Handwerker. Er hatte Rose den Hof gemacht und mit ihr schon über die Hochzeit gesprochen. An warmen Abenden, nach Einbruch der Dunkelheit, hatten sie im Park, umgeben von anderen schmusenden Paaren, erste Zärtlichkeiten ausgetauscht. Gelegenheiten, miteinander zu schlafen, gab es wenige – aber vier- oder fünfmal, wenn ihre Herrin verreist oder seine Vermieterin betrunken war, hatte es schließlich doch geklappt. Dann hatte er seinen Arbeitsplatz verloren und war auf der Suche nach einer neuen Anstellung in eine andere Stadt gezogen. Rose erhielt noch einen oder zwei Briefe von ihm, dann verschwand er aus ihrem Leben. Und auf einmal merkte sie, daß sie schwanger war.

»Wir werden versuchen, Kontakt mit ihm aufzunehmen«, sagte Maisie.

»Ich glaube, er liebt mich nicht mehr.«

»Warten wir's ab.« Überraschend viele Männer fanden sich schließlich doch bereit, ihr Mädchen zu heiraten. Selbst jene, die von der Schwangerschaft erfahren und sich gerade deshalb aus dem Staub gemacht hatten, bereuten mitunter ihre panische Reaktion. In Roses Fall standen die Chancen nicht schlecht. Der Mann hatte die Stadt nicht verlassen, weil er Rose nicht mehr liebte, sondern weil er seine Arbeit verloren hatte. Maisie versuchte immer, die Männer zu einem Besuch bei Mutter und Kind in der Klinik zu bewegen. Der Anblick des hilflosen Säuglings von ihrem eigenen Fleisch und Blut brachte mitunter die besten Saiten in ihnen zum Klingen.

Rose zuckte zusammen, und Maisie fragte. »Was ist?«

»Mein Rücken tut weh. Das muß vom vielen Laufen kommen.«

Maisie lächelte. »Das sind keine normalen Rückenschmerzen, Rose. Ihr Baby meldet sich an. Kommen Sie, wir suchen Ihnen ein Bett.«

Sie begleitete Rose in die erste Etage und entließ sie in die Obhut einer Krankenschwester. »Es wird schon alles gut«, sagte sie. »Bald halten Sie ein hübsches, gesundes Baby im Arm.«

In einem anderen Krankenzimmer trat sie ans Bett einer Frau, die sie alle nur unter dem Namen »Miss Nobody« kannten. Die Schwangere war nicht bereit, ihre persönlichen Daten preiszugeben, nicht einmal ihren Namen. Sie war ein dunkelhaariges Mädchen von ungefähr achtzehn Jahren. Ihr Akzent verriet, daß sie aus der Oberschicht stammte, und ihre Unterwäsche war entsprechend teuer. Maisie war sich ziemlich sicher, daß sie Jüdin war. »Wie geht es Ihnen, meine Gute?« erkundigte sie sich.

»Danke, gut – und ich bin Ihnen so dankbar, Mrs. Greenbourne.«

Welten trennten diese Frau von Rose – und doch befanden sich die beiden in der gleichen Notlage und würden in Kürze blutend und unter Schmerzen ein Kind gebären.

Maisie kehrte in ihr Büro zurück und setzte sich wieder an einen Leserbrief, der an den Herausgeber der *Times* gerichtet war.

THE FEMALE HOSPITAL
Bridge Street
Southwark
London, S. E.
den 10. September 1890

An den Herausgeber der Times

Sehr geehrter Herr,

mit Interesse las ich den Leserbrief von Dr. Charles Wickam zum Thema »Die körperliche Unterlegenheit der Frau«.

Sie hatte den Brief liegen gelassen, weil sie noch nicht genau wußte, wie sie ihn fortsetzen sollte. Doch inzwischen hatte Rose Porter sie auf eine Idee gebracht.

Ich habe in unserem Krankenhaus soeben eine junge Frau in anderen Umständen aufgenommen, die den Weg von Bath hierher zu Fuß zurückgelegt hat.

Die Worte »in anderen Umständen« würde die Redaktion vermutlich für vulgär halten und streichen. Maisie war jedoch nicht bereit, die Zensur vorwegzunehmen.

Mir fällt auf, daß Dr. Wickam aus dem Cowes Club schreibt, weshalb sich mir die Frage aufdrängt, wie viele Mitglieder dieses Clubs wohl in der Lage wären, zu Fuß von Bath nach London zu gehen?
Weil ich eine Frau bin, habe ich den Club natürlich nie betreten. Was mir indessen schon des öfteren auffiel, waren Clubmitglieder, die auf den Stufen vor dem Eingang eine Droschke herbeiriefen und dem Kutscher Fahrtziele in nicht mehr (oft weniger) als einer Meile Entfernung angaben. Ich muß sagen, daß die meisten dieser Herrschaften durchaus den Eindruck erwecken, als kämen sie in arge Verlegenheit, wenn sie die Strecke vom Piccadilly Circus zum Parliament Square zu Fuß zurücklegen müßten.
Eine Zwölfstundenschicht in einer Fabrik im East End – die tägliche Fron Tausender von Frauen in diesem Land – würde mit Sicherheit die Kräfte dieser Herren übersteigen ...

Erneut wurde Maisie unterbrochen. Es klopfte an die Tür. »Herein!« rief sie.

Die Frau, die das Büro betrat, war weder arm noch schwanger. Sie hatte große blaue Augen und ein mädchenhaftes Gesicht, und sie trug teure Kleidung. Es war Emily, Edward Pilasters Frau.

Maisie stand auf und gab ihr einen Begrüßungskuß. Emily Pilaster gehörte zum Förderkreis des Krankenhauses, in dem sich Frauen überraschend unterschiedlicher Herkunft zusammengefunden hatten – so zählte unter anderem Maisies alte Freundin April Tilsley, inzwischen Besitzerin dreier Bordelle in London, zu den Mitgliedern. Sie spendeten gebrauchte Kleider, alte Möbel, überschüssige Lebensmittel aus ihren Küchen und zahlreiche unentbehrliche Kleinigkeiten wie Papier und Tinte. Manchmal gelang es ihnen auch, Frauen, die das Wochenbett verlassen hatten, eine Anstellung zu vermitteln. Vor allem aber gaben sie Maisie und Rachel moralische Unterstützung, wenn die konservative Männerwelt mal wieder über die beiden herfiel, weil es im Krankenhaus keine obligatorischen Gebete, frommen Gesänge und

Bußpredigten über die Sündhaftigkeit der ledigen Mutterschaft gab.

Maisie fühlte sich mitverantwortlich dafür, daß Emilys Versuch, in der »Nacht der Masken« ihren eigenen Ehemann zu verführen, so restlos mißglückt war. Seit jenem Tag führten Emily und der abscheuliche Edward diskret das getrennte Leben wohlhabender Eheleute, die einander auf den Tod nicht ausstehen können.

An diesem Vormittag strahlte Emily über das ganze Gesicht und wirkte sehr aufgeregt. Kaum hatte sie sich gesetzt, da stand sie auch schon wieder auf und kontrollierte, ob die Tür auch wirklich fest geschlossen war. Dann sagte sie zu Maisie: »Ich habe mich verliebt.«

Maisie zweifelte, ob das wirklich eine gute Nachricht war, antwortete aber dennoch: »Wie schön! In wen denn?«

»In Robert Charlesworth. Er ist Dichter und schreibt Artikel über italienische Kunst. Er lebt überwiegend in Florenz, hat aber in unserem Dorf ein kleines Häuschen gemietet. England gefällt ihm im September.«

In Maisies Ohren klang das, als verfüge dieser Robert Charlesworth über genügend Mittel, um sich ohne echte Arbeit ein schönes Leben leisten zu können. »Hört sich ja wahnsinnig romantisch an«, sagte sie.

»Ach, er ist ja so gefühlvoll! Er würde dir sicher sofort gefallen.«

»O ja, sicher«, sagte Maisie, obwohl sie in Wirklichkeit gefühlvolle Poeten mit Privatvermögen nicht ausstehen konnte. Dennoch freute sie sich für Emily, die soviel unverdientes Pech in ihrem Leben gehabt hatte. »Bist du seine Geliebte?«

Emily errötete. »Ach, Maisie, mußt du denn immer gleich die peinlichsten Fragen stellen? Nein, natürlich nicht ...«

Nach den Ereignissen in der Nacht der Masken fand Maisie es erstaunlich, daß es überhaupt noch etwas gab, worüber Emily erröten konnte. Die Erfahrung hatte sie allerdings gelehrt, daß sie selbst, Maisie, in dieser Beziehung etwas eigenartig war. Die meisten Frauen waren imstande, vor praktisch allem, was sie nicht sehen wollten, die Augen zu verschließen und so zu tun, als existiere es überhaupt nicht. Maisie hingegen fehlte jede Geduld zu

höflicher Schönrederei und taktvollen Phrasen. Wenn sie etwas
wissen wollte, fragte sie ohne Umschweife. »Na ja, seine Frau
kannst du ja wohl nicht werden, oder?«

»Deshalb bin ich hier«, sagte Emily. »Gibt es die Möglichkeit, eine
Ehe annullieren zu lassen?«

»Du meine Güte!« Nach kurzem Überlegen fügte Maisie hinzu:
»Du meinst aufgrund der Tatsache, daß die Ehe nie vollzogen
wurde?«

»Ja.«

Maisie nickte. »Ja, diese Möglichkeit besteht.« Daß Emily juristi-
schen Rat bei ihr suchte, war nicht überraschend. Rechtsanwäl-
tinnen gab es keine, und ein Mann wäre vermutlich sofort zu
Edward gerannt und hätte alles verdorben. Maisie war eine aktive
Frauenrechtlerin und hatte sich eingehend mit dem bestehenden
Ehe- und Scheidungsrecht beschäftigt. »Du müßtest dich an die
für Familien- und Scheidungsangelegenheiten zuständigen Kam-
mern des High Court wenden«, erläuterte sie. »Und du müßtest
hieb- und stichfest nachweisen, daß Edward immer und unter
allen Umständen impotent ist, also nicht nur bei dir.«

Emily machte ein langes Gesicht. »Oje«, sagte sie. »Das geht
nicht. Wir wissen ja, was mit ihm los ist.«

»Erschwerend kommt hinzu, daß du keine Jungfrau mehr bist.«

»Dann ist die Sache also hoffnungslos«, meinte Emily zerknirscht.

»Eine Chance gibt es noch: Edward muß sich einverstanden erklären. Meinst du, du könntest ihn dazu überreden?«

Emilys Miene hellte sich auf. »Ja, vielleicht.«

»Wenn er eidesstattlich bestätigt, daß er impotent ist und gegen
die Annullierung der Ehe keinen Widerspruch einlegen wird,
dann wird man deine Argumentation nicht anfechten.«

»Er unterschreibt, dafür werde ich sorgen.« Emilys Züge verrieten
wieder jene unerwartete Entschlossenheit, an der Maisie schon
vor Jahren den starken Willen der jungen Frau erkannt hatte.

»Sei vorsichtig! Legal ist eine solche Absprache der Eheleute nämlich nicht, und es gibt da einen Mann mit dem Titel ›Prokurator
der Krone‹, der gewissermaßen als ›Scheidungspolizist‹ agiert.«

»Darf ich danach Robert heiraten?«

»Ja. Der Nichtvollzug der Ehe ist nach dem Kirchenrecht Grund für eine gültige Scheidung ohne jedes Wenn und Aber. Es wird ungefähr ein Jahr dauern, ehe es zur Verhandlung kommt, und danach gibt es noch eine Sechsmonatsfrist, bis die Scheidung rechtskräftig ist. Doch am Ende steht einer Wiederverheiratung nichts mehr im Wege.«

»Ich hoffe nur, Edward stellt sich nicht zu sehr an.«

»Wie steht er zu dir?«

»Er haßt mich.«

»Glaubst du nicht, daß er dich gerne loswerden würde?«

»Ich denke, das ist ihm völlig gleichgültig. Hauptsache, ich lasse ihn in Ruhe.«

»Und wenn du ihn *nicht* in Ruhe läßt?«

»Du meinst, ich könnte ihm absichtlich lästig fallen?«

»Genau das.«

»Ja, ich glaube, das ließe sich machen ...«

Maisie hegte nicht den geringsten Zweifel daran, daß Emily, wenn sie es darauf anlegte, unerträglich lästig sein konnte.

»Außerdem brauche ich einen Rechtsanwalt, der den Brief aufsetzt, den Edward unterschreiben muß«, fügte Emily hinzu.

»Ich werde Rachels Vater drum bitten. Er ist ja Anwalt.« Maisie sah auf die Uhr. »Heute geht's nicht mehr. In Windfield fängt die Schule wieder an, und ich muß Bertie hinbringen. Aber morgen früh werde ich mich drum kümmern.«

Emily erhob sich. »Maisie, du bist die beste Freundin, die man sich als Frau wünschen kann.«

»Ich sag' dir eines: Das gibt einen Riesenwirbel im Hause Pilaster. Augusta kriegt einen Tobsuchtsanfall.«

»Vor der hab' ich keine Angst«, erwiderte Emily.

Maisie Greenbournes Besuche in Windfield erregten immer großes Aufsehen. Man wußte, daß sie die Witwe des sagenhaft reichen Solly Greenbourne war, persönlich aber nur über sehr geringe Mittel verfügte. Überdies galt sie als »fortschrittliche« Person, die an die Gleichberechtigung der Frau glaubte und – so

ging das Gerücht – Hausmädchen dazu ermunterte, uneheliche
Kinder in die Welt zu setzen. Außerdem wurde sie jedesmal, wenn
sie Bertie zur Schule brachte, von Hugh Pilaster begleitet, jenem
gutaussehenden Bankier, der auch das Schulgeld für Bertie bezahlte. Unter den Schülereltern, die sich darüber Gedanken
machten, kursierte längst das Gerücht, daß Hugh Berties leiblicher Vater war. Der Hauptgrund für die Aufmerksamkeit, die
Maisie erregte, lag aber nach ihrer eigenen Überzeugung darin,
daß sie mit ihren mittlerweile vierunddreißig Jahren immer noch
so schön war, daß sich die Männer nach ihr umdrehten.
Diesmal trug sie ein tomatenrotes Kostüm – ein Kleid mit einer
kurzen Jacke darüber –, dazu auf dem Kopf einen Hut mit Feder.
Maisie wußte, daß sie hübsch und sorgenfrei aussah, doch insgeheim brachen ihr die gemeinsamen Windfield-Besuche mit Hugh
und Bertie jedesmal fast das Herz.
Siebzehn Jahre war es inzwischen her, daß sie mit Hugh geschlafen hatte, und sie liebte ihn so innig wie am ersten Tag. Sie verbrachte den größten Teil ihrer Zeit damit, sich in den Kummer
der armen Mädchen in der Klinik einzufühlen, und vergaß darüber ihre eigenen Sorgen. Zwei- oder dreimal im Jahr aber ließ
es sich nicht vermeiden, daß sie mit Hugh zusammentraf, und
dann brachen sofort die alten Wunden wieder auf.
Seit elf Jahren wußte er nun, daß er Berties Vater war. Ben Greenbourne hatte eine Andeutung gemacht, worauf Hugh zu ihr gekommen war und sie mit seinem Verdacht konfrontiert hatte. Sie
hatte ihm die Wahrheit gesagt. Von jenem Tag an hatte Hugh alles
getan, was er für Bertie tun konnte, nur offiziell als seinen Sohn
anerkannt hatte er ihn nicht. Bertie hielt sich noch immer für den
Sohn des verstorbenen liebenswürdigen Solomon Greenbourne.
Ihm reinen Wein einzuschenken hätte ihm nur unnötigen Kummer bereitet.
Der junge Mann hieß Hubert, und daß er Bertie gerufen wurde,
war ein heimliches Kompliment an den Prinzen von Wales, der
ebenfalls so genannt wurde. Maisie hatte keinen Kontakt mehr zu
dem Thronfolger. Sie war längst nicht mehr die Millionärsgattin
und Gastgeberin für die feine Gesellschaft, sondern nur noch eine

einfache Witwe, die in einem bescheidenen Vorstadthäuschen im Süden Londons lebte. Solche Frauen gehörten nicht zum Freundeskreis des Thronfolgers.

Sie hatte den Jungen Hubert genannt, weil der Name so ähnlich klang wie Hugh. Doch schon bald war ihr die Ähnlichkeit peinlich geworden, und darin lag ein weiterer Grund für den Rufnamen Bertie. Ihrem Sohn hatte sie erzählt, Hugh sei der beste Freund seines Vaters gewesen. Glücklicherweise sahen die beiden einander kaum ähnlich; mit seinem weichen dunklen Haar und den melancholischen braunen Augen kam Bertie vielmehr ganz auf Maisies Vater. Ihr Sohn war groß und stark, ein guter Sportler und ein fleißiger Schüler. Maisie war ungeheuer stolz auf ihn.

Auf den gemeinsamen Fahrten nach Windfield behandelte Hugh Maisie mit ausgesuchter Höflichkeit. Er spielte seine Rolle als guter Freund der Familie, doch Maisies feines Gespür verriet ihr, daß diese bittersüße Situation ihn ebenso schmerzlich berührte wie sie selbst.

Von Rachels Vater wußte sie, daß Hugh in der Finanzwelt als eine Art Wunderkind galt. Wenn er über die Bank sprach, leuchteten seine Augen auf, und er wußte fesselnd und amüsant zu erzählen. Es war unverkennbar, daß er seinen anspruchsvollen Beruf liebte und Erfüllung darin fand. Sobald ihre Konversation jedoch den persönlichen Bereich berührte, schlug seine Stimmung um, er wurde mißmutig und einsilbig. Er sprach nur ungern über seine Familie und die Kreise, in denen er privat verkehrte, und seine Frau erwähnte er am liebsten überhaupt nicht. Allenfalls noch erzählte er von seinen drei Söhnen, an denen er sehr hing, doch selbst da schwang ein depressiver Unterton mit. Ohne daß er es je ausgesprochen hätte, spürte Maisie, daß Nora ihren Kindern keine gute Mutter war und daß Hugh sich im Laufe der Jahre mit einer kalten, sexuell unbefriedigenden Ehe abgefunden hatte.

Er trug einen silbergrauen Tweedanzug, der gut zu seinem mit Silbersträhnen durchzogenen Haar paßte, und die hellblaue Krawatte korrespondierte mit der Farbe seiner Augen. Er war fülliger geworden, doch hin und wieder blitzte das spitzbübische Grinsen auf, das ihr so an ihm gefiel. Sie bildeten ein attraktives Paar,

ohne ein Paar zu sein, und genau daher rührte Maisies Traurigkeit: Wir sehen aus wie ein Paar, benehmen uns wie ein Paar –
aber wir sind kein Paar. Sie nahm seinen Arm, als sie das Schulge-
bäude betraten, und dachte bei sich: Ich würde meine Seele her-
geben, wenn ich dafür Tag für Tag an seiner Seite leben dürfte.
Sie halfen Bertie beim Auspacken des Koffers, und er goß ihnen
auf seinem Zimmer einen Tee auf. Hugh hatte einen Kuchen mitgebracht, der so groß war, daß Berties Klasse wahrscheinlich eine
ganze Woche daran zu kauen hatte. »Mein Sohn Toby wird im
nächsten Jahr auch hier eingeschult«, sagte Hugh. »Könntest du
mir einen Gefallen tun und ihn ein bißchen im Auge behalten?«
»Gerne«, sagte Bertie. »Ich pass' auf, daß er nicht zum Schwimmen ins Bischofswäldchen geht.« Als Maisie ihn stirnrunzelnd
ansah, fügte er schnell hinzu: »Tut mir leid, das war ein schlechter
Scherz.«
»Über die Sache von damals wird wohl immer noch geredet,
was?« fragte Hugh.
»Jedes Jahr erzählt der Direktor von neuem die Geschichte, wie
Peter Middleton ertrank. Er will uns damit Angst einjagen. Aber
trotzdem gehen alle zum Schwimmen.«
Nach dem Tee verabschiedeten sie sich von Bertie. Wie immer bei
dieser Gelegenheit kämpfte Maisie mit den Tränen, weil sie ihren
kleinen Jungen – der ihr längst über den Kopf gewachsen war –
allein zurücklassen mußte. Dann gingen sie zu Fuß in die Stadt
und fuhren mit dem nächsten Zug zurück nach London. Sie hatten ein Abteil der ersten Klasse für sich.
Während sie durch das Fenster beobachteten, wie die Landschaft
vorüberflog, sagte Hugh: »Edward wird in Kürze Seniorpartner.«
Maisie glaubte, sich verhört zu haben. »Ich dachte, dafür ist er
nicht intelligent genug!«
»Ist er auch nicht. Ich scheide zum Jahresende aus der Bank
aus.«
»O Hugh!« Maisie wußte, wie sehr ihm die Bank am Herzen lag.
Er hatte all seine Hoffnungen auf sie gesetzt. »Was wirst du denn
dann tun?«

»Ich weiß es noch nicht. Ich gehe erst am Ende des Finanzjahrs –
da bleibt mir noch ein Weilchen Zeit zum Nachdenken.«

»Wird die Bank unter Edward nicht kaputtgehen?«

»Ich fürchte, das könnte passieren.«

Maisie empfand großes Mitleid für Hugh. Soviel Unglück hatte
er nicht verdient – und Edward bei weitem nicht soviel Glück.

»Edward ist ja jetzt auch Lord Whitehaven. Ist dir klar, daß Bertie
einen Erbanspruch auf den Titel hätte, wenn es mit rechten Dingen zugegangen und Ben Greenbourne geadelt worden wäre?«

»Ja.«

»Aber Augusta hat es verhindert.«

»Augusta?« wiederholte Hugh und runzelte ungläubig die Stirn.

»Ja. Sie steckte nämlich hinter dieser unappetitlichen Pressekampagne. Du erinnerst dich doch: ›Kann ein Jude Lord werden?‹«

»Ja, ich erinnere mich. Aber woher weißt du so genau, daß das
Augusta war?«

»Der Prinz von Wales hat es uns gesagt.«

»So, so.« Hugh schüttelte den Kopf. »Augusta ist doch immer
wieder für Überraschungen gut.«

»Wie dem auch sei – die arme Emily ist jetzt Lady Whitehaven.«

»Dann hat sie wenigstens etwas von der miserablen Ehe.«

»Ich verrate dir jetzt ein Geheimnis«, sagte Maisie und senkte die
Stimme, obwohl sich kein Unberufener in Hörnähe befand.
»Emily wird Edward um die Annullierung der Ehe bitten.«

»Wie schön für sie! Wegen Nichtvollzugs, nehme ich an?«

»Genau. Es scheint dich nicht zu überraschen.«

»Das sieht man doch. Sie berühren sich nicht einmal, nie. So
unbeholfen, wie die beiden miteinander umgehen, fällt es einem
schwer, zu glauben, daß sie Mann und Frau sind.«

»Jahrelang hat sie ein von Grund auf verlogenes Leben geführt.
Jetzt reicht es ihr.«

»Da wird sie's mit meiner Familie zu tun bekommen«, sagte
Hugh.

»Mit Augusta, meinst du«, verbesserte ihn Maisie, der auffiel, daß
Hugh genauso reagierte wie sie selbst. »Darüber ist sich Emily

vollauf im klaren«, fuhr sie fort. »Aber wenn's drauf ankommt, kann sie ganz schön dickschädelig sein. Das kann ihr in diesem Fall nur zugute kommen.«

»Hat sie einen Freund?«

»Ja, aber sie ist noch nicht seine Geliebte. Ich weiß auch nicht, warum sie solche Skrupel hat. Edward geht doch jeden Abend ins Bordell.«

Hugh verzog die Lippen zu einem schmerzhaften, sehnsuchtsvollen Lächeln. »Du hast auch einmal große Skrupel gehabt.«

Maisie wußte, daß er auf die Nacht in Kingsbridge Manor anspielte, als sie ihre Schlafzimmertür vor ihm verschlossen gehalten hatte. »Ich war mit einem guten Mann verheiratet, und wir beide, du und ich, standen kurz davor, ihn zu betrügen. Emilys Situation ist eine völlig andere.«

Hugh nickte. »Trotzdem kann ich es ihr irgendwie nachfühlen. Was den Ehebruch so schäbig macht, ist die Lügerei.«

Maisie war anderer Meinung. »Die Menschen sollten ihr Glück beim Schopfe packen! Man lebt nur einmal.«

»Dabei kann ihnen aber etwas weit Wertvolleres abhanden kommen – ihre Rechtschaffenheit.«

»Das ist mir zu abstrakt«, erwiderte Maisie abschätzig.

»Damals bei Kingo erging es mir nicht anders. Ich wäre, wenn du es mir erlaubt hättest, ohne weiteres dazu bereit gewesen, Sollys Vertrauen zu mißbrauchen. Aber im Laufe der Jahre ist meine Überzeugung konkreter geworden. Heute bedeutet mir Rechtschaffenheit mehr als alles andere.«

»Aber was verstehst du darunter?«

»Die Wahrheit zu sagen, Versprechen einzuhalten und die Verantwortung für persönliche Fehler zu übernehmen, sowohl im Beruf als auch im täglichen Leben. Zu sein, was man zu sein behauptet, zu tun, was man zu tun ankündigt – auch das gehört dazu. Ein Bankier kann es sich am allerwenigsten leisten, die Unwahrheit zu sagen. Und wenn ihm schon seine eigene Frau nicht vertrauen kann – wer könnte es dann überhaupt?«

Maisie begann sich über Hugh zu ärgern, und sie fragte sich, warum. Eine Weile saß sie still zurückgelehnt auf ihrem Sitz und

starrte hinaus. Vor dem Zugfenster zogen in der langsam herein-
brechenden Abenddämmerung die ersten Vororte Londons vorbei. Was bleibt ihm denn noch, wenn er die Bank verläßt? dachte
sie. Er liebt seine Frau nicht, seine Frau mag die Kinder nicht ...
Warum sollte er nicht endlich sein Glück bei mir finden dürfen,
in den Armen der Frau, die er schon immer geliebt hat?

Am Bahnhof Paddington begleitete er sie zum Droschkenstand
und half ihr in die Kutsche. Als sie sich verabschiedeten, gab
Maisie seine Hände nicht frei und sagte: »Komm mit zu mir nach
Hause.«

Traurig schüttelte er den Kopf.

»Wir lieben uns. Wir lieben uns schon so lange!« Es war wie ein
Flehen. »Komm doch mit! Zum Teufel mit den Konsequenzen!«

»Aber das Leben besteht aus lauter Konsequenzen, oder?«

»Hugh! Bitte!«

Er entzog ihr seine Hände und trat einen Schritt zurück. »Leb-
wohl, liebe Maisie.«

Sie starrte ihn hilflos an. Eine jahrelang unterdrückte Sehnsucht
ergriff von ihr Besitz. Wäre sie stark genug gewesen, so hätte sie
ihn einfach gepackt und mit Gewalt in die Droschke gezogen. Es
war zum Verrücktwerden ...

Sie hätte ewig dort ausgeharrt. Aber Hugh nickte dem Kutscher
zu und sagte: »Fahren Sie los!«

Der Mann gab dem Pferd die Peitsche, und die Räder begannen
sich zu drehen.

Einen Augenblick später war Hugh nicht mehr zu sehen.

Hugh schlief sehr schlecht in dieser Nacht. Immer wieder wachte
er auf, dachte an Maisie und rekapitulierte in Gedanken das Gespräch mit ihr. Warum habe ich nicht nachgegeben? dachte er.
Warum bin ich nicht mit ihr nach Hause gegangen? Anstatt mich
schlaflos im Bett herumzuwälzen, könnte ich jetzt in ihren Armen
liegen und meinen Kopf an ihre Brüste schmiegen ...

Aber da war noch etwas anderes, was ihn beschäftigte. Er hatte das Gefühl, daß sie irgend etwas Folgenschweres, etwas Überraschendes und Bedrohliches erwähnt hatte, dessen Bedeutung ihm nicht sogleich aufgegangen war. Doch es fiel ihm immer noch nicht ein.

Sie hatten über die Bank gesprochen, über Edwards bevorstehende Beförderung zum Seniorpartner und über seinen Titel. Von Emilys Absicht, die Annullierung der Ehe anzustreben, war die Rede gewesen, von der Beinahe-Liebesnacht in Kingsbridge Manor, vom Widerstreit zwischen dem Streben nach Rechtschaffenheit und Glück ... Worin bestand die folgenschwere Enthüllung?

Er versuchte, das Gespräch in umgekehrter Reihenfolge nachzuvollziehen. *Komm mit zu mir nach Hause ... Die Menschen sollten ihr Glück beim Schopfe packen! ... Emily wird Edward um die Annullierung der Ehe bitten ... Die arme Emily ist jetzt Lady Whitehaven ... Ist dir klar, daß Bertie einen Erbanspruch auf den Titel hätte, wenn es mit rechten Dingen zugegangen und Ben Greenbourne geadelt worden wäre? ...*

Nein, er hatte etwas ausgelassen. Edward trug nun den Titel, der eigentlich Ben Greenbourne gebührte. Augusta hatte dafür gesorgt. Sie steckte hinter der schmutzigen Pressekampagne. Hugh hatte das nicht gewußt. Ich hätte es zumindest vermuten können, dachte er. Der Prinz von Wales hatte es jedenfalls irgendwie erfahren – und er hatte Maisie und Solly eingeweiht.

Ruhelos warf sich Hugh auf die andere Seite. Was soll daran so folgenschwer sein? dachte er. Es ist lediglich ein weiteres Beispiel für Augustas Skrupellosigkeit, sonst nichts ... Es war damals nicht ans Licht gekommen. Aber Solly wußte Bescheid ...

Unvermittelt setzte sich Hugh im Bett auf und starrte in die Dunkelheit.

Solly wußte Bescheid.

Wenn Solly wirklich erfahren hatte, daß die Pilasters für die rassistische Hetzkampagne gegen seinen Vater verantwortlich waren, dann hätte er alle Geschäftsverbindungen mit dem Bankhaus Pilaster abgebrochen. Und als erstes wäre er zu Edward gegangen und hätte die Sache mit der Santamaria-Bahn platzen lassen. Edward aber hätte sofort Micky Miranda eingeweiht ...

»O mein Gott«, sagte Hugh laut.

Die Frage, ob Micky, von dem er ja wußte, daß er sich zum Zeitpunkt des Geschehens irgendwo in der Nähe herumgetrieben hatte, etwas mit dem Tod Sollys zu tun haben könnte, beschäftigte ihn schon lange. Nur hatte er sich nie ein plausibles Motiv vorstellen können. Bisher war er immer davon ausgegangen, daß Solly damals den Santamaria-Vertrag unterzeichnen wollte, womit Micky am Ziel seiner Wünsche gewesen wäre. In diesem Fall mußte ihm an einem *lebendigen* Solly sehr gelegen sein. Doch wenn Solly das Geschäft hatte platzen lassen wollen? Dann wäre es durchaus möglich, daß Micky ihn umgebracht hat, nur um den Vertrag zu retten. War also Micky der gutgekleidete Herr, der mit Solly gestritten hatte, kurz bevor der überfahren wurde? Der Kutscher hatte immer behauptet, daß Solly vor die Kutsche gestoßen worden sei. War das Micky gewesen? Die Vorstellung war ebenso erschreckend wie abstoßend.

Hugh stieg aus dem Bett und drehte die Gaslampe an. In dieser Nacht war an Schlaf nicht mehr zu denken. Er zog sich einen Morgenmantel über und setzte sich vor das verglühende Kaminfeuer. Hatte Micky *zwei* seiner Freunde auf dem Gewissen – Peter Middleton und Solly Greenbourne?

Und wenn ja – wie sollte er, Hugh Pilaster, sich nun verhalten?

Am nächsten Tag quälte er sich noch immer mit dieser Frage herum, als ein Ereignis eintrat, das ihm die Antwort lieferte.

Er verbrachte den Vormittag an seinem Schreibtisch im Direktionszimmer. Einst hatte er sich danach gesehnt, hier, im stillen, luxuriösen Zentrum der Macht, zu sitzen, um unter den Augen der Porträts seiner Vorfahren über Millionensummen zu entscheiden. Inzwischen hatte er sich daran gewöhnt. Und in Kürze würde er all das aufgeben.

Er brachte seine Angelegenheiten in Ordnung und führte begonnene Projekte zu Ende, ließ sich aber auf keine neuen ein. Immer wieder kehrten seine Gedanken zu Micky und dem armen Solly zurück. Daß ein gemeiner Kriecher und Schmarotzer wie Micky Miranda einen so guten Menschen wie Solly Greenbourne so mir

nichts, dir nichts umbringen konnte, trieb ihn schier zum Wahnsinn. Am liebsten hätte er Micky mit bloßen Händen erwürgt.
Aber er konnte ihn nicht umbringen; ja, es war sogar sinnlos, mit
seinem Wissen zur Polizei zu gehen, verfügte er doch über keinerlei handfeste Beweise.

Sein Sekretär, Jonas Mulberry, machte den ganzen Vormittag
über einen sehr aufgeregten Eindruck. Vier- oder fünfmal war er
unter verschiedenen Vorwänden ins Direktionszimmer gekommen, ohne indessen zu sagen, was ihn so bewegte. Schließlich
dämmerte es Hugh, daß Mulberry ihm etwas anvertrauen wollte,
was nicht für die Ohren der anderen Teilhaber bestimmt war.

Ein paar Minuten vor der Mittagspause ging Hugh durch den
Korridor zum Telefonzimmer. Vor zwei Jahren hatten sie den Apparat installieren lassen. Da inzwischen alle Teilhaber mehrmals
täglich ans Telefon gerufen wurden, herrschte längst Einigkeit
darüber, daß es besser gewesen wäre, die Leitung gleich ins Direktionszimmer zu legen. Unterwegs begegnete ihm Mulberry. Er
hielt ihn an und fragte: »Haben Sie etwas auf dem Herzen?«

»Jawohl, Mr. Hugh«, sagte Mulberry sichtlich erleichtert und fuhr
mit gesenkter Stimme fort: »Ich sah zufällig, wie Simon Oliver,
Mr. Edwards Sekretär, diverse Schriftstücke aufsetzte.«

»Kommen Sie einen Augenblick mit rein!« Hugh betrat das Telefonzimmer und schloß die Tür hinter ihnen. »Was waren das für
Schriftstücke?«

»Ein detaillierter Vorschlag für eine neue Anleihe des Staates Cordoba – über zwei Millionen Pfund!«

»O nein!« sagte Hugh. »Die Bank braucht weniger Engagement
in südamerikanischen Schuldverschreibungen, nicht mehr ...«

»Ich wußte, daß Sie so denken würden.«

»Wofür dient das Geld speziell?«

»Für den Bau eines neuen Hafens in der Provinz Santamaria.«

»Wieder so ein Projekt von Señor Miranda?«

»Ja. Ich fürchte, daß er und sein Vetter Simon Oliver großen
Einfluß auf Mr. Edward haben.«

»In Ordnung, Mulberry. Vielen Dank, daß Sie mich informiert
haben. Ich werde sehen, was sich tun läßt.«

Hugh vergaß das Telefonat, das er hatte führen wollen, und kehrte
ins Direktionszimmer zurück. Ob die Teilhaber Edward das erlauben? fragte er sich. Einiges spricht dafür. Was Samuel und mich
betrifft, so ist unser Einfluß nicht mehr sonderlich groß, da wir
in Kürze aus der Bank ausscheiden. William teilt meine Befürchtungen nicht, daß es in Südamerika zum großen Krach kommen
kann. Major Hartshorn und Sir Harry tun, was man ihnen sagt.
Und Edward ist jetzt Seniorpartner ...
Was sollte er tun? Hugh war nach wie vor in der Bank beschäftigt
und an ihren Profiten beteiligt. Aus der Verantwortung stehlen
konnte er sich noch nicht.
Das Problem lag darin, daß Edward zu keiner vernünftigen Entscheidung fähig war. Mulberry hatte recht – er stand vollkommen
unter dem Einfluß von Micky Miranda.
Gab es eine Möglichkeit, diesen Einfluß zu verringern? Er konnte
Edward sagen, daß Micky ein Mörder war. Aber Edward würde
ihm nicht glauben ... Dennoch mußte zumindest der Versuch gemacht werden. Er hatte nichts zu verlieren und fühlte sich nach
der furchtbaren Erkenntnis der vergangenen Nacht ohnehin bemüßigt, in dieser Angelegenheit etwas zu unternehmen.
Edward war bereits zum Essen gegangen. Hugh entschied sich
spontan, ihm zu folgen.
Wo Edward war, konnte er sich denken. Er nahm eine Droschke,
ließ sich zum Cowes Club fahren und überlegte sich unterwegs
die passenden Worte; sie mußten Edward überzeugen und durften
nicht beleidigend klingen. Doch zum Schluß kamen ihm alle
Sätze, die er sich zurechtgelegt hatte, gekünstelt vor. Ich sage ihm
unverblümt die Wahrheit und hoffe aufs Beste, dachte er, als die
Droschke vor dem Cowes Club hielt.
Es war noch ziemlich früh, und Edward saß mutterseelenallein
im Raucherzimmer vor einem großen Glas Madeira. Sein Ausschlag hatte sich verschlimmert; wo der Hemdkragen am Hals
scheuerte, war die Haut rot wie rohes Fleisch.
Hugh setzte sich zu Edward an den Tisch und bestellte sich einen
Tee. Als kleiner Junge hatte er Edward leidenschaftlich gehaßt,
weil der sich wie ein Biest und wie ein Despot aufführte. Seit

einigen Jahren jedoch betrachtete er seinen Vetter eher als Opfer. Edward war so geworden, wie er war, weil er unter dem Einfluß von zwei von Grund auf bösartigen Menschen stand, Augusta und Micky. Augusta hatte ihn unterdrückt, und Micky hatte ihn verdorben. Edwards Haltung ihm gegenüber war unterdessen keineswegs toleranter geworden, und so ließ er Hugh jetzt auch fühlen, daß er an seiner Tischgesellschaft nicht interessiert war. »Für eine Tasse Tee hättest du nicht so weit zu fahren brauchen«, sagte er. »Was willst du?«

Ein schlechter Start, dachte Hugh, aber daran läßt sich nun auch nichts mehr ändern. Er war sehr pessimistisch gestimmt. »Ich muß dir etwas sagen, was dich sehr schockieren und entsetzen wird«, begann er.

»So?«

»Es wird dir schwerfallen, es zu glauben, aber es entspricht alles der Wahrheit. Ich halte Micky Miranda für einen Mörder.«

»Herrgott noch mal, verschon mich mit solchem Blödsinn!« gab Edward ärgerlich zurück.

»Hör mir erst einmal zu, bevor du das so einfach von dir weist«, sagte Hugh. »Ich verlasse die Bank, und du bist Seniorpartner. Ich wüßte nicht, wofür ich noch kämpfen sollte. Aber ich habe gestern etwas herausgefunden: Solly Greenbourne hat gewußt, daß deine Mutter hinter der Pressekampagne gegen seinen Vater steckte.«

Edward schreckte unwillkürlich auf, als stimmten Hughs Worte mit etwas überein, was ihm längst bekannt war.

Hugh schöpfte ein wenig Hoffnung. »Ich bin auf der richtigen Spur, wie?« Er ließ es auf einen Versuch ankommen. »Solly hat gedroht, den Vertrag über die Santamaria-Bahn platzen zu lassen, stimmt's?«

Edward nickte.

Bemüht, sich seine Erregung nicht anmerken zu lassen, beugte Hugh sich vor.

»Ich saß mit Micky hier, genau an diesem Tisch, als Solly hereinkam«, berichtete Edward. »Er war fuchsteufelswild. Aber ...«

»Und an jenem Abend starb Solly.«

»Ja, aber Micky war die ganze Zeit bei mir. Wir spielten Karten. Später sind wir dann zu Nellie's gegangen.«

»Er muß sich vorübergehend entfernt haben, nur für ein paar Minuten.«

»Nein ...«

»Ich sah ihn, wie er den Club betrat. Es war ziemlich genau zu dem Zeitpunkt, als Solly starb.«

»Das muß früher gewesen sein.«

»Vielleicht ist er zur Toilette gegangen oder so etwas ...«

»Das hätte ihm kaum genug Zeit verschafft.« Edwards Miene verriet entschlossene Skepsis.

Hughs Hoffnungen zerstoben. Einen Moment lang war es ihm gelungen, Zweifel in Edwards Brust zu säen, aber sie waren nicht von Dauer.

»Du hast den Verstand verloren«, fuhr Edward fort. »Micky ist kein Mörder. Allein die Vorstellung ist absurd.«

Hugh entschloß sich, nun auch mit der Wahrheit über Peter Middleton herauszurücken. Es war ein Akt der Verzweiflung, denn wenn Edward Micky den Mord an Solly nicht zutraute – warum sollte er dann glauben, daß Micky vor vierundzwanzig Jahren Peter Middleton ermordet hatte? Aber Hugh mußte es zumindest versuchen. »Micky hat auch Peter Middleton auf dem Gewissen«, sagte er, obwohl er genau wußte, wie ungeheuerlich dieser Vorwurf klingen mußte.

»Das ist doch lächerlich!«

»Du bildest dir ein, du hättest ihn getötet, ich weiß. Du hast Peter ein paarmal untergetaucht und dann Tonio nachgesetzt. Du denkst, daß Peter das Ufer nicht mehr erreichte, weil er zu erschöpft war. Aber da gibt es noch etwas, was du nicht weißt.«

Trotz seiner Skepsis war Edward neugierig. »Und das wäre?«

»Peter war ein sehr guter Schwimmer.«

»Er war ein Schwächling!«

»Ja – aber er hatte den ganzen Sommer über schwimmen geübt, jeden Tag. Er war dünn und schmächtig, das ist schon richtig, aber schwimmen konnte er meilenweit. Und er ist damals auch problemlos ans Ufer gekommen. Tonio hat es gesehen.«

»Was …« Edward schluckte. »Was hat Tonio noch gesehen?«

»Während du die Wand des Steinbruchs hinaufgeklettert bist, drückte Micky Peters Kopf so lange unter Wasser, bis der Junge ertrunken war.«

Zu Hughs Erstaunen unterließ es Edward, die Darstellung empört zurückzuweisen. Statt dessen sagte er: »Warum hast du mir das so lange verschwiegen?«

»Ich dachte, du würdest mir ohnehin nicht glauben. Und ich erzähle es dir heute auch nur aus Verzweiflung, um dich von dieser neuesten Cordoba-Investition abzubringen.« Er studierte aufmerksam Edwards Miene und fuhr fort: »Du glaubst mir doch, oder?«

Edward nickte.

»Warum?«

»Weil ich weiß, warum er's getan hat.«

»Und?« Hugh war aufs höchste gespannt. Die Frage nach dem Tatmotiv bewegte ihn seit vielen Jahren. »Warum hat Micky Peter umgebracht?«

Edward trank einen großen Schluck Madeira und schwieg. Hugh fürchtete schon, sein Vetter könne sich weigern, überhaupt noch etwas zu sagen, aber schließlich antwortete Edward doch: »In Cordoba sind die Mirandas eine wohlhabende Familie, aber hier bei uns können sie sich mit ihrer Währung kaum etwas kaufen. Als Micky nach Windfield kam, verbrauchte er innerhalb von ein paar Wochen sein Taschengeld, das für das ganze Schuljahr hätte reichen sollen. Aber er hatte mit dem angeblichen Reichtum seiner Familie ungeheuer angegeben und war nun viel zu stolz, um die Wahrheit einzugestehen. Na ja, als ihm das Geld ausging, beschaffte er sich eben neues … Er stahl.«

Hugh erinnerte sich gut an den Skandal, der im Juni 1866 die Schule erschüttert hatte. »Da waren doch diese sechs Goldsovereigns, die Mr. Offerton gestohlen wurden«, sagte er nachdenklich. »Demnach war Micky der Dieb?«

»Ja.«

»Verdammt!«

»Und Peter wußte Bescheid.«

»Wie das?«

»Er bekam zufällig mit, wie Micky Offertons Arbeitszimmer verließ. Als der Diebstahl bekannt wurde, zog er natürlich seine
Schlüsse. Er drohte, Micky anzuschwärzen, falls dieser sich nicht
zu seiner Tat bekannte. Daß wir ihn unten am Badesee erwisch-
ten, hielten wir für einen glücklichen Zufall. Ich hab' ihn untergetaucht, um ihm ein bißchen Angst einzujagen. Er sollte das Maul
halten. Aber ich hätte natürlich nie gedacht ...«

»... daß Micky ihn umbringen würde.«

»Und all die Jahre über hat er mich in dem Glauben gehalten,
ich wäre schuld an Peters Tod und er hätte mich gedeckt«, sagte
Edward und fügte hinzu: »Dieses Schwein!«

Hugh merkte, daß es ihm, allen Erwartungen zum Trotz, gelungen war, Edwards Vertrauen in Micky zu erschüttern. *Jetzt, wo du
Bescheid weißt, schlag dir diesen Hafen in Santamaria aus dem Kopf*, war
er versucht zu sagen. Aber er verzichtete darauf. Er durfte sein
Blatt nicht überreizen. Im Grunde hatte er alles gesagt, was zu
sagen war; Edward sollte daraus seine eigenen Schlüsse ziehen.
Hugh erhob sich. »Tut mir leid, daß ich dir einen solchen Schock
versetzt habe«, sagte er.

Edward war tief in Gedanken versunken. Er rieb sich seinen juk-
kenden Hals. »Ja«, sagte er unbestimmt.

»Ich muß gehen.«

Edward antwortete nicht mehr. Er schien Hughs Anwesenheit
völlig vergessen zu haben und starrte in sein Glas. Als Hugh
genau hinsah, erkannte er, daß Edward weinte.

Ruhig verließ er das Zimmer und schloß die Tür hinter sich.

Augusta genoß ihr Witwendasein, was nicht zuletzt daran lag, daß
Schwarz ihr ausgezeichnet stand. Mit ihren dunklen Augen, dem
Silberhaar und den schwarzen Brauen bot sie in Trauerkleidung
eine durchaus eindrucksvolle Erscheinung.

Joseph war jetzt schon vier Wochen tot, und Augusta gestand sich
ein, daß sie ihn eigentlich kaum vermißte. Sicher, es war ein biß-

chen eigenartig, daß nun niemand mehr da war, bei dem sie sich beschweren konnte, wenn sie in der Bibliothek Staubflusen entdeckte oder das Rindfleisch nicht gut durchgebraten war. Ein- oder zweimal in der Woche speiste sie allein zu Abend, was ihr jedoch nicht schwerfiel, da sie mit ihrer eigenen Gesellschaft schon immer gut zurechtgekommen war. Den Status der Ehefrau des Seniorpartners besaß sie nun zwar nicht mehr, aber dafür war sie die Mutter des Seniorpartners und die verwitwete Gräfin von Whitehaven. Alles, was Joseph ihr im Laufe ihrer langen Ehe geschenkt hatte, stand ihr zur Verfügung – nur eben er selbst nicht mehr. Aber das empfand sie eher als Erleichterung.

Wenn sie wollte, konnte sie auch noch einmal heiraten. Augusta war achtundfünfzig Jahre alt. Kinder konnte sie keine mehr bekommen, aber sie hatte noch immer gewisse Sehnsüchte, die sie für »Jungmädchengefühle« hielt. Seit Josephs Tod waren sie sogar eher noch stärker geworden. Berührte Micky Miranda ihren Arm, sah er ihr tief in die Augen, oder ruhte seine Hand, wenn er ihr an einer Tür den Vortritt ließ, sekundenlang auf ihrer Hüfte, so durchfloß sie heftiger denn je ein mit Schwäche gepaartes Wohlgefühl, von dem ihr geradezu schwindelig wurde.

Micky ging ihr auch nicht aus dem Sinn, als sie im Spiegel des Empfangszimmers ihr Ebenbild betrachtete. Wir sind uns so ähnlich, dachte sie, selbst von unserem Teint her. Wir hätten wunderhübsche dunkeläugige Babys haben können ...

Sie hing noch ihren Gedanken nach, als ihr blauäugiges blondes Baby das Zimmer betrat. Edward sah nicht gut aus. Aus dem untersetzten, stämmigen Mann war ein Fettwanst geworden. Er litt an einer Hautkrankheit, und weil er schon zum Mittagessen zu tief ins Weinglas zu schauen pflegte, war er zur Teestunde oft schlechter Laune.

Augusta hatte etwas Wichtiges mit ihm zu besprechen und nicht die Absicht, es ihm leichtzumachen. »Emily hat dich, wie ich höre, um die Annullierung der Ehe gebeten«, sagte sie. »Warum?«

»Sie will wen anders heiraten«, antwortete Edward teilnahmslos.

»Das kann sie nicht – sie ist mit dir verheiratet!«

»Wie man's nimmt«, erwiderte Edward.

Was sagte er da? Sosehr sie ihren Sohn liebte – manchmal konnte er sie zur Weißglut treiben. »Red keinen Unsinn!« fuhr sie ihn an. »Selbstverständlich ist sie mit dir verheiratet!«

»Ich habe sie nur geheiratet, weil du es von mir verlangt hast. Und sie willigte bloß ein, weil ihre Eltern sie dazu zwangen. Geliebt haben wir uns nie und ...« Nach kurzem Zögern platzte es aus ihm heraus: »Die Ehe ist niemals vollzogen worden.«

Da also lag der Hase im Pfeffer! Daß Edward die Unverfrorenheit besaß, so unverblümt über den Geschlechtsverkehr zu reden, überraschte Augusta: So etwas gehörte sich nicht in Anwesenheit einer Dame. Daß die Ehe nur auf dem Papier existierte, erstaunte sie weniger; sie vermutete es seit Jahren. Gleichviel – sie war nicht bereit, Emily das durchgehen zu lassen. »Wir können keinen Skandal brauchen«, sagte sie mit fester Stimme.

»Das wäre doch kein Skandal ...«

»Natürlich wäre es einer!« blaffte sie, empört über seine Kurzsichtigkeit. »Die ganze Stadt würde ein Jahr lang über nichts anderes reden, und für die billigen Journale wäre es ein gefundenes Fressen!«

Edward war jetzt immerhin Lord Whitehaven. Die Wochenzeitungen, die sich die Domestiken kauften, lechzten geradezu nach schlüpfrigen Sensationen, die sich um Mitglieder des Oberhauses rankten.

»Aber glaubst du denn nicht auch, daß Emily ein gewisses Recht auf Freiheit hat?« fragte Edward zerknirscht.

Augusta ignorierte seinen schwachen Appell an die Gerechtigkeit. »Kann sie dich zu irgend etwas zwingen?«

»Sie möchte, daß ich ein Dokument unterschreibe, in dem ich zugebe, daß die Ehe nie vollzogen wurde. Danach geht das offenbar alles ganz glatt.«

»Und wenn du nicht unterschreibst?«

»Dann wird es schwieriger. Solche Dinge lassen sich nicht leicht beweisen.«

»Damit ist die Sache erledigt. Wir brauchen uns keine Sorgen mehr zu machen und können dieses peinliche Thema endgültig ad acta legen.«

»Aber ...«

»Sag ihr, daß eine Annullierung nicht in Frage kommt. Ich wünsche absolut nichts mehr davon zu hören.«

»Sehr wohl, Mutter.«

Mit dieser raschen Kapitulation hatte Augusta nicht gerechnet. Zwar setzte sie meistens ihren Willen durch, doch leistete Edward normalerweise erheblich härteren Widerstand. Er mußte andere Probleme haben. »Was hast du denn auf dem Herzen, Teddy?« fragte sie ihn in sanfterem Ton.

Er seufzte schwer. »Hugh hat mir da was Scheußliches erzählt«, sagte er.

»Was?«

»Er behauptet, daß Micky Solly Greenbourne umgebracht hat.«

Eine grausige Faszination erfaßte Augusta und jagte ihr einen Schauer über den Rücken. »Wie das? Solly wurde doch überfahren.«

»Hugh sagt, daß Micky ihn vor die Kutsche gestoßen hat.«

»Glaubst du ihm das?«

»Micky war an jenem Abend mit mir zusammen, aber es kann sein, daß er sich für ein paar Minuten davongestohlen hat. Ja, ich halte es für möglich. Du auch, Mutter?«

Augusta nickte. Micky war ebenso gefährlich wie kühn – daher rührte ja seine magische Anziehungskraft. Ein derart verwegener Mordanschlag war ihm ohne weiteres zuzutrauen – und es paßte auch zu ihm, daß er offenbar ungeschoren davongekommen war.

»Ich kann es kaum fassen«, sagte Edward. »Ich weiß, daß Micky in mancher Hinsicht ein böser Kerl ist, aber die Vorstellung, daß er Menschen umbringt ...«

»Ja, dazu ist er imstande«, sagte Augusta.

»Wie kannst du dir da so sicher sein?«

Edward sah so elend aus, daß Augusta versucht war, ihn in ihr eigenes Geheimnis einzuweihen. Ob das ratsam war? Schaden konnte es jedenfalls nicht. Edward stand noch unter dem Schock,

den Hughs Enthüllung hervorgerufen hatte, und wirkte ungewöhnlich nachdenklich. Vielleicht tut ihm die Wahrheit gut und
macht ihn ein bißchen ernsthafter. Sie gab sich einen Ruck und
sagte: »Micky hat auch deinen Onkel Seth umgebracht.«

»Gott im Himmel!«

»Er hat ihn mit einem Kissen erstickt. Ich habe ihn auf frischer
Tat ertappt ...« Ihr wurde heiß um die Lenden, als sie an die
Szene danach dachte.

»Aber warum? Warum hat er Onkel Seth getötet?«

»Er wollte unbedingt, daß diese Waffenlieferung nach Cordoba
zustande kam, erinnerst du dich nicht?«

»Doch, doch, ich entsinne mich.« Edward schwieg, und Augusta
schloß die Augen und durchlebte noch einmal die lange, heiße
Umarmung mit Micky im Zimmer des Toten.

Edward riß sie aus ihren Träumen. »Da ist noch etwas, und es ist
noch schlimmer. Erinnerst du dich an Peter Middleton, diesen
Schüler?«

»Selbstverständlich.« Augusta würde den Jungen nie vergessen.
Sein Tod verfolgte die Familie bis auf den heutigen Tag. »Was ist
mit ihm?«

»Hugh sagt, daß Micky auch ihn auf dem Gewissen hat.«

Jetzt war es an Augusta, schockiert zu sein. »Was? Nein, das kann
ich einfach nicht glauben.«

Edward nickte. »Er hat mit voller Absicht Peters Kopf unter Wasser gedrückt und ihn ertränkt.«

Es war weniger der Mord, der Augusta erschütterte, als die Erkenntnis, daß Micky sie alle betrogen hatte. »Hugh saugt sich das
aus den Fingern!« rief sie.

»Er sagte, daß Tonio Silva die ganze Sache gesehen hat.«

»Aber das hieße doch, daß Micky uns all die Jahre auf's Übelste
hinters Licht geführt hat!«

»Ich glaube, so ist es, Mutter.«

Mit wachsendem Entsetzen erkannte Augusta, daß Edward einer
so abenteuerlichen Geschichte nicht ohne Grund Glauben schenken würde. »Wieso bist du so ohne weiteres bereit, Hugh alles
abzunehmen, was er dir erzählt?«

»Weil ich etwas weiß, wovon Hugh keine Ahnung hatte. Es bestätigt aber seine Behauptung. Micky hatte einem Lehrer Geld gestohlen. Peter wußte es und drohte, ihn anzuschwärzen. Micky
suchte verzweifelt nach Mitteln und Wegen, ihn zum Schweigen
zu bringen.«

»Micky hatte nie viel Geld«, erinnerte sich Augusta und schüttelte
ungläubig den Kopf. »Und wir bilden uns all die Jahre ein ...«

»... daß ich an Peters Tod schuld war.«

Augusta nickte.

»Und Micky ließ uns in diesem Glauben!« fuhr Edward fort. »Ich
kann das einfach nicht fassen, Mutter. Ich hielt mich für einen
Mörder, und Micky wußte genau, daß ich keiner war, hat es mir
aber nie gesagt. Ist das nicht ein furchtbarer Mißbrauch unserer
Freundschaft?«

Augusta betrachtete ihren Sohn teilnahmsvoll. »Wirst du ihn
fallenlassen?«

»Daran führt kein Weg vorbei.« Edward war tieftraurig. »Aber er
ist doch mein einziger echter Freund.«

Augusta war dem Weinen nahe. Da saßen sie nun, schauten einander in die Augen und dachten darüber nach, was sie getan hatten
und warum es so gekommen war.

Edward sagte: »Seit fast fünfundzwanzig Jahren haben wir ihn
wie ein Familienmitglied behandelt. Und nun stellt sich heraus,
daß er ein Ungeheuer ist.«

Ein Ungeheuer, dachte Augusta, das ist das richtige Wort.

Und dennoch liebte sie ihn. Obwohl er drei Menschen getötet
hatte, liebte sie Micky Miranda. Obwohl er sie schnöde betrogen
hatte, wußte sie, daß sie ihn, käme er in diesem Moment zur Tür
herein, am liebsten in die Arme schlösse.

Sie sah ihren Sohn an und erkannte an seiner Miene, daß er das
gleiche empfand wie sie. Geahnt hatte sie es wohl schon lange,
aber erst jetzt gestand sie es sich ein.

Auch Edward liebte Micky Miranda.

Micky Miranda war besorgt. Er saß in der Lounge des Cowes Club, rauchte eine Zigarre und grübelte darüber nach, auf welche Weise er Edward beleidigt haben könnte. Edward ging ihm eindeutig aus dem Weg. Er mied den Club, kam nicht mehr zu Nellie's, ja, er erschien nicht einmal mehr zur Teestunde in Augustas Salon. Seit einer Woche hatte Micky ihn nicht mehr gesehen.

Augusta hatte auf seine Frage, was denn los sei, geantwortet, sie habe keine Ahnung, aber auch sie verhielt sich ihm gegenüber etwas merkwürdig. Micky vermutete, daß sie sehr wohl Bescheid wußte, es ihm aber nicht sagen wollte.

Das war das erste Mal seit zwanzig Jahren. Gewiß, es kam hin und wieder vor, daß Edward ihm etwas übelnahm und sich für eine Weile in den Schmollwinkel zurückzog. Aber nach ein, zwei Tagen war immer alles vergeben und vergessen. Dieses Mal meinte er es offenbar ernst – und das hieß, daß möglicherweise die Finanzierung des Hafens in Santamaria gefährdet war.

In den vergangenen zehn Jahren hatte das Bankhaus Pilaster im Durchschnitt einmal jährlich Cordoba-Anleihen ausgegeben. Zum Teil waren mit dem Geld Eisenbahnen, Bewässerungsanlagen und Bergwerke finanziert worden, zum Teil war es aber auch nur als Kredit an die Regierung geflossen. So oder so – der Miranda-Clan hatte, direkt oder indirekt, stets davon profitiert. Papa Miranda war nach dem Präsidenten inzwischen der mächtigste Mann in Cordoba.

Micky selbst hatte, ohne daß die Bank davon wußte, bei allen Geschäften eine Provision kassiert und war mittlerweile steinreich. Mehr noch: Dank seiner Fähigkeiten als Geldbeschaffer gehörte er nunmehr zu den wichtigsten Persönlichkeiten im poli-

tischen Leben Cordobas und galt als unangefochtener Erbe der
väterlichen Macht, und Papa stand im Begriff, einen Staatsstreich
anzuzetteln.
Die Pläne dazu waren längst fertig. Mit der Bahn sollte die Privatarmee der Mirandas nach Süden vorstoßen, um die Hauptstadt
zu belagern. Gleichzeitig würde eine andere Truppe Milpita attak-
kieren, die Hafenstadt an der Pazifikküste, von der aus die Hauptstadt versorgt wurde.
Revolutionen aber kosteten Geld. Papa hatte Micky beauftragt,
einen Kredit von bisher ungekannter Höhe zu beschaffen: zwei
Millionen Pfund Sterling, mit denen die für einen Bürgerkrieg
erforderlichen Waffen und Versorgungsgüter gekauft werden sollten. Papa hatte ihm eine einzigartige Belohnung in Aussicht gestellt: Sobald er Präsident war, würde er Micky das Amt des Mini-
sterpräsidenten mit weitreichenden Vollmachten übertragen und
ihn offiziell zum Nachfolger erklären. Der Autorität des Minister-
präsidenten, so hatte Papa ihm zugesichert, wären mit Ausnahme
des Präsidenten sämtliche Bürger Cordobas unterworfen.
Damit wäre Micky am Ziel seiner langgehegten Wünsche. Er
würde als Held und Eroberer in sein Heimatland zurückkehren,
als Thronerbe, rechte Hand des Präsidenten und unumschränkter
Herrscher über seine Neffen und Onkel sowie vor allem – und
darauf freute er sich ganz besonders – über seinen Bruder.
Dies alles war nun durch Edward gefährdet.
Edward spielte im Plan der Mirandas eine Schlüsselrolle. Micky
hatte den Pilasters ein inoffizielles Handelsmonopol für Cordoba
eingeräumt, um Edwards Einfluß und Ansehen innerhalb der
Bank zu stärken. Es hatte sich ausgezahlt: Edward war jetzt Seniorpartner – eine Stellung, die er ohne Hilfe nie erreicht hätte.
Der Nachteil bestand darin, daß es in der Londoner Finanzwelt
außer den Pilasters keinen Menschen gab, der je die Chance besessen hätte, Erfahrungen im Cordoba-Handel zu sammeln. Bei
den anderen Banken herrschte daher die Einstellung: Wir wissen
zuwenig über das Land, also können wir dort nicht investieren.
Kam Micky mit einem Projekt zu ihnen, schlug ihm gleich dop-
peltes Mißtrauen entgegen, ging man doch allgemein davon aus,

daß das Bankhaus Pilaster besagtes Projekt bereits abgelehnt hatte. Micky hatte mehrfach versucht, bei anderen Banken Kredite aufzunehmen, sich bislang aber nur Absagen eingehandelt. Edwards Verstimmung war daher zutiefst beunruhigend und bereitete Micky schlaflose Nächte. Nachdem sich Augusta als unwillig oder unfähig erwiesen hatte, Licht in das Dunkel zu bringen, gab es niemanden mehr, an den Micky sich hätte wenden können – schließlich war er selbst der einzige, der eng mit Edward befreundet war.

Er saß noch immer da, rauchte und zerbrach sich den Kopf über sein weiteres Vorgehen, als unvermittelt Hugh Pilaster auftauchte. Er war unbegleitet, trug einen Smoking und ließ sich einen Drink bringen. Offenbar war er auf dem Weg zu einem Abendessen in Gesellschaft.

Micky konnte Hugh nicht leiden und wußte, daß seine Abneigung auf Gegenseitigkeit beruhte. Immerhin war es denkbar, daß Hugh wußte, worum es ging. Eine Frage kostet nichts, dachte er, erhob sich und ging hinüber zu Hughs Tisch.

»'n Abend, Pilaster«, sagte er.

»'n Abend, Miranda.«

»Hast du in letzter Zeit deinen Vetter Edward gesehen? Er scheint verschwunden zu sein.«

»Er kommt jeden Tag in die Bank.«

»Ach so?« Micky zögerte. Als Hugh ihn nicht bat, Platz zu nehmen, fragte er: »Was dagegen, wenn ich mich setze?« und ließ sich, ohne die Antwort abzuwarten, auf einem Stuhl nieder. Dann fragte er mit leiser Stimme: »Hast du zufällig eine Ahnung, ob ich ihn irgendwie beleidigt haben könnte?«

Hugh dachte einen Augenblick nach, ehe er antwortete. »Ich wüßte keinen Grund, warum du es nicht erfahren solltest. Edward hat herausbekommen, daß du Peter Middleton umgebracht und ihn vierundzwanzig Jahre lang belogen hast.«

Micky wäre vor Schreck fast vom Stuhl gefallen. Wie, zur Hölle, war das herausgekommen? Um ein Haar hätte er Hugh diese Frage auch gestellt. Erst in letzter Sekunde fiel ihm ein, daß dies einem Geständnis gleichgekommen wäre. Er spielte statt dessen den Wütenden und stand abrupt auf. »Vergiß, was du da gesagt hast«, zischte er. »Ich will es nicht gehört haben.«

Er brauchte eine Weile, bis ihm klar wurde, daß ihm von der Polizei nach wie vor keine Gefahr drohte. Niemand konnte die Tat beweisen, und außerdem lagen die Ereignisse inzwischen so lange zurück, daß eine Wiederaufnahme des Verfahrens sinnlos erscheinen mußte. Die eigentliche Gefahr bestand darin, daß Edward sich nun wahrscheinlich weigern würde, die zwei Millionen Pfund herauszurücken, die Papa so dringend benötigte.

Er mußte Edward umstimmen, ihn dazu bringen, daß er ihm verzieh. Voraussetzung dafür war jedoch, daß er mit ihm reden konnte.

Da noch ein diplomatischer Empfang in der französischen Botschaft und ein Abendessen mit konservativen Parlamentsabgeordneten auf seinem Programm standen, ließ sich an diesem Abend nichts mehr unternehmen. Am nächsten Tag um die Mittagszeit fuhr er jedoch zu Nellie's, holte April aus dem Bett und überredete sie, Edward die Nachricht zu übermitteln, er solle am Abend ins Bordell kommen; sie habe »etwas Besonderes« für ihn.

Micky ließ sich Aprils schönstes Zimmer und Edwards gegenwärtige Favoritin, ein schlankes schwarzhaariges Mädchen namens Henrietta, reservieren. Sie sollte am Abend in Frack und Zylinder erscheinen. Edward fand Männerkleidung sexy.

Abends gegen halb zehn war er zur Stelle und wartete auf Edward. Im Zimmer standen ein riesiges Himmelbett und zwei Sofas. Es gab einen großen, reich geschmückten Kamin und das übliche Waschbecken. An den Wänden hingen obszöne Gemälde, die Szenen aus einem Leichenhaus darstellten: Ein sabbernder Totengräber schändete in unterschiedlichen Stellungen die blasse Leiche eines schönen jungen Mädchens. Micky lehnte sich auf dem mit Samt überzogenen Sofa zurück. Außer einem seidenen Morgenmantel trug er nichts auf dem Leib. Henrietta an seiner Seite, nippte er an einem Brandy.

Dem Mädchen wurde schon bald langweilig. »Gefallen dir diese Bilder?« fragte sie.

Er zuckte mit den Schultern, antwortete aber nicht. Er wollte
nicht mit ihr reden. Frauen um ihrer selbst willen interessierten
ihn herzlich wenig. Der Geschlechtsakt als solcher war ein langweiliger mechanischer Prozeß. Was ihm am Sex gefiel, war die
Macht, die ihm daraus erwuchs. Immer wieder hatten sich
Frauen und Männer in ihn verliebt, und er war es nie müde geworden, sich ihrer Verliebtheit zu bedienen. Er beherrschte seine
Opfer, beutete sie aus und demütigte sie. Selbst seine jugendliche
Leidenschaft für Augusta Pilaster war zumindest teilweise dem
Verlangen entsprungen, eine feurige wilde Stute zu bändigen und
gefügig zu machen.

Henrietta hatte ihm, so gesehen, nichts zu bieten: Sie zu beherrschen war keine Herausforderung; sie besaß nichts, wofür es sich
gelohnt hätte, sie auszubeuten; und auch die Demütigung eines
Menschen, der so tief gesunken war wie eine Hure, machte keinen
Spaß. So rauchte er seine Zigarre und zerbrach sich den Kopf
darüber, ob Edward kommen würde oder nicht.

Die erste Stunde verstrich, dann die zweite. Mickys Hoffnungen
schwanden. Ob es noch eine andere Möglichkeit gab, an Edward
heranzukommen? Es war sehr schwierig, einen Mann zu erreichen, der nicht getroffen werden wollte. An seinem Wohnsitz
würde es heißen, er sei »nicht zu Hause«, am Arbeitsplatz wäre
er »unabkömmlich«. Micky konnte vor der Bank herumlungern
und Edward auf dem Weg zum Mittagessen abpassen – aber das
war würdelos, und Edward konnte ihn ohne weiteres ignorieren.
Früher oder später würde man sich auf einem Empfang oder bei
einem anderen gesellschaftlichen Ereignis begegnen, aber bis dahin mochten Wochen vergehen – und so lange konnte Micky nicht
warten.

Es war bereits kurz vor Mitternacht, als April zur Tür herein-
schaute und sagte: »Er ist da.«

»Na endlich«, gab Micky erleichtert zurück.

»Er trinkt gerade noch etwas, sagt aber, daß er nicht Karten spielen will. Er wird in ein paar Minuten hiersein, schätze ich.«

Mickys Nervosität wuchs. Er hatte sich in denkbar übelster Weise
des Verrats schuldig gemacht. Ein Vierteljahrhundert lang hatte

er Edward unter der Vorstellung leiden lassen, Peter Middleton getötet zu haben, obwohl die Schuld einzig und allein bei ihm selbst lag. Edward um Vergebung zu bitten war im Grunde ein starkes Stück.

Aber Micky hatte einen Plan.

Er befahl Henrietta, auf dem Sofa eine ganz bestimmte Position einzunehmen: sitzend, mit gekreuzten Beinen, den Hut tief ins Gesicht gezogen. Dazu sollte sie eine Zigarette rauchen. Als das Mädchen soweit war, drehte er das Gaslicht auf niedrige Flamme und setzte sich hinter der Tür aufs Bett.

Kurz darauf erschien Edward. Micky bemerkte er in der Düsternis nicht. Im Türrahmen blieb er stehen, sah Henrietta neugierig an und sagte: »Hallo – wer ist denn das?«

Sie blickte auf und sagte: »Hallo, Edward!«

»Ach, du bist's!« Er schloß die Tür hinter sich und kam näher. »Nun, was ist denn das ›Besondere‹, das April mir versprochen hat? Im Frack hab' ich dich schon mal gesehen ...«

»Das Besondere bin ich«, sagte Micky und erhob sich.

Edward runzelte die Stirn. »Dich will ich nicht sehen«, sagte er, drehte sich um und ging zur Tür.

Micky stellte sich ihm in den Weg. »Dann sag mir wenigstens, warum. Nach so langer Freundschaft ...«

»Ich weiß jetzt, wie das damals mit Peter Middleton gelaufen ist.«

Micky nickte. »Gibst du mir die Gelegenheit, die Sache zu erklären?«

»Was gibt's da zu erklären?«

»Ich möchte dir sagen, wie es zu diesem furchtbaren Fehler kam und warum ich nie den Mut fand, mich dazu zu bekennen.«

Edward gab sich verstockt.

»Komm, setz dich doch«, sagte Micky, »wenigstens eine Minute. Hier, neben Henrietta ...«

Edward zögerte.

»Bitte ...«

Edward setzte sich aufs Sofa.

Micky ging zum Sideboard, schenkte ein Glas Brandy ein und

reichte es Edward, der es mit einem Nicken entgegennahm. Henrietta rückte eng an ihn heran und hielt seinen Arm. Edward schlürfte den Brandy, sah sich im Zimmer um und sagte: »Ich kann diese Bilder nicht ausstehen.«

»Ich auch nicht«, stimmte ihm Henrietta zu. »Wenn ich sie ansehe, kommt mir das kalte Grausen.«

»Halt's Maul, Henrietta«, sagte Micky.

»Tut mir leid, daß ich's aufgemacht habe«, erwiderte sie beleidigt.

Micky setzte sich aufs Sofa gegenüber und wandte sich an Edward. »Ich habe einen schlimmen Fehler gemacht und dich belogen«, begann er. »Aber ich war damals fünfzehn, und wir sind seit vielen, vielen Jahren eng miteinander befreundet. Willst du das alles wirklich wegen eines Schulbubenstreichs aufgeben?«

»Aber du hättest mir doch irgendwann in den letzten fünfundzwanzig Jahren die Wahrheit sagen können!« erwiderte Edward empört.

Micky setzte eine Trauermiene auf. »Das hätte ich gekonnt, ja, und ich hätte es sogar tun müssen. Aber eine solche Lüge ist nur schwer zurückzunehmen. Sie hätte unsere Freundschaft zerstört.«

»Nicht unbedingt«, sagte Edward.

»Nun ja, jetzt ist es doch so gekommen – oder nicht?«

»Ja«, bestätigte Edward, doch seine Stimme verriet eine gewisse Unsicherheit.

Micky spürte, daß dies der Zeitpunkt war, um alles auf eine Karte zu setzen.

Er stand auf und streifte seinen Morgenmantel ab.

Er wußte, daß er gut aussah: Sein Körper war noch immer schlank und geschmeidig und seine Haut glatt, sofern sie nicht, wie an Brust und Geschlecht, mit krausem Haar bedeckt war.

Henrietta glitt sofort vom Sofa und kniete vor ihm nieder. Micky beobachtete Edward und sah Verlangen in seinen Augen aufflakkern. Doch dann verdüsterte sich sein Blick, und er wandte sich trotzig ab.

Verzweifelt zog Micky seinen letzten Trumpf.

»Laß uns allein, Henrietta«, sagte er.

Sie sah ihn verdutzt an, stand jedoch auf und ging.

Edward starrte ihn an. »Warum hast du das getan?« fragte er.

»Wozu brauchen wir sie?« erwiderte Micky und ging einen Schritt näher an das Sofa heran, so daß sein Geschlecht nur noch wenige Zentimeter von Edwards Gesicht entfernt war. Zögernd streckte er die Hand aus, berührte Edwards Kopf und strich ihm sanft übers Haar. Edward rührte sich nicht.

»Ohne sie ist es doch viel schöner ...« flüsterte Micky. »Nicht wahr, Edward?«

Edward schluckte hart, sagte aber nichts.

»Nicht wahr, Edward?« wiederholte Micky.

Jetzt endlich erhielt er eine Antwort. »Ja«, flüsterte Edward, »doch, ja ...«

In der darauffolgenden Woche umfing Micky Miranda zum erstenmal die ehrwürdige, gedämpfte Stille des Direktionszimmers im Bankhaus Pilaster.

Seit siebzehn Jahren hatte er der Familie regelmäßig Aufträge verschafft, doch jedesmal, wenn er in der Bank zu tun hatte, führte man ihn in irgendeinen Besprechungsraum, während ein Bote Edward aus dem Direktionszimmer holte. Wäre ich Engländer, hätte man mich sehr viel früher ins Allerheiligste gelassen, vermutete er. Er liebte London, war sich aber voll darüber im klaren, daß er hier immer nur ein Außenseiter bleiben würde.

Er war sehr nervös, als er den Plan des Hafens von Santamaria auf dem großen Tisch in der Zimmermitte ausbreitete. Die Zeichnung zeigte einen völlig neuen Hafen an der Atlantikküste von Cordoba. Reparaturwerften für Schiffe waren ebenso vorgesehen wie ein Eisenbahnanschluß.

Realisiert werden sollte das Projekt natürlich nie. Die zwei Millionen Pfund sollten direkt in die Kriegskasse des Miranda-Clans fließen. Die vorgelegte Projektstudie sowie der Plan selbst waren indessen echt und verrieten durchaus eine professionelle Hand. Hätte es sich um ein echtes Projekt gehandelt, so wäre damit möglicherweise sogar Geld zu verdienen gewesen.

Aber das Projekt war eben kein echtes – und zählte als solches
vermutlich zu den ehrgeizigsten Schwindelgeschäften der Wirt-
schaftsgeschichte.

Während Micky den Teilhabern einen langen Vortrag über Bau-
materialien, Arbeitskosten, Zollgebühren und Rendite-Erwartun-
gen hielt, bemühte er sich angestrengt, nach außen hin einen
ruhigen und besonnenen Eindruck zu erwecken. Seine gesamte
Karriere, die Zukunft seiner Familie und das Schicksal seines
Landes hingen von der Entscheidung ab, die hier und heute in
diesen vier Wänden fallen sollte.

Auch die Teilhaber waren angespannt. Alle sechs waren sie anwesend: die beiden angeheirateten Familienmitglieder Major Hartshorn und Sir Harry Tonks; Samuel, die alte Schwuchtel; der junge
William sowie Edward und Hugh.

Eine harte Auseinandersetzung war zu erwarten, doch die Chancen für Edward standen nicht schlecht. Er war Seniorpartner.
Major Hartshorn und Sir Harry taten stets, was ihre Pilaster-
Gattinnen ihnen auftrugen, und diese wiederum erhielten ihre
Instruktionen von Augusta, so daß Edward fest auf ihre Stimmen
zählen konnte. Samuel würde vermutlich Hugh unterstützen. Der
junge William war der einzige, dessen Entscheidung sich nicht
vorhersagen ließ.

Edward war erwartungsgemäß Feuer und Flamme. Er hatte Micky
verziehen – die beiden waren wieder die besten Freunde –, und
das anstehende Geschäft war sein erstes großes Projekt als Seniorpartner. Er war sichtlich zufrieden, daß es ihm gelungen war,
gleich zu Beginn seiner Amtszeit mit einem solchen Großauftrag
aufwarten zu können.

Nach ihm ergriff Sir Harry das Wort. »Der Plan ist gut durch-
dacht«, sagte er. »Außerdem haben wir mit Cordoba-Anleihen in
den vergangenen zehn Jahren beste Erfahrungen gemacht. Nach
meinem Dafürhalten handelt es sich um einen recht attraktiven
Vorschlag.«

Hugh sprach sich, wie vorauszusehen war, gegen das Projekt aus.
»Ich habe mir noch einmal genau angesehen, was mit den letzten
südamerikanischen Emissionen geschehen ist, die über die Bank

gelaufen sind«, sagte er und verteilte eine Tabelle in mehrfacher Ausfertigung an die Anwesenden.

Aufmerksam studierte Micky die Zahlen, während Hugh sein Plädoyer fortsetzte: »Der Zinssatz der Anleihe stieg von sechs Prozent vor drei Jahren auf siebeneinhalb Prozent im vergangenen Jahr. Trotz dieser Erhöhung wurden von Mal zu Mal weniger Anleihen verkauft.«

Micky verstand genug von Finanzen, um zu erkennen, worum es ging: Die Investoren fanden südamerikanische Anleihen immer weniger attraktiv. Hughs mit ruhiger Stimme vorgebrachte Argumentation und die unerbittliche Logik, die dahintersteckte, trieben ihn schier zur Weißglut.

»Außerdem war die Bank bei jeder der letzten drei Emissionen verpflichtet, Anleihen vom freien Markt aufzukaufen, um den Preis künstlich hochzuhalten.« Dies bedeutete – Micky merkte es sofort –, daß die Zahlen der Tabelle das Problem eher noch verharmlost darstellten.

»Als Folge unseres beharrlichen Engagements auf diesem gesättigten Markt halten wir gegenwärtig Cordoba-Anleihen in Höhe von nahezu einer Million Pfund. Unsere Bank hat sich auf diesem Sektor schon jetzt viel zu stark exponiert.«

Das war ein gewichtiges Argument. Wenn ich Teilhaber wäre, würde ich jetzt gegen diese Emission stimmen, dachte Micky, der nur mit Mühe seine Gelassenheit bewahrte. Aber in dieser Angelegenheit war wirtschaftliches Denken nicht der ausschlaggebende Faktor. Es ging um mehr als nur ums reine Geld.

Sekundenlang sprach niemand ein Wort. Edward wirkte aufgebracht, hielt sich aber zurück, weil er wußte, daß es besser wäre, wenn ein anderer Teilhaber die Gegenrede hielte.

Endlich meldete sich Sir Harry zu Wort: »Deine Argumentation ist gut, Hugh. Ich glaube nur, daß du ein bißchen zu dick aufträgst.«

George Hartshorn pflichtete ihm bei: »Wir sind uns alle einig darüber, daß der Plan an sich solide ist. Das Risiko ist gering, die zu erwartenden Profite dagegen sind beträchtlich. Ich denke, wir sollten dem Projekt zustimmen.«

Daß die beiden Edward unterstützen würden, hatte Micky schon vorher gewußt. Er wartete jetzt auf Williams Verdikt.

Doch der nächste, der sich äußerte, war Samuel. »Ich gehe davon aus, daß es keinem von euch angenehm wäre, das erste größere Projekt des neuen Seniorpartners abzulehnen«, sagte er, und sein Tonfall klang, als spräche er nicht zu zwei verfeindeten Lagern, sondern zu vernünftigen Männern, die, ein wenig guten Willen vorausgesetzt, problemlos zu einer gütlichen Einigung kommen müßten. »Vielleicht gebt ihr nicht mehr allzuviel auf die Ansichten zweier Teilhaber, die bereits ihren Rücktritt bekanntgegeben haben. Aber ich bin mehr als doppelt so lange in diesem Geschäft als jeder andere hier im Raum, und was Hugh betrifft, so gibt es wahrscheinlich auf der ganzen Welt keinen Bankier seiner Generation, der erfolgreicher wäre als er. Beide sind wir der Überzeugung, daß dieses Projekt gefährlicher ist, als es aussieht. Ich möchte euch doch sehr bitten, unseren Rat nicht aufgrund persönlicher Erwägungen in den Wind zu schlagen.«

Samuel ist sehr beredsam, dachte Micky, aber seine Haltung war schon vorher bekannt. Aller Augen richteten sich nun auf den jungen William.

Endlich ergriff er das Wort. »Südamerikanische Anleihen scheinen auf den ersten Blick immer riskanter zu sein als andere«, sagte er. »Hätten wir uns schon zu Beginn einschüchtern lassen, so wären uns in den letzten Jahren zahlreiche einträgliche Geschäfte entgangen ...«

Klingt nicht schlecht, dachte Micky.

»Ich glaube im übrigen nicht, daß es zu einem finanziellen Kollaps kommen wird«, fuhr William fort. »Cordoba ist unter Präsident Garcia immer stärker geworden, weshalb ich der Meinung bin, daß unsere Geschäfte dort in Zukunft noch lukrativer werden. Wir sollten unser Engagement eher verstärken als verringern.«

Micky atmete ebenso erleichtert wie unhörbar auf. Er hatte gesiegt.

»Vier Teilhaber dafür, zwei dagegen«, konstatierte Edward.

»Augenblick!« rief Hugh.

Gott bewahre, daß der Kerl noch einen Trumpf aus dem Ärmel

zieht, dachte Micky und preßte die Zähne zusammen. Am liebsten hätte er seinen Protest laut hinausgebrüllt, aber er mußte sich beherrschen.

Edward warf Hugh einen finsteren Blick zu. »Was gibt's denn noch? Du bist überstimmt!«

»Eine Kampfabstimmung war in diesem Raum immer das letzte Mittel«, sagte Hugh. »Wenn die Teilhaber uneins sind, bemühen wir uns um einen Kompromiß, dem jeder zustimmen kann.«

Micky sah, daß Edward drauf und dran war, den Vorschlag vom Tisch zu wischen, als William sich zu Wort meldete: »Was schlägst du vor, Hugh?«

»Ich möchte dem Seniorpartner eine Frage stellen«, sagte Hugh und wandte sich an Edward. »Was meinst du – werden wir alle oder die meisten Anleihen dieser Emission verkaufen können? Bist du zuversichtlich?«

»Ja, vorausgesetzt, wir setzen den richtigen Preis fest«, erwiderte Edward. Seine Formulierung verriet, daß er nicht wußte, worauf Hughs Frage hinauslief. Micky dagegen ergriff eine böse Vorahnung.

»Warum verkaufen wir dann die Anleihen nicht auf Kommissionsbasis? Auf die Ankaufsgarantie können wir dann verzichten.«

Micky unterdrückte einen Fluch. Dieser Vorschlag paßte nicht in sein Konzept. Normalerweise war es so, daß sich die Bank, wenn sie Anleihen in Höhe von beispielsweise einer Million Pfund emittierte, bereit erklärte, alle unverkäuflichen Anleihen selbst zu erwerben, und damit dem Kreditnehmer garantierte, daß er auch tatsächlich die ganze Million erhielt. Als Gegenleistung für diese Garantie kassierte die Bank hohe Prozente. Die Alternative bestand darin, die Anleihen ohne Garantie zum Verkauf anzubieten. Die Bank ging kein Risiko ein, erhielt aber dafür auch wesentlich weniger Prozente. Wurden also zum Beispiel nur Anleihen im Wert von zehntausend Pfund verkauft, so erhielt der Kreditnehmer eben auch nur diese zehntausend Pfund. Das Risiko blieb beim Kunden. Doch wie die Dinge standen, war Micky Miranda nicht im geringsten an der Übernahme von Risiken interessiert.

»Hmmm«, brummte William, »das ist eine Idee.«

Raffinierter Hund, dieser Hugh, dachte Micky, den allmählich der
Mut verließ. Hätte Hugh rigoros auf der Ablehnung des Gesamt-
projekts beharrt, wäre er überstimmt worden. Sein Vorschlag lief
jedoch auf eine Senkung des Risikos hinaus, und das würde allen
Bankiers, konservativ, wie sie nun einmal waren, gefallen.

»Wenn wir alle Anleihen verkaufen, verdienen wir selbst bei der
niedrigeren Kommission an die sechzigtausend Pfund«, meinte
Sir Harry. »Verkaufen wir dagegen nicht alle, so bleiben uns auf
jeden Fall gravierende Verluste erspart.«

Nun sag doch endlich etwas, Edward! dachte Micky. Edward entglitt die Kontrolle über die Sitzung, und er schien keine Ahnung
zu haben, wie er sie wieder an sich reißen könnte.

»Außerdem könnten wir dann eine einstimmige Entscheidung der
Teilhaber zu Protokoll geben, und das ist immer ein erfreuliches
Ergebnis«, ergänzte Samuel.

Zustimmendes Gemurmel erfüllte den Raum.

In seiner Verzweiflung versuchte Micky zu retten, was zu retten
war: »Ich kann Ihnen nicht versprechen, daß meine Auftraggeber
diesem Vorschlag zustimmen werden. In der Vergangenheit hat
die Bank für die Cordoba-Anleihen stets gebürgt. Wenn Sie sich
zu einer Änderung Ihrer Geschäftspolitik entschließen …« – er
zögerte –, »… dann werde ich mich möglicherweise gezwungen
sehen, eine andere Bank anzusprechen.« Das war eine leere Drohung – die Frage war nur, ob die anderen sie als solche erkannten.

William gab sich indigniert. »Das steht Ihnen selbstredend frei.
Allerdings könnten andere Banken auch zu einer anderen Bewer-
tung des Risikos gelangen.«

Micky erkannte, daß seine Drohung lediglich die Opposition ge-
stärkt hatte. Hastig fügte er hinzu: »Die politische Führung meines Landes weiß die Beziehungen zum Bankhaus Pilaster sehr zu
schätzen und möchte sie keineswegs aufs Spiel setzen.«

»Dasselbe kann ich auch von unserer Seite bestätigen«, gab Edward zurück.

»Danke.« Micky spürte, daß nun alles gesagt war, und machte
sich daran, den Hafenplan, der auf dem Tisch lag, zusammenzu-

rollen. Er hatte eine Niederlage erlitten, war aber noch nicht zur Kapitulation bereit. Seine künftige Präsidentschaft stand und fiel mit den zwei Millionen Pfund, also mußte er sie bekommen. Er würde sich etwas einfallen lassen.

Edward und Micky waren zum gemeinsamen Mittagessen im Cowes Club verabredet. Ursprünglich hatten sie damit ihren Erfolg feiern wollen, doch davon konnte nun nicht mehr die Rede sein; es gab nichts zu feiern.

Als Edward eintraf, hatte Micky sich bereits eine Strategie zurechtgelegt. Seine letzte Chance bestand darin, Edward dazu zu bringen, sich heimlich über die Entscheidung der Teilhaber hinwegzusetzen und die Anleihen ohne deren Wissen doch noch zu garantieren. Ein solches Vorgehen wäre ebenso unerhört wie dumm und wahrscheinlich sogar kriminell – aber es gab keine Alternative.

Als Edward das Clubrestaurant betrat, saß Micky bereits am Tisch. »Ich bin sehr enttäuscht über den Verlauf der Verhandlungen heute vormittag«, sagte er ohne Umschweife.

»Daran ist nur mein verdammter Vetter Hugh schuld«, entgegnete Edward, als er sich niederließ. Er winkte dem Ober und rief ihm entgegen: »Madeira! Zwei große Gläser, wenn ich bitten darf!«

»Wenn die Bank nicht für die Anleihen bürgt, wird der Hafen vermutlich nie gebaut. Das ist der Punkt.«

»Ich hab' getan, was ich konnte«, sagte Edward zerknirscht. »Du hast es doch erlebt, du warst ja schließlich dabei.«

Micky nickte. Es stimmte leider. Verstünde Edward es, Menschen so brillant zu manipulieren wie seine Mutter, hätte er Hugh vielleicht bezwingen können. Andererseits wäre er mit der Fähigkeit nie zur Marionette Micky Mirandas geworden.

Doch Marionette hin oder her – einen so ungeheuerlichen Plan, wie Micky ihn im Schilde führte, würde selbst Edward nicht blindlings akzeptieren. Fieberhaft suchte Micky nach überzeugenden Argumenten oder Druckmitteln.

Sie bestellten ihr Mittagessen. Nachdem der Ober sich entfernt hatte, sagte Edward: »Ich trage mich mit dem Gedanken, mir eine eigene Wohnung zu suchen. Ich lebe schon viel zu lange mit meiner Mutter zusammen.«

Es kostete Micky einige Mühe, sich auf das Thema zu konzentrieren. »Willst du dir ein Haus kaufen?«

»Ja, ein kleines. Keinen Palast mit Dutzenden von Hausmädchen, die überall herumlaufen und Kohle nachlegen, nein, ein bescheidenes Häuschen, für dessen Unterhalt ein Butler und eine Handvoll Diener ausreichen.«

»Aber du hast in Whitehaven House doch alles, was du brauchst.«

»Alles, bloß keine Intimsphäre.«

Micky ahnte, wohin der Hase lief. »Deine Mutter soll dich nicht ständig überwachen, meinst du ...«

»Es kann doch mal vorkommen, daß du bei mir übernachten möchtest, oder?« Edwards Blick war unmißverständlich.

Mit einem Schlag erkannte Micky, wie er sich Edwards Plan zunutze machen konnte. Er setzte eine Trauermiene auf und schüttelte den Kopf. »Wohl kaum, Edward. Wenn du dein eigenes Haus hast, werde ich wahrscheinlich längst nicht mehr in London sein.«

Edward war schlichtweg entsetzt. »Was, zum Teufel, willst du damit sagen?«

»Wenn es mir nicht gelingt, das Geld für den neuen Hafen aufzutreiben, wird mich der Präsident mit großer Sicherheit von meinem Posten abberufen.«

»Du darfst nicht fortgehen!« sagte Edward in angstvollem Ton.

»Will ich ja auch gar nicht! Aber wahrscheinlich bleibt mir keine andere Wahl.«

»Die Anleihen werden sicher alle verkauft.«

»Das hoffe ich. Anderenfalls jedoch ...«

Edward schlug mit der Faust auf den Tisch, daß die Gläser wakkelten. »Herrgott, hätte Hugh mich bloß diese Garantie unterschreiben lassen!«

»Ich nehme an, du bist an die Entscheidung der Teilhaber gebunden«, gab Micky nervös zu bedenken.

»Natürlich, was denn sonst?«

»Nun ja ...« Micky zögerte und bemühte sich, in unbefangenem Ton weiterzusprechen. »Könntest du nicht einfach ihre Argumente ignorieren und von deinem Büro einen Garantievertrag aufsetzen lassen, ohne daß die Teilhaber etwas davon erfahren? Wäre das nicht möglich?«

»Doch, doch, wahrscheinlich schon ...« erwiderte Edward bekümmert.

»Immerhin bist du jetzt Seniorpartner. Das gibt dir doch gewisse Vollmachten ...«

»Da hast du recht, verdammt noch mal!«

»Simon Oliver würde sich in aller Diskretion um den Papierkram kümmern. Ihm kannst du vertrauen.«

»Ja.«

Micky konnte es kaum fassen, daß Edward so bereitwillig seinem Vorschlag zustimmte. »Ob ich in London bleibe oder nach Cordoba zurückgerufen werde, könnte einzig und allein an dieser Entscheidung hängen.«

Der Ober brachte den Wein und füllte ihre Gläser.

»Irgendwann kommt das bestimmt raus«, sagte Edward.

»Aber dann ist es zu spät. Und außerdem kannst du immer behaupten, es habe sich um einen Irrtum im Büro gehandelt.« Micky wußte genau, wie unglaubwürdig diese Ausrede klang. Er glaubte nicht, daß Edward sie ihm abkaufen würde.

Aber Edward achtete gar nicht darauf. »Wenn du hierbleibst ...« Er stockte und schlug die Augen nieder.

»Ja?«

»Wenn du in London bleibst, wirst du dann manchmal in meinem neuen Haus übernachten?«

Ihn interessiert wirklich nur das eine, dachte Micky. Ein Gefühl des Triumphs stieg in ihm auf, und er setzte sein gewinnendes Lächeln auf. »Selbstverständlich!«

Edward nickte. »Mehr will ich ja gar nicht. Ich rede noch heute nachmittag mit Simon.«

Micky hob sein Weinglas. »Auf die Freundschaft!« sagte er.

Edward stieß mit ihm an und erwiderte mit einem scheuen Lächeln: »Auf die Freundschaft!«

Whitehaven House hatte eine neue Bewohnerin. Ohne Vorwarnung war Edwards Frau Emily eingezogen.

Alle Welt sah nach wie vor in Augusta die Hausherrin. Tatsache war jedoch, daß Joseph das Haus nicht ihr, sondern Edward vererbt hatte. Mutter und Sohn konnten Emily demnach nicht hinauswerfen – das wäre womöglich ein Scheidungsgrund gewesen, und genau darauf legte Emily es ja auch an.

Nach dem Buchstaben des Gesetzes war Emily sogar die eigentliche Hausherrin und Augusta nichts weiter als eine im Hause geduldete Schwiegermutter. Hätte Emily es auf einen offenen Konflikt ankommen lassen, so wäre eine schwere Auseinandersetzung zwischen zwei willensstarken Frauen unausweichlich geworden, an der Augusta zweifellos Gefallen gefunden hätte. Aber Emily war zu gewieft, um sich auf einen offenen Streit einzulassen. »Es ist dein Zuhause«, sagte sie mit freundlichem Lächeln. »Du kannst hier tun und lassen, was du willst.« Ihre herablassende Art allein reichte aus, Augusta zusammenfahren zu lassen.

Emily trug sogar Augustas Titel: Als Ehefrau Edwards war sie jetzt die Gräfin von Whitehaven, während Augusta als »Gräfinwitwe« galt. Obgleich sie nun nicht mehr die erste Dame des Hauses war, ließ Augusta es sich nicht nehmen, das Personal wie in alten Zeiten herumzukommandieren. Sie nutzte jede sich bietende Gelegenheit, Emilys Anweisungen zu hintertreiben. Während Emily sich darüber nie beklagte, verhielten sich die Hausangestellten zunehmend subversiv. Emily war ihnen lieber als Augusta, und so fanden sie Mittel und Wege, ihr das Leben, allen Querschüssen der Gräfinwitwe zum Trotz, recht angenehm zu gestalten. Augusta meinte, dies läge nur an der geradezu törichten Nachsicht, mit der Emily die »Domestiken« behandele.

Die wirksamste Waffe, die die Herrschaft gegen das Personal einsetzen konnte, bestand in der Androhung einer Entlassung ohne Charakterzeugnis, das Voraussetzung für jede Neueinstellung war. Emily hatte Augusta diese Waffe mit verblüffender Unbefangenheit aus der Hand genommen: Sie hatte zum Lunch Seezunge bestellt, Augusta dagegen Lachs. Als Seezunge serviert wurde, entließ Augusta die Köchin, worauf Emily der guten Frau ein großartiges Zeugnis schrieb und ihr damit zu einer erheblich besser dotierten Anstellung beim Herzog von Kingsbridge verhalf. Nach diesem Vorfall verloren die Hausangestellten zum erstenmal ihre Angst vor Augusta.

In den Nachmittagsstunden pflegten Emilys Freundinnen und Bekannte vorbeizuschauen. Die Teestunde war ein Ritual, dem traditionsgemäß die Hausherrin vorsaß. Emily bat dann Augusta mit einem entzückenden Lächeln, ihren Platz einzunehmen, was zur Folge hatte, daß Augusta gezwungen war, Emilys Gäste mit ausgesuchter Höflichkeit zu behandeln – und das fiel ihr fast genauso schwer, wie mit ansehen zu müssen, daß Emily die Rolle der Hausherrin übernahm.

Abends beim Dinner war es noch schlimmer. Augusta saß am Kopf des Tisches, doch jeder wußte, daß dieser Platz Emily zukam. Einmal hatte ein ungehobelter Gast sogar geäußert, daß es gütig von Emily sei, ihrer Schwiegermutter in dieser Form ihren Respekt zu erweisen.

Augusta sah sich nach Strich und Faden ausmanövriert, was eine völlig neue Erfahrung für sie bedeutete. Als äußerstes Druckmittel drohte sie ihren Mitmenschen für gewöhnlich die Verbannung aus ihrem Freundeskreis an. Doch Emily war damit nicht einzuschüchtern, denn die Verbannung war genau das, was sie wollte.

Um so mehr wuchs Augustas Entschlossenheit, unter keinen Umständen nachzugeben.

Bald lud man Edward und Emily zu Gesellschaften und Festen ein, und Emily ging hin, ganz gleich, ob Edward sie begleitete oder nicht. Langsam wurde man auf die beiden aufmerksam. Solange Emily sich in Leicestershire verkrochen hatte, war es möglich gewesen, über die Entfremdung zwischen ihr und ihrem Ehemann hinwegzusehen. Doch nun, da beide in der Stadt lebten, wurde die Sache allmählich peinlich.

Es hatte einmal eine Zeit gegeben, zu der Augusta die Ansichten der High Society gleichgültig gewesen waren. Das entsprach der Tradition der Kaufmannschaft, die die Aristokratie für oberflächlich und frivol, wenn nicht sogar für degeneriert hielt und ihre Ansichten ignorierte oder das zumindest vorgab. Von jenem schlichten Bürgerstolz war bei Augusta unterdessen nicht mehr viel übriggeblieben. Als Gräfinwitwe von Whitehaven gierte sie nach der Anerkennung der Londoner Elite. Daß ihr Sohn die Einladungen aus den besten Kreisen am liebsten ablehnte, konnte sie nicht zulassen, und so zwang sie ihn eben dazu, ihnen zu folgen.

Auch an diesem Abend fand eine solche Veranstaltung statt. Anläßlich einer Oberhausdebatte weilte der Marquis von Hocastle in London. Seine Frau, die Marquise, hatte die wenigen Herrschaften aus ihrem Freundeskreis, die sich nicht irgendwo auf dem Land mit Jagen und Schießen vergnügten, zu einem festlichen Dinner geladen. Edward und Emily gehörten ebenso dazu wie Augusta, und alle drei hatten die Einladung angenommen.

Doch als Augusta im schwarzen Seidenkleid die Treppe herunterrauschte, erblickte sie Micky Miranda. Er saß im Salon, hielt ein Whiskyglas in der Hand und hatte sich ebenfalls in Schale geworfen: Abendanzug, weiße Weste, Stehkragen – er sah einfach umwerfend aus, und Augustas Herz schlug unwillkürlich höher. Micky erhob sich und küßte ihr die Hand. Sie war froh, das Kleid mit dem tief ausgeschnittenen Mieder gewählt zu haben, das ihren Busen zeigte.

Nachdem die Wahrheit über den Tod von Peter Middleton ans Licht gekommen war, hatte Edward Micky eine Zeitlang links liegengelassen. Doch nach ein paar Tagen war alles wieder im Lot gewesen, und inzwischen waren die beiden enger befreundet denn je. Augusta war froh darüber. Sie konnte Micky einfach nicht böse sein. Daß er gefährlich war, war ihr seit langem klar – es machte ihn nur noch begehrenswerter. Manchmal fürchtete sie sich vor ihm, weil sie wußte, daß er drei Menschen ermordet hatte, doch selbst ihre Angst war erregend. Nie hatte sie einen Menschen von vergleichbarer moralischer Verkommenheit kennengelernt. Insgeheim wünschte sie, er möge sie packen, zu Boden werfen und über sie herfallen.

Micky war nach wie vor verheiratet. Wahrscheinlich hätte er sich problemlos von Rachel scheiden lassen können, zumal die Gerüchte, die etwas von einem Verhältnis zwischen ihr und Maisie

Robinsons Bruder Dan, dem radikalen Parlamentsabgeordneten, wissen wollten, nie verstummt waren. Nur ließ sich eine Scheidung nicht mit seiner Stellung als Botschafter vereinbaren.

In der Erwartung, Micky werde an ihrer Seite Platz nehmen, ließ sich Augusta auf dem ägyptischen Sofa nieder. Zu ihrer Enttäuschung setzte er sich ihr jedoch gegenüber, was sie als Abfuhr empfand. »Warum bist du hier?« fragte sie pikiert.

»Edward und ich gehen zu einem Preisboxkampf.«

»Du vielleicht, aber Edward nicht. Er ist zum Dinner beim Marquis von Hocastle eingeladen.«

»Ach so?« Micky zögerte. »Sollte ich mich vielleicht geirrt haben ... oder Edward?«

Augusta war sich ziemlich sicher, daß die Verantwortung bei Edward lag, und sie hatte ihre Zweifel, ob tatsächlich von einem Irrtum die Rede sein konnte. Edward liebte Preisboxkämpfe und hatte wahrscheinlich vor, sich seiner gesellschaftlichen Verpflichtung zu entziehen. Diese Flausen würde sie ihm in Kürze austreiben. »Du gehst am besten allein«, sagte sie zu Micky.

Ein rebellischer Zug lag in seinem Blick. Im ersten Moment dachte Augusta, er wolle sich ihr widersetzen, und fragte sich, ob ihr vielleicht die Macht über den jungen Mann entglitt. Doch dann erhob er sich, wenngleich auffallend langsam, und sagte: »Na gut, dann zieh ich los. Wenn Sie vielleicht Edward erklären könnten ...«

»Selbstverständlich.«

Doch es war bereits zu spät. Noch bevor Micky die Tür erreichte, trat Edward ein.

Augusta bemerkte, daß sein Hautausschlag sich entzündet hatte. Er bedeckte Hals und Nacken und reichte auf einer Seite bis zum Ohr hinauf. Sie machte sich deshalb Sorgen, doch Edwards Beteuerungen zufolge hielt der Arzt die Sache für harmlos.

Edward rieb sich erwartungsfroh die Hände und sagte: »Ich freue mich schon richtig auf die Kämpfe.«

Im strengsten Ton, der ihr zu Gebote stand, erwiderte Augusta: »Edward, mit diesem Preisboxkampf wird es heute nichts!«

Ihr Sohn zog ein Gesicht wie ein Kind, dem man gerade die

Weihnachtsgeschenke gestrichen hat. »Warum nicht?« fragte er bestürzt. Einen Augenblick lang tat er Augusta so leid, daß sie um ein Haar eingelenkt hätte. Doch dann verhärtete sich ihr Herz, und sie sagte: »Du weißt ganz genau, daß wir heute beim Marquis von Hocastle zum Dinner eingeladen sind.«

»Das war doch nicht *heute* abend, oder?«

»Doch. Und das weißt du auch.«

»Ich geh' da nicht hin.«

»Du mußt hin!«

»Aber ich war doch schon gestern mit Emily beim Dinner!«

»Dann wirst du eben zweimal hintereinander an einem gepflegten Abendessen teilnehmen.«

»Wieso, zum Teufel, sind wir denn heute schon wieder eingeladen?«

»Untersteh dich, in Anwesenheit deiner Mutter so ungehörige Worte in den Mund zu nehmen! Wir sind eingeladen, weil unsere Gastgeber mit Emily befreundet sind.«

»Emily soll zum ...« Augustas finsterer Blick ließ ihn innehalten. »Sag ihnen, ich sei plötzlich krank geworden!«

»Sei nicht albern!«

»Ich glaube, Mutter, es ist *meine* Sache zu entscheiden, wohin ich gehe und wohin nicht.«

»Du darfst so hochgestellte Persönlichkeiten nicht beleidigen!«

»Ich will aber die Boxkämpfe sehen!«

»Ich erlaube das nicht!«

Unvermittelt trat Emily ins Zimmer. Sie konnte nicht umhin, die geladene Atmosphäre sofort zu bemerken. »Was ist denn hier los?« fragte sie.

»Bring mir diesen verdammten Wisch, von dem du immer willst, daß ich ihn unterschreibe!« herrschte Edward sie an.

»*Was* sagst du da?« fragte Augusta. »Was für einen ›Wisch‹?«

»Meine Einwilligung zur Annullierung der Ehe.«

Augusta ergriff blankes Entsetzen, das sich rasch in grenzenlose Wut verwandelte. Schlagartig wurde ihr klar, daß das, was sich hier vor ihren Augen abspielte, keineswegs zufällig geschah, sondern Ergebnis einer sorgfältig geplanten Strategie war. Emily hatte es darauf angelegt, Edward so lange zu provozieren, bis er, nur um sie endlich loszuwerden, bereit war, alles zu unterschreiben. Und mit ihrem kompromißlosen Beharren darauf, daß Edward seine gesellschaftlichen Pflichten erfüllte, hatte sie, Augusta, ihr unbeabsichtigt noch in die Hände gespielt. Du hast dich manipulieren lassen wie die letzte Idiotin, dachte sie bitter. Und Emily hat ihr Ziel fast erreicht ...

»Emily!« rief Augusta. »Bleib hier!«

Emily entfernte sich lächelnd.

Augusta nahm ihren Sohn aufs Korn. »Du wirst der Annullierung nicht zustimmen, Edward!«

»Ich bin vierzig Jahre alt und Chef des Familienunternehmens, Mutter. Das Haus, in dem wir uns befinden, gehört mir. Du solltest mir keine Vorschriften mehr machen.«

Seine Miene zeigte einen mürrischen, trotzigen Ausdruck, und Augusta schoß der furchterregende Gedanke durch den Kopf, daß er entschlossen war, ihr zum erstenmal in seinem Leben die Stirn zu bieten.

Sie bekam es mit der Angst zu tun.

»Komm her, setz dich zu mir, Teddylein«, sagte sie mit sanfter Stimme.

Widerstrebend tat er, wie ihm geheißen.

Augusta wollte seine Wange streicheln, doch Edward zuckte vor ihrer Hand zurück.

»Du bist doch nicht in der Lage, selbst auf dich aufzupassen, Teddy«, fuhr Augusta fort, »das hast du nie gekonnt. Deswegen haben sich Micky und ich ja auch seit deiner Schulzeit so sehr um dich gekümmert.«

Er wirkte noch starrsinniger als zuvor. »Vielleicht wär's an der Zeit, endlich damit aufzuhören.«

Augustas Angst drohte sich in Panik zu verwandeln. Ehe sie antworten konnte, kehrte Emily mit einem amtlich aussehenden Dokument in der Hand zurück und legte es auf den Schreibtisch im maurischen Stil, wo Federhalter und Tinte schon bereitstanden.

Augusta sah ihren Sohn an. War es möglich, daß er sich vor seiner Frau mehr fürchtete als vor seiner Mutter? In ihrer Erregung

erwog sie, das Schriftstück an sich zu reißen, die Federhalter ins
Feuer zu werfen und das Tintenfaß umzustoßen. Doch dann ver-
warf sie den Gedanken und nahm sich zusammen. Vielleicht war
es besser, nachzugeben und so zu tun, als käme es auf die Unter-
schrift gar nicht so sehr an. Nur würde ihr das keiner abnehmen:
Sie hatte unmißverständlich die Annullierung der Ehe untersagt.
Kam sie dennoch zustande, so war sie, Augusta, vor aller Welt die
Blamierte.

»Du wirst aus der Bank ausscheiden müssen, wenn du dieses Dokument unterzeichnest«, sagte sie zu Edward.

»Ich wüßte nicht, warum«, erwiderte er. »Das ist ja nicht dasselbe
wie eine Scheidung.«

»Die Kirche hat keine Einwände gegen eine Annullierung, wenn
die angegebenen Gründe der Wahrheit entsprechen«, ergänzte
Emily. Es klang wie ein Zitat; sie hatte sich offensichtlich informiert.

Edward setzte sich an den Tisch, wählte einen Federkiel und
tauchte die Spitze in ein silbernes Tintenfaß.

Augusta zog ihren letzten Trumpf. »Edward!« sagte sie mit zorn-
bebender Stimme. »Wenn du das unterschreibst, spreche ich nie
wieder ein Wort mit dir!«

Edward zögerte nur kurz, dann führte er die Feder aufs Papier.
Alle Anwesenden schwiegen. Edwards Hand bewegte sich, und
das Kratzen der Feder auf dem Papier klang wie Donnerhall.
Edward legte den Federkiel beiseite.

»Wie kannst du deiner Mutter so etwas nur antun?« fragte Augusta, und das Schluchzen, das ihre Frage begleitete, war echt.

Emily streute Sand über die Unterschrift und nahm das Dokument an sich.

Augusta versperrte ihr den Weg zur Tür.

Reglos und wie betäubt starrten Edward und Micky die beiden
Frauen an.

»Gib mir das Papier!« forderte Augusta.

Emily trat einen Schritt näher an sie heran, hielt kurz inne und
verabreichte ihr dann zur allgemeinen Verblüffung eine schal-
lende Ohrfeige.

Der Schlag saß. Vor Schreck und Schmerz schrie Augusta auf und taumelte rückwärts.

Emily ging rasch an ihr vorbei, öffnete die Tür und verließ, das Dokument in Händen, den Raum.

Augusta sank schwer in den nächsten Sessel und fing an zu weinen.

Sie hörte, wie Edward und Micky sich entfernten.

Sie fühlte sich alt, besiegt und mutterseelenallein.

Die Emission der Santamaria-Hafenanleihen in Höhe von zwei Millionen Pfund erwies sich als ein großer Fehlschlag, der Hughs schlimmste Befürchtungen noch übertraf. Am letzten Ausgabetag hatte das Bankhaus Pilaster lediglich Anleihen für vierhunderttausend Pfund verkauft. Dementsprechend kam es am folgenden Tag prompt zu einem Kurssturz. Hugh war heilfroh, daß er Edward gezwungen hatte, die Papiere auf Kommission zu verkaufen, statt eine Ankaufsgarantie zu übernehmen.

Am Montagmorgen legte Jonas Mulberry die Geschäftsbilanz der vergangenen Woche vor, von der jeder Teilhaber eine Abschrift erhielt. Er hatte das Direktionszimmer noch nicht verlassen, als Hugh eine merkwürdige Diskrepanz auffiel. »Augenblick, Mulberry«, sagte er. »Da stimmt doch etwas nicht.« Die flüssigen Mittel der Bank waren drastisch gesunken. Der Verlust lag bei deutlich über einer Million Pfund. »Wir hatten doch keine so große Abhebung, oder?«

»Nicht, daß ich wüßte, Mr. Hugh«, sagte Mulberry.

Hugh warf einen Blick in die Runde. Bis auf Edward, der sich noch nicht hatte blicken lassen, waren alle Teilhaber anwesend.

»Kann sich jemand an eine sehr hohe Abhebung in der vergangenen Woche erinnern?«

Niemand bejahte die Frage.

Hugh stand auf. »Gehen wir der Sache nach«, sagte er zu Mulberry.

Das Buchhalterkontor lag ein Stockwerk höher. Sie gingen hinauf.

Der Posten, um den es ging, war zu hoch für eine Barabhebung. Es mußte sich um eine Transaktion von Bank zu Bank handeln. Aus seiner eigenen Zeit als Buchhalter erinnerte sich Hugh daran, daß es ein Buch gab, in dem Tag für Tag alle Transaktionen aufgezeichnet wurden. Er setzte sich an den Tisch und sagte zu Mulberry: »Suchen Sie mir bitte das Buch mit den Überweisungen an andere Banken heraus.«

Mulberry nahm einen umfangreichen Band aus dem Regal und legte ihn Hugh vor. Ein anderer Buchhalter meldete sich zu Wort: »Kann ich Ihnen irgendwie behilflich sein, Mr. Hugh? Ich bin für die Eintragungen zuständig.« Der Mann war sichtlich nervös. Hugh merkte, daß er befürchtete, einen Fehler gemacht zu haben.

»Sie sind Clemmow, nicht wahr?« fragte er.

»Jawohl, Sir.«

»Gab es umfangreiche Abbuchungen in der vergangenen Woche in Höhe von einer Million Pfund oder mehr?«

»Nur eine«, sagte Clemmow wie aus der Pistole geschossen. »Die Santamaria Harbour Company hat eine Million achthunderttausend Pfund abbuchen lassen – das entspricht der Anleihenemission abzüglich Kommission.«

Hugh sprang auf. »Aber so viel hatten sie doch gar nicht! Es stehen ihnen nur vierhunderttausend zu!«

Clemmow erbleichte. »Die Emmission belief sich auf Anleihen über zwei Millionen Pfund ...«

»Aber ohne Ankaufsgarantie! Es war ein Kommissionsgeschäft!«

»Ich habe doch den Kontostand überprüft. Er betrug eins Komma acht Millionen.«

»Verdammt!« rief Hugh. Alle Buchhalter starrten ihn an. »Zeigen Sie mir das Buch!«

Ein Mann am hinteren Ende des großen Kontors zog ein riesiges Kontobuch aus dem Regal, kam nach vorne, legte es vor Hugh auf den Tisch und schlug es auf.

Die Seite war mit Santamaria Harbour Company überschrieben und enthielt nur drei Einträge: einen Kredit in Höhe von zwei Millionen Pfund, eine Belastung von zweihunderttausend Pfund

Kommissionsgebühren und eine Überweisung von 1,8 Millionen an eine andere Bank.

Hugh war aschfahl im Gesicht. Das Geld war fort. Hätte es sich um eine interne Fehlbuchung gehandelt, so hätte sich diese leicht rückgängig machen lassen. Aber das Geld war bereits einen Tag später überwiesen worden, was auf einen sorgfältig geplanten Betrug schließen ließ. »Bei Gott«, sagte er wütend, »dafür wandert jemand ins Gefängnis. Von wem stammen diese Eintragungen?«

»Von mir, Sir«, sagte der Buchhalter, der ihm das Buch vorgelegt hatte. Er zitterte vor Angst.

»Nach welchen Anweisungen?«

»Den üblichen schriftlichen Unterlagen. Sie waren einwandfrei ...«

»Von wem haben Sie sie erhalten?«

»Von Mr. Oliver.«

Simon Oliver stammte aus Cordoba und war der Vetter von Micky Miranda. Hugh ahnte inzwischen, wer hinter dem Betrug steckte.

Er wollte die Nachforschungen nicht in Gegenwart von zwanzig Angestellten fortsetzen, zumal er es schon bedauerte, sie überhaupt in die Angelegenheit eingeweiht zu haben. Er hatte allerdings zu Anfang nicht wissen können, daß er einer massiven Unterschlagung auf der Spur war.

Oliver war Edwards Sekretär und arbeitete in einem Büro neben Mulberry auf der Teilhaberetage. »Holen Sie sofort Mr. Oliver, und bringen Sie ihn ins Direktionszimmer«, sagte Hugh zu Mulberry. Dort, im Beisein der Teilhaber, wollte er die Untersuchung weiterführen.

»Sofort, Mr. Hugh«, bestätigte Mulberry und wandte sich an die Buchhalter. »Und Sie, meine Herren, begeben sich wieder an Ihre Arbeit.« Die Angesprochenen kehrten an ihre Tische zurück und nahmen wieder die Federhalter zur Hand. Doch noch ehe Hugh den Raum verlassen hatte, erfüllte aufgeregtes Getuschel das Kontor.

Hugh kehrte ins Direktionszimmer zurück. »Es liegt ein massiver

Betrug vor«, verkündete er mit grimmiger Miene. »Die Santama-ria Harbour Company hat die volle Summe der Anleihenemission erhalten, obwohl wir nur Papiere über vierhunderttausend Pfund verkauft haben.«

Die Teilhaber waren entsetzt. »Wie, zum Teufel, konnte das passieren?« fragte William.

»Das Geld wurde ihrem Konto gutgeschrieben und unmittelbar darauf an eine andere Bank überwiesen.«

»Wer ist dafür verantwortlich?«

»Der Ausführende war, wie ich glaube, Simon Oliver, Edwards Sekretär. Ich habe nach ihm geschickt, schätze aber, daß sich der Kerl bereits auf einem Dampfer nach Cordoba befindet.«

»Können wir das Geld zurückbekommen?« fragte Sir Harry.

»Das weiß ich nicht. Vielleicht haben sie es inzwischen schon außer Landes geschafft.«

»Mit gestohlenem Geld können sie keinen Hafen bauen!«

»Wer weiß denn, ob sie überhaupt einen bauen wollen? Mir sieht das alles nach einem ausgekochten Schwindel aus.«

»Gott im Himmel!«

Mulberry kam herein. Zu Hughs Überraschung befand er sich in Begleitung von Simon Oliver, was vermuten ließ, daß dieser das Geld *nicht* gestohlen hatte. Er hielt einen dicken Vertrag in der Hand und wirkte sehr erschrocken; vermutlich hatte man ihm erzählt, daß Hugh dem Verantwortlichen eine Gefängnisstrafe prophezeit hatte.

Oliver kam sofort zur Sache. »Die Santamaria-Emission war garantiert – so steht es im Vertrag.« Mit zitternder Hand hielt er Hugh das Dokument entgegen.

»Die Teilhaber waren sich einig, daß diese Anleihen auf Kommissionsbasis verkauft werden sollten«, sagte Hugh.

»Mr. Edward trug mir auf, die Ankaufsgarantie in den Vertrag aufzunehmen.«

»Können Sie das beweisen?«

»Ja!« Er reichte Hugh ein anderes Papier. Es war eine sogenannte Vertragsnotiz, auf der ein Teilhaber mit knappen Worten die Bedingungen eines Vertrags zusammengefaßt hatte. An Hand dieser

Vorgabe fertigte der zuständige Sekretär den vollständigen Vertrag aus. Edwards Handschrift war unverkennbar, und aus dem Wortlaut ging eindeutig hervor, daß die Bank den Ankauf der Anleihen und damit die Kreditauszahlung garantierte. Damit war alles geklärt. Die Verantwortung lag bei Edward. Ein Betrug lag nicht vor, und an eine Wiederbeschaffung des Geldes war nicht zu denken. Die Transaktion war absolut legitim. Hugh war zornig und zutiefst erschüttert.

»Gut, Oliver, Sie können gehen«, sagte er.

Oliver rührte sich nicht von der Stelle. »Ich hoffe, daß damit jeder Verdacht gegen mich ausgeräumt ist, Mr. Hugh.«

Hugh hatte seine Zweifel, ob Oliver tatsächlich so unschuldig war, wie er vorgab. Dennoch konnte er nicht umhin, ihn zu beruhigen: »Was Sie auf Anweisung von Mr. Edward getan haben, kann Ihnen nicht zum Vorwurf gemacht werden.«

»Ich danke Ihnen, Sir.« Oliver entfernte sich.

Hugh musterte die Teilhaberrunde. »Edward hat gegen unseren gemeinsamen Beschluß verstoßen«, sagte er bitter. »Er hat die Bedingungen der Emission hinter unserem Rücken verändert – mit dem Ergebnis, daß wir eine Million und vierhunderttausend Pfund verloren haben.«

Samuel ließ sich in seinen Sessel fallen. »Wie schrecklich«, stöhnte er.

Sir Harry und Major Hartshorn wirkten wie vor den Kopf geschlagen.

»Sind wir pleite?« fragte William.

Hugh merkte, daß die Frage an ihn gerichtet war. Nun, wie verhielt es sich? Waren sie bankrott? Unvorstellbar! Hugh dachte kurz nach, bevor er antwortete: »Rein technisch gesehen, nein. Zwar sind unsere Zahlungsreserven um eine Million vierhunderttausend Pfund gesunken, doch finden sich die Anleihen auf der anderen Seite der Bilanz nahezu zum Kaufpreis wieder. So halten sich Aktiva und Passiva die Waage, und wir sind solvent.«

»Solange der Kurs nicht sinkt«, ergänzte Samuel.

»Ja, das stimmt. Wenn Südamerika-Anleihen – aus welchem Grund auch immer – im Kurs fallen, geraten wir in ärgste Schwie-

rigkeiten.« Als ihm klar wurde, auf welch schwachen Füßen das
mächtige Bankhaus Pilaster plötzlich stand, wuchs sein Zorn auf
Edward in einem Maße, daß ihm fast übel wurde.

»Läßt sich die Sache geheimhalten?« fragte Sir Harry.

»Ich glaube nicht«, erwiderte Hugh. »Ich habe, fürchte ich, im
Buchhalterkontor die Katze aus dem Sack gelassen. Inzwischen
weiß jeder hier im Haus Bescheid, und nach der Mittagspause
weiß es die ganze City.«

Jonas Mulberry hatte eine praktische Frage: »Wie verhält es sich
mit unserer Liquidität, Mr. Hugh? Wir brauchen noch vor dem
Wochenende eine größere Einlage für die üblichen Auszahlungen.
Die Hafenanleihen können wir nicht verkaufen – das würde nur
den Kurs drücken.«

Die Frage war berechtigt. Nach kurzem Nachdenken erwiderte
Hugh: »Ich werde eine Million bei der Colonial Bank borgen.
Der alte Cunliffe wird es für sich behalten. Damit wäre die
unmittelbare Gefahr vom Tisch.« Er blickte in die Runde. »Dennoch befindet sich die Bank in einer äußerst kritischen Lage. Wir
müssen so schnell wie möglich eine umfassende Konsolidierung
anstreben.«

»Was machen wir mit Edward?« fragte William.

Hugh wußte, daß es für Edward nur eines gab: Er mußte zurücktreten. Aber er wollte, daß jemand anders es aussprach, und verzichtete daher auf eine Antwort.

»Edward muß zurücktreten und die Bank verlassen«, sagte
Samuel nach einer Weile. »Er hat sich unser Vertrauen ein für
allemal verscherzt.«

»Und wenn er sein Kapital abzieht?«

»Unmöglich«, gab Hugh zurück. »Wir haben das Geld gar nicht.
Die Drohung hat ihr Gewicht verloren.«

»Ja, richtig«, sagte William, »daran hatte ich gar nicht gedacht.«

»Und wer wird Seniorpartner?« fragte Sir Harry.

Wieder herrschte betretenes Schweigen, und wieder war es Samuel, der es brach. »Ja, um Himmels willen, kann denn das überhaupt noch eine Frage sein? Wer hat Edwards hinterlistige Täu-

schung aufgedeckt? Wer hat in der Krise sofort die Zügel in die
Hand genommen? Von wem wollt ihr jetzt alle wissen, wie ihr
euch verhalten sollt? Seit einer geschlagenen Stunde werden alle
Entscheidungen hier von einer einzigen Person getroffen. Alle anderen stellen Fragen und schauen hilflos zu. Ihr wißt genau, wer
jetzt Seniorpartner werden muß.«

Der plötzliche Themenwechsel überraschte Hugh. Er hatte sich
auf die Probleme der Bank konzentriert und gar nicht mehr an
seine eigene Position gedacht. Doch jetzt erkannte er, daß Samuel
recht hatte. Die anderen verhielten sich alle mehr oder minder
passiv. Vom selben Augenblick an, da ihm die Diskrepanz in der
Wochenbilanz aufgefallen war, hatte er gehandelt, als wäre er der
Seniorpartner. Und Hugh wußte, daß er der einzige war, der die
Bank aus der Krise herausführen konnte.

Langsam dämmerte ihm, daß sein Lebenstraum kurz vor der Erfüllung stand: In Kürze würde er Seniorpartner des Bankhauses
Pilaster sein. Sein Blick wanderte zu William, Harry und George.
Allen dreien stand das schlechte Gewissen ins Gesicht geschrieben. Indem sie zugelassen hatten, daß Edward Seniorpartner
wurde, hatten sie die gegenwärtige Katastrophe heraufbeschworen. Jetzt wußten sie alle, daß Hugh von Anfang an recht gehabt
hatte, und machten sich schwere Vorwürfe, weil sie nicht auf ihn
gehört hatten. Sie wollten ihren Fehler wiedergutmachen. Sie
wollten ihn bitten, die Führung der Bank zu übernehmen – Hugh
sah es ihnen an.

Aber sie sollten es ihm auch sagen.

Er wandte sich an William, den dienstältesten Pilaster nach Samuel. »Was denkst du darüber?«

William zögerte nur kurz, bevor er sagte: »Ich glaube, du solltest
Seniorpartner werden, Hugh.«

»Major Hartshorn?«

»Einverstanden.«

»Sir Harry?«

»Aber gewiß – und ich hoffe, du sagst ja.«

Es war soweit. Hugh konnte es kaum fassen.

Er atmete tief durch. »Ich danke euch für euer Vertrauen. Ich werde die Wahl annehmen. Ich hoffe, daß es mir gelingt, uns ohne Beschädigung unseres Rufs und ohne Schaden für unsere Vermögen aus dieser schwierigen Lage zu befreien.«

In diesem Augenblick betrat Edward das Direktionszimmer.

Entsetztes Schweigen empfing ihn. Sie hatten über ihn geredet wie über einen Verstorbenen. Sein plötzliches Erscheinen schockierte sie.

Edward nahm die Atmosphäre zunächst gar nicht wahr. »Das ganze Haus ist in Aufruhr!« sagte er. »Die Lehrlinge laufen herum wie in einem Hühnerstall, die Buchhalter und Sekretäre stehen auf den Fluren und tuscheln, kein Mensch arbeitet vernünftig – was, zum Teufel, ist denn los hier?«

Niemand antwortete.

Betroffenheit zeichnete sich auf seinem Gesicht ab, gefolgt von einem Anflug von Schuldbewußtsein. »Was ist denn los?« wiederholte er, doch seine Miene verriet Hugh, daß er es bereits ahnte. »Jetzt sagt mir endlich, warum ihr mich alle so anstarrt! Schließlich bin ich Seniorpartner.«

»Nein«, erwiderte Hugh. »Ich bin es.«

Miss Dorothy Pilaster heiratete Viscount Nicholas Ipswich an einem kalten, klaren Novembervormittag. Die Zeremonie in der Kensington Methodist Hall war schlicht und einfach, die Predigt jedoch recht lang. Danach wurde den dreihundert Gästen in einem riesigen geheizten Zelt, das man in Hughs Garten aufgeschlagen hatte, ein Mittagessen serviert, bestehend aus heißer Consommé, Dover-Seezunge, gebratenem Wildgeflügel und Pfirsichsorbet. Hugh war sehr glücklich. Seine Schwester präsentierte sich als strahlende Schönheit, ihr Ehemann bezauberte alle Gäste mit seinem Charme. Glücklicher als Hugh war nur noch seine Mutter. Selig lächelnd saß sie neben dem Vater des Bräutigams, dem Herzog von Norwich. Zum erstenmal seit vierundzwanzig Jahren trug sie kein Schwarz. Sie hatte ein blaugraues Cashmere-Kostüm gewählt, das ihr volles silberweißes Haar und die ruhigen grauen Augen wirkungsvoll zum Ausdruck brachte. Der Selbstmord des Ehemanns hing wie eine dunkle Wolke über ihrem Leben, und sie hatte viele entbehrungsreiche Jahre hinter sich. Doch jetzt – sie war inzwischen in den Sechzigern – erfüllten sich alle ihre Wünsche. Ihre schöne Tochter war nun Vicomtesse Ipswich und würde eines Tages Herzogin von Norwich sein. Ihr Sohn Hugh hatte es zu Reichtum und Ansehen gebracht und war seit kurzem Seniorpartner des Bankhauses Pilaster. »Ich dachte immer, ich wäre vom Pech verfolgt«, flüsterte sie Hugh zwischen zwei Gängen des Mittagessens zu. »Aber das stimmt nicht.« Sie legte ihm die Hand auf den Arm. »Das Glück meint es sehr gut mit mir.« Hugh kamen vor Rührung beinahe die Tränen.

Da keine der anwesenden Damen Weiß oder Schwarz trug – das eine war der Braut vorbehalten, das andere wählte man zu Beerdigungen –, boten die Gäste einen recht bunten Anblick. Es war fast, als hätten sie sich für lebhafte, warme Farben – leuchtendes Orange, sattes Gelb, Himbeerrosa und Fuchsienrot – entschieden, um der Kälte des Herbstes entgegenzutreten. Die Männer waren, wie üblich, in Schwarz, Weiß oder Grau erschienen. Hugh trug einen schwarzen Gehrock mit Samtrevers und Samtaufschlägen, verstieß aber, wie immer, mit einer hellblauen Seidenkrawatte – der einzigen Extravaganz, die er sich gestattete – gegen die Konvention. Er war inzwischen eine solche Respektsperson, daß er sich manchmal nostalgisch an die Zeiten zurück erinnerte, da er noch als das schwarze Schaf der Familie gegolten hatte.

Er trank einen Schluck von seinem Lieblingsrotwein, einem Château Margaux. Es war ein üppiges Hochzeitsmahl für ein besonderes Paar. Hugh war einerseits froh, daß er es sich noch leisten konnte, verspürte andererseits aber leichte Gewissensbisse, weil er soviel Geld ausgab, obwohl die Bank geschwächt war. Sie besaßen noch immer Santamaria-Hafenanleihen im Werte von einer Million vierhunderttausend Pfund sowie weitere Cordoba-Anleihen, deren Wert sich auf fast eine Million Pfund belief. Verkaufen konnten sie sie nicht, weil dies unweigerlich zu einem Preissturz geführt hätte, den Hugh mehr als alles andere fürchtete. Er würde mindestens ein Jahr brauchen, bis die Bilanzen wieder einigermaßen ausgewogen wären. Immerhin war es ihm gelungen, die unmittelbare Krise abzuwenden. Sie verfügten wieder über genug Bargeld, um auf absehbare Zeit die normalen Auszahlungswünsche der Kunden erfüllen zu können. Edward ließ sich nicht mehr in der Bank blicken, blieb aber formal noch bis zum Ende des Finanzjahres Teilhaber. Falls nicht irgendwo ein Krieg ausbrach und sie von Erdbeben, Seuchen und anderen unvorhersehbaren Katastrophen verschont blieben, bestand fürs erste keine Gefahr. Nach Abwägung des Für und Wider fühlte Hugh sich letztlich doch berechtigt, seiner einzigen Schwester eine teure Hochzeitsfeier auszurichten.

Das festliche Ereignis kam der Bank sogar zugute. Denn daß man in der Santamaria-Angelegenheit über eine Million in den Sand gesetzt hatte, war in der Finanzwelt inzwischen allgemein bekannt. Die große Feier sorgte für Vertrauen, weil es vor aller Augen bewies, daß die Pilasters noch immer unvorstellbar reich waren. Ein bescheidenes Hochzeitsfest hätte die Leute mißtrauisch gemacht.

Dottys Mitgift in Höhe von einhunderttausend Pfund war bereits ihrem Ehemann überschrieben worden, blieb aber vorerst der Bank als mit fünf Prozent verzinsbare Einlage erhalten. Nick konnte das Geld abheben, aber er benötigte nicht alles auf einmal. Er würde darauf zurückgreifen, wenn Hypothekentilgungen und Ausgaben für die Umgestaltung seiner Güter anstanden. Hugh war heilfroh, daß sein Schwager das Geld nicht sofort in bar haben wollte, denn zu viele hohe Auszahlungen konnte die Bank in der gegenwärtigen Situation nicht verkraften.

Daß Dotty eine riesige Mitgift in die Ehe einbrachte, war allgemein bekannt. Es war Hugh und Nick nicht gelungen, die Transaktion völlig geheimzuhalten, und so hatte sie sich schnell herumgesprochen; inzwischen sprach ganz London darüber. Hugh schätzte, daß auch gut die Hälfte der Hochzeitsgäste an den Tischen darüber diskutierte.

Er sah in die Runde. Sein Blick blieb auf der einzigen Person unter den Geladenen haften, die an diesem Tag nicht glücklich war. Deplaziert wie ein Eunuch auf einer Orgie, verfolgte sie das Geschehen mit Leichenbittermiene. Es war Tante Augusta.

»Die Londoner Gesellschaft ist gänzlich degeneriert«, sagte Augusta zu Colonel Mudeford.

»Ich fürchte, Sie könnten recht haben, Lady Whitchaven«, murmelte der Angesprochene höflich.

»Der gute Stall zählt heutzutage überhaupt nichts mehr«, fuhr Augusta fort. »Überall haben jetzt sogar schon Juden Zutritt.«

»So ist es.«

»Ich war die erste Gräfin Whitehaven, doch darf man nicht vergessen, daß die Familie Pilaster bereits seit hundert Jahren hoch angesehen war, ehe ihnen der Titel verliehen wurde. Heutzutage kann der Sohn eines Hilfsarbeiters mit der Peerswürde rechnen, bloß weil er als Wurstverkäufer ein Vermögen verdient hat.«

»In der Tat.« Colonel Mudeford wandte sich an die Dame zu
seiner Linken. »Darf ich Ihnen noch etwas Johannisbeersoße reichen, Mrs. Telston?«

Augusta verlor das Interesse an ihm. Sie kochte innerlich vor Wut
über das Spektakel, an dem teilzunehmen sie gezwungen war.
Hugh Pilaster, der Sohn des Bankrotteurs Tobias Pilaster, bewir-
tete dreihundert Gäste mit Château Margaux; Lydia Pilaster, Tobias' Witwe, an der Seite des Herzogs von Norwich; Dorothy Pilaster, die Tochter, verheiratet mit Vicomte Ipswich und versehen
mit der größten Mitgift aller Zeiten; ihr eigener Sohn Teddy dagegen, Nachkomme des großen Joseph Pilaster, als Seniorpartner
entlassen, stand kurz vor der Annullierung seiner Ehe.

Es gab keine verbindlichen Regeln mehr. Selbst ein Niemand
konnte in die höchsten Kreise der Gesellschaft aufsteigen! Wie
zum Beweis ihrer These erspähte Augusta in diesem Augenblick
jene Person, die sie für den schlimmsten Emporkömmling von
allen hielt: Mrs. Solly Greenbourne, vormals Maisie Robinson.
Eine Unverschämtheit, daß Hugh sie eingeladen hatte! Das Leben
dieser Frau war doch ein einziger Skandal! Fing praktisch als
Hure an, war dann Ehefrau des reichsten Juden von London und
leitete jetzt eine Klinik, in der Weiber, die keinen Deut besser
waren als sie selber, lauter Bastarde zur Welt brachten ... Doch
da am Nebentisch saß sie, in einem Kleid von der Farbe eines
neuen Kupferpennys, und plaudert allen Ernstes mit dem Direktor der Bank von England! Wahrscheinlich redete sie wieder über
unverheiratete Mütter. Und er hörte ihr sogar zu!

»Versetzen Sie sich doch einmal in die Lage eines ledigen Dienst-
mädchens«, sagte Maisie zu dem Direktor und erntete dafür einen
so verdatterten Blick, daß sie sich ein Grinsen verkneifen mußte.
»Denken Sie einmal über die Konsequenzen einer möglichen Mutterschaft nach: Sie verlieren Ihre Stelle und Ihr Dach über dem
Kopf. Sie wissen, daß Sie mittellos sein werden und daß Ihr Kind
ohne Vater aufwachsen wird. Würden Sie da auf den Gedanken
kommen zu sagen: ›Ach, ich kann ja in dem netten Krankenhaus
von Mrs. Greenbourne in Southwark entbinden. Also kann ich mir

ruhig ein Kind anlachen.‹? Nein, so würden Sie bestimmt nicht
denken. Mein Krankenhaus verführt die Mädchen nicht zur Unmoral. Wir sorgen bloß dafür, daß sie ihr Kind nicht in der Gosse
zur Welt bringen müssen.«

Nun schaltete sich auch Dan Robinson ein, der zur Linken seiner
Schwester saß. »Mit dem Bankgesetz, das ich zur Zeit im Parlament einbringe, verhält es sich ganz ähnlich«, sagte er. »Es würde
die Banken verpflichten, eine Versicherung zugunsten der Klein-
sparer abzuschließen.«

»Das ist mir bekannt«, bemerkte der Bankdirektor.

»Manche Kritiker meinen, das Gesetz würde Bankrotteure begün-
stigen, weil der Konkurs dadurch seine Schrecken verliert. Aber
das ist Unsinn. Kein Bankier wünscht sich den Bankrott, unter
keinen Umständen.«

»Nein, wahrhaftig nicht.«

»Wenn ein Bankier ein Geschäft abschließt, denkt er nicht daran,
daß er mit seinem übereilten Handeln einer Witwe in Bourne-
mouth vielleicht den letzten Penny nimmt, sondern er sorgt sich
allenfalls um sein eigenes Vermögen. Genausowenig werden sich
skrupellose Männer durch den Gedanken an das Leid unehelicher
Kinder davon abbringen lassen, Dienstmädchen zu verführen.«

»Ich verstehe, was Sie damit sagen wollen«, sagte der Bankdirektor
mit gequälter Miene. »Eine ... äh ... originelle Parallele.«

Dem haben wir fürs erste genug zugesetzt, dachte Maisie bei sich
und ließ dem Bankier Zeit, sich auf sein Geflügel zu konzentrieren.

»Ist dir eigentlich je aufgefallen, daß immer die falschen Leute
geadelt werden?« fragte Dan seine Schwester. »Sieh dir doch bloß
Hugh und seinen Vetter Edward an. Hugh ist ehrlich, begabt und
fleißig, Edward ein dümmlicher, fauler Taugenichts. Aber Edward
darf sich Graf Whitehaven nennen, während Hugh nur Mr. Pilaster ist.«

Maisie vermied es, sich nach Hugh umzuschauen. Zwar freute es
sie, daß man sie eingeladen hatte, doch fiel es ihr sehr schwer, ihn
im Kreise seiner Familie zu sehen. Ehefrau, Söhne, Mutter und
Schwester bildeten einen geschlossenen Kreis um ihn, der sie

selbst außen vor ließ. Daß seine Ehe mit Nora nicht glücklich war, stand für sie außer Frage. Man sah es an der Art, wie die beiden miteinander umgingen: keine Berührung, kein Lächeln, keine Spur von Zuneigung. Aber für Maisie war das kein Trost. Sie sah nur die Familie, die nie die ihre sein würde.

Ich hätte gar nicht kommen sollen, dachte sie.

Ein Dienstmann trat neben Hugh und sagte leise zu ihm: »Ein Telefongespräch aus der Bank für Sie, Sir.«

»Ich kann jetzt nicht«, erwiderte Hugh.

Ein paar Minuten später erschien sein Butler. »Mr. Mulberry aus der Bank ist am Telefon, Sir. Er möchte mit Ihnen sprechen.«

»Ich kann jetzt nicht«, wiederholte Hugh ärgerlich.

»Sehr wohl, Sir.« Der Butler entfernte sich.

»Nein, warten Sie!«

Mulberry wußte, daß Hugh um diese Zeit beim Hochzeitsessen saß. Er war ein intelligenter, verantwortungsbewußter Mann. Diese Hartnäckigkeit paßte nicht zu ihm. Er mußte einen gravierenden Anlaß haben.

Einen *sehr* gravierenden Anlaß.

Ein kalter Schauer durchfuhr Hugh. Er hatte Angst.

»Ich rede mit ihm«, sagte er, erhob sich und wandte sich an seine Gäste: »Bitte entschuldigt mich … Mutter, Euer Gnaden …, eine dringende dienstliche Angelegenheit.«

Eilig verließ er das Zelt und lief über den Rasen ins Haus. Das Telefon befand sich in der Bibliothek. Er nahm den Hörer auf und sagte: »Hugh Pilaster am Apparat.«

Er hörte die Stimme seines Sekretärs. »Hier Mulberry, Sir. Es tut mir leid, daß ich …«

»Was ist los?«

»Ein Telegramm aus New York. In Cordoba ist Krieg ausgebrochen.«

»O nein!« Diese Nachricht war eine Katastrophe, nicht nur für die Bank, sondern auch für Hugh und seine Familie. Es war das Schlimmste, was passieren konnte.

»Ein Bürgerkrieg, um genau zu sein«, fuhr Mulberry fort. »Ein

Putsch. Der Miranda-Clan hat die Hauptstadt Palma ange-
griffen.«

Das Herz klopfte Hugh bis zum Hals. »Gibt es irgendwelche Hinweise darauf, wie stark sie sind?« Bei einer raschen Niederschla-
gung der Rebellion bestanden noch gewisse Hoffnungen.

»Präsident Garcia ist geflohen.«

»Der Teufel ist …!« Die Sache war bitterernst. Hugh verwünschte
Micky und Edward. »Sonst noch was?«

»Ja, es liegt noch ein Kabel von unserem Büro in Cordoba vor.
Es wird gerade dechiffriert.«

»Rufen Sie mich an, sobald Sie wissen, was drinsteht.«

»Sehr wohl, Sir.«

Hugh drehte an der Kurbel, bis die Amtsleitung stand, und ließ
sich mit dem für die Bank arbeitenden Börsenmakler verbinden.
Es dauerte eine Weile, bis man ihn an den Apparat gerufen hatte.

»Danby? Hier Hugh Pilaster. Was ist mit den Cordoba-Anleihen?«

»Wir bieten sie zum halben Nennwert an, finden aber keine Ab-
nehmer.«

Zum halben Preis, dachte Hugh. Die Bank ist pleite. Verzweiflung
ergriff ihn. »Wie tief werden sie insgesamt fallen?«

»Sie tendieren gegen Null, schätze ich. Wer zahlt schon mitten in
einem Bürgerkrieg Zinsen auf Regierungsanleihen?«

Null. Das Bankhaus Pilaster hatte soeben zweieinhalb Millionen
Pfund verloren. Es bestand nun keinerlei Hoffnung mehr auf eine
allmähliche Stabilisierung der Bilanzen. Hugh griff zum letzten
Strohhalm. »Angenommen, die Rebellion wird in den nächsten
Stunden niedergeschlagen – was dann?«

»Ich kann mir nicht vorstellen, daß selbst dann jemand die Anleihen kauft«, sagte Danby. »Die Investoren werden erst mal abwarten und sehen, wie die Dinge sich entwickeln. Im günstigsten Fall
wird es fünf bis sechs Wochen dauern, bis das Vertrauen wieder
einigermaßen hergestellt ist.«

»Ich verstehe.« Hugh wußte, daß Danby recht hatte. Der Börsenmakler bestätigte nur Hughs Ahnungen.

»Sagen Sie mal, Pilaster, Ihre Bank verkraftet das doch hoffentlich?« fragte Danby besorgt. »Sie müssen ja eine ganze Menge dieser Anleihen haben. Wie verlautete, haben Sie von den Santamaria-Hafenanleihen kaum welche verkauft ...«

Hugh zögerte. Lügen war ihm verhaßt, aber wenn er jetzt die Wahrheit sagte, versetzte er damit der Bank den Todesstoß. »Wir haben mehr Cordoba-Anleihen, als mir lieb ist, Danby. Aber wir verfügen auch über eine Menge anderer Aktiva.«

»Gut.«

»Ich muß wieder zu meinen Gästen.« Es war eine Ausrede, aber er wollte einen ruhigen und besonnenen Eindruck erwecken. »Wir haben hier ein Lunch mit dreihundert Gästen – meine Schwester hat heute vormittag geheiratet.«

»Ich hörte davon. Herzlichen Glückwunsch.«

»Auf Wiederhören.«

Ehe er sich mit einem neuen Gesprächspartner verbinden lassen konnte, meldete sich wieder Mulberry. »Mr. Cunliffe von der Colonial Bank ist hier, Sir«, sagte er, und Hugh merkte, daß Panik in seiner Stimme lag. »Er ersucht um Rückzahlung des Kredits.«

»Zum Teufel mit ihm!« entfuhr es Hugh. Die Colonial Bank hatte den Pilasters eine Million Pfund geliehen, um ihr über die Krise hinwegzuhelfen. Aber das Geld war auf Anforderung zurückzuzahlen. Cunliffe hatte die Nachrichten gehört und den plötzlichen Absturz der Cordoba-Anleihen beobachtet. Er wußte, daß das Bankhaus Pilaster in Schwierigkeiten war. Kein Wunder, daß er sein Geld zurückhaben wollte, bevor die Bank am Ende war.

Aber Cunliffe war nur der erste. Die nächsten würden rasch folgen. Morgen früh würde die Schlange der verzweifelten Sparer, die ihr Geld abheben wollten, bis auf die Straße reichen. Und er, Hugh, würde nicht imstande sein, es ihnen zu geben.

»Verfügen wir noch über eine Million Pfund, Mulberry?«

»Nein, Sir.«

Das Gewicht dieser beiden Worte senkte sich wie eine schwere Last auf Hughs Schultern. Er fühlte sich auf einmal alt. Das war das Ende, der Alptraum eines jeden Bankiers: Die Kunden kamen, um ihr Geld zu holen, und die Bank war außerstande, es ihnen zu geben.

»Sagen Sie Mr. Cunliffe, es sei Ihnen unmöglich, die Bevollmächtigung für die Unterzeichnung des Schecks zu bekommen, weil
alle Teilhaber auf der Hochzeit sind.«
»Sehr wohl, Mr. Hugh.«
»Und dann ...«
»Ja, Sir?«
Hugh zögerte. Obwohl er keine andere Wahl hatte, fiel es ihm
schwer, die furchtbaren Worte auszusprechen. Er schloß die Augen. Am besten bringe ich es schnell hinter mich, dachte er.
»Und dann, Mr. Mulberry, müssen Sie die Pforten der Bank
schließen.«
»Oh, Mr. Hugh ...«
»Es tut mir leid, Mulberry.«
Am anderen Ende der Leitung ertönte ein merkwürdiges Geräusch. Mulberry weinte.
Hugh hängte ein und starrte auf die Bücherregale. Plötzlich erschien ein anderes Bild vor seinem geistigen Auge: Er sah, wie
sich die großen schmiedeeisernen Tore vor der grandiosen Fassade
des Bankhauses Pilaster schlossen. Er sah, wie die Passanten stehenblieben und sich umdrehten. Die Menge wurde rasch größer.
Man zeigte mit den Fingern auf die geschlossenen Tore und diskutierte aufgeregt. Und schneller als eine Feuersbrunst in einem
Öllager verbreitete sich die Kunde in der ganzen Stadt: Die Pilasters sind pleite.
Das Bankhaus Pilaster war bankrott.
Hugh vergrub sein Gesicht in den Händen.

»Wir sind blank«, sagte Hugh, »blank bis auf den letzten Penny.
Und zwar jeder einzelne von uns, ohne Ausnahme.«
Sie begriffen es nicht sogleich; er erkannte es an ihren Mienen.
Man hatte sich im Salon des Hauses zusammengefunden, einem
von Nora dekorierten und entsprechend überladenen Raum; sie
hatte jedes Möbelstück mit geblümtem Stoff bespannen lassen
und alle freien Flächen mit Zierat und Nippes zugestellt. Hugh

hatte die Katze erst nach dem Ende der Feier aus dem Sack gelassen, als endlich auch der letzte Gast gegangen war, doch die Familienmitglieder trugen alle noch ihre Hochzeitsgarderobe. Augusta saß neben Edward; die beiden schauten ungläubig und verächtlich drein. Onkel Samuel saß neben Hugh, während die anderen Teilhaber – William, Major Hartshorn und Sir Harry – hinter einem Sofa Aufstellung genommen hatten, auf dem sich ihre Ehefrauen Beatrice, Madeleine und Clementine niedergelassen hatten. Nora saß mit vom guten Essen und vom Champagner geröteten Gesicht auf ihrem Stammplatz, einem großen Sessel vor dem Kamin. Braut und Bräutigam hielten Händchen und wirkten sehr verstört.

Die beiden Jungverheirateten taten Hugh besonders leid. »Dottys Mitgift ist perdu, Nick. Ich fürchte, all unsere Vereinbarungen und Pläne sind Makulatur.«

»Du bist Seniorpartner!« kreischte Tante Madeleine. »Also ist es deine Schuld!«

Der Ausfall war ebenso dumm wie boshaft. Obwohl Hugh mit hysterischen Reaktionen gerechnet hatte, fühlte er sich verletzt. Er hatte alles getan, um die Katastrophe abzuwenden – und nun dieser unfaire, an den Haaren herbeigezogene Vorwurf.

Doch William, ihr jüngerer Bruder, wies Tante Madeleine mit überraschender Schärfe in ihre Schranken: »Red keinen Quatsch, Madeleine! Edward hat uns alle hinters Licht geführt und die Bank mit Riesenmengen von Cordoba-Anleihen belastet, die heute nichts mehr wert sind.« Hugh war ihm dankbar für seine Aufrichtigkeit. Aber William war noch nicht fertig. »Die Schuld liegt bei jenen von uns, die Edward zum Seniorpartner gemacht haben.« Er sah Augusta an.

Nora war aufgeregt und bestürzt. »Es ist doch unmöglich, daß wir *keinen Penny* mehr haben!«

»Aber es stimmt«, antwortete Hugh geduldig. »Unser gesamtes Geld steckt in der Bank, und die Bank ist am Ende.« Die Begriffsstutzigkeit seiner Frau war bis zu einem gewissen Grade entschuldbar – Nora stammte schließlich nicht aus einer Bankiersfamilie.

Augusta erhob sich und ging zum Kamin. Ob sie versuchen wird, ihren Sohn reinzuwaschen? fragte sich Hugh. Aber so dumm war die Gräfinwitwe nicht. »Egal, wer an der Misere schuld ist«, sagte sie, »jetzt gilt es zu retten, was zu retten ist. Es müssen sich doch noch erhebliche Hartgeldreserven in der Bank befinden, dazu Gold und Banknoten. Bevor die Gläubiger anrücken, müssen wir alles herausholen und an einem sicheren Ort verstecken. Danach ...«

Hugh unterbrach sie. »Das kommt überhaupt nicht in Frage«, sagte er. »Das Geld gehört uns nicht.«

»Selbstverständlich gehört es uns!« schrie Augusta.

»Beruhige dich und nimm wieder Platz, Augusta, sonst lasse ich dich von einem Dienstmann an die Luft befördern.«

Die Drohung verblüffte sie so sehr, daß sie den Mund hielt. Platz nahm sie trotzdem nicht.

»Ja, es gibt noch Bargeld in der Bank, und da wir noch nicht offiziell für bankrott erklärt worden sind, steht es uns frei, den einen oder anderen Gläubiger unserer Wahl auszuzahlen. Ihr werdet alle euer gesamtes Hauspersonal entlassen müssen. Gebt den Leuten eine Bestätigung über die Summe, die ihr ihnen schuldet, und schickt sie zum Nebeneingang der Bank. Ich zahle sie dann aus. Alle Lieferanten und Handwerker, bei denen ihr offene Rechnungen habt, sollen euch ihre Forderungen schriftlich geben. Ich werde auch das erledigen – allerdings nur Rechnungen bis zum heutigen Datum einschließlich. Für *neue* Schulden komme ich nicht mehr auf.«

»Wer bist du eigentlich, daß du dich anmaßt, mir zu befehlen, daß ich mein Hauspersonal entlassen soll?« fragte Augusta empört.

Hugh war bereit, Verständnis für ihren Kummer zu zeigen, obwohl sie und ihr Sohn das Unheil ja heraufbeschworen hatten. Aber diese gezielte Uneinsichtigkeit war unerträglich. »Wenn du sie nicht entläßt, gehen sie von allein!« fuhr er sie an. »Du kannst sie nämlich nicht mehr bezahlen. Mach dir bitte ein für allemal klar, Tante Augusta, *daß du kein Geld mehr hast.*«

»Lächerlich«, murmelte sie.

»Ich kann unser Personal doch gar nicht entlassen«, bemerkte

Nora. »In einem Haus wie diesem kann man ohne Personal gar
nicht leben!«

»Diese Sorge kann ich dir nehmen«, sagte Hugh. »Du wirst nicht
länger in einem Haus wie diesem leben. Ich werde es verkaufen
müssen. Wir werden alle unsere Häuser, unsere Möbel, unsere
Kunstgegenstände, Weinvorräte und auch die Juwelen veräußern
müssen.«

»Das ist doch absurd!« schrie Augusta.

»Es ist Gesetz«, gab Hugh zurück. »Jeder Teilhaber ist für alle
Schulden des Geschäfts persönlich haftbar.«

»Ich bin aber kein Teilhaber.«

»Aber Edward ist einer. Er ist zwar als Seniorpartner zurückgetre-
ten, gilt aber nach dem Buchstaben des Gesetzes immer noch als
Teilhaber. Und er ist Eigentümer eures Hauses, weil Joseph es
ausdrücklich ihm vermacht hat.«

»Wir müssen doch irgendwo leben«, sagte Nora.

»Deshalb werden wir uns morgen früh zuallererst darum kümmern, kleine, billige Häuser zu finden, die wir mieten können.
Sucht euch etwas Bescheidenes, das macht bei den Gläubigern
einen guten Eindruck. Andernfalls werdet ihr bald erneut auf
Wohnungssuche gehen müssen.«

»Ich habe absolut nicht die Absicht umzuziehen«, verkündigte
Augusta. »Das ist mein letztes Wort, und ich gehe davon aus, die
anderen Mitglieder der Familie denken da genauso.« Sie sah ihre
Schwägerin an. »Madeleine?«

»Ganz meine Meinung, Augusta. George und ich bleiben, wo wir
sind. Das ist doch alles Unfug. Wir sind doch nicht plötzlich
mittellos. Das gibt es doch gar nicht.«

Hugh verachtete sie. Selbst jetzt, da ihre eigene Arroganz und
Dummheit sie ruiniert hatten, weigerten sie sich stur, den Geboten
der Vernunft zu folgen. Am Ende würde ihnen gar nichts anderes
übrigbleiben, als ihre Illusionen aufzugeben. Aber wenn sie sich
jetzt noch lange an einen Luxus klammerten, der ihnen nicht
mehr zukam, dann verspielten sie zusätzlich zum Vermögen der
Familie auch noch deren guten Ruf. Nur noch penible Aufrichtigkeit half jetzt weiter. Hugh war fest entschlossen, ihnen das einzu-

bleuen, obwohl ihm klar war, daß es alles andere als leicht sein würde.

Augusta wandte sich an ihre Tochter: »Clementine, ich bin sicher, daß ihr beide, du und Harry, mit Madeleine und George übereinstimmt.«

»Nein, Mutter«, erwiderte Clementine.

Augusta rang nach Luft. Auch Hugh war perplex. Es war höchst ungewöhnlich für seine Kusine, daß sie ihrer Mutter widersprach. Wenigstens ein Familienmitglied, das sich seinen gesunden Menschenverstand bewahrt hat, dachte er.

»Wir stecken in der Klemme, weil wir auf dich gehört haben, Mutter«, erklärte Clementine. »Hätten wir Hugh statt Edward zum Seniorpartner gewählt, wären wir alle nach wie vor reich wie Krösus.«

Hugh fühlte sich erleichtert. Ein paar Leute in dieser Familie schienen zu begreifen, was er vorhatte.

»Dein Verhalten war von Anfang an falsch und unredlich, Mutter«, fuhr Clementine fort, »und du hast uns damit in den Ruin getrieben. Ich werde nie wieder auf deinen Rat hören. Hugh hatte recht. Daher sollten wir ihm jetzt freie Hand geben, alles in seiner Macht Stehende zu tun, um uns aus diesem furchtbaren Fiasko hinauszuführen.«

»Richtig, Clementine«, pflichtete William ihr bei. »Wir sollten Hughs Empfehlungen unbedingt Folge leisten.«

Damit waren die Fronten geklärt. Auf Hughs Seite standen William, Samuel und Clementine, die ihrerseits darüber bestimmte, wo ihr Gatte, Sir Harry, stand. Sie würden versuchen, die Krise in Anstand und Würde hinter sich zu bringen. Die Gegenpartei, die sich aus Augusta, Edward und Madeleine zusammensetzte – wobei Madeleine auch für Major Hartshorn sprach –, verfocht eine andere Strategie: Man würde zusammenraffen, was sich noch zusammenraffen ließ, auch wenn der Ruf der Familie dabei vor die Hunde ging.

Da meldete sich Nora zu Wort: »Mich werdet ihr aus diesem Haus hinaustragen müssen«, sagte sie trotzig.

Hugh spürte einen bitteren Geschmack im Mund. Seine eigene

Ehefrau lief zum Feind über. »Du bist die einzige Person hier im Zimmer, die ihrem Ehepartner in den Rücken fällt«, sagte er traurig. »Schuldest du mir denn überhaupt keine Loyalität?« Sie warf den Kopf zurück. »Ich habe dich nicht geheiratet, weil ich in Sack und Asche leben will.«

»Sei's, wie es sei – du wirst dieses Haus auf jeden Fall verlassen«, sagte Hugh hart und wandte sich an die anderen Starrköpfe – an Augusta, Edward, Madeleine und Major Hartshorn. »Auch ihr werdet schließlich nachgeben müssen. Wenn nicht jetzt und in Würde, dann eben später in Schimpf und Schande, gezwungen von Gerichtsvollziehern und Polizisten und unter den Augen sensationslüsterner Zeitungsreporter. Die Journaille wird kein gutes Haar an euch lassen, und euer eigenes unbezahltes Hauspersonal wird verächtlich auf euch herabschauen.«

»Warten wir's ab«, erwiderte Augusta.

Die Familienmitglieder waren längst fort. Hugh saß im Sessel vor dem offenen Kamin, starrte in die Flammen und zermarterte sich das Gehirn nach einem Ausweg. Gab es nicht vielleicht doch eine Möglichkeit, die Gläubiger zu bezahlen?

Er war fest entschlossen, einen formalen Konkurs des Bankhauses Pilaster unter allen Umständen abzuwenden. Allein der Gedanke daran war schier unerträglich. Der väterliche Bankrott hatte sein ganzes Leben überschattet, und seine eigene berufliche Laufbahn war stets auch von dem Bemühen geprägt gewesen, vor aller Welt zu beweisen, daß ihm selbst dieser Makel nicht anhaftete. Im tiefsten Innern seines Herzens fürchtete er, er könne, sollte ihm dasselbe Schicksal wie seinem Vater widerfahren, ebenfalls zum Selbstmord getrieben werden.

Als Bankinstitut war das Bankhaus Pilaster am Ende. Es hatte seine Pforten geschlossen und seine Kunden ausgesperrt, und damit war alles vorbei, Schluß, aus ... Langfristig sollte es jedoch imstande sein, seinen Verbindlichkeiten nachzukommen, vorausgesetzt, die Teilhaber hielten sich peinlich genau an die Vereinbarung und verkauften alle ihre Wertsachen und Besitztümer.

Als der Nachmittag allmählich dem Zwielicht der Dämmerung

wich, zeichnete sich in seinem Kopf ein Plan ab, und mit ihm glomm ein erster schwacher Hoffnungsschimmer auf.

Gegen sechs Uhr abends machte er sich auf den Weg zu Ben Greenbourne.

Greenbourne war inzwischen siebzig Jahre alt, aber immer noch sehr rüstig, und die Bank stand nach wie vor unter seiner Leitung. Er hatte eine Tochter – Kate –, aber weil Solly sein einziger Sohn gewesen war, würde er bei seinem Rückzug aus dem Berufsleben die Geschicke der Bank in die Hände seiner Neffen legen müssen. Damit hatte es jedoch offenbar keine Eile.

Hugh suchte ihn in seinem Haus am Piccadilly auf. Die Villa erweckte nicht den Eindruck von gediegenem Wohlstand, sondern von geradezu unermeßlichem Reichtum. Jede Uhr war ein Schmuckstück, jedes noch so nebensächliche Möbelstück eine unbezahlbare Antiquität. Edles Schnitzwerk zierte die Paneele der Wandverkleidung, jeder Teppich war eine Spezialanfertigung. Hugh wurde in die Bibliothek geführt. Gaslampen leuchteten hell, und im Kamin prasselte ein Feuer. In diesem Raum hatte er erfahren, daß ein Junge namens Bertie Greenbourne sein eigener Sohn war.

Er fragte sich, ob die Bücher hier nur des äußeren Eindrucks wegen standen, und sah sich das eine oder andere näher an. Einige von ihnen mochten tatsächlich wegen ihrer schönen Einbände angeschafft worden sein, andere waren jedoch abgegriffen und zerlesen. Auch fremdsprachliche Literatur war vertreten. Greenbournes Bildung war echt.

Der alte Herr erschien nach einer Viertelstunde und entschuldigte sich, daß er Hugh hatte warten lassen. »Ein familiäres Problem hielt mich auf«, sagte er mit knapper preußischer Höflichkeit. Die Familie war nie preußisch gewesen, hatte jedoch die Umgangsformen der deutschen Oberschicht übernommen und bewahrt, obwohl sie mittlerweile schon seit hundert Jahren in England lebte. Ben Greenbourne hielt sich kerzengerade wie eh und je, sah aber nach Hughs Dafürhalten müde und besorgt aus. Um was für ein familiäres Problem es sich handelte, sagte Greenbourne nicht, und Hugh fragte ihn auch nicht danach.

»Sie wissen, daß die Cordoba-Anleihen heute nachmittag zusammengebrochen sind«, sagte Hugh.

»Ja.«

»Und wahrscheinlich haben Sie auch schon gehört, daß meine Bank infolgedessen ihre Pforten geschlossen hat.«

»Ja. Es tut mir sehr leid.«

»Es handelt sich um den ersten Zusammenbruch einer englischen Bank seit vierundzwanzig Jahren.«

»Das waren damals Overend & Gurney – ich kann mich noch gut daran erinnern.«

»Ich mich auch. Mein Vater machte Bankrott und erhängte sich in seinem Büro in der Leadenhall Street.«

Greenbourne reagierte betroffen. »Das tut mir außerordentlich leid, Pilaster«, sagte er. »Dieser furchtbare Tatbestand war mir völlig entfallen.«

»Es gab eine ganze Reihe von Firmen, die mit in den Abgrund gezogen wurden. Verglichen mit dem, was ab morgen vormittag auf uns zurollt, war das aber noch harmlos.«

Hugh lehnte sich vor und begann mit seinem großen Plädoyer. »In den vergangenen fünfundzwanzig Jahren haben sich die geschäftlichen Transaktionen in der Londoner City verzehnfacht. Und da das Bankgewerbe immer komplizierter und detaillierter wurde, sind wir mittlerweile stärker miteinander verflochten denn je. Einige von den Leuten, deren Geld wir verloren haben, werden ihre Schulden nicht mehr begleichen können und folglich ebenfalls Bankrott machen – und so weiter. Nächste Woche sind *Dutzende* von Banken am Ende, Hunderte von Firmen werden schließen müssen, und Tausende von Arbeitern und Angestellten werden mittellos auf der Straße stehen – es sei denn, wir unternehmen etwas dagegen.«

»Unternehmen?« fragte Greenbourne, nicht ohne Mißtrauen zu bekunden. »Was kann man dagegen schon unternehmen? Bezahlen Sie Ihre Schulden, dann ist alles in Ordnung. Tun Sie's nicht, sind Sie hilflos.«

»Allein ja, da haben Sie recht. Ich hoffe jedoch, daß die Bankwelt etwas unternimmt.«

»Wollen Sie damit sagen, daß andere Banken Ihre Schulden bezahlen sollen? Warum sollten sie?« Er war sichtlich gereizt.

»Sie stimmen doch sicher mit mir darin überein, daß es für uns
alle besser wäre, wenn die Gläubiger des Bankhauses Pilaster
ausgezahlt werden könnten?«

»Das liegt auf der Hand.«

»Angenommen, mehrere Banken schlössen sich zu einem Konsortium zusammen, das sowohl die Aktiva als auch die Passiva der
Pilasters übernimmt. Das Konsortium würde jeden Gläubiger, der
dies wünscht, auszahlen und gleichzeitig damit beginnen, die Aktiva der Pilasters in geordneter Form zu liquidieren.«

Unvermittelt zeigte Greenbourne Interesse, und seine Gereiztheit
schwand.

»Ich verstehe. Wenn die Mitglieder des Konsortiums entsprechend einflußreich und angesehen sind, könnte ihre Garantie die
Gläubiger beruhigen und sie dazu bewegen, ihre Einlagen nicht
sofort zurückzufordern. Im günstigsten Fall könnten die Auszahlungen an die Gläubiger durch die beim Verkauf der Aktiva eingehenden Gelder gedeckt werden.«

»Und eine furchtbare Krise wäre abgewendet.«

Greenbourne schüttelte den Kopf. »Aber im Endeffekt würden
die Mitglieder des Konsortiums Geld verlieren, da die Passiva
der Pilasters deren Aktiva bei weitem übersteigen.«

»Nicht unbedingt.«

»Wie das?«

»Wir besitzen Cordoba-Anleihen in Höhe von mehr als zwei Millionen Pfund, die heute allerdings nichts wert sind. Anders verhält
es sich mit unseren anderen Aktivposten. Viel hängt davon ab,
wieviel Geld die Teilhaber aus dem Verkauf ihrer Liegenschaften
erlösen und dergleichen mehr. Insgesamt, schätze ich, liegt der
Fehlbetrag heute noch bei höchstens einer Million Pfund.«

»Dann muß das Konsortium also mit dem Verlust von einer Million rechnen.«

»Vielleicht. Aber es kann durchaus sein, daß die Cordoba-Anleihen nicht für alle Zeiten wertlos bleiben. Die Putschisten könnten
eine Niederlage erleiden. Oder die neue Regierung könnte die

Zahlung der Zinsen übernehmen. Irgendwann wird dann auch
der Preis der Anleihen steigen.«

»Möglich.«

»Wenn er nur die Hälfte seiner ursprünglichen Höhe erreicht,
steht das Konsortium bereits ohne Verluste da. Steigt er weiter
an, springt sogar ein Profit heraus.«

Wieder schüttelte Greenbourne den Kopf. »Ich will nicht einmal
ausschließen, daß es klappen könnte. Aber nicht mit den Anleihen
für den Santamaria-Hafen. Miranda, diesen Botschafter, halte ich
für einen gewieften Betrüger. Nach allem, was man gegenwärtig
weiß, stehen die Putschisten unter dem Kommando seines Vaters.
Ich vermute, daß die zwei Millionen für den Ankauf von Waffen
und Munition verwendet wurden. In diesem Fall sehen die Gläubiger keinen Penny mehr von ihrem Geld.«

Der alte Knabe hat noch nichts von seinem Scharfsinn eingebüßt,
dachte Hugh, der Greenbournes Befürchtungen nachvollziehen
konnte. »Ich fürchte, Sie haben recht. Trotzdem gibt es da noch
eine Chance. Ganz abgesehen davon, daß Sie im Falle einer finanziellen Panik auch Geld verlieren werden, wenngleich auf andere
Weise.«

»Ihr Plan ist durchaus genial. Sie waren ja schon immer der
Gescheiteste Ihrer Familie, Pilaster.«

»Aber der Plan hängt von Ihnen ab.«

»Ach ja?«

»Wenn Sie sich bereit erklären, das Konsortium zu leiten, wird die
City Ihnen folgen. Ohne Ihre Beteiligung fehlt dem Konsortium
jenes Ansehen und Prestige, das zur Beruhigung der Gläubiger
unbedingt erforderlich ist.«

»Das sehe ich ein.« Falsche Bescheidenheit war Greenbourne
fremd.

»Werden Sie dabei sein?« Hugh hielt den Atem an.

Einige Sekunden lang schwieg der alte Herr und dachte nach.
Dann sagte er mit fester Stimme: »Nein.«

Hugh sank enttäuscht in seinen Stuhl zurück. Damit war sein
letztes Pulver verschossen. Er spürte, wie ihn große Erschöpfung
überkam und fühlte sich wie ein alter Mann, dessen Ende naht.

Greenbourne hob zu einer Erklärung an: »Mein Leben lang bin ich vorsichtig gewesen«, sagte er. »Wo andere Leute hohe Profite sehen, sehe ich hohe Risiken und widerstehe der Versuchung. Ihr Onkel Joseph war da anders. Er setzte auf Risiko – und sackte die Profite ein. Sein Sohn Edward war noch schlimmer. Über Sie möchte ich mich nicht äußern – Sie haben ja gerade erst übernommen. Aber ihr Pilasters müßt jetzt den Preis zahlen für die vielen profitreichen Jahre. Ich habe von diesen Profiten nichts gehabt – warum soll ich da jetzt für eure Schulden aufkommen? Gäbe ich Geld für eure Rettung aus, so hieße dies, den törichten Investor zu belohnen und den vorsichtigen zu bestrafen. Wäre das Bankwesen auf diese Art und Weise organisiert – für wen würde sich vorsichtiges Handeln dann überhaupt noch lohnen? Wenn jede gescheiterte Bank gerettet wird, können wir alle aufs Risiko setzen – denn das eigentliche Risiko ist damit abgeschafft. Aber das geht nicht. So funktioniert das Bankgeschäft nicht. Es wird immer wieder mal Konkurse geben. Sie sind einfach notwendig, um guten und schlechten Investoren vor Augen zu führen, daß das Risiko durchaus reale Gefahren birgt.«

Hugh hatte auf dem Herweg erwogen, dem alten Herrn zu erzählen, daß Micky Miranda Solly ermordet hatte. Er mußte jetzt wieder daran denken und kam zum gleichen Schluß wie zuvor: Es würde den alten Mann schockieren und zutiefst betrüben. Ihn dazu bewegen, das Bankhaus Pilaster zu retten, würde es nicht.

Er suchte nach Argumenten und Worten für einen letzten Versuch, Greenbourne vielleicht doch noch umzustimmen, als der Butler eintrat und sagte: »Entschuldigen Sie, Mr. Greenbourne, aber Sie baten mich, Ihnen Bescheid zu geben, sobald der Detektiv eingetroffen sei.«

Greenbourne stand sofort auf. Er schien sehr erregt zu sein, aber seine Höflichkeit gestattete es ihm nicht, ohne Erklärung davonzulaufen. »Es tut mir leid, Pilaster, aber ich muß Sie jetzt verlassen. Meine Enkelin Rebecca ist ... Sie ist verschwunden ... Wir sind alle in großer Sorge.«

»Oh, das tut mir leid, Mr. Greenbourne«, sagte Hugh. Er kannte Sollys Schwester Kate und hatte eine vage Erinnerung an deren

Tochter, ein hübsches dunkelhaariges Mädchen. »Ich hoffe, Sie finden sie wohlbehalten wieder.«

»Wir glauben nicht, daß sie Opfer einer Gewalttat wurde. Um ehrlich zu sein, wir sind uns ziemlich sicher, daß sie mit einem jungen Mann durchgebrannt ist. Aber das ist schlimm genug. Bitte entschuldigen Sie mich.«

»Keine Ursache.«

Der alte Herr entfernte sich und ließ Hugh inmitten der Trümmer seiner zerstörten Hoffnungen allein.

Manchmal fragte sich Maisie, ob Wehen ansteckend wären. Oft genug kam es vor, daß sie lauter Frauen im neunten Monat auf der Gebärstation liegen hatten, und tagelang geschah gar nichts. Doch setzten dann bei einer die Wehen ein, so ging es innerhalb von Stunden auch bei den anderen los.

Heute war ein solcher Tag. Um vier Uhr morgens hatte es angefangen, und seither hatten sie nichts anderes getan, als Babys ans Licht der Welt befördert. Die Hauptarbeit wurde zwar von den Hebammen und Krankenschwestern geleistet, doch wenn Not an der Frau war, mußten auch Maisie und Rachel Schreibzeug und Bücher aus der Hand legen und mit Handtüchern, Decken und Bettüchern von einem Zimmer ins andere laufen.

Gegen sieben Uhr abends war schließlich alles vorbei. Sie saßen mit Dan Robinson, Maisies Bruder und Rachels Freund, bei einer Tasse Tee in Maisies Büro, als plötzlich Hugh Pilaster eintrat.

»Ich habe sehr schlechte Nachrichten für euch, fürchte ich«, sagte er ohne Vorrede.

Maisie schenkte gerade Tee nach. Der Ton seiner Stimme ließ sie so erschrecken, daß sie mitten in der Bewegung innehielt. Ein Blick in sein Gesicht zeigte ihr, daß er der Verzweiflung nahe war. Es muß jemand gestorben sein, dachte sie.

»Hugh, was ist passiert?«

»Ihr habt doch das ganze Geld des Krankenhauses auf einem Konto bei meiner Bank liegen, oder?«

Wenn's nur ums Geld geht, kann's ja gar so schlimm nicht sein, dachte Maisie.

Rachel beantwortete Hughs Frage. »Ja. Mein Vater kümmert sich um die Geldangelegenheiten. Seit er für die Bank als Anwalt tätig ist, hat er auch sein Privatkonto bei euch. Ich nehme an, es war für ihn das einfachste, auch die Klinikgelder dort anzulegen.«

»Und er hat euer Geld in Cordoba-Anleihen investiert.«

»Ach ja?«

»Was ist denn los, Hugh?« fragte Maisie. »So sag es uns doch, um Himmels willen!«

»Die Bank ist pleite.«

Maisies Augen füllten sich mit Tränen, doch sie weinte nicht um sich, sondern um seinetwillen. »O Hugh!« schluchzte sie. Sie wußte, wie furchtbar es für ihn war. Er hatte all seine Hoffnungen und Träume auf die Bank gesetzt. Ach, könnte ich doch einen Teil seines Kummers auf mich nehmen und ihm sein Leid ein wenig erleichtern, dachte sie.

»O Gott, das gibt eine Panik!« stöhnte Dan.

»Euer gesamtes Geld ist verloren«, sagte Hugh. »Wahrscheinlich werdet ihr die Klinik schließen müssen. Ich kann euch gar nicht sagen, wie entsetzlich leid es mir tut ...«

Rachel war vor Schreck leichenblaß im Gesicht. »Das ist unmöglich!« rief sie. »Wie kann unser Geld so einfach ... futsch sein?«

»Die Bank kann ihre Schulden nicht bezahlen«, antwortete Dan bitter. »Genau das versteht man unter Bankrott: Du schuldest den Leuten Geld und kannst sie nicht bezahlen.«

Maisie sah plötzlich das Bild ihres Vaters vor fünfundzwanzig Jahren vor sich: Er hatte fast genauso ausgesehen wie Dan heute, und er hatte genau das gleiche über den Bankrott gesagt. Einen Großteil seines Lebens hatte Dan damit verbracht, Mittel und Wege zu suchen, um einfache Menschen vor den Folgen solcher Finanzkrisen zu bewahren. »Vielleicht verabschieden sie jetzt endlich dein Bankgesetz«, sagte sie zu ihm.

»Aber was habt ihr denn mit unserem Geld *getan*?« fragte Rachel Hugh.

Hugh seufzte. »Der Hauptgrund für die Katastrophe liegt in einer

Entscheidung, die Edward als Seniorpartner getroffen hat. Es war ein Fehler, ein furchtbarer Fehler, bei dem er über eine Million Pfund verlor. Ich habe mich seither bemüht, den Schaden in Grenzen zu halten, aber heute hat mich das Glück endgültig verlassen.«

»Es ist für mich völlig unvorstellbar, wie so etwas geschehen konnte«, sagte Rachel.

»Einen Teil des Geldes werdet ihr vermutlich zurückbekommen, aber das wird mindestens ein Jahr dauern.«

Dan legte den Arm um Rachel, aber sie ließ sich nicht trösten. »Und was geschieht mit all diesen armen Frauen, die bei uns Hilfe suchen?«

Hughs Betroffenheit machte Maisie angst. Am liebsten hätte sie Rachel den Mund verboten. »Ich hätte euch gern aus meiner eigenen Tasche bezahlt«, sagte Hugh, »aber auch ich habe alles verloren.«

»Aber es muß doch noch irgendeinen Ausweg geben«, insistierte Rachel.

»Ich habe alles versucht. Ich war gerade bei Ben Greenbourne. Ich bat ihn, die Gläubiger zu bezahlen und die Bank zu retten, aber er hat das abgelehnt. Der arme Kerl hat eigene Sorgen – seine Enkelin Rebecca ist anscheinend mit ihrem Freund durchgebrannt. Aber, wie dem auch sei – ohne seine Unterstützung ist überhaupt nichts zu machen.«

Rachel erhob sich. »Ich geh' jetzt am besten und rede mit meinem Vater.«

»Und ich muß ins Unterhaus«, ergänzte Dan.

Die beiden gingen.

Maisies Herz drohte zu zerspringen. Sie war erschüttert und entsetzt über die zu erwartende Schließung der Klinik und die Zerstörung ihres Lebenswerks. Doch nichts traf sie so sehr wie Hughs Schmerz. Sie dachte an die gemeinsame Nacht vor siebzehn Jahren nach den Rennen in Goodwood, und es kam ihr vor, als wäre es erst gestern gewesen. Damals hatte Hugh ihr seine Lebensgeschichte erzählt, und sie hörte wieder, wie er mit tieftrauriger Stimme vom Bankrott und Selbstmord seines Vaters berichtete.

Und als ob er glaubte, den Schmerz des Verlusts dadurch leichter ertragen zu können, hatte er zu ihr gesagt, er werde eines Tages der klügste, raffinierteste, umsichtigste und reichste Bankier der Welt sein ... Und vielleicht hatte er damit gar nicht so unrecht gehabt. Doch nun hatte ihn das gleiche Schicksal getroffen wie seinen Vater.

Sie sahen sich an, und Maisie erkannte in seinen Augen einen stummen Hilferuf. Langsam stand sie auf und ging zu ihm. Neben seinem Sessel blieb sie stehen, nahm seinen Kopf in die Hände und barg ihn an ihrem Busen. Zögernd legte er ihr den Arm um die Taille, berührte sie erst nur behutsam, dann zog er sie fest an sich. Und jetzt, endlich, konnte er weinen.

Nachdem Hugh gegangen war, begab Maisie sich auf einen Rundgang durch die Klinik. Auf einmal sah sie alles mit neuen Augen: die Wände, die sie eigenhändig gestrichen, die Betten, die sie in Trödelläden gekauft hatten; die hübschen, von Rachels Mutter genähten Vorhänge. Sie erinnerte sich der übermenschlichen Anstrengungen, die die Gründung der Klinik sie und Rachel gekostet hatte – die Kämpfe mit den alteingesessenen Ärzten, den Gesundheitsbehörden, dem Rat des Stadtbezirks. Sie dachte daran, wie sie mit unermüdlichem Charme bei biederen Haushaltsvorständen und mäkelnden Pfarrern in der Umgebung antichambriert hatten. Daß sie es geschafft hatte, verdankte sie letztlich nur ihrer unbeirrbaren Hartnäckigkeit. Sie tröstete sich damit, daß es ihnen immerhin zwölf Jahre lang gelungen war, den Betrieb aufrechtzuerhalten. Hunderten von Frauen hatten sie in dieser Zeit helfen können. Die ursprüngliche Idee jedoch, daß ihr Krankenhaus erst der Anfang sein sollte, die erste einer Vielzahl ähnlicher Geburtskliniken im ganzen Land, hatte sich nicht realisieren lassen. In diesem Punkt habe ich versagt, dachte sie.

Sie unterhielt sich mit allen Frauen, die an diesem Tag geboren hatten. Die einzige, um die sie sich ein wenig Sorgen machte, war Miss Nobody. Sie war schmal und zierlich, und das Baby war sehr klein. Wahrscheinlich hat sie gehungert, um ihre Schwangerschaft vor der Familie zu verbergen, ging es Maisie durch den Kopf. Aus

Erfahrung wußte sie, daß dies ziemlich häufig vorkam, und es
verblüffte sie immer wieder, wie die Mädchen das durchhielten.
Sie selbst war während der Schwangerschaft kugelrund geworden
und hätte sie schon im fünften Monat nicht mehr verheimlichen
können.

Sie setzte sich auf die Bettkante der Unbekannten. Die junge Mutter stillte ihr Kind, ein kleines Mädchen. »Ist sie nicht wunder-
hübsch?« fragte sie.

Maisie nickte. »Sie hat schwarze Haare – genau wie Sie.«

»Meine Mutter hat die gleichen Haare.«

Maisie streichelte das winzige Köpfchen. Wie alle Babys ähnelte
das kleine Wesen Solly ... Ja, wirklich ...

Plötzlich fiel es ihr wie Schuppen von den Augen.

»O mein Gott!« rief sie. »Ich weiß, wer du bist!«

Die junge Frau starrte sie an.

»Du bist Ben Greenbournes Enkelin Rebecca, nicht wahr? Du
hast die Schwangerschaft so lange, wie's ging, verheimlicht und
bist vor der Niederkunft fortgelaufen.«

»Wie hast du das herausgefunden? Du hast mich doch seit meinem
zweiten Lebensjahr nicht mehr gesehen?«

»Aber ich kenne deine Mutter sehr gut! Schließlich war ich mit
ihrem Bruder verheiratet.« Kate war ihr gegenüber nie so arrogant gewesen wie der Rest der Familie Greenbourne. Waren die
anderen nicht in der Nähe, verhielt sie sich sogar ausgesprochen
freundlich. »Ich kann mich auch noch an deine Geburt erinnern.
Du hattest ganz schwarze Haare – wie dein Töchterchen.«

»Versprichst du mir, daß du mich nicht verraten wirst?« bat Rebecca ängstlich.

»Ich verspreche dir, daß ich nichts ohne deine Zustimmung tun
werde. Allerdings bin ich der Meinung, daß du deine Familie
informieren solltest. Dein Großvater ist außer sich vor Sorge.«

»Vor dem hab' ich am meisten Angst.«

Maisie nickte. »Das kann ich gut verstehen. Ich weiß aus eigener
Erfahrung, daß er ein hartherziger alter Griesgram ist. Aber wenn
du mir gestattest, mit ihm zu reden, kann ich ihn vielleicht zur
Räson bringen.«

»Würdest du das wirklich tun?« fragte Rebecca mit jugendlichem Optimismus in der Stimme.

»Selbstverständlich«, erwiderte Maisie. »Aber ich verrate ihm nicht, wo du bist – es sei denn, er verspricht, sich anständig zu benehmen.«

Die junge Mutter schlug die Augen nieder. Dem Baby waren die Augen zugefallen, und es hatte aufgehört zu saugen. »Sie schläft«, sagte Rebecca.

Maisie lächelte. »Weißt du denn schon, wie sie heißen soll?« fragte sie.

»O ja, natürlich«, sagte Rebecca. »Sie heißt Maisie.«

Ben Greenbournes Gesicht war tränennaß, als er aus dem Zimmer der Wöchnerin kam. »Ich lasse sie ein Weilchen mit Kate allein«, sagte er mit erstickter Stimme, zog ein Taschentuch hervor und tupfte sich ohne großen Erfolg die Wangen ab. Zum erstenmal erlebte Maisie, wie ihr Schwiegervater die Selbstbeherrschung verlor. Er bot einen ziemlich kläglichen Anblick, doch Maisie hatte den Eindruck, es tue ihm sehr gut.

»Komm mit in mein Büro«, sagte sie. »Ich mache dir eine Tasse Tee.

Sie zeigte ihm den Weg und bat ihn, Platz zu nehmen. Schon der zweite Mann, der heute in diesem Sessel sitzt und weint, dachte sie.

»Sind all diese jungen Frauen hier in der gleichen Situation wie Rebecca?« fragte der alte Herr.

»Nicht alle«, antwortete Maisie. »Einige sind Witwen, andere wurden von ihren Ehemännern verlassen. Ziemlich viele sind ihren Männern davongelaufen, weil sie von ihnen geprügelt wurden. Frauen ertragen eine ganze Menge Schmerzen, und viele bleiben sogar bei ihrem Mann, wenn er sie verletzt hat. Doch wenn sie schwanger sind, fürchten sie, die Schläge könnten dem Kind schaden. Und dann verlassen sie den Mann. Aber den meisten unserer Patientinnen ist es ergangen wie Rebecca: Es sind junge Mädchen, die einfach einen dummen Fehler gemacht haben.«

»Ich hätte nie geglaubt, daß das Leben mir noch soviel beibringen

kann«, sagte Greenbourne. »Doch jetzt wird mir klar, wie dumm
und unwissend ich gewesen bin.«

Maisie reichte ihm eine Tasse Tee.

»Danke«, sagte er. »Das ist sehr nett von dir. Ich war niemals nett
zu dir.«

»Wir alle machen Fehler«, sagte sie knapp.

»Du tust viel Gutes hier. Wohin würden diese armen Mädchen
denn sonst gehen?«

»Sie würden ihre Kinder in Straßengräben und dunklen Gassen
auf die Welt bringen.«

»Allein die Vorstellung, Rebecca hätte es so ergehen können …«

»Bedauerlicherweise muß die Klinik in Kürze schließen«, sagte
Maisie.

»Wieso denn das?«

Sie sah ihm in die Augen. »Unser gesamtes Geld lag beim Bankhaus Pilaster. Wir haben keinen Penny mehr.«

»Tatsächlich?« erwiderte Ben Greenbourne. Er sah sehr nachdenklich aus.

Hugh entkleidete sich und wollte ins Bett gehen, aber an Schlaf
war nicht zu denken. Er streifte sich seinen Morgenmantel über,
starrte ins Feuer und geriet ins Grübeln. Gab es denn wirklich
keine Rettung mehr? Er überlegte hin und her, fand aber keinen
Ausweg. Seine Gedanken ließen ihm keine Ruhe.

Gegen Mitternacht hörte er ein lautes, entschlossenes Klopfen am
Haupteingang des Hauses. Im Schlafgewand ging er die Treppe
hinunter, um zu öffnen. Am Bordstein hielt eine Kutsche, und vor
der Tür stand ein livrierter Bote.

Als Hugh die Tür wieder schloß, kam sein Butler die Treppe herunter. »Alles in Ordnung, Sir?« fragte er beunruhigt.

»Nur ein Brief«, sagte Hugh. »Sie können sich wieder hin-
legen.«

Er öffnete den Umschlag und erkannte die saubere, altmodische
Handschrift eines pedantischen alten Mannes. Als er die Worte
las, schlug sein Herz höher vor Freude.

12, Piccadilly
London, S.W.,
den 23. November 1890

Lieber Pilaster,

nach reiflicher Überlegung habe ich mich entschlossen,
Ihrem Vorschlag zuzustimmen.
Hochachtungsvoll

B. Greenbourne

Hugh sah auf und blickte strahlend in den menschenleeren Hausflur. »Mich haut's vom Sockel!« sagte er überglücklich. »Ich wüßte nur allzu gerne, was den alten Herrn dazu bewogen hat, seine Meinung zu ändern.«

Augusta saß im Hinterzimmer des besten Juweliers in der Bond Street. Das flackernde helle Licht der Gaslampen ließ die Juwelen in den Vitrinen funkeln. Der Raum war voller Spiegel. Ein serviler Verkäufer tappte durchs Zimmer und präsentierte ihr auf einem schwarzen Samttuch ein Diamanthalsband.
Neben ihr stand der Geschäftsführer. »Und der Preis?« fragte sie.
»Neuntausend Pfund, Lady Whitehaven.« Er hauchte den Preis hin wie ein Gebet.
Das Halsband war schlicht und streng. Es bestand aus einer einzigen Reihe großer, quadratisch geschliffener Diamanten in Goldfassungen. Würde ausgezeichnet zu meinen schwarzen Witwenkleidern passen, dachte Augusta. Aber sie hatte gar nicht vor, es zu tragen.
»Ein edles Stück, Gnädigste, zweifellos das beste, das wir gegenwärtig anbieten können.«
»Drängen Sie mich nicht! Ich denke nach.«

Dies war ihr letzter verzweifelter Versuch, Geld aufzutreiben. Sie war offen und ungeniert in die Bank marschiert und hatte hundert Pfund in Goldsovereigns verlangt – doch der Angestellte, der sie bediente, ein unverschämter Kerl namens Mulberry, hatte die Auszahlung verweigert. Sie hatte versucht, das Haus von Edward auf sich überschreiben zu lassen, aber auch das war schiefgegangen. Die Besitzurkunde lag beim Anwalt der Bank im Safe, und Hugh hatte den alten Bodwin vorgewarnt. Jetzt wollte sie Diamanten auf Kredit kaufen und gegen Bargeld versetzen.

Anfangs war Edward noch ihr Komplize gewesen, doch inzwischen stand selbst er nicht mehr auf ihrer Seite. »Was Hugh vorhat, ist für uns alle das beste«, hatte der dumme Bengel zu ihr gesagt. »Wenn bekannt wird, daß einzelne Familienmitglieder versuchen, ihre Schäfchen ins Trockene zu bringen, kann das Konsortium auseinanderbrechen. Die Leute haben das Geld zur Verfügung gestellt, weil sie eine Finanzkrise verhindern wollen, und nicht, damit die Familie Pilaster weiterhin in Saus und Braus leben kann.« Das war eine ungewöhnlich lange Rede für Edward. Noch vor einem Jahr hätte der Ungehorsam ihres Sohnes Augusta bis ins Mark erschüttert, doch seit seinem Aufbegehren wegen der Annullierung der Ehe war er nicht mehr ihr süßer, braver, heißgeliebter Junge. Auch Clementine hatte sich gegen sie gestellt und unterstützte nun Hughs Pläne, nach denen sie alle in Sack und Asche gehen sollten. Augusta zitterte vor Wut, wenn sie nur daran dachte. Das werdet ihr mir alle noch büßen, dachte sie.

Sie blickte auf, sah dem Geschäftsführer in die Augen und sagte mit entschlossener Stimme: »Ich nehme es.«

»Eine kluge Wahl, Lady Whitehaven, da bin ich ganz sicher«, erwiderte der Mann.

»Schicken Sie die Rechnung an die Bank.«

»Sehr wohl, Gnädigste. Wir senden Ihnen das Halsband zu.«

»Ich nehme es gleich mit«, sagte Augusta. »Ich möchte es heute abend anlegen.«

Der Geschäftsführer verzog das Gesicht, als litte er große Schmerzen. »Sie versetzen mich in eine äußerst peinliche Lage, Lady Whitehaven.«

»Was reden Sie da für dummes Zeug? Los, packen Sie das Halsband ein!«

»Ich fürchte, ich kann Ihnen den Schmuck erst aushändigen, wenn er bezahlt ist.«

»Das ist doch lächerlich! Wissen Sie eigentlich, wen Sie vor sich haben?«

»... in den Zeitungen steht, daß die Bank ihre Pforten geschlossen hat.«

»Welch eine Unverschämtheit!«

»Es tut mir sehr, sehr leid.«

Augusta erhob sich und nahm das Halsband an sich. »Ich bin nicht bereit, mir diesen Unsinn länger anzuhören. Ich nehme es jetzt mit und empfehle mich.«

Der Geschäftsführer versperrte ihr den Weg zur Tür. Schweißtropfen standen auf seiner Stirn. »Ich *bitte* Sie ...«

Sie ging auf ihn zu, aber er wich nicht von der Stelle. »Aus dem Weg!« brüllte sie ihn an.

»Sie zwingen mich, die Ladentür verschließen zu lassen und die Polizei zu holen«, sagte er.

Langsam dämmerte Augusta, daß der Mann zwar vor Angst kaum noch richtig sprechen konnte, in der Sache aber keinen Deut nachgegeben hatte. Er fürchtete sich vor ihr, doch die Furcht vor dem Verlust von Diamanten im Wert von neuntausend Pfund war noch größer.

Augusta sah ein, daß sie verloren hatte. Wutentbrannt schmetterte sie das Halsband auf den Boden. Der Geschäftsführer, längst nicht mehr auf Haltung bedacht, hob es rasch auf. Augusta öffnete selbst die Tür, stolzierte hoch erhobenen Hauptes durch den Laden und trat auf die Straße, wo bereits ihre Kutsche wartete.

Trotz ihrer stolzen Pose fühlte sie sich zutiefst gedemütigt. Hatte sie dieser Mann doch praktisch des Diebstahls bezichtigt! Was anderes hattest du ja auch nicht vor, sagte eine leise Stimme in ihrem Hinterkopf, die sie jedoch sogleich empört zum Schweigen brachte. Bitterböse fuhr sie nach Hause.

Als sie die Villa betrat, wollte Hastead sie sprechen, doch ihr fehlte die Geduld für häuslichen Kleinkram. Sie gebot ihm Schweigen und befahl: »Bringen Sie mir ein Glas heiße Milch!« Sie hatte Magenschmerzen.

In ihrem Zimmer setzte sie sich an ihren Schminktisch und öffnete die Schmuckschatulle. Der Inhalt war bescheiden; mehr als ein paar hundert Pfund würde sie dafür nicht bekommen. Sie zog die unterste Schublade heraus, entnahm ihr ein zusammengefaltetes Seidentuch und wickelte den schlangenförmigen Goldring aus, den Strang ihr einst geschenkt hatte. Sie steckte ihn nach alter Gewohnheit an ihren Ringfinger und fuhr sich mit dem juwelengeschmückten Schlangenkopf über die Lippen. Wie anders wäre mein Leben verlaufen, wenn ich Strang hätte heiraten dürfen, dachte sie.

Ihr war zum Heulen zumute.

Plötzlich vernahm sie fremde Stimmen vor der Tür zu ihrem Schlafzimmer. Ein Mann ... zwei Männer vielleicht ... und eine Frau. Es klang nicht nach Hausangestellten – ganz abgesehen davon, daß die Domestiken nicht die Verwegenheit besitzen würden, auf dem Flur vor ihrem Zimmer laute Privatgespräche zu führen. Sie erhob sich und sah nach.

Die Tür zum Zimmer ihres verstorbenen Mannes stand offen, und von dort kamen die Stimmen. Augusta erblickte einen jungen Mann, der aussah wie ein Vertreter oder Büroangestellter, sowie ein älteres gutgekleidetes Ehepaar ihres eigenen Standes. Alle drei Personen waren ihr völlig unbekannt. »Wer sind Sie, in Gottes Namen?« fragte sie.

»Stoddart«, sagte der junge Mann mit übertriebener Höflichkeit. »Stoddart vom Immobilienbüro, gnädige Frau. Mr. und Mrs. de Graaf sind sehr interessiert am Kauf Ihres schönen Hauses ...«

»Hinaus!« schrie Augusta.

»Wir haben den Auftrag erhalten, das Haus zu verkaufen!« erwiderte der junge Mann, wobei seine Stimme vor Velegenheit piepsig wurde.

»Verschwinden Sie, auf der Stelle! Mein Haus steht nicht zum Verkauf!«

»Aber der Auftrag kam doch von ...«

Mr. de Graaf berührte Stoddarts Arm und brachte ihn zum Schweigen.

»Es handelt sich offenbar um ein peinliches Mißverständnis, Mr. Stoddart«, sagte er nachsichtig und wandte sich dann an seine Frau: »Wollen wir gehen, meine Liebe?« Mit stiller Würde, die Augustas Zorn nur noch steigerte, entfernten sich die beiden. Stoddart stolperte hinterdrein und stammelte Entschuldigungen in alle Richtungen.

Der Schuldige war Hugh, das bedurfte keiner weiteren Nachforschungen. Das Haus war in das Eigentum jenes Konsortiums übergegangen, dem die Bank ihre Rettung verdankte, und es lag in der Natur der Dinge, daß die neuen Eigner es verkaufen wollten. Augusta war von Hugh zum Auszug aufgefordert worden, hatte sich aber geweigert. Im Gegenzug fing er jetzt an, potentielle Käufer ohne Rücksicht auf Augusta zur Besichtigung ins Haus zu schicken.

Sie setzte sich in Josephs Sessel. Ihr Butler brachte ihr die gewünschte heiße Milch. »Solche Leute werden Sie in Zukunft nicht mehr hereinlassen, Hastead. Das Haus steht nicht zum Verkauf.«

»Sehr wohl, gnädige Frau.« Er stellte das Getränk vor sie hin und blieb unschlüssig stehen.

»Gibt's sonst noch etwas?« fragte Augusta.

»M'lady, der Schlachter war heute persönlich hier – wegen seiner Rechnung.«

»Sagen Sie ihm, er wird bezahlt, sobald Lady Whitehaven dazu geneigt ist. Es geht nicht nach seinem Willen.«

»Sehr wohl, gnädige Frau. Im übrigen haben sich die beiden Dienstmänner heute empfohlen.«

»Sie meinen, sie haben ihre Kündigung ausgesprochen?«

»Nein, sie sind einfach fortgegangen.«

»Lumpenpack.«

»M'lady, der Rest des Personals läßt fragen, wann es mit seinem Lohn rechnen kann.«

»Sonst noch etwas?«

Hastead war ungewöhnlich erregt.

»Aber was soll ich den Leuten denn sagen?«

»Sagen Sie ihnen, daß ich Ihre Frage nicht beantwortet habe.«

»Sehr wohl.« Nach kurzem Zögern setzte er hinzu: »Ich bitte gehorsamst, Mitteilung machen zu dürfen, daß auch ich zum Wochenende meinen Dienst quittiere.«

»Warum?«

»Alle Pilasters haben ihr Personal entlassen. Mr. Hugh hat uns gesagt, daß wir bis zum vergangenen Freitag bezahlt werden, nicht länger – ganz gleich, wie lange wir im Dienst bleiben.«

»Aus meinen Augen, Sie Verräter!«

»Sehr wohl, gnädige Frau.«

Ich bin heilfroh, wenn ich den Kerl nur noch von hinten sehe, redete Augusta sich ein. Die Ratten verlassen das sinkende Schiff. Ich weine keinem von ihnen eine Träne nach …

In kleinen Schlucken trank sie ihre Milch, aber die Magenschmerzen ließen sich nicht vertreiben.

Sie sah sich im Zimmer um. Joseph hatte ihr keine einzige Renovierung gestattet, weshalb es nach wie vor im ursprünglichen Stil von 1873 gehalten war, mit Ledertapeten und schweren Brokatvorhängen sowie Josephs Sammlung juwelenbesetzter Schnupftabaksdosen in einem lackierten Vitrinenschrank. Der Raum erschien ihr ebenso tot wie sein ehemaliger Bewohner. Lebte er noch, wäre das alles nicht passiert, dachte sie und wurde unvermittelt von einer Vision heimgesucht: Da stand Joseph am Erkerfenster, eine seiner Lieblingsdosen in der Hand. Er drehte und wendete sie hin und her, um das Licht auf den wertvollen Steinen spielen zu lassen. Sie spürte ein ungewohntes ersticktendes Gefühl im Hals und schüttelte den Kopf, um das Trugbild zu verscheuchen.

Bald würde Mr. de Graaf oder seinesgleichen in dieses Zimmer einziehen. Es konnte kein Zweifel daran bestehen, daß er die Tapeten und die Vorhänge herunterreißen und den Raum gründlich renovieren würde, wahrscheinlich im zur Zeit sehr beliebten Kunstgewerbe-Stil mit Eichenholzvertäfelung und harten rustikalen Stühlen.

Sie mußte das Haus räumen, daran führte kein Weg mehr vorbei.

Obwohl sie nach außen hin die Unbeugsame spielte, hatte Augusta sich insgeheim längst ins Unvermeidliche gefügt. Allerdings war sie nicht bereit, wie Madeleine und Clementine in einen überfüllten Neubau in St. John's Wood oder Clapham zu ziehen. Der Gedanke, in London bleiben und miterleben zu müssen, wie sich Leute, auf die sie bislang herabgesehen hatte, an ihren eingeschränkten Verhältnissen weideten, war ihr unerträglich.

Sie würde außer Landes gehen.

Das genaue Ziel ihrer Reise kannte sie noch nicht. Calais war billig, lag aber nicht weit genug von London entfernt. Paris war elegant, doch fühlte sie sich zu alt für den gesellschaftlichen Neubeginn in einer fremden Stadt. Sie hatte von einem Ort namens Nizza an der französischen Mittelmeerküste gehört, wo große Häuser samt Domestiken für einen Spottpreis zu haben waren und eine ruhige Ausländerkolonie bestand, darunter zahlreiche Menschen ihrer Altersgruppe, denen die Seeluft und die milden Winter zusagten.

Aber von guter Luft allein konnte sie nicht leben. Sie brauchte Geld für die Miete und die Löhne des Personals. Und obwohl sie zu einem frugalen Leben bereit war, konnte sie ohne Kutsche nicht auskommen. Sie hatte nur noch sehr wenig Bargeld, nicht mehr als fünfzig Pfund – daher auch jener verzweifelte Versuch, Diamanten zu kaufen. Neuntausend Pfund waren auch nicht die Welt, aber sie mochten für ein paar Jahre ausreichen.

Daß sie Hughs Pläne durchkreuzte, war ihr klar. Edward hatte recht: Der gute Wille des Konsortiums war davon abhängig, ob es die Familie mit der Rückzahlung ihrer Schulden ernst meinte. Ein Familienmitglied, das aus der Reihe tanzte und sich mit einem Koffer voller Juwelen nach Europa absetzte, war durchaus imstande, der fragilen Koalition den Rest zu geben. Für Augusta gewann der Fluchtgedanke dadurch noch an Attraktivität: Nur allzu gerne hätte sie diesem selbstgerechten Hugh noch ein Bein gestellt.

Sie brauchte das nötige Grundkapital, alles andere war ein Kinderspiel: Sie würde ihren Koffer packen – ein einziger mußte genügen – und im Schiffahrtsbüro ihre Überfahrt buchen. Am näch-

sten Morgen würde sie dann in aller Frühe eine Droschke zum
Bahnhof nehmen und sich per Zug davonstehlen, ohne irgend
jemandem etwas davon zu erzählen. Nur: Woher sollte sie das
Geld nehmen?

Sie sah sich im Zimmer ihres verstorbenen Gatten um. Ein kleines
Notizbuch fiel ihr auf. Sie schlug es neugierig auf und stellte fest,
daß jemand ein Inventar der Einrichtung erstellte – vielleicht
Stoddart, der Angestellte des Immobilienmaklers. Es war empörend, das persönliche Eigentum in einem Notizbuch aufgelistet
und taxiert zu sehen: *Eßtisch 9 Pfund, ägyptischer Wandschirm 30 Shilling, Frauenporträt von Joshua Reynolds 100 Pfund* ... Allein der Wert
der Gemälde im Haus mußte sich auf einige Tausend Pfund belaufen. Nur ließen sich die Bilder eben nicht in einem Koffer ver-
stauen. Augusta blätterte um und las: *65 Schnupftabaksdosen – von
Juwelenabteilung prüfen lassen!* Sie blickte auf. Vor ihr, in jenem
Schränkchen, das sie Joseph vor siebzehn Jahren gekauft hatte,
befand sich die Lösung ihres Hauptproblems. Josephs Sammlung
juwelenbesetzter Schnupftabaksdosen war möglicherweise um die
hunderttausend Pfund wert. Klein, wie sie waren – sie sollten
schließlich in der Westentasche ihrer Besitzer Platz finden –, ließen sich die Kleinode ohne weiteres im Reisegepäck unterbringen.
Und man konnte die Dosen, je nach Geldbedarf, Stück für Stück
verkaufen.

Augustas Herzschlag beschleunigte sich. Ihre Gebete waren offensichtlich erhört worden.

Sie versuchte, das Schränkchen zu öffnen.

Es war verschlossen.

Augusta erschrak. Sie wußte nicht, ob es ihr gelingen würde, das
Schränkchen aufzubrechen. Das Holz war fest, die Glasscheiben
klein und dick.

Sie ermahnte sich zur Ruhe. Wo wird Joseph den Schlüssel aufgehoben haben? fragte sie sich. Wahrscheinlich in der Schreibtisch-
schublade ... Sie zog die Schublade auf. Ein Buch mit dem gräßlichen Titel *Die Herzogin von Sodom* lag darin. Hastig schob sie es
nach hinten. Darunter kam ein kleiner silberfarbener Schlüssel
zum Vorschein. Sie griff hastig danach.

Mit zitternder Hand führte sie ihn in das Schrankschloß ein. Als sie ihn umdrehte, ertönte ein mechanisches Klicken, und kurz darauf öffnete sich die Tür.

Augusta Pilaster atmete tief durch und wartete, bis ihre Hände nicht mehr zitterten.

Dann begann sie, die Dosen aus der Vitrine zu räumen.

Der Zusammenbruch des Bankhauses Pilaster war der größte gesellschaftliche Skandal des Jahres. Atemlos berichtete die Boulevardpresse über jede neue Entwicklung: über den Verkauf der Villen in Kensington ebenso wie über die Versteigerung der Gemälde, Antiquitäten und Portweinfäßchen und die Absage der ursprünglich geplanten sechsmonatigen Hochzeitsreise von Nick und Dotty durch Europa. Auch daß die stolzen und mächtigen Pilasters in bescheidene Vorstadthäuser umgezogen waren und nun eigenhändig die Kartoffeln schälen und ihre Unterwäsche selbst waschen mußten, erfuhr die erstaunte Leserschaft.

Hugh und Nora mieteten ein kleines Haus mit Garten in Chingford, einem fünfzehn Kilometer außerhalb von London gelegenen Dorf. Sie ließen das gesamte Hauspersonal zurück. Als einzige Hilfe kam nachmittags ein kräftiges vierzehnjähriges Mädchen von einem benachbarten Bauernhof vorbei, um die Fliesen zu schrubben und die Fenster zu putzen. Nora, seit zwölf Jahren jeglicher Hausarbeit entfremdet, fand sich nicht mit der neuen Lage ab. Sie schlurfte in einer schmutzigen Schürze herum, kehrte widerwillig den Boden, stellte ungenießbare Mahlzeiten auf den Tisch, war ständig schlechter Laune und nörgelte an allem und jedem herum. Den drei Jungen gefiel es in Chingford besser als in London, weil es hier einen Wald gab, in dem man herrlich spielen konnte. Hugh fuhr jeden Tag mit dem Vorortzug in die City. Er arbeitete nach wie vor in der Bank. Seine Tätigkeit bestand darin, die Vermögenswerte der Pilasters im Auftrag des Konsortiums an den Mann zu bringen.

Alle Teilhaber erhielten von der Bank eine kleine monatliche Unterstützung, obwohl ihnen rein theoretisch nicht einmal das zu-

stand. Aber die Mitglieder des Konsortiums waren Bankiers wie
die Pilasters und sahen im Schicksal ihrer Kollegen ein warnendes
Beispiel für sich selbst. Davon abgesehen, war die Kooperation
der Teilhaber beim Verkauf der Vermögenswerte durchaus hilfreich, und es lohnte sich, sie mit einer kleinen monatlichen Zuwendung bei Laune zu halten.

Mit nervöser Spannung verfolgte Hugh den Verlauf des Bürgerkriegs in Cordoba, dessen Ausgang letztlich darüber entschied,
wieviel Geld das Konsortium verlieren würde. Hugh wollte unbedingt erreichen, daß unter dem Strich sogar ein kleiner Profit
heraussprang. Eines Tages wollte er sagen können, die Rettung
des Bankhauses Pilaster habe keinen der Beteiligten Geld gekostet. Die Aussichten darauf waren allerdings alles andere als
günstig.

Zunächst sah es so aus, als hätte die Miranda-Partei ein leichtes
Spiel. Nach allem, was man hörte, war der Angriff sorgfältig geplant und mit blutiger Härte ausgeführt worden. Präsident Garcia
war zum Verlassen der Hauptstadt gezwungen worden und hatte
sich in die Festungsstadt Campanario zurückgezogen, die in seiner Heimatregion im Süden des Landes lag. Hugh machte sich
kaum noch Illusionen. Die siegreichen Mirandas würden das
Land wie ein privates Königreich regieren und nicht im Traum
daran denken, die dem alten Regime gewährten Kredite zurückzuzahlen. Cordoba-Anleihen waren daher, so stand zu befürchten,
auf absehbare Zeit nichts wert.

Doch dann trat eine unerwartete Wende ein. Tonios Familie, die
Silvas, seit einigen Jahren Bannerträger einer ebenso kleinen wie
wirkungslosen liberalen Opposition, schlug sich auf die Seite des
Präsidenten. Als Gegenleistung hatte Garcia ihnen, für den Fall,
daß es ihm gelang, das Land wieder unter seine Herrschaft zu
bekommen, freie Wahlen und eine Landreform versprechen müssen. Angesichts dieser Entwicklung schöpfte Hugh neue Hoffnung.

Die wiederbelebte Armee des Präsidenten gewann Unterstützung
in breiten Schichten der Bevölkerung und konnte den Vormarsch
der gegnerischen Truppen stoppen. Beide Lager waren nun unge-

fähr gleich stark, und zwar sowohl militärisch als auch finanziell:
Mit dem ersten großen Sturmangriff hatten die Mirandas ihre
Kriegskasse erschöpft. Der Norden verfügte über Salpetervorkom-
men und der Süden über Silberbergwerke, doch da das Bankhaus
Pilaster nicht mehr im Geschäft war und andere Banken keine
Kunden annahmen, von denen unklar war, ob sie am nächsten
Tag überhaupt noch existieren würden, bekam weder die eine
noch die andere Partei ihre Exporte finanziert und versichert.

Beide Seiten wandten sich daraufhin an die britische Regierung
und baten in der Hoffnung auf neue Kreditwürdigkeit um politische Anerkennung. Micky Miranda, noch immer offizieller Botschafter Cordobas in London, betätigte sich als eifriger Lobbyist.
Er antichambrierte im Außenministerium, bei Ministern und Parlamentsabgeordneten, um die Anerkennung Papa Mirandas als
neuen Präsidenten von Cordoba durchzusetzen, doch bislang
hatte sich Premierminister Lord Salisbury geweigert, einer der
beiden Seiten den Vorzug zu geben.

Eines Tages tauchte Tonio Silva in London auf.

Am Vormittag des 24. Dezember stand er bei Hugh in Chingford
vor der Tür. Hugh bereitete gerade in der Küche seinen Söhnen
ein Frühstück mit heißer Milch und Buttertoast. Nora war noch
beim Anziehen; sie wollte nach London fahren, um trotz der Ebbe
in der Haushaltskasse noch Weihnachtseinkäufe zu erledigen.
Hugh hatte sich bereit erklärt, zu Hause zu bleiben und sich um
die Kinder zu kümmern. In der Bank lag an diesem Tag nichts
Dringliches an.

Als es an der Tür klingelte, öffnete er selbst – eine Erfahrung, die
ihn an seine Jugend in Folkestone erinnerte. Obwohl Tonio sich
einen Vollbart hatte wachsen lassen – wahrscheinlich um die Narben zu verbergen, die ihm vor mittlerweile zwölf Jahren Mickys
Schlägertrupp zugefügt hatte –, erkannte ihn Hugh sofort an seinem karottenroten Schopf und dem unbefangenen Grinsen. Es
schneite; Tonios Hut sowie die Schultern seines Mantels waren
weiß bepudert.

Hugh führte seinen alten Freund in die Küche und schenkte ihm
eine Tasse Tee ein. »Wie hast du mich gefunden?« fragte er.

»Leicht war's nicht«, erwiderte Tonio. »In eurem ehemaligen Haus ging niemand an die Tür, und die Bank war geschlossen. Doch in Whitehaven House, bei deiner Tante Augusta, hatte ich Glück. Sie hat sich überhaupt nicht verändert. Deine genaue Adresse kannte sie nicht, aber sie wußte, daß du in Chingford lebst. Sie sprach den Namen aus, als handele es sich um eine Strafkolonie wie Van Diemen's Land.«

Hugh nickte. »So schlimm ist es gar nicht. Den Buben geht's hier prächtig. Nora fällt die Umstellung allerdings schwer.«

»Augusta ist nicht umgezogen.«

»Nein. Sie trägt die Hauptverantwortung an dem Schlamassel, in dem wir gegenwärtig stecken. Trotzdem ist sie die einzige, die sich weigert, der Realität ins Auge zu sehen. Sie wird schon noch erkennen, daß es üblere Flecken gibt als Chingford.«

»Cordoba zum Beispiel«, sagte Tonio.

»Wie ist die Lage?«

»Mein Bruder ist gefallen.«

»Oh, das tut mir leid.«

»Militärisch haben wir eine Pattsituation. Alles hängt jetzt von der britischen Regierung ab. Die Seite, die offiziell anerkannt wird, kann sich um neue Kredite bemühen, Nachschub für die Truppen organisieren und den Gegner bezwingen. Deshalb bin ich hier.«

»Hat Präsident Garcia dich geschickt?«

»Besser noch: Ich bin jetzt offizieller Botschafter von Cordoba in London. Miranda ist entlassen worden.«

»Hervorragend!« Hugh war froh, daß Micky endlich abgesetzt worden war. Er hatte sich immer wieder darüber geärgert, daß ein Mann, der ihm zwei Millionen Pfund gestohlen hatte, frei in der Stadt umherlaufen und sich in Clubs, Theatern und auf Dinnerpartys vergnügen konnte, als wäre nichts geschehen.

»Ich bin mit Akkreditierungsschreiben gekommen und habe sie gestern im Außenministerium übergeben«, ergänzte Tonio.

»Und du meinst, es wird dir gelingen, den Premierminister zu überzeugen?«

»Ja.«

Hugh sah ihn fragend an. »Warum?«

»Garcia ist Präsident. England sollte die legitime Regierung unterstützen.«

Klingt nicht sehr überzeugend, dachte Hugh und sagte: »Bisher war das nicht der Fall.«

»Dann sage ich eurem Premierminister eben Bescheid.«

»Lord Salisbury hat alle Hände voll zu tun, um zu verhindern, daß in Irland das Pulverfaß explodiert, für einen fernen südamerikanischen Bürgerkrieg bleibt ihm gar nicht die Zeit.«

»Wie dem auch sei«, sagte Tonio leicht gereizt. »Meine Aufgabe besteht jedenfalls darin, Salisbury davon zu überzeugen, daß auch die Ereignisse in Südamerika seine Aufmerksamkeit verdienen, selbst wenn er andere Dinge im Kopf hat.« Doch er erkannte die Schwäche seiner Argumente selbst und lenkte nach kurzem Nachdenken ein: »Na gut. Du bist Engländer – wie könnte man deiner Meinung nach seine Aufmerksamkeit erregen?«

»Du könntest versprechen, britische Investoren vor Verlusten zu schützen«, erwiderte Hugh prompt.

»Wie?«

»Ich weiß nicht genau. Ich habe gerade laut gedacht.« Hugh verrückte seinen Stuhl. Um seine Füße herum errichtete der vierjährige Sol eine Burg aus Holzbauklötzen. Es war merkwürdig – da führten sie in der kleinen Küche eines billigen Vororthäuschens ein Gespräch, in dem das Schicksal eines ganzen Landes entschieden werden konnte. »Britische Geldgeber haben zwei Millionen Pfund in die Santamaria Harbour Corporation investiert. Größter Einzelinvestor war das Bankhaus Pilaster. Sämtliche Vorstandsmitglieder der Gesellschaft waren Mitglieder oder Verbündete des Miranda-Clans. Ich habe nicht den geringsten Zweifel daran, daß das gesamte Geld ohne Umwege in die Kriegskasse geflossen ist. Wir müssen es zurückbekommen.«

»Aber es ist doch längst in Waffen umgesetzt worden.«

»Und wenn schon. Der Miranda-Clan muß ein millionenschweres Vermögen besitzen.«

»Das stimmt allerdings. Den Mirandas gehören ja die Salpetergruben des Landes.«

»Angenommen, ihr gewinnt den Krieg: Wäre es denkbar, daß Präsident Garcia der Santamaria Harbour Corporation als Entschädigung für den Betrug die Salpetergruben übereignet? Dann stiegen die Anleihen sofort im Kurs.«

»Der Präsident hat mir gesagt, daß ich alles – ich wiederhole: *alles* – versprechen darf, um die britische Regierung zur Unterstützung der Regierungstruppen in Cordoba zu bewegen«, antwortete Tonio mit fester Stimme.

Hugh sah auf einmal Licht am Ende des Tunnels. Vielleicht gab es doch noch eine Möglichkeit, den Schuldenberg der Pilasters abzutragen. »Laß mich nachdenken«, sagte er. »Bevor du deinen Fall vorträgst, sollten wir gewisse Vorbereitungen treffen. Ich glaube, ich kann Ben Greenbourne so weit bringen, daß er sich bei Lord Salisbury für den Schutz der britischen Investoren einsetzt und ein gutes Wort für dich einlegt. Aber was machen wir mit der Opposition? Ja – wir könnten uns mit Dan Robinson in Verbindung setzen, Maisies Bruder. Er ist Unterhausabgeordneter und hat sich jahrelang intensiv mit den Folgen von Bankkonkursen beschäftigt. Er hat meinen Sanierungsplan für das Bankhaus Pilaster befürwortet und ist sehr an dessen Erfolg interessiert. Dan könnte dafür sorgen, daß uns auch die Opposition unterstützt ...« Er trommelte mit den Fingern auf den Küchentisch. »Die Sache nimmt langsam Gestalt an!«

»Wir sollten so schnell wie möglich handeln«, sagte Tonio.

»Ja, wir fahren sofort in die Stadt. Dan Robinson wohnt bei Maisie in South London. Greenbourne wird in seinem Landhaus sein, aber ich kann ihn von der Bank aus anrufen.« Hugh stand auf. »Ich sage nur schnell Nora Bescheid.« Vorsichtig zog er seine Füße aus Sols Bauklötzchenburg und ging hinaus.

Nora saß im Schlafzimmer und probierte gerade einen extravaganten Hut mit Fellbesätzen auf.

»Ich muß in die Stadt«, sagte Hugh, während er sich Kragen und Schlips umlegte.

»Und wer kümmert sich dann um die Jungs?« fragte sie.

»Du, hoffe ich.«

»Nein!« kreischte sie. »Ich gehe einkaufen!«

»Es tut mir leid, Nora, aber es handelt sich um eine sehr wichtige Angelegenheit.«

»Ich bin auch wichtig!«

»Natürlich bist du das, aber diesmal mußt du Einsicht haben. Ich muß dringend mit Ben Greenbourne sprechen.«

»Mich kotzt das alles an!« sagte sie angewidert. »Das Haus, dieses stinklangweilige Dorf, die Kinder, du – alles. Mein Vater lebt in besseren Verhältnissen als wir!« Hughs Schwiegervater hatte mit einem Kredit des Bankhauses Pilaster eine Gaststätte eröffnet und verdiente inzwischen viel Geld damit. »Ich sollte zu ihm ziehen und in seiner Kneipe als Barmädchen arbeiten. Das wäre viel lustiger, und außerdem würde ich für meine Schinderei wenigstens anständig bezahlt!«

Hugh starrte sie an. Schlagartig wurde ihm klar, daß er mit dieser Frau nie wieder das Bett teilen würde. Seine Ehe war ein einziger Scherbenhaufen. Nora haßte ihn, und er verachtete sie. »Nimm den Hut ab, Nora!« sagte er. »Du gehst heute nicht einkaufen.«

Er zog seine Anzugjacke an und ging hinaus.

Tonio wartete ungeduldig im Flur. Hugh küßte seine Söhne der Reihe nach, griff Hut und Mantel und öffnete die Tür. »In ein paar Minuten geht ein Zug«, sagte er, als sie das Haus verließen.

Während sie über den kurzen Gartenweg zum Tor eilten, setzte Hugh seinen Hut auf und schlüpfte hastig in den Mantel. Es schneite immer noch, und auf dem Rasen lag schon eine geschlossene Schneedecke. Hughs Haus war eines von zwanzig oder dreißig identischen Reihenhäusern, die auf einem ehemaligen Rübenfeld errichtet worden waren. Ein unbefestigter Fahrweg führte ins Dorf. Hugh hatte bereits einen Plan im Kopf. »Wir schauen zuerst bei Robinson vorbei«, sagte er. »Dann kann ich Greenbourne sagen, daß die Opposition schon auf unserer Seite steht ... Hör mal!«

»Was?«

»Das ist unser Zug! Wir sputen uns besser ein wenig.«

Sie beschleunigten ihre Schritte. Zum Glück lag der Bahnhof auf ihrer Seite des Dorfes. Als sie die Brücke überquerten, die über die Gleise führte, erschien bereits der Zug.

Ein Mann lehnte am Geländer und beobachtete die rasch näher kommende Bahn. Als sie an ihm vorbeikamen, drehte er sich um. Hugh erkannte ihn sofort: Es war Micky Miranda.

Er hielt einen Revolver in der Hand.

Danach ging alles entsetzlich schnell.

Hugh stieß einen Schrei aus, der jedoch vom Lärm des Zuges verschluckt wurde. Micky zielte auf Tonio und feuerte aus nächster Nähe. Tonio taumelte und stürzte zu Boden. Micky richtete die Pistole auf Hugh, doch im gleichen Augenblick hüllte eine dichte Wolke aus Rauch und Wasserdampf, die aus dem Schornstein der Lokomotive quoll, die Brücke ein, so daß keiner der beiden mehr etwas sehen konnte. Hugh warf sich auf den schneebedeckten Boden und hörte zwei Schüsse, spürte aber nichts. Er rollte zur Seite, richtete sich auf und starrte in den Nebel.

Der Rauch begann sich zu verflüchtigen. Hugh erkannte eine Gestalt im Dunst und stürzte auf sie zu. Micky entdeckte ihn und drehte sich um, aber es war zu spät. Hugh traf ihn wie ein Rammbock. Micky fiel hin. Die Pistole wurde ihm aus der Hand geschleudert und flog in hohem Bogen über das Brückengeländer auf die Bahnschienen. Hugh stolperte über Micky und rollte sich ab.

Die beiden Männer rappelten sich auf, und Micky bückte sich, um seinen Spazierstock aufzuheben. Hugh stürzte sich erneut auf ihn und warf ihn zu Boden, wobei es Micky jedoch gelang, den Stock festzuhalten. Als Micky auf die Füße kam, holte Hugh zum nächsten Schlag aus. Aber er hatte sich seit zwanzig Jahren mit niemandem mehr geprügelt, und so verfehlte der Schlag sein Ziel. Micky schwang den Spazierstock und traf Hugh am Kopf. Es tat weh, und Micky schlug sofort noch einmal zu. Der zweite Hieb trieb Hugh zur Weißglut. Er brüllte vor Wut, stürzte sich auf seinen Widersacher und stieß ihm den Kopf ins Gesicht. Dann taumelten sie beide schweratmend zurück.

Unten auf dem Bahnsteig ertönte ein Pfiff und kündete die bevorstehende Abfahrt des Zuges an. Panische Angst verzerrte Mickys Gesicht. Wahrscheinlich hatte er vor, mit dem Zug zu fliehen, dachte Hugh. Er kann unmöglich noch eine Stunde hier in der Nähe des Tatorts herumhängen ... Seine Vermutung erwies sich als richtig, denn Micky drehte sich in diesem Augenblick um und rannte los.

Hugh spurtete hinterher.

Micky war alles andere als ein guter Sprinter – unzählige durchzechte Nächte in den verschiedensten Hurenhäusern waren kein gutes Training. Aber um Hughs sportliche Fähigkeiten war es kaum besser bestellt, hatte er doch den größten Teil seines Erwachsenenlebens sitzend am Schreibtisch verbracht. Micky erreichte den Bahnhof, als der Zug sich gerade in Bewegung setzte. Atemlos hetzte Hugh hinter ihm her. Als die beiden auf den Bahnsteig rannten, rief ein verdutzter Bahnbeamter: »He, Sie da! Wo sind Ihre Fahrkarten?«

Wie zur Antwort brüllte Hugh: »Mord! Mord!«

Micky jagte über den Bahnsteig und versuchte, das Zugende zu erreichen. Hugh ignorierte, so gut es ging, die quälenden Seitenstiche, und es gelang ihm, den Abstand zu dem Fliehenden zu verkürzen. Auch der Bahnbeamte beteiligte sich jetzt an der Verfolgungsjagd.

In diesem Moment erreichte Micky den hinteren Eingang des letzten Waggons, bekam einen Haltegriff zu fassen und schwang sich aufs Trittbrett. Mit einem Satz war Hugh bei ihm und erwischte ihn gerade noch an der Ferse, war jedoch nicht mehr imstande, fest zuzupacken. Seine Hand glitt ab. Der von hinten heranstürzende Bahnbeamte konnte unterdessen nicht mehr bremsen, stolperte über Hugh und fiel der Länge nach auf den Bahnsteig.

Als Hugh wieder auf die Füße kam, war der Zug außer Reichweite. Verzweifelt starrte er ihm hinterher. Er sah noch, wie Micky die Tür öffnete, sich vorsichtig in den Waggon zwängte und die Tür wieder hinter sich zuzog.

Der Bahnbeamte stand auf und schlug sich den Schnee von der Uniform. »Was, zum Teufel, war denn das?«

Hugh beugte sich vornüber. Er keuchte wie ein löcheriger Blasebalg und war zu schwach, auch nur ein einziges Wort hervorzu-

bringen. Als er wieder einigermaßen bei Atem war, sagte er: »Da
hinten ist ein Mann erschossen worden.« Langsam kehrten seine
Kräfte zurück. Er gab dem Mann einen Wink, ihm zu folgen, und
führte ihn auf die Brücke, wo Tonio lag.

Er kniete neben dem Leichnam nieder. Die Kugel hatte Tonio
zwischen den Augen getroffen. Von seinem Gesicht war nicht
mehr viel übrig.»Mein Gott, das sieht ja furchtbar aus«, sagte
der Bahnbeamte. Hugh schluckte hart und kämpfte mit der Übelkeit, die in ihm aufstieg. Es kostete ihn Überwindung, seine Hand
in Tonios Mantel zu schieben, um nach dem Herzschlag zu tasten.
Wie erwartet, war nichts mehr zu spüren. Er mußte an den lustigen, frechen Jungen denken, mit dem er damals, vor vierundzwanzig Jahren, in jenem Badeteich im Bischofswäldchen herum-
geplanscht hatte, und empfand eine tiefe Trauer, die ihm fast die
Tränen in die Augen trieb.

Mit erschreckender Klarheit erkannte Hugh jetzt, wie Micky diesen Mord geplant hatte. Wie jeder halbwegs kompetente Diplomat verfügte Micky über gute Kontakte im Außenministerium.
Auf einem Empfang oder einer Dinnerparty mußte ihm einer dieser Freunde gestern abend ins Ohr geflüstert haben, daß Tonio
sich in London aufhielt. Da Tonio seine Akkreditierungsschreiben
bereits vorgelegt hatte, wußte Micky, daß seine Tage als Botschafter gezählt waren. Anders verhielt es sich, wenn Tonio etwas zu-
stieß: Dann gab es niemanden mehr in London, der für Präsident
Garcia verhandeln konnte, und Micky würde de facto Botschafter
bleiben. Das war seine einzige Chance – nur mußte er schnell
handeln und ein hohes Risiko auf sich nehmen, denn ihm blieben
höchstens ein oder zwei Tage Zeit.

Wie hatte Micky herausgefunden, wo Tonio sich aufhielt? Vielleicht hatte er ihm Spione nachgeschickt; vielleicht hatte er aber
auch von Augusta erfahren, daß Tonio sich bei ihr nach Hughs
Verbleib erkundigt hatte. Auf jeden Fall war er Tonio nach Chingford gefolgt.

Hughs Haus zu suchen, hätte bedeutet, zu viele Leute ansprechen
zu müssen. Aber es war ja klar gewesen, daß Tonio früher oder
später zum Bahnhof zurückkehren mußte. Also hatte er sich in

der Umgebung des Bahnhofs herumgedrückt und sein Opfer dort
abgepaßt. Er wollte Tonio und alle Tatzeugen umbringen und mit
dem Zug entkommen.

Micky befand sich in einer verzweifelten Lage, und sein Plan war
voller Risiken – doch um ein Haar hätte alles geklappt. Aber dann
hatte die Rauchwolke aus der Lokomotive ihm die Sicht auf sein
zweites Opfer – Hugh – genommen. Wäre alles nach Plan verlaufen, hätte niemand den Mörder erkannt. In Chingford gab es
weder eine Telegrafenstation noch ein Telefon, geschweige denn
ein Verkehrsmittel, das schneller gewesen wäre als die Bahn.
Lange bevor die Polizei von seinem Verbrechen erfahren hätte,
wäre Micky wieder in London gewesen. Auch hätte ihm mit
Sicherheit einer seiner Angestellten ein Alibi verschafft.

Aber der Anschlag auf Hugh war fehlgeschlagen. Und Micky
hatte seine diplomatische Immunität verloren, da er, formal gesehen, nicht mehr Botschafter seines Landes war.

Für diesen Mord konnte er gehängt werden.

Hugh erhob sich. »Wir müssen so schnell wie möglich die Polizei
informieren«, sagte er.

»Die nächste Polizeiwache ist in Walthamstow, ein paar Stationen
weiter Richtung London.«

»Wann geht der nächste Zug?«

Der Eisenbahner zog eine große Uhr aus der Westentasche und
sagte: »In siebenundvierzig Minuten.«

»Wir sollten beide mitfahren. Sie gehen zur Polizei in Walthamstow, und ich fahre in die Stadt und benachrichtige Scotland
Yard.«

»Aber dann ist niemand mehr auf dem Bahnhof! Ich bin heute
allein, weil doch Heiligabend ist.«

»Ihr Chef erwartet gewiß von Ihnen, daß Sie Ihren Bürgerpflich-
ten nachkommen.«

»Da haben Sie auch wieder recht.« Der Mann schien dankbar
dafür zu sein, daß ihm jemand sagte, was er zu tun hatte.

»Wir müssen den armen Silva irgendwohin schaffen. Gibt es im
Bahnhof eine Möglichkeit?«

»Allenfalls im Wartesaal.«

»Gut, dann tragen wir ihn dorthin und schließen den Raum ab.«
Hugh beugte sich nieder und faßte die Leiche unter den Armen.
»Nehmen Sie die Beine!«
Gemeinsam schleppten sie Tonio in den Bahnhof und legten ihn
im Wartesaal auf eine Bank. Dann standen sie unschlüssig herum
und wußten nicht, was tun. Hugh war unruhig. Er konnte nicht
um Tonio trauern; es war einfach noch zu früh. Er wollte es auch
gar nicht, kam es doch zunächst darauf an, den Mörder dingfest
zu machen. Er ging nervös auf und ab, sah alle paar Minuten auf
die Uhr und strich sich über die Beule an seinem Kopf. Der Bahnbeamte saß auf der Bank gegenüber und starrte in angstvoller
Faszination die Leiche an. Nach einer Weile setzte Hugh sich
neben ihn, und so verharrten sie dann, teilten still und wachsam
den kalten Wartesaal mit dem Toten.
Schließlich kam der Zug.

Micky Miranda floh um sein Leben.
Sein Glück verließ ihn zusehends. In den vergangenen vierundzwanzig Jahren hatte er vier Morde begangen. Dreimal war er
ungeschoren davongekommen, doch diesmal war es schiefgegangen. Er hatte am hellichten Tage Tonio Silva erschossen,
und Hugh Pilaster hatte es gesehen. Jetzt gab es nur noch eine
Möglichkeit, dem Henker zu entkommen: Er mußte England verlassen.
Plötzlich war er auf der Flucht, ein Gejagter in jener Stadt, in der
er den Großteil seines Lebens verbracht hatte. Mit klopfendem
Herzen durcheilte er den Bahnhof an der Liverpool Street, ging
patrouillierenden Polizisten aus dem Wege, atmete flach und stoßweise und verschwand in einer Droschke.
Auf schnellstem Wege ließ er sich zum Büro der Gold Coast &
Mexico Steamship Company fahren.
Das Büro war voller Menschen, überwiegend südamerikanischer
Herkunft. Einige versuchten, nach Cordoba zurückzukehren, an-
dere bemühten sich darum, Verwandte aus dem Land herauszu-

holen, wieder andere waren nur an den neuesten Nachrichten aus dem Kriegsgebiet interessiert. Es herrschte Geschrei und Durcheinander. Micky konnte es sich nicht leisten, auf die Abfertigung des Gesindels zu warten. Er kämpfte sich zum Schalter durch und machte dabei gegen Männer wie Frauen rücksichtslos von seinem Stock Gebrauch. Seine teure Kleidung und seine Oberklassen-Arroganz erregten die Aufmerksamkeit eines Angestellten.

»Ich möchte eine Überfahrt nach Cordoba buchen«, sagte er.

»In Cordoba herrscht Krieg, Sir«, erwiderte der Angesprochene.

Micky verkniff sich eine sarkastische Bemerkung. »Sie haben aber noch nicht alle Überfahrten eingestellt, wie ich höre.«

»Wir verkaufen Tickets nach Lima in Peru. Wenn die politische Lage es erlaubt, fährt das Schiff von dort aus weiter nach Palma. Die Entscheidung darüber fällt nach der Ankunft in Lima.«

Das genügte. Es kam jetzt vor allem darauf an, England so schnell wie möglich zu verlassen. »Wann geht der nächste Dampfer?«

»Heute in vier Wochen.«

Mickys Hoffnung zerstob. »Das ist schlecht. Ich muß früher abreisen.«

»Wenn Sie's ganz eilig haben: Heute abend legt ein Dampfer in Southampton ab.«

Gott sei Dank! Mein Glück hat mich doch noch nicht ganz im Stich gelassen, dachte Micky. »Reservieren Sie mir die beste Kabine, die noch frei ist.«

»Sehr wohl, Sir. Darf ich Ihren Namen wissen?«

»Miranda.«

»Wie bitte?«

Im Umgang mit ausländischen Namen waren die Engländer völlig hilflos. Micky wollte gerade seinen Namen buchstabieren, als er sich eines anderen besann. »Andrews«, sagte er, »M. R. Andrews.« Vielleicht kam die Polizei ja auf die Idee, die Passagierlisten auf den Namen Miranda zu überprüfen. Damit kam sie jetzt nicht mehr weiter. Micky war heilfroh über die unsinnige Freizügigkeit der britischen Gesetze, die die Ein- und Ausreise ohne Paß gestatteten. In Cordoba hätte er größere Schwierigkeiten gehabt.

Der Angestellte des Reisebüros begann die Fahrkarte auszustellen, und Micky sah ihm dabei zu. Immer wieder rieb er sich die von Hughs Kopfstoß herrührende Prellung im Gesicht. Ihm fiel ein, daß es noch ein weiteres Problem zu bewältigen gab: Es war gut möglich, daß Scotland Yard seine Personenbeschreibung per Kabel in alle Hafenstädte versandte. Dieser verdammte Telegraph! dachte er. Binnen einer Stunde wissen alle örtlichen Polizeistationen Bescheid und nehmen die Passagiere entsprechend unter die Lupe. Ich muß mir eine Verkleidung beschaffen ...

Der Mann hinter dem Schalter reichte ihm die Fahrkarte. Micky bezahlte mit Banknoten, drängelte sich ungeduldig durch die Menge und lief hinaus in den Schnee. Er war noch immer in großer Sorge.

Er rief eine Droschke herbei und gab die Botschaft Cordobas als Ziel an. Doch unterwegs überlegte er es sich anders. Es war riskant, sich dort noch einmal blicken zu lassen. Und außerdem hatte er kaum noch Zeit.

Die Polizei würde nach einem gutgekleideten, allein reisenden Herrn von ungefähr vierzig Jahren Ausschau halten. Micky erwog, sich als alter Mann zu verkleiden und in Begleitung zu reisen. Am besten spiele ich den Invaliden und lasse mich in einem Rollstuhl an Bord tragen, dachte er. Aber dazu brauchte er einen Komplizen. Wer kam dazu in Frage? Den Botschaftsangestellten traute er nicht über den Weg – vor allem, weil er inzwischen nicht mehr Botschafter war.

Edward fiel ihm ein.

»Zur Hill Street!« befahl er dem Droschkenkutscher.

Edward wohnte in einem kleinen Haus in Mayfair, das er – im Gegensatz zu den anderen Pilasters – nur gemietet hatte. Da die Miete für drei Monate im voraus bezahlt war, konnte Edward sich mit dem Umzug noch etwas Zeit lassen.

Daß Micky das Bankhaus Pilaster zugrunde gerichtet und seine Familie in den Ruin getrieben hatte, schien Edward kaum zu kümmern. Seine Abhängigkeit von Micky war nur noch stärker geworden. Andere Angehörige der Familie Pilaster hatte Micky seit dem Zusammenbruch nicht mehr gesehen.

Edward öffnete die Tür in einem fleckigen Morgenmantel aus Seide. Er führte Micky hinauf ins Schlafzimmer, wo ein Kaminfeuer brannte. Es war erst elf Uhr vormittags, doch Edward hatte sich bereits eine Zigarre angezündet und trank Whisky. Der Hautausschlag hatte sich über sein ganzes Gesicht verbreitet und ließ bei Micky Zweifel daran aufkommen, ob Edward wirklich der geeignete Komplize wäre. Der Ausschlag machte ihn auffällig. Aber Micky war nicht wählerisch; dazu fehlte ihm einfach die Zeit. Er mußte sich wohl oder übel auf Edward verlassen.

»Ich verlasse das Land«, sagte Micky.

»O Micky, nimm mich bitte mit!« rief Edward und brach in Tränen aus.

»Was, zum Teufel, ist denn mit dir los?« fragte Micky barsch.

»Ich muß sterben«, erwiderte Edward. »Laß uns irgendwohin ziehen, wo ich in aller Ruhe mit dir zusammenleben kann, bis es vorüber ist.«

»Was soll der Quatsch? Du stirbst nicht, du hast bloß eine Hautkrankheit, das ist alles.«

»Es ist keine Hautkrankheit, sondern Syphilis.«

Micky blieb vor Schreck die Luft weg. »Jesus und Maria! Dann hab' ich die vielleicht auch!«

»Würde mich nicht wundern. So oft, wie wir bei Nellie's gewesen sind ...«

»Aber Aprils Mädchen gelten doch als sauber!«

»Huren sind nie sauber.«

Micky kämpfte die panische Angst nieder, die in ihm aufgestiegen war. Wenn ich noch länger in London bleibe, um mich ärztlich untersuchen zu lassen, ende ich wahrscheinlich am Strick, dachte er. Ich muß noch heute das Land verlassen ... Er wußte, daß das Schiff in ein paar Tagen in Lissabon anlegen würde, und beschloß, dort einen Arzt aufzusuchen. Es blieb ihm gar keine andere Wahl. Im übrigen war es keineswegs ausgemacht, daß er sich tatsächlich angesteckt hatte. Er war von wesentlich robusterer Gesundheit als Edward. Außerdem wusch er sich nach Sex regelmäßig; Edward war da längst nicht so gewissenhaft.

Edward präsentierte sich in einem so erbarmungswürdigen Zustand, daß Micky schon sehr bald den Gedanken aufgab, sich von ihm aus dem Land schmuggeln zu lassen. Hinzu kam, daß er nicht gewillt war, einen todkranken Syphilispatienten mit nach Cordoba zu nehmen. Dennoch brauchte er einen Komplizen. Oder eine Komplizin. Die einzige Kandidatin, die ihm blieb, war Augusta.

Sie war nicht so verläßlich wie Edward, der immer bereitwillig auf all seine Vorschläge und Anweisungen eingegangen war; Augusta war unabhängig. Aber sie war seine letzte Chance.

Micky wandte sich zum Gehen.

»Bitte, verlaß mich nicht!« flehte Edward.

Micky blieb keine Zeit für Sentimentalitäten. »Ich kann mir doch keinen Verreckenden ans Bein binden«, raunzte er.

Edward blickte auf, und ein böses Grinsen huschte über sein Gesicht. »Wenn du mich nicht mitnimmst ...«

»Nun?«

»... dann geh' ich zur Polizei und sag' ihr, daß du Peter Middleton, Onkel Seth und Solly Greenbourne ermordet hast.«

Augusta mußte ihm von der Sache mit Seth erzählt haben. Micky starrte seinen alten Freund an. Eine Jammergestalt, dachte er und fragte sich, wie er Edward so lange hatte ertragen können. Die Aussicht, ihn jetzt endlich loszuwerden, stimmte ihn froh. »Ja, geh du ruhig zur Polizei«, sagte er. »Die ist ohnehin schon hinter mir her, weil ich Tonio Silva umgebracht habe. Ob ich wegen vier Morden oder nur wegen eines einzigen hänge, bleibt sich letztlich gleich.« Er ging, ohne sich noch einmal umzusehen.

In der Park Lane fand er eine Droschke und nannte dem Kutscher sein Fahrtziel: »Kensington Gore, Whitehaven House.« Unterwegs machte er sich Gedanken über seine Gesundheit. Bisher waren ihm keinerlei Symptome aufgefallen – kein Ausschlag, keine unerklärlichen Schwellungen oder Knoten an den Genitalien. Endgültige Gewißheit gab ihm das nicht. Er würde abwarten müssen. Dieser verdammte Edward, dachte er. Soll er doch zur Hölle fahren!

Auch die bevorstehende Begegnung mit Augusta bereitete ihm Kopfzerbrechen. Seit dem Zusammenbruch der Bank hatte er sie

nicht mehr gesehen. Ob sie ihm helfen würde? Er wußte, daß es
ihr immer schwergefallen war, ihren sexuellen Hunger auf ihn zu
zügeln. Ein einziges Mal, in jener gespenstischen Situation am
Totenbett des alten Seth, hatte sie ihrer Leidenschaft nachgegeben, und auch er war damals furchtbar scharf auf sie gewesen.
Während jedoch in ihm das Feuer, das sie einst in ihm entfacht
hatte, längst erkaltet war, schien es in ihr um so heißer zu lodern.
Er hoffte es jedenfalls – schließlich wollte er sie bitten, sich mit
ihm aus dem Staub zu machen.
Nicht ihr Butler öffnete ihm, sondern eine ungepflegte Frau in
einer Küchenschürze. Micky fiel auf, daß die Eingangshalle nicht
ganz sauber war. Augusta steckte also in Schwierigkeiten. Um so
besser, dachte er, dann wird sie eher geneigt sein, sich meinem
Fluchtplan anzuschließen …
Augusta ließ sich jedoch nichts anmerken. In der für sie typischen
gebieterischen Haltung betrat sie den Salon. Sie trug eine violette
Seidenbluse mit Keulenärmeln und einen schwarzen gebauschten
Rock mit schmaler geraffter Taille. Sie war in ihrer Jugend eine
atemberaubende Schönheit gewesen und selbst heute, mit acht-
undfünfzig, noch so attraktiv, daß sich die Leute nach ihr umdreh-
ten. Micky rief sich die Lust ins Gedächtnis zurück, die er als
Sechzehnjähriger für sie empfunden hatte – aber sie war fort, end-
gültig dahin. Er würde so tun müssen, als ob.
Sie reichte ihm nicht die Hand. »Was führt dich hierher?« fragte
sie kühl. »Du hast mich und meine Familie ruiniert.«
»Ich wollte das nicht …«
»Du hast bestimmt gewußt, daß dein Vater einen Bürgerkrieg vom
Zaun brechen wollte.«
»Aber ich wußte nicht, daß deshalb der Kurs der Cordoba-Anlei-
hen verfallen würde. Wußten Sie das?«
Sie zögerte. Offensichtlich hatte sie keine Ahnung gehabt.
Ihr Panzer zeigte einen ersten Riß, und Micky bemühte sich, ihn
zu vergrößern. »Wären mir die Folgen bewußt gewesen, hätte ich
es nie getan. Ich hätte mir eher die Kehle durchgeschnitten, als
Ihnen etwas Böses anzutun.« Er merkte, daß sie ihm nur allzu-
gern geglaubt hätte.

Aber sie sagte: »Weil du unbedingt diese zwei Millionen Pfund haben wolltest, hast du Edward dazu überredet, die Teilhaber zu hintergehen.«

»Ich hielt die Bank für so reich, daß ihr das nichts ausmachen würde.«

Augusta wandte den Blick ab. »Mir ging's genauso«, sagte sie leise.

Er nutzte seinen Vorteil: »Sei's, wie es sei, das ist jetzt alles ohnehin bedeutungslos. Ich verlasse England noch heute und werde wahrscheinlich nie wieder zurückkehren.«

Sie sah ihn an. In ihren Augen stand plötzlich Furcht, und Micky wußte, daß er gewonnen hatte. »Warum?« fragte sie.

Er hatte nicht die Zeit, noch lange um den heißen Brei herumzureden. »Ich habe vorhin jemanden erschossen«, sagte er. »Die Polizei ist hinter mir her.«

Sie hielt die Luft an und ergriff seine Hand. »Wen?«

»Antonio Silva.«

Augusta war ebenso erregt wie entsetzt. Ihr Gesicht bekam plötzlich Farbe, ihre Augen leuchteten auf. »Tonio! Aber warum denn?«

»Er wurde mir gefährlich. Ich habe eine Passage nach Südamerika gebucht. Der Dampfer legt am Abend in Southampton ab.«

»So bald schon!«

»Ich habe keine andere Wahl.«

»Dann ist das also dein Abschiedsbesuch«, sagte sie niedergeschlagen.

»Nein.«

Sie blickte zu ihm auf. War da ein Hoffnungsschimmer in ihren Augen? Micky zögerte, dann riskierte er es. »Ich möchte, daß Sie mich begleiten.«

Ihre Augen weiteten sich, und sie trat einen Schritt zurück.

Micky gab ihre Hand nicht frei. »Als mir klar wurde, daß ich verschwinden muß – und noch dazu so schnell –, da kam mir etwas zu Bewußtsein, was ich mir schon vor langer Zeit hätte eingestehen müssen ... Aber ich denke, Sie haben es schon immer gewußt. Ich liebe Sie ... Ich liebe dich, Augusta.«

Er spielte seine Rolle und studierte dabei Augustas Gesicht wie
ein Seemann die Meeresoberfläche. Im ersten Moment wollte sie
die Erstaunte mimen, besann sich aber rasch eines anderen. Sie
deutete ein zufriedenes Lächeln an und ließ ihm ein schamhaftes,
fast jungmädchenhaftes Erröten folgen. Zuletzt verriet ihm ihr
berechnender Blick, daß sie überlegte, was sie zu gewinnen und
zu verlieren hatte.

Sie war noch immer unentschlossen.

Er legte seine Hand auf ihre korsettierte Taille und zog sie sanft
an sich. Augusta wehrte sich nicht, aber ihr unverändert berechnender Blick sagte ihm, daß sie sich noch nicht entschieden
hatte.

Als sein Gesicht dem ihren ganz nahe war und ihre Brüste die
Aufschläge seines Mantels berührten, sagte er: »Ich kann ohne
dich nicht leben, liebe Augusta.«

Er spürte, wie sie unter seiner Berührung erbebte. Mit zittriger
Stimme erwiderte sie: »Ich könnte deine Mutter sein, so alt bin
ich.«

Seine Lippen streiften über ihre Wange. »Aber du bist es nicht«,
flüsterte er ihr ins Ohr. »Du bist die begehrenswerteste Frau, die
mir je begegnet ist. Ich habe mich all diese Jahre nach dir gesehnt,
du weißt es doch. Und jetzt ...« Er ließ die Hand von ihrer Taille
emporgleiten, bis sie fast den Busen berührte. »Und jetzt verliere
ich bald die Kontrolle über meine Hände ... Augusta ...« Er hielt
inne.

»Was ist?« fragte sie.

Er hatte sie fast soweit. Aber noch nicht ganz. Er mußte seinen
letzten Trumpf ziehen.

»Jetzt, da ich nicht mehr Botschafter bin, kann ich mich von
Rachel scheiden lassen.«

»Was sagst du da?«

»Willst du mich heiraten?« flüsterte er ihr ins Ohr.

»Ja«, sagte sie.

Er küßte sie.

April Tilsley, elegant herausgeputzt mit Fuchspelz und scharlachroter Seide, platzte in Maisies Büro im Female Hospital. Sie schwenkte eine Zeitung in der Hand und rief aufgeregt: »Hast du schon gehört, was passiert ist?«

Maisie erhob sich. »April! Was, um alles in der Welt, ist denn los?«

»Micky Miranda hat Tonio Silva erschossen!«

Wer Micky war, wußte Maisie sofort. Bei Tonio mußte sie einen Augenblick nachdenken, ehe ihr einfiel, daß er in ihrer Jugendzeit zum Kreis der jungen Männer um Solly und Hugh gezählt hatte. Er war ein Spieler gewesen. April hatte ihn eine Zeitlang sehr gemocht – bis sie herausfand, daß er seine spärliche Barschaft immer wieder beim Wetten durchbrachte.

»Hier, es steht in der Nachmittagsausgabe«, erläuterte April.

»Aber warum nur?«

»Das Motiv wird nicht erwähnt. Aber weißt du, was noch drinsteht ...« April zögerte. »Setz dich erst mal wieder hin, Maisie.«

»Warum? Nun sag schon!«

»Die Polizei möchte ihn auch noch wegen drei anderer Morde verhören – Peter Middleton, Seth Pilaster und ... Solomon Greenbourne.«

Maisie ließ sich auf ihren Stuhl fallen. »Solly!« sagte sie und fühlte sich auf einmal ganz schwach. »Micky hat Solly getötet? Ach, Solly, armer Solly!« Sie schloß die Augen und barg ihr Gesicht in den Händen.

»Du brauchst einen Schluck Brandy«, sagte April. »Wo steht er?«

»Wir haben hier keinen«, erwiderte Maisie und versuchte sich zu sammeln. »Gib mir mal die Zeitung.«

April reichte sie ihr.

Maisie las den ersten Absatz. Die Polizei, so hieß es dort, fahnde nach Miguel Miranda, dem ehemaligen Botschafter von Cordoba. Er solle wegen der Ermordung Antonio Silvas vernommen werden.

»Armer Tonio«, sagte April. »Er war einer der nettesten Männer, für den ich je die Beine breit gemacht habe.«

Maisie las weiter: Die Polizei suchte Miranda auch, um ihn wegen
der Ermordung des Windfield-Schülers Peter Middleton im Jahre
1866 und des damaligen Seniorchefs des Bankhauses Pilaster, Seth
Pilaster, im Jahre 1873 zu befragen. Auch stehe er im Verdacht,
im Juli 1879 den Bankier Solly Greenbourne in einer Nebenstraße
des Piccadilly vor eine fahrende Kutsche gestoßen zu haben.
»Seth Pilaster auch? Das war doch Hughs Onkel!« Maisie war
aufgeregt. »Warum hat er diese Männer umgebracht? Warum
nur?«
»Über das, was dich wirklich interessiert, erfährst du aus den
Zeitungen sowieso nie was«, meinte April.
Der dritte Absatz ließ Maisie zusammenfahren. Die Schießerei
hatte im Nordosten von London stattgefunden, in einem Dorf
namens Chingford unweit von Walthamstow. »Chingford!«
stöhnte sie.
»Nie gehört ...«
»Aber da wohnt doch jetzt Hugh!«
»Hugh Pilaster? Weinst du dem immer noch nach?«
»Das muß etwas mit Hugh zu tun haben, siehst du das denn
nicht? Das kann doch kein Zufall sein! O Gott im Himmel, ich
hoffe, ihm ist nichts passiert!«
»Wenn ihm etwas zugestoßen wäre, würde es doch in der Zeitung
stehen, denke ich.«
»Das ist doch erst ein paar Stunden her. Sie wissen es vielleicht
noch gar nicht.«
Maisie hielt die Ungewißheit nicht aus. Sie stand auf. »Ich muß
herausfinden, wie es ihm geht.«
»Wie willst du das anstellen?«
Maisie setzte ihren Hut auf und steckte eine Nadel hinein. »Ich
fahre zu ihm hinaus und sehe nach.«
»Seine Frau wird nicht gerade begeistert sein.«
»Seine Frau ist ein *paskudniak*.«
April lachte. »Was ist denn das?«
»Ein Miststück.« Maisie zog sich ihren Mantel an.
Auch April wandte sich zum Gehen. »Meine Kutsche steht drau-
ßen. Ich bring' dich zum Bahnhof.«

In der Kutsche fiel ihnen ein, daß sie keine Ahnung hatten, an welchem Londoner Bahnhof die Züge nach Chingford abfuhren. Der Kutscher – er war auch Türsteher bei Nellie's – wußte glücklicherweise Bescheid und brachte sie zur Liverpool Street Station. Mit einem flüchtigen Dankeschön verabschiedete sich Maisie von April und eilte in das Bahnhofsgebäude, in dem sich neben unzähligen Weihnachtsurlaubern viele Menschen drängten, die in der Stadt ihre letzten Einkäufe vor dem Fest erledigt hatten und nun in die Vororte zurückstrebten. Die Luft war voller Rauch und Ruß. Vor dem Hintergrund kreischender Stahlbremsen und dem explosionsartigen Entweichen von Dampf aus den Schloten der Lokomotiven flogen Weihnachtswünsche und Abschiedsgrüße hin und her. Maisie zwängte sich durch die Trauben von mit Taschen und Paketen beladenen Frauen, vorbei an Melone tragenden Angestellten, die vorzeitig Feierabend machen durften, zwischen Lokomotivführern und Heizern mit rußgeschwärzten Gesichtern hindurch, an Kindern, Pferden und Hunden vorbei, bis sie endlich den Fahrkartenschalter erreicht hatte.

Bis zur Abfahrt des Zuges blieben ihr fünfzehn Minuten Wartezeit. Auf dem Bahnsteig beobachtete sie, wie sich ein junger Mann und seine Geliebte tränenreich voneinander verabschiedeten. Sie beneidete die beiden.

Der Zug stampfte durch die Slums von Bethnal Green, durch Walthamstow und die verschneiten Felder von Woodford. Alle paar Minuten hielt er an. Obwohl er doppelt so schnell fuhr wie eine Pferdekutsche, kam er Maisie, die an ihren Fingernägeln kaute und um Hughs Wohlergehen bangte, ungeheuer langsam vor.

Beim Verlassen des Zuges in Chingford wurde sie von der Polizei angehalten und in den Wartesaal gebeten. Ein Inspektor fragte sie, ob sie am Morgen von Chingford aus in die Stadt gefahren sei. Man suchte offensichtlich noch Tatzeugen. Nein, erwiderte sie, sie sei überhaupt zum erstenmal in Chingford. Dann fragte sie aus einer spontanen Eingebung heraus: »Gab es – außer Mr. Silva – noch andere Opfer?«

»Zwei Personen erlitten bei dem Vorfall kleinere Abschürfungen und Prellungen.«

»Ich mache mir Sorgen um einen Freund von mir, der mit Mr. Silva bekannt war. Sein Name ist Hugh Pilaster.«

»Mr. Pilaster kämpfte mit dem Täter und erhielt einen Schlag auf den Kopf«, sagte der Inspektor. »Ernsthafte Verletzungen hat er aber nicht davongetragen.«

»Gott sei Dank!« sagte Maisie. »Können Sie mir sagen, wo er wohnt?«

Der Inspektor nannte ihr den Weg. »Mr. Pilaster war heute vormittag bei Scotland Yard. Ob er schon zurück ist, kann ich Ihnen leider nicht sagen.«

Da sie nun mit einiger Sicherheit davon ausgehen konnte, daß Hugh wohlauf war, erwog Maisie, mit dem Gegenzug nach London zurückzufahren; immerhin bliebe ihr so eine Begegnung mit der gräßlichen Nora erspart. Aber irgendwie war es ihr doch lieber, Hugh persönlich zu sehen und zu sprechen. Und Angst hatte sie vor Nora keine.

Sie machte sich auf den Weg. Der Schnee, durch den sie stapfte, lag inzwischen schon sechs oder sieben Zentimeter hoch.

Einen krasseren Gegensatz zu Kensington kann man sich kaum vorstellen, dachte Maisie, als sie die neue Straße mit den billigen Reihenhäusern und unfertigen Vorgärten entlangging. Hugh nahm seinen Abstieg vermutlich mit stoischer Ruhe hin. Bei Nora dagegen war sie sich nicht so sicher. Das Luder hatte Hugh des Geldes wegen geheiratet – da konnte ihr die neuerliche Armut kaum behagen.

Als sie an die Tür klopfte, konnte Maisie im Haus ein Kind weinen hören. Ein etwa elfjähriger Junge öffnete. »Du bist Toby, nicht wahr?« sagte sie. »Ich bin Mrs. Greenbourne. Ich wollte deinen Vater besuchen.«

»Es tut mir leid, aber mein Vater ist nicht zu Hause«, erwiderte der Junge höflich.

»Wann erwartest du ihn zurück?«

»Ich weiß es nicht.«

Maisie war niedergeschlagen. Sie hatte sich so darauf gefreut,

Hugh zu sehen. Enttäuscht sagte sie: »Vielleicht könntest du ihm
sagen, daß ich die Zeitung gelesen habe und nachsehen wollte, ob
es ihm gutgeht.«

»Ja, gerne, ich werd's ihm ausrichten.«

Mehr gab es nicht zu sagen. Was soll ich hier noch? fragte sich
Maisie. Am besten gehe ich wieder zum Bahnhof und fahre mit
dem nächsten Zug zurück. Sie wandte sich zum Gehen. Immerhin
war ihr eine Auseinandersetzung mit Nora erspart geblieben.
Spontan drehte sie sich noch einmal um und fragte Toby: »Ist
deine Mutter da?«

»Nein, es tut mir leid ...«

Das war merkwürdig. Eine Gouvernante konnte Hugh sich nicht
mehr leisten. Irgend etwas stimmt da nicht, dachte Maisie. »Wer
kümmert sich denn um euch? Darf ich die Person mal sprechen?«
fragte sie.

Der Junge zögerte. »Außer mir und meinen Brüdern ist niemand
zu Hause«, sagte er schließlich.

Ihr Gefühl hatte Maisie nicht getrogen. Was war hier los? Wie
war es möglich, daß sich niemand um die drei Buben kümmerte?
Es widerstrebte ihr, sich einzumischen; Nora Pilaster würde
schäumen vor Wut ... Andererseits konnte sie sich nicht einfach
aus dem Staub machen und Hughs Kinder sich selbst überlassen.
»Ich bin eine alte Freundin eures Vaters – und eurer Mutter«,
sagte sie.

»Ich weiß, Sie waren auf Tante Dottys Hochzeit«, sagte Toby.

»Ach ja ... Hmmm ... Darf ich vielleicht hereinkommen?«

Toby schien ein Stein vom Herzen zu fallen. »Aber ja doch, bitte«,
antwortete er.

Maisie trat ein. Das Weinen des Kindes zeigte ihr den Weg in die
Küche, die im rückwärtigen Teil des Hauses lag. Der Vierjährige
hockte auf dem Fußboden und heulte, während der Sechsjährige
auf dem Küchentisch saß und so aussah, als wolle er im nächsten
Augenblick ebenfalls in Tränen ausbrechen.

Sie nahm den Jüngsten auf den Arm. Sie wußte, daß er – nach
Solly Greenbourne – Solomon hieß und Sol gerufen wurde. »Na,
na«, murmelte sie. »Was gibt's denn da zu weinen?«

»Ich will zu meiner Mama!« schluchzte der Kleine und brüllte noch lauter als zuvor.

»Eiapopeia«, murmelte Maisie und wiegte ihn hin und her. Sie spürte Feuchtigkeit durch ihre Kleidung dringen und merkte, daß der Junge sich naß gemacht hatte. In der Küche herrschte das schiere Chaos: Der Tisch war mit Brotkrümeln und Milchpfützen übersät, im Spülstein türmte sich das schmutzige Geschirr, die Fliesen waren verdreckt. Überdies war es empfindlich kalt, denn das Feuer war ausgegangen. Fast sah es so aus, als habe man die Kinder mutwillig allein gelassen.

»Was ist denn hier passiert?« fragte Maisie den Ältesten.

»Ich hab' ihnen was zum Mittagessen gegeben«, antwortete er. »Ich hab' Butterbrote geschmiert und Schinken aufgeschnitten. Dann wollte ich Tee machen, hab' mir aber dabei die Hand am Kessel verbrannt.« Er bemühte sich, den Tapferen zu spielen, war aber den Tränen nahe. »Wissen Sie vielleicht, wo mein Vater sein könnte?« fragte er.

»Nein, das weiß ich leider nicht.« Ihr fiel auf, daß das Kleinkind nach seiner Mama gefragt, der Große sich dagegen nach dem Papa erkundigt hatte. »Wo ist denn eure Mutter?« fragte sie.

Toby nahm einen Umschlag vom Kaminsims und gab ihn ihr. Die Anschrift bestand aus einem einzigen Wort: Hugh.

»Er ist nicht zugeklebt«, sagte Toby. »Ich hab' den Brief gelesen.«

Maisie öffnete den Umschlag und entnahm ihm einen Briefbogen. Nur ein Wort, in wütenden Großbuchstaben hingeworfen, stand auf dem Papier:

Lebewohl!

Maisie war entsetzt. Wie konnte eine Mutter ihre drei kleinen Kinder einfach sitzenlassen? Nora hatte sie alle drei geboren, hatte sie als hilflose Babys an ihrer Brust gehalten. Maisie dachte an die Mütter im Southwark Female Hospital. Ein Haus mit drei Schlafzimmern in Chingford wäre für die meisten von ihnen der Himmel auf Erden.

Sie stellte ihre diesbezüglichen Gedanken vorerst zurück. »Euer
Vater kommt heute abend nach Hause, da bin ich ganz sicher«,
sagte sie zu den Kindern und hoffte inständig, daß es auch der
Wahrheit entsprechen würde. An den Jüngsten auf ihrem Arm
gewandt, setzte sie hinzu: »Aber wollen wir ihn wirklich in einem
derart unaufgeräumten Haus willkommen heißen?«
Sol schüttelte feierlich den Kopf.
»Gut, dann werden wir jetzt das Geschirr waschen, die Küche
putzen, das Feuer wieder anzünden und uns allen etwas zum
Abendessen machen.« Sie blickte den Sechsjährigen an. »Meinst
du, das ist eine gute Idee, Samuel?«
Samuel nickte und fügte hilfreich hinzu: »Ich möchte Toast mit
Butter.«
»Dann gibt's eben Toast mit Butter.«
Toby war noch nicht ganz überzeugt. »Wann, glauben Sie, wird
Vater heimkommen?«
»Das weiß ich nicht genau«, erwiderte Maisie offen. Lügen war
ohnehin sinnlos; Kinder merkten das sofort. »Aber ich mache
euch einen Vorschlag: Ihr dürft so lange aufbleiben, bis er
kommt – egal, wie spät es wird. Was hältst du davon?«
Der Junge wirkte etwas erleichtert. »In Ordnung«, sagte er.
»Alsdann! Toby, du bist der Stärkste, bring uns einen Eimer Kohlen. Samuel, dir kann ich, glaube ich, eine andere Aufgabe anvertrauen: Nimm einen Lappen, und wisch den Küchentisch ab. Sol,
du kannst auffegen – du bist der kleinste und deshalb dem Boden
am nächsten. So – und jetzt, Jungs, an die Arbeit!«

Hugh fand es sehr beeindruckend, wie Scotland Yard auf seinen
Bericht reagierte.
Der Fall fiel in das Ressort von Kriminalkommissar Magridge,
einem Mann in Hughs Alter mit scharfgeschnittenen Zügen. Sein
Verhalten verriet Präzision und Intelligenz. Der hätte es bei uns
in der Bank bestimmt zum Prokuristen gebracht, dachte Hugh.
Innerhalb einer Stunde hatte Magridge eine Personenbeschrei-

bung von Micky Miranda verteilen lassen und in allen Hafenstädten Fahnder auf ihn angesetzt.

Außerdem schickte er auf Hughs Anregung einen Inspektor aus, der Edward Pilaster verhören sollte. Der Mann kehrte mit der Nachricht zurück, Miranda versuche, das Land zu verlassen.

Darüber hinaus hatte Edward ausgesagt, daß Micky auch für den Tod von Peter Middleton, Seth Pilaster und Solomon Greenbourne verantwortlich sei. Daß Micky möglicherweise auch Onkel Seth auf dem Gewissen hatte, war Hugh neu und erschütterte ihn zutiefst. Im übrigen ließ er Magridge wissen, daß er Micky in den Fällen Middleton und Greenbourne schon des längeren unter Verdacht habe.

Derselbe Inspektor, der Edward aufgesucht hatte, wurde nun zu Augusta geschickt. Sie lebte noch immer in Whitehaven House. Das war zwar ohne Geld nicht unbegrenzt möglich, doch bisher war es ihr jedenfalls gelungen, den Verkauf des Hauses und seiner Einrichtung zu verhindern.

Ein Polizeibeamter, der den Auftrag bekommen hatte, in den Londoner Buchungsbüros der Schiffahrtslinien Erkundungen anzustellen, berichtete, daß ein Mann, auf den die Beschreibung zutraf, unter dem Namen M. R. Andrews eine Überfahrt auf der *Aztec* gebucht habe, die noch am selben Abend Southampton verlassen sollte. Die Polizei in Southampton wurde darüber unterrichtet und angewiesen, sowohl den Bahnhof als auch den Anleger überwachen zu lassen.

Unverrichteterdinge kehrte der auf Augusta angesetzte Inspektor zurück. Sein Klingeln und Klopfen war vergeblich.

»Ich habe einen Schlüssel«, sagte Hugh.

»Sie ist wahrscheinlich ausgegangen«, sagte Magridge. »Wollen Sie nicht selber mal nachsehen? Ich möchte den Inspektor jetzt eigentlich zur Botschaft Cordobas schicken.«

Froh darüber, etwas Nützliches tun zu können, stimmte Hugh zu und fuhr mit einer Droschke nach Kensington. Er klingelte und klopfte, aber niemand kam an die Tür. Offensichtlich war das gesamte Personal inzwischen gegangen. Hugh zog seinen Schlüssel hervor und öffnete.

Es war kalt im Haus. Obwohl es nicht Augustas Stil entsprach, sich versteckt zu halten, beschloß Hugh, auf alle Fälle in jedem einzelnen Zimmer nachzusehen. Das Erdgeschoß war verwaist. Er stieg die Treppe hinauf und betrat Augustas Schlafzimmer.

Dort bot sich ihm ein überraschender Anblick: Die Türen des Kleiderschranks standen sperrangelweit offen, die Schubladen der Kommode waren herausgezogen, auf dem Bett und auf den Stühlen lagen Kleidungsstücke herum. Das paßte nun ganz und gar nicht zu Augusta – sie war eine auf Sauberkeit und Ordnung bedachte Person. Im ersten Moment glaubte Hugh an einen Einbruch, doch dann kam ihm ein anderer Gedanke.

Im Eilschritt stürmte er die Treppenflucht zur Dienstbotenetage empor. Vor siebzehn Jahren, als er selbst noch in diesem Haus gewohnt hatte, waren die Reise- und Schrankkoffer in einem großen Wandschrank verstaut gewesen. Die Tür des Schranks stand offen. Im Innern befanden sich ein paar kleinere Handkoffer, aber kein großer truhenartiger Überseekoffer.

Augusta hatte sich aus dem Staub gemacht.

Rasch überprüfte Hugh auch noch die anderen Zimmer des Hauses. Erwartungsgemäß begegnete er keinem Menschen. In den Räumen der Hausangestellten und den Gästezimmern entwikkelte sich bereits der muffige Geruch leerstehender Wohnungen. Im Schlafzimmer seines verstorbenen Onkels Joseph fiel ihm auf, daß es die diversen Renovierungen des Hauses völlig unverändert überstanden hatte. Er wollte das Zimmer gerade verlassen, als sein Blick auf das lackierte Vitrinenschränkchen mit Josephs wertvoller Schnupftabaksdosensammlung fiel.

Die Vitrine war leer.

Hugh runzelte die Stirn. Er wußte, daß die Schnupftabaksdosen noch nicht bei den Auktionatoren deponiert waren: Augusta hatte bislang den Abtransport von Inventar und Wertgegenständen aus Whitehaven House zu verhindern gewußt.

Also hatte sie die Schnupftabaksdosen mitgenommen.

Der Wert der Sammlung belief sich auf hunderttausend Pfund – eine Summe, die genügte, um Augusta bis an ihr Lebensende ein komfortables Auskommen zu garantieren.

Die Sache hatte nur einen Haken: Die Sammlung gehörte Augusta
nicht. Sie gehörte dem Konsortium.

Spontan entschloß sich Hugh, die Flüchtige zu verfolgen.

Er lief die Treppen hinunter, verließ das Haus und sah sich auf
der Straße um. Ein paar Meter weiter befand sich ein Droschkenstand. Die Kutscher standen in einer kleinen Gruppe beieinander,
unterhielten sich und traten von einem Fuß auf den anderen, um
sich warm zu halten. Hugh eilte zu ihnen und fragte: »Hat einer
von Ihnen heute nachmittag Lady Whitehaven gefahren?«

»Zwei von uns sogar!« erwiderte einer der Männer. »Einen
brauchte sie nämlich allein für ihr Gepäck!« Die anderen Kutscher lachten.

Hugh sah seine Vermutungen bestätigt. »Wohin haben Sie sie
denn hingebracht?«

»Bahnhof Waterloo, zum Schiffszug um ein Uhr.«

Der sogenannte »Schiffszug« fuhr nach Southampton. Auch
Micky wollte von dort aus abreisen. Die beiden hatten schon immer unter einer Decke gesteckt. Micky umschwänzelte und um-
schwärmte Augusta geradezu aufdringlich, immer bereit zu
Handküßchen und Komplimenten. Trotz des Altersunterschieds
von achtzehn Jahren war es denkbar, daß sie ein Verhältnis miteinander hatten.

»Aber sie haben den Zug verpaßt!« ergänzte einer der Droschkenkutscher.

»Sie?« fragte Hugh. »Hat sie denn jemand begleitet?«

»Ja, ein alter Knabe in einem Rollstuhl.«

Also offenbar nicht Micky. Aber wer sonst? In der Familie gab es
niemanden, der auf einen Rollstuhl angewiesen wäre. »Sie haben
den Zug verpaßt, sagten Sie. Wissen Sie, wann der nächste
Schiffszug geht?«

»Um drei.«

Hugh sah auf die Uhr. Es war halb drei – er konnte es noch
schaffen.

»Waterloo«, sagte er und sprang in die nächstbeste Droschke.

Er erreichte den Bahnhof gerade noch rechtzeitig, um sich eine
Fahrkarte zu besorgen und in den fahrbereiten Zug einzusteigen.

Es war ein Zug mit Wagenverbindungen, den man mühelos durchschreiten konnte. Als er sich in Bewegung setzte und auf der Fahrt durch die Wohnsiedlungen Südlondons allmählich schneller wurde, machte Hugh sich auf die Suche nach Augusta.

Er fand sie bereits im nächsten Waggon. Ein kurzer Blick ins Abteil verschaffte ihm Gewißheit. Um nicht erkannt zu werden, ging er schnell daran vorbei.

Micky war nicht bei ihr; er hatte offenbar einen früheren Zug erwischt. Außer Augusta saß nur noch ein älterer Mann mit einer Decke über dem Schoß im Abteil.

Im nächsten Waggon suchte sich Hugh einen Sitzplatz. Es war sinnlos, Augusta während der Fahrt zur Rede zu stellen. Die Schnupftabaksdosen befanden sich vielleicht gar nicht bei ihr im Abteil, sondern in einem Koffer im Gepäckwagen. Sie jetzt schon darauf anzusprechen, würde sie nur vorwarnen. Am besten war es, bis zur Ankunft des Zuges in Southampton zu warten. Dort wollte Hugh rasch aussteigen, einen Polizisten alarmieren und Augusta beim Entladen ihres Gepäcks stellen.

Angenommen, sie bestritt den Besitz der Schnupftabaksdosen? Er würde auf einer Durchsuchung ihres Gepäcks bestehen. Die Polizei war verpflichtet, einen angezeigten Diebstahl zu untersuchen – und je vehementer Augusta protestierte, desto verdächtiger würde sie sich machen.

Und was wäre, wenn sie behauptete, die Dosen gehörten ihr? Der Beweis des Gegenteils war an Ort und Stelle kaum zu führen. Hugh beschloß, in diesem Fall der Polizei eine Beschlagnahme der Wertgegenstände bis zur endgültigen Klärung der Besitzverhältnisse zu empfehlen.

Die schneebedeckten Felder von Wimbledon jagten vorbei. Hugh bezähmte seine Ungeduld. Einhunderttausend Pfund bedeuteten einen beachtlichen Anteil an den Gesamtschulden des Bankhauses Pilaster. Er war nicht bereit, Augusta diesen Diebstahl durchgehen zu lassen. Die Schnupftabaksdosen waren überdies ein Symbol für die Entschlossenheit der Familie, ihre Schulden zu begleichen. Gelang es Augusta, sich mit ihnen davonzumachen, so würde es in der Öffentlichkeit heißen, die Pilasters versuchten, sich wie schäbige Betrüger aus der Verantwortung zu stehlen. Schon der Gedanke brachte Hughs Blut in Wallung.

Es schneite noch immer, als der Zug Southampton erreichte. Hugh lehnte sich aus dem Waggonfenster. Schnaufend und stampfend, lief die Lokomotive in den Bahnhof ein. Überall wimmelte es von uniformierten Polizisten, was Hugh vermuten ließ, daß Micky noch immer nicht gefaßt war.

Noch ehe der Zug stand, sprang er ab und gelangte als erster Fahrgast an die Sperre. Dort wandte er sich an einen Polizeiinspektor: »Ich bin der Seniorchef des Bankhauses Pilaster«, sagte er und gab dem Mann seine Karte. »Ich weiß, daß Sie hinter einem Mörder her sind. Aber in dem soeben eingelaufenen Zug befindet sich eine Frau, die gestohlene Wertgegenstände im Werte von einhunderttausend Pfund mit sich führt. Es handelt sich dabei um Eigentum der Bank. Ich nehme an, die Dame plant, heute abend mit der *Aztec* das Land zu verlassen und die Gegenstände mitzunehmen.«

»Um was für Gegenstände handelt es sich denn, Mr. Pilaster?« fragte der Inspektor.

»Um eine Sammlung juwelenbesetzter Schnupftabaksdosen.«

»Und wie heißt diese Frau?«

»Es ist die Gräfinwitwe von Whitehaven.«

Der Polizeibeamte hob die Brauen. »Ich lese die Zeitungen, Sir«, sagte er. »Offenbar steht die Angelegenheit in Verbindung mit dem Zusammenbruch der Bank.«

Hugh nickte. »Wir müssen diese Schnupftabaksdosen verkaufen, damit die Leute, die ihr Geld verloren haben, ausbezahlt werden können.«

»Können Sie mir Lady Whitehaven zeigen?«

Hugh spähte durch das Schneetreiben auf den Bahnsteig hinaus. »Dort hinten beim Gepäckwagen, das ist sie!« sagte er. »Die Dame mit dem großen Hut mit den Vogelflügeln.« Augusta überwachte gerade die Entladung ihres Reisegepäcks.

Der Inspektor nickte. »Sehr gut. Bleiben Sie hier bei mir an der Sperre. Wir halten sie fest, wenn sie durchkommt.«

Mit gespannter Erwartung sah Hugh zu, wie die Reisenden den

Zug verließen und durch die Sperre hinausströmten. Obwohl er
sich ziemlich sicher war, daß Micky nicht mit diesem Zug gekom-
men war, musterte er aufmerksam alle Gesichter.
Augusta kam als letzte an die Sperre. Drei Gepäckträger schlepp-
ten ihre Koffer.
Als sie Hugh erkannte, erbleichte sie.
Der Inspektor war die Höflichkeit in Person. »Entschuldigen Sie,
Lady Whitehaven, auf ein Wort ...«
Nie zuvor hatte Hugh Augusta so ängstlich erlebt. Dennoch gab
sie sich majestätisch wie eh und je. »Ich fürchte, mir fehlt die Zeit,
Inspektor«, sagte sie kühl. »Mein Schiff legt heute abend ab. Ich
muß an Bord.«
»Ich garantiere Ihnen, daß die *Aztec* nicht ohne Sie ablegen wird,
Gnädigste«, antwortete der Inspektor formvollendet und fügte mit
Blick auf die Gepäckträger hinzu: »Ihr könnt die Sachen vorüber-
gehend abstellen, Jungs.« Wieder an Augusta gewandt, sagte er:
»Mr. Pilaster behauptet, Sie führen einige sehr wertvolle Schnupftabaksdosen aus seinem Besitz mit sich. Ist das korrekt?«
Augusta wirkte beinahe erleichtert. Hugh konnte sich keinen
Reim darauf machen, war aber nun selbst beunruhigt. Er fürchtete, sie könne plötzlich einen Trumpf aus dem Ärmel schütteln,
auf den er nicht vorbereitet war. »Ich wüßte nicht, warum ich eine
derart impertinente Frage beantworten sollte«, sagte sie selbst-
gefällig.
»Wenn Sie sich weigern, muß ich Ihr Gepäck durchsuchen lassen.«
»Nun gut«, erwiderte Augusta. »Jawohl, ich habe die Schnupftabaksdosen bei mir. Aber sie sind mein Eigentum. Es handelt sich
um die Sammlung meines verstorbenen Ehemanns.«
Der Inspektor wandte sich an Hugh: »Was sagen Sie dazu, Mr.
Pilaster?«
»Sie gehörten Ihrem Ehemann, soviel ist richtig. Aber er hat sie
seinem Sohn Edward Pilaster vererbt, und Edwards Eigentum
gehört jetzt der Bank. Lady Whitehaven versucht, die Dosen zu
stehlen.«
»Wir werden der Sache nachgehen«, sagte der Inspektor. »Unter-

dessen muß ich Sie beide bitten, mich auf die Polizeiwache zu begleiten.«

Augusta schien in Panik zu geraten. »Aber ich darf mein Schiff nicht verpassen!« rief sie.

»Ich kann Ihnen in diesem Fall nur den Vorschlag machen, die umstrittenen Wertgegenstände in der Obhut der Polizei zu lassen. Sie erhalten sie zurück, sobald sich herausstellt, daß Ihre Ansprüche berechtigt sind.«

Augusta zögerte. Hugh wußte, wie schwer es ihr fiel, einen solchen Schatz preiszugeben. Aber sie mußte doch wohl einsehen, daß sie keine Wahl hatte. Sie war auf frischer Tat ertappt worden und konnte von Glück reden, daß sie nicht im Gefängnis landete.

»Wo befinden sich die Schnupftabaksdosen, Gnädigste?« fragte der Inspektor.

Hugh wartete.

Augusta deutete auf einen Koffer. »Da drinnen.«

»Den Schlüssel, wenn ich bitten darf?«

Wieder zögerte Augusta, und wieder gab sie nach. Sie kramte einen kleinen Ring mit Kofferschlüsseln hervor, wählte einen davon aus und reichte ihn dem Inspektor.

Dieser öffnete den Koffer. Er war mit Schuhsäckchen gefüllt. Augusta deutete auf einen bestimmten. Der Inspektor griff hinein und zog eine Zigarrenkiste aus hellem Holz hervor. Er klappte den Deckel auf. Eine Anzahl kleiner, sorgfältig in Papier gewickelter Gegenstände kam zum Vorschein. Der Inspektor griff einen heraus und wickelte ihn aus. Es war eine kleine goldene Dose, die mit Diamantsplittern in Form einer Eidechse ausgelegt war.

Hugh seufzte erleichtert.

Der Inspektor sah ihn an. »Wissen Sie, um wie viele Dosen es sich handeln soll, Sir?«

Alle Familienmitglieder wußten das. »Fünfundsechzig«, sagte Hugh. »Eine Dose für jedes Lebensjahr von Onkel Joseph.«

»Möchten Sie nachzählen?«

»Sie sind vollzählig«, sagte Augusta.

Hugh zählte trotzdem nach. Es waren fünfundsechzig. Das freudige Gefühl des Sieges überkam ihn.

Der Inspektor nahm die Zigarrenkiste an sich und gab sie einem anderen Polizisten. »Wenn Sie nun bitte Constable Neville auf die Polizeiwache begleiten würden ... Er stellt Ihnen eine offizielle Empfangsbestätigung aus.«

»Schicken Sie sie an die Bank«, sagte sie. »Darf ich jetzt gehen?«

Hugh wußte nicht recht, was er davon halten sollte. Augusta war enttäuscht, aber nicht gebrochen. Er hatte das Gefühl, daß es noch etwas anderes gab, was sie belastete, etwas, woran ihr weit mehr lag als an den Schnupftabaksdosen. Und wo war Micky Miranda?

Der Inspektor verneigte sich, und Augusta passierte die Sperre. Die drei schwerbeladenen Gepäckträger folgten ihr.

»Vielen Dank, Inspektor«, sagte Hugh. »Es tut mir nur leid, daß Sie nicht auch Micky Miranda geschnappt haben.«

»Wir werden ihn schon erwischen, Sir. Er kommt nicht an Bord der *Aztec* – es sei denn, er hat inzwischen fliegen gelernt.«

Der Gepäckwagenschaffner kam auf sie zu. Er schob einen Rollstuhl vor sich her. Als er Hugh und den Inspektor erreichte, blieb er stehen und fragte: »Können Sie mir vielleicht sagen, was ich jetzt mit diesem Rollstuhl anfangen soll?«

»Um was geht's denn?« fragte der Inspektor geduldig.

»Diese Dame mit dem vielen Gepäck und dem Vogel am Hut ...«

»Lady Whitehaven, ja.«

»In Waterloo war sie mit einem älteren Herrn zusammen. Sie hat ihn in ein Abteil der Ersten Klasse gesetzt und mich gebeten, den Rollstuhl im Gepäckwagen unterzubringen. Ist mir ein Vergnügen, sage ich. Dann steigt sie in Southampton aus und tut so, als hätte sie keine Ahnung, wovon ich rede. ›Sie müssen mich mit jemand anders verwechselt haben‹, sagte sie. ›Kaum‹, sage ich, ›so 'n Hut wie den gibt's nur einmal.‹«

»Das stimmt«, warf Hugh ein. »Der Droschkenkutscher in London sagte, daß sie von einem Mann im Rollstuhl begleitet wurde.«

»Na also!« sagte der Gepäckwagenschaffner triumphierend.

Der Inspektor verlor unvermittelt seine onkelhafte Jovialität und wandte sich erregt an Hugh. »Haben Sie den alten Mann die Sperre passieren sehen?«

»Nein. Dabei habe ich mir jeden Fahrgast genau angesehen. Tante Augusta war die letzte.« Dann endlich fiel der Groschen. »Mein Gott! Glauben Sie, das war Micky Miranda in Verkleidung?«

»Jawohl. Aber wo ist er jetzt? Kann er den Zug an einem früheren Bahnhof verlassen haben?«

»Nein«, sagte der Schaffner. »Es ist doch ein Expreßzug, nonstop von Waterloo nach Southampton.«

»Dann durchsuchen wir sofort den Zug. Er muß noch drin sein.«

Das war jedoch nicht der Fall.

Die *Aztec* war mit bunten Laternen und Papiergirlanden geschmückt. Die Weihnachtsparty war in vollem Gang, als Augusta an Bord ging: Auf dem Hauptdeck spielte eine Musikkapelle, Passagiere in Festtagskleidung tranken Champagner und tanzten mit Freunden, die zu ihrer Verabschiedung gekommen waren.

Ein Steward führte Augusta die große Treppe hinauf und geleitete sie zu einer Kabine auf dem Oberdeck. In der Annahme, dank der Schnupftabaksdosen in ihrem Koffer aller Geldsorgen ledig zu sein, hatte Augusta mit ihrer gesamten Barschaft die beste noch verfügbare Kabine gebucht. Die Kabine, deren Tür direkt aufs Oberdeck hinausführte, war mit einem breiten Bett, einem Waschbecken in normaler Größe, bequemen Sesseln und elektrischem Licht ausgestattet. Auf der Frisierkommode standen Blumen, auf dem Nachtkästchen neben dem Bett lag eine Schachtel mit Schokoladenkonfekt, und auf dem niedrigen Tisch ruhte eine Flasche Champagner in einem Eiskübel. Augusta wollte dem Steward gerade sagen, er solle den Champagner entfernen, besann sich jedoch eines Besseren. Für mich beginnt jetzt ein neues Leben, dachte sie. Vielleicht trinke ich ab heute Champagner ...

Sie hatte es gerade noch geschafft. Die Gepäckträger waren noch dabei, ihre Koffer in die Kabine zu schleppen, als draußen schon der traditionelle Ruf »*All ashore that's going ashore!*« ertönte, mit dem alle Nichtpassagiere aufgefordert wurden, das Schiff zu verlassen. Als die Gepäckträger gegangen waren, klappte Augusta zum Schutz gegen das Schneegestöber ihren Mantelkragen hoch und trat hinaus auf das schmale Deck. Sie lehnte sich an die Reling und schaute hinunter. Die Bordwand fiel senkrecht ins Wasser ab, wo bereits ein kleiner Schlepper in Position gegangen war, um den großen Ozeandampfer aus dem Hafen ins offene Meer zu ziehen. Augusta sah, wie, eine nach der anderen, die Gangways eingezogen und die Leinen losgemacht wurden. Das Nebelhorn ertönte, und die Menge auf dem Kai jubelte auf. Langsam und zunächst kaum wahrnehmbar setzte sich das riesige Schiff in Bewegung.

Augusta kehrte in ihre Kabine zurück und schloß die Tür hinter sich. Ohne Hast entkleidete sie sich und schlüpfte in ein Seidennachthemd sowie einen dazu passenden Morgenmantel. Dann klingelte sie nach dem Steward und teilte ihm mit, daß sie an diesem Abend keine Wünsche mehr habe und nicht gestört werden wolle.

»Wünschen Gnädigste morgen früh geweckt zu werden?«

»Nein, danke. Ich werde klingeln.«

»Sehr wohl, gnädige Frau.«

Nachdem er gegangen war, schloß Augusta die Tür ab.

Dann öffnete sie den großen Schrankkoffer und ließ Micky heraus.

Er taumelte durch die Kabine und fiel der Länge nach aufs Bett.

»Jesus, rette mich!« stöhnte er. »Ich dachte, mein letztes Stündlein hätte geschlagen.«

»Mein armer Liebling! Was tut dir denn weh?«

»Meine Beine.« Sie rieb seine Unterschenkel. Die Muskeln waren verhärtet und verkrampft. Augusta massierte das Fleisch mit ihren Fingerspitzen und spürte durch den Stoff der Hose die Wärme seiner Haut. Es war lange her, daß sie einen Mann in dieser Weise berührt hatte. Sie spürte Hitze in sich aufsteigen.

Oft genug, sowohl vor als auch nach dem Tod ihres Ehemanns,

hatte sie in ihren Tagträumen vorweggenommen, was nun auf
einmal Wirklichkeit geworden war: Sie wollte mit Micky Miranda
davonlaufen, durchbrennen ... Der Gedanke an all das, was sie
verlieren würde – Haus, Personal, Geld für Kleider, gesellschaftliche Stellung und familiäre Macht – hatte sie stets davor zurückgehalten. Doch nun, da die Bankpleite ihr ohnehin alles genommen hatte, fühlte sie sich frei, ihren heimlichen Sehnsüchten
nachzugeben.
»Wasser«, sagte Micky schwach.
Sie nahm den Krug, der neben ihrem Bett stand, und schenkte
ihm ein Glas ein. Micky drehte sich um, setzte sich auf und leerte
das Glas in einem Zug.
»Noch etwas ... Micky?«
Er schüttelte den Kopf.
Augusta nahm ihm das Glas ab.
»Du hast die Schnupftabaksdosen verloren«, sagte er. »Ich habe
alles gehört. Hugh, dieses Schwein ...«
»Aber du hast ja genug Geld«, sagte Augusta. Sie deutete auf den
Champagner im Eiskübel. »Wir sollten darauf trinken. Wir haben
England verlassen. Du bist gerettet!«
Micky starrte auf ihren Busen, und Augusta merkte, daß ihre
Brustwarzen vor Erregung hart waren und daß er sie durch die
Seide ihres Negligés sehen konnte. Sie wollte schon sagen: *Wenn
du willst, darfst du sie anfassen,* zögerte dann jedoch. Sie hatten ja
noch viel Zeit – die ganze Nacht, die ganze Reise, ihr ganzes
Leben. Doch mit einemmal konnte sie nicht länger warten. Sie
fühlte sich schuldig und schämte sich – aber sie sehnte sich so
sehr danach, seinen nackten Körper in ihren Armen zu halten,
daß das Begehren stärker war als die Scham. Sie setzte sich auf
die Bettkante. Sie nahm seine Hand, zog sie an ihre Lippen und
küßte sie. Dann drückte sie sie auf ihre Brust.
Einen Augenblick lang sah Micky sie verwundert an. Dann begann er, ihre Brust durch die Seide zu streicheln. Seine Fingerspitzen streiften über die empfindliche Spitze, und Augusta stöhnte
auf vor Lust. Micky umfaßte die Brust mit seiner Hand, hob sie
und bewegte sie. Dann nahm er die Brustwarze zwischen Zeige-

finger und Daumen und drückte zu. Augusta schloß die Augen. Micky zwickte fester, so daß es schmerzte. Und dann zwirbelte er sie mit einer tückischen Drehung, daß Augusta einen Schmerzensschrei ausstieß, sich von ihm frei machte und aufstand.

Micky grinste höhnisch. »Du dämliche Fotze«, sagte er und stieg aus dem Bett.

»Nein!« sagte Augusta. »Nein!«

»Du hast dir doch tatsächlich eingebildet, ich würde dich heiraten!«

»Ja ...«

»Du hast kein Geld und keinen Einfluß mehr. Die Bank ist pleite, und vorhin hast du dir sogar die Schnupftabaksdosen abnehmen lassen. Was soll ich da noch mit dir anfangen?«

Sie spürte einen Schmerz in ihrer Brust, als habe ihr jemand ein Messer direkt ins Herz gestoßen. »Du hast doch gesagt, daß du mich liebst ...«

»Du bist achtundfünfzig – so alt wie meine Mutter, Herrgott noch mal! Du bist alt und runzelig, boshaft und egoistisch – ich würde dich nicht einmal vögeln, wenn du die letzte Frau auf dieser Erde wärst!«

Augusta schwanden die Sinne. Sie bemühte sich, nicht zu weinen, aber es gelang ihr nicht. Tränen stiegen ihr in die Augen, und sie begann, vor Verzweiflung heftig zu schluchzen, so daß ihr ganzer Körper erbebte. Sie war am Ende. Sie hatte keine Heimat mehr, kein Geld und keine Freunde. Der Mann, dem sie vertraute, hatte sie verraten. Sie wandte sich von ihm ab, um ihr Gesicht zu verbergen; er sollte sich nicht an ihrer Scham und Trauer weiden.

»Bitte, hör auf!« flüsterte sie.

»Ich hör' schon auf!« fauchte er. »Ich habe hier auf dem Schiff eine Kabine reserviert – und dorthin verziehe ich mich jetzt.«

»Aber wenn wir nach Cordoba kommen ...«

»Du kommst nicht nach Cordoba. Du kannst das Schiff in Lissabon verlassen und wieder nach England zurückkehren. Ich brauche dich nicht mehr.«

Jedes Wort traf sie wie ein Schlag. Augusta wich vor Micky zurück, die Hände erhoben wie zur Abwehr seiner Verwünschungen.

Sie stieß gegen die Kabinentür. Sie hielt es in seiner Gegenwart nicht mehr aus. Sie sperrte die Tür auf und verließ die Kabine. Die eiskalte Nachtluft brachte sie rasch zur Besinnung. Du benimmst dich wie ein hilfloses kleines Mädchen, nicht wie eine reife, fähige Frau, schalt sie sich. Vorübergehend war ihr die Kontrolle über ihr Leben entglitten – um so mehr galt es jetzt, wieder Herrin über das eigene Schicksal zu werden.

Ein Mann im Smoking ging vorüber. Er rauchte eine Zigarre. Der Anblick der Frau im Negligé verblüffte ihn sichtlich, aber er sprach sie nicht an.

Da kam ihr auf einmal eine Idee.

Sie ging wieder in die Kabine zurück und schloß die Tür hinter sich. Micky stand vor dem Spiegel und richtete sich seine Krawatte. »Es kommt jemand«, raunte sie ihm zu. »Ein Polizist!«

Mickys Verhalten änderte sich schlagartig. Der höhnische Ausdruck in seiner Miene verflog und wich panischer Angst. »Oh, mein Gott!« stöhnte er.

Augusta überlegte fieberhaft. »Wir befinden uns nach wie vor in britischen Hoheitsgewässern«, sagte sie. »Du kannst ohne weiteres noch verhaftet und mit einem Boot der Küstenwache zurückgebracht werden.« Sie hatte keine Ahnung, ob ihre Behauptung stimmte.

»Ich muß mich verstecken.« Er kletterte in den Überseekoffer.

»Mach ihn zu, schnell!«

Augusta schloß den Deckel und ließ die Verschlüsse zuschnappen.

»So ist's gut«, sagte sie.

Sie setzte sich aufs Bett und starrte den Überseekoffer an. Wieder und wieder vollzog sie in Gedanken das Gespräch mit Micky nach. Sie hatte sich verwundbar gezeigt, und er hatte es ausgenutzt. Sie dachte daran, wie er sie gestreichelt hatte. Nur zwei andere Männer hatten je ihre Brüste berührt – Strang und Joseph. Sie dachte daran, wie er ihre Brustwarze verdreht und sie mit obszönen Worten beleidigt hatte. Je mehr Zeit verstrich, desto mehr kühlte ihre Wut ab und verwandelte sich in dunkle, böse Rachsucht.

Aus dem Innern des großen Koffers drang gedämpft Mickys
Stimme: »Augusta, was ist denn los?«

Sie gab ihm keine Antwort.

Er begann, um Hilfe zu rufen, worauf Augusta den Koffer zur
Schalldämmung mit Bettzeug und Decken umwickelte.

Nach einer Weile gab er Ruhe.

Nachdenklich entfernte Augusta die Gepäckanhänger, die ihren
Namen trugen, von dem Überseekoffer.

Sie hörte Kabinentüren zuschlagen: Die Passagiere begaben sich
in den Speisesaal. Das Schiff, das mittlerweile das offene Wasser
des Ärmelkanals erreicht hatte, begann in der Dünung ein wenig
zu schaukeln. Für Augusta, die auf dem Bett saß und vor sich hin
grübelte, verstrich der Abend schnell.

Zwischen Mitternacht und zwei Uhr morgens kehrten die Passagiere in kleinen Gruppen zu zweit oder zu dritt in ihre Kabinen
zurück. Danach hörte die Kapelle zu spielen auf, und es kehrte
Ruhe ein. Nur die Geräusche des Meeres und das Stampfen der
Maschinen waren noch zu hören.

Wie besessen starrte Augusta noch immer auf den großen Überseekoffer, in den sie Micky eingesperrt hatte. Ein kräftiger Gepäckträger hatte ihn in die Kabine geschleppt. Augusta konnte
ihn nicht tragen, aber vielleicht ließ er sich ziehen. An den
Schmalseiten war er mit Messinggriffen versehen, Lederriemen
spannten sich über Deckel, Seiten und Boden. Augusta packte
einen Riemen über dem Deckel und zog. Der Überseekoffer kippte
zur Seite und fiel mit vernehmlichem Gepolter um. Micky fing
neuerlich zu schreien an, worauf Augusta die verrutschten Bett-
decken wieder über den Koffer zog. Sie wartete, ob jemand kommen und sich nach der Ursache des Krachs erkundigen würde,
aber es rührte sich nichts. Micky verstummte wieder.

Aufs neue ergriff Augusta den Lederriemen und zog daran. Der
Koffer war sehr schwer, ließ sich aber mit jedem Zug um ein paar
Zentimeter verrücken. Nach jedem Ruck legte sie eine Pause ein.

Nach ungefähr zehn Minuten hatte sie die Kabinentür erreicht.
Sie zog sich ihre Strümpfe und Stiefel an und schlüpfte in den
Pelzmantel. Dann öffnete sie die Tür.

Kein Mensch war zu sehen. Die Passagiere schliefen. Und wenn ein Crewmitglied auf dem Deck patrouillierte, konnte sie es nicht entdecken. Elektrische Glühbirnen tauchten das Schiff in trübes Licht. Die Sterne waren nicht zu sehen.

Sie zog den Überseekoffer durch die Kabinentür und hielt erneut inne.

Danach ging es etwas leichter, da das Deck durch den nassen Schnee glitschig war. Nach weiteren zehn Minuten stand der Koffer vor der Reling.

Der nächste Schritt war schwieriger. Augusta packte den Riemen, hob den vorderen Teil des Koffers an und versuchte, ihn aufzurichten. Der erste Versuch mißlang; der Koffer entglitt ihr und krachte aufs Deck. In Augustas Ohren klang es furchtbar laut, aber auch diesmal kam niemand nachsehen. Auf dem Schiff gab es ununterbrochen irgendwelche Geräusche, wenn der Bug die Wellen durchpflügte und die Schornsteine dicke Rauchwolken ausstießen.

Beim zweitenmal ging sie entschlossener zu Werke. Sie kniete mit einem Bein nieder, ergriff den Riemen mit beiden Händen und hob die schwere Last langsam an. Als der Überseekoffer einen Neigungswinkel von ungefähr fünfundvierzig Grad erreicht hatte, bewegte sich Micky im Inneren. Sein Gewicht verlagerte sich nach unten, so daß ein leichter Stoß genügte, um den Koffer in aufrechte Position zu bringen.

Augusta kippte ihn leicht nach vorne, bis er schräg an der Reling lehnte.

Was nun kam, war bei weitem die schwerste Aufgabe. Augusta bückte sich, packte den unteren Riemen, holte tief Atem und hob den Koffer an.

Obwohl sie, da der Koffer an der Reling lehnte, nicht das gesamte Gewicht zu tragen hatte, konnte sie das schwere Stück trotz aller Mühe nur wenige Zentimeter vom Boden hieven. Dann rutschten ihre kalten Finger ab, und der Koffer fiel wieder zurück.

Ich schaffe es nicht, dachte Augusta.

Sie machte eine Pause. Sie war erschöpft, ihre Finger waren vor Kälte fast gefühllos. Ich darf nicht aufgeben, dachte sie. Ich habe mich so bemüht, den Koffer hierher zu schleifen. Ich muß es noch einmal versuchen ...

Wieder bückte sie sich und ergriff den Riemen.

Da ließ sich plötzlich Micky vernehmen. »Augusta, was hast du vor?« fragte er.

Leise, aber unmißverständlich stellte sie ihm eine Gegenfrage: »Weißt du noch, wie Peter Middleton starb?«

Sie sprach nicht weiter. Im Koffer blieb es still.

»Du wirst auf die gleiche Weise sterben«, fügte sie hinzu.

»Nein, bitte, Augusta, meine liebe Augusta!«

»Das Wasser, das in deine Lungen eindringt, wird kälter sein und nach Salz schmecken. Doch wenn der Tod dann dein Herz umklammert, wird dich die Todesangst genauso packen wie den Jungen damals.«

Micky fing an zu schreien. »Hilfe! Hilfe! Rettet mich!«

Augusta griff nach dem Riemen und zog mit aller Kraft an. Der Überseekoffer hob sich vom Deck. Micky, dem nun endgültig klar war, was gespielt wurde, schrie jetzt, so laut er konnte. Er schrie so laut, daß seine eingeschlossene Stimme sogar das Stampfen der Maschine und das Rauschen der See übertönte. Unweigerlich würde bald jemand aufmerksam werden und nachschauen. Augusta gab sich erneut einen Ruck. Es gelang ihr, den hinteren Teil des Koffers bis auf Brusthöhe anzuheben. Sie war erschöpft und hatte das Gefühl, nicht mehr weiter zu können. Micky unternahm einige hoffnungslose Befreiungsversuche, verzweifeltes Kratzen und Schaben drang aus dem Koffer. Augusta schloß die Augen, biß die Zähne zusammen und schob den Koffer zentimeterweise weiter hinauf. Als sie alle Kräfte, die ihr verblieben waren, anspannte, spürte sie, daß in ihrem Rücken irgend etwas nachgab. Im selben Augenblick durchzuckte sie ein stechender Schmerz. Sie schrie auf, ohne jedoch den Koffer fallen zu lassen. Der hintere Teil war nun schon höher als der vordere, rutschte auf der Reling einige Zentimeter vor und blieb dann hängen. Augustas Rücken war eine einzige Qual. Sie mußte jetzt jederzeit damit rechnen, daß Mickys Geschrei einen Passagier aus dem Tiefschlaf schrecken würde. Sie wußte, daß sie nur noch zu einem einzigen Stoß imstande war – es mußte der letzte sein. Noch einmal nahm sie all ihre Kräfte zusammen, schloß die Augen, biß wegen des Schmerzes im Kreuz die Zähne zusammen und stemmte sich gegen den Koffer.

Dieser rutschte langsam über die Reling, kippte vornüber und stürzte in die Tiefe.

Micky stieß einen langen, klagenden Schrei aus, der im Wind erstarb.

Augusta sackte nach vorn, lehnte sich über die Reling, um ihrem schmerzenden Rücken Erleichterung zu verschaffen, und beobachtete, wie der riesige Überseekoffer mit den Schneeflocken durch die Luft torkelte, sich mehrmals überschlug, mit einer mächtigen Fontäne ins Wasser klatschte und unterging.

Schon nach wenigen Augenblicken tauchte er wieder auf. Er wird noch eine Weile schwimmen, dachte Augusta. Die Schmerzen waren kaum noch auszuhalten. Sie hätte sich am liebsten hingelegt, blieb aber vorerst an der Reling stehen und sah dem Koffer nach, der auf der Dünung auf und ab tanzte, bevor er aus ihrem Blickfeld entschwand.

Neben ihr ertönte eine besorgte Männerstimme. »Mir war, als hätte ich jemanden um Hilfe schreien hören.«

Augusta faßte sich schnell. Sie drehte sich um und erblickte einen höflichen jungen Mann in einem seidenen Morgenmantel. Um den Hals trug er einen Schal. »Ja, das war ich«, sagte sie und zwang sich ein Lächeln ab. »Ich hatte einen Alptraum und wachte von meinen eigenen Schreien auf. Ich bin dann an Deck gegangen, um wieder einen klaren Kopf zu bekommen.«

»Ach so. Geht es Ihnen auch wirklich wieder gut?«

»Ja, wirklich. Sie sind sehr freundlich.«

»Nun, dann wünsche ich Ihnen eine gute Nacht.«

»Gute Nacht.«

Der junge Mann ging wieder in seine Kabine.

Augusta blickte aufs Meer hinunter. Bevor sie sich zurück zu ihrem Bett schleppte, wollte sie noch eine kleine Weile an der Reling stehenbleiben und den Wellen zuschauen. Das Wasser wird langsam durch die schmalen Zwischenräume sickern, dachte sie. Zentimeter um Zentimeter wird es an Mickys Körper emporkriechen, während er immer noch verzweifelt versucht, den Deckel zu öffnen. Bedeckt es endlich Mund und Nase, wird er den Atem anhalten, solange er kann. Zum Schluß wird er dann zwanghaft und heftig nach Luft ringen, und die eiskalte, salzige See wird durch Mund und Hals in seine Lunge strömen. Von Schmerzen und Todesangst gepeinigt, wird er sich noch ein paarmal hin und her werfen; schließlich werden seine Bewegungen immer schwächer, bis ihn eine tiefe Schwärze umfängt und er stirbt.

Hugh war todmüde, als der Zug im Bahnhof von Chingford einlief und zum Halten kam. Er stieg aus und betrat kurz darauf die Brücke, die über die Gleise führte. Obwohl er sich nach seinem Bett sehnte, blieb er an der Stelle, an der Micky am Vormittag Tonio Silva erschossen hatte, stehen, zog seinen Hut und verharrte eine Minute lang barhäuptig im fallenden Schnee. Seine Gedanken galten seinem Freund, dem jungen wie dem erwachsenen Tonio. Dann setzte er seinen Weg fort.

Er fragte sich, inwieweit die Ereignisse des vergangenen Tages die Einstellung des Außenministeriums zu Cordoba beeinflussen könnten. Bisher war Micky Miranda der Polizei entkommen. Unabhängig davon, ob Micky nun erwischt wurde oder nicht, konnte sich Hugh jedoch den Umstand zunutze machen, daß er den Mord aus nächster Nähe miterlebt hatte. Mit Vergnügen würden die Zeitungen seinen detaillierten Augenzeugenbericht veröffentlichen. Daß ein ausländischer Diplomat am hellichten Tag einen Mord begehen konnte, würde in der Öffentlichkeit einen Aufschrei der Empörung auslösen, und es war damit zu rechnen, daß der eine oder andere Unterhausabgeordnete die Forderung nach Vergeltungsmaßnahmen erhob. Die Tatsache, daß Micky ein Mörder war, konnte Papa Mirandas Chancen auf Anerkennung seitens der britischen Regierung zunichte machen. Vielleicht ließ sich das Außenministerium dazu überreden, von nun an die Silvas zu unterstützen – einerseits, um die Mirandas zu bestrafen, und ande-

rerseits, um für die britischen Investoren der Santamaria Harbor
Company eine Entschädigung zu erreichen. Je mehr Hugh darüber nachdachte, desto optimistischer wurde er.

Er hoffte, daß Nora bereits im Bett lag und schlief, wenn er nach
Hause kam. Er wollte das Gejammer nicht hören – wieder ein
grauenhafter Tag in diesem gottverlassenen Nest, wieder ein Tag,
an dem man sie mit diesen drei ungezogenen Rabauken allein
gelassen hatte ... Er wollte nur noch unter die Decke kriechen und
schlafen. Über die Konsequenzen der heutigen Ereignisse für sich
selbst und seine Bank konnte er auch morgen noch nachdenken.

Er war enttäuscht, als er vom Gartenweg aus erkannte, daß hinter
den Vorhängen noch Licht brannte. Nora war also noch wach. Er
schloß die Haustür auf und ging ins Wohnzimmer.

Zu seiner Überraschung waren seine Buben noch wach. Sie hatten
all drei ihre Schlafanzüge an, saßen wie die Orgelpfeifen nebeneinander auf dem Sofa und schauten sich ein Bilderbuch an.

Daß aber in ihrer Mitte Maisie saß und ihnen vorlas, war ihm
vollkommen unerklärlich.

Die drei Kinder sprangen auf und rannten auf ihn zu. Er umarmte
und küßte sie einen nach dem anderen: erst Sol, den Jüngsten,
dann Samuel und zuletzt den elfjährigen Toby. Die beiden Jüngeren waren außer sich vor Freude darüber, daß er nun endlich
wieder bei ihnen war, doch in Tobys Miene lag noch ein anderer
Ausdruck. »Was ist denn hier geschehen, alter Junge?« fragte ihn
Hugh. »Ist etwas passiert? Wo ist eure Mutter?«

»Sie ist einkaufen gegangen«, antwortete Toby und schluchzte.
Hugh nahm seinen Ältesten in den Arm und blickte Maisie an.

»Ich bin so gegen vier Uhr gekommen«, sagte sie. »Nora muß das
Haus kurz nach dir verlassen haben.«

»Sie hat die Kinder allein gelassen?«

Maisie nickte.

Heißer Zorn wallte in Hugh auf. Die Kinder waren fast den ganzen Tag sich selbst überlassen gewesen. Was hätte da nicht alles
passieren können! »Wie konnte sie das tun?« fragte er bitter.

»Sie hat eine Nachricht hinterlassen«, sagte Maisie und gab ihm
das Briefkuvert.

Hugh öffnete es und las die Botschaft, die aus einem einzigen Wort bestand: LEBEWOHL.

»Es war nicht zugeklebt«, erklärte Maisie. »Toby hat es gelesen und mir gezeigt.«

»Kaum zu fassen!« sagte Hugh, doch im gleichen Augenblick wußte er auch schon, daß das nicht der Wahrheit entsprach. Noras Verhalten war nur allzu verständlich; ihre eigenen Wünsche hatten immer Vorrang vor allem anderen gehabt. Jetzt hatte sie ihre Kinder verlassen. Wahrscheinlich ist sie zu ihrem Vater zurückgekehrt, dachte Hugh, in die Kneipe ...

Aus der Botschaft schien hervorzugehen, daß sie nicht die Absicht hatte, jemals wiederzukommen.

Hugh wußte nicht, was er davon halten sollte. Seine erste Pflicht betraf die Jungen. Es kam jetzt darauf an, daß sie sich nicht noch mehr aufregten. Er verdrängte vorübergehend seine eigenen Gefühle und sagte: »Ihr Burschen habt heute sehr lange aufbleiben dürfen, aber jetzt ist es höchste Zeit. Ins Bett mit euch! Marsch!«

Er wies ihnen den Weg zur Treppe. Samuel und Sol teilten sich ein Zimmer, Toby hatte ein eigenes. Hugh brachte zuerst die beiden Kleinen zu Bett. Dann ging er zu seinem Ältesten und beugte sich über dessen Bett, um ihm einen Gutenachtkuß zu geben.

»Mrs. Greenbourne ist ganz toll!« sagte Toby.

»Da hast du recht, Toby«, erwiderte sein Vater. »Sie war mit Solly verheiratet, meinem besten Freund. Er ist dann leider gestorben.«

»Außerdem ist sie hübsch.«

»Meinst du?«

»Ja. Kommt Mama zurück?«

Das war die Frage, die Hugh gefürchtet hatte. »Ja, natürlich kommt sie zurück«, sagte er.

»Wirklich?«

Hugh seufzte. »Um die Wahrheit zu sagen, ich weiß es nicht.«

»Wenn sie nicht zurückkommt – wird sich dann Mrs. Greenbourne um uns kümmern?«

Kinder treffen doch immer gleich den Kern der Sache, dachte Hugh. Er vermied eine direkte Antwort. »Mrs. Greenbourne leitet eine Klinik«, sagte er. »Sie hat Dutzende von Patientinnen, um die sie sich kümmern muß. Ich glaube, sie hat gar nicht die Zeit, sich auch noch um drei Jungen zu kümmern. Und jetzt Schluß mit der Fragerei. Gute Nacht!«

Toby schien die Antwort nicht überzeugt zu haben, aber er fragte nicht noch einmal nach. »Gute Nacht, Vater.«

Hugh blies die Kerze aus, verließ das Zimmer und schloß die Tür.

Maisie hatte Kakao gemacht. »Du hättest jetzt sicher lieber einen Brandy«, sagte sie, »aber es scheint keiner im Hause zu sein.«

Hugh lächelte. »Leute der unteren Mittelklasse wie wir können sich keine Spirituosen leisten. Kakao ist gerade das richtige.«

Tassen und eine Kanne standen auf einem Tablett, aber weder Maisie noch Hugh griffen danach. Sie standen sich mitten im Zimmer gegenüber und sahen einander in die Augen. Schließlich sagte Maisie: »Ich las in der Nachmittagszeitung von der Schießerei und kam hierher, weil ich wissen wollte, wie es dir geht. Ich stellte fest, daß die Kinder allein waren, und hab' ihnen ein Abendbrot gemacht. Danach haben wir auf dich gewartet.« Sie lächelte. Es war ein resigniertes, gefaßtes Lächeln, das Hugh zu verstehen gab, daß es an ihm lag, was als nächstes geschah.

Unvermittelt fing er an zu zittern. Er suchte Halt an einer Stuhllehne. »Es war ein anstrengender Tag«, sagte er mit bebender Stimme. »Mir ist etwas merkwürdig zumute.«

»Vielleicht solltest du dich hinsetzen.«

Plötzlich überwältigte ihn die Liebe zu ihr. Anstatt sich hinzusetzen, umarmte er Maisie. »Nimm mich ganz fest in die Arme!«

Sie schlang die Arme fest um seine Taille.

»Ich liebe dich, Maisie«, sagte er. »Ich habe dich immer geliebt.«

»Ich weiß.«

Er sah ihr in die Augen. Sie waren voller Tränen. Als er sah, wie eine Träne ihr die Wange hinunterrann, küßte er sie fort.

»All diese Jahre«, sagte er. »All diese Jahre.«

»Schlaf heute nacht mit mir, Hugh«, sagte sie.

Er nickte. »Und von nun an jede Nacht.«

Dann küßte er sie wieder.

Todesanzeige aus der Londoner *Times*:

Nach langer, schwerer Krankheit
verstarb am 30. Mai
an seinem Wohnsitz in Antibes (Frankreich) der
GRAF VON WHITEHAVEN,
ehemaliger Seniorchef des Bankhauses Pilaster.

»Edward ist tot«, sagte Hugh und sah von der Zeitung auf.
Maisie saß neben ihm im Zugabteil. Sie trug ein leuchtendgelbes
Sommerkleid mit roten Punkten und einen kleinen Hut mit gelben
Taftbändern. Sie waren auf dem Weg nach Windfield zur Ab-
schlußfeier.
»Er war ein verkommenes Schwein«, sagte Maisie, »aber seiner
Mutter wird er fehlen.«
Augusta und Edward hatten in den vergangenen achtzehn Mona-
ten gemeinsam in Südfrankreich gelebt. Trotz ihrer Fehler und
Vergehen überwies ihnen das Konsortium die gleiche monatliche
Zuwendung wie allen anderen Pilasters. Beide waren sie behin-
dert: Edward hatte Syphilis im Endstadium, während Augusta an
einem Bandscheibenvorfall litt, der sie den größten Teil ihrer Zeit
an den Rollstuhl fesselte. Hugh hatte erfahren, daß sie trotz ihrer
Behinderung zur ungekrönten Königin der englischen Gemeinde
in jenem Teil der Welt aufgestiegen war. Sie wirkte als Ehestifte-
rin, Schlichterin, Organisatorin von Veranstaltungen sowie als
Verkünderin und Hüterin gesellschaftlicher Anstandsregeln.
»Er hat seine Mutter sehr geliebt«, sagte Hugh.
Maisie sah ihn erstaunt an. »Warum hebst du das so hervor?«

»Weil mir sonst nichts Gutes über ihn einfällt.«

Sie lächelte liebevoll und gab ihm einen Kuß auf die Nase.

Stampfend und schnaufend kam der Zug im Bahnhof zum Stehen. Sie stiegen aus. Tobys erstes und Berties letztes Jahr in Windfield gingen zu Ende. Es war ein warmer Sommertag, und die Sonne strahlte vom Himmel. Maisie öffnete ihren Sonnenschirm – er bestand aus dem gleichen gepunkteten Seidenstoff wie ihr Kleid. Den Weg zum Internat legten sie zu Fuß zurück.

Seit Hugh vor sechsundzwanzig Jahren von der Schule gegangen war, hatte sich viel verändert. Dr. Poleson, der damalige Rektor, war schon lange tot; im Schulhof erinnerte ein Denkmal an ihn. Sein Nachfolger schwang zwar auch noch den berüchtigten Rohrstock, benützte ihn aber wesentlich seltener. Der Schlafsaal der Viertkläßler befand sich nach wie vor in der ehemaligen Meierei neben der Kapelle, doch gab es inzwischen auch einen Neubau mit einer Aula, in der alle Schüler Platz fanden. Auch der Unterricht war besser geworden: Toby und Bertie lernten neben Latein und Griechisch auch Mathematik und Erdkunde.

Sie trafen Bertie vor der Aula. Seit ein oder zwei Jahren war er Hugh über den Kopf gewachsen. Er war ein ernster junger Mann, der fleißig lernte und dessen Betragen nichts zu wünschen übrigließ, weshalb er, anders als seinerzeit Hugh, nicht dauernd in Schwierigkeiten geriet. Das Rabinowicz-Erbe war bei ihm unverkennbar; er erinnerte Hugh an Maisies Bruder Dan.

Er küßte seine Mutter und schüttelte Hugh die Hand. »Es geht bei uns gerade ein bißchen drunter und drüber«, sagte er. »Wir haben nicht genug Abschriften von unserem Schullied. Die Kleinen schreiben wie die Wilden, aber nur wenn man dauernd dahintersteht. Ich muß ihnen gleich wieder Beine machen.« Hugh betrachtete ihn voller Zuneigung und dachte voller Nostalgie daran, wie wichtig die Schule einem doch erschien, solange man noch Schüler war.

Toby war der nächste, der ihnen über den Weg lief. Der Frack- und Zylinderzwang für die jüngeren Jahrgänge war inzwischen abgeschafft. Toby trug ein kurzes Jackett und einen steifen Strohhut. »Bertie hat gesagt, daß ich, wenn ihr nichts dagegen habt,

nach den Reden in seinem Zimmer mit euch Tee trinken darf«,
sagte er. »Einverstanden?«

»Selbstverständlich«, erwiderte Hugh lachend.

»Danke, Vater!« Toby stürmte davon.

In der Aula begegnete ihnen zu ihrer Überraschung Ben Green-
bourne. Er wirkte sichtlich gealtert und ziemlich gebrechlich.
Maisie begrüßte ihn mit der ihr eigenen Unbekümmertheit:
»Hallo, was treibst denn du hier?«

»Mein Enkel ist Schülersprecher«, gab der Angesprochene mürrisch zurück. »Ich bin hier, weil ich seine Rede hören will.«

Hugh war verblüfft. Bertie war nicht Greenbournes Enkel – ein
Umstand, der dem alten Herrn bestens bekannt war. Wurde er
auf seine alten Tage doch noch etwas umgänglicher?

»Setzt euch zu mir!« befahl Greenbourne. Hugh sah Maisie fragend an; diese zuckte mit den Schultern und nahm Platz. Hugh
tat es ihr nach.

»Wie ich höre, habt ihr geheiratet«, sagte Greenbourne.

»Letzten Monat«, bestätigte Hugh. »Meine erste Frau hat die
Scheidung nicht angefochten.« Nora lebte inzwischen mit einem
Whiskyvertreter zusammen. Der von Hugh beauftragte Privatde-
tektiv hatte nicht einmal eine Woche gebraucht, um den erforderlichen Nachweis des Ehebruchs vorlegen zu können.

»Ich halte nichts von Scheidungen«, sagte Greenbourne spröde.
Dann seufzte er. »Aber ich bin zu alt, um noch irgendwem Vorschriften zu machen. Das Jahrhundert ist fast vorüber. Die Zukunft gehört euch. Ich wünsche euch alles Gute.«

Hugh nahm Maisies Hand und drückte sie.

Greenbourne wandte sich an Maisie: »Wirst du den Jungen zur
Universität schicken?«

»Das kann ich mir nicht leisten«, sagte sie. »Es war schon schwer
genug, die Schulgebühren aufzubringen.«

»Dann laß mich zahlen. Ich tu's gerne.«

Maisie war überrascht. »Das ist sehr lieb von dir«, sagte sie.

»Ich hätte schon vor Jahren freundlicher sein sollen«, erwiderte
der alte Mann. »Ich hab' dich immer für eine Frau gehalten, die
nur hinter dem Geld her ist. Das war ein Fehler. Wärst du so eine,

so hättest du den jungen Pilaster hier nicht geheiratet. Ich habe dir unrecht getan.«

»Du hast mir nicht geschadet«, sagte Maisie.

»Wie dem auch sei, ich war zu hart. Ich bereue nicht viel in meinem Leben, aber das gehört dazu.«

Die Aula füllte sich allmählich mit Schülern. Die jüngsten setzten sich ganz vorne auf den Boden, die älteren nahmen dahinter auf Stühlen Platz.

»Hugh hat Bertie inzwischen formell adoptiert«, sagte Maisie zu Greenbourne.

Der alte Mann richtete seine scharfen Augen auf Hugh und sagte unverblümt: »Ich nehme an, Sie sind der leibliche Vater.«

Hugh nickte.

»Darauf hätte ich schon viel früher kommen sollen. Aber es spielt jetzt keine Rolle mehr. Der Junge hält mich für seinen Großvater, und daraus erwächst mir eine gewisse Verantwortung.« Er hüstelte verlegen und wechselte das Thema. »Wie ich höre, wird das Konsortium eine Dividende ausschütten.«

»Das stimmt«, sagte Hugh. Er hatte inzwischen das gesamte Vermögen des Bankhauses Pilaster veräußert. Das Konsortium, dem die Bank ihre Rettung verdankte, hatte dabei sogar einen kleinen Profit gemacht. »Alle Mitglieder bekommen ungefähr fünf Prozent ihrer Investition.«

»Recht so. Ich hätte nicht geglaubt, daß Sie es schaffen.«

»Die neue Regierung von Cordoba hat es geschafft. Sie hat der Santamaria Harbor Corporation das Vermögen des Miranda-Clans überschrieben. Dadurch gewannen die Anleihen wieder an Wert.«

»Was ist denn mit diesem jungen Miranda geschehen? Er war ein Lump.«

»Micky? Man fand seine Leiche in einem Überseekoffer, der an einem Strand der Isle of Wight angespült wurde. Man weiß bis heute nicht, wie er dahin gekommen ist und warum er in dem Koffer steckte.«

Hugh hatte an der Identifizierung der Leiche mitgewirkt. Eine offizielle Bestätigung von Mickys Tod war schon deshalb wichtig gewesen, weil sie Rachel ermöglichte, endlich Dan Robinson zu heiraten.

Ein Schüler verteilte tintenfleckige Abschriften des Schullieds an die versammelten Eltern und Verwandten.

»Und Sie?« fragte Greenbourne Hugh. »Was werden Sie tun, wenn das Konsortium aufgelöst wird?«

»Ich wollte Sie deswegen ohnehin um Rat bitten«, sagte Hugh. »Ich möchte nämlich eine neue Bank gründen.«

»Wie das?«

»Ich möchte mit den Aktien an die Börse gehen, eine AG gründen – Pilasters Limited. Was halten Sie davon?«

»Eine kühne Idee. Aber warum nicht, Sie hatten ja schon immer originelle Vorschläge.« Greenbourne machte eine Pause und dachte nach. »Merkwürdigerweise hat die Bankpleite Ihrem Ruf nicht geschadet. Ganz im Gegenteil. Sie stehen besser da als vorher, nachdem man gesehen hat, wie Sie die Sache abgewickelt haben. Wer ist schließlich verläßlicher als ein Bankier, dem es sogar noch nach einem Zusammenbruch gelingt, seine Gläubiger zu bezahlen?«

»Dann meinen Sie also ... es könnte gelingen?«

»Ich bin sogar davon überzeugt. Vielleicht stecke ich sogar selber Geld in Ihr Projekt.«

Hugh nickte dankbar. Greenbournes Wohlwollen war von großer Bedeutung. Der Rat des alten Bankiers war in der City sehr gefragt, und seine Zustimmung war Gold wert. Hugh hatte schon vorher an den Erfolg seines Plans geglaubt; Greenbournes Zuspruch hatte seine Zuversicht aber besiegelt.

Alle Anwesenden erhoben sich, als der Direktor, gefolgt vom Lehrpersonal, dem Gastredner – einem Parlamentsabgeordneten der Liberalen Partei – und von Bertie, dem Schülersprecher, die Aula betrat. Sie nahmen auf dem Podium Platz. Dann trat Bertie ans Rednerpult und verkündete mit klingender Stimme: »Laßt uns das Schullied singen!«

Hugh suchte Maisies Blick. Sie lächelte stolz. Auf dem Klavier ertönten die vertrauten einleitenden Klänge. Dann begannen alle zu singen.

Eine Stunde später ließ Hugh seine Familie allein, die in Berties Arbeitszimmer beim Nachmittagstee zusammensaß. Er stahl sich hinaus, überquerte das Squash-Spielfeld und verschwand im Bischofswäldchen.

Es war heiß, genau wie damals an jenem Tag vor sechsundzwanzig Jahren. Das Wäldchen schien sich nicht verändert zu haben. Im Schatten der Buchen und Ulmen war es still und schwül. Er erinnerte sich an den Trampelpfad zum Badeteich und fand den Weg ohne Schwierigkeiten.

Er verzichtete darauf, die steile Wand des Steinbruchs hinabzuklettern – so gelenkig war er nicht mehr. Statt dessen ließ er sich an der Kante nieder und warf einen Stein hinunter, der die spiegelglatte Wasseroberfläche durchbrach und vollendet ringförmige Wellen aussandte.

Abgesehen von Albert Cammel in der fernen Kapkolonie war er der einzige Überlebende. Alle anderen waren tot: Peter Middleton war an jenem Tag von Micky ertränkt, Tonio am Heiligabend vor zwei Jahren von Micky erschossen worden; Micky selbst war in einem Überseekoffer ertrunken, und Edward ruhte seit kurzem, der Syphilis erlegen, auf einem Friedhof in Frankreich. Es war fast, als wäre an jenem Tag im Jahre 1866 ein böser Geist dem tiefen Wasser entstiegen und hätte all jene dunklen Leidenschaften entfacht, die später ihr Leben vergiften sollten – Haß und Gier, Selbstsucht und Grausamkeit; als hätte er Betrug und Bankrott, Krankheit und Mord über sie gebracht. Doch jetzt war es ausgestanden. Die Schuld war beglichen. Sollte es tatsächlich einen bösen Geist gegeben haben, so war er nun auf den Grund des Teiches zurückgekehrt. Und Hugh hatte überlebt.

Die von dem Stein hervorgerufenen ringförmigen Wellen hatten sich verflüchtigt, und die Wasseroberfläche lag wieder ruhig und unberührt da.

Stammbaum *der Familie* Pilaster

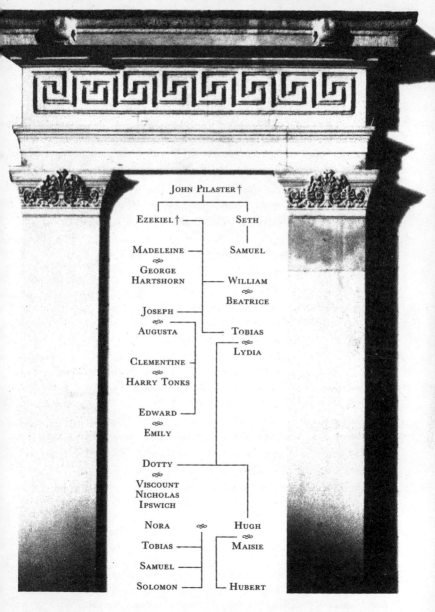

Hinweise zu Schutzumschlag, Illustrationen und Vignetten
von Achim Kiel, PENCIL CORPORATE ART Braunschweig

Das Motiv des Schutzumschlages zeigt eine aus Marmor nachgebaute Bankfassade mit Stilelementen des viktorianischen Klassizismus. Die Pilaster und Löwenköpfe sind aus Ton geformt. Die Vorlage der Schrifttype für die Namen des Autors und des Verlages sowie die Buch- und Rückentitel wurde vom Künstler nach historischen englischen Vorbildern handgezeichnet und in die Marmorplatte (80 x 160 cm, ca. 120 kg) eingemeißelt.

Ebenso wurden die Motive der Text-Illustrationen vom Künstler in London studiert und nach seinen »verregneten« Lichtbildern druckgrafisch umgesetzt. Weitgehend von ihm übermalt und verändert, sollen diese Graphiken die Atmosphäre des viktorianischen London an *den* Originalschauplätzen des Romans dokumentieren, die auch den Autor Ken Follett inspiriert haben:

PROLOG
Das Bankhaus Pilaster. Vorbild: Die Kolonnade an der Südseite der Bank of England gestaltet von Sir John Soane (1788–1833).

TEIL I
Das Wohnhaus der Familie Pilaster in Kensington Gore. Vorbild: Der Nordgiebel von 39 Harrington Gardens, um 1882 von Sir Ernest George und Harold Peto für den Dramatiker und Librettisten W. S. Gilbert gebaut. Von diesem prunkvoll ausgestatteten Haus im Stil der flämischen Renaissance »Pont Street Dutch« stammen auch die steinernen Grotesk-Maskaronen, die – zeichnerisch in Vignetten umgesetzt – wichtige Protagonisten des Buches darstellen.

TEIL II
Holborn Viaduct Station. Die wohl schönste Eisenbahnbrücke Londons, 1874 aus Gußeisen auf Sandsteinpfeilern erbaut. Geschmückt mit den vier allegorischen Eisenplastiken der Wissenschaft, der Bildenden Kunst, der Agrikultur und der Ökonomie. Das Detail zeigt die Figur der Ökonomie.

TEIL III
Greenbournes' Piccadilly Palace. Vorbild: Fassade eines Privatclubs nahe der St. James Street. Die Säulen mit korinthischen Kapitellen tragen ein Tympanon.

EPILOG
Waterloo Station. Die verglaste Gußeisenkonstruktion neben der riesigen Bahnsteighalle. Waterloo Station, um 1848 einer der ersten und größten Londoner Bahnhöfe, war das Tor der englischen Metropole zum Süden.

Der Künstler dankt Ken Follett für wertvolle Einblicke in seine Unterlagen, Delia Partridge für die Führung durch London und die Korrektur der Übersetzung, Debbie Radcliffe & John Strehlow sowie Barbara Westmore & Nick Eddison für Ihre Gastfreundschaft, Thomas Nowak & Thomas Przygodda für ihre Assistenz, Josef Metzner & Werner Lindemann für den Marmor und den Ton, Holger & Thorsten Vernier für die Siebdrucke und – last but not least – seinen drei Frauen und dem Team des Verlages für Zuwendung und Geduld.

Der dritte Zwilling. Ein Follett wie kein zweiter.

Stellen Sie sich vor, es gibt einen Menschen, der
Ihnen völlig gleicht, bis in die kleinste Zelle ... Jeannie
Ferrami, die sich mit der Entstehung kriminellen Ver-
haltens befaßt, entdeckt ein solches Paar genetischer
Zwillinge. Der eine, Steve Logan, ist ein Mann, wie sie
ihn lieben könnte, der andere sitzt als Mörder im
Gefängnis. Dann wird eine junge Frau vergewaltigt,
Steve aufgrund ihrer Beschreibung als Verdächtiger
festgenommen – und eindeutig als Täter identifiziert.
Aber Steve schwört, daß er unschuldig ist. Gibt es
noch einen dritten Zwilling?
»Unerhörte Spannung, blutvolle Charaktere und
lebendige Sprache machen das Buch zum Lesever-
gnügen.«

(Hamburger Abendblatt)

ISBN 3-404-12942-3

Drei ominöse Todesfälle, die scheinbar in keinem Zusammenhang miteinander stehen: 1994 wird in Berlin ein politischer Aktivist auf offener Straße erschossen; in Asunción kommt ein Schmuggler bei einer Verfolgungsjagd ums Leben, während ein reicher Geschäftsmann in der paraguayischen Hauptstadt Selbstmord begeht. Als der Journalist Rudi Hernandez vor Ort den vermeintlichen Suizid unter die Lupe nimmt, stößt er auf eine Gruppe deutscher Immigran-ten, die einen perfiden Plan verfolgen. Dieses Unternehmen könnte die politische Landkarte Europas verändern und das wiedervereinigte Deutschland um sechzig Jahre zurückwerfen...

Nach OPERATION SCHNEEWOLF hat Glenn Meade mit UNTERNEHMEN BRANDENBURG einen Thriller geschaffen, ›den Alfred Hitchcock sofort verfilmt hätte, ohne ein einziges Detail zu ändern‹.
THE SUNDAY TELEGRAPH

ISBN 3-404-14190-3